泽诺的意识

［意］伊塔洛·斯韦沃 著

黄文捷 译

后浪出版公司

四川人民出版社

目 录

一　序

　　这本小说里，不时用不怎么恭维的话谈到一位大夫，而我就是这位大夫。谁要是精通心理分析，就会知道：这位病人究竟为什么对我如此反感。

　　我不想谈什么心理分析，因为这里已经谈得够多的了。我曾叫我的病人写他的自传，对此我得道歉。那些心理分析学家，一旦见了这么多的新鲜事，都会嗤之以鼻的。不过，我的病人是个老头，并且我也希望，通过这样的追述，他的过去会恢复青春，自传会成为心理分析的良好前奏。就眼下来说，我觉得我这个想法还是不错的，因为这个想法使我获得了意想不到的结果，而要是病人更听话些，不逃避治疗，从而不把我对他所写的这些回忆录所进行长时间耐心分析而得的成果也付诸东流，上述结果本来会更大些的。

　　我现在把这些回忆录公布出来，为的就是报复，我希望能就此扫他的兴。但是他也该知道：只要他能恢复治疗，我时时准备好跟他一起分享我从发表这些回忆录中所取得的名利双收的好处。他看来对自己竟是那么好奇！要是他知道，人家对他在小说里说的那么一大堆真真假假的事情所做的评论，竟会引起那么大惊奇，该多好！……

S 医生

二　前言

回顾一下我的童年吗？它已经离开我有五十多年了，要是那道还能反射出我的童年的光线，没有被种种障碍挡住的话，我的这双远视眼也许真能看到它哩，可这种种障碍真像高山峻岭一样啊：这就是我经历的那么多的岁月，外加几个钟头。

大夫叮嘱我不要固执地非要看得那么远不可。对他们来说，即使最近发生的事，也是宝贵的，尤其是头一天夜里产生的幻想和做的梦。但是，毕竟得分一点先后次序吧。为了能一离开大夫就 ab ovo① 开始（这几天，大夫要离开的里雅斯特，而且时间不短），同时也无非是为了让他能更容易地完成任务，我买了一本心理分析论著，而且还读了。这本论著不难理解，但是很枯燥无味。

吃罢中饭，我舒舒服服地躺在俱乐部式的小沙发上，手里拿着一支铅笔和一张纸。我的前额平平整整，因为我把任何费力去想的事都从脑海里驱除掉了。我觉得，我的思维像是与我不相干似的。我是在看着它。它时而升起，时而下降……不过，它只是在这样活动。为了提醒它：它是思维，它有表达自己的任务，我于是提起笔来。于是，前额也便皱起来了，因为每个词都由好几个字母组成，现在是当务之急的东西，它在冉冉升起，把过去掩

---

① 拉丁文，意谓"从头"。（本书注释均为译者所加）

盖住。

昨天，我曾设法使自己尽情地放松。这种做法最后竟使我沉沉入睡了，从中我没有取得任何其他结果，只是痛痛快快地恢复了精力，同时还有一种奇怪的感觉：在睡梦中，我看到了一些重要的事情。但是，这些事情已经被遗忘了，并且永远消失了。

今天，由于我手中有笔，我一直醒着。我看到，实际上是我隐隐约约地看到一些离奇的画面，这些画面跟我的过去不可能有任何关系：那是一个火车头，它正扑哧扑哧喘着粗气，爬上陡坡，后面拉着无数节车厢。谁知道它从何处来，往何处去，又为何偏偏是在这个时候来到这里！

现在，我从半睡半醒中想起来：我写的这个东西证明，用这种方法，就能记起最早的童年，亦即襁褓时期的童年。果然，我马上就看到一个襁褓中的婴儿，可为什么我就该是那个婴儿呢？他一点也不像我，我倒认为，他是我嫂子前几个星期生的那个孩子，那孩子曾被抱来让我们看，就像是有什么奇迹，因为他的手那么小，眼睛却又那么大。可怜的孩子！这哪里是回忆我的童年呢！我现在甚至没法告诉你，这是你的童年，回忆你的童年是重要的，因为这对你的聪明才智和身体健康有好处。你什么时候才能知道：要是你善于把你的一生全部记在脑海里（也包括其中那么多会让你恶心的事），那会是件好事呢？而这时，你就会无意识地探测你那小小的机体，寻求欢乐；一旦有了可喜的发现，这些发现却又会使你感到痛苦，甚至患病，即使那些人并不愿意让你患病，他们也仍然非逼着你患病不可。怎么办？你连照顾你的摇篮也办不到了。在你的内心深处——你这小孩子！——于是就盘算着什么神秘的对策。每过一分钟，你都会想出一条妙计。患病的可能性，对你来说，实在太多了，因为你的每一分钟都不可能是干干净净的。于是乎——你这小孩子！——你就跟我所认识的一些人同属一个血缘了。这时，每过一分钟，这一分钟就可能是干干净净的，但是，可以肯定：这些分钟都并不是准备让你活上几个世纪的。

　　这样一来，我就远远地离开了入睡之前所见的种种画面。让我明天再试试看吧。

三　吸烟

上面这些话，我是对大夫说的，这位大夫叫我要从对我的吸烟嗜好做出历史性的分析来开始我的工作：

"您就写吧！写吧！您会看到您是怎样能看透了自己的。"

相反，我却认为，要写吸烟的事，我尽可以在这里，在我的桌子上写，根本无须坐到小沙发上去做梦。我不知道怎样开始才好，我于是求助于香烟，而且要他们给我的香烟一概都跟我手中的香烟一模一样。

今天，我很快就发现一些我过去再也想不起来的事情。我过去吸过的最早的那些香烟，如今在市场上再也买不到了。一八七〇年左右，奥地利曾有过这样一些香烟：这些香烟是放在小硬纸盒里销售的，盒上的招牌是一只双头鹰。于是，就在这类烟盒当中的一盒周围，立即聚拢起形形色色的人，他们各有各的一些面貌特征，光是这点特征，就足以使我想起他们叫什么名字，不过，这点特征却不足以使我因为这种不期而遇而激动不已。我试想得到更多的东西，我朝小沙发走去：这些人突然变得模糊不清了，取代他们位置的是一些小丑，这些小丑在戏弄我呢。我气急败坏地又回到桌边。

其中有一个人，声音有点嘶哑，他是朱塞佩，是一个跟我同年的小伙子。另有一个人，是我的兄弟，比我小一岁，很多年以前就去世了。看来，朱塞佩从他父亲那里得到了许多钱，这些香烟就是他送给我们的。但是，我敢肯定，他给我兄弟的香烟要比给我的多。这样一来，我就不得不自己想法给自己再弄点香烟来。于是，我就偷起来了。夏天，我父亲常常把他的背心丢在小客厅里的一把椅子上，背心口袋里也总是放些零钱：我常从里面拿出必不可少的十枚索尔多① 去买一盒宝贵的香烟，盒里那十支香烟我是一支接着一支地吸，为的是不致把行窃所得的会毁坏我名声的成果保存很久。

这一切都蕴藏在我的意识当中，是手到擒来的。它之所以这时才重又出现，是因为我以前并不知道它可能会有什么重要意义。于是，我就把这个龌龊的习惯的起源记录下来，而（谁又知道呢？）也许，我现在已经治好了这个习惯了。因此，为了证明起见，我点上最后一支香烟，说不定，我会马上厌恶地把它扔掉。

接着，我想起来：一天，我父亲当场抓住了我，我手里正拿着他那件背心呢。我厚着脸皮对他说，我是出于好奇，想数一数这件背心的纽扣，而现在，我是不会这么厚颜无耻的，如今一想起来，我还觉得恶心（谁又知道，这种恶心的感觉在我的治疗当中就不十分重要呢）。我父亲对我想这样来学习数学或学习缝纫，不由得笑了起来，他并没有发觉我的手指曾伸进他的背心口袋里。我以我的名誉担保，我现在可以这样说：对我这天真无邪的想法一笑置之（其实，当时我本不再是天真无邪了），光是这一点，就足以让我永远不去偷窃。这就是说……我还是偷，但同时我又不知道自己是在偷。我父亲经常把抽了一半的维琴尼亚雪茄在家里

---

① 一枚索尔多合二十分之一里拉。

乱丢，把这些雪茄斜放在桌子上和衣柜上。我当时以为，这是他扔掉雪茄的方式，我甚至认为自己晓得：我们的那个老女佣卡蒂娜会把这些雪茄扔掉。我于是就把这些雪茄捡起来，偷偷地吸。光是拿起这些雪茄来，我就浑身发抖，因为我知道这些雪茄会使我感到不舒服。接着，我就吸了起来，一直吸到我的前额盖满了冷汗，我的胃也七上八下痉挛起来。千万不要说，在我的童年，我是缺乏毅力的。

　　我非常清楚，我父亲是怎样把我的这个习惯也治好了。夏季的一天，我在参加学校组织的远足后回到家里，疲惫不堪，大汗淋漓。我母亲帮我把衣服脱掉，用一件浴衣把我裹起来，她把我安放在一个长沙发上睡下，她自己则坐在长沙发上忙着干什么缝纫活儿。我差不多睡着了，但是，我的眼睛里却充满了阳光，老半天也没法进入梦乡。在当时那个年纪，经过极度疲劳之后，往往在休息时会产生甜美的感觉，这种感觉是那么明显，简直像它本身就是一个人影儿，是那么清晰可见，就仿佛我此时此刻是待在那个可亲可爱的身体旁边，但是那个身体如今已不再存在了。

　　我记得那个又大又凉快的房间，当时我们这些孩子总是在那里玩耍的，如今，在极其需要多一些地方的时候，这个房间已经分成两个部分。在上述那个场景中，我兄弟没有露面，这令我感到奇怪，因为我认为，他也应当参加那次远足的，因而随后也应当跟我一起休息。他是否睡在大沙发的另一头呢？我现在看了看那块地方，但是，我觉得，那里似乎是空的。我看到的只是我自己，只是休息的甜美，只是我母亲，后来，我父亲也出现了，因为我听到他讲话的回声。他进来了，没有马上就看到我，还因为他当时曾高声叫道：

"玛丽亚!"

妈妈做了一个手势,指了指我,同时还轻轻地用嘴唇发出了一点声音,她以为我已经沉沉入睡,其实,我是非常清醒地在睡梦中游荡。看到爸爸对我也如此小心翼翼,我心中很欢喜,所以,我没有动弹。

我父亲自言自语地低声抱怨道:

"我想我是疯了。我几乎可以肯定在半个钟头前,把半根雪茄放在衣柜上的,可现在却找不到了。我的记性比平常还糟。什么事情都记不住。"

我母亲也低声做了回答,但是,她透露出嘲笑的口气,只是因为怕惊醒我,才忍住了:

"不过,吃完中饭,谁也没有去过那个房间啊。"

我父亲喃喃地说:

"正因为我也知道这个,所以,我觉得,我是发疯了!"

他转过身去,走出房间。

我半睁开双眼,看了看我母亲。她又开始干她的活儿了,但仍然继续微笑着。她当然并不认为,我父亲是快要变疯了才这样笑话他的恐惧。那微笑当时给我的印象异常深刻,以致有一天,我看到我妻子的唇边也浮起了那种微笑,我就立即想起这件事来。

再说,也并不是因为缺钱,我才难以满足我的嗜好,而是由于禁止我吸烟,我的嗜好才变本加厉了。

我记得,我曾躲在一切可能躲藏的地方,拼命地吸烟。我记得,由于过度吸烟,身体感到很不舒服。有一次,在一个阴暗的角落,我跟另外两个男孩一起,多待了半个钟头。对这两个男孩,我如今在脑海里,只记得他们的儿时衣着,即两条短裤,只有这两条短裤站在那里，因为裤子里的身体，已经被时光消磨掉了。我们当时有许多香烟，我们想要看一看，谁能在短时间内点起香烟来吸得最多。结果是我赢了，我摆出一副英雄的架势，掩盖这种奇怪的锻炼给我带来的不适。然后，我们走了出来，来到阳光下、空气中。我曾不得不闭上眼睛，以免晕倒。我恢复了体力，对所获的胜利自吹自擂了一遍。两个小家伙中的一个于是对我说：

"我才不在乎输了呢，因为我不过吸了我要吸的那些。"

我记得这句乖巧的话，当然那张小脸也定是乖巧的，但我已经记不得了，那张小脸此刻想必正对着我。

但是，当时我真不知道自己是爱香烟，爱它的味道，爱那尼古丁使我处于那种状态呢，还是恨这些东西。等到我懂得要恨这一切的时候，情况却变得更糟了。大概在二十岁时，我才懂得这一点。当时，我一连几个星期喉咙剧痛，同时还发烧。大夫要我卧床，绝对不可再吸烟。我记得这个词：绝对！它刺伤了我，并且把发烧说得活灵活现：它就像是一大片空白，什么东西也没有，使我无法抗拒那立即在空白周围产生的巨大压力。

大夫走后，我父亲嘴里还叼着大根雪茄，留下来，又陪了我一会儿（我母亲这时已去世多年）。他走时，先温柔地用手摸了摸我滚烫的前额，然后对我说道：

"别吸了，喂！"

我骤然感到非常不安。我想："既然吸烟对我有害，我就永不再吸了，不过，在这之前，我想最后再吸上一次。"我点了一支，马上就感到自己不再忐忑不安了，尽管热度也许增加上去，尽管每吸一口烟，我就似乎觉得扁桃腺处有烧灼般的疼痛，仿佛被什么烧红了的木头棍儿捅了一下似的。我仔仔细细地把整支烟吸完，就像是仔仔细细地发出什么宏愿。在整个患病期间，我虽然一直难受得要命，却还是又吸了不少烟。我父亲经常叼着他的雪茄来来去去，一边对我说道：

"好哇！再戒上几天烟，你就痊愈了！"

光是这句话，就足以使我盼望他快些走开，快些走开吧，这样，我好跑去拿我的香烟啊。我甚至经常假装睡熟，为的就是让他先自离开。

这个病给我带来了第二个烦恼，那就是想努力摆脱第一个烦恼。我所过的每个大白天，最后都以大堆香烟告终，另加抱着不再吸烟的誓愿。为了把事情很快都说清楚，到现在，情况也不时仍是老样子。最后的一支支香烟有一大堆，都是二十年来积攒起来的，然而，这堆香烟毕竟有了变动。誓愿不如过去那么猛烈了，我的弱点从我衰老的心灵中也得到更大的宽容。人一老，总会对生活，对生活的每个内容一笑置之。我甚至可以说，我如今大量吸烟已经有一些时候了……不过，这些烟都不是最后的一支。

我从一本字典的扉页上看到我记录的如下一句话，字写得很漂亮，还带有一些花饰：

今日，一八八六年二月二日，我由学法律转为攻化学。最后一支烟！！

这是十分重要的最后一支香烟。我现在还记得当时伴随这支最后的香烟的所有那些希望。我曾非常讨厌那陈词滥调的法律，我认为它太远离生活，于是我跑去攻读科学，因为科学就是生活本身，尽管这个生活已经减缩为一只长颈瓶了。这最后一支烟正意味着我要从事活动（也包括体力活动）和平静的、简朴的、扎实的思维的心愿。

为了逃避我本不相信的一系列碳化物，我又重新学起法律来了。真叫遗憾！这是个错误，而且也是那最后一支烟所记录下来的错误，我如今从一本书上正发现了记录下来的这最后一支烟的日期。这个日期也是蛮重要的，我无可奈何地又想起我、你、他所犯错误的复杂原因，其中也包括所发下的那些最良好的誓愿，最后终于把那种碳化物系列也都取消了。过去由于我在干体力活上缺乏能力，我曾表现出对化学是不大能胜任的。在我继续像个土耳其人似的大吸香烟的时候，我怎么会倒有这种能力了呢？

如今我在这里对自己进行分析，我蓦地产生了一点怀疑，即怀疑我也许是太喜欢吸香烟了，所以才把我的无能归罪于香烟吧？谁知道我一旦不再吸烟，是否就会成为我所期望的那种理想而刚强的人呢？也许，正是上述怀疑把我跟我的嗜好拴在一起，因为一个人自以为是一个有潜在的伟大品质的伟人，这样活着才会显得轻松。我现在提出这个假设，是为了解释我年轻时的弱点，但是，我这样做也并非对此坚信不疑。如今我已经老了，谁也不强求我做什么，然而，我却还是从香烟到誓愿，从誓愿到香烟，来回转个不停。今天，这些誓愿究竟意味着什么呢？我难道想要像哥尔多尼 ① 所描绘的一位年迈的卫生专家那样，在病病恹恹地活了一辈子之后，能健健康康地死去吗？

有一次，当时我还是个学生，我想改变住处，我不得不自己掏钱，让人把我原来房间的墙壁糊上一层壁纸，因为我在上面写

---

① 哥尔多尼（Carlo Goldoni，1707—1793），意大利著名喜剧作家。

满了日期。可能我之所以要离开那个房间，正是因为它已经成为我发下的良好誓愿的坟墓，我当时认为，已经不再可能在那个地方发下其他的誓愿了。

我总认为，当一支香烟成为最后一支的时候，它的味道就会更加浓烈。其他的香烟也各有各的特殊味道，只不过没有那么浓烈。这最后一支之所以有这种味道，是因为它令人产生战胜自身的感觉，令人抱有在不久的将来会变得强壮而健康的希望。其他的香烟也有其重要性，因为在点起这些香烟的同时，就会为自己的自由提出抗议，而且未来的强壮和健康也会长期存在下去，不过，这样的未来会走得更远一些罢了。

我在我房间墙壁上写的日期，是用种种不同的颜色涂上去的，甚至还用了油彩。我抱着再天真不过的信念所发下的誓愿，也从色彩的力量中找到适当的表现，某种色彩的力量甚至会使得用来表达前一次发下誓愿的那种色彩黯然失色。某些日期，由于其中几个数字相互协调，是我最喜欢的。我记得，十九世纪有一个日期就令我觉得，它像是能为我所要消除的嗜好永远盖棺论定似的："一八九九年第九个月的第九天。"当真有这个意思吗？这个新世纪给我带来的则是另有一番风趣的日期："一九〇一年第一个月的第一天。"至今我仍然觉得，倘若这个日期能周而复始，我就会懂得如何去开始一种新生活。

但是，在日历上，日期是并不缺乏的，而且只要抱有一点想象力，这些日期中的每一个日期都会同某种良好的誓愿相适应。我记得有这么一个日期（因为我觉得，它似乎包含着一种至高无上、斩钉截铁的命令意味）："一九一二年第六个月的第三天第二十四小时。"这个日期听起来像是使每一个数字都增加了誓愿的一倍分量。

一九一三年这一年，曾使我一度变得犹豫起来。没有第十三个月能使这个月份同这一年协调起来。但是，千万不可认为，一个日期必须在其中实现许多数字的协调，才能使最后一支香烟具有什么重要意义。我现在发现，许多记在我最喜欢的书或绘画上的日期，都是由于它们的不成形而变得特别显眼的。比如说，"一九〇五年第二个月的第三天第六小时！"如果对此思索一番的话，这个日期倒是有其韵律的，因为每一个数字都否定了前一个数字。许多大事，甚至是所有大事，从庇护九世去世①到我的儿子出生，在我看来，都像是值得以惯常的钢铁般誓愿加以庆祝一番似的。家中所有人都对我能把我一家人可喜可悲的纪念日记得一清二楚感到惊讶，他们认为，我简直是太好了！

为了减少上述一切在表面上的无足轻重，我曾试图使最后一支香烟这个病症有某种哲学内涵。人们常摆出极其漂亮的姿态说什么："再也不吸了！"但是，要是当真信守诺言，那么，这姿态又有什么用处呢？只有在不得不重新表示誓愿的时候，才可以摆出这种姿态。再说，时间对我来说，也不是什么永不会停止的不可思议的东西。它会从我身上，而且也只能从我身上倒流。

患病，这是一种信念，而我生来就是有这种信念的。我二十岁时得的那个信念，要是当时我不向一位大夫把它描述一番的话，我本来是记不清多少的。这很奇怪：对那种连空气都无法震动的感情，竟比对那些讲出的话记得更加清楚。

我曾到那位医生那里去，因为人们对我说，他能用电疗治好

---

① 庇护九世于 1846 至 1878 年任教皇，1878 年去世时已 86 岁。

神经病。我当时也认为，可以从电疗中找到戒烟的必要力量。

这位大夫有个大肚皮，他那哮喘病似的呼吸，总是伴随着电疗器械的嗒嗒声，而头一次看病时，他就立即开动了这架机器，但是，第一次看病的结果令我大失所望，因为我原期望这位大夫在给我查病时，能发现污染我的血液的那个病毒。相反，他却扬言：他发现我的身体结实得很，后来由于我诉了苦，说我消化、睡眠都不佳，他才推测我的胃缺酸，并说我的肠壁蠕动可能不大灵便（这句话他说了好几遍，以致我再也不会把它忘掉了）。他甚至给我开了某种胃酸药方，这药方可把我毁了，因为从那时起，我就得了胃酸过多的毛病。

这时，我明白：单靠他自己，他是永远找不出我血液里的尼古丁的，我倒愿意帮一帮他，于是我就说出我的怀疑，即怀疑我的不适是尼古丁造成的。他挺吃力地耸了耸他那肥大的肩膀：

"是肠壁蠕动……是胃酸……跟尼古丁没关系！"

电疗共做了七十次，要是我不断定我已经是做够了的话，恐怕会一直做到现在。我跑去看病，倒并非期待什么奇迹出现，而无非是希望能说服大夫来禁止我吸烟。倘若当时真的能禁止我这样做，从而坚定我的誓愿，谁知道事情会有什么样的发展呢。

下面就是我当时对医生所做的有关我的病症的描述："我无法学习，即使很少有几次，我及时上床睡觉，我也辗转难寐，直到钟楼打起最早的钟声。正因为这样，我才在法律和化学之间摇来摆去，因为这两门科学都要求人们在固定的一个时间开始工作，而我却根本不知道何时才能起床。"

"电疗可以治好任何失眠症。"这位"埃斯库拉比奥斯"①这样判断道，他两只眼睛总是看着手表的表面，而不是朝向病人。

我终于能同他攀谈起来，就仿佛他也能理解那经过我偷偷摸摸地先行了解一番的心理分析。我告诉他我跟女人交往不多。对我来说，一个不够，多了也同样不够。凡是女人，我都想要！我在路上走着，总是感到异常心烦意乱：因为凡走过来的女人，都像是属我所有。我总是满不在乎地打量着她们，为的是需要感到自己是放浪形骸的。在我的脑海里，我把她们剥得精光，只让她们穿着小靴子，我把她们拉到我的怀里，只有等到我十分确信自己已经把她们全都了解透了，我才把她们放开。

我这番以诚相待、一气呵成的叙述，算是白费力气！大夫气喘吁吁地说道：

"我倒很希望电疗不要治好您的这种病。我们缺乏的正是这个！我要是担心会有这样的结果，我就再也不会去碰一下鲁姆科夫②了。"

他当时跟我讲了一个他自己觉得饶有趣味的故事。有一个得了跟我一样毛病的病人，到一位名医那里求医，医生十分成功地治愈了他，但是，医生却不得不移居国外，因为不然的话，对方就会要他的命。

"我的冲动情绪可不是什么好玩意儿！"我吼叫起来，"这种情绪是那燃烧我的血管的病毒造成的！"

大夫摆出一副伤感的模样，喃喃地说：

---

① 希腊神话中医药之神。
② 鲁姆科夫（H.D. Ruhmkorff, 1803—1877），德国电气专家，感应线圈的发明人，这里指的是他发明的感应线圈。

"谁都永远不会满足自己的命运啊。"

正是为了说服他，我才做了他不愿意做的事，我研究了我的病症，把病症的所有症状都收集到一起："这是因为我总是心不在焉！也正是因为这个，我才学不进去。我原来是准备到格拉茨[①]去参加第一次国家考试的，我曾细心地把所有的课文，甚至包括最后一次考试所需要的课文，都做了笔记。结果却是：就在考试几天前，我才发现，我所准备的东西都只是几年以后才需要的。因此，我不得不推迟了参试。的确，我当时学那些别的东西也学得很少，因为附近有个小姑娘，她也不过只是对我有些大胆地眉来眼去罢了。当她待在窗口的时候，我就看不进课文了。一个人竟然干出这样的事，难道不是个傻瓜吗？"——我现在还记得那姑娘待在窗户时的那张小巧玲珑的白脸蛋：鹅蛋形，周围是黄褐色的蓬松鬓发。我经常盯住她看，同时脑子里却又梦想着怎样把那白脸蛋和发红的黄色头发压在我的枕头上。

这位"埃斯库拉比奥斯"沉吟道：

"在眉来眼去的后面，总是有一些好东西的。到了我这把年纪，你们就不会再眉来眼去了。"

今天，我才确实知道：他根本不懂得什么是眉来眼去。我如今已经是五十七岁了，而我敢肯定：如果我不停止吸烟，或者说，如果心理分析治不好我的病，那么我从我垂死的床上投出的最后一眼，必将是我渴求得到我的那个护士的情欲表现！当然，条件是：她不是我妻子，而且我妻子又能允许她是个漂亮的护士。

我当时是说实在话，就像在做忏悔那样：我喜欢女人，但不

---

① 奥地利文化名城。

是她的全部，而是……某些部分！我爱所有女人的小脚，如果鞋袜得体的话；我也爱许多女人的细长的脖子，甚或粗大些也无关紧要；我爱许多女人的胸部，如果长得轻柔得很。我继续在如数家珍，列举女性肉体的一些部分，但是，大夫却打断了我的话：

"这些部分还不就是构成女人的全部嘛！"

于是，我就说了一句有分量的话：

"健康的爱就是要只拥抱一个女人，拥抱这个女人的全部，包括她的性格和智慧。"

就当时来说，我当然还不曾领教过这样一种爱，而当我果然遇到这种爱的时候，这种爱却又根本没有使我获得健康。但是，对我来说，重要的是：我记得曾从大夫认为我是健康的地方，找到了我的病根，而且我的诊断后来还得到了证实。

我曾从一位并非做医生的朋友身上，找到能更好地理解我和我的病症的人。我从他那里并没有得到很大好处，但是，在我的生活中，毕竟响起了一个新的音调，这个音调至今仍在回荡不已。

我的这位朋友是一位富有的绅士，他总是从事一些文学研究和文学工作，这使他的闲暇变得多姿多彩。他说话要比写作强百倍，因此，世界不可能知道他是位多么好的文人。他长得肥胖，个头也大，当我结识他的时候，他正抱着很大的毅力进行减肥的治疗。短短的几天工夫，他就取得了显著的效果，这样一来，大家在路上见到他，总喜欢跟他搭话，希望借此能更好地感受到：在满面病容的他身旁，自己显得多么健康。我很羡慕他，因为他懂得自己想要做什么；我也很眷恋他，只要他继续在治疗，我就不想离开他。他允许我摸一摸他的肚皮，而这肚皮每天都在缩减，我呢，出于嫉妒，则变得不怀好意，有意动摇他的意志，便常对他说：

"可等治疗结束，您打算把所有这些皮怎么处理呢？"

他十分镇静，这倒使他那消瘦的面庞变得怪滑稽的，他答道：

"再过两天，按摩治疗就开始了。"

他的治疗事先安排得仔仔细细，无微不至，可以肯定，他每一天都会准时前来治疗的。

这使我对他产生很大的信心，于是，我向他描述了我的病症。我至今还记得我当时是怎样描述的。我对他解释说，对我来说，一天不吃三顿饭，要比不吸不计其数的香烟来得容易，正因如此，就必须每时每刻都做出同样费力的决定。鉴于脑子里总想着这个决定，就没有时间去做别的了，因为只有尤利乌斯·恺撒①才善于在同一个时刻做许多事。还算不错，只要我的管理人奥利维活在世上，谁也不会要求我做什么工作的，但是，像我这样一个人，怎能在这个世界上什么都不会做，只会胡思乱想，或是把提琴乱拉一通呢？况且，我对拉提琴是连一点才能也没有的。

这个已经减了肥的肥大男人，没有马上做出回答。他是个循规蹈矩的人，在这之前，他要对此长时间地思索一番。后来，他以跟他恰好相配的学者神气（因为在这个问题上，他是大大地高人一等的），向我解释说，我的真正的病症是意志，不是香烟。我应当设法在不发誓愿的条件下，改掉原来的嗜好。依照他的说法，在这些年当中，我身上逐渐形成了两个人，一个人在命令，另一个人则只不过充当奴隶，一旦监视减少了，这个奴隶就会出于热爱自由而违背主人的意愿。因此，必须给这奴隶以绝对的自由，

---

① 尤利乌斯·恺撒（C.Julius Caesar，前100—前44），古罗马名将和独裁者。

同时，我应当正视我的嗜好，就仿佛它是个新人，我从来不曾见过。不要打击这嗜好，而是要忽视它，要在一定程度上忘记自己曾听凭它的摆布，要毫不在意地转过身去背向着它，就像是背向那些自惭形秽的家伙一样。简单得很，不是吗？

的确，这件事在我看来，是很简单的。况且，经过很大的努力，我确实做到了把任何誓愿都从我的心灵中消除掉，因此我能好几个钟头不吸烟，但是，当嘴巴显得干净了的时候，我却又觉得嘴里有一种天真无邪的怪味道，这种味道想必是一个初生的婴儿会感觉到的，于是，我就又渴望得到一支香烟，而当我吸上这支香烟的时候，我又后悔不该如此了，随即我又发下我原想取消掉的誓愿。这条路显得更长一些，但是，达到的终点是一样的。

奥利维这个浑蛋有一天竟给我出了一个主意：用打赌的办法来加强我的意志。

我认为，奥利维一向总是那副模样，现在，我看到他也仍然如此。我看到他总是这个样子的：有点驼，但很结实，我觉得，他总是那么老态龙钟，就像今天我看到他那么老态龙钟一样，而今天，他已经有八十岁了。他过去和现在都为我干事，但是，我不喜欢他，因为我认为，他不让我干他所干的工作。

我们竟真的打起赌来了！谁要是先吸烟，就罚钱，然后，两个人都可以恢复各自的自由。这位管理人就是这样，一方面强迫我这样做，以阻止我把我父亲的遗产挥霍掉，另一方面则试图减少我母亲的遗产，因为他让我来自由地管理这笔遗产！

这种打赌真是再恶毒不过了。这样一来，我就不再时而是主人，时而又是奴隶，而永远只是奴隶，并且是这个我不喜欢的奥利维的奴隶！我马上又吸起烟来。再说，我认为，我可以继续偷偷地吸烟，来瞒哄他。不过，那又为什么打这个赌呢？于是，我赶紧去找一个跟打赌的日期恰好有关的日期，这样，我就可以吸上最后一支烟，而且从某种程度上说，我可以想象出，这最后一支烟也是奥利维本人记录下来的。但是，这种叛逆行为一直在继续着，而由于吸烟过多，我竟气喘不休。为了卸掉这个包袱，我去找奥利维，向他吐露了实情。

这个老头儿微笑着，收下钱，随即从兜里拿出一支粗大的雪茄，津津有味地吸了起来。我当时绝不曾怀疑过，他会不认真打赌。这样也就可以明白：别人跟我生来就是不一样的。

当我妻子想出一个好主意的时候，我的儿子刚满三岁。我妻子为了戒除我的嗜好，建议让人把我关进疗养所一段时间。我立即接受了，首先是因为，我希望等到我儿子长到能判断我的时候，他能发现我是既沉着又开朗的人；其次则出于更加迫不及待的原因——奥利维身体不佳，他威胁说要抛弃我，这样，我就可能迫不得已在某个时候取代他的位置，而我当时认为，我身上有这么多的尼古丁，是不大能够胜任繁重的工作的。

起初，我们曾想去瑞士，因为瑞士是个一向以疗养所著称的国家，但是后来，我们得知，的里雅斯特有位叫作穆利的医生，他在该市开了一家疗养所。我叫我妻子去找他，他答应我妻子给我安排一个封闭式的小套房，我在里面将由一位护士小姐看管，她则由其他人来辅助。我妻子对我谈起这件事来，总是时而微微一笑，时而放声大笑。她当时一想到要叫人把我关起来，就忍俊不禁，我呢，也由衷地跟她一起笑个不停。这是头一次，她跟我联合一起，参加我所做的治疗我的病的尝试。直到当时为止，她从未认真对待过我的病，她总是说，吸烟不过是一种有点奇怪的、并不太令人讨厌的生活方式。我相信，她嫁给我之后，定是又欢喜又惊奇，因为她从未听到我惋惜我失去的自由，尽管我总是絮絮叨叨地惋惜丢掉的其他东西。

我们就去了这家疗养所，而这一天，正是奥利维向我说，过了这个月，他绝不会再留在我这里的时候。在家里，我们准备了一些换洗衣服，放在大箱子里，当晚，我们就立即去穆利医生那里。

他亲自在门口迎接我们。那时节，穆利医生还是个漂亮的青年。当时正值炎夏，他个头很小，神情紧张，有一张被太阳晒得呈棕色的小脸蛋，他那双黑眼睛在这脸蛋上显得更亮了。他衣着雅致，一身白色服装，从领子到鞋子，一片白。他令我感到惊叹，显然我也成为他的惊叹目标。

我有一点不好意思，因为我明白他惊叹的理由何在，我对他说道：

"是的，您并不相信我有必要治疗，也不相信我是抱着多么认真的态度到您这里治病的。"

这位大夫微微一笑（这倒有些刺伤了我），答道：

"为什么呢？也许，对您来说，香烟确实比我们这些医生所承认的要更加有害。只不过我不明白，为什么您非要 ex abrupt① 停止吸烟，却不肯下决心减少您吸烟的数量呢。吸烟是可以的，但不可过量。"

真的，由于我只想着完全停止吸烟，对于有可能吸得少一些这一点，却从来没有想过。但是，如今我既然已经来了，这个建

―――――――――

① 拉丁文，意谓"猝然一下子"。

议也就只能削弱我的意志。我于是说了一句坚定不移的话：

"既然决心已下，您就让我试一试治疗吧。"

"试一试？"大夫露出一种高人一等的神气笑了，"一旦您来治病，治疗就必定成功。要是您不想用您的肌肉力量来对待可怜的乔瓦娜，您就没法离开这里。为了让您获得自由，要办的手续是很多的，而且要持续很久，这样一来，在这期间，您也就会把您的嗜好忘得干干净净了。"

我们当时是在给我安排的那个套房里见面的。我们先是上到第三层，然后又回到底层，最后才来到那个套房。

"您看出来了吧？这扇加栏杆的门是让人无法通过底层的另一部分的，而出口却正设在那里。乔瓦娜也没有这扇门的钥匙。她自己要走到外面去，也得先上到第三层，她只有另一扇门的钥匙，那扇门就是朝着底层、楼道为我们打开的那扇门。况且，在第三层，总是有人在看守着的。这对一家给孩子和产妇设置的疗养所来说，也没有什么坏处，不是吗？"

他又笑起来了，也许是因为想到他要把我跟孩子们关在一起。

他把乔瓦娜叫来，给我做了介绍。乔瓦娜是个小个子女人，年龄无法说清，可能是在四十到六十之间。她有一双小眼睛，目光锐利，一头十分灰白的头发。大夫对她说：

"这就是您得准备好用拳头来对付的那位先生。"

她看了看我，打量着，脸变得通红，尖声叫道：

"我会尽责的，但是，我当然不能跟您角斗。要是您威胁我，我会叫那位男护士，他可是个有力气的男人，要是他不能马上赶到，我就会让您爱到哪里就到哪里，因为我当然不想拿皮肉来冒险！"

后来我才知道，大夫交给她这项任务时，曾答应给她一笔相当丰厚的报酬，而这样做却把她吓坏了。当时，她的这番话使我很不快。我是自愿地把自己放到这样一种光彩的地位啊！

"可什么鬼皮肉啊！"我吼了起来，"谁会去碰您的皮肉呢？"我转过来对大夫说道："我只想让这女人知道：不要烦扰我！我随身带来了一些书，我希望别人让我静静地待着。"

大夫于是出面介入，对乔瓦娜叮嘱了几句。这女人为了表示歉意，竟继续向我进行攻击：

"我有女儿，两个，都很小，我得活着。"

"我也犯不上要把您杀了啊。"我答道，我当时的语调当然无法让这个可怜的小女人心安。

大夫把她打发走了，叫她到上一层楼去拿我也不知道的什么东西。为了安抚我，大夫建议我换另一个人来代替她，但又说：

"这女人并不坏，我以后会嘱咐她更有分寸些的，那时我就不会让她再有理由抱怨了。"

我当时一心只想表明，我对于负责看管我的人是毫不介意的，于是，我声称同意不得已接纳她。我感到需要使自己平静下来，便从兜里拿出倒数第二支烟，贪婪地大口吸了起来。我向大夫解释说，我随身只带了两支香烟，我想在半夜准时戒烟。

我妻子跟大夫一起，向我道别。她微笑着对我说：

"你既然已经这样下了决心，那就坚强些。"

我一向是喜欢她的微笑的，但这时，她的微笑在我看来，却像是一种嘲弄，因为她恰恰是在这样的时候笑起来的：我的心灵中正产生一种新的感觉，这种感觉会发生极大的作用，甚至连我以如此认真的态度所做的尝试，都会很快地陷于惨败。我立即感到很不舒服，但只是在剩下我单独一人的时候，我才知道是什么

东西令我这么难受。这是一种对这位年轻医生的疯狂而又苦痛的
嫉妒。他那么漂亮，那么自在！人家会说他是美第奇家族的维纳
斯像①。为什么我妻子不会爱上他呢？当他们离去的时候，他走
在她的后面，他曾看了看她那穿着漂亮鞋子的双脚。自从我结婚
以来，这是我第一次感到自己是在嫉妒。多么可悲啊！这可悲的
事肯定是伴随着我这可鄙的被禁闭的囚犯处境而发生的！我要抗
争！其实，我妻子的微笑原是她一贯的那种微笑，并不是什么嘲
弄，要把我从家里一笔勾销。当然，正是她让人把我关起来的，
尽管她对我的嗜好毫不注意，但是可以肯定，她这样做，是为了
让我高兴。再说，我难道不记得，过去爱上我妻子也并不是那么
轻而易举的吗？纵然大夫看过她的双脚，那他这样做也肯定是为
了看一看他该为自己的情妇买什么样的靴子。但是，我马上吸上
我最后的那支香烟，而这时还不到半夜呢，而是二十三点，这一
个小时对吸最后一支烟来说，是用不完的。

我打开了一本书。我读了半天，却根本没有读进去，我眼前
全是种种幻觉。我的视线盯住的那一页，全被穆利医生的照片盖
满了，他风流潇洒，衣冠楚楚，神气十足。我简直是无法招架！
我叫了乔瓦娜。也许，说起话来，我会平静下来的。

她来了，马上用那猜忌的目光看了看我。她用她那尖细的声
音叫道："您别想叫我玩忽职守。"

这时，为了让她平静下来，我撒了谎，我对她说，我根本就
没有想到这一点，我现在不想再看书了，我更喜欢跟她聊聊天。
我让她坐到我对面。正因如此，她那老太婆的模样，加上一双年

---

① 指现藏佛罗伦萨乌菲兹美术馆的古代希腊神话爱神的雕像，深受观众喜爱。

轻而又灵活的眼睛（如同所有软弱无力的动物的眼睛一样），真叫我恶心。我真可怜我自己，竟然不得不让这样一个人跟我做伴！说实话，即使在自由的时候，我也是不怎么会物色对我更为合适的伴侣的，因为平常总是别人选择我，就像我妻子所做的那样。

我请求乔瓦娜陪我消遣，而由于她声称自己不知道说什么可以引起我注意的话，我就请她讲一讲她的家庭，并加上一句：在这个世界上，几乎所有人都至少有一个家庭吧。

她于是听从了，开始讲给我听：她曾不得已把她的两个小女儿送到救济院。

我开始有兴致地听她的讲述，因为怀孕十八个月，竟这样草草了结，这令我感到很可笑。但是，她生性太喜欢争吵，当她从一开始就想向我证明因为她挣的工资太少，她不这样做，就无路可走时，我就不想听下去了。她还说，那位大夫几天前曾对她说，每天挣两个克朗就足够了，因为救济院可以养活她的全家，她认为，大夫这样说是错误的。她叫道：

"那么别的东西又怎么办呢？即使有吃的、穿的，所有不能缺少的还是没有啊！"接着就是一连串她必须给她的小女儿弄到的东西，我现在也记不清是什么东西了，因为：为了保护我的听觉不受她的尖声吼叫损害，我故意把自己的思路放到别的事情上去。然而，我毕竟受到了伤害，我觉得有权得到补偿：

"能不能来一支香烟，只一支？我会付给您十克朗的，但是，要到明天，因为我身上一文都没有。"

乔瓦娜听了我的建议，吓得半死。她开始吼叫起来。她想把那男护士立刻叫来，她离开她的地方，准备出去。

为了让她默不作声，我马上放弃了我的打算，而且随口问道

（这不过是找话说说，使自己强作镇静罢了）：

"可在这监狱里，至少有什么东西可喝的吧？"

乔瓦娜很快地做了回答，并且令我惊讶的是，她居然使用了真正的谈话口气，不再吼叫了：

"怎么会没有呢！大夫临走之前，交给我这瓶白兰地。瞧，瓶子还没有打开呢。您看，这瓶酒是原封未动的。"

我这时的处境如此尴尬，除了一醉方休之外，我简直看不出有别的出路。这就是我对我妻子的信任造成的结果！

这时候，我觉得，吸烟的嗜好根本不值得叫我做出这么大的努力。我现在不是已经有半个钟头不吸烟了吗，而且我甚至连想都没有想到吸烟，因为我一心一意只想着我的妻子和穆利医生。

我把瓶子打开，给自己倒了一小杯黄色液体。乔瓦娜张着嘴巴，在那里瞧着我，但是我犹豫了一下，没有给她斟上。

"我喝完了这一瓶，能不能再来一瓶呢？"

乔瓦娜仍然用那再动听不过的谈话口气安慰我说："您要多少有多少！为了满足您的要求，管小卖部的那位太太哪怕是半夜也会起来的！"

我生来从不吝啬，乔瓦娜很快就有了一杯斟得满满的酒。她还没有道完一声谢，整杯酒就已经入了肚，她立刻又用那水灵灵的眼睛盯住了那瓶子。因此，是她自己叫我产生把她灌醉的念头的。但这可不是那么容易办到的事！

我简直无法确切地把她对我说的话再重复一遍，因为她已经灌了好几杯酒，她又有一口地道的的里雅斯特方言，但是，我毕竟有深刻的印象，感到我身边有这样一个人：要不是我另有所思，我本来会饶有兴趣地听她讲述一番的。

首先，她向我吐露，她恰恰喜欢这样干工作。在这个世界上，所有人都本来应当有权坐在这么舒服的小沙发上，一天过上两小时，面对着一瓶好酒，也就是说，喝下去无害的好酒。

我也试着跟她攀谈起来。我问她：她丈夫活着的时候，她的工作是否恰恰是这样安排的。

她哈哈大笑起来。她丈夫活着时，揍她的时候比吻她的时候要多，跟她过去为丈夫所干的工作相比，眼下干的一切，在她看来，简直像是休息，而这还是在我为了治病来到这家疗养所之前。

接着，乔瓦娜变得沉思起来，她问我：我是否相信，死人会看到活人所做的事。我简略地应了一下声。但是，她还想知道：死人一旦到了阴曹地府，是否还记得在他们还活着的时候人世间发生的一切。

霎时，这个问题倒恰好有助于分散我的注意力。再说，这个问题是用越来越柔和的声音提出来的，因为乔瓦娜为了不让死人听见，有意地把声音压低了。

"那么，您，"我对她说道，"想必是背叛过您的丈夫。"

她求我别那么大声嚷嚷，接着，她承认自己确实背叛过他，但是，只是在他们结婚后的头几个月。再说，她当时已经习惯于挨打，而且她是爱她的男人的。

为了使谈话保持活跃的气氛，我又问道：

"那么，您的大女儿是不是另一个人生的呢？"

她仍然放低了声音，承认她相信是这样的，因为两人在某些方面像得很。她为背叛过丈夫而感到十分痛心。她嘴里这样说，却一直哈哈笑着，因为有些事的确是在痛苦时也可以哈哈大笑的。但是，这只是从他死了以后，因为在这之前，既然他无从知晓，这件事本不可能有什么重要性的。

我被某种兄弟般的同情心驱使，很想减少她的痛苦，于是，对她说：我相信，死人是什么都知道的，但是，对有些事，他们会满不在乎的。

"只是活人会为此而难过啊！"我慨叹道，一边用拳头捶在桌子上。

这样一来，我的手却击痛了，而没有什么东西能比肉体的痛苦更能唤起新的想法的。我隐约看到了一种可能性，即我一想起我妻子会利用我被禁闭起来而背叛我，我就懊恼万分，但也许大夫这时却待在疗养所里呢，这样一来，我不是又可以高枕无忧了嘛。我请乔瓦娜去看一看，并对她说，我感到有必要跟大夫说几句话，同时我答应她，用整瓶酒来奖励她。她抗议起来，说什么她本不喜欢喝那么多的酒，但是，她又随即满足了我，我听到她摇摇晃晃地爬上那木制的楼梯，一直上到第三层，好从我们这块禁地出去。接着，她却又下来了，但是滑了一跤，咕咚一下，声音很大，并且还叫了起来。

"让魔鬼把你招了去！"我气呼呼地喃喃道。要是她真摔断了颈骨，那么我的地位就会变得简单得多了。

相反，她却来到我跟前，笑呵呵的，因为她这时的状态已经是疼痛得不叫人感到太疼痛了。她告诉我：她已经跟那男护士说了，叫他去睡觉，但是在床上，要听候她的差遣，万一我变得难以对付，他就得来帮忙。她举起一只手，伸出食指，伴随着这番话指指点点，那姿势真是咄咄逼人，但又被那微笑弄得缓和了。接着，她又更干脆地加上一句：大夫自从陪我妻子出去后，就没有回来。正是从那时起就没有回来！而这位护士却盼望了好几个钟头，希望他回来，因为有一个病人需要他来检查病情。这时，她对他再不抱什么希望了。

我看了看她，想弄清那扭曲了她的脸蛋的微笑究竟是老一套的笑容呢，还是全新的笑容，是否是因为大夫现在是跟我妻子在一起，而不是跟我在一起（我是他的病人啊）而浮起的笑容。我猛然怒火中烧，扭过头来。我该承认，正如一贯那样，当时在我的心灵中，有两个人在角斗着，一个是比较理智的，他对我说："傻瓜！为什么你认为你老婆背叛你呢？她根本无须把你关起来，才去找机会偷人哪。"另一个人（肯定是那个想吸烟的）也把我叫作傻瓜，但是，他却是这样叫嚷的："你难道不记得，丈夫不在场是多么方便吗？而且是跟那个现在由你来付钱的大夫在一起！"

乔瓦娜一直在喝着酒，这时说道："……我忘记关上三层楼的门了。但是，我不想再爬那两层楼。好在上面总是有人的，您要是想跑，那可有您的好看了。"

"可不是嘛！"我有点虚情假意地说道，现在这种虚情假意是为瞒哄这可怜的小女人所不可缺少的了。接着，我也大口大口地喝白兰地，并且扬言：如今我有了这么多的好酒供我享用，我才不在乎什么香烟呢。她马上信了我，于是我就对她说，要戒烟的实际上并不是我。我妻子要我这样做。要知道，当我吸到十来支香烟的时候，我就会变得令人害怕了。那时节，不论什么女人闻到我吐出的烟味，就都会感到岌岌可危。

乔瓦娜开始哈哈大笑起来，瘫倒在椅子上：

"难道是您的夫人不让您吸那不可少的十支香烟吗？"

"正是这样！至少过去她不让我这么干。"

乔瓦娜身体里面有了那么多的白兰地，可一点也不傻。她一个劲儿地笑个没完，差一点从椅子上摔下来，但是，当她有可能缓一口气的时候，她前言不搭后语地说着话，并在我的病症启发下，描述了一幅很中看的小画面：

"十支香烟……半个钟头……盯住闹钟……然后……"

我纠正了她的话：

"我吸十支香烟，大概要用一个钟头。再者，要等它充分起作用，大概还要用一个钟头，多十分钟，或者少十分钟……"

乔瓦娜蓦地变得严肃起来，她毫不费力地从椅子上站起身来。她说她要去睡觉了，因为她感到有点头疼。我请她把那瓶酒随身带走，因为我已经喝够了。我假意地说道："第二天，我想让人给我送来一些好葡萄酒。"

但是，对葡萄酒，她根本无心去想。她把酒瓶夹在胳臂底下，临走之前，她又用令我害怕的眼光打量了我一下。

她让房门敞开着，片刻过后，在房间中央，丢进了一个烟盒，我马上拾了起来：里面装着十一支香烟。为了表示自己有把握，这位可怜的乔瓦娜竟然想增加点数量。十一支普通的香烟，匈牙利的。但是，我点燃的第一支烟可真香极了。我感到自己大大地松了口气。起初，我认为，我很得意能在这样一家疗养所做到这一点：这家疗养所对关闭孩子是十分合适的，但不是关闭我。后来，我则发现：我这样做也是针对我妻子的，因为我觉得，这样做等于对她以牙还牙。不然的话，为什么我的嫉妒心竟会变成如此可以容忍的好奇心呢？我心平气和地待在这个地方，吸着这些令人作呕的香烟。

大约过了半小时之后，我忽然想起，必须逃离这家疗养所，因为乔瓦娜还在等待她的报偿呢。我脱掉鞋子，走到外面的走廊。

乔瓦娜的房门半掩着，根据她那粗声粗气的规律的呼吸来看，我觉得，她像是睡着了。我小心翼翼地一直上到第三层，到了那里，我在那扇门——它是穆利医生的骄傲——后面，穿上鞋子。我走到外面的楼道，开始下楼梯，慢慢地，为的是不致引起猜疑。

我来到第二层的楼道，这时，一位风度翩翩的身穿护士服的小姐跟上来，彬彬有礼地问我：

"您找什么人吗？"

她长得挺不错，我很遗憾不能在她身边吸上十支香烟。我有点不怕冒犯地向她微笑了一下：

"穆利大夫不在家吗？"

她睁大了双眼：

"这个时候，他从来不在这里。"

"您能不能告诉我，现在到哪里能找到他？我家里有个病人，需要他看看。"

她很有礼貌地给了我大夫的地址，我重复了几遍，为的是让她相信，我是想记住那个地址。我本不想匆匆忙忙地离去，但是，她却厌烦地转身走了。我等于是被干脆扔出了我的监狱。

楼下，一个女人赶紧给我打开了门。我身上一枚索尔多也没有，只好喃喃地说：

"小费下次再给您吧。"

人们永远不会知道将来会怎么样。从我这方面来说，事情总是反复再现的，所以，不能排除，我还会经过那里。

夜很明朗，也很热。我摘掉帽子，为的是能更好地感到自由凉风的吹拂。我看了看满天星斗，不胜赞叹，仿佛是我不久前才把它们夺得在手的。再过一天，我就会即使远离疗养所，也能停止吸烟。这时，我在一家还开着门的咖啡馆买了一些上好的香烟，因为我总不能用可怜的乔瓦娜给我的那样的香烟来结束我作为瘾君子的生涯吧。卖给我香烟的那个伙计认识我，所以答应让我赊账。

来到我的别墅，我气呼呼地按了按铃。起初，来到窗口的是那女佣，后来，过了相当长一段时间之后，则是我妻子。我一边等着她，一边十分冷淡地想道："倒像是穆利大夫在那里呢。"但是，我妻子一认出我来，就把她那由衷的笑声送到荒凉的街道上，以致单只这笑声就似乎足以把任何疑团一笔抹杀了。

到了家里，我磨磨蹭蹭老半天，为的是做一些调查的动作。我答应我妻子次日把我的冒险经历讲给她听，而她却以为自己已经了解这些经历了，于是问道：

"可你为什么不去睡觉呢？"

为了表示歉意，我说：

"我觉得，你趁我不在家，把放衣橱的地方改动了。"

的确，我现在也认为，我家里的东西总是搬来搬去的，同样，我妻子也确实经常地喜欢搬动这些东西，但是，在当时，我却巡视着每个角落，好看一看穆利医生的那个小巧玲珑而又衣冠楚楚的身体是否藏在那里。

我从我妻子那里得到一个好消息。她从疗养所回来时，碰上奥利维的儿子，他告诉我妻子：老头儿吃了他新请来的一位医生开的药之后，病体好多了。

我在睡觉时曾想道：我不如索性离开疗养所算了，因为我完全有时间慢慢地治疗我的病。即使我的儿子（他正睡在隔壁房间里）也肯定还来不及评论我或是仿效我，绝对不必匆忙行事。

四　父亲之死

大夫已经走了，而我却的确不知道是否要写一写我父亲的传记。如果我把我父亲写得过细，那就会有这样的结果，即为了治好我的病，就必须首先对他进行分析，这样一来，人家就会根本不想给我治病了。不过，我还是鼓起勇气做了起来，因为我知道：倘若我父亲也需要做同样的治疗，那么这一定会是为了治跟我完全不同的病。无论如何，为了不浪费时间，我要谈一谈他的事，但也只限于谈那些能有助于活跃我对我自己的记忆的问题。

"一八九○年四月十五日四时半。我父亲去世。U.S.。"对于那些不知内情的人，我要说明：这最后两个字母并不是指 United States①，而是指最后一支烟②。这种记录方法我是从奥斯瓦尔德③的一部实证哲学论著中发现的，而且我曾抱着很大希望，把这部著作读了好几个小时，但是，我始终没有读懂。谁也不会相信这一点的，但是，且不谈形式如何，这种记录方法毕竟把我平生最重要的事件记载下来了。

我母亲去世的时候，我还不到十五岁。我写过一些诗歌来纪念她，不过，这绝不等于哭泣，而且在痛苦之中，我当时一直还

---

① 英文，即"美国"。
② 意文，"最后一支烟"为"ultima sigaretta"。
③ 奥斯瓦尔德（James Osward，1727—1793），苏格兰哲学家。

抱着一种感觉：从今以后，我不得不开始一种严肃的、辛勤工作的生活了。痛苦本身也意味着要过一种更为紧张的生活。然而，一种强烈的宗教感情也毕竟使这大为不幸的事变得缓和些，变得不那么辛酸了。我母亲尽管已经离我远去，但她依然继续活着，甚至可能会为我即将取得的成就而感到高兴。多么能聊以自慰啊！我现在确切地记得我当时的心境。由于我母亲的死，由于她激起我积极向上的感情，我的一切想必会变得越来越好的。

然而，我父亲的去世却真正是一场大灾难。天堂不再存在了，而我当时已经三十岁，已经是个成年人。我竟也变为成年人了！我第一次发觉：我一生最重要、最有决定意义的部分已经落在我的身后，而且是无可挽回地落在后面了。我的痛苦并不仅仅是从利己主义出发的，就像上述一番话可能使人产生这种印象那样。完全不是！我痛哭的是他和我，或者仅仅是我自己，因为他已经与世长辞了。直到当时为止，我一直是烟不离口的，而且上学也是从大学里的这个系转到那个系，我对自己的才能是抱有不可动摇的信心的。但是，我现在却认为，正是这种信心使我的生活变得那么美好，如果我父亲不曾去世，它本来会继续保持下去，甚至会保持到今天呢。他这么一死，就不再有什么明天了，而我的誓愿却是寄托于明天的。

有多少次，我一想起这些，就会对自己竟然如此奇怪地在我父亲死后而不在这之前对我本人和我的前途产生这种绝望之情感到惊讶。总的说来，这都是些最近发生的事，因此，为了回忆我受到的巨大痛苦和不幸遭遇的每个细节，我当然就不必去像对我进行分析的先生们所希望的那样，整日苦思冥想了。我什么都记得，但是，我什么也弄不清楚。直到我父亲去世为止，我从未为我父亲活着。我从未做过任何努力去接近他，当有可能做到这一点而又不致惹他生气的时候，我也避免这样做。在大学里，大家都知道他的绰号，即"寄钱的西尔瓦老头"，这个绰号是我给他起的。只是由于他生了病，这才把我跟他联系起来；而且，病了不久，他就死了，因为这病延续的时间实在太短，医生也很快就诊断出这病是不治之症。当我在的里雅斯特的时候，我们大约一天，充其量，只见面一个小时左右。我们从来不曾待在一起那么多，那么久，就像我痛哭他的时候那样。说不定我本该照顾他更好一些，那么，痛哭也就可以少一些了！我也不会病得那么重。之所以很难相处，也是因为我跟他在思想上没有任何共同之处。我们有时相互端详着，我们发现彼此都有同样的出于怜悯的微笑，只不过他的微笑显得更带些辛酸的滋味，因为他作为父亲，对我的前途总是非常焦虑的；在我的微笑中，透露出十分宽容的意味，因为我确信，即使他还有什么弱点，如今已经不会带来什么后果了，尤其是我把这些弱点看成是部分地由年龄造成的。他是第一个不相信我有毅力的人，而且——我现在也觉得确乎如此——他这样看待我是过早了。不过，我自己现在也怀疑：他尽管没有什么科学信念作为依据，却仍然不相信我，这也可能是因为我是他生的，而这样一来，便增加了我对他的不信任，这一点倒是有可靠的科学信念作为依据的。

但是，他是以能干的商人而享名的，不过，我也知道，他的事业多少年来一直由奥利维掌管。我们两个在经商上无能，这一点倒是很相似，但除此之外，就没有其他相似之处了。我现在可以说，在我们两人当中，我是强者，他是弱者。我在这一卷卷纸张中所记录的东西，就已经能证明：我过去和现在都有一种要尽量把事情干得更好的强烈愿望（也许，这也是我最大的不幸）。我对沉着应对、以强取胜的一切梦想，都不可能做出别的解释。我父亲对这一切可是一窍不通。他完全是靠同意别人为他所做的事而活着的，我并且不得不认为，他从来不曾做过什么努力，使自己不断上进。他一天到晚都吸烟，妈妈死后，当他不能入睡的时候，甚至夜里也吸烟。他也能适度地喝上几杯。他喝酒是gentleman①式的，晚上喝些，晚饭时喝些，喝到能确信脑袋一沾上枕头就能很快睡着这种程度为止。但是，按照他的说法，烟酒都是良药。

至于女色，我曾从亲戚那里得知，我母亲曾为此产生过嫉妒之心。甚至，看来这个生性柔和的女人有时竟不得不大发雷霆来把丈夫管辖住。他是很听她的话的，因为他爱她，尊敬她，但是，看来她始终做不到让他承认某些背叛行为，正因如此，她去世时，还相信自己是错怪了他。不过，好心的亲戚们还是告诉我：她曾几乎是当场从自己的女裁缝那里抓住了丈夫。他当时摆出漫不经心的样子，矢口否认地道了歉，这样一来，她倒相信了他。结果无非是：我母亲再也不去那女裁缝家了，我父亲也不去了。我认为，我要是他，最终是会招认的，但是，然后我也不会抛弃那女裁缝，既然我在自己立足的地方已经植下了根。

我父亲是懂得保卫他作为名副其实的pater familias②的宁静生活的。他在自己的家里和自己的心灵中都享有这种宁静。他只读一些索然无味、专谈道德的书。他倒绝非充当假道学，而是抱有真心诚意的信念这样做的：我认为，他是强烈地感到这些道德说

---

① 英文，指"绅士"。
② 拉丁文，指"一家之主"。

教都是真理，而他的良心也便由于他对美德的笃信而获得了平静。如今我已经老了，并且也接近一家之主的类型，因此，我自己也感到，宣扬不道德比不道德的行为更应得到惩罚。人们会因为爱或因为恨而杀人，但只有因为居心不良才会宣传杀人。

我们二人的共同之处是那么少，以致他曾对我承认：这个世界上最令他感到不安的人之一就是我。因为我渴望身体健康，我曾研究过人体。而他则懂得把一切有关这个可怕的机器的念头都从他的记忆中抹掉。对他来说，心脏不是跳动的，因为没有必要去记住什么瓣膜啊，血管啊，新陈代谢啊，来解释他的机体如何才能生存；根本不需要运动，因为经验说明：凡是动的东西，最终都要停止。对他来说，地球也是不动的，是牢牢地安装在支架上的。当然，他从来不说出这些看法，但是，倘若有人对他说了一些不符合这种观点的话，那他就会难受的。一天，我跟他谈到对跖地，他就厌恶地打断了我的话。他一想到生活在那一边的人竟然脑袋向下，就觉得胃口也倒了。

他还经常责骂我其他两件事：一件事是我总是心不在焉，另一件事是我总是笑话那些再严肃不过的事。在心不在焉的问题上，他跟我确实不同，因为他有一本小书，他总是把他所想记住的所有东西都记在这本小书里，并且每天要看上好几遍。他以为这样做就可以战胜他的疾病了，并且果然就不再觉得痛苦了。他曾非要把这本小书也给我不可，不过，我在上面记下的只是几支最后的香烟。

至于我对严肃的事情抱着藐视态度，我倒认为，他的缺点在于：把世间过多的事情看成严肃的事情。这里有个例子：当我在从学习法律转到学习化学之后，经他允许，重又学习法律的时候，他曾厚道地对我说："不过，毕竟还是弄清楚了：你是个疯子。"

我当时对此一点也没有生气，我对他的慨然允诺十分感激，我当时想用让他哈哈大笑的办法来奖励他。我去找卡内斯特里尼大夫，请他给我做检查，好得到一份诊断书。事情可不是那么容易办到的，因为我不得不为此而做长时间的仔细的检查。诊断书才拿到手，我就得意扬扬地把它拿给我父亲，但是，他没有因此而大笑。他用伤心的腔调，眼泪汪汪地慨叹了一声："啊！你真是个疯子啊！"

这就是对我费了半天力气演出的一幕无害喜剧的赏赐。他始终没有原谅我，因此，也始终没有对此一笑置之。难道就为了开玩笑才请大夫给自己做检查？难道也就为了开玩笑才让大夫开一张盖满图章的诊断书？真是疯子干的事！

总之，我跟他在一起，我就是代表强者，有时，我甚至还认为，我曾把我的弱点的消失也看成是我的力量的削弱，因为这弱点是他为我取消掉的。

我记得，他作为弱者，曾是怎样被证明的。当时奥利维那个流氓正唆使他立遗嘱，奥利维迫切希望他立下那份规定应把我的事业归在奥利维的监护之下的遗嘱，看来，这老家伙做了长时间的努力，以求让我父亲做这项如此令人为难的工作。我父亲终于还是决定这样做了，但是，他那张宽阔而开朗的面孔变得阴暗下来。他经常想到死亡，就仿佛他这样做，是跟死神进行一次接触似的。

一天，他问我："你是否认为，一个人死了，一切都会停止下来呢？"

关于死的神秘，我如今每天都在想这个问题，但是，那时，我无法向他提供他所要求得到的信息。为了让他高兴，我凭空捏造了对我们的未来的最为乐观的信念。

"我认为，欢乐会继续存在下去，因为痛苦已经不再是必要的了。这种解体现象可能会使人想起性的快感。当然，在发生这种解体现象的同时，也会产生幸福和休息的感觉的，因为恢复原状是十分艰巨的。这种解体现象想必是对生的奖赏！"

我喝了一大瓶酒。当时我们已经吃过晚饭，但还留在餐桌边。他没有回答，从椅子上站起身来，又一次把杯中的酒喝干，说道：

"现在不是讨论哲学的时候，特别是跟你！"

说罢，他就出去了。我很歉疚地尾随着他，并且想继续跟他待在一起，好排遣他的忧思。他把我打发走了，并对我说：我使他想起了死和他的欢乐。

他不会忘记那份遗嘱的，只要他还没有告诉我其中的内容。每逢见了我，他总记起这件事。一天晚上，他突然说道：

"我应当告诉你：我立了遗嘱了。"

我呢，为了使他摆脱他那噩梦般思想的纠缠，立即抑制住他所通知的消息使我感到的意外，对他说：

"我绝不会做这种麻烦事的，因为我希望，我的所有继承人都在我之前死掉！"

他马上对我的话感到不安，因为我竟拿这么严肃的事来取笑，他又恨不得把我惩罚一通了。这样，他就轻而易举地告诉我：他对我玩了一个花招，即把我置于奥利维的监护之下。

我现在应当指出这一点：我当时表现得的确是一个好孩子，我当时没有提出任何异议，只要能使他摆脱那令他难过的思想。我当时宣布：无论他最后的意愿是怎样的，我都会服从。

我接着又说:"也许,我会懂得怎样做,使你能改变你的最后意愿。"

这使他很高兴,因为他看出来:我希望他长命百岁,甚至是万古不朽。然而,他还是要我发誓:只要他不另作安排,我就永远不会设法削弱奥利维的作用。我果然发了誓,因为他不想满足于我拿自己的名誉担保。我当时真是够温顺的,以至于后来,每当我非常后悔在他去世之前不曾给他足够的爱的时候,我就总是想起上述情景。说实话,我应当承认:我委曲求全地接受他的安排,当时并不难,因为在那个时候,那种被迫不承担工作的念头,对我来说,倒是蛮不错的。

大约在他去世前一年,我有一次为了他的健康,曾相当强硬地进行干预。他曾向我吐露过,说他感到不舒服,我逼着他去看一位医生,并且是陪他一起去的。这位医生开了一些药,并叫我们过几个星期再去复诊。但是,我父亲不愿意,说什么他憎恶医生就像憎恶掘墓人一样,而且还根本不吃给他开的药,因为这药也让他想起医生和掘墓人。他待了两个钟头没有吸烟,只有一顿饭没有喝酒。当他可以不去治疗的时候,他感到非常痛快。而我呢,看到他比平常更快活,我也就不再去想治疗的事了。

后来,我不时见他愁眉苦脸。但是,看到他心情愉快,那倒是会令我感到惊奇的,因为他当时是那么孤单,那么衰老。

三月底一个晚上,我到家要比平常稍晚一些。绝不是发生什么坏事:我是落到一位博学多才的朋友手里,他想告诉我他对基督教起源的某些想法。这是第一次有人要我考虑基督教起源问题,但是,为了让这位朋友感到满意,我还真下了长时间的工夫学习这方面的问题。下着小雨,天气很冷。一切都那么令人不快,都显得那么阴沉沉的，包括我朋友所谈到的那些希腊人和犹太人在内，但是，我还是委曲求全，经受了整整两个钟头的煎熬。这就是我平素的弱点啊！我可以打赌，就是在今天，我仍然会无力抗拒，因此，若是有人认真起来，他仍然可能会让我把天文学也学上一段时间的。

我走进环绕我们别墅的那座花园。到达别墅可以通过一条很短的车行路。我们的女佣玛丽亚在窗口等着我，听到我走近了，便在黑暗中叫了起来：

"是您吗，泽诺先生？"

玛丽亚这样的女用人，如今是再也找不到了。她在我们家已经有十五个年头。她每个月都把她工资的一部分存入储蓄所，为的是能安度晚年，但是，这笔储蓄她并没有用上，因为她在我婚后不久便在我们家去世了，当时仍一直在工作着。

她告诉我：我父亲已经回家几个小时了，但他还是想等我一起用晚餐。当时，她曾劝他先吃了算了，然而，我父亲却用不怎么和蔼的方式，把她打发走了。接着，我父亲还多次问起我，神色显得焦虑不安。玛丽亚使我领会到她认为我父亲可能感到身体不适。她说我父亲说话困难，呼吸也时断时续。我现在应当说，她由于一直单独侍候他，脑子里常常想到：他是病了。这个可怜的女人在这冷冷清清的房子里，也确实没有多少东西值得照看的，而且经过她从我母亲身上得出的经验，她总是期待着：大家都会在她之前死去。

我抱着一定的好奇心，跑到饭厅，当时我还没有什么忧虑。我父亲立即从长沙发上站起来（他原是躺在上面的），并且兴高采烈地迎接我，但这并没有能使我感动，因为我从中首先看出的是斥责的表情。不过，这一点毕竟是足以使我放下心来，因为我觉得，兴高采烈就是身体健康的一种征兆。我从他身上并没有发现玛丽亚所说的言语结巴、呼吸断续的迹象。但是，他不仅没有斥责我，反倒表示歉意，说自己太固执了。

"你说怎么办呢？"他憨厚地对我说，"在这世界上就剩下咱们两个人了，我是想在睡觉之前见到你。"

当时，我要是能简单地表示一下，把我这亲爱的爸爸搂在怀里，该多好！他因为有病，竟然变得这么温和，这么亲热了！相反，我却开始冷冷地做出判断：西尔瓦这老头难道当真变得这么性格温和了吗？是不是他生病的缘故？我猜疑地看了看他，我发现再没有比责怪他更好的了：

"可为什么你要等到现在才吃饭呢？你可以先吃，然后再等嘛！"

他像年轻了好多岁，笑道：

"两个人一起吃更好嘛。"

这种快活情绪也可能是胃口好的迹象：我放下心来，开始吃饭。他穿着家用便鞋，步履不稳地走近餐桌，坐到他惯常的座位上。接着，他待在那里，看着我怎么吃，而他只动了两下舀起少量东西的羹匙之后，就没有吃别的东西，甚至把碟子推开了，因为碟子里的东西让他作呕。但是，微笑一直浮现在那衰老的面孔上。我只记得（就像是昨天才发生的事一样），我有两次盯住他的眼睛看了看他，他则把他的视线从我的视线移开。有人说，这是一种装模作样的迹象，而我如今才知道，这是一种患病的迹象。生了病的动物是不让人从缝隙里看它的。因为透过缝隙，人家就有可能看出它的病、它的弱点。

他一直在等着听我解释：我是怎样利用他等我吃饭这几个钟头的。我看出他是这么想听我的解释，于是我就停了片刻，不再吃饭，对他干巴巴地说了几句，说什么我直到那时，一直在讨论基督教起源问题。

他满腹怀疑，神情困惑，看了看我：

"你现在也想到宗教了？"

显然，倘若我当时同意跟他一起都想到宗教的话，我本来会使他感到无上安慰的。然而，我却觉得，只要我父亲活着，我就该不服管教（但后来则不再是这样了），于是，我用惯常使用的一句话做了回答（这类话在大学附近的那座咖啡馆里每天都可以听到）：

"在我看来，宗教只不过是必须加以研究的某种现象。"

"现象？"他惊愕地问道。他设法马上反唇相讥，把嘴巴张开，想说出反驳的话。接着，他又犹豫起来，看了看第二道菜的盘子，这盘子凑巧这时玛丽亚给他送上来，他却碰都没有碰。后来，为了更好地把嘴巴堵住，他索性把一根雪茄烟头放到嘴里，点燃起来，但随即让它熄灭了。他就这样使自己有了一点间歇的时间，好平心静气地思索一番。他神色坚定地把我瞧了一会儿：

"你总不会想取笑宗教吧？"

我这时摆出我一向的那副游手好闲的大学高才生的架势，嘴里塞得满满的，答道：

"怎么是取笑呢！我是在研究！"

他沉默了，久久地望着那根已经放在一个碟子上的雪茄烟头。我如今才明白：他当时为什么对我说这些话。我如今才明白：他当时已经糊涂的脑子里所想的一切，而我很吃惊，当时我对这些竟然一点也弄不明白。我认为，当时，在我的心灵中缺少那种亲热的感情，那种感情本会使人领悟许多事情的。再说，这对我来说，又是那么轻而易举！他避免纠缠我的怀疑主义：就当时而言，这对他会是一场过于艰巨的斗争；但是，他认为可以温和地对此旁敲侧击，就像一个病人应当做的那样。我记得，当时他说话的时候，他的呼吸时断时续，这使他讲话也变得慢下来了。准备进行一场战斗，那可是要花费好大力气的。但我当时是这样想的：他若是不申斥我一番，就不会甘心去睡觉，于是我准备好进行争论，结果争论根本没有展开。

"我，"他一直望着他那根这时已经熄灭的雪茄烟头，说道，"感到我的生活经验和处世哲学是了不起的。人不能白白地活了这么多年。我懂得好多事情，可惜我没法像我所愿意的那样，把所有这些事情都教给你。哦，我是多么想这样做啊！我能看清事情的要害，我也能看出哪些是正确的和真实的，哪些则不是。"

这没有什么可争论的。我并不怎么信服，嘟哝了一下，一边仍在吃着。

"是的！爸爸！"

我不想惹他生气。

"可惜你来得太晚了。刚才我还没有现在这样累，我本来可以告诉你很多事情的。"

我当时想：他还是存心找我麻烦，因为我来迟了，于是我建议他把争论留到次日再进行。

"这并不是什么争论，"他恍恍惚惚地答道，"而完全是另一码事。这种事是不能争论的，我只要一告诉你，你就会明白的。可难的是把它讲出来啊！"

谈到这里，我开始疑虑了：

"您感到不舒服吗？"

"我不能说是感到难受，而是感到非常疲乏，我马上就去睡了。"

他摇了摇铃，同时又提高嗓门，叫了一下玛丽亚。当玛丽亚来了的时候，他问他的房间是否一切都准备好了。接着，他立刻在地上拖沓着便鞋，走动起来。他来到我跟前，弯下头来，把面颊伸给我，要我像每天晚上那样亲吻一下。

我看到他这样摇摇晃晃地走动着，于是又一次怀疑他大概是很难受，我问他是否如此。我们两人多次把同样的话说来说去，他向我证明，他是累了，而不是病了。随后又说：

"现在，我会考虑一下明天该跟你说的话。你会看到这些话会是怎样令你信服的。"

"爸爸，"我很感动地说，"我很愿意听你讲。"

他看到我这么心甘情愿地听取他的经验，迟疑了一下，不想离开我：毕竟应当利用这么好的时机啊！他把手放到前额上摸了摸，又坐到椅子上，而那把椅子原是他刚才依撑着，好把他的面颊伸给我，让我亲吻的。他有一点气喘吁吁。

"真怪！"他说道，"我现在竟不知跟你说什么好了，真的什么也说不出来。"

他看了看自己的周围，仿佛要把他无法从自己的内心深处抓住的那个东西找出来。

"可是，我是知道许多事情的，甚至是无事不知。这想必是我经验丰富的结果。"

他对无法表达自己的意思，并不感到十分难受，因为他仍在为自己的魄力，为自己的了不起而微微一笑呢。

　　我不知道我当时为什么没有马上去叫医生。然而，我现在应当痛心而后悔地承认：我当时把我父亲的这番话看成是夜郎自大的表现，而且我认为，我已经从他身上多次看到这种表现了。但是，他明显地衰弱不堪，这一点也无法逃过我的眼帘，也只是这个缘故，我才没有争论。我看到他在幻想自己如此强大方面显得兴致勃勃（其实，他这时已经是极其虚弱了），这使我很高兴。再者，我当时对他向我表示亲热，也感到受宠若惊，他向我表示他想要把自认为很精通的处世哲学教给我，尽管我确信：我从他那里什么也学不到。为了奉承他，安抚他，我告诉他：他不该花费力气，想立刻找到他一时想不出的话来，因为，在这种时候，最高明的科学家总是会把过分复杂的东西储存在脑海的某个角落，让这些东西逐渐自行变得简单起来。

　　他答道：

　　"我寻找的东西一点也不复杂。相反只不过是找出一句话，只是一句话罢了，我会找出来的！但不是今天夜里，因为我要好好睡一觉，一点脑筋也不再动了。"

　　然而，他并没有从椅子上站起来。他犹豫着，又窥探了一会儿我的脸色，对我说道：

　　"我怕我不能把我所想的告诉你了，这只是因为你总是习惯于笑话所有的事。"

　　他对我微微一笑，仿佛想请我不要对他的这番话感到不悦，他从椅子上站起来，第二次把他的面颊向我伸过来。我不想跟他争论，也不想说服他，让他相信在这个世界上，有许多事情都是可以并且应当拿来取笑的，我只想紧紧地拥抱他一下，使他感到慰藉。我拥抱得也许太用力了，因为他从我的怀里挣脱出来，喘得比刚才更加厉害，但是，他肯定已经领会到我的亲切之情，因为他亲热地用手向我道别。

"咱们都去睡吧！"他快活地说，说罢就出去了，后面紧跟着玛丽亚。

我独自留下来（这样做也是够奇怪的！），我并没有想到我父亲的健康，而是激动万分，并且，我可以这么说，抱着做子女的一片孝敬心情，抱憾地想道：这样一个力图上进的头脑竟然没有可能具备更好的文化修养。今天在我写这些事情的时候，由于我已经接近我父亲当时的那个年龄，我才确信不疑地知道：一个人是可以感觉出自己具备极高的智慧的，而这种智慧除了他这种强烈的感觉之外，又不会显示出有关他自身的其他迹象。情况正是如此：人们做了一番很大的努力，从而接受和欣赏整个自然界的本来面貌，接受和欣赏自然界向我们展示的一成不变的面貌，而那要想实现整个创世记的智慧本身，也便从这方面表现出来。就我父亲而言，可以肯定，在他一生中最后的清醒时刻，他那对智慧的感觉是从他对宗教的突然信奉中产生的，尤其是他确实想要跟我谈起这个问题，因为我曾告诉他：我曾对基督教的起源做过研究。不过，也是现在我才知道：他的这种感觉正是脑水肿的初步症状。

玛丽亚来收拾餐具，并告诉我：她觉得，我父亲很快就睡着了。这样，我也完全心安理得地去睡了。外面，风刮着，呼啸着。我从我暖烘烘的床上听着刮风，就像听着什么催眠曲似的，而这曲子离我越来越远，因为我沉入了梦乡。

我不知道当时我睡了多久。我是被玛丽亚叫醒的。看来，她似乎曾多次来到我房间叫我，随即又跑开了。我在沉睡当中，起初感到模模糊糊，后来则隐约看到那老太婆在我的房间里跳来跳去，我终于明白了。她是想叫醒我，但是，等她把我叫醒了的时候，她又不在我的房间里了。风继续在向我唱着催眠曲，而我呢，说实话，我现在应当承认：我当时是抱着猛然从睡梦中被人唤醒的痛苦感觉，去到我父亲的房间里的。我当时想起，玛丽亚总是认为我父亲情况不妙。要是这次我父亲没有生病，那她就该倒霉了！

　　我父亲的房间不大，但家具摆得有点过多。我母亲死后，他为了忘记得更彻底些，曾换了房间，把他的所有家具都随身带到那更小一些的新的环境里去。房间由一盏放在很矮的床头柜上的煤气灯略微照亮着，因而整个房间都陷入阴影之中。玛丽亚支撑着我父亲，我父亲仰面躺着，但是，上半身有一部分从床上脱落出来。我父亲的脸上全是汗水，因为被邻近的灯光照着，显得发红。他的头倚在玛丽亚忠实的胸膛上。由于痛苦，他呼号着，嘴巴已经动弹不得，唾液从里面流下来，流满了下巴。他一动不动地望着对面的墙壁，当我进去的时候，也没有转过身子。

　　玛丽亚告诉我，听到他的呻吟，她及时地赶到，才阻止他从床上掉下来。她说刚才他手脚乱动得更加厉害，现在她觉得，他似乎相对地安静下来了，但是，她不敢冒险，让他独自待着。她也许想要为把我叫来而表示歉意，而我这时已经明白，她叫醒我是对的。她一边跟我说话，一边哭个不停，但是，我当时还没有跟她一起哭泣，甚至我还叫她不要说话了，不要这么怨天怨地，增加当时的恐怖气氛。我还没有明白当时的一切。这可怜的人儿竭尽全力，忍住呜咽。

我靠近我父亲的耳边，叫道：

"你为什么呻吟啊，爸爸？你觉得难受吗？"

我现在认为，他当时是听见了，因为他的呻吟变得更微弱些，他把视线从对面墙壁上移开，像是设法要看我，但是，他没法把眼睛对准我。我在他的耳边多次喊出同样的问话，结果依旧。我的男人气概马上消失了。这时，我父亲离死神比离我更近，因为我的喊叫声他已经再也听不到了。我吓坏了，我首先想起的是头一天晚上我们之间的谈话。只过了几个小时，他竟然就行动起来，去看一看我们两人究竟谁对。真是怪事！我当时是既悲痛又悔恨。我把头藏在我父亲的那个枕头里，我痛哭失声，不停地发出我刚才责怪玛丽亚的那种呜咽。

此刻是由她来慰藉我了，但是，她这样做的方式是很奇怪的。她劝我安静下来，同时却又谈到我父亲，就像谈到一个已经死了的人一样，然而，我父亲却仍在过分地睁大双眼不住地呻吟呢。

"可怜的人啊！"她不断地说道，"竟这样地死了！头发还这么多，这么漂亮。"她抚摸着我父亲的头发。这倒是真的。我父亲的头还真像戴王冠似的覆盖着一层蓬松的卷曲的白发，而我不过才三十岁，头发却已经十分稀薄了。

我当时竟不曾想起，在这个世界上还有一些医生，据说，他们有时还会使人起死回生。我从那张被痛苦折磨得面目全非的面孔上，已经看到了死亡，我不再抱什么希望了。是玛丽亚首先谈起医生的，而且她随即去叫醒那干农活的，好差他赶紧到城里去。

我独自留下来，支撑着我父亲有十来分钟，而这十来分钟对我来说，简直像是长得不能再长。我记得，我当时曾力求把塞满了我的心房的全部温情都放到我的手中，用我的双手来抚摸这受尽折磨的身躯。我父亲是无法听我讲话了。那么，我该怎么样来让他知道我是那么爱他呢？

等那干农活的来了，我就到我的房间，写了一张便条。对我来说，当时很难写出三言两语，能让大夫对情况有个概念，以便能立即随身把一些药品也带来。我的眼前不断出现我父亲必将很快死去的景象，而且我也不住地问自己："现在，我在这个世界上还能做什么呢？"

随后是好多个钟头的长时间等待。我现在对那些钟头还记得相当清楚。第一个钟头过后，不必再支撑我父亲了，他已经丧失了知觉，老老实实地躺在床上。他的呻吟已经停止，他已经变得毫无感觉。他的呼吸很急促，我几乎是身不由己地在效仿他。我无法按这个节奏长时间地呼吸，我不得不做一些间歇，同时也希望能使病人跟我一起休息一下。但他仍不知疲倦地继续急促呼吸着。我们想让他喝一羹匙茶水，却白费气力。当他需要防止我们对他做什么动作的时候，他的无知觉就减弱了。他毫不动摇地把牙齿闭得紧紧的。即使在无知觉中，他还继续抱着他那不容制伏的固执态度。离黎明还很早的时候，他的呼吸改变了节奏。这呼吸包含了几个段落：开始很缓慢，甚而可能像是健康人的呼吸，接着就急促起来，常常停下来，半天没有动静，很吓人，这使玛丽亚和我感到，像是死亡的宣告。这呼吸并不总是同样的，而总是声音很大，竟然成为这个房间的一部分似的。从这时起，它就总是如此，半天，半天没有变化！

我倒在长沙发上过了几个钟头，玛丽亚则坐在床的旁边。我在长沙发上，热泪滚滚，哭个不停，哭泣能掩盖自己的过错，使人得以指责命运而不致受到反驳。我之所以哭泣，是因为我丧失了父亲，而我一直是为他而活着的。我过去很少陪伴他，这无关紧要。难道我为了变得好一些而做出的努力，不正是要使他满意吗？尽管我所追求的成就可能是我对他的夸口（因为他对我始终是怀疑的），但这毕竟也是对他的安慰啊。然而，现在他再也不能等待我了，他怀着确信我的弱点无可救药的信念，扬长而去。我的泪水真是辛酸到无以复加的程度。

我如今一边写着，甚至是在把这些令人悲痛的回忆镌刻在纸上，一边则发现：在我最初尝试回忆过去时就纠缠住我的那个画面，亦即拉着一列车厢、爬上陡坡的火车头，原是我在长沙发上听着我父亲的喘气声时第一次见到的画面。拉着巨大重量的火车头，总是这样行进的：吐着有规则的烟气，然后加快速度，最后停下来，即使这种停歇也是令人胆战心惊的，因为听到这声音，就会担心那机器和它所拉的东西最终滚入谷底。当真如此！我最初做出的回忆努力，果然把我带回到那一夜，带回到我一生中最重要的时刻里去了。

尚未至拂晓，科普罗西希医生就来到别墅，一位男护士伴随着他，拿着一匣药品。这位医生想必是走来的，因为暴风雨太猛，他找不到车子。

我哭泣着迎接他，他待我十分温和，这使我又产生了希望。但是，我现在不得不立即说出：在我们这次会面之后，在这世界上，很少有人会像科普罗西希医生那样，令我产生如此强烈的反感。他今天还活着，衰老不堪，但得到全城的敬重。当我看到他如此衰弱，如此步履蹒跚地走在街上，力求活动一下筋骨，呼吸一点新鲜空气的时候，甚至在今天，我的憎恨情绪仍会油然而生。

当时，这位医生不过四十出头。他原来花了不少工夫，研究法医学。虽然众所周知，他是个极好的意大利人，但是，帝国主管当局却仍把最重要的行医任务交给他去做①。他是个瘦削的、神经质的男人，其貌不扬，秃顶却使他的面孔变得颇为显眼，因为这似乎使他有了一个高得出奇的前额。他的另一个弱点也使他变得相当神气：当他摘下眼镜的时候（每逢他想要思考一番，他总是这样做），他的眼睛就仿佛变瞎了，这双眼睛就会瞧着他的谈话对象的身侧或上方，就会有一种奇怪的表象，像是一尊雕像的毫无光彩的眼睛，看来是那么咄咄逼人，或者也许还带着嘲讽的意味。因此，这也就是一双令人不快的眼睛。如果他有什么话要说，哪怕只是一句话，他也会再把眼镜戴到鼻梁上，于是乎，他的眼睛就又变成某位资产阶级好好先生的眼睛了，这位资产阶级好好先生正在仔细地研究他所谈的事情呢。

　　他在前厅坐下，休息了几分钟。他要我确切地告诉他事情发生经过，即从最初的警觉直到他驾临以后发生的事情经过。他摘掉眼镜，用他那奇怪的眼睛盯住我身后的墙壁。

　　我力求讲得很确切，而由于我当时的处境，做到这一点是不易的。当时我甚至还记得，这位科普罗西希医生是不能容忍不懂得医学的人使用医学名词，并摆出对这门学科略知一二的架势的。当我谈到我觉得属于一种"脑呼吸"现象的情况的时候，他立即把眼镜戴上，说道："您不要急于下什么定义。咱们再看一看究竟是什么症状吧。"我还谈到我父亲奇怪的举止，谈到他想见我的急切心情，以及他匆忙去睡觉的情景。我没有告诉他我父亲所讲的一番奇怪的话：也许我是害怕他迫使我讲出我当时回答我父亲的

_____

① 指当时管辖的里雅斯特的奥匈帝国。

某些内容。但是，我讲出了爸爸无法确切表达自己的意思的情况，并说，爸爸似乎在全神贯注地想在他头脑中转来转去的某些事情，但是，他却无法表述出来。这位医生仍然在鼻梁上戴着那副眼镜，得意扬扬地慨叹了一声：

"我知道他头脑里转来转去的是什么！"

我自己也知道这一点，但没有说出来，以求不致惹科普罗西希医生恼火：那就是水肿嘛！

我们走到病人的床边。在那位男护士的帮助下，他把那一动不动的可怜的躯体翻来转去好一阵儿，而我觉得，这好一阵儿的时间简直像是长得不能再长了。他听了听病人，又给病人检查了一番。他试想让病人也帮他一把，却是枉费心机。

"行了！"过了一会儿，他说道。他走到我身边。手里拿着眼镜，眼睛则看着地板，他叹一口气，对我说：

"您该勇敢些！情况严重得很。"

我们走到我的房间，他在那里甚至还洗了洗脸。

因此，这时他是不戴眼镜了，当他把头抬起来，想要擦干的时候，他那湿漉漉的头就如同由一双经验不足的手捏成的一个泥人的小脑袋一样。他当时提到，他还是几个月以前见到我们的，他表示很惊讶，我们为何不再到他那里去了。他甚至曾以为，我们是不要他了，换了另一位医生。他当时就曾清清楚楚地说明：我父亲需要治疗。当他责备别人的时候，像这样不戴眼镜，他是很可怕的。他提高了嗓门，想要做出一些解释。然而，他的眼睛却到处乱转，想找出这些解释。

当然，他是对的，我理应受到责备。我现在应当在这里指出，我敢肯定：我憎恨科普罗西希医生并不是因为上述这番话。我当下表示道歉，告诉他：这是我父亲不愿意看医生，不愿意吃药的缘故。我边说边哭，这位大夫果然慷慨善良，力图慰藉我，对我说道：如果我们先去找他，他的医术也最多只能延缓我们现在所看到的灾难，而不是阻止它降临。

但是，由于他继续考查病情的前期症状，他就找到了新的论据来责备我。他想了解我父亲在最近几个月是否抱怨过身体欠佳，是否怨怪过胃口、睡眠不好。我什么准确的情况都无法告诉他，也无法告诉他：我父亲在我们每天一起吃饭时，究竟是吃得多，还是吃得少。我的过错的明显性令我惶恐不已，但是，这位大夫并不坚持问个水落石出。他从我口中得知，玛丽亚一直认为，我父亲快要死了，我因此还嘲笑她。

他一边掏着耳朵，一边朝上看。"再过两小时，他可能会恢复知觉，至少局部地会这样。"他说道。

"那么，还有希望？"我惊呼道。

"什么希望也没有！"他断然答道，"但是，蚂蟥在这方面是绝不会出错的。他肯定会稍微恢复知觉，也许，还会发疯。"

他耸了耸肩膀，把手巾摆好。他这样耸耸肩膀，正意味着对他自己的所作所为嗤之以鼻，同时也鼓动我开口说话。我一想到我父亲有可能从昏迷中恢复过来，但又只是为了眼睁睁地看着自己死去，我就吓得魂不附体，但是，若不是见他耸耸肩膀，我也不会鼓起勇气，把心里的话说出来。

"大夫！"我央求道，"您不觉得让他恢复知觉是个欠妥的办法吗？"

我号啕大哭起来。我的神经受到这么大的震动，所以我一直想哭，但是，我之所以毫无抗拒地痛痛快快地大哭一场，却是为了让这位大夫看到我的眼泪，让他原谅我竟敢对他所做的工作提出这样的看法。

于是，他满怀善意地对我说：

"算了，安静些吧。病人的知觉绝不会那么清楚，使他能了解他的病情的。他不是个医生。只要别告诉他：他快死了，这就够了，况且他自己也不会知道的。但是，我们可能会遇到更糟糕的事：那就是他可能会发疯。不过，我已经带来了紧束衣，而且那位男护士也会留下来的。"

我顿时感到从未有过的巨大恐惧，我求他不要给我父亲用蚂蟥。他当时非常镇静，告诉我：男护士肯定已经把蚂蟥放在我父亲的身上了，因为他在离开我父亲的房间之前就已经下了这道命令。我当下火冒三丈。竟然让一个病人恢复知觉，而同时却毫无拯救他的希望，只能让他陷于绝境，或是去冒受紧束衣折磨的风险（这得受多大的罪啊！），难道能有比这样做更加歹毒的做法吗？我异常粗暴地说：我认为，不让一个注定要死去的人安详地死去，这是惨无人道的残酷行为，但是，与此同时，我也一直哭诉着，请求大夫宽恕。

我憎恨这个人，也是因为他当时曾对我发火。这一点我是永远也不会原谅他的。他当时是那么激动，甚而忘记戴上眼镜，然而，他却能确切地找到我的脑袋所在的地方，从而用他那双可怕的眼睛盯住它。他对我说，他觉得，我似乎是想把那微弱的、依然存在的一线希望也断送掉。他当时恰恰是这样残酷无情地对我说的。

我们简直是要闹翻了。我一边哭着，吼叫着，一边反驳道：不久前，他还排除有拯救病人的任何希望呢。我的家和我一家人，不该用来做实验，在这个世界上，还有其他地方可以用来做实验嘛！

他非常严厉，但又十分镇静，这种镇静几乎使他变得咄咄逼人，他答道：

"我对您说过眼下科学状况究竟如何。但是，谁能说出半个钟头之后，或者直到明天为止，会发生什么情况呢？我可以让令尊活下来，但我也无法控制各种可能性。"

这时，他戴上了眼镜，他带着他那学究式职员的神气，又做了一些解释。这些解释絮絮叨叨，没完没了，都是用来说明一位医生的做法在决定一个家庭的经济命运时可能会起什么样的重要作用。能多喘息半个小时，就可以决定一份产业的命运。

我还在哭泣着，但这时已经是因为我可怜我自己，竟然不得不在这种时候听这类教训。我已经精疲力竭，不想再争论了。何况蚂蟥已经都放上去了！

医生只要待在一个病人的床边，他就变成一种强权，对于科普罗西希大夫，我只能俯首听命，毕恭毕敬。想必正是由于这种恭敬态度，我才不敢建议进行会诊，这件事是我多少年来一直引以自责的。如今，这种悔不该当初的心情已经同我的所有其他情感都死去了，这些情感正是我在本文中冷静地谈到的情感，而这种冷静态度是我本来会用来讲述属于一个局外人的遭遇的。这些天，在我的心灵中，没有其他残留的东西，只有对那位医生的反感情绪，然而，那位医生却依然故我，活得好好的。

后来，我们又一次走到我父亲的床前。我们发现他向右侧卧，已经睡熟。他们在他的一边太阳穴上贴上了一块胶布，为的是盖上蚂蟥造成的伤口。大夫想立即证明我父亲的知觉是否已经增强，于是就在他耳边喊了几声。病人毫无反应。

"这样倒更好些！"我鼓起很大勇气说道，但是，我一直在哭。

"我所预期的效果还是会有的！"大夫答道，"您没有看出他的呼吸已经有了变化吗？"

的确，呼吸固然还是急促而吃力的，却已经不再有曾使我吓得要命的那种间断。

男护士向医生说了几句，医生点了点头。原来是要给病人试穿一下紧束衣。他们从手提箱中拿出那件东西，把我父亲抬起，迫使他坐在床上。这时，病人睁开了眼睛：那是一双蒙眬的、还不曾接受光线的眼睛。我又抽泣起来，因为我担心这双眼睛会立即看到东西，看到一切。然而，当病人的头又放回枕上的时候，那双眼睛却又闭拢了，就像一些玩具娃娃的眼睛一样。

大夫十分得意：

"这完全是另一种状况了！"他喃喃地说。

是的，的确完全是另一种状况了！不过，对我来说，它绝不是别的什么，而只是一种严重的威胁。我狂热地吻着我父亲的前额，心中则向他祝愿：

"哦，睡吧！一直睡到长眠不醒吧！"

我就是这样，祝愿我父亲离开人世，但是，大夫却没有猜透，因为他憨厚地对我说：

"现在，您看到他恢复知觉，也感到高兴了！"

大夫离去的时候，天已拂晓。这是一个朦胧而姗姗来迟的黎明。风一阵阵吹得仍很厉害，但我却觉得，它似乎不那么狂暴了，尽管它仍然卷起冰冻的白雪。

　　我把大夫送到花园里。我过分夸张地做了一些礼貌的动作，为的是不致让他猜着我的怨恨。我的面部表情只显示出十分敬重。只是在我见他沿着通往别墅出口的小路逐渐远去的时候，我才让自己做出一个厌恶的动作，这使我顿然感到轻松起来。他在雪地里显得那么小，变成一个黑点，他摇摇晃晃，每逢阵风吹来，就停下来，以求能更好地支撑住。对我来说，光是做个鬼脸，是不够的，在极度勉强克制自己之后，我真感到需要再做一些猛烈的动作。我在寒气中，光着脑袋，沿着花园小道走了几分钟，愤怒地拿脚用力地践踏着高高的积雪。但是，我现在不知道，我当时的这股幼稚的怒气，与其说是发泄在大夫身上，或者还不如说是发泄在我自己身上。看来，首先是向我自己发泄的，因为我竟然想要我父亲死去，甚而还敢于讲出来。我的沉默竟把我那出于最纯洁的孝子之情的愿望，变成了名副其实的犯罪，它像是可怕的重负在压抑着我。

　　病人一直在睡着。他只说了两句话，我却没有听懂，但是，那是一种极为平静的谈话语气，异常奇怪，因为它打断了他那始终是极其频繁的呼吸，这呼吸与任何一种平静又相距那么远。他难道就要有知觉了？要不就是陷于绝境了？

　　玛丽亚这时跟男护士一起，坐在床的旁边。这位男护士使我感到他可以信任，只是因为他过分仔细小心，令我颇为不快。他反对玛丽亚给病人喂上一羹匙肉汤的建议，而玛丽亚认为，肉汤是一剂良药。但是，医生并没有谈到肉汤，因此，男护士希望等医生回来后再决定如此重要的行动。他讲话十分专断，而这件事本不值得如此不容商量。可怜的玛丽亚没有坚持这样做，我也没有坚持，但我又做了一个厌恶的鬼脸。

他们让我去睡觉，因为我得跟男护士一起过夜，照看病人，而守护在病人身边，只需两个人就够了，一个人可以在长沙发上休息。我躺了下去，很快就睡着了，完全而舒适地丧失了知觉，而且——我现在也确信如此——不曾被任何梦境的出现所打断。

然而，昨天夜里，在经过昨天用了一部分白天时间去搜集我的这些记忆之后，我曾做过一个异常生动的梦，这个梦使我做了一个巨大的飞跃，穿过时间，又回到过去的那几天。我又梦见自己跟大夫一起待在同一个房间里，正是在这个房间里，我们曾讨论过蚂蟥和紧束衣，这个房间这时已经面目全非，因为它已经成为我和我妻子的卧室了。我在教导大夫应当怎样治疗，怎样治好我父亲的病症，而他呢（他并不像如今那样老态龙钟，站立不稳，而是像当时那样精力充沛，神经质）则非常恼火，手里拿着眼镜，眼睛却不知瞧着何处，吼叫着：不值得费那么大工夫。他正是这么说的："蚂蟥会让他复活，让他重新痛苦的，根本不需要把这些蚂蟥放在他的身上！"而相反我却把拳头捶在一部医书上，并且吼叫道："蚂蟥呢！？我要蚂蟥！还有那紧束衣！"

看来，我做梦时想必叫嚷得很厉害，因为我妻子把我唤醒，打断了我的梦。多么遥远的影子啊！我现在认为，这是因为：要想看清楚这些影子，必须借助于视觉工具，而正是这种视觉工具，把影子给弄颠倒了。

我睡得很安静，这是这一天最后的记忆。随后又过了若干漫长的日子，而这些日子的每一个小时都跟另一个小时没有两样。天气已经转好。有人说，我父亲的病情也已经转好。他可以在房间里自由自在地活动了，并且开始从床上到沙发，跑来跑去，追寻着空气。他常常透过关闭的窗户，朝着阳光下铺满的闪着耀眼光辉的白雪的花园，望上片刻。每逢我走进这个房间，就准备好讨论并冲淡科普罗西希所期待的那种意识。但是，我父亲虽然每天都表示出他能更好地听到和理解，那种意识却一直远不可及。

遗憾的是，我必须承认：在我父亲临终的病榻前，我的心灵中曾蕴藏一种强烈的怨恨，这种怨恨很奇怪也与我的痛苦纠缠在一起，并且把我的痛苦也弄得虚假了。这怨恨首先是针对科普罗西希的，而且在我尽力设法掩饰对他的这种情绪时，它反倒更加强了。其次，这怨恨也针对我自己，我怨恨我自己不善于与大夫展开争论，向他明确指出：我对他的医术根本一点也瞧不上，我希望我父亲能与世长辞，只要能使他不受痛苦。

最后，我对病人也感到不满。凡是曾尝试过在一个不安分的病人身边待上几天和几个星期而同时自己又充当不了护理人员的人（因此，他只能成为眼看别人所做的一切的消极旁观者），都会理解我的。再说，我也需要好好休息一下，以求澄清我的思想，甚而调整，也许还加上体验我对我父亲和我自己所感到的悲痛心情。相反，我必须做的却时而是为要逼他吞下药品，时而则是为要阻止他走出房间而斗争。斗争总是会带来怨恨的。

一天晚上，卡洛，即那个男护士，把我叫去，要我看一看我父亲有了新的好转。我怀着七上八下的心情跑过去，而我一想起老人会发觉自己的病症并责备我使他得了这个病症，我就难免心慌意乱。

我父亲站立在房间中央，只穿了一身内衣裤，头上戴着他那红绸子做的睡帽。虽然气喘依然十分厉害，但他已经不时能讲出几句简短的神志清醒的话。当我进去的时候，他对卡洛说：

"开开！"

他是要开开窗户。卡洛答道;"不能开窗，因为天气太冷。"我父亲有那么一会儿，忘记了自己的要求。他走过去，坐到靠窗的一个小沙发上，并且伸直了身子，想要舒展一下。他看到我，微微一笑，向我问道：

"你睡过觉了吗？"

我现在不认为，我的回答他当时已经听见了。我十分担心的并不是这种意识。当一个人死去的时候，他除了想到死之外，总还有别的可做。他的整个机体都用到呼吸上去了。他不是在听我说话，相反却又向卡洛叫道：

"开开！"

他并不是在休息。他常离开沙发，站立起来。然后，在男护士的帮助下，非常吃力地躺到床上去，他先是向左侧躺了一会儿，随即又向右侧转过去，他在右侧倒是能坚持几分钟。这时，他又经常要求男护士帮他重新站立起来，最后则是回到沙发上，在那里，有时能待上更长的时间。

那一天，他从床上走到沙发的时候，竟然在镜子前面停了下来，他照着镜子，端详着自己，喃喃地说：

"我简直像个墨西哥人！"

我现在认为，可能正是为了使自己摆脱这种从床上跑到沙发的可怕的单调行动，他在那一天居然设法吸起烟来。他刚刚满满地吸了一口烟，就马上吐了出来，并且气喘不休。

卡洛把我叫来，为的是让我目睹病人一时间恢复了清醒的意识：

"那么我当真病得很厉害吗？"我父亲焦虑地问道。很多意识是再也恢复不了了。相反，过了一会儿，他一时间又变得精神错乱了。他从床上起来，以为自己是在维也纳一家旅馆里睡了一夜之后刚刚醒过来。想必是由于他嘴里干燥得厉害，想要得到什么清凉感觉，才梦到维也纳，因为他记起在那个城市有可口而冰凉的水。他立即谈到那可口的冰水，并说什么那水在附近的喷泉中等着他呢。

况且，我父亲是个不安分的但又性情温和的病人。我很怕他，因为我总是担心，一旦他了解了自己的病情，就会立即恶化，因此，尽管他性情温和，这却并不能减轻我花费的很大力气，但是，他又服服帖帖地接受向他提出的任何建议，因为他期望从所有的建议中得到能使他免于气喘的办法。男护士表示要去给他拿来一杯牛奶，他当真欢欢喜喜地接受了。他固然急切地等待得到这杯牛奶，但是，在喝了一小口之后，就又同样急切地要把这杯牛奶撇开了，而由于他没有立即得到满足，他就干脆把杯子扔到地上。

大夫对病人的现状，从未表示过失望。每天，他都能看出有所好转，但是，他也看到灾难降临是迫在眉睫的。一天，他乘车来了，但又匆匆忙忙地走去。他嘱咐我要使病人尽可能卧床更久一些，因为横卧姿势是最有利于血液循环的姿势。他甚至对我父亲本人也做了同样的嘱咐，我父亲听懂了，并且摆出异常聪明的样子，答应下来，但是，却一直站立在房间中央，同时很快又回到他那心不在焉的状态，或者说得更确切些，是我所说的思考他的气喘的状态。

在随即而来的夜里，我最后一次产生恐惧情绪，即害怕看到我所非常担心的那种意识再现。他坐在靠窗的小沙发上，透过玻璃望着明朗的夜里的星空。他的呼吸一直是气喘吁吁，但是，似乎由于他专心致志地朝上看，他已经对此并不感到难受了。也许是呼吸的缘故，他的头似乎在做着同意的表示。

我恐惧地想到："他果然在考虑他一直回避的问题了。"我力图发现他注视的天空中的确切地方。他一直挺直着上半身，凝视着，像一个正在透过位置过高的缝隙察看什么的人那样，花费好大力气。我觉得，他像是在观望昴星团。也许，他这一辈子也未曾看得这么久，这么远。突然间，他转过身来对着我，同时仍一直挺直着上半身：

"瞧啊！瞧啊！"他用严加警告的模样对我说道。他马上又转过头去凝视天空，接着重新转过身来，对我说：

"你看到了吗？看到了吗？"

他试想转过去看星星，却做不到了：他精疲力竭地瘫倒在沙发的靠背上，当我问他究竟想要叫我看什么的时候，他已经听不懂我的意思了，也记不得自己曾看到什么，并想叫我也去看。他花费好大工夫力图向我说的那句话，永远被他忘掉了。

夜是漫长的，但是，我现在应当承认，对我和那位男护士来说，也并非是特别费力的。我们经常让病人爱做什么就做什么，他也经常在房间里，按照他的奇怪习惯，走来走去，并且完全意识不到他在等待死亡。有一次，他试图走出房间，到过道里去，那里则是非常冷的。我不让他这样做，他马上听从了。然而，另有一次，护士由于听到医生的叮咛，想要阻止他从床上起来，但是，这时，我父亲却反抗了。他不再痴呆了，站起身来，边哭边骂，我于是为他请求，获准让他享有随意活动的自由。他立即安静下来，恢复他那悄然无声的生活，以及他那无益的跑来跑去、寻求松弛的做法。

当医生回来的时候，他让医生给他检查，甚至设法像对方向他要求的那样，做更大的深呼吸。接着，他面对我说：

"他怎么说？"

他把我抛开了片刻，但很快又对我说道：

"我什么时候才能出去？"

大夫见他如此温和，甚受鼓舞，便劝我对他说：他应当尽量在床上待得更长久些。我父亲经常只能听出他所熟悉的声音，如我的声音以及玛丽亚和男护士的声音。我并不相信医生的这些嘱咐的效果，然而，我还是说出来了，并且在我的声音里，带上一种威胁的语调。

"好吧，好吧！"我父亲应声道，而就在这同时，他站起身来，走到沙发那里去。

医生看着他，无可奈何地喃喃说道：

"看得出来，换一个位置会使他感到轻松一点。"

过了不久，我便上了床，但是，我却无法合眼。我是在瞻望未来，是在探索，以求发现：我究竟为什么，又为谁，居然能继续在提高自己方面做出努力。我大哭了一场，但更多的是为我自己痛哭，而不是为那个无法安静下来，在自己的房间里跑来跑去的不幸的人。

当我起来的时候，玛丽亚就去睡下，我跟男护士一起留在我父亲的身边。我垂头丧气，疲惫不堪；我父亲则比任何时候都更不安分。

正是在这时，发生了我永远不会忘记的那个可怕的情景，它把它的阴影抛射得很远、很远，遮盖住我的一切勇气、一切欢乐。为了忘记当时的痛苦，我曾需要经历许多岁月来冲淡我的一切情感。

男护士对我说：

"要是咱们能把他固定在床上，该多好。大夫是那么重视这个问题！"

直到那时，我一直是躺在长沙发上。我站起身来，走到床前，这时，病人正躺在床上，气喘得比任何时候都更加厉害。我拿定主意：我要迫使我父亲按照医生所嘱，至少在床上待上半个钟头。这难道不是我的责任吗？

我父亲立即试图朝床边翻过身来，以便挣脱我的压力，站起身来。我用强有力的手按住他的肩膀，阻止他这样做，同时还高声蛮横地命令他不要动。霎时，他吓坏了，只好服从。随即他又慨叹道：

"我要死了！"

随即他把身子挺直。这时，我被他的呼叫吓住了，我放松了手下的压力。这样一来，他得以坐到床边，正好面对着我。我现在认为，当时，他的怒气大增，因为他发现自己的动作受到阻挠（哪怕只阻挠了片刻！）。他似乎确信：是我把他所需要的空气给截断了，正像我站在他的对面，而他则是坐着，这样我就把他的光线也挡住了一样。他最后挣扎了一下，终于站立起来，他把一只手抬得高高的，仿佛他知道：他如今已经不能给这只手以其他力量，只能把自己的全身重量都放上去，这样，他就把那只手打到我的脸颊上。他随即滑落在床上，又从床上滑落到地板上。死了！

我并不知道他已经死了，但是，我的心却因为受到他临终时给我的惩罚带来的痛楚而如同刀绞。在卡洛的帮助下，我把他扶起来，安放到床上。我啼哭着，正像一个受到惩罚的孩子，我在他耳边叫道：

"这不是我的错！是那该死的医生要强迫你卧床啊！"

这是撒谎。接着，我仍像一个孩子，又答应他不再这么干了：

"我一定会让你想怎么动就怎么动的。"

男护士说：

"他死了。"

他们不得不用九牛二虎之力，把我从那个房间里拉走。他死了，而我竟然无法向他证明我是无辜的！

在只剩下我一个人时，我就试图恢复我的理智。我在推理：既然我的父亲一直是丧失知觉的，那就可以排除这种可能性——他竟能决定要惩罚我，要用他的那只手如此准确地打到我的脸颊上。

怎么可能确信：我讲的这番道理是正确的呢？我当时甚至想要径直去找科普罗西希。他，作为医生，本来可以告诉我一些有关一个垂死的人有什么解决问题和采取行动的能力的话的。我竟然成为想要使他呼吸得容易一些的行动的牺牲品！但是，我跟科普罗西希大夫没有谈到这个。去向他透露我父亲是如何向我诀别的，这是不可能的。因为他早就指责我对我父亲缺乏感情了！

当我听到卡洛，那个男护士，当晚在厨房里告诉玛丽亚"那位父亲把手抬得高高的，用他最后的动作，揍了儿子"的时候，这对我来说，不啻是进一步沉重的打击。他已经知道了，因此，科普罗西希必定也会知道的。

当我走到停尸的房间的时候，我发现他们已经给遗体穿好了衣服。男护士想必还为遗体梳理了那漂亮的白发。死亡已经使躯体变得十分僵硬，这躯体躺在那里，仪表堂堂，威风凛凛。他那双大手，坚强有力，生就很美，这时则显得发青，但是，它们又平放得那么自然，甚至像是准备好抓住什么，进行惩罚。我当时不愿再看了，也不能再看了。

后来，在葬礼上，我终于又想起我父亲，他是那么软弱，那么善良，正如我过了童年之后对他的一贯了解那样，我确信：他临终时打我的那记耳光，并不是他心甘情愿的。我变得温温顺顺了，对我父亲的回忆也伴随着我，变得越来越温馨。这正如一场甜美的梦：这时，我们已经非常协调一致了，不过，我变成了最弱者，他则变成了最强者。

我从葬礼回来，在很长一段时间内，一直沉湎于我童年的宗教信仰之中。我经常想象我父亲在听我讲话，我则对他说：这不怪我，而要怪那位大夫。撒谎并没有什么重要，因为这时，他已经理解一切，我也同样如此。好多时间以来，我跟我父亲的谈话一直在温馨地、悄悄地继续进行着，竟像是一种不正当的爱，因为我在众人面前，继续笑话任何宗教信仰举动，而与此同时（谈到这里，我也愿意承认），我确实每天都满怀热忱地把我父亲的灵魂托付给某个人。这才是真正的宗教，这样的宗教无须高声宣扬，以求从中得到安慰，而这种安慰有时（尽管时候不多）是人们所不能缺少的。

五 我结婚的经过

在一个资产阶级家庭的青年的脑海中，人生概念总是与飞黄腾达的概念联系起来的，而在青春初期，这飞黄腾达又体现为拿破仑一世式的飞黄腾达。但这并不是说，人们因此就想当皇帝了，因为人们可以像拿破仑那样去做，同时又保持很低下，而且是低下得多的地位。节奏最为紧凑的人生，可以用最简单的声音来概括，那就是海浪的声音，从它有了自己的形态开始，它就时时刻刻地在变化，一直变化到死！因此，我过去也曾希望自己能变成像拿破仑那样的人，变成像海浪那样的东西，不断地千变万化。

然而，我的生活却只能发出一种声调，没有任何变化，这声调相当高，有些人甚至还羡慕我，但是，这声调实在令人厌烦至极。我的朋友们在我的整个一生中都一直很敬重我，而我则相信，从我长到有理智的年龄时起，我就没有把我对自己的看法改变多少。

因此，可能是因为我对发出和听到这单调音符感到厌倦了，我才有了结婚的念头。凡是还没做过这种尝试的人，都以为结婚要比它实际上具有的意义更为重要。我们所物色的伴侣，会使自己的种族从儿女身上不断更新，要么是变得更糟，要么则是变得更好，但是，这是自然界这位母亲所愿意造成的，而且她又无法直接地对我们进行指导，因为在那个时候，我们根本没有想到什么子女。因此，自然界这位母亲使我们以为，从妻子身上，我们自己也必定会得到更新，这其实是一种奇怪的幻想，是任何文献都不容许抱有的幻想。以后，人们确实成对成双地生活在一起，除非对那个跟我们如此不同的人产生新的反感，除非对那个比我们高明的人产生嫉妒，否则是不会有什么变化的。

好在我的结婚经历是从结识我的未来岳父，从我对他所抱的友好情谊和对他表示的赞赏开始的（这是在我得知他是有几个待嫁的女儿的父亲之前）。因此，使我朝着我无从知晓的目标行进的那个决断，显然并不是什么决断。我当时忽略了一个小姑娘，而我本来一度可以认为她对我是很合适的，我一直关注的是我的未来岳父。我甚至会想，还是相信命运吧。

我的心灵一向蕴藏着追求新鲜事物的愿望，而乔瓦尼·马尔芬蒂恰好满足了我的这个愿望，因为他与我，与我一直想使之成为伙伴和朋友的所有的人，是那么不同。我由于先后上过大学的两个系，已经具有相当的文化修养了，尽管我有很长一段时间无所事事，但我也认为，这段时间对我还是满有好处的。然而，他却是个大商人，无知而又活跃。但是，他的力量和开朗正是来自他的无知，而我往往是如痴如醉地看着他的，因为我羡慕他。

马尔芬蒂当时大约五十岁，钢筋铁骨，硕大的身材，又高又胖，分量有一百多公斤。他那肥大的脑袋里转动的思想不多，而且都是由他十分清楚地运转着的，他把这些思想考虑得那么周密而彻底，并且不断加以发展，运用到每天许许多多新的生意上去，这样一来，这些思想竟成为他的身体的一部分，成为他的四肢和秉性。像他这样的思想，我是很匮乏的，而为了发财，我也对他恋恋不舍。

　　我是在奥利维的建议下，来到泰尔杰斯泰奥的。奥利维常对我说，经常光顾证券交易所，会成为我的商业活动的良好开端，而且从那个地方，我也可以为他搜集一些有用的消息。我坐到我未来岳父的那张办公桌前（他坐在那里真是神气十足），我就再也不能离开了，因为我似乎来到了一个名副其实的贸易讲座之前，而这个讲座是我久已寻觅的。

　　他很快就发觉，我对他仰慕备至，并且也以友好的态度对我做了相应的对待，我立即觉得，这种友好态度简直就是一种父辈的慈爱表示。他难道很快就知道事情后来会发展到什么程度吗？有一天晚上，我由于受到他在经营生意十分兴隆方面所做的范例的鼓舞，居然对他说出，我想把奥利维一脚踢开，由我自己来领导我的事业，这时，他劝我打消这个念头，甚至对我这个意图显得颇为吃惊。我可以致力于商业，但是，我应当永远与奥利维保持牢固的联系，因为他了解奥利维的为人。

　　他非常乐意教导我，并且亲手在我的那个小本本上记下三条戒律，他认为，这三条戒律是足以使任何公司都可以兴旺发达的：一、不必懂得如何工作，但是，不懂得让别人如何工作的人则必然垮台。二、只有一件令人非常懊悔的事，即不懂得如何照顾本人利益。三、在做生意方面，理论是非常有用的，但是，只有在生意没有做成的时候，才可以运用理论。

　　我把这三条戒律以及许许多多其他论点都牢记在心，但是，这些东西对我却并不起什么作用。

　　当我仰慕某个人的时候，我总是马上就想效仿他。我也模仿马尔芬蒂。我希望成为一个十分精明的人，而且我感到自己是十分精明的。有一次，我甚至梦想成为比他更加狡猾的人。我觉得，我从他的生意安排上发现了一个错误：我想立即向他指出来，以求得到他的敬重。一天，在泰尔杰斯泰奥的办公桌前，当他谈到一项生意，正破口大骂他的经营对方的时候，我把他止住了。我告诉他：我发现，他把自己的计谋向所有人宣布出来，那是失算的。按照我的看法，在做生意上，真正的滑头应当是做到使自己显得呆笨不堪。

他把我嘲笑了一番。诡计多端的名气是十分有用的。因此，许多人都来向他求教，并且也给他带来一些最新消息，于是，他也为他们提出一些极为有用的主意，这些主意是由中世纪以来积累的经验所证实的。有时，他还有机会在得到一些消息的同时，有可能脱手一些货物。最后，为了从卖出或买入中获益，大家总是要求助于最滑头的人的。他谈到这里，竟开始吼叫起来，因为他觉得，他终于发现了使他能把我说服的论据。人们从呆笨不堪的人那里，不可能希望得到别的，只能做到促使他牺牲他的一切利益，但是，呆笨的人的货物总是比滑头的人的货物贵，因为他在购买货物时，就已经受骗上当了。

对他来说，我是这张办公桌前的最重要的人。他把他的商业秘诀都告诉了我，而我也从未泄露过。他的信任真是放到最恰当的地方，尤其是等我已经成为他的女婿的时候。他确实也曾两度欺骗了我。第一次，他以他的精明赚了我一笔钱，虽然如此，受骗上当的却是奥利维，因此，我并不感到过分痛心。奥利维曾支使我到他那里去，想以精明的方式刺探一些消息，而且果然得到了这些消息。这些消息既然是这么来的，他就再也不能原谅我了，每逢我开口告诉他一条信息，他就要问我："您这信息是从哪里来的？是从您的岳父那里来的吗？"为了替我自己辩护，我不得不也为乔瓦尼辩护，最后我感到自己与其说是欺骗别人，倒不如说是被别人欺骗。这种感觉倒是挺令人喜欢的。

但是另一次，我当真扮演了傻瓜的角色，不过，即使如此，我对我的岳父也不曾抱有什么怨恨。他总是时而引起我羡慕，时而则逗得我发笑。我常从我的失意中看出是确切运用他的那些原理的结果，而他把这些原理又曾向我解释得那么清清楚楚。他甚至有时也跟我一起笑话我的失意遭遇，从不承认他曾让我上当受骗，并且还扬言他看到我不走运的那副滑稽相，就情不自禁地要发笑。只有一次，他承认对我玩弄了花招，这事发生在他在女儿阿达的婚礼（可不是跟我结婚）上喝了一些香槟之后，这香槟把这个肥大的身体弄得很烦躁，因为这个身体通常是用纯水来浇灌的。

当时，他把事实讲了出来，他拼命地叫喊着，为的是能克制住使他无法讲话的哈哈大笑：

"于是，就来了那条法令！我非常沮丧，不得不算计一下我要付出多大代价。这时，我的女婿进来了。他对我说，他想要做生意。'这可是个好机会。'我对他说。他马上扑到文件上，签了字，生怕奥利维凑巧来了，不让他这么干，生意就做成了。"接着，他对我大大地夸奖了一番："他把经典著作都能记得牢牢的。他知道谁说过这个，谁又说过那个。但是，他却不懂得看报纸！"

这是真的！要是我看到了我每天都看的五份报纸在不怎么显眼的地方刊登的那条法令，我也就不会陷入圈套了。我就会马上不得不去领会这条法令，看看这条法令会带来什么后果，而做到这一点是不那么容易的，因为通过这条法令，税率要降低，因此，有关的货物也得随之降价。

过了一天，我岳父就把他所承认的话一概推翻。这桩生意到了他的嘴里，就又恢复了在头一天晚餐之前的那种面貌。"葡萄酒会使人信口开河。"他常会若无其事地这么说，然而这一点则是既成事实，有关的法令是在做成这桩生意两天之后公布的。他从来没有做过这样的假设：即使我看到这条法令，我也会曲解它。为此，我很觉得意，但这并不是由于他给我留了面子，而是因为他认为，大家看报纸，都会记住各自的利益的。而我却相反，当我看一份报纸的时候，我就觉得自己已经变成公众舆论，而在看到某项税率减少时，就会想起科布顿①和自由贸易主义。这种想法十分重要，以致不会留下其他地方，让我想起我的货物来了。

但是，有一次，我居然赢得他的欣赏，恰恰是对我的欣赏，他欣赏我的正是我的本来面目，正是我的无所作为，甚而正是我最糟糕的品质。我和他都拥有一家糖厂的一些股票，拥有的时间长短不同，而我们都期待着这家糖厂会有什么奇迹出现。然而，这些股票却总是略有下跌，而且每天都是如此，乔瓦尼是不擅长逆水游泳的，于是就把他的股票都脱了手，并且还说服我也卖掉我的股票。我非常同意，也打算命令我的经纪人卖掉这些股票，并且把这件事记在我当时又重新设立的一个小本本上。但是，大家都知道，人在白天总是不去看自己的口袋的，这样，我有好几个晚上都在我睡觉的时候，从我的口袋里意外地发现这条记录，不过，发现得已经太晚了，因此，这条记录已经对我没有什么用处了。有一次，我因为气急败坏，便叫喊起来，为了不必向我妻子做过多的解释，我告诉她："我咬了我的舌头了。"另有一次，我因为对自己如此轻率大意感到惊讶，我竟咬了我的双手。"现在，

————————

① 科布顿（Richard Cobden，1804—1865），英国经济学家，主张自由贸易和世界和平。

你得看住你的脚了！"我妻子笑道。后来，倒没有发生其他倒霉的事，因为我已经习以为常了。我时常呆呆地看着那个该死的小本本，因为那个小本本实在太薄了，以致在白天，也不会因为它压在口袋里面让人察觉，这样，一直到晚上，我都不再想到它，哪怕它就在身边。

一天，一场突然而来的瓢泼大雨使我不得不躲进泰尔杰斯泰奥。在那里，我碰巧遇上我的经纪人，他告诉我：在最近八天里，那些股票价格竟几乎上涨了一倍。

"那么现在我就把它卖掉！"我扬扬得意地欢呼道。

我当下跑到我岳父那里，他早已知道那些股票上涨了，他很痛心自己已经把股票卖掉，而对于曾怂恿我卖掉我的那份，就不怎么太痛心了。

"不过，你得有耐心！"他笑道，"这是头一次你因为听从我的主意而受损失。"

另有一项生意也不是听从他的主意干的，而是根据他的建议干的，按照他的说法，这一点大不相同。

我也兴致勃勃地笑了起来。

"可我根本没有听从那个主意啊！"对我来说，侥幸成功是不够的，我还要设法把它归为我的功绩。我告诉他股票只能在第二天早上才卖掉，我摆出一副趾高气扬的架势，想要让他相信：我曾得到一些我忘记向他透露的消息，而正是这些消息使我没有考虑他的主意。

他狠狠地瞪了我一眼，气恼地并且不看着我的脸说道："一个人有了像你那样的脑子，就不会去管什么做生意了。一个人要是干出这样恶毒的事，也不会不打自招的。你啊，你还需要学会好多东西呢。"

我很抱歉竟把他惹恼了。本来每逢他戏谑我,他总是会讨人喜欢得多的。我于是诚恳地把事情经过告诉了他。

"你瞧怎么样:正是必须有像我这样的脑子,才能去做买卖。"

他马上又变得和颜悦色了,并且跟我一起笑了起来:

"你从这桩生意里,并没有得到什么利益,这只不过是一种补偿。你的这个脑袋瓜,已经让你赔了不少,如今你把你的一部分损失赚回来,也算是对的!"

我不知道,我为什么现在停下来,费那么多工夫讲我跟他的分歧,其实,这种分歧是很少的。我确实很爱他,尤其是因为我喜欢找他做伴来清理我的思想,尽管他有吵吵嚷嚷的习惯。我的耳膜是能够承受他的吼叫的。要是他把他的那些不讲道德的理论叫得不那么响,那些理论本来会更能伤人的,而要是他曾受过更好的教育,他的力量似乎也不会那么引人注目的。尽管我跟他是那么不同,我却认为,他也是以同样亲切的感情对待我的。倘若他没有死得那么早,我本来会对他有更可靠的了解。在我结婚以后,他继续不断地谆谆教导我,往往在教导我时,还会吵吵嚷嚷,骂骂咧咧,而我也总是一概接受下来,因为我确信自己应当受到这类待遇。

我娶了他的女儿。神秘的自然界母亲引导我这样做,而且诸位会看到,她是以怎样的粗暴命令态度来引导我的。现在,有时我察看我的子女的面庞,我想弄清:在我那尖瘦的下巴(这是软弱的迹象)的旁边,在我那如在做梦的眼睛(这是我传给他们的)的旁边,是否至少能有我为他们所物色的那位外祖父的粗犷魅力的某些痕迹。

我曾在我岳父的墓前哭过，尽管他最后给予我的诀别并不是十分亲切的。他从他临终的床上对我说，他欣赏我那无耻的幸运，这幸运使我得以自由地活动，而他却像被钉在十字架上似的，躺在床上。我很惊讶，问他我究竟做了什么事，居然使他想要看到我病倒。他正是这样回答我的：

"要是我把我的病给了你，而我自己可以得到解脱，那么我就会马上把这病给你，甚至加倍地给你！我可没有你那样的人道主义怪念头！"

这里并没有任何伤人的意思：因为他本来想要把另一桩生意再说上一遍，而正是通过这桩生意，他竟然把一批降价的货物交给我去处理。再者，即使在这方面，也显示出他对我的爱抚，因为我并非不高兴看到我的弱点被他用所谓人道主义怪念头来加以解释。

在他的墓前，正如在我所哭泣过的所有墓前一样，我的悲痛也是针对我自己的那个已被葬入其中的部分。这对我来说，等于减少了些什么，因为我丧失了我那第二个父亲，他是那么普通，那么无知，他是个凶猛的斗士，这也就突出地显示了我的软弱、我的文化、我的胆怯。这是千真万确的：我是个胆怯的人！如果我不是在这里研究乔瓦尼，我本来也不会发现这一点。倘若他能继续待在我的身边，谁知道我会怎样更好地了解我自己啊！

我很快就发觉：在泰尔杰斯泰奥的办公桌前，乔瓦尼总是为自己做一些保留的，而别人则总是喜欢暴露自己的真相，甚至比真相还要更糟糕一些：他从来不谈论他的家，或者只有在迫不得已时才谈论，而又总是那么庄庄重重地谈论着，不过声音比平常要来得更柔和一些。他对自己的家十分敬重，也许，在他看来，所有那些坐到那张办公桌前的人是不配晓得有关他的家的某些事情的。在那里，我只得知，他的四个女儿的名字都以 A 开头，按照他的说法，这是一种极为实用的做法，因为凡是印上这个开头字母的东西，都可以从这一件转到那一件，而无须有什么变化。这四个女儿叫作（我立即记住了她们的名字）：阿达、奥古斯塔、阿尔贝塔和安娜。在这张办公桌前，有人甚至说过，这四位都很漂亮。这个开头字母给我的印象比应有的要深刻得多。我曾梦见过这四位姑娘，她们都牢牢地被她们的名字系在一起。她们像是要被成捆地交出去似的。这个开头字母甚至也说明别的什么东西。我叫作泽诺，因此，我就有这样的感觉：我就要在离我老家很远的地方娶老婆了①。

也许是事出偶然：在我亲往拜会马尔芬蒂家之前，我刚摆脱掉与一个女人相当长久的关系，这女人或许原应得到更好的对待的。不过，这种偶然性倒颇值得深思。我决定与那女人分手，是出于微乎其微的原因。这可怜的女人本来以为，使我产生嫉妒之心，是一个使我与她结合的良方妙法。然而，猜疑却足以使我把她彻底抛弃掉了。她不可能知道，我当时一脑子都是想结婚的念头，而我认为，我是不能与她结成伉俪的，这只是因为我觉得，跟她在一起，似乎没有多大新鲜感。她有意使我产生对她的猜疑，也正表明结婚的优越性，因为在这方面是不容许产生什么猜疑的。当我很快感到这种猜疑是无中生有的，因而这种猜疑就销声匿迹了的时候，我也就想起：她花钱太厉害了。今天，在经过二十四年老老实实的婚姻之后，我则不再有这种看法了。

---

① 意文的"泽诺"拼写为"Zeno"，是以字母表最后一个字母"Z"开头的，因而与第一个字母"A"相距甚远。

对她来说，这真是幸运，因为几个月之后，她就嫁给了一个非常富裕的人，并在我之前就得到了她所企盼的改变。我结婚不久之后，就在家中遇到她，因为她丈夫是我岳父的一个朋友。我们经常见面，但是，在我们之间一直存在着最大限度的保留，并且从未提到过往事，这样，一直持续了许多年，直到我们青春已过。那一天，她突然单刀直入地问我（这时，她的面庞已经被一些灰白头发所点缀，而且有些发红，显得很年轻）：

"您过去为什么抛弃我？"

我说了实话，因为我当时来不及制造什么谎言：

"我现在已经不知道了，但是，我一生中有许多其他的事，我都是一无所知的。"

"我很遗憾，"她说道，这时，我已经向她当时对我所做的夸奖鞠了一躬，"我觉得，您老了，倒似乎变成叫人十分喜欢的男人了。"我勉强地直起身来。本来就是不值一谢的嘛。

一天，我听说，马尔芬蒂一家在做了一番相当长时间的愉快旅行之后回到了城里，这次旅行是他们夏季在乡村小住之后进行的。我没有采取任何步骤，就被引进他们家中，因为乔瓦尼事先通知了我。

他让我看了他的一位要好的朋友写的一封信，信中问起有什么有关我的新闻。这位朋友曾是我的同学，我当时很喜欢他，甚至我曾以为，他必定会成为一位伟大的化学家。然而，如今他究竟如何，对我简直是完全无所谓了，因为他已经成为一个经营化肥的大商人，而我根本不了解他怎么会这样。乔瓦尼之所以请我到他家去，也正是因为我是他的这位朋友的朋友，而显而易见，我也根本不曾婉拒。

　　这第一次拜会，我现在还记得，就像是在昨天才做的一样。这是一个阴冷的秋天的下午，我甚至记得，我在这暖烘烘的家中，脱掉我的大衣时所感到的轻松惬意。我正是要吉星高照呢。到现在，我还赞赏我当时如此之盲目，我居然曾以为，这盲目是什么远见卓识。我总是追求什么健康身体啊，正当手续啊。不错，在这开头字母 A 中，确实蕴藏着四位姑娘，但是，其中三位很快就会被抹掉，至于第四位，她也很快就要受到严格审查。那位严厉至极的法官就是我。不过，当时我也说不出哪些品质是我要求她具备的，哪些又是我所厌恶的。

　　在那优雅而宽阔的客厅里，摆着两种风格迥异的家具，一种是路易十四式的，另一种是威尼斯式的，后一种样式金光闪闪，甚至连皮子上也镶有金色。这个客厅被家具分成两部分，正如当时的习惯做法那样，在客厅里，我只见到奥古斯塔一个人，她正坐在一扇窗前看书。她把手伸给我，她知道我的名字，甚至还告诉我：人们在恭候着我呢，因为她爸爸曾事先通知了我的拜会。她随即跑开了，去叫母亲。

　　于是，四位具有同样开头字母的姑娘中的一位，就在我的心目中消失了。他们怎么能说她漂亮呢？她身上引人注意的第一件东西就是斜视，而且斜视得非常厉害，以致若有一段时间没有看到她，一旦想起她来，就首先想到她的斜视。其次，她的头发也不太多，是金黄色的，但是色彩黯淡，没有光泽，整个模样并不难看，尽管就她那个年龄来说，是嫌胖了些。就在我单独留下的那片刻光景，我想道："要是其他三位也跟这一位一样，该怎么好！……"

　　过了一会儿，这四位姑娘的群体就减少到两位了。其中一位跟着妈妈进来的，她只有八岁。这孩子挺秀气，一头卷发亮晶晶的、长长的，飘然落在肩上！从她那胖胖的、甜甜的脸蛋来看，她简直像是一位正在沉思（只要她默不作声，就是这个模样）的小天使，她那沉思的样子，正如拉斐尔·桑西①笔下的人物。

我的岳母……瞧啊！即使是我，在谈到她时，也感到要有一定的节制，不能过分随便。多少年来，我一直疼爱她，因为她是我的母亲，不过，我现在讲的是一个老故事，在这个故事当中，她可并不是扮演我的朋友的角色，同时，在这本小册子里（尽管她永远也不会看到），我也并不想对她说出一些不大尊重的话。况且，她的介入是非常短暂的，我甚至本可以把它忘掉：她是在恰当的时候轻轻地推了我一下，这一下并不比使我丧失我微弱的平衡所必须用的力气要大。也许，即使没有她的介入，我也会丧失平衡的，再说，谁又知道后来发生的事是否正符合她的心愿呢？她受过很好的教养，以致她不可能像她丈夫那样，要饮酒过量才能向我透露对我的生意的看法。的确，这类事在她身上从来不曾发生过，因此，我现在讲的故事是连我自己也不大清楚的，也就是说，我不知道是由于她的狡猾，还是由于我的愚蠢，我竟娶了她四个女儿中我不想要的那一个。

不过，我可以说：在我第一次拜会时，我岳母确是一个标致的女人。她仪态万千，这也是由于懂得如何穿着，既华丽又不显眼。她身上，一切都是那么柔和而协调。

因此，我从我的岳父母身上，就得到了我所梦寐以求的夫妻之间取长补短的范例。他们俩生活在一起，非常幸福，他呢，总

————
① 拉斐尔·桑西（Raffaello Sanzio，1483—1520），意大利文艺复兴时期最伟大的画家之一。

是骂骂咧咧的，她呢，总是笑吟吟的，那种笑意同时也意味着赞同和同情。她爱她那肥大的男人，他也必须以拼命做好生意来征服她，留住她。把她跟他联系在一起的不是利益，而是真正的欣赏，这种欣赏也是我的同感，因此，我对此是不难理解的。他在一个如此狭小的天地里，竟表现得如此活跃，这个天地犹如一个囚笼，其中没有别的，只有一宗货物和两个敌人（即签约双方），正是在这个囚笼中，总是能产生并发现一些新的合作、新的关系，从而使生活变得如此奇妙而生动。他把他经营的所有生意都告诉她，她呢，也由于很有教养，从来不给他出什么主意，因为她担心这样会使他无所适从。他感到自己很需要有这种无声的支援，有时，甚至会跑回家中，发表一通独白，确信自己可以从妻子那里得到什么主意。

当我得知他竟然背叛她的时候，我倒并不感到吃惊，因为她知道这件事，并且并不对他抱什么怨恨。我结婚已经有一年了，一天，乔瓦尼神色非常张皇，告诉我：他遗失了一封对他来说十分重要的信件，他想再看一看他交给我的那些文件，希望能从文件中找到那封信。然而，几天之后，他又兴高采烈地告诉我：他从他自己的公文包里已经找到那封信了。"是一个女人的信吗？"我问道。他点了一下头，同时，对他的运气之好吹嘘了一番。后来，有一天，他们指责我失落了一些文件，我为了替自己辩护，便对我妻子和我岳母说：我不可能像爸爸那么幸运，使这些文件自行回到公文包里去。我岳母会心地大笑起来，以致我敢断定：那封信可能正是由她放回原处的。显然，这件事在他们的关系中，是无关紧要的。每个人都可以根据自己的所长去做爱，在我看来，他们的这种做法，并不是什么最愚蠢的做法。

　　这位夫人非常和蔼地接待了我。她道了歉，说自己不得不把小安娜带到身边，小安娜有自己规定的一刻钟，在这一刻钟之内，是不能让她跟别人在一起的。小女孩盯着我瞧，用严肃的目光审视着我。奥古斯塔回来了，她坐到放在我和马尔芬蒂夫人所坐的沙发对面的那张小沙发上。这时，小女孩走过去，倒在姐姐的小腹部，死命地把我观察了好半天，这倒使我觉得很有意思，因为我不知道这个小脑袋瓜里究竟在想些什么。

　　说话并不是很快变得很有意思的。这位夫人，正像所有很有教养的人一样，在首次与人会面时，是相当令人厌烦的。她问了我过多的有关这位朋友的情况，而且她假装以为，是这位朋友把我介绍到他们家里来的，而我却连这位朋友的教名都记不得了。

　　最后进来的是阿达和阿尔贝塔。我倒吸了一口凉气：她们俩可真叫漂亮，给这客厅带来了一直缺少的光芒。她两人都是棕色头发，高高的、苗条的身材，但是，彼此又大不相同。如需我来选择，那是不难的。阿尔贝塔当时十七出头。她像母亲一样，皮肤是粉红色的、透明的（尽管头发是棕色的），这就增添了她外貌的稚气。阿达则相反，她已经是个女人了，她目光严肃，面庞说得更确切些是洁白如雪的，但略呈浅蓝色，她的头发蓬松而卷曲，但梳理得典雅而端庄。

　　很难说明一种蓦地变得如此强烈的感情的神秘起源，但是，我敢肯定：在我身上，只差因阿达而遭到所谓 coup de foudre① 了。但是，当时取代这雷击的是一种信念，这种信念是我当时立即产生的，即相信：这女人正是我所需要的女人，她必定会使我通过

———————
① 法文，意谓"雷击"，这里指被阿达的美色弄得晕头转向。

神圣的一夫一妻制，在身心上获得健康。如今，当我回想这段往事的时候，我仍然感到十分惊异：竟然不曾发生什么雷击，相反却产生了上述信念。众所周知，我们这些男人是不会从妻子身上寻找我们从情妇身上所赞赏或轻视的那些品质的。因此，看来我当时立即看到的并不是阿达的典雅和全部秀色，相反令我陶醉的却是我赋予她的其他品质，即严肃乃至强硬，总之，是我从他父亲身上所喜爱的那些品质，不过程度上显得略轻罢了。鉴于我当时认为（如今我也依然认为）自己并没有弄错，这些品质阿达在作为姑娘时期就已经具备了，我现在可以认为，我的确是一个好观察家，但又只是一个十分盲目的好观察家。在那第一次我见到阿达时，我只有一个愿望，即爱上她，因为必须经过这个阶段，才能娶她。我果然以我总是用来从事卫生锻炼的毅力，开始这样做了。我说不清是何时做到这一点的，也许是在那第一次拜会的相对短暂的时间内，就已经做到了这一点。

　　乔瓦尼想必跟他的女儿们谈论过不少我的事。比如说，她们知道，我在学习方面，曾从法律系转到化学系，后来——真遗憾！——又回到原来的系。我设法做了解释：可以肯定，当一个人把自己禁锢在一个系里的时候，绝大部分学识都会被无知所覆盖。我常这样说：

　　"如果现在我身上还没有受到生活的严肃性的影响的话，我本来还会从一个系转到另一个系去的。"（而我却没有说：这种严肃性我只是前不久才感到的，也就是说，从我决定结婚以后才感到的。）

　　后来，为了逗人发笑，我又说：奇怪的是，我总在要考试的时候脱离一个系。

"这是事出偶然。"我常笑着说,这种微笑是一个想让人相信他是在撒谎的人的微笑。情况恰恰相反,因为我确实是在非常不同的季节变换学习专业的。

我就是这样开始向阿达进行征服,我总是继续不断地努力逗她笑话我,或者在背后笑话我,同时却忘记:我正是由于她的严肃性,才选中她的。我确实有点古怪,但是,在她面前,我想必显得是真正颠三倒四的。这一切都不能怪我,从这一点里也可以看出来:奥古斯塔和阿尔贝塔——我并未选中她们——对我则是另眼看待的。不过,阿达也的确不可能爱上一个令她发笑的人,何况在当时,她是那么严肃,她把那双美丽的眼睛四下转来转去,寻找的正是她能接纳到她的闺房中的男人。她常笑,笑的时间很久,甚至过长,她的笑是用一种可笑的仪表覆盖到逗她发笑的人身上。她所处的地位是真正的劣势地位,这种劣势地位最终会使她遭到伤害,但首先遭到伤害的则是我。倘若我懂得适可而止,也许事情还会有另一种发展。那时节,我会给她留下时间,让她说话,让她向我倾诉衷肠,而我则可以避免这样做。

这四位姑娘都坐在小长沙发上,显得很挤,尽管安娜是坐在奥古斯塔的膝盖上。她们这样待在一起,都显得十分美丽。我看到这一点,内心十分满足,因为我看出,我是堂而皇之地得到她们的欣赏和爱戴了。她们真是美啊!奥古斯塔的淡色头发使其他三位的棕色头发显得更加醒目了。

我谈到了大学,而正上高中倒数第二年的阿尔贝塔则讲述她的学习情况。她抱怨,对她来说,拉丁文很难学。我说,我对此并不感到奇怪,因为这种语言本来就是不适合女人学的,尤其是因为,我认为从古罗马时起,女人就已经说意大利文了。相反,对我来说——我扬言——拉丁文是我最喜欢的课程。不过，过了一会儿，我却轻率地引述了一段拉丁文，倒是阿尔贝塔不得不给我做了纠正。真是言多必失啊！我倒不在乎，甚而还提醒阿尔贝塔：要是她上大学也上了十来个学期，那么她也应当避免引述拉丁文。

阿达由于不久前曾与父亲一起到英国待了几个月，就讲道：在那个国家，许多姑娘都懂拉丁文。接着，她又讲道（依然用她那没有任何乐感、比人们从她那斯文的风度所期待的声音更低一些的严肃音调）：英国的女人跟我们这里的女人完全不同。她们总是为了宗教利益或是经济利益而结合在一起。几个姊妹甚至逼着阿达说出她们想听到的那些事情，因为这对当时我们那个城市的姑娘们来说，是显得很奇妙的。为了满足她们的要求，阿达于是就谈到那些做主席、记者、秘书和政治宣传家的英国女人，说她们登上讲台跟好几百人讲话，却脸不红，心不跳，即使她们被人打断，或是她们的论据遭到驳斥，也同样如此。她说得很简单，不怎么添枝加叶，没有任何想令人感到惊奇或发笑的意图。

我喜欢她那言简意赅的讲话，而我这个人，只要一开口，就把所谈的事和人胡扯一通，因为不然的话，我就觉得谈话没有什么用处。我并不是个演说家，但我患有讲话的毛病。对我来说，讲话应当是一件大事，因此，它不能受到任何其他大事的限制。

但是，我一向对那些阴险的阿尔比翁 ① 怀有特别的憎恨，当时，我还公开表示出来，不怕得罪阿达，而她对英国是既不表示憎恨，又不表示热爱的。我曾在英国度过几个月，但是，我在那里并没有结识几个上流社会的英国人，因为我在旅途中，把从我

———————————

① 古罗马人给英国起的一个古代名称，可能是指英国沙丘的白色沙子。

父亲的经商朋友那里得到的一些推荐信弄丢了。因此，在伦敦，我只是跟一些法国和意大利家庭有来往，最后则认为，那个城市的所有上等人可能都是来自欧洲大陆的。我对英文的了解也十分有限。然而，在朋友的帮助下，我毕竟也能领会到这个岛国居民生活中的某些事情，尤其是，我得知他们对所有非英国人是很反感的。

我向这几位姑娘描述了我在这些敌对者中间逗留时所产生的不怎么令人愉快的感觉。但是，如果不是有了一段令人不快的遭遇的话，我本来会勉为其难地在英国待上六个月的，而正是我父亲和奥利维非让我待这么长的时间不可，为的是让我学习英国贸易（但是，我根本就不曾在这方面涉足，因为看来英国贸易是要在一些隐蔽的地方进行的）。我当时曾到一家书店去寻找一部字典。在这家店铺里，有一只肥大、漂亮的安哥拉猫躺在柜台上，毛很吸引人，让人想在它那柔软的毛上抚摸一番。那就摸一摸吧！只不过是因为果真温柔地摸了摸它，它就不知好歹地向我冲上来，狠狠地抓破了我的双手。从这时起，我就再也无法忍受英国了，过了一天，我就来到了巴黎。

奥古斯塔、阿尔贝塔，甚至连马尔芬蒂夫人，都由衷地笑了起来。相反，阿达却做出惊讶的样子，她以为自己听错了。至少该是那位书店老板本人惹恼了我，抓伤了我吧？我不得不又说了一遍，而这样做是挺讨厌的，因为重复一遍总是说不好。

阿尔贝塔，这位才女，想帮我一把：

"甚至古代人在做出他们的决定时，也常让动物的动作来引导自己。"

我却对这种帮助不领情。这只英国猫当时的模样根本不是像听从神仙降下的旨意，它的行动简直就是像凶神恶煞在追命嘛！

阿达把一双大眼睁得大大的，她要求进一步解释：

"那么，对您来说，这只猫就代表了全体英国人民吗？"

我真是倒霉啊！这件事在我看来，尽管是千真万确的，却似乎是很有教育意义的，很有趣的，就仿佛是出于什么具体目的，有意捏造出来的一样。为了理解它，难道提出如下一点还不够吗？也就是说：在我认识那么多人、热爱那么多人的意大利，那只猫的行动就不可能有这么重要的意义。但是，我当时没有说出这一点，相反我却说：

"可以肯定：任何一只意大利的猫，也都不会做出这种行动来。"

阿达笑了，笑了很长、很长时间。我甚至觉得，我的成功简直太大了，以致我无法就此罢休，无法用进一步解释结束我的那次遭遇：

"书店老板本人对这只猫的做法也很惊讶，因为这只猫对其他所有人都是很好的。倒霉的事偏偏让我碰上，这正是因为我是我，或者也许是因为我是意大利人。It was really disgusting①。我不得不溜之大吉。"

这时，发生了一些事，这些事本来是可以提醒我，拯救我的。那个小安娜本来是一直一动不动地观察着我的，这时却大声嚷了起来，说出了阿达的感觉。她叫道：

"他真的疯了吗？完全疯了吗？"

马尔芬蒂夫人向她喝道：

_____

① 英文，意谓"这实在是令人讨厌"。

"闭嘴，好吗？你难道不觉得自己掺进大人讲话里去是可耻的吗？"

这一威吓倒把事情弄得更糟了。安娜叫道：

"他是疯了！他竟跟猫讲话！应该马上拿绳子来把他捆上！"

奥古斯塔感到很抱歉，脸都涨红了，她站起身来，一边告诫着安娜，一边把安娜带走，同时还请我原谅。但是，那个小泼妇到了门口，还盯住我的眼睛，向我做了一个丑恶的鬼脸，向我喊道：

"你瞧着吧：他们会把你捆起来的！"

我是如此出乎意料地遭到袭击，以致我无法立即想出办法来进行自卫。但是，当我发现阿达也为看到自己的感觉竟被人以这种方式来加以表达而感到抱歉的时候，我感到自己顿时如释重负。这个小家伙的放肆倒使我们接近起来。

我一边由衷地笑着，一边说着，我家里有一份盖有正规印章的证明，它百分之百地证明我的头脑是健康的。这样，她们就知道了我对我那年迈的父亲所玩弄的花招。我建议把那个证明也给那小安奴恰①弄一份来。

当我示意要告辞的时候，她们都不让我走。她们希望，首先，我该忘记那另一只猫把我抓伤的事。她们把我留下来，跟她们在一起，并且给我斟了一杯茶。

可以肯定，我当时暗地里立即感到，为了求得阿达的欢心，我不得不做出跟我本人不同的样子。我当时想道，要成为阿达的意中人，对我来说，那是轻而易举的。我们这时继续谈论我父亲

_____

① 安娜的昵称。

的去世，在我看来，若进一步展示仍在压抑着我心中的巨大悲痛，那严肃的阿达定会跟我一起，分担这个悲痛的。但是，在我努力效仿她的同时，我却立即丧失了我那自然的神态，因此，我倒离她更远了，这一点很快就可以看出。我当时说，对我父亲的去世感到的悲痛是这么大，以致我一旦有了儿女，我一定要设法让他们对我少爱一些，以求使他们以后不致因为我的去世而受到这么大的痛苦。当她们问起我，我打算怎样做来达到这个目的的时候，我就感到有些为难了。是虐待儿女，揍他们吗？阿尔贝塔答道：

"最可靠的办法是把他们杀掉。"

我看得出来，阿达是不想叫我扫兴的。因此，她显得有些迟疑，但是，她所做的每个努力都不能使她越出迟疑的界限。后来，她说：她认为，我设想这样来安排我的儿女的生活，是出于好心，但是，她觉得，一个人为了准备死而活着，并不是什么正确办法。我顽固地坚持自己的看法，并扬言：死才是对生活的真正安排。我自己就总是想到死，因此，我只有一种痛苦，即肯定自己非死不可。其他所有的事都会变得如此无足轻重，以致我对这些事只会开怀一笑，或是开怀大笑。我当时还由着性子，又谈到一些事情，这些事情并不那么真实，尤其是在我跟阿达待在一起的时候，她这时已经成为我生活中的如此重要的一部分了。的确，我现在认为，当时我跟她这样谈话，是由于渴望使她了解：我是一个如此快活的男人。过去，快活的情绪往往有助于我去接近女人。

她显得若有所思，犹疑不决，她向我表白：她并不喜欢这种精神状态。这会降低人生的价值，从而使人生变得比自然界母亲所希望的更加不稳定。她也确实对我说过，我对她不合适，然而，我却毕竟能做到让她变得若有所思和犹疑不决，这在我看来，就是一个成功。

阿尔贝塔提到了一位古代哲学家，她想必在解释人生方面跟我一样，而奥古斯塔则说，笑一笑是一件非常好的事情。她父亲就老是笑呵呵的。

"因为他喜欢生意兴隆。"马尔芬蒂夫人笑道。

我终于中断了这次值得纪念的约会。

在这个世界上，没有任何事情比随心所欲地结婚更难的了。从我的情况中，就可以看出这一点，因为我把决定结婚远远放在物色未婚妻前面。为什么我不在做出选择之前，先去看一看许许多多的姑娘呢？不行！看来，这正是因为我不喜欢去看过多的女人，我不想花费力气。一旦选中了中意的姑娘，我甚至可以把她审查得更仔细一些，至少能使我自己确信：她是甘心跟我在半路途中相遇的，这就像在那些结局圆满的言情小说中通常所写的那样。然而，我却选择了那位声音如此严肃、头发有些蓬乱但又梳理得一本正经的姑娘，并且还想：这姑娘既然如此严肃，必定不会拒绝一个长得不丑、富有、家庭出身又好的聪明男人，而我就是这样的男人。从我们交谈的最初几句话开始，我就已经感到有些话不投机，但是，话不投机正是通往情投意合的道路啊。我现在甚至应当承认，我当时曾想："她应当保持她现在的本色，因为这样，我才喜欢她，要是她愿意的话，那么需要改变的将是我。"总而言之，我当时是很谦虚的，因为改变自己肯定总比改造别人来得容易。

不久之后，马尔芬蒂一家就成为我的生活中心。每天晚上，我都是跟乔瓦尼一起过的，而乔瓦尼在把我引进到他家之后，对我也变得更加和气，更加亲热了。正是这种和蔼态度使我变得得寸进尺。起初，我拜访他的夫人、小姐是每周一次，后来就变成每周多次，最后则是每日必登门造访，在那里度过下午的几个小时。要想到他们家里去坐坐，并不缺乏借口，而且我认为，说他们主动请我到家中做客，这也是言之无误的。有时，我还把我的小提琴随身带上，跟奥古斯塔一起，演奏一会儿音乐，因为奥古斯塔是他们家唯一会弹钢琴的人。阿达不会弹琴，真叫人扫兴，再者，我自己拉提琴也是够糟的，这也令人扫兴，尤其令人扫兴的是：奥古斯塔也并不是什么了不起的音乐家。每次拉奏鸣曲，我都不得已删掉几段，因为这几段太难拉了，我的借口（当然不是真的）是我没有摸这把小提琴已经太久了。钢琴家几乎总是比业余的小提琴手高明，奥古斯塔的技术还可以，但是我拉的要比她弹的糟得多，因此，我无法说自己对此感到满意，我甚而常想："要是我能拉得像她一样，那我就会拉得好多了！"就在我评论奥古斯塔的同时，别人则在评论我，正如后来我得知的，别人对我的评价不高。再说，奥古斯塔总是会心甘情愿地再重复演奏我们的奏鸣曲的，不过，我却发现，阿达听得不耐烦，因此，我有好几次都假装说，我把提琴忘在家里了。于是，奥古斯塔也就不再提演奏的事。

可惜的是，我不能单独跟阿达一起，度过在他们家消磨的几个钟头。但是，很快她就陪了我一整天。他是我选中的女人，因此，她已经算是属于我的了，我用一切美梦来装饰她，以求使这生活的赏赐能在我眼前显得更美。我装饰她，把我所需要的一切最美好的品质都放到她的身上，而这些品质又是我所缺少的。我之所以这样做，是因为她应当不仅成为我的伴侣，而且成为我的第二个母亲，从而能使我过一种充满斗争和胜利的男性的完美生活。

在我的睡梦中，我也从肉体上把她美化，然后再放到众人面前。其实，在我的一生中，我曾追求过许多女人，其中不少也确实被我追到了。我在睡梦中，曾把所有这些女人都赢得在手。当然，我并不总是把她们都加以美化，改变她们的原貌，但是，我总是像我的一位朋友——他是位笔法极为细腻的画家——那样，当他给美丽的女人画像的时候，他总是专心致志地去想另一些美丽的东西，比如说，一些极其精美的瓷器。这样的梦是很危险的，因为它可能会赋予所梦见的女人以新的权力，当她们重又出现在现实的光照之下的时候，就会依然保存着水果、鲜花乃至瓷器中的某些东西，因为她们在梦中是被人用这些东西来打扮的。

我很难叙述我究竟是怎样追求阿达的。再说，我一生中曾有很长一段时期，在这段时期中，我曾努力忘记这段愚蠢的爱情经历，正是这段爱情经历使我感到羞耻，感到难堪，从而使我喊叫，抗议。"难道这么蠢笨的人竟然会是我吗！？"那么不是我，又会是谁呢？但是，抗议毕竟能使我心平气和一些，于是我便坚持抗议下去。还算不错，我是十年前，亦即在我二十岁时这样干的！但是，只是因为我决定结婚就惩罚我，把我写成大笨蛋，在我看来，这样做就不公平了。我这个人是早就经历过种种风流韵事的，而且又总是以胆大妄为的、甚至发展到厚颜无耻的态度去对付这些艳遇。而像我这样一个人，如今竟然重又变成一个羞怯的小孩子，想要去摸一摸自己所爱的女人的手，而又不想让她察觉，随后又欣赏自己身体的那个部分，觉得那个部分是理应享有这种触摸的荣誉的。这才是我一生中最单纯的情史啊，然而到了今天，我已年纪衰迈，我却一想起这段情史来，依然觉得它是再无耻下流不过的。这种事无论从地点和时间上看，都很不妥当，犹如一个十岁的男孩子竟然对奶妈的胸脯依依不舍。真恶心！

那么，怎么解释我长时间犹豫不决，不敢向这位姑娘表白心迹，对她说：你决定吧！你到底要不要我？我常像做梦似的去到他们家。我常数着把我引到第二层楼的楼梯，同时对自己说：要是梯阶是单数的，那就证明她爱我，而梯阶总是单数的，因为本来就有四十三个。我总是满怀自信地来到她眼前，而最后谈论的则完全是另一码事。阿达还找不到机会向我表示她根本不屑于理我，而我又总是缄口不谈！我要是阿达，在接待这个三十岁的小伙子时，我也会用脚踢他的屁股，叫他滚蛋的！

我应当说，在某种关系上，我过去并非跟一个堕入情网的二十岁的人一模一样，即闷声不吭，等待自己心爱的人扑到他的脖子上去。我根本不曾期待过发生任何这样的事。我会开口说的，但要在晚些时候。倘若我没有采取行动的话，那是因为我对自己还有怀疑。我期望自己变得更高尚，更强有力，更配得上我那神仙般的姑娘。这件事总有一天会发生的。为什么不等待呢？

我如今一想起当时我没有及时发现我已经开始要遭到这种挫折，就感到十分可耻。我当时要跟一个最简单的姑娘打交道，而只是出于梦想，这个姑娘才在我眼中，像是一个最老练的卖弄风骚的女人。当她终于能够让我看出她根本不想理睬我的时候，我对她再怀有巨大的怨恨，那是不对的。但是，我当时已经从内心深处，把现实和梦幻完全搅混了，以致我根本无法相信她竟从来没有吻过我。

误解女人，这正是男子气概不够的一种迹象。以前，我从未弄错过，而如今，我不得不相信，在阿达的问题上，我是弄错了，因为从一开始，我便曲解了我跟她的关系。我接近她，并不是要征服她，而是要娶她，这是谈恋爱的一条不常见的道路，是一条十分宽阔、十分方便的道路，但是，这条道路却不能使人达到目标，尽管这个目标离道路很近。通过这条道路获得的爱情，是缺少那主要的特点的，即把女方征服。这样一来，男方就准备好在一种完全麻木不仁的状态下扮演自己的角色，这种状态会扩展到他的所有感官，也包括视觉和听觉在内。

我每天都给三位姑娘带来鲜花，同时也把我的怪癖送给她们三位，尤其是，我竟然抱着一种不可思议的轻率态度，每天都给她们讲述我的身世。

大家都会有这样的事，即当现在具有更加重要的意义的时候，就会更热衷于回忆过去。有人甚至说，临终的人在发最后的高烧时，会重又看到自己的整个一生。如今，我的过去正在以如同最后诀别那样极为猛烈的力量抓住我，因为我感到我离它已经很远了。我总是跟三位姑娘谈到我的过去，就是因为我受到奥古斯塔和阿尔贝塔聚精会神的聆听的鼓舞，她们俩的这种表现也许掩盖了阿达的漫不经心，对这一点，我至今还没有什么把握。奥古斯塔秉性柔和，很容易动情，阿尔贝塔则是抱着学生那种冲动热情在听我描述，她的两颊发红，渴望能在将来也有类似的奇遇。

很久以后，我从奥古斯塔那里得知，三位姑娘当中没有一位相信我说的这些小故事是真的。因此，在奥古斯塔看来，这些小故事就显得越发宝贵了，因为这些小故事既然是由我编造出来的，她觉得，若是命运把这些小故事安排到我身上来，那么这些小故事也就似乎更加是属于我的了。对阿尔贝塔来说，她固然并不相信其中的某个部分，但是，那个部分却使她很喜欢，因为她从中发现了一些美好的启示。唯一对我瞎编的东西感到气愤的是那位严肃的阿达。尽管我费了半天气力，我所得到的却像一位射击手所得到的一样，即他虽是击中了靶子中心，但这个靶子是放在他的靶子的旁边的另一个靶子。

　　不过，这些小故事大部分却是真的。我现在再也说不清究竟有多少部分是真的，因为我在把这些小故事讲给马尔芬蒂的几位女儿听之前，也曾讲给许许多多其他女人听过，这样，虽并非出于我的本意，它们就很有出入，为的是要把它们说得更加动人。它们之所以是真的，因为我也不再能把它们讲成另一个样子。今天，要证明它们的真实性，对我来说，也无关紧要了。况且，我也不想向奥古斯塔说破这件事，因为她是乐于相信这些小故事是我编造出来的。至于阿达，我现在认为，她目前已经改变原来的看法，认为这些小故事都是真的了。

　　我在阿达身上遭到彻底的失败，恰恰是发生在我断定终于应当表白心迹的时候。这失败是很明显的，而我却很吃惊地、起初则是并不信以为真地接受下来。她并没有说出一句话，表示她对我的反感，因此，我便也闭起眼睛，不看那些对我并不意味着很有好感的微小动作。再说，我自己也不曾说过一句必要的话，我甚至可以想象：阿达并不知道，我在那里时刻准备好来娶她，她可能会认为，我这个古怪而又天赋不高的大学生，所追求的完全是另一件事。

　　误会一直拖延下去，这是由于我的那些过于坚决的结婚打算所致。诚然，我这时已经渴望得到阿达的整个身子了，我继续在心目中把她的双颊仔细地描绘得更光滑晶莹，把她的手脚想象得更小巧玲珑，并且把她的身材也弄得更苗条、更纤细了。我渴望把她变成我的妻子和情妇。但是，起决定作用的却是如何第一次接近一个女人。

这时，已经接连三次发生这样的事，即在他们家里，只有其他两位姑娘接待我。阿达第一次不出场，借口是要去赴约，第二次则是身体不爽，第三次根本没有跟我说明理由，而我由于已经有了警觉，也便没有多问。当时，我偶然地正对奥古斯塔谈话，她没有回答。替她回答的是阿尔贝塔，因为她曾看了阿尔贝塔一眼，像是向阿尔贝塔求援似的：阿达到一位姑母家去了。

我顿时连气都喘不过来了。显然，阿达是在避开我。还在前一天，我就容忍了她的缺席，我甚至还延长了我拜会的时间，希望她最终能露面。然而，这一天，我只待了片刻，因为我无法张口，我随即借口突然头疼，便站起身来走掉了。奇怪的是：在我遭到阿达的抗拒时，我第一次感到的最强烈的情绪，却是愤慨和轻蔑！我甚至想到去求助乔瓦尼来管教这位姑娘。一个想要结婚的男人，是会采取这类行动的，是会重复他的先辈们干过的事的。

阿达这第三次不出场，难免要变得更加意味深长。我偶然发现：她是待在家里，但是把自己关在自己的房间。

我现在首先应当指出：在他们家里，还有一个人是我未能征服的，那就是小安娜。她这时在众人面前，不再攻击我了，因为他们曾把她严厉地申斥了一顿。甚至有几次，她也陪伴她的姐姐，待在那里听我讲我的小故事。但是，当我告辞离去的时候，她就赶到门口，客气地请我俯下身来，她则翘起小脚尖，把那张小嘴凑近我的耳朵，压低了嗓门，以求只能让我一个人听见，于是向我说：

"你是个疯子，地地道道的疯子！"

好在当着众人的面，这小鬼头总是称呼我"您"的。如果马尔芬蒂夫人在场，她就马上躲到她母亲的怀里，她母亲一边抚摸着她，一边说道：

"我的小安娜变得有礼貌了！不是吗？"

我没有抗议，这个有礼貌的安娜依旧常常用同样的方式骂我是疯子。我总是以怯懦的一笑接受她的宣告，这一笑也可以看成是表示谢意。我希望，这女孩不要斗胆把她攻击我的话告诉那些成年人，要是让阿达知道她这位小妹妹对我抱着什么看法的话，那我就太扫兴了。实际上，这小女孩最终把我弄得很狼狈。当我跟旁人谈话的时候，我的眼睛一旦跟她的眼睛相遇，我就不得不立即想法去看别处，而想若无其事地做到这一点，也是很难的。当然，我常闹得面红耳赤。我觉得，这个天真烂漫的孩子，既然对我有这种看法，就可能伤害我。于是，我给她带来一些礼物，但这些礼物也无助于驯服她。她想必也发觉自己的威力和我的软弱，在众人面前，她总是以调查、无礼的眼光注视着我。我认为，我们大家在我们的意识中，正如在我们的身体上一样，总是有一些微妙而隐蔽的东西，而我们又不心甘情愿地去正视这些东西。我们甚而不知道这些东西究竟是什么，但我们知道的是：这些东西是存在的。我常把我的眼睛从那小女孩的身上移开，因为她总是想要搜索我。

但是，就在那一天，我独自垂头丧气地从他们家出来，她又赶上我，叫我俯下身去，听她例行的祝愿。这时，我朝她弯下身去，把我的脸弄得像真正的疯子似的龇牙咧嘴，同时还把弯成像鹰爪的手，极尽威吓之能事地朝她伸过去。她吓哭了，一溜烟地跑掉，一边还尖叫着。

这样，我终于在那一天见到阿达，因为正是她听见叫声跑过来的。小女孩一边抽泣着，一边诉说：我凶狠地威吓她，因为她骂我是疯子。

"因为他是个疯子，我要当面告诉他这个。这有什么不好呢？"

我待在那里，并不是在听那女孩告状，我惊异的是，看到阿达竟待在家里。那么，她的两个妹妹是说谎了，或者说，只有阿尔贝塔说了谎，因为奥古斯塔把这说谎的任务交给了她，自己却卸掉了包袱！一时间，我恰恰是看准了，猜破了一切。我对阿达说：

"很高兴见到您。我原以为，您在您姑母家已经三天了呢。"

她没有回答我，因为起初，她弯下身去，照顾那啼哭的小女孩。这种迟迟不做我认为我有权得到的解释的态度，令我怒不可遏，血顿时冲上头顶。我一时找不出话来。我又走了一步，想走近大门，要是阿达不开口说话，我本会扬长而去，再也不会回来了。我由于怒火中烧，竟觉得放弃已经延续如此之久的梦想，似乎是件再容易不过的事。

但是就在这时，她满面通红，朝我转过身来，说道：她是刚回来不久的，因为姑母不在家。

只这一点就足以使我平静下来。她是多么亲切啊，像慈母般地朝着依然号叫不休的小女孩弯下身去！她的身体是那么富有弹性，以致似乎变得更娇小了，以求更好地贴近那小女孩。我迟疑地欣赏着她，重又把她看成属于我的了。

我当时感到自己是那么平静，我简直想要把刚才表示的那种愠怒置诸脑后，我对阿达，甚至对安娜，立即变得极其和蔼可亲了。我由衷地笑着说：

"她经常骂我是疯子，所以我想让她看看真疯子的脸和样子。请原谅！你，可怜的安奴恰，也要原谅我，别害怕了，因为我是个好疯子。"

阿达这时也十分、十分和蔼。她申斥了一下仍在不断抽泣的小女孩，替小女孩向我道了歉。倘若我运气好，让安娜在一气之下跑掉，那么，我本来会说出来的。我会说出一句话，这句话甚至可以在某些外国语的文法书里找到，非常现成，可以有助于旅居某国但又不通该国语言的人的生活过得更容易些，这句话就是："我能向令尊提出向您求婚吗？"这是第一次我想结婚，因此，我也就是处于一个完全陌生的国家里。直到当时为止，我一向是以另一种方式对待我要与之打交道的女人的。我总是向她们扑去，首先把手放到她们身上。

但是，这时我却连这几句话都说不出来了。这几句话居然要延长到一定的时间！说这几句的时候，甚至还要从脸上做出苦苦哀求的表情，而这一点，在我刚刚跟安娜甚而跟阿达做了一番斗争之后不久，是很难做到的，而这时，从过道的尽头，马尔芬蒂夫人也已经走过来了，她也是听到小女孩的尖叫声而来的。

我把手伸给阿达，阿达也马上亲切地把她的手伸给我，我对她说：

"明天见。替我向夫人道歉。"

但是，我却犹豫了一会儿，没有放开那只信任地放在我手中的手。我当时感到，如果这时一走了之，我就会错过跟这位姑娘待在一起的唯一一次机会，因为她是那样专心地以礼相待，为的是补偿我从她妹妹那里受到的凌辱。当时，我灵机一动，朝她的手俯下身去，用嘴唇轻拂了一下她的手。我随即开了大门，快步走了出去，而在这之前，我看到阿达惊愕地望着她那刚接触到我的嘴唇的小手（她刚才一直把右手让我握着，同时用左手扶着抓住她的裙子的安娜），几乎像是想看看上面是否写了什么。我现在也不相信，马尔芬蒂夫人当时察觉了我的举动。

我在梯阶上停了一会儿，我自己也对我这个完全不是出于预谋的动作感到惊愕。当时是否还有可能回到那扇我已经随手在我身后关上的大门，按按门铃，要求向阿达说明她在自己的手上白白找了半天的那几句话呢？在我看来，是不可能了！我倘若表现出过分急不可耐，那会有失尊严的。再说，我已经预先告诉她，我会再来的，这就等于向她预先做出我的解释。如今，她是否听取这些解释，使我能有机会向她做出这些解释，那就只能取决于她了。瞧啊，我终于不必再跟这三姊妹讲述什么故事，相反却吻了其中唯一一位的手。

但是，这一天的其余时间却是不很好过的。我既不安又焦虑。我一直对自己说：我的不安只是由于急不可耐地想看到我这段情史能得到澄清。我想象着：一旦阿达拒绝我，我就会心地坦然地再去追求别的女人。我对她的痴情全都是由一种随意做出的决定所造成的，因此，现在也本可以被另一种能把它抹杀的决定所取消嘛！然而，这时我却弄不明白：就眼下来说，在这个世界上，竟没有我看中的其他女人，我需要的恰恰就是阿达。

甚至当天随即而来的夜晚，我也觉得，似乎长得不能再长；这一夜，我几乎完全没有入睡。我父亲死后，我曾抛弃做夜游神的习惯，而这时，自从我决定结婚以来，令人奇怪的是：我重又做起夜游神来了。因此，我曾很早就上床睡下，希望很快入睡，这就会使时间过得快些。

　　白天，我曾抱着再盲目不过的信任心情，接受了阿达所做有关我在他们家的客厅里度过的几个小时中她曾三次不在场的解释，这种信任心情是出于我的坚定信念，即相信我所选中的这个严肃的女人不会撒谎。但是，到了夜里，这种信任心情就减少了。我怀疑，告诉她阿尔贝塔用她到姑母家去作为借口（因为奥古斯塔不愿意说）的并不是我。我记不太清我当时头脑发热跟她究竟说了哪些话，但是，我认为我可以肯定：我对她谈到了这个借口。真倒霉！要是我没有这样做，她为了表示歉意，本可以捏造出一些不同的理由的，而我既然揭穿她在撒谎，就早已可以像我所希望的那样弄清真相了。

　　想到这里，我本来可以发现，阿达这时对我来说，已经是十分重要的了，因为我为了使自己平静下来，曾一直在对自己说：如果她不要我，我就永远不结婚。因此，她的拒绝会改变我的一生。而我却依然继续做梦，用这样一种想法来自我安慰：也许，她的拒绝对我也会是一种幸运。我记起希腊有位哲学家，他曾预言：不论是结过婚的人，还是一直过单身生活的人，都会悔不当初。总之，我还没有丧失笑话我的爱情经历的能力，而我当时缺少的唯一一种能力，却是睡觉。

　　我有了睡意时，东方却已发白。当我醒来的时候，已经很晚了，不过，离我获得允许前往马尔芬蒂家拜会的时间，还有几个钟头。因此，我不再需要胡思乱想，搜集什么其他迹象来为我弄清阿达的心境了。但是，一个人很难不让自己去想一个对我们过分重要的问题。那一天，我在修饰仪表方面下了过大的工夫，在修饰的同时，我也没有想过别的，总是在想：我吻阿达的手，究竟对不对呢？或者则是：我没有吻她的嘴唇，是否做得欠妥呢？

正是那天早晨，我忽然有一种想法，这种想法我认为是大大伤害了我，使我丧失了本来不多的那一点男性主动精神，这种精神是我那依然属于少年时代的心境可能赋予我的。这就是一种痛苦的疑虑，即要是阿达嫁给我，只是因为这是父母逼她这样做的，而她本人并不爱我，甚至实际上对我抱有反感，那么该怎么办呢？因为在他们家，可以肯定所有人，也就是乔瓦尼、马尔芬蒂夫人、奥古斯塔和阿尔贝塔，都很喜欢我。我所能怀疑的只有阿达。在地平线上，立即出现了那众所周知的一个年轻姑娘为家庭所逼而结成遗恨终身的婚姻的常见的罗曼史。但是，我不会容许这样做的。这就是我何以要跟阿达，甚而只是跟阿达本人谈清的新的理由。光是把我早已准备好的现成的那句话向她吐露出来，那是不够的。我还会盯住她的眼睛，向她问道："你到底爱我吗？"要是她说"爱"，我就会把她紧紧地搂在我的怀里，以求能感觉出她那赤诚的心在颤动。

这样，我觉得，我似乎已经准备好对付一切情况了。然而，我却不得不承认，我这时是要参加这样一种考试，但同时却恰恰忘记把我必须口试的几页课文重新温习一遍。

只有马尔芬蒂夫人一人接待我，她请我坐到大客厅的一个角落，开始叽叽呱呱地说个不停，甚至不让我询问几位姑娘的情况。因此，我完全心不在焉，内心里一再背诵课本，以求届时不致遗忘。突然间，我像听到一声喇叭似的被惊醒，开始注意起来。这位夫人正在说着一种开场白。她向我保证：她和她的丈夫对我是友好的，他们全家对我也很有感情，包括小安娜在内。我们彼此已经相识这么久了。四个月来，我们每天都见面。

"五个月！"我纠正说，因为我在夜里曾算过时间，记起我第一次拜会是在秋季，如今，我们则已经处在大好春光的季节了。

"是的，五个月！"夫人说，一边又想了一下，仿佛想要检查一下我的计算。接着，她又用责备的神情说道："我觉得，您似乎在败坏奥古斯塔的名声呢。"

"奥古斯塔？"我问，我以为自己听错了。

"正是！"夫人证实道，"您奉承她，同时也败坏她的名声。"

我天真地透露了我的心绪：

"可我从来没有看过奥古斯塔一眼啊。"

她做了一个震惊的手势，而且是痛苦的震惊（或者我觉得是如此？）。

我这时设法加紧思索，想很快对这一点做出解释，在我看来，这是个误会，不过，我也立即领悟到这个误会的重要性。我在脑海中检查着我自己，在这五个月中，一次拜会接着一次拜会，但我全神贯注地窥伺的却是阿达。我跟奥古斯塔一起演奏过，的确，有时我跟她谈得更多一些，她总是待在那里听着，而我跟阿达却谈得并不多。不过，奥古斯塔这样仔细听我讲话，也只不过是为了能把我的故事加上她的赞许，转述给阿达罢了。我是否应当对夫人说清，把我看中阿达的事告诉她呢？但是，刚才我还决定只跟阿达一个人谈，要探测她的心境呢。也许，倘若我当时跟马尔芬蒂夫人说清，事情本会有另一种发展，也就是说，我虽娶不上阿达，但也不会娶奥古斯塔。我由于想让我在见到马尔芬蒂夫人之前所做的决定来指引我的行动，同时又因为听到了她对我说的一番令我吃惊的话，我没有吭声。

我在加紧思索，但因此也就显得有些慌乱。我想领会，我想猜破，并且希望很快地做到这一点。一个人在把眼睛睁得过大时，看东西反倒并不那么清楚。我隐约感到，他们有可能想要把我赶出他们的家门。但我又觉得，我似乎可以排除这种可能性。我是无辜的，因为我并没有追求他们所要保护的奥古斯塔。但是，也许他们是有意说我属意奥古斯塔，以求不致败坏阿达的名声。那么，又为什么用这种方式来保护阿达呢？阿达已经不再是个小孩子了！我确信，我只是在梦中才揪住过她的头发嘛。其实，我只不过用嘴唇轻拂过她的手。我不希望，他们不让我走进这个家门，因为在离开这个家门之前，我要先跟阿达讲明。因此，我用发抖的声音问道：

“请您告诉我，夫人，我应当怎样，才能使每个人不致扫兴。”

她迟疑了一下。我倒宁愿跟乔瓦尼打交道，因为他总是边想边喊的。接着，她拿定了主意，但同时也努力使自己表现得礼貌周全，这一点从她的声音中可以明显地听出来，她说道：

“您可以暂时少来我们这里几次，也就是说，不是每天来，而是一个星期来两三次。”

可以肯定，倘若她是粗暴地叫我滚蛋，今后不要再来，那么始终在我的意愿指挥之下的我，就会乞求他们容许我再待在他们家里，至少再待上一两天，以便澄清我跟阿达的关系。然而，她的话语却比我所害怕的要温和，从而使我得以鼓起勇气，表示我的愠怒：

“但是，如果您愿意的话，我可以不再登这个家的门！”

于是，我所希望的果然实现了。她不准我这样做，再次谈到他们大家对我的敬重，并请求我不要生她的气。我当即表示宽宏大量，答应她所希望的一切，也就是说，四五天内先不再到他们家里来，然后再来拜访，但是有一定规律，每个星期来两三次，尤其是不对她耿耿于怀。

做了这些许诺之后，我就表示要信守诺言，并且站起身来，准备离去。夫人又抗议了，笑道：

"您跟我在一起，可没有什么败坏名声的问题，您尽可以留下。"

由于我请求让我离去，借口说有公务在身（只是这时，我才想起来），其实，我是恨不得自己单独待着，以便对所遇到的这段不同寻常的爱情纠葛更好地思索一番，这样一来，夫人就干脆请求我留下来，并且说道：这样，我就可以证明我没有生她的气。因此，我便留了下来，不断地忍受着倾听这位夫人的空洞唠叨的煎熬，她这时正信口大谈妇女的时装问题，并说她是不愿追随目前的时尚的，她还谈到戏剧和干燥的天气，说这天气如此干燥，说明春天已经不远了。

过了一会儿，我又很高兴留下来，因为我发现：我需要做进一步说明。我毫不客气地打断夫人的话了（其实，她说的话我根本没有听进去），问道：

"您家里的人是否都知道，您请我跟府上疏远些呢？"

起初，她仿佛连我们刚才达成的协议都记不起来了。后来，她则抗议道：

"跟我们家疏远？但不过是几天罢了，这一点咱们得说清楚。我不会把这件事告诉任何人，也不告诉我丈夫，要是您也跟我一样守口如瓶，那我还要感激您呢。"

这点我也答应了，我甚至答应：倘若有人问起我，让我说明何以不再那么经常看到我，我会采用种种借口的。就眼下来说，我相信夫人说的话，并且想象：阿达定会因我突然不见而感到惊奇和痛苦的。多么令人陶醉的想象啊！

接着，我仍然留下来，一直等待有什么其他的灵感能来进一步指引我，而这时，夫人却谈起最近食品价格问题了，因为最近食品价格涨得令人咋舌。

其他灵感倒不曾来，来的却是姑母罗西娜，她是乔瓦尼的妹妹，比他老，却远没有他那么聪明。但是，她毕竟在精神面貌上有一些地方足以说明她是乔瓦尼的同胞手足。首先是她对自己的权利和别人的义务具有同乔瓦尼一样的意识，这种意识甚至显得十分滑稽，因为它缺乏任何能站得住脚的根据，其次则是她同样有抬高嗓门的毛病。她认为自己在兄弟家里享有很大权利，以致她有很长一段时间，曾把马尔芬蒂夫人看成是不速之客（这是我后来听说的）。她是个老处女，只有一个女佣跟她一起生活，她谈到这个女佣时，总是像谈到什么不共戴天的敌人似的。后来，在她去世的时候，她曾叮嘱我妻子要看好她的家，只要那个曾照顾她的女佣没有走掉。乔瓦尼家里的所有人都忍受着她，因为都害怕她那泼辣而不容人的性格。

我还是没有走。罗西娜姑母在这几个侄女当中，最喜欢的是阿达。我也想从她那里赢得友谊，我寻觅一句讨她喜欢的话，好说给她听。我模糊地记得，上一次我见到她时（也就是说，我瞥见她，因为当时我感到没有必要正眼看她），她刚走掉，这几个侄女就指出：她脸色不好。其中一个侄女甚至说：

"她大概又跟那女用人发脾气，把血液也给弄坏了。"

于是，我找到了我寻觅的那一句话。我亲切地望着这位老太太遍布皱纹的面孔，对她说：

"我发现您恢复得很不错呢，夫人。"

其实，我真不该讲这句话。她惊讶地看了看我，抗议道：

"我总是这个样子嘛。从什么时候起，我该恢复呢？"

她想要知道，我上一次是什么时候看到她的。我记不清哪一天了，不得不告诉她：那一天，我们一起过了整整一个下午，跟三位小姐坐在这同一间客厅里，不过，不是坐在现在我们坐的地方，而是另一个地方。我还想向她表示我对她感到的兴趣，但是，她非让我说明原因不可，这一解释就费了老半天的工夫。我的虚情假意使我很压抑，使我感到一种真正的痛苦。

这时，马尔芬蒂夫人介入了，她微笑着说：

"您是不是想说，罗西娜姑母胖了"

真见鬼！这正是罗西娜姑母心情不快的原因所在，她像她兄弟一样，很肥，但她却希望自己在消瘦。

"胖了吗？绝对不会！我只是想说，夫人的脸色比过去好。"

我力求保持一种亲热的模样，然而我也不得不适可而止，以免对她说出什么失礼的话。

看来，罗西娜姑母这时似乎仍不满意。她最近一段时间根本没有什么不舒服，她不明白为什么她非显示是生过病不可。这时，马尔芬蒂夫人又为她帮腔了：

"恰恰相反，脸色不变是她的一个特点，"她朝着我这样说道，"您不觉得吗？"

我觉得确乎如此，甚至明显得很。我立即告辞了。我十分亲切地把手伸给罗西娜姑母，希望能使她消消气。但是，她把手伸给我，眼睛却转到别处。

我刚跨出他们家的门槛，心情就变了，多么痛快啊！我不再需要研究马尔芬蒂夫人的意图了，也不必再勉强自己去讨好罗西娜姑母了。我如今确实相信，如果不是罗西娜姑母那样粗鲁地对待我，马尔芬蒂夫人这位女政客本来会完全达到她的目的的，而我则会以为自己得到优待，高高兴兴地离开他们家。我一边蹦跳着，一边跑下梯阶。罗西娜姑母几乎像是跟马尔芬蒂夫人一唱一和。马尔芬蒂夫人建议我远离他们家几天。这位亲爱的夫人心肠真是太好了！我会满足她，甚至超过她所期望的，她永远再也见不到我了！她、那姑母乃至阿达，竟然都来折磨我！有什么权利？难道就是因为我想结婚？那么，我再也不去想它了！自由是多么美好啊！

我抱着酸甜苦辣种种心情，沿着大街小巷奔跑了整整一刻钟。接着，我感到需要享有更大的自由。我不得不想办法彻底地立下志愿，再不登他们家的门。我打消了写信表示绝交的念头。倘若我不说明意图而就此断绝来往，那是会更加显示我对此毫不在乎的。我只要简单地把看望乔瓦尼和他全家的事忘掉就是了。

我觉得这种做法是适度而又礼貌的，因此，也带着一点讽刺味道，我就这样立下了我的志愿。我跑到一家花店，选择了一束异常美丽的鲜花，我要把这束鲜花连带我的一张名片（上面我只写了日期）送给马尔芬蒂夫人。不需要别的。这个日期我再也忘记不了，也许，阿达和她妈妈也忘记不了这个日期：五月五日，这正是拿破仑的忌日。

我匆匆忙忙派人送去花束。当天就要送到，这是最最重要的。

但是然后呢？一切都已经做完了，一切，因为再没有任何事情要做的了！阿达同她全家都跟我一刀两断，我不得不无所事事地活下去，等待他们当中有谁来寻找我，使我有机会做或是说别的什么事。

我跑到我的书斋，好关起门来，思考一番。要是我对那痛苦的急不可待的心情做出让步，我就会立即跑回到他们家里，甘冒在我的花束送到之前就先期到达的危险。借口是俯拾即是的。我甚而可以说，我忘记了我的雨伞！

我不愿做出这样的事。既然送去这束鲜花，我就采取了一种再体面不过的姿态，必须保持这种姿态。我这时应当按兵不动，因为下一步行动该轮到他们了。

我在我的书斋中静然沉思，我指望从中得到宽慰，然而，这种做法只能说明我绝望的原因，而我的绝望心情则变本加厉，弄得我声泪俱下。我爱阿达啊！我还弄不清楚这个动词是否恰当，于是，我继续进行分析。我希望她不仅属于我，而且希望她成为我的妻子。我希望得到她，尽管她那干瘦的身体上有一张大理石般冷冰冰的面孔。我还是要得到她，尽管她是那么一本正经，根本不理睬我的心境，而我不会要求她具有我这样的心境，而且我还会永远放弃我的心境。我要得到她，因为她会教导我如何聪明而勤奋地生活。我要得到她的全部，而且我也希望从她那里得到一切。我最后得出结论：动词恰恰就是那个动词，我爱阿达。

我觉得，我所想到的是一件非常重要的东西，它可以作为我的指南。让犹豫不决的情绪滚开吧！知道她是否爱我，这已经不再重要了。必须设法得到她，如果乔瓦尼可以主管这件事的话，那就不必再跟她谈了。必须迅速澄清一切，以便能很快得到幸福，不然的话，就索性忘记一切，治好自己的心病。为什么我要在等待中受这么大的痛苦折磨呢？一旦我得知（我也只能从乔瓦尼那里得知），我已经彻底丧失了阿达，至少我不必再跟时间角斗，因为这时间似乎会继续缓缓流逝下去，而我又并不感到需要推它一把。彻底解决的事情总是令人心安的，因为它不必受时间牵制。

　　我马上跑去找乔瓦尼。我奔跑的方向有两个，一个是跑向他的办事处，这个办事处设在我们至今仍继续称之为"新屋"的那条街，因为我们的祖先就是这样称呼它的。这条街上全是一些又高又旧的房屋，它们遮掩着这条离海边很近的街道，黄昏时分，海边是很少有人光顾的，在这条街上，我可以走得快一些。我一边走，一边只想用尽可能短的时间，准备好我该向他说出的那句话。只要向他说我决心娶他的女儿，这就够了。我无须哄骗他，也无须说服他。这个生意人，一旦领会我的请求，就会知道该给我什么样的答复。然而，有一个问题却令我感到忧虑，即：在这样一个场合，我是应当说国语呢，还是应当说方言。

　　但是，乔瓦尼已经离开办事处了，他是到泰尔杰斯泰奥去的。我于是又前往那里。我走得慢了一些，因为我知道，在证券交易所，我要等上更长的时间，才能跟他单独谈话。接着，我来到卡瓦纳街，因为行人拥挤，把这条狭窄的街道给堵死了，我不得不放慢脚步。正是在我拼命想穿过人群时，我终于像产生什么幻觉似的，看清了我好几个小时所寻找的东西。马尔芬蒂一家是想让我娶奥古斯塔，他们不希望我娶阿达，而这只有一个简单的理由，即奥古斯塔爱上了我，而阿达根本没有这个意思。她之所以根本没有这个意思，是因为不然的话，他们就不会出面来分开我们了。他们对我说什么我败坏了奥古斯塔的名声，而其实，是她因为爱我而败坏了自己的名声。我一时间明白了一切，看得一清二楚，就如同这一家有谁告诉我这一点一样。我甚至猜着，阿达是同意我跟他们家疏远的。她并不爱我，至少是只要她妹妹爱我，她就不会爱我。因此，我在人群拥挤的卡瓦纳街，比在我那僻静的书斋里想得更为透彻。

　　今天，当我又回忆起那使我最后结成良缘的值得纪念的五天的时候，令我奇怪的是：我的心境并没有因为得知那可怜的奥古斯塔爱我而变得轻松。这时，我已经真是被赶出马尔芬蒂的家门了，但我仍然发狂似的爱着阿达。为什么我明确地看出马尔芬蒂夫人想把我赶走却没有成功，因为我仍然留在他们家，仍然待在离阿达再贴近不过的地方，也就是待在奥古斯塔的心房里，这还不能使我得到丝毫满意吗？相反，我倒觉得，自己像是进一步遭到羞辱，因为马尔芬蒂夫人竟叫我不要败坏奥古斯塔的名声，也就是说，要我娶她。对那个我所不爱的丑姑娘，我根本看不上眼，而这种轻蔑态度则正是她那为我所爱的漂亮姐姐对我采取的态度，但这一点却又是我所不认可的。

　　我进一步加快步伐，但是我走错了方向，居然朝我家里走去。我不再需要跟乔瓦尼谈了，因为我已经清楚地知道我该怎么做。我把事情看得如此明显而绝望，也许正是这种情绪使我终于平静下来，不再受过于缓慢的时间驾驭。再者，跟这个教养不佳的乔瓦尼谈这件事，也是很危险的。马尔芬蒂夫人谈话的方式，使我只是来到卡瓦纳街才悟出她的用意。她丈夫的做法可能是另一种方式的。也许他会干脆对我说："为什么你要娶阿达？咱们再看看嘛！你娶奥古斯塔会不会更好些？"因为他有句名言（这一点我是记得的），这句名言可能在这件事上也指导他的行动："你永远应当把生意对你的对手讲清楚，因为一旦你自信比他更好地领会这桩生意，你那时就会占上风！"那么又怎么样呢？这样一来，结果就会是公开决裂。只有到了那时，时间才会像它自己所希望的那样流逝，因为我已经不再有任何理由来干涉时间的流逝了：我已经到达了终点！

　　我还记得乔瓦尼的另一句名言，而我对这句名言还是永志不忘的，因为它使我产生很大希望。我抓住这个名言有五天之久，而五天来，我的激情就变成了疾病。乔瓦尼总是说：不必急于取消这一桩生意，如果从取消这桩生意中不可能指望得到什么好处的话。这就等于说：每桩生意迟早都会自行取消的，正如事实所证明的那样，即世界的历史太长了，能悬而不决的生意也太少了。只要不主动地取消生意，每桩生意就会仍有可能获得有利可图的发展。

　　我当时记不起来，乔瓦尼还有其他一些名言意思恰恰相反，而我死抓住不放的则是上述那个。我毕竟得抓住某些东西吧。我立下了钢铁般的心愿：只要我不能得知，某些新的东西会使我的事情朝有利于我的方向发展，我就不采取行动。我正是因此而遭到损害的，也许，正是这个缘故，后来，有很长一段时间，我就没有再立下任何心愿。

　　我刚刚立下这个心愿，就收到马尔芬蒂夫人送来的一张便条。我从信封上辨认出她的笔迹，在打开信封之前，我先自扬扬得意起来：因为我认为，只消我立下这个心愿，就足以使马尔芬蒂夫人后悔怠慢了我，从而追了上来。当我发现信封里只有写着p.r.两个字母的便条（这是表示感谢送来鲜花①）的时候，我就情不自禁地扑倒在床上，狠狠地咬住枕头，几乎像是要把我自己钉在上面，不让我跑出去打破我的心愿似的。这两个开头字母包含着多么大的若无其事的讽刺意味啊！这种讽刺意味要比我在我的便条上只写上日期所表现的意思大得多，尽管我写的这个日期已经

————————
① 意文是"ringraziamento per i fiori"，取其中"ringraziamento"的"r"和"per"的"p"。

意味着一种心愿，也许甚至意味着一种责备了。查理一世在被砍断脖颈之前，曾说过"Remember"①，他想必就是想到了砍头之日的日期！我竟然也敦促我的这位女对手要念念不忘，心有余悸！

这是可怕的五个昼夜啊，我眼睁睁地迎来黎明，送走黄昏，而黎明和黄昏正意味着开端和结局，同时也使我获得自由的时间临近了。这自由正是我要重振旗鼓，为我的爱情而斗争！

我准备好迎接这个战斗。我如今已经知道我的姑娘希望我成为怎样的人。我现在回忆起我当时所立下的誓愿是很容易的，这首先是因为，在最近一个时期，我也曾立下同样的誓愿，其次则是因为，我曾把这些誓愿都记在一张纸上，而我至今仍保存着这张纸。我曾打算变得更严肃些。在当时来说，这就意味着我不再说那些令人发笑同时又令我声誉扫地的笑话，这些笑话曾使我得到那丑陋的奥古斯塔的垂青，却遭到我所爱的阿达的轻视。其次，我也曾打算每天早上八点来到我的办公室，而我已经很久没有看到我的办公室了，我这样做倒不是为了跟奥利维讨论我的权利问题，而是为了跟他一起工作，从而能取而代之，把经营我的生意的领导权掌握起来。这一点要在一个比当时更为平静的时期来做，正如我同样应当在晚些时候才停止吸烟一样，也就是说，要等待我重新获得我的自由的时候，届时就不必使那难以排遣的休息时间变得更加难以度过了。阿达应当有一个十全十美的丈夫。因此，我又立下种种誓愿，要认真阅读一些书籍，其次则要每天拿出半小时学击剑，一个星期骑两次马。这样一来，一天二十四小时并不太多。

---

① 指十七世纪被克伦威尔处以极刑的英王查理一世，引文系英文，意谓"记住"。

　　在把自己隔离起来的那些日子里，最苦涩的嫉妒心就是我每时每刻的伴侣。要把自己的每个缺点都加以改正，以便做好准备在几个星期之后把阿达夺取在手，这个誓愿可算是一个英勇无比的誓愿。但是，在这期间又该怎么办呢？在我迫使自己接受最严酷的限制的期间，这个城市的其他男性会不会就老老实实地待着？难道他们就不会把我的意中人抢走吗？这些男性之间，肯定有人是不需要做什么锻炼就能取悦于人的。我知道，而且我也认为自己知道：当阿达发现了适合她的人的时候，她就会立即同意的，根本不会等待自己去爱上对方。在那几天，每逢我遇到某个衣冠楚楚、健康而又开朗的男性，我就对他恨之入骨，我觉得他似乎就是阿达的意中人。那几天我记得最清楚的一件事，就是嫉妒心，这种心情像浓雾般笼罩住我的生活。

　　人们是不能拿那几天产生的这种怀疑自己似乎看到别人把阿达抢走的残酷心情来加以取笑的，因为现在人们已经知道，事情结果是怎样的。当我现在回想起为激情所折磨的那几天的时候，我就对我自己竟然具备这样的预见性感到无限钦佩。

　　有很多次，我在夜里来到他们家的窗下。从表面上看，他们在那里仍然像我在场时那样谈笑风生。到了半夜，或是在半夜到来之前的时刻，客厅里的灯火熄灭了。我赶紧逃之夭夭，生怕被这时告辞出来的什么拜会者所发现。

　　但是，也是不耐烦的缘故，那几天的每个小时过得也是蛮吃力的。为什么谁都不打听一下我呢？为什么乔瓦尼不主动前来呢？难道他不论在他家还是在泰尔杰斯泰奥都见不着我，就不感到奇怪吗？那么，他也是同意疏远我了？我经常中止了我白天和夜里的散步，跑回家去看看有没有人来打听我。我满腹狐疑，没法上床睡觉，我总是醒着，求可怜的圣母玛利亚指点。我待在家里一等就是几个小时，并且待在最容易找到我的地方。但是，没有任何人来打听我，可以肯定，倘若不是我下决心自己行动起来，我就会永远成为单身汉。

一天晚上，我到俱乐部去赌博。由于要信守我对我父亲所做的一个许诺，多年来我一直没有在那里露面。我觉得原来的许诺这时已经不再有什么价值了，因为我父亲不可能预料到我会有这么痛苦的际遇，也不可能预料到我会是如此迫切需要使自己散散心。起初，我很幸运，赌赢了，但这幸运使我很痛苦，因为我觉得，这是对我在情场上的不幸的一种补偿。后来，我赌输了，我还是很痛苦，因为我觉得，我在赌场上失意，就跟我在情场上失意一样。我很快就厌烦赌博了：赌博跟我不相称，跟阿达也不相称。爱情竟然把我变得如此纯洁！

那几天，我还知道：爱情的梦想已经被如此严酷的现实所灭绝了。梦想这时已经成为完全不同的东西。我梦见过胜利，而不是爱情。有一次，我的睡梦竟被阿达的来访美化了。她身着结婚礼服，跟我一起来到祭坛前，但是，当我们只剩下单独一对的时候，我们却没有做爱，竟然在当时也没有做。我是她的丈夫，因而我有权质问她："你怎么能允许我受到如此的对待呢？"我并不急切地想得到别的权利。

我在我的一个抽屉里发现一些当时给阿达、乔瓦尼和马尔芬蒂夫人写的信件草稿。这些草稿正是那几天的。我曾给马尔芬蒂夫人写过一封简单的信，通过这封信，我在从事一次长途旅行之前，先向她辞行。但是，我现在不记得当时是否有这样的意图：只要我还不敢肯定不会有任何人来找我，我就不能离开这个城市。

要是他们来了，竟找不到我，该多么倒霉啊！这些信件没有一封是发出去的。我如今甚至认为，我写这些信只不过是想把我的思想记录在案而已。

多少年来，我一直认为自己有病，这病却更多的是一种令别人受罪而不是令我自己受罪的病症。只是到这时，我才了解这病是"令人痛苦"的，它是一大堆令人不舒服的肉体感觉，正是这些感觉使我变得如此不幸。

这些感觉是这样开始的。大约在夜里一点钟的时候，我因为睡不着，就起来，在温和的夜色中走动走动，我一直来到一家市郊的咖啡馆，这家咖啡馆我从未去过，因此，我在那里找不到任何熟人，这使我很高兴，因为我想在那里继续从床上开始的跟马尔芬蒂夫人的讨论，而且我不想让任何人参与这个讨论。马尔芬蒂夫人对我曾提出一些新的指责。她说，我曾试图跟她的几个女儿"搞小卒过河游戏"①。其实，我若是真试图这样做，肯定就只跟阿达一个人搞。我一想起来也许马尔芬蒂家现在都向我提出这样的指责，就直出冷汗。一个人不在场，总是有错处的，他们可以利用我远离他们家门，而联合起来对付我。在咖啡馆耀眼的灯光下，我可以更好地进行自卫。当然，有时我真想用我的脚碰一碰阿达的脚，有一次，我甚至觉得我已经碰到她的脚了，而她又像是默许的。但后来我才弄清：我碰的是木头桌子的脚，而桌子是不会说话的。

我假装对打台球感兴趣。一位先生拄着拐杖，走了过来，恰好坐到我的旁边。他要了一杯果汁饮料，而由于伙计也在等待我

① 这类游戏是指：一些人围坐桌旁，从长长的桌布下用脚探索，偷踢各自所爱慕或挑逗的对象的脚。

点东西，我漫不经心地也为自己要了一杯果汁饮料，尽管我本来是受不了那柠檬的味道的。这时，那根倚在我们所坐的长沙发上的拐杖滑落在地上，我弯下身去把它抬起，动作几乎是出于本能。

"哦，泽诺！"那可怜的跛子说道，他在正要对我表示谢意的时候认出了我。

"图利奥！"我惊呼道，同时把手伸了过去。我们曾是同学，已经多年不见了。关于他的情况，我只知道：上完中学，他就进了一家银行，占有了一个很不错的职位。

然而，我是很心不在焉的，因此，我突然问他：他怎么会有一条过短的右腿，以致非用拐杖不可。

他情绪极好，对我讲道：六个月前，他得了风湿症，最后就把腿给弄坏了。

我连忙向他介绍许多治疗方法。实际上，这是使自己能不费很大力气就假装对他无上同情的方式。所有治疗方法他都试过了。于是，我就又建议：

"为什么在这个时候，你还没有上床睡觉呢？我觉得，夜里待在外面对你不可能有什么好处。"

他憨厚地说了句玩笑话：他认为，对我来说，夜里待在外面也不可能有好处；他还认为，凡是没有得过风湿症的人，只要活着，就总还有可能得这种病。晚睡的权利甚至连奥匈帝国的宪法也是容许的。况且，跟大家的普通看法相反，冷、热都跟风湿症没有关系。他曾研究过自己的病，甚至在这个世界上，他什么别的事都不干，只是一味地研究他的病的起因和疗法。他曾不得不向银行请长假，但更多的是为了能加深上述研究，而不是为了治病。接着，他又告诉我：他正在做一种奇怪的治疗。他每天都吃大量柠檬。就在当天，他曾吃下三十来个柠檬，但是，他希望经过这样的锻炼，能吃下更多的柠檬。他向我透露，照他看来，柠檬能治许多其他病症。自从他吃柠檬以来，他就不因为吸烟过量而感到那么难受了，他竟然也是有过量吸烟的毛病的。

想象要吃下这么多的酸水，我不禁打了个寒噤，但是，过了一会儿，一种反映生活的更为乐观一些的景象则又呈现在我的眼前：我不喜欢吃柠檬，但是，如果柠檬能使我获得干自己应该干或愿意干的事的自由，同时又不因而受到损害，并使我摆脱任何其他限制的话，那么我也会吃上同样多的柠檬的。只要能在干一些自己并不那么喜欢的事的同时，干自己所愿意干的事，这种自由就算是完全的自由了。迫使自己什么也干不了，那才是真正的受奴役：那就要成为坦塔洛斯，而不是海格立斯①了。

后来，图利奥也假装对我的近况感到焦虑。我原来是下定决心，不把我那不幸的爱情告诉他的，但是，我需要发泄一下。我添油加醋地谈到我的苦处（我是把这些苦处这样记录下来的，但我敢肯定这些苦处并不大），最后，我甚至弄得热泪盈眶，而这时，图利奥却自我感觉越来越好，因为他认为我病得比他要重。

他问我是否有工作。城里的所有人都说我无所事事，我担心他会羡慕我，而眼下我却极端需要别人同情。我撒了谎！我告诉他：我在我的办事处工作，工作不多，但是，每天至少也得干六个小时，再者，我从我父母那里继承下来的事业非常错综复杂，因而我得再多干六个小时。

————————

① 坦塔洛斯和海格立斯都是希腊神话中的人物，前者因将亲生儿子的肉献给诸神，被宙斯惩罚，要永远受饥渴之苦；后者是希腊神话中著名的大力神，曾做过惊天动地的十二项英雄业绩。

"十二个小时!"图利奥评论道,他得意地一笑,果然把我所企盼的东西即他的同情给予了我,"你这个人真是不值得羡慕呢!"

结论是恰如其分的,为此,我十分感动,我不得不斗争一番,以求不让泪水流露出来。我感到自己比任何时候都更为不幸,在这自我怜悯的温柔境界中,可以理解我受到了多大的伤害。

图利奥又谈起他的病,这病其实也是他的主要消遣。他曾研究过腿部和脚部的解剖。他笑着告诉我:当一个人行走的时候,迈出一步所用的时间,不会超过半秒钟,而在这半秒钟当中,至少有五十四块肌肉在活动。我很吃惊,脑子马上就想到我的双腿,想从中找到那可怕的机械。我现在认为,我当时还真找到了。当然,我并不是见到五十四个零件,而是见到一种巨大的复杂现象,而从我把自己的注意力放到上面起,这种复杂现象就丧失了原有的秩序。

我一瘸一拐地从那家咖啡馆里出来,而且一连几天,我一直是一瘸一拐的。行走对我来说,竟成为一种繁重的工作,甚至还稍微带点疼痛。仿佛在这一堆零件当中缺少了油,因此,一动起来,这些零件就彼此摩擦。几天后,我竟得了更加严重的毛病(下面我会谈到这一点),它倒使原来的疼痛减轻了。但是,到我在写下这些事情的今天,如果有人注意看我走动,就仍会发现:那五十四个零件的运动是相互妨碍的,而我则几乎要摔倒了。

我把这个伤痛也归罪于阿达。许多动物在做爱时,都会成为猎人的猎物或其他动物的口中食。我这时则成为病痛的牺牲品,我确信:倘若我是在另一个时候得知这可怕的机械的话,我本来不会受到任何损害的。

在我保存下来的一张纸上有一些笔迹,这些笔迹使我又想起当时那几天的另一个奇怪的经历。我除了记录了要吸最后一支香烟，同时还表示相信能治愈这五十四个运动的病痛之外，竟然还想尝试写诗……咏一只苍蝇。如果说，我不会写别的，那么我相信，即使这几句诗也是从一位上流社会的小姐那里抄来的，这位小姐曾把她歌颂的那些小虫子称作"你"。但是，既然这些诗句是出自我手，我就不得不认为，如果我是从那里得来的，那么所有的诗句就也都可以到处俯拾即是。

这些诗句是这样产生的。我在夜深的时候回到家里，我没有去睡，而是走到我的书斋，我把书斋的煤气灯点上了。在灯光中，一只苍蝇飞来骚扰我。我打了它一下，但是很轻，为的是不弄脏我的手。我把这只苍蝇忘掉了，但是，后来我又在桌子中央，看到它如何慢慢地恢复起来。它静止不动，竖着身子，仿佛比先前更高了，因为它的一只爪子变僵了，不能伸缩。它于是用两只后爪勤奋地摩擦两只翅膀。它设法移动身子，却翻倒在脊背上。它竖立起来，重又执着地干起它那勤奋的工作。

于是，我就写下了那些诗句，我惊异地发现，那个浸透着那么大痛苦的小小机体，在它所做的巨大努力中，却犯下两个错误：首先是，它这么执着地摩擦着它那并未受到损害的双翼，这只虫子由此就暴露出，它根本不晓得它的痛苦是从哪个器官来的；其次是，它所做的勤奋努力表明，在它那小小的脑海里有一个基本信念，即相信健康是属于所有虫子的，因此，当失掉健康的时候，健康则肯定要回来的。这些错误发生在一只虫子身上，是可以很容易地予以原谅的，因为虫子的一生只有一个季节，它根本来不及汲取经验。

但是，星期日来了。自我最后一次拜会马尔芬蒂家以来，已经是第五天了。我这个人工作极少，却总是对节假日十分重视，因为节假日把生活分成若干时间很短的期限，从而使生活变得更令人可以忍受些。这个星期日甚至也结束了我好不容易熬过的一周时间，我理应为此感到快乐。我丝毫没有改变我的计划，但是，对这个节假日来说，计划就不该有什么价值了，我要再见一见阿达。我绝不会用任何话语破坏这些计划，但是我必须再见一见她，因为甚至也有这样的可能，即事情已经变得有利于我了，那么，继续毫无目的地受苦受罪，那就会是莫大的损害。

因此，到了中午，我以我的两条可怜的腿容许我使用的飞快速度跑到城里去，跑到那条马尔芬蒂夫人和她的女儿们做完弥撒回来时必经的街道上。这是一个阳光明媚的节假日，我边走边想：也许，我所期待的新闻，即阿达对我的爱，正在城里等着我呢！

事实并非如此，但是，我又对此抱了一会儿的幻想。幸运之神以难以置信的方式帮了我一把。我居然面对面地碰上了阿达，只是阿达一个人。我步子也走不稳了，气也喘不过来了。怎么办？我的心愿是希望我能躲开一旁，让她走过，向她有节制地打个招呼。但是，我的脑子里却有一点乱哄哄的，因为先前里面还有一些其他心愿，其中之一我还记得很清楚，就是要向阿达讲明，要从她嘴里得知我的命运。我没有躲开一旁，当她向我打招呼，就像我们在五分钟前才分手的时候，我就走过去陪她。

她曾对我说道：

"日安，科西尼先生！我有点急事。"

而我则说：

"我能陪您走一段路吗？"

她嫣然一笑，同意了。但是，这样一来，我该开口说话了吧？她又说道：她是直接到她家里去的，因此，我明白我只有五分钟说话的时间，即使这一点时间，我已经丧失了一部分，因为我用来盘算：这点时间对于我要说的那些重要的事是否够用。如果不能对她说全，倒莫如不说。有一件事甚至也把我弄得手足无措，即当时在我们这个城市里，一位姑娘让一个小伙子陪着在街上走路，也已经是一种败坏这位姑娘名声的行为了。她已经容许我这样做。我难道还不能感到满足吗？这时，我看着她，设法重新感到曾因愤怒和怀疑而被弄得模糊了的我对她的爱。至少我可以恢复我的梦想吧？在我看来，她显得既渺小又伟大，而她的线条又是那么协调。梦想一股脑儿又回到她的身旁，而她就是实际。这就是我想得到什么的一种方式，而我这时又怀着强烈的喜悦心情，重又采用了这种方式。任何愤怒或怨恨的痕迹，都从我的心目中消失了。

但是，在我们背后，可以听到有人在迟疑地请求着：

"请允许，小姐！"

我气呼呼地转过身去。谁竟敢打断我还没有开始做的解释呢？一位没有胡子的、头发棕色而面色苍白的年轻绅士正在用焦虑的眼光望着她。我也看了看阿达，同时疯狂地希望她能求我帮忙。只要她做一个表示，我就会扑到那人的身上，质问他何以如此胆大妄为。即使他坚持这样干，我也不怕。要是我能豁出去，来一次大打出手，我的病痛就必然会很快痊愈。

但是，阿达却没有做这个表示。她情不自禁地微微一笑（因为这时她略微改变了她面颊和嘴角的形态，甚至改变了她的目光），把手向那人伸了过去：

"古伊多先生！"

这名字让我好难过。她刚才还用我的家族名字称呼我呢①。

我更仔细地看了看这位古伊多先生。他衣着既漂亮又考究，戴手套的右手拿着一根有长长的象牙手柄的文明棍儿，而我是不会拿这样的手杖的，哪怕为此付给我每公里一笔钱。我不会因为从这样一个人身上看出对阿达的威胁而责备自己的。因为有一些形迹可疑的家伙就是穿戴漂亮，并且也拿着这种文明棍儿。

阿达的微笑使我茅塞顿开，明白这是再普通不过的社交关系。阿达做了介绍。我于是也微微一笑！阿达的笑容令人想起一池清水在微风掠过时泛起的涟漪。我的笑容也令人想起这类动作，但这动作却是因为向水里投了一块石子而引起的。

此人名叫古伊多·斯佩尔。我的笑容变得更像是自发的了，因为我立即有了机会，说几句不中听的话：

"您是德国人？"

他客气地对我说，他承认，大家从姓氏上都会以为他是德国人。其实，他的家族证件都证明，他的家族多少世纪以来始终是意大利家族。他讲的托斯卡纳语②非常自然流畅，而我和阿达则只会讲我们的难听的方言。

我盯住他看，为的是能更好地听清他所说的话。他是一个非常漂亮的青年，嘴唇很自然地半张着，露出一口齐齐整整的白牙。他的眼睛很灵活，富于表情，当他摘掉帽子的时候，我可以看到，他的头发是棕色的，有点卷曲，这些头发把自然界母亲赋予它们

---

① 家族名字即姓氏，意大利习惯用姓氏称呼一般交情不深的人，用名字称呼，情况则相反。
② 托斯卡纳系位于意大利中北部的大区，当地语言很标准，为意大利语的基础，类似北京话为我国普通话的基础。

的整个空间都盖满了，而我的脑袋有很大一部分则被前额所侵占。

即使阿达不在场，我也会恨他的，但是，我被这憎恨的情绪弄得很难受，我设法减轻这种情绪。我想道："对阿达来说，他太年轻了。"后来，我又想道：她对此人如此亲昵和蔼，可能是出于她父亲的命令。也许，此人是一个对马尔芬蒂的生意很重要的人，而且我觉得，在这种情况下，全家也有义务与他好好合作。我向他问道：

"您是住在的里雅斯特吗？"

他回答我说：他到这里来有一个月了，他在这里开了一家商行。我松了一口气！我本来也可以猜着的嘛。

我一瘸一拐地走着，但是相当从容不迫，因为我看到谁也没有注意这一点。我看着阿达，设法忘记所有其他的事，包括那个陪我们一起走路的人。从根本上说，我是个注重眼前的人，我并不想到将来，只要它不致用明显的阴影把现在遮盖住。阿达走在我们两人中间，在她的脸上，照例有一种模糊的快活表情，这种表情甚至几乎像是在微笑。但这时，这种快活情绪在我眼中却似乎是从未有过的。这笑容是为了谁呢？难道不是为了我吗？既然她很久没有见到我了。

我竖起耳朵听他们俩的谈话。他们正谈到招魂术，我马上明白，古伊多曾把会说话的桌子①介绍到马尔芬蒂家了。

我心急如焚，恨不得马上向自己证明：阿达嘴角边浮起的那甜美的笑容，是为我而来，我蓦地在他们所谈的这个话题上也插上一嘴，信口编了一个鬼魂出现的故事。恐怕不会有任何诗人能

---

① 据意大利招魂术的做法，人们围坐在一张桌子前，当鬼魂出现时，桌子就会跳动，代表鬼魂说话。

比我更好地即兴赋诗了。我甚至在连自己最后会怎样收场还不清楚的情况下，竟然开口说道：如今我也是相信有鬼的，因为前一天，正是在这条街上……哦，不对！……是在跟这条街平行的另一条街上，发生了一件事，那条街我们现在也可以看到的。接着，我说道：阿达也认识贝尔蒂尼教授的，他前不久在佛罗伦萨死了，他退休后就定居到那里。我们是从一家地方报纸的一条简短的消息上得知他去世的，这家报纸我已经忘记了，但确实，我一想起贝尔蒂尼教授，我就看到他在他长眠的地方，在卡西内公园①到处散步。前一天，在我具体指出的那条和我们现在走的这条街平行的街道的一个地方，有一位先生竟走到我的身边，他认识我，而我也知道自己认识他。他走路的样子很奇怪，竟像个小个子女人在急匆匆地加快步伐……

"肯定！他就是那个贝尔蒂尼！"阿达笑道。

她是为我而笑的，我受宠若惊，继续说道：

"我知道我认识他，但我已经记不起来他是谁了。他谈起政治。果然就是贝尔蒂尼，因为他用他那绵羊似的声音说了那么多这类蠢话……"

"连声音也是他的！"阿达又笑了，她急切地看着我，想听听结局如何。

"可不！他可能就是贝尔蒂尼，"我说，一边像个大演员似的装出害怕的样子，而究竟是哪个大演员，我早已忘怀了，"他跟我握握手，表示告别，随即一跳一蹦地扬长而去。我追了他几步，一边力图弄清事情究竟。只是在我已经看不到他时，我才发现自

———————

① 卡西内公园是佛罗伦萨著名的公园。

己是跟贝尔蒂尼讲话。是跟死了有一年的贝尔蒂尼讲话啊！"

　　过了一会儿，她就到了她家门前，站住了。她跟古伊多握了握手，并对他说：她当晚等他。然后，她也向我道别，对我说，要是我不怕厌烦，当晚也可到他们家里去，让桌子跳舞。我没有回答，也没有表示感谢。我在接受这个邀请之前，先得分析一下。我觉得，这个邀请似乎是一种不得已的客套。瞧啊：也许对我来说，这个节假日最后要以这次聚会来结束了。但是，我愿意表现得知书达礼，以便使条条大路都向我敞开，其中也包括接受邀请这条大路。我向她问起乔瓦尼，因为我要找他谈话。她向我答道：我可以到他的办公室去找他，因为他有急事，已经到那里去了。

　　古伊多和我又停了一会儿，目送这个标致的人儿消逝在房屋大厅的阴影之中。我不知道古伊多这时想的是什么，至于我，我感到自己不幸到极点：为什么她不先邀请我，而后邀请古伊多呢？

　　我们一起往回走，几乎又来到我们碰上阿达的地方。古伊多很有礼貌，也很潇洒（我最羡慕别人的正是这种潇洒），他又谈到我刚才信口胡编的那个故事，而他对此十分认真。其实，这个故事只有一点是真的：在贝尔蒂尼死后，住在的里雅斯特的也有一个人，他总是说些蠢话，走路也是踮着脚尖，同样也有一个古怪的声音。我是这几天才认识他的，他一度使我想起贝尔蒂尼。古伊多绞尽脑汁，研究我胡编的故事，这倒并不令我不快。可以肯定，我不该恨他，因为他对马尔芬蒂一家来说，无非是一个重要的商人。但是，他那考究而漂亮的衣着和他的手杖令我感到反感。他甚至使我感到如此反感，以致我恨不得马上离开他。我听到他这样做出结论：

"跟您说话的那个人也可能比贝尔蒂尼年轻得多，走路像个彪形大汉，有粗大的嗓门，跟贝尔蒂尼相似之处，可能只限于说蠢话。正是这一点使您把您的思路放到贝尔蒂尼身上去了。不过，虽然可以承认这一点，但似乎应当认为，您这个人是够马虎的。"

我不想在他拼命做分析时帮他一把：

"我马虎？瞧您想的！我是个生意人。我要是马虎，结果会如何呢？"

接着，我想道，我这是浪费时间。我想见乔瓦尼。我既然已经见到女儿，那就可以再见见父亲，尽管他并非那么重要。我若是还想在他的办公室里找到他，就得快去。

古伊多继续在苦心琢磨：对于一个人如此粗心大意地做出这种事或看到这种事，究竟应当在多大程度上认为它是一个奇迹。我想告辞。至少想显现出跟他一样潇洒。正因如此，我匆忙地打断了他的琢磨，并且近乎粗鲁地离开他：

"在我看来，奇迹既存在又不存在。不必拐弯抹角地把它复杂化。应当相信它或是不应当相信它，在这两种情况下，事情都是很简单的。"

我不想显示出对他的反感，尤其是因为我已经说了这几句话，这使我觉得，我似乎已经对他做了让步，既然我是个坚定的实证论者，我是不相信什么奇迹的。但是，我却是十分暴躁地做出这个让步的。

我一瘸一拐地走远了，而且比过去任何时候都跛得更厉害，我希望古伊多千万不要感到有必要目送我离去。

我确实需要跟乔瓦尼谈一谈。这样，他就可以教导我当晚我该怎样应付了。我已经被阿达邀请，而从乔瓦尼的态度中，我也可以明白我该怎样对待这个邀请，而无须去提醒自己：这个邀请是违反马尔芬蒂夫人所表示的意旨的。在我同这帮人的关系中，需要明确，如果星期日不足以使我明确这种关系的话，那么，我会把星期一也用上。其实，我是在继续违反我自己的意愿，而我却没有发觉这一点。我甚至还觉得，自己似乎在贯彻经过五天的思考后所做的决定。我正是这样计划我这几天的活动的。

乔瓦尼大声欢呼着接待了我，这使我很惬意，他请我坐到紧靠面对他的办公桌的墙壁的一张小沙发上。

"请等五分钟！我马上就跟您谈！"随后，他又说，"您怎么瘸了？"

我的脸一下就红了！但是，我幸而会信口胡编。我告诉他：我从咖啡馆出来时，摔了一跤，我指的正是那家使我发生那桩意外事件的咖啡馆。我担心，他可能会以为我是因为喝多了酒，头脑发昏，才摔了跤，于是，我又笑着补充说明细节，说什么我跌倒时，正有一个患风湿症的人陪着我，这个人走路便是一瘸一拐的。

一个职员和两个勤杂工正站在乔瓦尼的办公桌旁。想必在交货时出现了一些混乱，乔瓦尼不得不亲自出面，粗暴地指责他的仓库的运转情况，而平常，他是很少过问的，因为他希望腾出脑子来只干任何其他人无法代替他干的事，正如他经常说的那样。他比平常叫得更凶，仿佛他想把他的指示一一刻在他的下属的耳朵里似的。我现在认为，这是涉及确定应当以什么形式来处理办公室和仓库之间的关系问题。

"这张纸，"乔瓦尼叫道，一边把一张从一个本子里撕下的纸从右手放到左手，"得由你签字，职员收下这张纸，再给你一张同样的纸，纸上也要有他的签字。"

他盯住他的对话者的脸，时而透过他的眼镜来看，时而又从眼镜的上方来看，最后，又叫了一声：

"你们懂了吗？"

他想从头开始再解释一遍，但是，我觉得，他实在是太浪费时间。我有一种奇怪的感觉：我倘若加紧动作，就可以更好地为争取阿达而斗争，而后来，我却十分意外地发现——没有任何人等待我，我也没有等待任何人，在这里，我没有任何事可做。我朝乔瓦尼走过去，伸出手来：

"今晚，我到府上去。"

他立即向我走来，其他人则退到一旁。

"为什么我们这么久没见到您呢？"他简单地问了一句。

我顿时感到很奇怪，这使我心慌意乱。正是这个问题阿达没有向我提出，而我却是有权得到这样的问话的。倘若没有别人在场，我本来会诚恳地跟乔瓦尼谈起来，因为是他向我提出这个问题，这也向我证明，在这件我感到像是针对我的阴谋活动的事情当中，他是无辜的。只有他是无辜的，他值得我信赖。

也许，当时我没有立即十分清楚地想到这一点，这件事就是证明：我当时并没有耐心地等待那职员和勤杂工离去。不过，我后来又想研究一下：是否也许是因为古伊多突如其来的降临，阿达无法提出这个问题呢。

但是，乔瓦尼却不让我讲话，他十分匆忙地要回到他的工作上去。

"那么今天晚上再见吧。您会听到一位您从来没有听过的小提琴演奏家的演奏。他是作为一位小提琴业余演奏者露面的，这只是因为他很有钱，根本不屑于把演奏提琴作为职业。他打算干商业。"他缩了缩肩膀，做出瞧不起的动作，"我尽管是喜欢做买卖，但我要是他，就只会出卖音符。我不知道您是否认识他，他是一个叫古伊多·斯佩尔的年轻人。"

"真的！真的！"我说，一边装出高兴的样子，我晃着脑袋，张着嘴，总而言之，我调动了所有能表示我的心意的东西。这个漂亮的小伙子难道还懂得拉提琴？"真的吗？拉得非常好吗？"我希望乔瓦尼会嗤之以鼻，并且以他那过分的赞美来表示：古伊多不过是个蹩脚的提琴手罢了。但是，他仍以十分赞赏的神情，摇晃着脑袋。

我跟他握了手：

"再见！"

我一瘸一拐地向房门走去。但是我心中忽然产生一个疑团，又站住了。也许，我最好不接受这个邀请，这样，我似乎应当先告诉乔瓦尼。我转过身来，又回到他身边，但这时，我发现，他正非常仔细地注视着我，向前探着身子，以便把我看得更清楚些。这我可受不了，我得走！

一个小提琴演奏家！要是他真的拉得很好，我这个人就干脆完蛋了。至少，我就不在马尔芬蒂家拉提琴，或者不让人请我拉提琴。我过去把小提琴带到他们家去，并不是想以拉提琴的技术来赢得人们的心，而是作为一种口实，借以延长我在他们家的拜会时间。我可真是个蠢货！我本来可以用许多其他的不那么会败坏我的名声的口实嘛！

没有任何人会说，我总是一个劲儿地幻想自己的事。我知道自己具有高度的乐感，我讲究听最复杂的音乐，这也并不是为了装腔作势。但是，我这个高度的乐感多少年来，不论是现在还是过去，都告诉我：我永远拉不到令听众感到喜欢的程度。然而，如果说我现在仍继续拉提琴，那是跟我继续治病一样，出于同一个理由。如果我没有病，我本来会拉得蛮不错的，而当我研究如何在四条琴弦上实现平衡的时候，也就是我追求获得健康的时候。在我的机体中，有某种轻微瘫痪的现象，而在小提琴上，这种瘫痪现象就显得是全面的了，因此，也就显得更容易治好。甚至最低能的人，当他知道什么是三连音符、四连音符和六连音符的时候，也会以准确的节奏，从这种音符转到那种音符，这正如他的眼睛会从这种颜色转到那种颜色一样。然而，在我身上，这些音乐符号中的一种，一旦被我选定，就死死地黏住我，我再也摆脱不掉它，这样，它就混进了下一个音乐符号里去，从而使下一个音乐符号变得面目全非。为了把音符放到确切的地位上去，我不得不用脚和脑袋打拍子，但是，这就谈不到什么潇洒、从容、音乐了。凡是产生于一个平衡机体的音乐，它本身就是它所创造和蕴蓄的节拍。这样，将来等我奏起音乐来的时候，我的病也就会好了。

我破天荒第一次想退出场地，离开的里雅斯特，到别的地方去寻找消遣。没有任何事情可以指望了。阿达对我来说已经丧失掉了。我敢肯定这一点！难道我不知道，她要在检查和掂量一个男人之后（就像是要发给他什么学院荣誉证书），才会嫁给他吗？我觉得这种做法似乎是很可笑的，因为在人类当中，提琴在选择丈夫方面不可能起什么重要作用，而这一点也并不能拯救我。我感到拉提琴的重要性。拉提琴是起决定性作用的，就如同那些会嘤鸣的小鸟一样。

我躲到我的书斋里去，而对别人来说，这个节假日还没有过完呢！我从提琴盒里把小提琴拿出来，一时拿不定主意，是把它摔碎了呢，还是把它拉起来。后来，我试了试音色，仿佛想要跟它最后诀别，最后，我还是开始拉起万古不朽的克鲁采的提琴练习曲来①。在这同一个地点，我曾让我的弓弦跑过好多公里的路，这样，在我神思恍惚的时候，我就又让它机械地跑起不知多少公里的路来了。

所有那些苦心练习这四根该死的琴弦的人都知道，只要自己与世隔绝地独处一方，就能相信：每下一次小小的工夫，就能相应地得到某种进步。如果不是这样的话，谁又会同意没完没了地干这种苦差事，就如同碰到什么厄运，非要杀人不可呢？过了一会儿，我觉得，我跟古伊多的角斗，并不一定会彻底输掉。谁又知道，我不会让自己带着一把胜利的小提琴，在古伊多和阿达中间插上一手呢？

这倒不是什么夜郎自大，而是我夙常的乐观情绪，这种情绪我永远也摆脱不掉。每逢有什么不幸的事威胁我，起初，我总是会很害怕，但过了不久，我就会把它置诸脑后，因为我十分自信：自己能化险为夷。再说，到了那里，只需使我对自己拉提琴的本领的判断变得更为宽大些就是了。一般来说，在艺术上，可靠的判断总是来自比较，而这里，却无法跟人比较。再者，自己的提琴拉起来总是顺耳的，而耳朵离心也相隔不远。当我拉累了，不想再拉下去的时候，我对自己说：

---

① 克鲁采（Rodolphe Kreutzer, 1766—1831），法国著名小提琴家，深受拿破仑一世和路易十八宠爱，贝多芬曾为他写过钢琴和小提琴奏鸣曲作品第47号。

"真棒，泽诺，你有饭吃了。"

我毫不踌躇地径自前往马尔芬蒂家中。我接受了邀请，这时我不能失约了。我觉得，这似乎是个好兆头，即女佣是用蛮客气的笑容接待我的，并且还问我这么久不来，是不是病了。我给了她一点小费。既然她是全家的代表，也等于全家通过她的嘴巴，向我提出了这个问题。

她把我领到客厅，客厅这时竟黑得伸手不见五指。我是从前厅的灯火通明中来到这里的，一时间我什么也看不见，我不敢动弹。后来，我看出有几个人影围坐在一张小桌子前，在客厅的尽头，离我相当远。

欢迎我的是阿达的声音，我觉得，那声音在一片黑暗中，似乎显得十分动听。她微笑着，像是对我的一阵抚摸：

"请坐下，这边，请别干扰鬼魂！"倘若她继续这样对待我，我当然不会去干扰鬼魂了。

小桌子边缘的另一头，响起另一个声音，是阿尔贝塔或者也许是奥古斯塔的声音：

"您要是想参加招魂，这里还有一个空座位。"

我已经下定决心，不让自己躲在一旁，我果断地朝阿达欢迎我的声音那边走去。我的膝盖撞了一下这张仿威尼斯式小桌子的犄角（这种样式的桌子犄角较多）。我痛得厉害，但我没有让自己停下来，而是走过去，落到不知是哪一位给我腾出的座位上，这座位正好在两位姑娘的中间，其中一位——即我右边的一位——我想是阿达，另一位是奥古斯塔。但是，我当时也怀疑我会不会弄错了，于是，我向右边的邻座问了一句，为的是听听她的声音：

"你们已经跟鬼魂通话了吗？"

古伊多，我觉得他是坐在我的对面，打断我的话。他大声喝道：

"别说话！"

接着，他又比较温和地说：

"请静默，心里想着您想要召来的亡人。"

我毫不反对想要窥探阴间的任何种类的尝试。相反，我感到扫兴的是：我自己没有把这张小桌子带进乔瓦尼家，因为它在那里竟然获得这么大的成功。但是，我又觉得自己不该服从古伊多的命令，因此，我根本就没有静默。接着，我又对自己做了许多责备，因为我竟容许事情发展到这种地步，而我还不曾对阿达说这一句明确的话呢。我既然正坐在这位姑娘的旁边，又有那么于我有利的黑暗的环境，我本该把一切全盘托出的。我之所以没有这么做，只是因为在担心会永远失去她之后，现在她又如此贴近地坐在我身边，我不由得产生一种甜丝丝的感觉。我直觉地感到那轻轻磨蹭着我的衣服的温暖而柔软的衣料，我甚至想道：既然我们两个彼此靠得这么近，我的脚似乎已经碰到她的小脚，由于在晚上，我知道这只小脚是穿着一只漆皮靴子的。经过一番如此漫长的痛苦煎熬之后，这简直使我过分受宠若惊了。

古伊多又说道：

"您静默一下，我求您了。现在，您可以请求您召来的鬼魂自我表现一下，动一动桌子。"

他继续想着那桌子，这使我很高兴。这时，显然阿达已经不得不几乎承受我全身的分量了！要是她不爱我，她不会这样忍受的。说明心意的时候来到了。我把我的右手从桌上撤回来，轻轻地，轻轻地用胳臂搂住了她的腰：

"我爱您,阿达!"我低声说道,同时把我的脸凑近她的脸,以求使她听得更清楚些。

姑娘没有立即回答。接着,她用悄悄的声音,但却是奥古斯塔的声音,对我说道:

"您为什么这么久不来了呢?"

惊愕和扫兴几乎使我从我的座位上掉下来。我马上感到,我固然最终必须把这个讨厌的姑娘从我的命运中抹掉,但毕竟得对她以礼相待,而我作为一个好男伴,总是应当这样来对待一个倾心于我的女人的,哪怕她是世上从未有过的最丑的女人。她是多么爱我啊!我在痛心之余,也感到她的爱。促使她不告诉我她不是阿达,相反却向我提出我从阿达口中等了半日也毫无结果的那个问题的东西,只能是爱;可以肯定,她恰恰与阿达相反,是早已准备好重新见到我时马上就提出这个问题的。

我这时由着我的本能去做了,我没有回答她的问题,但是,经过短暂的犹豫之后,我对她说:

"然而,我还是很高兴能向您吐露心事,奥古斯塔,因为我相信您是非常善良的!"

我立即在我那摇摇欲坠的座位上恢复了平衡。我没有能跟阿达说明心意,而就在这时,我却跟奥古斯塔做到了这一点。在这方面,是不可能有其他误会的。

古伊多又警告了:

"要是诸位不想闭嘴,根本没有必要在这里摸黑浪费咱们的时间!"

他不知道这件事,然而我却需要摸一点黑,好使自己与众人隔离开来,能静默沉思一下。我发现我犯了错误,我所重新获得的唯一平衡就是在我的座位上的平衡。

我要跟阿达说话，但是要在灯火通明的条件下说话。我怀疑在我左边的并不是她，而是阿尔贝塔。我怎样来证实呢？怀疑的情绪几乎使我向左边倒下去了，为了恢复平衡，我扶住桌子。大家开始叫了起来："动了，动了！"我这个不由自主的动作居然可能会使我得以说明心意。可阿达的声音究竟是从哪里来的呢？但是，古伊多用他的声音把大家的声音都盖住了，他迫使大家保持沉默，而我倒是很乐意让他保持沉默的。接着，他的声音变了，他苦苦哀求地（真是傻瓜！）跟他认为已经降临的鬼魂说话：

"我求求你，你说出你的名字来吧，你可以根据我们的字母表，把你的名字字母写下来！"

他真是考虑周到：他担心鬼魂会记起希腊字母表。

我继续演我的喜剧，同时一直窥探着黑暗，寻找阿达。我略微犹豫了一下，随后就让桌子抬起来，这样抬起七次，于是，字母 G 就出来了。我的这个想法看来还真不错，虽然下一个字母是 U，要做无数个动作，但我还是再清楚不过地指令桌子写下了"GUIDO"（古伊多）这个名字。毫无疑问，我指令写他的名字，并不是想要把他推到鬼魂当中去。

当古伊多的名字写好的时候，阿达终于说话了：

"是您的哪位祖先吧？"她启示道。她正好坐在他的旁边。我真想把桌子晃动起来，塞到他们俩中间去，把他们分开。

"可能是吧！"古伊多说道。他认为自己是有一些祖先的，但这并不使我感到害怕。他的声音因为真正的激动而变了声调，这使我很痛快，这种痛快情绪是一个击剑手发现对手并不像自己所以为的那样可怕时所感到的情绪。他也并非抱着冷静的态度做这些实验的。他真是个地地道道的傻瓜！一切弱点都很容易得到我的同情，但是，他的弱点则不行。

接着，他又对鬼魂谈话了：

"要是你姓斯佩尔，你就动一下。不然的话，你就让桌子动两下。"既然他想有祖先，那么我就满足他是了，于是我把桌子只动了一下。

"是我的爷爷！"古伊多喃喃地说。

接着，跟鬼魂的谈话进行得更快了。有人问鬼魂是否想给人带来一些消息。它回答说是。是关于生意还是别的？生意！它更喜欢做这个回答，这是因为：做这个回答，只消把桌子动一下就够了。古伊多后来问是好消息呢，还是坏消息。坏消息得动两下来加以表明，我这一次，毫不犹豫地只想把桌子动两下。但是，却有人反对我动两下，想必这些人当中有人希望消息是好的。也许是阿达吧！为了动这第二下，我干脆扑到桌子上来，我轻而易举地得胜了！消息是坏的！

由于双方角力，第二下动作做得过火了，甚至把所有的人都移动了位置。

"奇怪！"古伊多喃喃地说。接着，他果断地喊了起来：

"够了！够了！这里有人在背着我们捣鬼！"

一声令下，许多人都同时俯首听命，客厅的许多地方顿时灯光大亮。我觉得，古伊多的脸色真苍白啊！阿达在这个人身上打错了主意，我本该让她睁开眼看得清楚些嘛。

客厅里，除了三位姑娘，还有马尔芬蒂夫人和另一位夫人，看到这一位夫人，我感到尴尬和不安，因为我以为，她是罗西娜姑母。出于不同原因，我向这两位夫人分别拘谨地行了礼。

好在我已经待在小桌子旁边，只是靠着奥古斯塔。这是又一次败坏她的名誉，但是我又不肯屈就，与所有那些围拢古伊多的人为伍。古伊多正抱着一定的激愤情绪解释着，说什么他已经弄清楚，搬动桌子的并不是什么鬼魂，而是一个有血有肉的淘气鬼。曾试图不让这张说话过多的桌子乱动的人，并不是阿达，而正是他。他说：

"我用尽我的全部力量把桌子按住，好叫它不要再动第二次。有人干脆扑到桌子上，为的就是战胜我的抵抗。"

他的这个招魂术真是妙不可言：这么强大的气力是不可能来自什么鬼魂的！

我看了看可怜的奥古斯塔，想弄清在听到我吐露了对她姐姐的爱慕之心之后，她会有什么样的脸色。她面色很红，但却用宽厚的微笑看着我。只是这时，她才决定证明她已经听到我吐露的话：

"我不会告诉任何人的！"她低声对我说。

这使我很高兴。

"谢谢。"我喃喃地道，一边握紧她那并不很小的手，但那手型却是无懈可击的。我很乐意成为奥古斯塔的好朋友，而在这之前，这一点是根本办不到的，因为我不愿成为长得难看的人的朋友。但是，我对我刚才搂过的那个腰肢却感到某种好感，因为我发现，它比我原来以为的要细些。她的面孔也长得可以，只不过由于那只视线不对头的眼睛，那面孔才显得有些畸形。我当然是夸大了那畸形的面容，甚至把这畸形扩大到大腿上去了。

他们让人给古伊多倒来一些柠檬水。我走到至今仍围拢着他的那群人的身旁，正好碰上马尔芬蒂夫人，她立即让开了。我满有兴致地笑着，向她问道：

"他是需要一些兴奋饮料吗？"她稍微撇了一下嘴唇，做出轻视的样子。

"他简直不像个男人！"她单刀直入地说。

我很得意：我的胜利可能是有决定性重要意义的。阿达所想的不可能跟她母亲不同。在一个像我这样的男人身上，胜利的效应是立竿见影的，而且也是必不可少的。一切怨恨在我心中都化为乌有，我也不希望古伊多再进一步受折磨。当然，如果许多人都跟我一样，世道也本不会是那么严酷。

我坐到他身旁，没有去理会其他人，我向他说道：

"您应该原谅我，古伊多。我做了一个恶作剧。是我让那桌子说话的，说它是被一个起着您的名字的鬼魂搬动的。我要是知道您的祖父也叫这个名字，就不会这样做了。"

从古伊多的转怒为喜的脸色，可以看出，他认为我这句话说得很重要。但是，他不愿承认这一点，并对我说道：

"这些夫人小姐太好了！我本人也根本不需要什么安慰。事情无关紧要。我感谢您开诚布公，但是，我早已猜着：有人竟戴上了我爷爷的假发。"

他满意地笑了起来，对我说：

"您身体够结实的啊！我本该猜想：这桌子是这群人里另外一个男人搬动的呢。"

确实，我显得比他壮实，但是，很快我就不得不感到自己比他脆弱了。阿达用不那么友善的眼光看着我，她那美丽的双颊烧得通红，她向我发动进攻道：

"我为您感到遗憾，您居然能认为自己有权开这样的玩笑。"

我连气都透不过来了，结结巴巴地说：

"我只是想逗逗乐！我原以为，咱们中间没有任何人会认真对待桌子说话这种怪事的。"

要想打击古伊多，已经有点来不及了，相反，如果我的耳朵敏感的话，我甚至会感到：在跟他进行一场角斗时，胜利永远不可能会是我的。阿达向我表示的愤怒，是颇耐人寻味的。我怎么就不曾领会到：她早已完全属于他了呢？但是，我仍执迷不悟地认为，他与阿达不相配，因为他并不是阿达用她那严肃的目光所寻找的那个男人。甚至连马尔芬蒂夫人不是也感觉到这一点了吗？

大家都把身子向我这边探过来，这就使我的处境变得更加严重了。然而，罗西娜姑母却笑得把她那肥大的身体都颤动起来，她一边欣赏这个场面，一边说道：

"真妙！"

我很遗憾，古伊多竟是如此友好。他早已认为，别的都没有什么重要，只要确信桌子刚才报给他的那些坏消息，并不是什么鬼魂带来的就行了。他对我说：

"我敢打赌，起初您并不是有意搬动桌子的。您第一次动桌子，并不是有心这样做，只是后来，您才决定使坏，搬动桌子。这样，事情就还有一定的重要性，也就是说，直到您决定不去破坏您召来鬼魂的时候，事情还是有其重要意义的。"

阿达转过身来，惊异地看了我一眼。她就要通过原谅我，来向古伊多表示过分的忠诚了（因为古伊多已经原谅我）。我没有让她这样做。

"不对！"我果断地说，"我是等鬼魂等厌了，因为它们老不来，于是，我就代替了它们，为的是寻开心。"

阿达立即转过身去，背向我，并且把肩膀耸了起来，这样一来，我感到自己像是挨了一记耳光。甚至连她后颈上的发卷也使我觉得像是在鄙视我。

正如一贯那样，我没有去看，也没有去听，却一心一意只管想我自己的事。阿达这样可怕地动怒，使我感到压抑。这使我感到一种剧烈的痛苦，就仿佛暴露在自己眼前的是：我的女人背叛了我。尽管她对古伊多有这么多亲热的表现，但她仍然有可能属于我，不过，我感到，我永远不会原谅她的这种态度。是否由于我的思维过于缓慢，我才无法应付事态发展呢？事态确实发展得很快，根本不等待以前的事态留在我脑海中的那些印象被抹掉。然而，我却仍然不得不在我的意愿所规划的道路上行动。这是一种地地道道的、盲目的顽固不化。我甚至还想加强我的意愿，把它再一次记录在案。我走到奥古斯塔身边，她正用一种既诚恳又鼓励的笑容焦虑地望着我，我对她严肃而伤感地说道：

"也许，这是最后一次我到府上来了，因为今晚我要对阿达表明我的爱。"

"您不该这样做，"她恳求地对我说，"您难道还没有看到这里发生的事吗？要是您很难过，我非常遗憾。"

她继续把自己放在我和阿达中间。于是，我对她说了下面的话，恰恰是为了冒犯她：

"我要跟阿达谈，因为我必须这样做。再说，她怎样回答我，这对我来说，是完全无所谓的。"

我又一瘸一拐地朝古伊多走去，走到他的身旁。我对镜子照了一下自己，点燃了一根香烟。从镜子里，我看到自己面色十分苍白，对我来说，这是使我变得更加面色苍白的一个理由。我斗争了一下，以求自我感觉更好一些，并且显得从容潇洒。在做这两方面的努力时，我那漫不经心的手竟抓住了古伊多的杯子。一旦抓住了那只杯子，我也只好一饮而尽。

古伊多笑了起来：

"这样，您就会知道我的全部思想了，因为刚才我也是喝的这杯。"

我一向是不喜欢柠檬的味道的。这个味道这时甚至对我来说，像是什么毒药，因为首先，我既然喝的是他的杯子，我就觉得，自己竟跟他有了令人厌恶的接触；其次，在这同时，我也因为看到阿达脸上显露出的那种愤怒而又不耐烦的表情而感到震惊。她立即把女佣叫来，向她再要一杯柠檬水，尽管古伊多已经说明，他已不再口渴了，她却还是给他要了一杯。

这时，我真是可怜得很。阿达越来越不顾脸面了。

"原谅我，阿达，"我低声对她说道，一边注视着她，仿佛我在等待什么解释，"我本不想让您扫兴的。"

接着，我突然害怕起来，因为我怕我的眼睛已经充满泪水。我想使自己不致贻笑大方。我喊道：

"柠檬汁溅了我的眼睛了。"

我用手帕遮住我的眼睛，因此，我就不再需要注意我的泪水会不会流下，只要我当心不要抽泣起来，这就够了。

我永远也忘记不了在这条手帕后面的那一片黑暗。我把我的泪水隐藏在这片黑暗当中，但同时也把我一度发狂的情绪掩盖到里面去。我认为，我会把一切都向她倾诉的，她也会理解我和爱我的，同时，我也永远不会再原谅她了。

　　我把手帕从脸上拿开，我使大家都能看到我那眼泪汪汪的眼睛，我又做了一次努力，使自己笑起来，也使别人忍俊不禁。

　　"我敢打赌：乔瓦尼先生一定给家里买了柠檬酸，好做果汁汽水。"

　　正在此时，乔瓦尼到了，他像通常那样非常亲切地向我打了招呼。我从中感到小小的安慰，但这安慰并没有持续很久，因为他说，他比平常来得早，正是为了要听古伊多演奏。他打断了自己的话，问我何以眼睛里满是泪水。他们告诉他：我怀疑他的果汁汽水的质量有问题，他为此大笑起来。

　　我非常可鄙，竟然也热情地跟众人一起响应乔瓦尼向古伊多提出的请他演奏的请求。我想起来：今天晚上，我不正是为了听古伊多拉提琴才来的吗？奇怪的是，我明明知道，可以指望用我促请古伊多演奏来安抚阿达。我看了她一眼，希望这天晚上终于第一次跟她行动一致了。多奇怪的想法啊！我不是要跟她谈话，不是要不原谅她吗？相反，我看到的只是她的肩膀和她后颈上的轻蔑的卷发。她甚至跑过去，把提琴从盒子里拿出来。

　　古伊多要求再让他平静地待上一刻钟。他看来有些踟蹰。后来，经过长年累月对他的了解，我得出了经验：凡请他做一些再简单不过的事情时，他在这之前，总是要踟蹰一下。他只干他喜欢干的事，在同意什么请求之前，他经常要对自身的能力做一番调查，看一看其中有没有人们所渴望得到的东西。

　　接着，在这值得纪念的晚会上，我有了最幸福的一刻钟。我那由着性子的信口开河，使大家都很开心，阿达也包括在内。这肯定是我的冲动的缘故，但同时也是由于我做了最大努力，力求战胜那把咄咄逼人的小提琴，而那把小提琴这时却走得越来越近了，越来越近了……在这短短的时间里，别人由于我的逗乐，过得还是非常开心的，而我记得，我却是把这段时间用来进行一场吃力的斗争。

乔瓦尼说，在他回家时搭乘的那辆电车上，他目睹了一个令人难受的情景。一个女人从车上下来，而电车却仍在动着，那女人站立不稳，就跌倒了，摔伤了。乔瓦尼有点添油加醋地描述他当时的焦急心情：他看到那女人准备好跳下车去，但跳得不好，显然，她会被甩在地上，也许还会被压死。他感到很痛苦，因为他预见到了，却来不及救她。

我这时也灵机一动，想出妙法：我说，我过去老是头晕，这使我很痛苦，于是我发现了一剂治头晕的药。当我看到一个体操运动员锻炼时跳得太高，或者看到有什么岁数过大或动作不太灵敏的人想从行驶着的电车上跳下的时候，我就让自己一点也不为他操心，同时还祝愿他倒霉到底。我甚至还想出我用来祝愿他们摔倒和跌伤的话语。这使我大大地心安理得，因此，我才能完全无动于衷地对待不幸的降临。再说，如果我的祝愿未能实现，那么我也就可以说：我会为此而感到更加高兴的。

古伊多被我的想法吸引住了，他觉得，这简直是一种心理发现。他对此进行了分析，正像他对所有微不足道的事都喜欢加以分析一样，他恨不得马上证明这药的效力。但是，他做了一点保留：祝愿倒霉不会增加不幸。阿达附和他，也笑了起来，甚至还向我投过一个赞赏的目光。我傻乎乎的，对此感到十分满意。但是，我也发现，我并不是真的不再原谅她：这一点也真是一大好处。

大家一起笑了半天，都像是一些彼此相爱的乖孩子。有一段时间，我在客厅的一角，单独跟罗西娜姑母待在一起。她还在谈论那桌子。她相当肥胖，坐在她的椅子上一动也不动，同时也没有看我。我想法让别人看出我很心烦，大家都瞧着我，但没有让姑母识破，一边还在窃窃笑着。

为了增加笑料，我想到不如对她毫无准备地说出这样一句话："可您，夫人，恢复得不错，我发现您变得年轻了。"

倘若她生起气来，那才会令人哄堂大笑呢。但是，这位夫人却没有生气，反而向我表示非常感谢，并且对我说，最近生过病后她确实恢复得不错。我听到这个回答，感到十分惊讶，以致我的面孔可能也露出十分滑稽的模样，这样一来，我所希望的哄堂大笑果然就发生了。不久，别人就对我解释了这个谜。也就是说，我这才知道，这位夫人本不是罗西娜姑母，而是玛丽亚姨母，她是马尔芬蒂夫人的姐姐。这样，我便把使我感到不适的一个根源从这个客厅中消灭掉了，不过，这个根源却不是那个最大的根源。

过了一会儿，古伊多要拉那把提琴了。这天晚上，他不要钢琴伴奏，演奏了Chaconne①。阿达把提琴交给他时，带着感谢的笑容。他没有看她，而只看了看提琴，仿佛要把自己和众人截然分开，与灵感融会到一起。接着，他站到客厅中央，背向着这小团体的相当一部分人，用弓子轻轻地碰了碰琴弦，以便调整音色，他甚至还拉了几个琶音。他停下来，微微一笑，说道：

"我真是斗胆了，诸位可以想一想：自从上次在这里演奏以来，我就没有碰过这把提琴！"

真是个江湖骗子！他甚至也背向阿达呢。我急切地望着她，想看看她是否为此而难过。看来她并没有难过啊！她把一个臂肘

_____

① 法文，指西班牙十七八世纪的一种慢三步舞曲。

支撑在小茶几上，手托着下巴，聚精会神准备听演奏。

　　接着，与我想象的相反，他竟然成了伟大的巴赫本人。不论是在这之前，还是在这之后，我都不曾听过拉得这么美妙的音乐，这音乐从那四根琴弦上发出，犹如米开朗基罗①的安琪儿从一大块大理石中刻出一样。对我来说，这时只有我的精神状态是新的，正是这种新的精神状态促使我陶醉地朝上望着，仿佛望着什么从未见过的东西。但是，我也在拼命挣扎，力求使这音乐远离我。我一直在想："瞧啊！这提琴是个海妖，它能叫人跟它一起哭泣，而丧失一个英雄的心肠！"这音乐抓住我，令我倾倒。我觉得，它像是在宽厚地诉说我的病症和痛苦，用微笑和爱抚缓解我的病症和痛苦。但是，这是古伊多在说话啊！我力图使自己摆脱这音乐，同时对自己说："为了能拉到这种程度，只消有一个富有节奏感的机体、一只稳健的手和一种善于模仿的能力就够了；这一切正是我所没有的，这不是什么低能，而是不幸。"

　　我在抗议，但是，巴赫却仍在满有把握地继续演奏着，就像命里注定他能做到这一点似的。他是在满怀激情地高声歌唱，随后又放低嗓门，执着地探寻那个令人感到意外的低音，尽管人们的耳朵和心灵早已知道会有这个低音出现：他拉得真是恰到好处！片刻之后，这歌声本来会缓缓消失，而且不可能有余音缭绕；而片刻之前，本来会有什么东西压过这歌声，使它戛然而止。这种情况却没有发生在古伊多身上：因为即使是在演奏巴赫，他的那条胳臂也不曾发抖，而这才是一种真正低能的表现。

　　在我写下这些事情的今天，我还有足以证明这一点的一切证

―――――――――

① 米开朗基罗（Michelangelo Bounaroti，1475—1564），意大利十五六世纪文艺复兴时期最著名、最伟大的建筑师、雕刻家和画家。

据。我并不因为自己当时就看得如此准确而感到欢欣。当时，我心中是充满憎恨的，而那音乐，尽管我像接受我的灵魂本身那样接受它，却并未能缓和我的憎恨。接着，每天的平庸生活又来了，并且把那音乐一笔勾销，而在我这方面，则又根本没有做出任何抗拒。这是再明白不过的事！平庸的生活可以做出许许多多这类事情。倘若天才们对此有知，他们该感到多么倒霉啊！

古伊多明智地停止演奏了。除了乔瓦尼之外，谁都没有鼓掌，而且有一阵子，谁也没有说话。后来，很遗憾，我感到需要说两句了。我怎么竟敢当着一些了解我的拉琴技艺的人的面，这样做呢？看来，说话的是我的提琴，因为它总是徒劳地希望把乐曲奏好，它在咒骂另一把提琴，因为那把提琴——这一点无法否认——能把乐曲化为生活、光明和新鲜空气。

"太好了！"我说，我的声调更多的是赏赐，而不是喝彩，"不过，我不明白，为什么在快结尾的部分，您把音符隔开了，而巴赫则是标明，这些音符是连在一起的。"

我对Chaconne了如指掌，对其中每个音符都很熟悉。曾经有一个时期，我认为，为了在拉琴上有所进步，我必须进行这方面的锻炼，一连好几个月，我都把时间花在一小节、一小节地练习巴赫所作的某些曲子上。

我感到，在整个客厅里，给予我的只有责骂和嘲笑。然而，我却还在说下去，拼命地跟这种敌意做斗争。

"巴赫，"我又说道，"在运用手段方面是非常朴实的，他不容许这样卖弄拉弓子的技巧。"

我当时可能是对的，但是，同样可以肯定的是：我本人并不擅长这样拉弓子。

古伊多马上跟我一样出口不逊。他说：

"也许巴赫根本不了解这种表现方法的可能性。我现在把这表现方法奉献给他了！"

他竟然爬到巴赫的肩膀上了，但是，在那个场合，竟然没有任何人表示抗议，而大家却都来笑话我，只不过是因为我试图爬到他的肩膀上。

这时发生了一件无关紧要的事，但这件事对我来说，却是有决定意义的。从一个离我们很远的房间里，传来了小安娜的呼叫。后来才知道，她摔了一跤，跌破了嘴唇，满嘴是血。这样，我有几分钟得以跟阿达单独待在一起，因为大家都从客厅里跑出去了。古伊多在追随其他人跑出之前，曾把他那珍贵的提琴放到阿达手里。

"您愿不愿意把那把提琴交给我？"我问阿达，因为我看到她正在犹豫，是否要随众人跑出去。确实，我当时还没有发现，我久已盼望的机会终于来到了。

她犹豫了一下，但是，随后占上风的是她那奇怪的猜疑。她把提琴更紧地抱在怀里：

"不，"她答道，"我不必跟他们一起去。我想，安娜不一定摔得很重。她总是为一点儿小事叫个不停。"

她抱住她的提琴坐下来，在我看来，她做出这个举动，似乎是请我开口说话。况且，我又怎能什么也不说就一走了之呢？再说，在这漫漫长夜，我又能做什么呢？我似乎看到我在床上翻来覆去的情景，或是沿着大街小巷乱跑一气或到赌场里寻欢作乐的样子。不！不说明真相，不求个心安理得，我就不该离开他们家。

我力求说得简明扼要。我也不得不这样做，因为我气都透不过来了。我对她说：

"我爱您，阿达。为什么您不允许我对令尊说明这件事呢？"

她又惊又怕地看了看我。我担心她也会像外面那个小女孩那样尖叫起来。我知道，她那平静的眼神和线条明晰的面庞，都没有透露有爱的意思，但是，她像现在这样，离爱那么遥远，却也是我从来不曾见过的。她开始说了起来，她说了几句话，想必是作为开场白。但是我要求的是明确：是爱，还是不爱！我觉得，她似乎非常犹豫，只这一点就已经刺伤了我。为了快刀斩乱麻，使她拿定主意，我谈到她有权缓一缓时间：

"可您怎么竟没有发现呢？您总不会以为我是在追求奥古斯塔吧？"

我想把这种加重语气放到我的言谈话语之中，但是，由于仓促，我竟把它放错了地方，最后，我竟用一种轻蔑的语调和手势，提起可怜的奥古斯塔的名字。

正是这样，阿达才摆脱了困境。

她只注意到对奥古斯塔的冒犯：

"为什么您认为自己就比奥古斯塔强呢？我绝不认为奥古斯塔会答应做您的妻子！"

接着，她才想起她还没有回答我：

"至于我……我很奇怪，您的脑袋里竟会有这种想法。"

这句尖刻的话想必是为奥古斯塔进行报复。在我极度的惶恐之中，我想道：这句话的含义也不可能有其他目的。倘若她当时给我一记耳光，我相信，我本会犹豫起来，研究一下这样做的理由的。因此，我还在坚持：

"请考虑一下，阿达。我不是个坏人。我很有钱……我是有点古怪，但我改起来，也会是很容易的。"

阿达也变得温和一些，但是，她又一次谈到奥古斯塔。

"请您也考虑一下，泽诺，奥古斯塔是个好姑娘，她的确很配得上您。我不能替她说话，但是，我相信……"

第一次听到阿达用我的名字来称呼我，真是无比的温馨。这难道不是请我说得更明确些吗？也许，我现在失掉她，或者至少她不会马上答应嫁给我，但是，就眼下来说，也必须避免使她跟古伊多更加亲近，我应当让她睁开眼睛，看清古伊多是怎样一个人。我是很精明的，首先我对她说：我敬重奥古斯塔，但是，我绝不愿意娶她。这句话我说了两遍，为的就是让她听清楚我的话："我不愿意娶她。"这样，我就可以指望平息阿达的怒气，因为她刚才以为我有意冒犯奥古斯塔。

"奥古斯塔确是个善良的、亲切的、可爱的姑娘，但她对我不合适。"

紧接着，我就使事情急转直下了，因为过道上有嘈杂的声音，我的话随时都有可能被打断。

"阿达！那个男人对您不合适。他是个傻瓜！您难道没有看出他对桌子的感应多么难受吗？您看到他的手杖了吗？他拉提琴是拉得不错，但是，也有一些猴子是会拉提琴的。他说的每一句话都说明他是愚蠢透顶的……"

她一直在听我讲话，样子像是一个不知如何决定接受那些针对自己的话语真正含义的人，随后，她打断了我的话。她蓦地站了起来，手里还一直拿着那把提琴和弓子，她走过来低低地对我说了几句中伤的话。我竭尽可能想忘记这几句话，而且果然做到了。我现在只记得，她开始大声问我，我怎么能这样谈到他和她！我惊愕得睁大了眼睛，因为我觉得，我似乎只谈到了他。当时，我忘记的是她针对我说的那些轻蔑的话语，而不是她那因轻蔑而变得通红的美丽、高贵而健康的面庞，这面庞的线条出于愤怒，变得更加鲜明了，几乎像是从大理石上雕刻出来的。这面庞我再也忘记不了了，如今，每逢我想到我的爱情和青春时期，我就会又看到阿达在把我彻底从她的命运中抹掉时的那张美丽、高贵而健康的面庞。

所有其他人都簇拥在马尔芬蒂夫人周围回来了，马尔芬蒂夫人还抱着仍在啼哭的安娜。没有任何人顾及我或阿达，而我也没有向任何人打招呼，径自走出客厅。在过道上，我拿了我的帽子。真怪！没有任何人前来留住我。于是，我自己止住了脚步，因为我想起，我不该有失受过良好的教育的礼节，因此，在走之前，我总该彬彬有礼地向众人告辞。确实，我现在也并不怀疑：我当时没有离开他们家，并非因为我相信，对我来说，那一夜会比前五夜过得更糟，会过早地到来。我终于弄清真相，眼下感到需要的是另一个东西：是平静，是与众人的和平相处。倘若我能把我与阿达以及其他人的关系中任何不快之处消除掉，那我就会更容易地入睡。为什么这种不快之处非要保持下去不可呢？既然我连对古伊多也不能有什么怨恨，我又何苦如此呢？！再说，古伊多即使没有什么长处，阿达却偏偏喜欢他，这肯定也根本不是他的过错啊！

阿达是唯一一发现我在过道里踱来踱去的人，当她看到我去而复返的时候，她焦虑地看了看我。她难道担心我会大闹一场吗？我马上想让她放心。我走到她身旁，悄悄地说：

"要是我得罪了您，请原谅！"

她握起我的手，恢复了平静，把我的手紧紧握了一下。这是个很大的安慰。我把眼睛闭上片刻，想使自己的心境能不受干扰，并且看一看它能得到多大的平静。

我的命运使然：在大家仍然照顾那小女孩的同时，我则坐到阿尔贝塔身边。我原先并没有看到她，只是在她跟我说话时，我才发现了她，她对我说：

"什么事也没有，严重的是爸爸在场，因为爸爸一看到她哭，就送给她一件漂亮的礼物。"

我不再分析我自己了，因为我已经把自己看透了！为了做到心平气和，我必须使这间客厅永远不再让我吃闭门羹。我看了看阿尔贝塔！她真像阿达啊！她的个子比阿达小些，身体上还有一些未经抹杀的明显的童年痕迹。她经常很容易抬高嗓门，她的欢声笑语往往过分了些，这使她的小脸变得扭曲起来，并且涨得通红。真怪！这时，我忽然想起我父亲的一句嘱咐："选一个年轻的女人吧，这样，你会更容易用你的方式来教育她的。"记起这句话来，有决定性意义。我又看了看阿尔贝塔。在我的脑海中，我想方设法揭开她的一切，她正如我猜想的那样甜美而温柔，这使我很喜欢。

我对她说：

"您听着，阿尔贝塔！我有一个想法：您是否曾想过您已经到了嫁人的年龄了？"

"我可不想结婚！"她笑容满面地说，又温和地看着我，毫不难为情，或是带点羞涩，"相反，我只想继续学习。妈妈也希望我这样。"

"您结了婚以后也可以继续学习嘛。"

这时我有了一个想法，我觉得，这想法很有风趣，于是就马上脱口而出：

"我也是想在结婚以后开始学习的。"

她会心地笑了起来，但我发现，我是在浪费时间，因为不能靠这种无聊的谈话来赢得老婆和平静。必须认真严肃。而在这里，是很容易做到的，因为除了阿达，大家对我都是另眼看待。

我当真认真起来。既然如此，我未来的妻子也就应当知道一切。我用激动的声音，对阿尔贝塔说道：

"我刚才把我现在向您提出的建议也向阿达提出来了。她很轻蔑地拒绝了我。您可以想象我现在的心情会怎么样。"

我在说这几句话时，也做出悲哀的样子，而这只能是我对阿达的爱的最后吐露。我简直变得过分认真了，我微笑着，又补充说道：

"但是，我相信，要是您同意嫁给我，那我就太幸福了，我会为您忘记一切，忘记所有人的。"

她也变得十分认真起来，对我说道：

"您不该生气，泽诺，因为这会使我感到遗憾的，我对您非常敬重。我知道您是个好人儿，再说，您自己并不知道，您懂得许多东西，而我的老师们恰恰是无所不知、无所不晓的。我不愿意嫁人。也许，将来我会改变主意，但是就眼下来说，我只有一个目的：我想成为一个作家。您看，我对您是多么信任啊。我从未把这事告诉给任何人，希望您也不要泄露出去。从我这方面来说，我答应您，我不会把您的建议向任何人再提出来。"

"可您尽可以向大家都说出来嘛！"我愤愤地打断了她的话。我又感到自己就要被轰出这间客厅了，我赶紧找个招架法。再说，也只有一个方法能减少阿尔贝塔身上那种拒绝我的傲气，我刚一想起来，就立即采用了这个方法。我对她说：

"现在，我要向奥古斯塔提出同样的建议，我还要告诉大家：我要娶她，因为她的两个姐妹都拒绝了我！"

我摆出过分乐观的情绪，大笑起来，这情绪是由于我采取的奇怪做法而突然从我身上产生的。我一向为自己的风趣而感到自豪，而这时，我的风趣不是体现在言语中，而是体现在行动上。

我环视了一下四周，想找到奥古斯塔。她已经端着一个盘子走到过道里去了，盘子上只有一只喝了一半的杯子，其中装的是给安娜倒的镇静剂。我尾随着她跑过去，一边叫着她的名字，她背倚着墙壁等待我。我站到她的面前，立即对她说道：

"您听着，奥古斯塔，您愿意咱俩结婚吗？"

这建议实在太莽撞了。我应当娶她，她则应当嫁给我，而我并不想问她究竟怎样想，我也不认为，可能该轮到我不得不做一些解释。横竖我只做大家希望我做的就是了！

她抬起因为出乎意料而睁得大大的一双眼睛。这样一来，那只斜视眼甚至比平常更加不同于另一只眼睛了。她那张光滑白净的脸庞，起初变得更加苍白，紧接着又痉挛起来。她用右手把那只在盘子上摇摇晃晃的杯子抓住。她用微弱的声音对我说：

"您在开玩笑，这可不好。"

我担心她会哭出来，同时又有一个奇怪的念头，想来安慰她，向她诉说我的悲哀。

"我不是在开玩笑。"我郑重其事地、满面愁容地说道，"我最初是向阿达求婚，她愤怒地拒绝了我，后来我又请求阿尔贝塔嫁给我，她说了一通甜言蜜语，也同样拒绝了我。我对她们俩都没有怨恨。只不过我感到自己实在、实在太不幸了。"

　　看到我的痛苦，她又恢复了原来的面色，开始感动地瞧着我，一边紧张地思考着。她的目光很像一种并不使我感到喜欢的爱抚。

　　"那么，我是否应该知道并且记住：您并不爱我呢？"她问道。

　　这句含糊不清的话究竟是什么意思呢？是表示同意的一种前奏吗？她竟然还想记住呢！难道她想在跟我一起度过的整个一生中都记住这一点？我这时的感觉就像一个人为了自杀，站到了一个非常危险的位置，而就在此刻，又不得不费尽力气来搭救自己。倘若奥古斯塔也拒绝了我，这岂不是更好吗？这样，我就可以平平安安地回到我的书斋，即使在这一天，我也不致在书斋里面感到自己过分痛苦了。我对她说道：

　　"不错！我爱的只是阿达，而现在，我要娶的则是您……"

　　我这时简直就要告诉她：我不能委曲求全地成为阿达的陌生人，因此，我能成为她的妹夫，我也就知足了。这样做将会太过分，而奥古斯塔也会再次认为，我是想戏弄她。因此，我只说：

　　"我再也不能勉强地孤独下去了。"

　　然而，她一直靠着那面墙壁，也许，她是感到需要有这面墙壁来支撑住她。但是，她看来比较平静，盘子这时也只用一只手端着了。我得救了吗？也就是说，我应当离开这间客厅呢，还是可以继续待下去，应当结婚呢？我又说了几句话，只不过是因为我等待她的话已经等得不耐烦了，因为她的话总是不想说出来：

　　"我是个好人儿，我相信，跟我在一起，可以生活得很容易，即使彼此不是深深相爱。"

　　这句话是我在这之前用了好几天的工夫为阿达准备的，为的是让她答应我，即使对我没有深爱之情。

　　奥古斯塔略微有些气喘，仍然闭口不言。这种静默也可能意味着拒绝，是一种可以想象到的再微妙不过的拒绝：我几乎要溜之乎也，去找我的帽子，以便及时地把它戴到我得救的脑袋上。

　　然而，奥古斯塔却拿定了主意，做出了一个我永远也忘不了的尊严的动作，她挺起身来，抛开了墙壁的支撑。在那并不很宽的过道里，她进一步靠近站在她对面的我。她对我说道：

　　"您，泽诺，需要有一个女人愿意为您而生活，并且照顾您。我愿意做这个女人。"

　　她把那胖乎乎的手递给我，我几乎像是出于本能，立即吻了那只手。显然，也不再可能不这样做。再说，我现在应当承认：当时，我满心欢喜，得意之情扩展了我的全胸。我再也不必去解决任何问题了，因为一切都已经得到解决。这才是真正的说明真相。

　　这样，我便订了婚。我们马上得到人们的最热烈祝贺。我的成功有点像古伊多的提琴获得的伟大成功，大家鼓掌竟然如此热烈。乔瓦尼亲了亲我，立即用"你"来称呼我了。他用过分亲热的表情对我说：

　　"我很久以来，就觉得自己是你的父亲，也就是说，从我开始为你的生意给你出主意的时候起，我就有这种感觉。"

　　我未来的岳母也把她的面颊递给我，我轻轻地在上面蹭了一下。即使我娶了阿达，恐怕也难逃这一吻。

　　"您瞧，我把一切都猜透了。"她用一种不可思议的满不在乎的样子对我说，这种样子没有受到惩罚，因为我不知如何抗议，同时我也不想抗议。

　　她随即拥抱了一下奥古斯塔，她的伟大的亲子之情顿时体现为一阵抽泣，她忍不住哭了起来，打断了她那欢悦的表现。我真受不了马尔芬蒂夫人，但我现在不得不说，至少在那天晚上，这抽泣为我的订婚增色不少，使它焕发出令人产生好感的灿烂光辉。

阿尔贝塔，满面春风，握紧我的手：

"我愿意成为您的一个好妹妹。"

阿达也说：

"真棒，泽诺！"接着，她又低声说道，"您该知道：从来没有一个男人做得比您更加明智，尽管他认为自己干事总是很麻利的。"

古伊多倒叫我大大吃了一惊：

"从今天早上起，我就明白：您想要得到马尔芬蒂姊妹当中的一个，但是我却不知道究竟是哪个。"

既然阿达没有对他说到我追求她的事，那么可见他们并不十分亲密！难道我真的干事麻利吗？

但是，过了一会儿，阿达又对我说：

"我希望您能把我当作手足来爱我！其余的事就忘掉吧，我永远不会告诉古伊多任何事情的。"

况且，好在全家现在是如此兴高采烈。我却无法充分享受这一番欢乐，这只不过因为我实在太累了。我甚至要打瞌睡。这证明，我干得十分出色。这一夜，我会过得很好的。

晚饭时，奥古斯塔和我默默地接受大家对我们的祝贺。她感到有必要向大家道歉，说她没有能力参与大家的谈话：

"我不知道说什么好。诸位应该记住：半个钟头前，我自己还不知道我会发生什么事情呢。"

她总是说千真万确的真理。她是又在笑又在哭。我也很想用眼神来抚慰她，但我不知道我做到了没有。

当晚，就在饭桌上，我竟又一次受到创伤。伤害我的正是古伊多。

事情似乎是这样的：在我来参加招魂聚会之前不久，古伊多曾讲述我在当天上午曾说自己不是个马虎的人。大家都立即向他提供了许许多多证明，说我是撒谎，而为了进行报复（或者，也许是他想让别人看到，他还会绘画），他给我画了两张漫画，在第一张漫画里，我被画成鼻子朝天，倚着一把挂在地上的阳伞。在第二张漫画里，阳伞竟折断了，伞把则穿透了我的脊梁。这两张漫画都达到了目的，并且以简单的可恶手段引起哄堂大笑，因为其中画的那个人（想必画的就是我，其实根本不像，但是却有个特点，即一个大秃顶），在第一张和第二张速写中，都画得一模一样，因此，可以想象他是多么马虎，因为阳伞已经把他刺穿了，他的样子却并没有改变。

大家笑了半天，甚至笑得过头了。这个十分成功的拿我取笑的做法，使我感到强烈的痛苦。当时是我第一次感受到犹如刀割一般的疼痛。那天晚上，我的右前臂和臀部都疼痛得很。这是一种强烈的烧灼般的痛楚，像是有一大群蚂蚁在神经上爬，这样，神经也仿佛要变得麻木不仁了。我惊愕地把右手放到臀部上，用左手抓住发痛的那只前臂。奥古斯塔问我：

"你怎么了？"

我回答说，我感到在咖啡馆摔伤的那个地方很疼，那天晚上，我们也曾谈过在咖啡馆摔跤的那件事。

我马上做出很大的努力，试图摆脱那痛楚。我当时觉得，如果我能对我所受到的侮辱进行报复，我就会不疼了。我要了一张纸和一根铅笔，设法也画了一个人，这个人被翻倒到他身上的小桌子压扁了。接着，我又在此人身旁，画了一根文明棍，而由于发生了这场灾难，文明棍也从他手中掉落了。没有人认出那文明棍来，因此，这有意的中伤没有取得我所希望的成功。随后，为了让人认出此人是谁，他又是怎样落到这般田地的，我在下面写道："古伊多·斯佩尔与小桌子打架"。不过，从画上却只能看到压在小桌子下面的那个倒霉鬼的两条腿，而倘若我不是故意把两条腿画成罗圈腿的话，这两条腿本来会跟古伊多的腿一样的。同样，倘若复仇之心不是在起作用，使我这张本来就很幼稚的画变得更糟的话，这画本来也会跟古伊多一般无二的。

阵阵剧痛使我草草地画完了。当然，我这可怜的机体从来不曾有过这样强烈的愿望要去伤人。如果我手中拿的是刀，而不是我无法驾驭的铅笔，也许我这治痛的方法本来会成功的。

古伊多看了我的画，真诚地笑了起来，但是接着，又温和地批评说：

"我并不觉得那桌子把我压扁了！"

确实，桌子并没有把他压扁，也正是这种不公平使我感到痛苦。

阿达把古伊多的两幅画拿过去，说她要把画保存起来。我看了看她，为的是向她表示我对她的责备，而她则不得不把她的视线从我的视线移开。我的确有权责备她，因为她使我的痛苦加大了。

我从奥古斯塔身上找到了辩护。她要我在我的画上注上我们订婚的日期，因为她也想把这幅拙劣的作品保存起来。由于这种亲热的表示，一股鲜血的热潮激荡着我的血管，我第一次感到，这种表示对我来说，是多么重要。但是，疼痛并未停止，我不得不想：倘若这亲热的动作是由阿达为我做出的，那么它就会在我的血管中激起巨大的鲜血热潮，我神经中的一切日积月累的渣滓，都会因此一扫而光。

这痛楚再也不放过我了。如今，我已是年老体衰，我感到痛楚没有那么厉害，这是因为，每逢痛楚袭来，我就宽容地忍受它："啊！你又来了，这难道是我曾经年轻过的明显证据吗？"但是，在年轻时，这痛楚则是另一码事。我并不是说，痛楚在过去是很大的，尽管有时它曾叫我无法自由活动，或者使我整宵整宵地无法安眠，而是它曾占据过我生命的相当大的部分。我想治愈这痛楚！为什么我要一辈子把这个战败者的烙印带在我的身上呢？它难道干脆变成古伊多大获全胜的活动丰碑了吗？必须把这痛楚从我的身上抹掉。

治痛就这样开始了。但是，不久之后，来势汹汹的病源便被忘掉了，这时，我甚至很难再找到病源。也可能是这样：我对给我治病的医生是非常信任的，当他们时而说这疼痛是来自新陈代谢，时而又说它是来自血液循环不良，后来则又说什么它是由于肺结核或种种不同的感染（其中有些感染则是令人感到羞耻的）所致的时候，我都真心诚意地信以为真。再者，我现在也应当承认：所有的治疗都曾使我感到某种暂时的宽慰，因此，每次不论做出什么新的诊断，都似乎得到证实。这些诊断或迟或早都表明并不那么准确，但也不是完全错误，因为在我身上，任何一种作用都没有达到理想的完美程度。

只有一天，确实是诊断错误了：我竟然被交到一位类似兽医的医生手里，这位医生用了很长一段时间，一意孤行地用他那起疮剂捶打我的坐骨神经，最后竟被我的疼痛嘲弄了一番，在一次诊治时，我的疼痛突然从臀部跳到生殖器上，因此，远不是什么与坐骨神经有任何关系的问题。这位江湖医生气了起来，把我撵出门外，我便也扬长而去（这一点我记得非常清楚），我一点也没有动气，相反却非常钦佩：因为这疼痛到了新的地方，也并无丝毫改变。医生则气得要命，无法解劝，正如他刚才折磨我的臀部时一样。奇怪的是：我的身体每个部位都能同样经受痛楚。

所有其他诊断在我的身上都得到十分确切的验证。同时它们相互之间也在为夺取冠军斗个不休。有几天，我的尿素质有问题，另有几天，这尿素质问题被取消了，也就是说，治好了，因为血管发了炎。我的一些抽屉摆满了药品，只有这些抽屉是我来用的，由我自己来收拾。我喜欢我的这些药品，而且我知道，每逢我抛弃其中某种药品，迟早我会重又把这种药品买回来。况且，我也并不认为，这是浪费我的时间。谁知道我会早已死去多久，又会死于什么病症，如果我的疼痛不是及时地装成各种病症，从而促使我在得病之前就先去治病的话。

但是，尽管我无法解释这疼痛的最后性质，我却知道这疼痛第一次是何时形成的。这疼痛正是因为那画得比我好得多的绘画引起的。小事也能引起大风波！我确信自己在这之前从未感到过这种疼痛。我曾想对一位医生解释这疼痛的根源，但是，他却不理解我。谁知道是怎么回事？也许，心理分析会说明我的机体在那几天所受到的折腾，特别是在我订婚后几小时发生的那种折腾。

这几个小时也不能算短啊！

当晚些时候聚会散了，奥古斯塔悄悄地对我说：

"明天见！"

这个邀请使我很高兴，因为它证明，我已经达到我的目的，任何事情都没有完结，一切将会在第二天继续下去。她看了看我的眼睛，她看出我热烈表示同意的眼神，这足以使她得到慰藉。我下了阶梯，我也不再去数台阶了，一边则在问自己：

"谁知道我到底爱不爱她呢？"

这个疑点伴随了我整个一生。今天，我可以认为，有如此严重的疑点伴随着的爱情，才是真正的爱情。

但是，即使在离开他们家之后，我也仍然不能去上床睡觉，不能在一种长时间的、恢复精力的睡眠中收获我当晚的活动所结成的果实。天气真热。古伊多感到需要吃冰激凌，他请我陪他到一家咖啡馆去。他友善地钩住我的胳臂，我呢，也同样友善地支持着他的胳臂。对我来说，他这个人很重要，我不能拒绝他任何事情。本该把我赶上床去的那极度的疲惫，也使我变得比平常更好说话了。

我们走进一家店铺，这家店铺正是可怜的图利奥把他的病传染给我的那一家，我们坐到一张僻静的桌子旁边。在街上，我的疼痛（我当时还不知道，它后来竟成为我的忠实伙伴）曾叫我受了不少罪，而这时，却有一阵子，我觉得它似乎减轻了，这样，我才能坐下来。

有古伊多做伴，简直是可怕得很。他异常好奇地打听我跟奥古斯塔谈恋爱的经过。难道他怀疑我骗了他吗？我厚着脸皮告诉他：我第一次到马尔芬蒂家拜会时，就立即爱上了奥古斯塔。我的疼痛使我变得信口开河，我几乎像是想要比它叫得还响。我谈到奥古斯塔身上最令人感兴趣的东西，也就是说，那只斜视眼，它往往使人错认为，其余部分也不是待在它该待的地方。接着，我想解释为什么我以前没有这样站出来。也许，古伊多奇怪我在他们家竟在最后关头才完成订婚的事。我叫喊着说：

"因为马尔芬蒂家的这些小姐过惯了非常奢侈的生活，我无法知道，我有没有能力把这个担子挑起来。"

我很遗憾竟然也这样说起阿达来，但是话出如风，没法补救了。要把奥古斯塔和阿达隔离开来，也真叫难的啊！我压低了嗓门，好让自己说话更留神些，继续说道：

"因此，我不得不算计一下。我发现，我的钱不够。于是，我开始研究是否可以扩大我的买卖……"

接着，我说为了盘算这件事，我需要很长时间，因此，我曾有五天没有去拜会马尔芬蒂一家。最后，我任凭舌头自由发挥，竟然说出点真心话。我几乎都要哭了，我一边按压着我的臀部，一边喃喃地说道：

"五天可真是长啊！"

古伊多说，他很高兴发现我竟是一个很有预见性的人。

我断然反驳道：

"有预见性的并不比有斜视眼的人更讨人喜欢！"

古伊多笑了：

"真奇怪有预见性的竟然感到需要为有斜视眼的做辩护了！"

接着，他没有再绕弯子，率直地告诉我：他就要向阿达求婚了。他把我拉到咖啡馆来，就是为了向我吐露这件事，还是他因为不得不听我说了老半天我自己而感到厌烦了，想要回敬我一番呢？

我几乎可以确信我当时成功地表示出最大限度的惊奇和最大限度的喜悦。但是，我随即想出法儿，狠狠地咬了他一口：

"现在我才明白，为什么阿达这么喜欢那种把巴赫弄得面目全非的拉法了！但是，在某些地方，'8'字是禁止胡乱篡改的。[1]"

这一拳打得够厉害的，古伊多痛得满脸通红。他的回击很温和，因为这时他已经没有他那一小批热情听众的支持了。

"我的上帝！"他开始这样说，为的是争取时间，"一个人有时演奏，总会任意发挥的。在那个房间里，了解巴赫的不多，而我向他们介绍巴赫，把巴赫也做了一点现代化的加工。"

他似乎对自己想出的妙法感到挺满意，不过，我对此也同样挺满意，因为我觉得，这似乎是一种借口、一种服输。这足以使我平和下来，况且，我也绝不想跟阿达的未来丈夫争吵。我于是说：我很少听到一位业余演奏家会拉得这么好。

他却觉得这还不够：他反驳道，他可以被看成是一位业余演奏家，不过，这只是因为他不同意作为专业演奏家出现罢了。

他不想要别的了吧？我说他很有道理。显然，他是不能被看成是一位业余演奏家的。

这样，我们就又成为好朋友了。

接着，突然间，他竟开始骂起女人来了。我惊得目瞪口呆！这时，我已经对他有更多的了解，我知道，当他确信自己能讨对方喜欢的时候，他就不管谈到什么问题，都立即口若悬河，滔滔不绝起来。我刚才谈到了马尔芬蒂家的小姐们生活奢侈，于是，他也便开始谈到这个问题，最后竟论起女人的所有其他坏品质来了。我因为累，不想打断他的议论，只是频频表示同意，这对我来说，已经是够累人的了。当然，若不是因为累，我本来会抗议

---

[1] 在阿拉伯数字中，"8"字是最难篡改的，这里隐喻巴赫也不能随便篡改。

的。我知道，我有一切理由来骂一骂女人，对我来说，阿达、奥古斯塔和我未来的丈母娘就代表着这些女人，但是，他却没有任何理由跟女性过不去，因为对他来说，只有热爱他的阿达代表着女性。

他颇博学多才，尽管我已经疲惫不堪，却还是怀着钦佩的心情听他说三道四。过了好久，我才发现，他竟然把自杀的青年魏宁格 [1] 的天才理论全部变成他的理论。就当时来说，我觉得像受到第二次听他拉巴赫的曲子那样的重压。我甚至怀疑，他是否在想给我治病。如若不然，他又为什么想要让我相信：女人既不能成为有天才的人，也不会成为善良的人呢？在我看来，这种疗法是不成功的，因为是他开的药方。不过，我要把这些论断保存好，并且要通过阅读魏宁格的作品来进一步完善这些理论。但是，这些理论是绝对治不好病人的，而只不过是一个能在你追求女人时与你同行的廉价伙伴。

古伊多吃完了冰激凌之后，感到需要吸一口新鲜空气，他动员我陪他朝市郊那个方向去散步。

我现在记得，当时有好几天，城里人都盼望下一点雨，希望下雨能缓缓热得过早的天气。其实，我倒没有发觉热得过早。那天晚上，天空开始布满一些白色浮云，老百姓正是希望这些浮云能带来一场大雨，但是，一个大月亮却在深蓝色天空中冉冉升起，那片天空依然清澈如水，这月亮属于脸蛋鼓鼓的那一种，老百姓

---

① 魏宁格 (Otto Weininger，1880—1903)，奥地利哲学家，其唯一的半科学、半哲学的著作《性与性格》，发表于 1903 年，发表后不久，即自杀，时年才23 岁。其理论主要是：认为一切生物均由不同比例的阴阳两性组成，阳性是积极的、多产的、道德的，阴性则为消极的、非生产的、非道德的。

认为，正是这样的月亮能把云朵吃掉。果然，凡月亮所到之处，它显然就把一切都消融掉、扫荡掉了。

我想打断古伊多唠叨不休的谈话，因为这使我不得不连续不断地点头示意，这简直是受刑，我跟他描写了诗人赞博尼[①]如何从月亮中发现的接吻景象：与在我旁边的古伊多所犯的不公正做法比较，这月中的接吻在我们这黑夜的怀抱中显得是多么甜美啊！由于说话，也由于摆脱了因为不断点头而陷入的麻木状态，我觉得，我的疼痛似乎减轻了。这是对我的反抗精神的奖赏，因而我坚持这样做下去。

古伊多不得不有所收敛，一时间不再议论女人了，他朝上望着。但也只是那么一会儿！由于我的指教，他竟然从月亮里发现了那女人的苍白形象，他又回到原来的话题上去，并且开玩笑地说（他说完，还哈哈大笑了一阵，但也只有他一个人笑，因为街上是空荡荡的）：

"那女人看到那么多的事情啊！可惜她是个女人，她记不住。"

这是他的理论（或者说，是魏宁格的理论）的一部分，即：女人不可能是有天才的，因为她记不住。

我们来到观景台街下边。古伊多说，向上爬一点，对我们俩都有好处。这一次，我也满足了他。来到上边，他做了一个对极为年轻的小伙子才适合的动作，竟然躺倒在从下边那条街开始沿着这条街攀缘而上的一道矮墙上面。我觉得，他似乎是在做一个大胆的动作，时刻有从十来米高处跌下去的危险。起初，我仍是像通常那样，看到他冒这么大的风险而感到厌恶，但是后来，我

[①]　赞博尼（1830—1910），的里雅斯特爱国诗人兼文学家。

却想起在当晚我心血来潮时发现的能使我摆脱这讨厌的家伙的那个办法，于是我开始热烈地希望他跌下去。

他待在那个位置上，仍然继续把女人骂个不停。这时，他竟在说什么女人像小孩子一样，需要玩具，但这些玩具的价钱却贵得很。我想起，阿达曾说过，她非常喜欢珠宝首饰。那么，他所谈的正是她了？于是，我忽然有了一个可怕的想法！为什么我不让古伊多从十米高的地方跳下去呢？难道用这个办法来消灭那个并不爱阿达，却把她从我手中夺走的家伙，不对吗？就在这时，我觉得，在我把他杀死之后，我似乎就会跑到阿达那里去，接受她的奖赏。在这月光如洗的奇怪的夜里，我竟然觉得，她似乎在倾听古伊多怎样把她骂得狗血喷头。

我现在应当承认：就在那个时候，我简直当真要把古伊多杀掉！我站在他身边，他则躺在矮墙上，我冷酷地盘算着我该如何抓住他，以求确信自己能干出这种事。接着，我却发现，我根本无须抓住他。他躺在自己交叉地放在背后的手臂上，只要突然用力一推，就足以叫他无可挽救地丧失平衡。

这时，我又有了一个想法。我觉得，这想法非常重要，甚至可以与那从天空冉冉升起并把天空扫荡得一干二净的大月亮相媲美：我已经同意跟奥古斯塔订婚了，目的正在于使自己确信那夜可以安眠。倘若我把古伊多宰了，我又怎能安眠呢？这个想法救了我，也救了他。我立即想抛弃这个俯瞰着古伊多的地位，因为这地位引诱我采取把他推下去的行动。我弯下身去，跪倒在膝盖上，把身子蜷缩成一团，我的头都几乎贴到地面上了。

"真疼啊，真疼啊！"我吼叫道。

古伊多吓坏了，猛地站了起来，问我怎样了。我继续哀叫着，但比较缓和了些，却没有回答。我知道，我为什么哀叫不休：因为我本是想杀他的，也许，也是因为我却未能下手。疼痛和哀叫掩盖了一切。我觉得，我是在喊道：我根本没有想要杀人。我觉得，我也同时在喊道：要是我未能下手，这不是我的错。一切都应归罪于我的病，我的疼痛。然而，我现在却记得清清楚楚：正是在当时，我的疼痛竟完全消失了，我的哀叫不过是纯粹在演戏，我白白地费尽心思，想使这台戏有个实际的内容，因此，我才呼叫着疼痛，想象着疼痛复发，以便使自己感到疼痛，并受疼痛折磨。但这却是白费力气，因为疼痛只是在它想来的时候才来。

正如往常一样，古伊多仍是凭假设行事。例如，他问我，这疼痛是否跟我在咖啡馆摔跤时的疼痛一模一样。这想法倒使我觉得挺不错，于是点了点头。

他扶住我的胳臂，疼爱地让我立起身来，接着，小心翼翼地，一直支撑着我，把我扶下那小小的陡坡。在我们来到坡下之后，我说，我感觉好一些了，并说，我相信我靠着他走，可能会走得快些。这样，我最后终于上了床！再说，这也算是我在那一天得到的第一次真正的莫大满足。他完全为我效劳，因为他几乎是抱着我走的。而我则终于把我的意志强加给他了。

在路上，我们发现有一家药房还在开着，他有了个主意：莫如把我连同一剂镇静剂一起送到床上去。他又制造了整整一套有关疼痛和对疼痛感觉过甚的理论：由于疼痛使人的感觉达到过分敏感的程度，这疼痛会因而增加好几倍。正是从这一小瓶药开始，我便收集起我的药品来了，而古伊多选中这瓶药，也算是选对了。

为了使他的这个理论有更加牢靠的根据，他推测我可能已经这样疼了好多天了。我很遗憾，我当时无法满足他：我说，那天晚上在马尔芬蒂家，我根本没有感到丝毫疼痛。在能允许我实现我长期梦想的时刻，显然我不可能有什么痛苦的感觉。

为了推心置腹，我当时所要做的正像我曾经说过的——我不止一次曾要这样做，而且也多次对我自己这样说："我爱奥古斯塔，我不爱阿达。我爱奥古斯塔，今天晚上，我终于实现了我的长期梦想。"

我们就这样，在月夜中边走边谈。我现在推测，古伊多当时可能被我的体重弄累了，因为他最后竟变成了哑巴。但是，他还是向我建议，让他陪我，一直把我送到床上。我拒绝了，当我终于能把大门在我身后关上的时候，我舒了一口气。但是，可以肯定，古伊多也一定是同样舒了一口气的。

我一步迈四个台阶地跑上了我别墅的阶梯；十分钟之内，我就上了床。很快就睡着了，在睡熟前的短暂时刻，我既没有想念阿达，也没有想念奥古斯塔，但我想念的却只是古伊多，他是那么温柔、善良、耐心。当然，我没有忘记，刚才我还想要杀死他呢，但是，这并没有什么重要，因为任何人都不知道的事情、没有留下什么痕迹的事情，是不存在的。

翌日，我怀着有些踌躇不决的心情，前往我未婚妻的家。我不敢肯定，头天晚上所做的诺言，是否还具有我认为应当使之具备的那种价值。我发现，对大家来说，这些诺言还都是有这种价值的。连奥古斯塔也认为自己是订了婚的，她那个态度甚至比我所相信的还要肯定。

这可是颇费周折的订婚啊。我现在感到，我曾多次费了九牛二虎之力把它废掉，随即又把它恢复，而我感到惊奇的是，谁也不曾发觉这一点。我一直不敢确定自己会要结婚。但是，看来，

我毕竟还是像相当有情的未婚夫那样行事。的确，凡有可能，我
都会亲吻阿达的这位妹妹，并把她搂在怀里。奥古斯塔总是忍受
着我的感情冲动，仿佛她认为，一个未婚妻就该如此，而我的举
止相对地说还是不错的，这只是因为马尔芬蒂夫人只让我们单独
在一起待上很短的时间。我的未婚妻比我原来认为的要美得多了，
而在我吻她的时候，我才发现她的最美之处：她的羞红！凡是被
我亲吻的地方，就为我升起一片火光，而我亲吻她，更多的是抱
着实验人员的好奇心，而不是怀着恋人的炽烈情感。

　　但是，情欲也还是有的，这使那段艰难时期变得略微轻松一
些。倘若奥古斯塔和她母亲阻止不了我一朝燃起的这情欲之火，
就像我往往渴望的那样，那就糟糕了。那时节，又怎能继续生活
下去呢？至少，这样一来，我的情欲就会促使我继续抱着同样的
急切心情，登上他们家的阶梯，正如过去我登上这些阶梯是为了
夺取阿达一样。阶梯若是成为奇数，就会向我启示：那一天，我
可以让奥古斯塔看到她所盼望的订婚究竟是什么东西。我总是朝
思暮想，要采取一种暴烈的行动，因为这样，它就会使我感到自
己重新获得了自由。我别的什么都不想要。令人非常奇怪的是，
当奥古斯塔领会到我想要的是什么的时候，她却把这一点理解为
热恋的一种表示。

　　在我的记忆中，这段时期分为两个阶段。在第一阶段，马尔
芬蒂夫人往往让阿尔贝塔监视我们，或者把小安娜和她的那位年
轻的女教师赶进客厅，跟我们待在一起。当时，阿达从来不曾以
任何方式与我们做伴，我常对自己说：我应当对此感到满意，然
而我现在却含糊地记得，当时我曾一度想道：要是当着阿达的面
亲吻奥古斯塔，那对我来说，才会是莫大的满足呢。谁知道届时

我会以多么狂暴的方式这样做。

第二阶段开始的时候正是古伊多跟阿达正式订婚的时候，马尔芬蒂夫人果然不愧是个有经验的女人，她竟然把这两对未婚夫妇一起放到同一间客厅里，为的是让这两对相互监视。

关于第一个阶段，我现在知道，奥古斯塔常对自己说，她对我万分满意。当我不是冲动地搂抱她的时候，我总是变得不同寻常地说个没完。说个没完是我的一种需要。我抓住这个能说个没完的机会，把这样一种思想塞进我的脑袋里：既然我不得不娶奥古斯塔，那么，我就应当也对她进行教育。我要把她教育得温柔、体贴，尤其是忠实。我如今已经记不太清，我当时是采取什么形式进行这类说教的，其中有些说教甚至是她使我回忆起来的，因为我早已把这些说教忘得一干二净。她总是注意地、顺从地听我唠叨。有一次，我由于教育得过分兴奋，竟然说出这样的话：要是她发现我有背叛行为，她完全有权以牙还牙，以眼还眼。她气急了，抗议说：即使我允许，她也不会背叛我，我若是背叛，对她来说，只有哭泣的自由。

我现在认为，我当时这样说教是别有目的的，而并非说说而已，这些说教果然对我的结婚产生了良好影响。说实话，这些说教对奥古斯塔的心灵的确产生了效应。她的忠实从来没有受过什么考验，因为她对我的背叛行为从来一无所知，但是，她的体贴、她的温柔，在我们一起度过的漫长岁月中，始终未起变化，正如我诱使她向我许诺的那样。

当古伊多订婚的时候，我订婚的第二个阶段也便开始了，当时，我曾这样表达我的一个心愿："瞧，我现在已经完全治好我对阿达的单思病了！"直到那时为止，我一直以为，奥古斯塔的羞红足以治好我的病，但是，显而易见，这病从来没有治好过多少！一想起这羞红，我就会想到，如今，在古伊多和阿达之间也会有这羞红的表现了。这种羞红，想必比另一种羞红能更好地消除我的任何情欲。

渴望奸淫奥古斯塔是属于第一阶段的那种欲望。到了第二阶段，这种欲望的强烈程度就减轻得多了。马尔芬蒂夫人用这种办法来安排我们相互监视，从而给我们带来小小的麻烦，她这样做，当然没有错。

我记得，有一次，我一边开玩笑，一边开始亲吻奥古斯塔。古伊多不仅没有跟我开玩笑，相反却也吻起阿达来。我当时觉得，他的做法欠文雅，因为他并不是像我那样，因为有他们在场，我是老老实实地亲着吻着，他却索性跟阿达亲起嘴来，甚至啧啧吮吸着。我现在确信，在那个时期，我已经习惯于把阿达看成姊妹，但是，我却没有准备好目睹她受到这样的对待。我现在甚至怀疑：对于一个真正的兄弟来说，他是否喜欢目睹自己的姊妹被人如此玩弄。

因此，当着古伊多的面，我从此再也不亲吻奥古斯塔了。相反，古伊多当着我的面，却又有一次把阿达拉到自己怀里，正是因为阿达避开了他，他再也不敢这样干了。

我还十分模糊地记得我们在一起度过的许多、许多晚上。那个场面无休止地重复出现，因此，深深地铭记在我的脑海当中：我们四人围坐在一张精致的威尼斯式桌子前面，桌上燃着一盏大煤气灯，灯上覆盖着一个绿色面料制成的灯罩。这灯罩把一切都投入阴影之中，除了两位姑娘正在专心制作的那些绣活。阿达正在绣着一条绸巾，她直接把绸巾拿在手中，奥古斯塔则用一个小圆绷架刺着绣。我现在又看到古伊多在那里慷慨陈词，他经常总是这样，而也只有我一人在同意他的说法。我现在还记得阿达的头部，上面有微微卷起的黑色头发，而在黄绿色灯光的映照下，那头发产生出一种异彩，显得格外鲜明。

我们在讨论那灯光，也讨论阿达头发的真正颜色。古伊多是也懂得绘画的，他向我们解释应当如何分析颜色。他的这个教导也是我再也忘记不了的，到今天还是如此，每逢我想更好地领会某幅风景画，我就总是半闭上眼睛，直到许多线条消失，只剩下一些光线，而这光线也黯淡下来，化成唯一真正的颜色。但是当我专心从事这种分析的时候，在我的视网膜上，却随着实际形象出现不久之后，竟然又再现了那黄绿色灯光和我第一次用以训练我的视力的那头发，这几乎像是我的一种肉体反应。

我忘不了有一天晚上，奥古斯塔竟然表现出嫉妒，随后不久，我也表现出不应有的粗心大意，这就使这天晚上在所有那些天晚上当中显得十分突出。为了跟我们开玩笑，古伊多和阿达坐到离我们很远的地方，在客厅的另一角，靠近路易十四式的桌子。这样，我很快就感到脖子疼了，因为我老是把脖子扭过去，跟他们说话。奥古斯塔对我说：

"别理他们！他们在那里真的做爱呢。"

我呢，思想非常麻木，却低声对她说，她不该这样认为，因为古伊多不爱女人。这样，我似乎是借此为干涉那对恋人的谈话表示歉意。其实，这是一种居心不良的粗心大意，即有意疏忽，向奥古斯塔透露了古伊多在陪伴我时信口开河地说出的有关女人的那些话，而当着我们各自未婚妻的任何一个家庭成员的面，他是从来不曾这样议论过的。多少天来，一想起我说的那些话，我就感到异常苦恼，而我现在可以说，当我想起曾想杀死古伊多的时候，我却不曾苦恼过，哪怕只有一个钟头。但是，杀死一个人，即使是出于背叛而把他杀死，也毕竟是一桩比透露一个朋友的隐私而伤害他的做法要更富有男子气概的事。

早在那时，奥古斯塔就犯了嫉妒阿达的过错。我这样老是把脖子扭过去，并不是为了看阿达。古伊多滔滔不绝地谈天说地，常帮助我度过那漫长的时间。我这时已经很喜欢他了，我白天有一部分时间总是跟他一起度过的。我跟他的交情也出于我对他的感激，因为我感激他看得起我，并且把他的这种态度也传递给其他人。甚至阿达这时也注意地聆听我的讲话了。

每天晚上，我都抱着某种急切的心情，等待召唤我们吃晚饭的锣声，关于这些晚饭，我如今主要记得的是：我总是消化不良。我常吃得太多，超过了我保持体力的需要。吃晚饭时，我总是对奥古斯塔一味地说一些情意绵绵的话语，而且恰恰是在塞得满满的嘴巴容许我这样做的条件之下。她的父母可能由此只产生一个糟糕的印象：我那深切的情意似乎因我那畜生般大吃大喝的胃口而大为逊色。大家很惊奇：我在结婚旅行归来时，却没有把这么好的胃口带回来。当不再要求我表现出我根本不曾感觉到的那种狂热的恋情的时候，这胃口就销声匿迹了。一个人在就要跟老婆上床睡觉的时刻，是不能允许被老婆的父母看见：他对老婆是冷冰冰的啊！奥古斯塔到现在还记得我在饭桌上跟她窃窃地说出的那些情意缠绵的话。在一口跟另一口的间歇中间，我想必杜撰出不少甜言蜜语，而当这些甜言蜜语被奥古斯塔向我提起的时候，我竟惊讶不已，因为我觉得，这并不是我自己的话。

连我的岳父，滑头鬼乔瓦尼，也被我哄骗住了。在他活着时，每逢他想举出什么伟大的狂热恋情的例子，就必然提及我对他的女儿亦即奥古斯塔的恋情。他像一个慈祥的父亲（实际上他也是）那样，幸福地为此而笑容满面。但是，这样一来，他对我的轻视却增加了，因为依照他的说法，一个人把自己的全部命运都交给一个女人来掌握，那就不是一个真正的男人，尤其是，这个人没有发觉，在这个世界上，除了自己的女人之外，还有许多其他女人。由此可见，别人对我的判断并不总是正确的。

然而，我的岳母却并不相信我对奥古斯塔的爱，甚至当奥古斯塔本人满怀信心地沉浸在爱河之中的时候，她也仍不相信。

多少年来，她一直用猜疑的眼光打量我，她对她最钟爱的女儿的命运疑虑重重。也正是由于这个原因，我确信，在那些最后导致我的订婚的时日里，必然是她在指挥我的行动。哄骗她是办不到的，她了解我的心灵，想必胜过我自己。

我结婚的日子终于来到了，正是这一天，我发生了最后的一次犹豫。我本应在上午八时到达未婚妻家中，然而，到七时三刻，我依然卧床未起，一边拼命地吸着烟，望着我的那扇窗户，窗上射出初升太阳的光芒，它竟似乎在冬季这个时间也已经出现了，并且还带着讽刺的笑意。我正在盘算抛弃奥古斯塔！我的婚姻显然变得十分荒谬，因为如今对我来说，一心只想追求阿达，也不再是什么重要的事了。要是我不出席婚礼，不会闹出什么大事来吧？！再说，奥古斯塔确是个可爱的未婚妻，但是，无法知道的是：结婚第二天，她又会怎样呢？她会不会马上骂我是傻瓜呢？因为我竟然让自己有过这样的念头！

幸而古伊多来了，我呢，并没有抗拒，而是为自己动作迟了而表示道歉，同时还硬说自己以为，婚礼时间定的是另一个时辰。古伊多没有责备我，却开始谈起他自己，说什么他有好多次由于漫不经心而失约。甚至在漫不经心方面，他也想胜我一筹，我不得不把他撂在一边，以便能离开家门。就这样，我疾步如飞地跑去参加婚礼。

然而我到得委实太晚了。谁也没有责备我，除了新娘，大家都满足于古伊多为我所做的某些解释。奥古斯塔面色十分苍白，甚而连她的嘴唇都显得青紫了。即使我不能说自己是爱她的，毕竟可以肯定，我也并不想伤害她。我设法补救，但又干了一件蠢事，竟把我的迟到归于整整三个原因。这三个原因实在太多了，它异常明确地说出我在床上思索的究竟是什么，同时我还望着冬天的太阳，想必正是这个延迟了我们前往教堂，这样，倒也可以使奥古斯塔有时间恢复体力。

在圣坛前，我心不在焉地说"是"①，因为我非常同情奥古斯塔，竟然在酝酿着第四个原因，用以解释我的迟误，而且我觉得，我第四个解释比所有其他的解释都更有说服力。

然而，当我们离开教堂的时候，我发现，奥古斯塔已经恢复她全部正常的面色。这样一来，我倒有点气恼，因为我所说的"是"本不该让她确信我是爱她的。倘若她当真恢复过来，甚至能因为我一度产生那个念头而把我骂成傻瓜，那么，我是准备好要十分粗暴地对待她的。然而，到了她家，她却趁着大家让我们单独在一起的片刻，哭着对我说：

"我永远也忘记不了：尽管你不爱我，但还是娶了我。"

我没有抗议，因为事情是那么明显，我根本无法抗议。而我则是满怀同情，拥抱了她一下。

----

① 指主持婚礼的神甫询问男女双方是否相爱，愿意白头偕老。

后来，关于这一切，我和奥古斯塔之间再没有谈起过，因为结婚这件事要比订婚简单得多。一个人一旦结了婚，就不再谈情说爱了，当感到有谈情说爱的需要的时候，兽性就乘虚而入，很快就使人重又变得缄默了。这时，这种兽性可能会变得更富于人性些，以致显得既复杂又虚假，而且常有这样的情况：一个人俯下身去，偎依在女人的发丛当中，她就会尽力从中追求一线光明，而这光明实际上是不存在的。这时，他把眼睛闭上，女人就变成另一个女人，只有当他瘫软下来的时候，这女人才重又变成她原来的样子。他向她表示无上感激，而如果他所做的努力获得成功，那么，这感激之情就会变得更甚。正因为这样，倘若我能再出生一次（自然界母亲是无所不能的！），我就会同意跟奥古斯塔结婚，而绝不跟她订婚。

在火车站，阿达把面颊向我递过来，要我给她一个兄弟般的亲吻。我只是在这时才见着她的，因为我被前来送行的那么多的人弄得晕头转向了，而我却立即想道："正是你让我扮成这样的角色！"我把我的嘴唇贴近她那光滑的面颊，留心不在上面哪怕只是轻拂一下。这是那一天我得到的第一次满意，因为在顷刻之间，我感到我的结婚给我带来多大的好处：我可以用拒绝利用向我提供的唯一的一次亲吻阿达的机会，来进行报复！后来，在火车奔驰时，我坐在奥古斯塔身旁，我却怀疑自己这样做是不好的。我担心这会破坏我和古伊多的友谊。但是，当我想到也许阿达根本没有发觉我不曾亲吻她递给我的面颊的时候，我却又感到更加痛苦了。

其实，她是发觉了，但是，我只在好几个月以后，当她和古伊多一起从这同一个车站出发的时候，才知道的。她当时亲吻了所有的人。对我，她只是十分亲切地伸过手来。我冷淡地跟她握了握手。她的报复来得委实太迟了，因为这时的氛围已经完全改变。自我结婚旅行归来后，我们就有了兄弟般的关系，因而也无法解释，她为什么把我排除在亲吻之外。

六 妻子与情妇

在我的一生中，有许多不同时期，在这些时期中，我相信自己既有了健康，又有了幸福。但是，这种信念从来没有像以前我度过我的结婚旅行时，以及我旅行归家几个星期之后那么强大。首先，我有了一个发现，这使我惊讶不已：我发现，我爱奥古斯塔，正如她爱我一样。起初，我怀着猜疑的心情，享受着一天的美好生活，同时我又期待着：第二天可能会完全是另一种样子。但是，第二天随之而来，却仍和前一天没有两样，仍是那么光辉灿烂，奥古斯塔仍是那么和蔼可亲，我呢——这是出乎我意料的——也同样和蔼可亲。每天早上，我都发现她总是同样的激动而亲热，而我也同样对她感激涕零，这种感情即使不是爱恋，也和爱恋十分相似。当我曾一瘸一拐地从阿达身边，走到阿尔贝塔身边，又从阿尔贝塔身边来到奥古斯塔身边的时候，谁又能预料到会这样呢？我发现我过去并不是一个被别人指挥的盲目的蠢货，而是一个非常能干的男人。奥古斯塔看到我这么惊奇，便常对我说：

"可你为什么感到意外呢？你过去难道不知道结婚就是这样的吗？连我都知道这个呢，尽管我比你要无知得多！"

我不知道是在这种亲热之后还是之前，我的心灵曾产生一种希冀，一种伟大的希冀，即希望我能最后像奥古斯塔一样，因为她是健康的体现。在订婚期间，我甚至连这健康一眼也不曾瞥见，因为当时，我完全陷于首先是研究我自己，随后则又是研究阿达和古伊多的状态。那间客厅的煤油灯，从来不曾照射到奥古斯塔稀薄的头发。

我所见到的只有她的羞红！当这种羞红如同黎明的色彩随阳光的直射而消逝、那样简单地消逝的时候，奥古斯塔就充满自信地走上自己的道路，而她的姊妹在这个地球上也是同样走过这样的道路的，她的姊妹可以从法律和秩序中找到一切，要么则不然，她们会放弃一切。尽管我知道，她的这种自信是根据不足的，因为这种自信是以我为基础，但我还是热爱这种自信，崇拜这种自信。在她面前，我必须至少以谦虚的态度来对待，而这种谦虚态度是在涉及招魂术的问题时，我才采取的。招魂术可能是有的，因此，对生命的信念也可以存在。

但是，我仍然惊诧不已：从她每句话、每个行动中都可以看出，她从内心深处相信生命是永恒的。她倒不曾这样说过，她甚至还感到惊奇，因为有一次，一向讨厌犯错误的我，在对她一家产生热爱之情以前，曾感到需要向她提醒：生命是短促的。这还用说嘛！她知道，我们大家都会死的，但是，这并不妨碍我们永远待在一起，待在一起，待在一起，既然我们已经成为夫妇。因此，她并不知道，当我们在这个世界上结合在一起的时候，这却只能延续一个很短、很短、很短的时期，这并不是说，在不曾结识无限长的时间之后，就可以用"你"来相互称呼了，因为彼此都已经时刻准备好在另一个无限长的时间内永远不再重逢。我终于明白人的完全健康究竟是什么东西，这时，我便猜想到：对她来说，现在仍是一种确凿的真理，由于这种真理，人们可以互相隔离开来，同时又彼此感到温暖。我力图使自己被采纳到这真理中去，并且设法待在里面，下决心既不讥笑我自己，又不讥笑她，因为这种讥笑的企图只能是我的病症，我必须至少注意不要把这种病症传染给许身于我的那个人。也正是因为这一点，我在努力保护她的同时，有一段时间，也曾懂得像一个健康的男人那样行动。

她知道所有那些令人感到绝望的事情，但是，这些事情一旦落入她的手中，就会改变性质。即使地球总是在转动，也无须有晕船之感！完全不必如此！地球在转动，但是所有其他东西则依然留在原来的位置。这些不动的东西意义重大，这些东西是：结婚戒指，所有珠宝首饰和服装，绿色的衣服，黑色的衣服，出外的衣服（回到家来，就被放进衣橱），夜晚的礼服（这种服装绝不能在白天穿，而当我不乐意身着燕尾服的时候，也同样不会穿的）。开饭的时间是严格信守的，同样，睡眠的时间也是如此。这些时间是存在的，并且总是原封不动。

星期日，她总是去做弥撒，我有时也陪她一起去，我是想看一看：她是怎样忍受那痛苦和死的形象的。对她来说，这种形象则并不存在，前往教堂能为她灌输平和的心情，能使她维持这种心情达整整一个星期之久。在某些节假日（她是牢记在心的），她也前往教堂。除此之外，就不多去了，而我如果是个信徒，我则会使自己整天待在教堂里，借以保证自己获得幸福。

世上也有一些权威当局能使她感到安心。因此，也就是使人能在街道上和房屋中享有安全的奥地利或意大利当局，我也尽力附和她对这些当局的尊重。其次，还有一些医生，这些医生曾经过正规学习，来救死扶伤。当我们不幸患病——但愿上帝保佑我们不要如此——的时候，他们就来拯救我们。我每天都要利用这种权威人士，而她则从来也不需要。但是，正因如此，我是深知我的残酷命运的，尤其是当致命的病症袭来的时候，而她则认为，即使到那时，只要牢牢地依靠上天和人世，对她来说，就会有救。

我如今正在分析她的健康，但是，我却不能成功地做到这一点，因为每逢我分析她的健康，我就总是把她的健康化为病症。我如今正在写到这一点，我开始怀疑：是否她的健康是不需要治疗或医嘱，就能治愈的。但是，跟她一起生活多年，我却从来不曾有过这样的怀疑。

在她那小小的天地中，我是占有多么重要的位置啊！不论在什么问题上，我都必须说出我的意愿，说明我要选择什么样的饮食和服装，选择谁来做伴，读什么书籍。我不得不从事繁忙的活动，而这种活动也并不令人感到厌烦。我参与着一个家长或家庭的建设，我自己则成为这一家之长，尽管我曾憎恶过这个角色，但是这时，这个角色在我看来，却成为健康的象征。身为一家之长，或者说，必须尊敬另一个把这种尊严加于自身的人，则完全是另一码事。我希望自己享有健康，哪怕要以令非一家之长的人染上疾病为代价，特别是在旅行的时候，我有时就乐意摆出骑马雕像的那种趾高气扬的架势。

但是，在旅行期间，要依照我的意愿，模仿上述姿态，并不总是轻而易举的。奥古斯塔什么都想看，就如同她是从事什么考察旅行似的。到了碧提宫 ① 还不够，而且还必须把数不胜数的所有展厅都走过来，在每幅艺术作品前面，至少要停留片刻。我拒

---

① 佛罗伦萨的著名美术馆之一。

绝离开第一个展厅，我也不想去看别的，我只图费一点力气，找出满足我好逸恶劳的习惯的一些借口。我能在那些美第奇家族①祖先肖像前面，待上半日，并且发现，这些祖先长得很像卡内基和梵德比尔特②。真妙！他们竟然跟我同属一类！奥古斯塔没有像我这样惊奇。她知道 Yankees③ 是什么意思，但是，她对我究竟是怎样的人，却仍不很清楚。

来到这里，她的健康毕竟没有征服她，她不得不放弃参观博物馆。我告诉她：有一次来到卢浮宫④，我在如此众多的艺术品当中竟感到如此烦躁，甚至差一点要把维纳斯像打碎。奥古斯塔无可奈何地说道：

"尚幸这些博物馆是在结婚旅行途中见到的，今后再也不来了！"

的确，在生活当中，缺少的正是参观博物馆的那种单调。一天天过去，这一天天都能起着相框的作用，但是其内容却丰富多彩，除了充满了种种线条、色彩之外，还充满了震耳欲聋的种种声响，甚至充满了真正的光彩，那热烈非凡的光彩，因此，这光彩也就不会使人感到厌烦。

健康能促使人展开活动，同时也使人不得不应付种种令人厌烦的局面。博物馆关了门，便开始去买东西。她从来不曾住过我们的别墅，却对我们的别墅比我还要熟悉，她知道：在某个房间，

---

① 佛罗伦萨古老的贵族，曾为该市的统治者，遗存著名的美术馆和大量艺术珍品。

② 卡内基（Andrew Carnegie，1837—1919），美国工业家，有"钢铁大王"之称；梵德比尔特（1794—1877），美国金融家，号称"铁路大王"。

③ 英文，"美国人"的带轻蔑性的俗称，即"美国佬"（复数）。

④ 法国巴黎著名的大博物馆。

缺少一面镜子，在另一个房间，缺少一块地毯，在第三个房间，则可以放上一尊小雕像。她购置了一间客厅的整套家具，凡在我们逗留的每个城市，都至少要安排一次托运。在我看来，在的里雅斯特采购所有这些东西会更合适些，更省力些。这样一来，我们就不得不考虑托运、保险和办理海关手续。

"可你不知道所有这些货物都得运走吗？你难道不是个商人？"说罢，她笑了。

她说得几乎在理。我却反驳道：

"货物运走是为了销售、赚钱！既然不是为了这个目的，就索性安安静静地待着，也不必自找麻烦！"

但是，泼辣大胆也正是她身上我最喜爱的一个特点。这样天真的泼辣大胆是多么讨人喜欢啊！之所以说是天真的，是因为必须对世上乌七八糟的事一无所知才能做到，以为单靠购买一件东西，就算做成一桩好生意；只有在销售东西上，才能判断采购是否老练。

我认为，自己目前处于充分复原时期。我的那些伤痛已经变得不那么剧烈了。从那时起，我的一成不变的态度才显得欢喜异常。这就好像一项义务，这项义务是我在那些难以忘怀的日子里跟奥古斯塔商妥的，它是唯一一项我只是在短暂的时间内才违犯过的信条，也就是说，当生活笑得比我要痛快的时候，我曾违犯过这项信条。我们的关系曾是并且也始终是一种微笑关系，因为我总是以微笑对她（我以为，她并不知道这一点），她也总是以微笑对我（她认为，我学识渊博，错误不少，而她引以为自豪的是，她能纠正这些错误）。当我旧病复发的时候，我也仍然在表面上显得欢喜异常。我那欢喜的样子，就仿佛我觉得我的疼痛犹如被人胳肢一般。

在长时间游遍意大利的过程中，尽管我重又恢复健康，我却并非没有经受许多痛苦。我们出发时没有携带什么介绍信，因而我经常觉得，我们是在许多无知之辈中活动着，而且这些人对我们总是怀有敌意。这是一种可笑的恐惧，但是，我却无力战胜它。我随时可能遭到袭击、侮辱，尤其是诬蔑，但谁又能保护我呢？

这种恐惧一度曾发生真正的危机，幸而任何人，包括奥古斯塔在内，都不曾发觉。我通常总是几乎把路上遇到的所有报纸都买来看的。一天，我在一个报摊前站住了，我产生一种怀疑：怀疑这个报贩出于憎恶，可能会轻而易举地把我当作小偷，叫人把我抓起来，因为我从他那里只买了一份报纸，而我的胳臂下面却夹着许多在别处买的报纸，这些报纸甚至还没有打开。我急忙跑开了，奥古斯塔跟在我后面，我也没有向她说明我匆忙离去的原因。

我跟一位出租马车夫和一位导游交上朋友，有他们做伴，我至少确信可以不致被控告犯有一些可笑的盗窃罪名。

我和那位出租马车夫之间，有某种明显的共同之处。他非常喜欢卡斯泰利葡萄酒，他对我说过：每走一段路，他的脚就发胀。当时，他曾去住院，病愈之后，出院时，医生再三叮嘱他要滴酒不沾。他于是发下誓愿，据他说，这誓愿是钢铁般的誓言，因为他为了把誓愿变成物质的东西，曾用绳子把誓愿打成一个结，拴在他的怀表的金属链条上，随身带着。但是，当我结识他的时候，表链垂在他的大肚子上，却不见那绳结。我聘请他到的里雅斯特跟我待在一起。我向他描述了我们家乡的葡萄酒的味道，那味道跟他家乡的葡萄酒大不相同，为的就是让他确信那种快刀斩乱麻式的治疗方法究竟效果如何。他连听都不想听，用一副早已带有怀旧情思的面孔拒绝了我的聘请。

我之所以跟那位导游交上朋友，是因为，我觉得他似乎比他的同行们高上一筹。对他来说，对历史的了解远胜于我，是并不困难的，但是，奥古斯塔却由于力求准确，总是借用她的 Baedeker[①] 来检验他所做的许多介绍的准确性。同时，他又很年轻，他总是在那些遍布雕像的林荫大道间跑来跑去。

当我别离了这两位朋友的时候，我便离开了罗马。那位出租马车夫从我这里赚了不少钱，但他却让我看到葡萄酒有时会如何冲昏他的头脑，他竟然使我们撞上一座十分坚固的古罗马建筑物。再说那位导游，一天，他竟然想到要胡说什么古罗马人非常了解电力，并且曾广泛加以利用。他还背诵了一些拉丁文诗句，作为验证。

但是，我当时还得了一个小小的病症，却再也无法治愈了。这是一件微不足道的事，即害怕衰老，尤其是害怕死去。我现在认为，这病起源于一种特殊形式的嫉妒。衰老之所以令我害怕，只不过是因为它会使我逐渐逼近死亡。只要我活着，奥古斯塔肯定不会背叛我，但是我常想象：一旦我死了，被埋葬了（而在这之前，先把我的坟墓料理停当，也为我做了必要的弥撒），她就会立即四下环视，为我寻找一个继承者，她还会用目前令我感到幸福的那种同样健康而有规则的天地来让这个继承者享受。她那健壮的身体是不会因为我已经死去而死去的。我对她那健壮的身体是如此充满信心，以致我觉得，除非被一整列奔驰的火车碾得粉

---

① 德文，意谓"导游手册"。

碎，它似乎是不可能衰亡的。

我记得，一天晚上，在威尼斯，我们坐着一条贡多拉①，沿着一条沉静的河渠游荡着，每驶一段路，这沉静就被一条突然出现在河渠之上的街道的灯光和喧嚣所打断。奥古斯塔像一贯那样，注视着种种景物，并且仔细地记录下来：一座苍翠而清新的花园（它从水退了之后露出地面的一个肮脏的基石上脱颖而出），一座倒映在浑浊的水面上的钟楼，一条长而黑暗的小街（尽头可以看见一条满是灯光和人群的河流）。然而，我却在黑暗中非常颓丧，只感受到我自己。我对她说，时光匆匆逝去，很快她就会跟另一个人做这样的结婚旅行。我对此非常确信，以致我觉得，似乎在跟她谈一件已经发生的事。她听到之后就哭了起来，否认这事的真实性，而我觉得，她这样做是煞风景的。也许，她对我的话理解错了，以为我是让她有意把我杀掉！完全不是那么回事！我为了能解释得更清楚些，向她描述了我将来会怎样死去：我的双腿肯定本来就已经血液流通欠佳，将来则会染上癌症，癌症慢慢地扩散，最后会扩散到某个对睁开眼来看东西是必不可少的器官。于是，我就会闭上眼睛，永别了，一家之长！这时就必须再另找一位家长。

她继续在抽泣，在我看来，她这样哭泣，在这条河渠的极度忧伤的气氛之下，似乎是十分重要的。这哭泣也许是因为她对正确地看待她那残酷无情的健康身体感到绝望而引起的吧？如果是这样的话，那么，整个人类都要为此而哭泣起来。不过，我也知道，她自己也根本不晓得自己的健康身体是怎样的。身体健康不

---

① 威尼斯特有的一种头尾翘起的木船，靠船夫站在船尾摇橹行驶。

可能自己做分析，即使揽镜自照也看不出来。只有我们这些病人才了解我们身上的某些东西。

正是在这时，她告诉我：她在认识我之前，就已经爱上我了。自从听到他父亲提到我的名字，她就爱上了我，他父亲是这样提到我的名字的：泽诺·科西尼，一个天真汉，当他听到别人谈到什么做生意的手段的时候，总是睁大眼睛，并且急忙记到一个写满戒律的本本上，但这本本随即又失落了。如果说，在第一次见面时，我没有发现她手足失措的话，这想必会使人认为，我自己当时也是手足失措的。

我这时记起，在见到奥古斯塔时，我曾因为她长得丑陋，根本没有把她放在心上，而我原以为，在马尔芬蒂家，会发现这四位开头字母都是 A 的姑娘全都貌似天仙。我这时才得知，她爱上我已经很久了，但是，这又能证明什么呢？我不会用改变看法来使她满意的。在我死了之后，她必然会另嫁他人。她的哭泣缓和了一些，这时，她靠我更紧了，随即又笑了起来，向我问道：

"我到哪里去找你的后继者呢？你难道看不出，我长得多丑吗？"

的确，可能会给我一些时间，让我放下心来，腐烂下去。

但是，对衰老的恐惧却再也不放过我了，而这始终是由于我害怕把我的妻子交给别人。即使在我背叛她时，这恐惧也不曾减少，而想到会以同样方式丧失情妇，却也不曾使这恐惧增加。这完全是另一码事，与前一件事毫不相干。当对死亡的恐惧袭击我的时候，我常求助于奥古斯塔，想从她那里得到安慰，这就如同小孩子们把受伤的小手递给妈妈，想叫妈妈亲吻一样。她总能找出一些新鲜的话来安慰我。在结婚旅行途中，她曾使我年轻三十岁，今天，同样如此。然而，我却早已知道，几周的愉快的结婚旅行已经使我显著地靠近垂死挣扎时的那种可怕又可憎的嘴脸。奥古斯塔尽可以想怎样说就怎样说，结局却很快就定了下来：每个星期我都向那垂死的嘴脸更靠近一个星期。

当我发现，我过多地被同一种痛苦所折磨的时候，我就避免总是向她说同样一些话，从而使她感到厌倦，而为了提醒她我需要安慰，只要我喃喃地一说"可怜的科西尼啊！"就足够了。届时，她就会确切地知道是什么东西使我感到困扰，并且赶紧用她那无限柔情来抚慰我。这样，当我有各种各样其他痛苦的时候，我也能获得她的安慰。一天，我因为背叛她而感到痛苦，出于疏忽，我竟又喃喃地说："可怜的科西尼啊！"我却从中得到莫大的好处，因为即使在这时，她的安慰对我来说，也是十分宝贵的。

从结婚旅行归来之后，我异常惊讶：我从未住过这样一所如此舒适、如此温暖的房子。奥古斯塔把她自己家里的一切舒适条件都带进我的家里来，但是，也有其他一些舒适条件是她自己发明的。浴室，根据人们的记忆，一向都是安排在一条过道的尽头，离我的卧室有半公里远，这时则是紧靠着我们的卧室，而且还安装了更多的水管。再有，靠近小客厅有一个小房间，这时也被改成一间咖啡室。室内墙壁糊满壁纸，布置了一些大的皮沙发，每天，我们都在饭后到这里待上一个钟头左右。还有为吸烟准备的一切必要的东西，而这是违背我的意愿的。甚至连我的小小书斋，尽管我把它维护得很厉害，却也有了一些变化。我担心，这些变化会把它变得令我厌恶，相反，我却立即发现，只是到那时，我在里面才能待得下去。她把书斋的照明安排成这个样子：无论我是坐在桌前，还是倚在小沙发上或是卧在长沙发上，都能看书。

　　甚至为了那把小提琴，也找来一个谱架，外带一盏巧妙的电灯，它既能照亮乐谱，又不伤眼睛。不过，在那个房间里，也违反我的意愿，配以一切必要的器皿，便于安安静静地吸烟。

　　因此，家里要有不少建设，也显得有点乱哄哄的，这妨碍了我们的安静。对她来说，因为她总是无休止地工作着，这短期的不舒适可能并不要紧，而对我来说，事情就不大相同了。当她想要在我们的花园里设置一个小小的洗衣房的时候，我就坚决地反对这样干，因为这实际上等于盖一所小房子。奥古斯塔硬说，家里有个洗衣房，能保证bébés^①的健康。但是，这时bébés还没有呢，我简直看不出有什么必要，让我在他们到来之前就被他们闹得坐卧不宁。然而，她却给我这陈旧的家带来一种来自开阔的天地的一种本能，而且在爱情上，她也像一只燕子，很快就想到要筑巢。

　　但是，我也常常做爱，常常把鲜花和珠宝带到家中。自我结婚以来，我的生活完全变了样。经过一番软弱无力的抵抗之后，我放弃了随我的心意支配时间的做法，我变得再严格不过地遵守时间了。从这方面来看，我所受的教育算是有了辉煌的成果。我们结婚旅行后不久，有一天，我竟然让自己没有回家吃中饭，在一家bar^②里，我吃了点东西，然后待在外面直到夜晚。我回到家中，已经夜深，我发现，奥古斯塔还没有吃中饭，因为饥饿，模样也变得憔悴了。她温柔地说（但神情却很坚决），要是事先不通知她，她会等我吃早点，一直等到吃中饭的时间。这可不是闹着玩的！另有一次，我被一位朋友留住了，待在外面，直到夜里两

————————

① 法文，意谓"婴孩"。
② 英文，意谓"酒吧间"。

点。我发现，奥古斯塔在等我，她冻得牙齿打战，因为她忘记生火。这样一来，她竟略得小恙，这使我永远忘不了这次教训。

一天，我又想送给她一件贵重礼品：工作！她是那么渴望我工作，而我自己也认为，工作对我的身体健康是有益的。可以想见，一个没有多少时间来生病的人，病情总会轻些的。我去上班，倘若我没有留在那里的话，确实也不能怪我。我是抱着最良好的愿望和真正谦卑的态度去上班的。我并不要求参与领导生意，相反，我只求管理账目。面前摆着厚厚的一本账簿，里面密密麻麻记下照例注明街道和住处的一条条账目，我就觉得自己充满了兢兢业业干活之心，并且开始用颤抖的手写了起来。

奥利维的儿子，一个穿戴朴素而又漂亮的小伙子，戴眼镜，通晓一切生意经，负责教我干活，确实，我对他也没有什么可抱怨的。他那一套生意经和供求理论，有时使我感到厌烦，因为在我看来，他那个理论比他所愿意承认的要显而易见得多。但是，从他身上，也可以看出对老板的某种尊重，而我对他也十分感激，尤其是因为，不能认为他他这一点是从他父亲那里学来的。尊重业主想必是他那生意经的一部分。他从来没有责备我记错了，而我往往却记错账目。他只是认为，记错账目是出于无知，于是他就对我做一些解释，实际上，这些解释是多余的。

糟糕之处在于：由于总是看别人做买卖，我自己也便产生做买卖的心思。从账簿里，我甚至能清清楚楚地想象出我的衣袋，而当我把一笔款项记入顾客的"支付"的时候，我就觉得自己手里拿的不是钢笔，而是 croupier[①] 的那根杆子，他正在把散押在赌桌

———————
① 法文，意谓"轮盘赌场收押赌金者"。

上的赌钱收拢过来。

小奥利维也常叫我看一些送来的邮件,我也仔细地把邮件一一看过,而且我现在应当承认:最初我这样做是抱着想比别人更好地了解邮件内容的希望的。一天,一封极为普通的报价信件引起我的强烈注意。甚至在阅读这封信件之前,我就感到,自己的胸中有一些东西在蠕动,我马上就看出,这是一种晦暗的预感,有时,我在赌桌前就会产生这种预感。描写这种预感是很难的。它像是肺部有某种扩张,因此要深深吸进一口气,尽管空气中尽是烟味。但是,还不止于此:你们会马上知道,倘若你们下了加倍的赌注,就会感觉得更好。但是,要有实践经验,才能洞悉这一切。必须输到衣袋空空如也才会带着赌博失算的痛苦心情离开赌桌,到那时,就不会再逃避了。而当赌博失算的时候,那一天就再没有什么救星可以指望,因为纸牌在进行着报复。但是,在绿色的赌桌上,没有感觉到这一点,要比面对老老实实地摆在那里的账簿而没有感觉到这一点,要更可以原谅得多,而且我也确实清楚地觉察到这种感觉,它在我身上叫喊着:"马上把这批干果买下!"

我非常温顺地向奥利维谈到这件事,当然我没有提及我灵机一动产生的念头。奥利维回答说,这类生意他只是为第三者才干的,而且要在能赚得薄利的情况下才干。这样,他就把我灵机一动的可能性从我的生意中抹掉了,而且把这种可能性留给了第三者。

当夜,我的信心加强了,因此,是那预感来到我的身上。我呼吸得十分痛快,以致无法安眠。奥古斯塔感到我心神不定,我不得不把我心神不定的缘由告诉她。她立即表示对我灵机一动想出的念头有同感，在入睡时，她还喃喃地说：

"你难道不是老板吗？"

然而，次日清晨，在我出门之前，她却担忧地对我说：

"你可不要惹恼奥利维。你愿意我去跟爸爸谈谈吗？"

我不愿意，因为我知道，乔瓦尼也对灵机一动的想法不大重视。

我怀着很大的决心来到办事处，我决心要为我的想法做斗争，同时也要为昨夜失眠而进行报复。这场斗争一直持续到中午，这时，接受报价的有效期限也过了。奥利维一直坚持己见，他用惯常的指责驳斥我道：

"您难道想削减已故的令尊大人交给我的职能吗？"

我快快不乐地暂时又管起我的账本来，下定决心再不插手生意。但是，那小葡萄干的味道却仍然留在我的嘴里，而且每天，我都要到泰尔杰斯泰奥了解它的牌价。其他的我都不放在心上。价格一直在缓缓地往上去，就仿佛需要养精蓄锐，准备冲刺。后来，终于只用了一天工夫，价格就猛涨上去。小葡萄干的收成不好，只是在这时，人们才得知这个情况。灵机一动真是个怪事！灵机一动并未预计到收成欠佳，而只是预计到价格上涨。

纸牌就这样进行报复了。这时，我不能再厮守着账本，我对我的老师们也不再那么尊重，尤其是这时，奥利维也显得对自己百发百中不那么自信了。我笑了起来，并且嘲笑我的老师们，这竟变成我的主要工作。

又来了第二次报价，这次的价格几乎增加一倍。奥利维为了安抚我，向我征求意见，而我呢，得意扬扬，却说道：我不会吃这种价格的葡萄的。奥利维很气恼，喃喃地说：

"我采取的办法是我整整一生中所采用的办法。"

于是，他前去寻找买主。他找到了一个，但只要很小的数量，他仍然抱着最良好的意愿，回来找我，犹豫地向我问道：

"我要不要给出售这一小批货做担保呢？"

我仍然抱有恶意地答道：

"要是我，早在出售这一小批货之前就做了担保了。"

最后，奥利维丧失了他原有的自信力，没有对这批售货做担保。葡萄价格继续不断地上升，我们倒不曾赔掉小批量出售可能会赔掉的一切。

但是，奥利维却跟我发起火来，说什么他这样做只是为了满足我。这老滑头忘记了正是我建议他把赌注压在红的上的，而他为我干的却是压在黑的上。奥利维求助于我的岳父，对他说，公司放在他和我两人中间，总是会遭殃的，如果我的家庭愿意，他和他的儿子都可以退出去，让我放手去干。我的岳父立即做了有利于奥利维的决定。他对我说：

"干果这桩生意给我们的教训太大了。你们俩都是男人，没法待在一起。现在，该让谁退出去呢？谁能在没有另一个人在场的条件下，把生意只往好处做呢？或者说，谁自半个世纪以来一直单靠自己来领导公司呢？"

奥古斯塔也在她父亲的撺掇下，想说服我不再插手我自己的生意。

"看来，你为人敦厚天真，"她对我说，"因此，你不适合做生意。你索性待在家里陪我就是。"

我气坏了，避到我的帐篷亦即我的小书斋里。有一段时间，我胡乱看些书，有时则拉拉琴，后来，我渴望做些更严肃的活动，差一点我就又重新研究起化学，随后则研究起法律来了。最后，有一段时间，我确实也不知是为什么，我竟致力于宗教研究。我觉得，我似乎是把我父亲去世时开始进行的那个研究又重新干了起来。也许，这一次，是为了坚决设法使自己向奥古斯塔靠拢，向她的健康身体靠拢。光是跟她一起去做弥撒，还是不够的。我甚至是换了一种方式前去做弥撒，也就是说，我遍览勒南和斯特劳斯①的著作，读前者的书是出于消遣，读后者的书则犹如受罪。我在这里谈到这些事，只是为了说明我是多么依恋奥古斯塔。她却没有看出这种依恋之情，当她看到我手捧加评注的福音书的时候，就不曾往这方面去想。她更喜欢我对科学漠不关心，因此，她无法看出我对她所抱有的那种最深刻的感情表示。当她像经常那样，不再梳妆打扮，或放下她的家务活的时候，她总会出现在我的房间的门口，为的是跟我打个招呼，而每逢看到我俯首阅读这些著作，她就把嘴一撇：

"你还在看这些东西？"

奥古斯塔所需要的宗教，并不要求花费时间来获取知识，或是进行顶礼膜拜。鞠上一躬，就可以立即回到日常生活中来！不必多干任何事情。对我来说，宗教则有完全不同的意义。倘若我真正信教，我在这世界上就只会有这一种信仰。

后来，待在我那布置得尽善尽美的小房间里，有时也会烦闷。这种烦闷倒不如说是一种焦躁，因为正在这时，我似乎感到自己充满要工作的精力，但是，我却整日价等待生活给我带来什么任

---

① 勒南（Ernest Renan，1823—1892），法国科学院院士，专门从事基督教历史起源的研究；斯特劳斯（D.F. Strauss，1808—1874），德国神学家、哲学家、历史学家。

务。在等待任务的同时，我也经常出门，我在泰尔杰斯泰奥或是某家咖啡馆一待就是好几个钟头。

我生活在一种伪装忙忙碌碌的活动当中。这种活动是再烦闷不过的。

我有一位大学朋友，他不得不匆匆忙忙地从斯提里亚①的一个小城镇赶回国内，为的是治疗重病，他的来访就如同我的涅墨西斯②降临，虽然他没有涅墨西斯的外貌。他是在的里雅斯特卧床休息了一个月之后，前来找我的。这一个月的卧床休息有助于他的病亦即肾炎，从急性转为慢性，很可能是治不好的。但是，他认为自己好一些了，并且兴奋地准备到春天，立即迁到一个气候比我们这里更温和的地方去，到了那里，他期望能完全恢复健康。在气候严峻的家乡待得过久，也许对他不利。

我把这样一个病得如此严重，但又欢欢喜喜、笑容满面的人前来造访，看成对我很不吉利。但是，也许我是错了：这次造访不过是我生命中的一个瞬间，毕竟总是要度过这个瞬间的。

我的朋友，恩里科·科普勒，很奇怪，我竟对他、对他的病一无所知，而乔瓦尼想必是知晓的。但是，乔瓦尼，自从他也患病以来，就没有时间去顾及任何人，他对我根本没有提及此事，尽管每逢阳光明媚，他都到我的别墅来，在露天睡上几个小时。

两个病人一起过了一个十分快活的下午。他们谈起各自的病症，这对一个病人来说，是最好的消遣，而对听他们谈话的健康的人来说，也不是什么过分悲伤的事。只有一点分歧，因为乔瓦尼需要待在露天的地方，而对另一个病人来说，这是禁止的。当

---

① 为奥地利的一个州。
② 涅墨西斯（Nemesis）为正义女神、复仇女神，生双翼，有火炬和蛇。

风儿稍稍吹起的时候，这分歧也便化为乌有，这使乔瓦尼也不得不跟我们待在一起，待在暖烘烘的小房间里。

科普勒向我们讲起他的病，这病倒不疼，却使人没有气力。只是现在他自觉好一些了，他才知道以前他病得是多么厉害。他谈到他喝下的药，这时，我的兴趣变得更大了，他的大夫建议他采取一种很有效的办法，这种办法能让他长时间睡眠，但又不必因吞服名副其实的安眠药中毒。而这正是我特别需要的东西啊！

我的这位可怜的朋友，听说我需要服药，一时间非常得意，以为我也得了跟他一样的疾病，他建议我让人给我检查一下，听一听，分析分析。

奥古斯塔开始会心地笑了起来，她说我不过得的是一种想象病。于是，在科普勒那消瘦的脸上露出某种类似愠怒的神色。他立即雄赳赳、气昂昂地挣脱他看来被打入的劣势地位，非常强硬地向我进攻：

"想象病？嘿，我倒情愿得真正的病呢。首先，一个得想象病的人是一个可笑的怪物，再说，对他来说，是无药可医的，而药物总是对我们这些真正的病人有些效用的，从我身上就可以看出这一点！"

他的话像是一个健康人说的话，而我呢——我想说真心话——则为此而很难过。

我岳父非常坚决地跟他一鼻孔出气，但是，他说的话却未能收到轻视想象病患者的效果，因为他的话过分明显地透露了对健康的人的嫉妒。他说什么要是他像我那样健康，他就不会去怨天怨地使周围的人感到厌烦，而是会跑去照顾自己的亲人，干好买卖，特别是如今，他已经成功地把自己的肚皮减小了。他甚至不晓得，他这样消瘦，并不被人看成是什么有利迹象。

既然科普勒发动了进攻，我就当真显得像个病人，并且像个受到虐待的病人。奥古斯塔感到需要出面帮我一把。她抚摸着我放在桌上的那只手，说道：我的病并没有给任何人带来麻烦，她甚至不相信，我认为自己是生病了，因为不然的话，我就不会这么快快乐乐地生活。这样一来，科普勒重又处于劣势地位，而且他是注定如此的。他在这个世界上完全是孤身一人，如果他能在身体健康方面跟我斗争一番，他也无法以像奥古斯塔给予我的那种感情相似的任何东西来对付我。他非常需要有一个看护来照顾他，因此，他无可奈何地向我承认：正因为这个，他是多么羡慕我啊。

在以后的日子里，讨论继续下去，当乔瓦尼在花园里睡觉的时候，讨论的语调就更平静些。科普勒经过一番考虑之后，这时竟又说什么想象病患者也是一种真正的病人，但是又比真正的病人更隐蔽，甚至更根深蒂固。的确，想象病患者的神经已经变得十分脆弱，以致产生病症的征兆，而实际上并非真正的病，不过，这些神经所起的正常作用，似乎就表现为一有什么痛苦便大惊小怪，并促使患者连忙招架，抗拒病痛的袭击。

"正是这样！"我总是这样说，"正如牙齿一样，只有在神经露在外面时，才会出现疼痛，要想治好牙痛，就非得把神经杀死不可。"

讨论的最后结果是：双方一致认为，这种病人和那种病人都一般无二。正是因为在他所患的肾炎里，过去和现在都是感觉不到神经在起作用的，而我的神经也许相反却极为敏感，以致我能发觉可能会在二十年后才导致我死亡的病症。因此，这些神经是完美无缺的，其唯一的不利之处就是使我在这个世界上只能过上几天快活的日子。科普勒由于成功地把我算到病人里面，感到十分满意。

我不知道，这个可怜的病人为什么发疯似的喜欢谈女人，每逢我妻子不在，我们就不谈别的。他硬说什么在真正的病人身上（至少是在那些患有我们都知道的病症的人身上），性就日趋衰弱，这是一种保卫机体的好办法，而在想象病患者的身上，由于他所患有的只是过分活跃的神经的紊乱（这是我们的诊断），从病理上说，性还是很强烈的。我以我自己的经验证实了他的理论，我们于是感到同病相怜。我现在不知道，为什么我当时不想告诉他，我已经不再像过去那样放荡了，而且已经有很长时间。我至少本可以承认，我认为自己目前处于康复时期，尽管不算是健康，以求不致过分得罪他，因为当我们彼此都了解各自的机体有种种复杂现象的时候，却硬说自己是健康的，那是一件不易做到的事。

"你是不是想要得到你看到的所有漂亮的女人呢？"科普勒仍在调查我。

"并不是所有的女人！"我喃喃地说，为的是告诉他，我病得并不太重。这时，我已经不想要得到阿达了，尽管我每天晚上都能见到她。对我来说，阿达正是我所不能要的女人。她衣裙的窸窣声，对我来说，已经没有任何意义，即使允许我用我的手来抚动她的衣裙，情况也会同样如此。幸而我没有娶她。这种冷漠，实际上是，或者说，我觉得似乎是一种真正健康的表现。也许，我过去对她的欲望是太强烈了，因而这种欲望就变为自生自灭。但是，我的冷漠也扩展到对待阿尔贝塔，尽管她穿上她那精致而又严肃的学校制服显得那么标致。这是否因为我既然有了奥古斯

塔，就足以平息我对马尔芬蒂全家所抱有的欲望呢？这真可算是
讲道德讲到家了！

　　也许，我所谈的并不是我的美德，因为从思想上看，我一直
是背叛奥古斯塔的，甚至到这时，到跟科普勒讲话的时候，我仍
然抱着蠢蠢欲动的情欲，想到所有的女人，而正是因为有了她，
我才忽视了这些女人。我想到那些用衣装把自己包得严严实实的、
跑在大街小巷的女人，这样一来，她们那些次要的性器官，就变
得十分重要了，而这些性器官却从自己所占有的那个女人身上，
已经悄然消逝，就仿佛一旦被占有，这女人的性器官就随之衰竭
似的。我一向是有寻花问柳的强烈欲望的。在我寻花问柳时，我
首先是从欣赏一只靴子、一只手套、一条裙子以及所有那些遮盖
和改变女人形体的衣物开始。然而，这种欲望毕竟还不能算是什
么过错。但是，科普勒对我进行分析，这并不是什么好事。向某
个人解释他是怎样构成的，实际上等于容许他依照自己的欲望行
事。不过，科普勒做得甚至更糟，不论他只是在说，还是在付诸
行动，他都无法预见他会把我带到什么地方去。

　　因此，在我的记忆中，科普勒说的话一直是十分重要的，每
逢我想起他的话，就会联想到各种各样与之有关的感觉，就会联
想到种种事物以及各式各样的人。我把我的这位朋友陪送到花园，
因为他要在黄昏之前赶回家去。我的别墅是坐落在一个小山上，
从我的别墅本来可以看到港口和大海，但如今，由于有了一些新
的建筑物，这视线就被挡住了。我们停下来，看了半天被微风吹
拂的大海，这微风把天空静谧的光线化为千万道红色光芒反映到
海上。伊斯的利亚半岛一片青翠，令人赏心悦目，它像张巨大的
弓，伸展到海里，形影明暗交错。滩头和堤坝显得渺小而微不足

道，线条僵硬，船坞中的水变得色彩黯淡，这是由于那里水静止不动，还是由于水本身也许就是浑浊的呢？在海阔天空的景色中，与浮动在水面上的整片红光相比，平静的气氛显得如此渺小，而红色耀眼炫目，过了一会儿，我们便转过身去，背向大海。在房屋前面的那片小小的空地上，相形之下，已经是夜幕降临。

在门拱的前面，我的岳父睡在一个大沙发上，头戴一顶小帽，皮大衣的衣领也竖了起来，双腿则裹在一条被子里。我们站住了，瞧着他。他大张着嘴，下颌下垂着像个僵死的东西，呼吸声很响，而且过分频繁。每隔一会儿，他的头就垂到胸前，而他则又把头抬起，尽管依然未醒。这时，他的眼皮动了一下，仿佛要把眼睛睁开，好更容易地找到平衡，他的呼吸也便改变了速度。这是一种名副其实的睡眠的中断。

这是第一次，我岳父的重病在我眼中显得如此鲜明，我为此深感痛心。

科普勒低声对我说：

"得给他治一治。他可能也得的是肾炎。他这不是在睡，我知道这种状态是怎么回事。可怜的人儿！"

说罢，他建议把他的医生请来。

乔瓦尼听见我们说话，睁开了眼睛。他马上就显得不那么病恹恹的了，并且跟科普勒开起玩笑来：

"您想待在露天底下吗？这不是对您不好吗？"

他觉得自己睡得很香，并且不认为自己面对着辽阔的大海，是缺少什么空气，既然大海给他送来这么多的空气！但是，他的声音却是虚弱的，哮喘不断地打断他的讲话；他面如土色，才从沙发上站起，就觉得浑身像冻僵一般。他不得不躲到屋里去。我现在还仿佛看到他夹着被子，气喘吁吁，却笑嘻嘻地穿过空地走动着，一边还向我们打招呼。

"你看出来真正的病人是什么样子的了吧？"科普勒说，他无法摆脱他那主要思想，"他是个快死的人，可他还不知道自己有病。"

我也觉得，真正的病人痛苦不大。我岳父，还有科普勒，多年来一直安息在圣安娜，但是，有一天，我路过他们的坟墓，我觉得，尽管他们在各自的墓碑下这么多年，但其中一位所持的论点并未失效。

科普勒在离开他原来的住处前，把他的全部生意都清理了，因此，他像我一样，已经没有什么生意可干。但是，他刚离开病床，就无法老老实实地待着，既然他已经没有自己的生意，便开始照管别人的生意，他倒觉得，这要更有意思得多。当时，我还笑话过他，但是，后来我也不得不领教照管别人的生意所具有的令人不快的滋味。他致力于慈善事业，而由于他打算只靠他资本的利息来生活，则无法实现他那全部依靠自己的经费来从事慈善事业的奢望。为此，他经常组织一些募款活动，让朋友和熟人捐助。他原是个很精干的生意人，他把一切捐款都亲自记录在案，而我认为，这个账本就是他的一大安慰，我要是他，像他那样注定短命，又没有家庭，我也会把账本记得满满的，不惜损耗我的资本。但是，他是个想象的健康人，他只拿属于他的那些利息，因为他不会委屈地承认自己的前途是短暂的。

一天，他突然登门，要求我拿出数百克朗为一个可怜的姑娘购置一架小钢琴，这个姑娘早已由我和其他一些人一起，通过他，以每月一小笔款项的形式给予资助。必须从速行事，以便利用一个很好的机会。我无法推脱，但是，我有点粗暴无礼地说什么要是我那天不出门，我会有一笔生意好做。我不时会犯些吝啬的毛病的。

科普勒拿了钱，简短地谢了一声，便扬长而去，但是，我说的上述一番话的效果，几天之后便看出来了，而且遗憾的是，这效果还是蛮大的。他来告诉我：那架小钢琴已经购妥，卡尔拉·杰尔科小姐和她的母亲请求我去找她们一下，以便当面致谢。科普勒害怕失掉主顾，因而很想把我拴住，让我尝一尝受惠者的感恩戴德的味道。起初，我想推掉这件麻烦事，我向他保证说，我确信，他会把这慈善事业办得更老练的，但是，他却非让我前去不可，最后，我只好同意了：

"她漂亮吗？"我笑着问道。

"漂亮极了！"他答道，"不过，她是块不适合我们牙齿的面包①。"

真是奇怪的事：他竟然把我的牙齿跟他的牙齿放到一起了，并使我有被他的龋齿传染的危险。他告诉我，这个不幸的家庭是清清白白的，几年前，丧失了它的家长，尽管家徒四壁，一贫如洗，一家人仍然是严严谨谨、清清白白地过活。

这一天天气不好。刮着刺骨的寒风，我很羡慕穿了皮大衣的科普勒。我不得不用手扶住帽子，不然，帽子就会被吹跑。但是，我兴致不错，因为我是去领受对我的悲天悯人的行为所表示的感谢之情。我们走在斯塔迪翁大街上，又穿过了市政公园。这是我从来没有见过的城市的一角。我们走进一所所谓投机性房屋，这类房屋是我们的祖先在四十年前开始建造的，位于离市内很远的

---

① 即"不适合我们的胃口"之意。

地方，但是，市区很快就把这些地方侵占了。这所房屋外观朴素，但是却比今天以同样的意图建筑的这类房屋要贵些。阶梯占了一小块地方，因此，房屋显得很高。

我们到第二层站住了，而我则比我的同伴早到得多，因为他步履要缓慢得多。我很奇怪，面向楼道的三扇房门中有两扇，即一边一扇，都标出卡尔拉·杰尔科的名片，名片是用图钉按上的，第三扇房门也有一张名片，姓名却是另一个人。科普勒向我解释说，杰尔科母女用右边的房间做厨房和卧室，而左边，只有一个房间，就作为卡尔拉小姐的书房。她们把中间套房的一部分转租出去，因此，她们所付的租金极少，但是，不便之处在于：她们要从这个房间到另一个房间去，不得不经过楼道。

我们在左边房间亦即做书房的那个房间的门上敲了敲，母女听说我们来访，正在那里等待我们。科普勒为我们做了介绍。那位夫人，一个异常脑膜的人，身穿一套简陋的黑色衣服，突出地显示了一头雪白的头发，向我简短地说了几句，这几句话想必是她早已准备好的：她们为我的来访感到荣幸，感谢我捐赠给她们的丰厚礼品。接着，她就再也不开口了。

科普勒像位老师似的在一旁看着，仿佛在参加什么正式考试，仔细听着他费了九牛二虎之力教授的课程。他纠正那位夫人说的话，对她说：我不仅为那架小钢琴捐赠这笔钱，而且还参与他为她们每月点滴收集的资助。他这个人就是喜欢准确。

卡尔拉小姐从她原来坐在小钢琴旁边的那把椅子上站起身来。把手伸给我，向我简单地说了一句：

"谢谢！"

这至少没有那么啰嗦。我作为慈善家的冲动情绪开始使我感到压抑。我如今竟也照管起别人的事情来了，就如同某个真正的病人似的！那个秀丽的年轻女子会怎样看待我呢？一个非常值得尊敬的人，而不是一个男人！她确实长得秀丽得很！我认为，她是有意显得比她实际的模样更加年轻，她身上的那条裙子，就当时的时装而言，是过短了，除非她是想在家穿上一条她还没有长大成人的时候的裙子。但是，她的头却是成年女子的头，而由于经过十分讲究的梳理，这成年女子又是想要讨人喜欢的。两条粗大的棕色发辫被梳理成盖上耳朵，甚至部分地盖上脖颈。我当时是如此沉浸在我的尊严之中，同时我又是那么害怕科普勒的那种审视的目光，以致起初我根本不敢好好看一看那姑娘。但是，现在，我对她则是了解透了。她的声音在她讲话时，像是某种带有音乐性的东西，她说话的那种矫揉造作之气，竟然变成类乎天然，她是那么喜欢拖长每个音节，就仿佛她想轻轻拂动那放入其中的音调。因此，也正是由于她的某些元音发出得即使对的里雅斯特来说，也嫌过分宽广，她的语言有某些外国口音。后来我得知，某些教师为了教授发声，是改变元音的性质的。她和阿达的发音完全两样。她的每个音调，在我看来，都像是在谈情说爱。

　　在这次拜访过程中，卡尔拉小姐一直在微微含笑，也许，她是在想象这样就可以把感激之情牢牢印在脸上。这微笑是一种有点勉强做出的微笑，也是感恩戴德的真正的面貌。后来，当我过了几个钟头，开始梦想着卡尔拉的样子的时候，我便想象：在这张面庞上，似乎显露出快活与痛苦之间的斗争。然而，我随后从她身上，根本没有发现有这一切的任何痕迹，于是，我又一次懂得：女性美总是把与之毫不相干的种种情感伪装出来。同样，画有战斗场面的油画，也总是没有任何英雄气概的。

科普勒对他所做的介绍很满意，仿佛这两个女人是他的作品似的。他向我描述了这两个女人，说什么她们一直对她们的命运感到知足，并且辛勤劳动着。他说的一些话像是从一本教科书里摘录下来的，我机械地点着头，似乎想证实我所进行的学习的成绩，因此，我懂得那些没有钱财但有德行的可怜女人应当是怎样的。

接着，他要求卡尔拉为我们唱点什么。她不想唱，说什么她着凉了，建议改天再给我们唱。我很同情地感到，她是怕我们品头论足，但是，我很想延长这次聚会，于是跟科普勒一起请求她唱。我甚至说，我不知道她是否还会再见到我，因为我很忙。科普勒虽然知道我在这个世界上根本无事可干，却也十分认真地证实我说的话。不过，后来我却很容易地领会到：他是希望，我以后不再见到卡尔拉。

卡尔拉还设法婉拒，但是，科普勒非让她唱不可，并且说了一句类似命令的话，她只好服从了：迫使她听命是多么容易啊！

她唱了《我的旗帜》。我坐在柔软的长沙发上听她唱歌。我当时是那么炽烈地渴望着欣赏她的演唱。看见她如此展露才华，该是多么美好啊！但是，我吃惊地感到：她的声音在唱歌时却丧失了一切音乐性。她为唱好而做的努力，竟改变了她的声音。卡尔拉对弹琴也是一窍不通，她那笨拙的伴奏使那原本单薄的乐曲变得更加单薄。我觉得站在自己面前的是一个小学生，而我在分析她的音量是否足够大。何止足够大，甚至是大得出奇！在小小的房间里，我感到耳朵都要被震破了。为了能继续给她以鼓励，我在想：只是她的学校太糟糕了。

当她唱完了的时候，我附和了科普勒的热烈并夹杂着啰嗦的话语的喝彩。他在说：

"你可以想象：要是有一个好的乐队伴奏，这声音会取得什么样的效果。"

这倒肯定是对的。需要的正是一个完整而强大的乐队来压倒这声音。我十分诚恳地说道：我要隔几个月之后再来听听这位小姐歌唱，只有到那时，我才会对她的学校的价值做出判断。不过，我又不大诚恳地补充说道：这样的声音肯定值得上一所第一流的学校。接着，为了减少我最初说的几句话当中可能会有的一些令人不快之处，我又把必须为一个出色的嗓音选择一个出色的学校一点大谈了一通。这种最高度的评价把一切都掩盖过去了。但是后来，当我只剩下单独一人的时候，我感到十分惊讶：我竟觉得有必要跟卡尔拉讲真话。难道这时我已经爱上她了吗？但是，如果说，我还没有好好地了解她的话，那么，我又怎么会这样呢？

科普勒在阶梯上，带着怀疑的口气仍在说道：

"她的声音太强了。这是唱歌剧的声音。"

他不知道，这时我知道的东西却更多一些：那声音是属于一个极小的环境，在这环境里，人们可以品味音乐艺术给予人的纯真印象，可以幻想把自己带进音乐艺术当中去，也就是说，体验到生活和痛苦。

在离开我时，科普勒对我说，他会通知我何时卡尔拉的老师将组办一次公开音乐会。这位老师当时在城内还不大知名，但是可以肯定，他将来会扬名天下的。科普勒对此很有把握，尽管这位老师已经相当年迈。看来，他如今可能已经出了名，亦即在科普勒认识他之后。这便是行将就木的人的两个弱点，一个是这位老师的弱点，一个则是科普勒的弱点。

奇怪的是，我感到需要把这次访问讲给奥古斯塔听。也许，有人会认为，这样做是出于谨慎，因为科普勒是知道这件事的，而我也不曾感到要请他保持沉默。但是，我谈到这次访问时显然过分热心，简直像是一种尽情的发泄。直到那时为止，我一直没有任何值得自我责备的地方，除了责备自己曾瞒过奥古斯塔什么。如今，我则觉得，自己是完全清白无辜的了。

她向我询问有关这位姑娘的情况，还问这位姑娘美不美。我很难回答：我说那个可怜的姑娘看来似乎非常贫血。接着，我有了一个好主意：

"要是你能照顾一下她，岂不更好？"

奥古斯塔在她的新家和娘家已经有许多事要干了，她娘家经常把她叫回去，帮助照看她那染病的父亲，这样一来，她也顾不上考虑这件事了。但是，正因如此，我的这个主意，也显得确实是个好主意。

不过，科普勒从奥古斯塔那里得知，我把我们的访问告诉了她，因此，他自己也忘记了他认为想象病患者所具有的品质。他当着我的面对奥古斯塔说，不久后，我们将再次访问卡尔拉。他对我是完全信任的。

我尽管懒惰成性，却很快就产生了要再见一见卡尔拉的渴望。我不敢跑到她那里去。因为我担心科普勒会从别人嘴里听说此事。但是，我却并不缺乏想再见一见卡尔拉的借口。我可以到她那里去，背着科普勒给她一笔更大的援助，但是，在这之前，我先得确信，她为了自身的利益，会同意对此守口如瓶。要是那位真正的病人早已就是这位姑娘的情人，该怎么办呢？我本人对真正的病人的情况是一无所知，倘若他们有让别人出钱支付给他们的情妇的习惯，那可能是再好不过的事了。在这种情况下，只要拜访一次卡尔拉，就足以使我不能自拔。我不能使我的小家庭陷于危境，也就是说，只要我对卡尔拉的欲望不致增长，我就不能使它陷于危境。

但是，这种欲望却不断增长着。我对这位姑娘的了解已经比我跟她握手告别的时候要多得多了。我特别记得她那遮掩着雪白的脖颈的黑色发辫，而且必须要用鼻子把那发辫移开，才能吻到发辫所掩盖的皮肤。只要我想起如下一点，我的欲望就会受到莫大的刺激：在我的这座小城里，在某一层楼道，住着一位漂亮的姑娘，只需漫步很短的一段距离，就可以去把她抱在怀里！在这状况下，与罪孽的斗争变得十分艰巨，因为必须每过一个小时，每过一天，就与它做一次斗争，也就是说，只要这位姑娘一直住在这层楼道里。卡尔拉那长长的拖腔总是在呼唤着我，也许，正是这拖腔的声音使我的心灵产生这样的信念，即相信一旦我的抗拒消失了，其他的抗拒也便不会再有了。但是，我也很清楚，我可能想错了，也许，科普勒看事情要更准确些。这种怀疑情绪也有助于减少我的抗拒，因为可怜的奥古斯塔可能会被卡尔拉从我的背叛行为中拯救出来，卡尔拉本人作为一个女人，是以抗拒为使命的。

为什么我的欲望却会使我感到内疚呢？既然它似乎来得很及时，可以使我摆脱这个时期困扰着我的厌烦情绪。它使我和奥古斯塔的关系丝毫未受到损害，完全恰恰相反。我这时对她说的不再仅仅是我一向为她准备的亲热的话语了，而且还有一些在我的心灵中为另一个女人所酝酿的话语。在我的家里，从来不曾洋溢过这么浓厚的温馨气氛，奥古斯塔似乎为此而变得如痴如醉了。

我在我称之为家庭时间表的方面始终是准确无误的。我的意识是如此微妙，以致早在那时，通过我的矫揉造作，我已经在准备减轻我未来的内疚了。

我之所以并没有完全丧失抗拒，正是因为：我投入卡尔拉的怀抱，并不是通过仅仅一次冲动就实现了的，而是经过若干阶段。最初，有好几天，我只走到市政公园为止，并且当时也确实在欣赏那在一层灰蒙蒙的街道和房屋中显得如此纯净的绿色。后来，由于不曾幸运地像我所希望的那样，偶然碰上卡尔拉，我就走出了公园，恰恰是来到她的窗下漫步。我漫步时心情十分激动，这种激动的心情恰恰像某个第一次接触恋情的年轻小伙子的那种甜滋滋的心情。很久以来，我所缺少的倒不是恋情，而是把我导向恋情的奔波。

我刚出了市政公园，恰恰面对面地碰上我的岳母。起初，我又奇又疑：一大清早，她跑到离我们的住处这么远的地方来干什么？也许，她也背叛了她那患病的丈夫。我随即得知，我是错怪了她，因为她是来找医生的，为的是从医生那里求得安慰，她头天夜里，陪在乔瓦尼身边，折腾了一宵。医生对她说了一些好话，但她还是心慌意乱，以致很快就离开了我，甚至忘记对竟在这个通常只有老人、孩子和保姆涉足的地方碰到我这件事感到惊奇。

但是，对我来说，单只见到她就足以使我感到自己又被家庭抓回去了。我以坚定的步伐朝家里的方向走去，我一边用脚步打着拍子走着，一边喃喃自语："再也不这样干了！再也不这样干了！"在这一刹那，奥古斯塔的母亲以她的痛苦使我感到我的全部义务。这是一个很好的教训，单只这一点，就足以使我玩味一整天的了。

　　奥古斯塔没有在家，因为她跑到她父亲那里去了，并跟她父亲待了整整一个上午。吃饭时，她对我说，他们曾讨论过，鉴于乔瓦尼的身体状况，是否应当把阿达的婚事推迟，原定阿达的婚礼要在一周后举行。乔瓦尼已经好些了。看来，头天晚上，他让自己吃得过多，消化不良使他倒像是病情加重似的。

　　我告诉她，我已经从她母亲那里得知这些情况，我是早晨在市政公园里碰上她母亲的。奥古斯塔也同样没有对我竟然到那里散步感到奇怪，但是，我却感到有必要向她做些解释。我告诉她：我喜欢市政公园已经有些时候了，所以我把它当作我的散步目标。我常坐在一张板凳上，阅读我的报纸。接着，我又说：

　　"这个奥利维！他害苦了我了，叫我整日价无事可做。"

　　奥古斯塔在这个问题上，总是有一点负疚感，于是就表现出痛苦和惋惜的样子。我呢，这时则自我感觉极其良好。不过，我实际上是非常纯洁的，因为我整个一下午都待在我的书斋里，而且我可以确实认为，我已经彻底痊愈了，不再有任何邪念。我这时甚至还读起《启示录》来了。

　　尽管我获得准许，每天早上总要去一趟市政公园，这一点已经是确凿无疑的事，但是，我抗拒诱惑的心情如此强烈，以致第二天，出门时节，我却是朝相反的方向走去。我是去寻找某些乐谱，因为我想要试一试别人向我建议的新提琴拉法。在出门之前，我知道我的岳父这一夜过得还不错，当天下午，他将坐车来我们这里。我既为我的岳父，又为古伊多感到高兴，古伊多终于可以结婚了。一切顺利：我平安无事，我的岳父也平安无事。

　　但也正是这乐谱把我拉到卡尔拉的身边！商店老板向我推荐的几本演奏法当中，由于出了错，有一本演奏法并非属于提琴，而是属于歌唱。我仔细地读了那本演奏法的标题:《E. 加西来(小加西来)歌唱艺术综述(加西亚派)①,内含向巴黎科学院提出的有关论声乐的回忆录的报告》。

我听任商店老板去照顾其他顾客。我自己则开始读起这部小小的作品来。我现在不得不说,我当时是抱着慌乱的心情读这部作品的,这种心情就像一个堕落的青年接触到海淫的作品一样。瞧,这便是到达卡尔拉身边的必经之路;她需要的正是这部作品,而就我这方面而言,不让她了解这部作品,简直就像是在犯罪。我买了这本书,回到家里。

加西亚的这部作品包括两个部分,一个部分是理论,另一个部分是实践。我继续阅读这部作品,意在很好地领会它,以便能在我跟科普勒到卡尔拉家去的时候,向卡尔拉提出我的建议。这期间,我可以争取时间,然而也可以高枕无忧地睡大觉,尽管我总是用等待着我的爱情经历这种想法来自我安慰。

但是,正是奥古斯塔本人使事情急转直下,她前来问候我,从而打断了我的阅读,她俯下身来,用她的嘴唇轻拂了一下我的面颊。她问我在做什么,听说我是在研究一种新的演奏法之后,她以为是涉及拉提琴,也就不想再看得更仔细些。我呢,等她离开我之后,则夸大了我所谓的危险,认为为安全起见,最好不要把那本书放在书斋里,必须把它立即带到它的命运所指示的地点去,这样,我也就不得不直接去铤而走险了。我已经找到超乎借口以上的一些东西,以便能实现我的欲望。

我不再有任何犹豫了。我来到那层楼道,立即转向左边那扇

---

① 加西亚派,指西班牙剧作家古铁雷斯·加西亚 (1812—1884) 创立的浪漫派。

门。但是，等来到那扇门跟前，我又停留了一会儿，听到一首叙事曲的声音。是《我的旗帜》在阶梯上辉煌地回荡。看来，在这整整一段时间里，卡尔拉似乎一直在唱同一首歌曲。我满怀着爱意和欲望，对这种幼稚的表现微微一笑。我随即没有敲门便小心翼翼地打开房门，跷着脚尖走进房间。我想马上，马上见到她。在那小小的环境中，她的声音确实显得很刺耳。她正在怀着极大的热情歌唱着，那种炽热的感情要比我第一次造访时听到的更加强烈。她索性瘫倒在椅背上，以求能发出她的肺部的全部活量。我只看到那缠着粗大发辫的小巧的头部，我退了出去，因为我突然感到非常激动：我竟然有这么大的胆子。这时，她唱到最后一个音符，这音符像是想无休止地延长下去，我又回到了楼道，把门随手掩上，而她却没有发现我。这最后一个音符也时高时低地上下飘荡着，最后满怀自信地收住了。因此，是卡尔拉感到自己唱对了音调，如今，该轮到加西亚来出面教导她了，加西亚会教会她如何更早一些找到那正确的音调。

当我感到自己更镇静些的时候，我敲了敲门。她立即跑过来开门，我永远忘不了她那俏丽的身影，倚着门框，同时又用她那棕色的大眼睛，在从黑暗中认出我之前，盯住我看。

但是，这时我已经镇静下来，我从种种的顾忌犹豫中恢复了常态。我已经在开始背叛奥古斯塔了，但是，我却认为，正如前几天，我能只来到市政公园为止一样，现在我也能容易得多地在门口停止下来，把这本害人的书交出去，然后心满意足地一走了之。这是充满良好意愿的短暂的一刹那。我甚至想起曾经向我提出的那个奇怪的、能使我摆脱吸烟习惯的建议，那建议在这时可能会起作用：为了使自己感到满足，有时只需划着火柴，随即把香烟和火柴一道扔掉就够了。

我本来是很容易做到这一点的，因为卡尔拉本人在认出我之后，脸就红了，并且有逃避的意思，因为——这是我后来才知道的——她为让别人发现她身穿一件寒酸而破旧的家常衣服而感到羞耻。

一旦被认出来，我只好表示歉意：

"我给您带来这本书，我相信，它会令您感兴趣的。要是您愿意，我可以把书给您留下，并且马上告辞。"

这番话的声音——或者说，我是这样感觉的——相当鲁莽，但这不是指话的含义，因为总的说来，我是让她来裁决：我是应当走掉，还是留下来背叛奥古斯塔。

她立即做出决定，因为她抓住我的手，以求更坚定地挽留我，她让我进到里面去。激动使我的视线变得模糊了，我认为，这种激动并不仅是由温柔地接触到那只手这个动作引起的，而且更是受到那亲热的表情的挑逗，这种亲热的表情在我看来，似乎在决定我和奥古斯塔的命运。因此，我认为，我当时是带着某种不得已的心情进去的，当我现在追述我第一次背叛的经过的时候，我感到，我是因为在胁迫之下才这样做的。

卡尔拉的脸这样羞红，确实显得美得很。我感到一种甜滋滋的惊奇：因为我发现，她固然不曾等待我，但她毕竟是曾希望我来造访。她非常兴奋地对我说：

"那么，您是感到需要再见一见我了？见一见那可怜的女人，她欠您那么多？"

我呢，当然，如果我愿意，我本可以马上把她搂在我的怀里，但是，我对此却连想都没有想。对此，我想得如此之少，以致我甚至没有回答她的话，因为我觉得，她的话似乎太有损声誉了，于是，我又开始谈起加西亚，谈起这本书对她的必要性。我谈到这些时，是那么冲动，这使我说的某些话显得颇欠考虑。加西亚会教她如何发出铿锵如金属、柔美如空气的声调。加西亚还会向她说明，一个声调只能体现为一条直线，甚至一个平面，但这个平面必须是确实磨得十分光滑的平面。

我的冲动情绪只是在她打断我的话、向我表示一种痛苦的疑虑时才消失：

"那么，您是不喜欢我唱歌的方式了？"

我对她的问话感到很惊愕。我竟然提出了异常粗鲁的批评，而我自己却没有意识到，我满怀善意地做了抗议。我抗议得真叫不错，以致我觉得，我似乎又回到爱恋之情上去，尽管我仍然一直只是在谈论歌唱，正是这爱恋之情如此专横地把我拖入这个家门。我的话语如此充满柔情蜜意，然而也透露出一部分真心实意：

"您怎么能这么认为呢？要是真的是这样，我难道还会待在这里吗？我在楼道里待了很久，一直在欣赏您的歌声，这歌声是那么甜美和出色，又是那么纯朴天真。我只不过认为，为了使您的歌声达到完美境界，还需要有别的一些东西，我来正是为了给您带来这些东西。"

然而，既然我一个劲儿地继续抗议，说什么我并不是被我的欲望拖来的，可见对奥古斯塔的惦念在我的心灵中具有多么大的威力！

卡尔拉注意倾听着我的一番奉承话，她甚至无法对这些奉承话做出分析。她文化程度不高，但是，我感到异常意外的却是：她并不缺乏良知。她告诉我，她自己对她的才能和声音也有很大怀疑，她感到自己没有什么进步。她经常是在学习好几个小时之后，让自己放松一下，消遣消遣，作为她歌唱《我的旗帜》的奖励，她希望能从自己的声音中发现一些新的特质。但是，她的声音却总是老样子：也不曾变得更糟，也许，总是既不好又不坏，正像那些听过她歌唱的人对她说的那样，其中也包括我（说到这里，她那美丽的棕色眼睛向我送上一道柔和的疑问秋波，这说明，她需要证实我说的一番话的含义，在她看来，我的这番话仍值得怀疑），但是，真正的进步却没有。老师常说，在艺术上，没有缓慢的进步，而是有巨大的飞跃，这飞跃会使人达到目标；总有一天，她会崛起而成为伟大的艺术家的。

"但是，这是一件漫长的事情啊。"她又说了一句，一边凝望着空中，也许，她是在回顾她所度过的所有烦恼而痛苦的时刻。

一个人诚实，首先在于他是真心实意，就我这方面而言，建议这位可怜的姑娘放弃学唱而成为我的情妇，应当算是再诚实不过的了。但是，我从市政公园还没有走到那么远，再说，除此而外，我对自己有关歌唱艺术的看法也并不十分有把握。有那么一阵子，使我非常担心的却只有一个人，即那个惹人讨厌的科普勒，他每个节假日都要到我的别墅来，跟我和我的妻子待在一起。此刻也许是找个借口，请求这位姑娘不要把我的来访告诉科普勒的时刻。但是，我没有这么做，因为我不知道如何掩饰我的要求的真相，这样做还真不错，因为几天之后，我那可怜的朋友就病倒了，旋即死去。

这时，我对她说：她可以从加西亚的著作中找到她所寻找的一切，她只有片刻之间（但也确实只有片刻之间）急切地等待奇迹从这本书中出现。但是，她面对这么多的话语，很快就怀疑这种魔法是否奏效。我所读的加西亚的理论是译成意大利文的，后来，我也就用意大利文向她解释这些理论，一旦这样做还不够，我便把这些理论为她译成的里雅斯特方言，但是，她却并未感到自己的喉咙有什么动静，而只有在这个地方表现出什么效果来，她才承认这本书是真正有效的。坏就坏在，过了不久，我也确信，这本书在我手中也没有什么价值。我把那些话整整反复读了三遍，也不知如何运用，我于是替我的无能进行报复，对这些话妄加评断。这样一来，加西亚浪费了他的时间，也浪费了我的时间，从而证明既然人的声音能发出各种各样的音调，把它看成只是一种工具，那是不对的。甚至提琴也似乎应当被看成是几种工具的总和。也许，我把我的这种评论告诉给卡尔拉是欠妥的，但是，既然身旁有一个愿意让别人把自己征服的女人，一个人就很难不让自己抓住眼前出现的一个机会来显示自己的优越性。她也确实对我十分钦佩，但是，她却恰恰从肉体上把这本书从自己身边推开，而这本书就像是我们的加莱奥托[①]，但是，这位加莱奥托却没有把我们一直陪伴到犯罪。我却仍不甘心放弃这一点，我只是把这一点推迟到下一次来访。等科普勒一死，就再没有必要来访了。她家和我家之间的任何联系都已经断绝，这样，我的行动只能受到我的良心的阻挠。

　　但是，这时我们已经变得相当亲密无间，这种亲密关系要比这半小时的谈话中所能期待的东西更加深厚。我认为，是我们在批判性看法上的意见一致把我们亲密地结合起来的。可怜的卡尔

————————

[①] 在中世纪有媒婆、拉皮条之意，源于骑士小说《圆桌会议》，书中叙述加莱奥托诱使兰齐洛托王子表白对王后吉内芙拉的隐秘恋情，因此，没有加莱奥托，这位王子是不敢擅自向王后表白爱情的。

拉利用这种亲密关系向我诉说了她的苦情。在科普勒出面照管她家之后，她家过的日子很简朴，但是也并不缺吃少穿。对这两个可怜的女人来说，最大的心事莫过于考虑将来。因为科普勒总是按照十分确切的日期给她们以资助，但是，他又不允许她们做一些可靠的盘算。他自己不愿多动脑筋，倒宁可让她们去动脑筋。再者，科普勒并不是无偿地给这些钱的，他在这个家里是真正的主人，他企图了解任何微不足道的事。要是她们竟让自己在未曾事先得到他的同意下花了一些钱，那就要倒霉了！前不久，卡尔拉的母亲身体不适，卡尔拉为了照顾家务，有几天忽略了练歌。科普勒从老师那里得知此事，竟然大发脾气，发过之后，扬长而去，一边还说什么既然如此，就犯不上去麻烦那些大人物，让他们救济她们了。有好几天，她们一直生活在恐惧之中，害怕自己会被遗弃，听天由命。后来，他又回来了，这时，他重新确定了契约和条件，并且确切地规定卡尔拉每天应当坐到钢琴前多少小时，又规定每天有多少小时卡尔拉可以照管家务。他甚至还威胁说什么他要在一天之中随时出其不意地来检查她们。

"当然，"姑娘最后说，"他只不过是为我们好，但是，他是那么容易为一些毫不重要的事发火，总有一天，他在盛怒之下，最后会把我们抛到马路上去。但是，现在，您也照顾起我们来了，这种危险就不会再有了，不是吗？"

她又握起我的手。由于我没有马上回答，她害怕我是跟科普勒沆瀣一气的，于是又说道：

"科普勒先生也说，您是个大好人！"

这句话是直接对我的赞扬，但同样也是针对科普勒的。

卡尔拉把科普勒的形象如此反感地介绍给我，这倒是很新鲜

的，也正是这一点赢得了我的同情。我本来会像科普勒一样的，
而把我带进这家来的那种欲望，则又使我变得与科普勒如此不同。
诚然，他是把别人的钱带给这两个女人，但是，他却把这个当成
自己的全部工作，当成自己生活的一部分。他向她们发怒，这实
际上是一种做父亲的表现。不过，我却有一点怀疑：他这样做是
否是为情欲所驱使呢？我毫不犹豫地问卡尔拉：

"科普勒是否要求过亲吻您呢？"

"从来没有！"她急速地答道，"当他对我的所作所为感到满意
的时候，他就干巴巴地表示他的赞许，轻轻握一握我的手，随即
走掉。另有几次，因为他发了脾气，就拒绝跟我握手，他甚至不
曾发觉，我吓得都哭了。这个时候如果能吻我一下，那对我来说，
就等于一次解脱。"

看到我笑了起来，卡尔拉便进一步做了解释：

"我是会以感激的心情，接受一个这么大年纪的男人的亲吻
的，因为我欠他这么多！"

这便是做真正的病人的好处，他们竟然显得比他们实际的年
龄要老。

我做了软弱无力的尝试，想要像科普勒那样。我微笑着，以
求不致使这可怜的姑娘感到过分害怕，我对她说：当我照顾某个
人的时候，我也会最后变得非常飞扬跋扈。总的说，我也认为，
一个人既然学习某种艺术，就应当认真对待。接着，我把自己的
角色扮演得如此成功，我甚至也就不再满脸堆笑了。科普勒对待
一个年轻女子十分严厉，这是有道理的，因为年轻人不可能理解
时间的宝贵：必须还要提醒，有多少人为帮助她而做出牺牲。我
果真变得既认真又严厉起来了。

这样，我吃中饭的时间到了，特别是，那一天，我也不想让奥古斯塔久等。我把手伸给卡尔拉，这时，我发觉她竟变得面色十分苍白。我想要安慰她：

"请相信我会永远尽力在科普勒以及所有其他人面前支持您的。"

她道了谢，然而却显得灰心丧气。我随即明白，她看到我来到她家，就立即几乎猜破真相，她曾想到，我是爱上了她，因此，她也就变得安全了。然而后来，正是在我准备离去时，她以为，我也只是热爱艺术和歌唱，因此，倘若她唱得不好，没有什么进步，我也会把她抛开不管的。

我觉得，她似乎灰心到了极点。我的同情心油然而生，鉴于不能再浪费时间，我就用她本人认为是最有效的办法，让她放下心来。我这时已经走到门口，我干脆把她拉到我的身边，仔细地用鼻子把那粗大的发辫从她的脖颈上移开，这样，我的嘴唇就触到她的脖颈，我甚至用牙齿轻轻地咬了咬。这表面上看，像是在开玩笑，而她最后也为此笑了起来，但只是在我把她放开的时候。直到此刻，她曾一直在我怀中一动不动，惊愕万分。

她尾随着我，来到楼道，当我开始下楼的时候，她笑问道：

"您什么时候再来？"

"明天，或许再晚些！"我答道，这时我已经有些犹豫了。接着，我更果断地说："当然，我明天来！"随后，我由于希望不致过分有失体统，便又说道："我们可以继续阅读加西亚。"

在那短暂的时间内，她没有改变表情：她接受了第一次主意未定的许诺，也怀着感激之情接受了第二次许诺，同样，她接受了我第三次所表示的意愿，始终是笑吟吟的。女人总是懂得自己所要的是什么。曾拒绝我的阿达，不曾有过犹豫，曾嫁给我的奥古斯塔也不曾有过犹豫，听凭我自便的卡尔拉同样不曾表示什么犹豫。

来到街上，我立即就发现：我跟奥古斯塔比跟卡尔拉更加亲近。我吸了吸新鲜、舒畅的空气，充分感到我的自由自在。我只不过开了一个玩笑，它是不会丧失它的这个特点的，因为这玩笑最后无非是吻了一下发鬓下的脖颈。无论如何，卡尔拉接受这个亲吻，是作为亲切的许诺，尤其是作为救助的许诺。

但是，那一天吃饭时，我却开始真正痛苦起来。在我和奥古斯塔中间，夹着我这段浪漫史，它就像一个又大又暗的阴影，我觉得，简直无法不让她看见。我感到自己很渺小，既有罪又有病，我感到腰部疼痛，这疼痛像是出自同情心，似乎从那巨大的伤口一直疼到我的良心。我心不在焉地假装吃着，同时又从钢铁般意志中寻求安慰。"我再也不见她了，"我这样想着，"如果出于礼貌，我还必须见她不可，那也将会是最后一次。"再说，从我这方面也不必要求太多：只要求我仅仅做一次努力，即努力不要再见到卡尔拉就行了。

奥古斯塔笑了，向我问道：

"你是不是去找奥利维了？我看你是这么忧心忡忡的。"

我于是也笑了起来。能够说起话来，这对我是一大安慰。说出的一些话并不能使人感到一片和平，因为要说出这些话来，本来无须先承认一些事，然后再许诺一些事，但是，如今既然别无他法，能再说出几句这类话来，就已经是很好的安慰了。我滔滔不绝起来，一直显得很快活，兴致也好。接着，我又想出更好的妙法来：我谈到她那么想要建造的小洗衣房，我原来一直是拒绝她盖的，这时我则立即允许她把它盖起来。她见我未经催促，就一口应允，非常感动，甚至站起身来，走过来吻了我一下。这一吻显然就把方才那一吻给抹掉了，我马上感到轻松许多。

这样，我们便有了洗衣房，一直到今天，这所洗衣房还保留着。每逢我从这小小的建筑物前面经过，我就会想起：这是奥古斯塔所要的，同时又是卡尔拉同意为她盖的。

接下来是一个洋溢着我们柔情蜜意的令人神往的下午。在我独处一角时，我的良心就扰得我心烦意乱。奥古斯塔的话语和柔情，足以使它平静下来。接着，我陪她到她母亲那里，甚至整个晚上我都是同她一起度过的。

在我开始入睡之前，正如经常发生的那样，我久久地注视着我妻子，她则已经静静地入睡了，呼吸也十分轻微。即使睡熟了，她也显得那么井井有条，被子一直盖到颌下，并不蓬松的头发收拢成短短的一条发辫，盘结在后颈上。我想道："我可不想给她带来痛苦。永远不会！"我安静地睡着了。次日，我就会澄清我和卡尔拉的关系，并且想法让那可怜的姑娘对自己的前途放心，但是并不因此而非吻她几下不可。

我做了一个奇怪的梦：我不仅吻着卡尔拉的脖颈，而且还吃着它。但是，这个脖颈长得很怪，被我狂怒而又贪婪地咬出的伤口并不曾流血，因此，这脖颈一直被她那白色而无变化的皮肤所覆盖，它那样子也是略带弯曲的。卡尔拉瘫倒在我的怀中，似乎也没有因我的啃啮而感到疼痛。感到疼痛的却是奥古斯塔，她突然间跑了出来，为了让她放心，我竟对她说："我不会把它全部吃掉的，我也会给你留下一块。"

这梦境有如一场噩梦，这只是因为我在深夜里突然惊醒，我从蒙眬中醒来的脑海这时才把它记起来，而不是在这之前，同时，只要这梦一直做下去，即使奥古斯塔睡在我身旁，这也不会使我丧失梦境让我感到的那种满意的心情。

我刚一醒过来，就已经充分意识到我那情欲的力量，意识到这情欲对奥古斯塔乃至对我所体现的危险的力量。也许，在这睡在我身旁的女人的小腹部，已经开始有了另一个生命，而我要对这生命负起责任来。在卡尔拉成为我的情妇之后，谁又知道她会有什么企图呢？我觉得，当卡尔拉是渴望得到迄今她所得不到的享受时，届时，我又怎能养活两个家庭呢？奥古斯塔要求的是有用处的洗衣房，卡尔拉则会要求其他一些东西，但也不会是很便宜的。我又看到卡尔拉在楼道上向我道别的情景了：她在被我吻过之后，满面堆笑。她已经知道，我会成为她的猎物。我一想到这一点就害怕，我独自待在那里，待在黑暗之中，不由得呻吟了一声。

我妻子马上惊醒了，她问我是怎么回事，我简短地做了回答，这回答是我的脑海中浮现出来的第一句话，这时，我已经从那种似乎是在喊叫出我的招供时刻般的被人审问的恐惧中恢复过来：

“我想到我很快就要老了！”

她笑了，设法安慰我，尽管并不因此而消除她那昏昏欲睡的状态。她又说了同样一句话，这句话是她每逢看到我害怕流逝的时光就总是向我说出的：

“别想了，既然我们现在都很年轻……睡觉真好啊！”

她的劝慰很起作用：我果然不再想了，我重又入了梦乡。这天夜里的这句话，犹如一道光芒。它照亮了一部分现实，面对着这部分现实，种种幻想建筑物都黯然失色。我为什么要这么害怕那可怜的卡尔拉呢？既然她还没有成为我的情妇。显然，我是竭尽全力来吓唬自己，使自己一想起目前的处境就胆战心惊。最后，我上面所提到的那个在奥古斯塔小腹部内的 bébé 至今还没显示出其他生命迹象，除了那所洗衣房的建造。

我起床时，照旧抱有一些最良好的意愿。我跑到我的书斋，准备了一些钱，数目不多，放进一个信封里，我要在向卡尔拉宣布我将离开她的同时，把这些钱交给她。但是，我还会说我准备好再寄给她一些钱，只要她写信给我，要求我寄去，至于地址，我会告诉她的。正在我要出门时，奥古斯塔向我嫣然一笑，请我陪她到她父亲家里去。古伊多的父亲为了参加婚礼，刚从布宜诺斯艾利斯来，必须去跟他见一见面，认识一下。她当然对古伊多的父亲没有像对我那样关心。她只是想把头一天的温馨再享受一番。但是，事情毕竟不能再是老样子：在我看来，让时间从我的良好意愿和意愿的付诸实施之间白白流逝，是不好的。当我们两人并肩走在街上的时候，从表面上看，彼此似乎都确信我们感情深厚，而奥古斯塔更以为，她已经得到我的钟爱了。这是很糟糕的。我感到，这样的漫步简直就像强人所难。

我们发现，乔瓦尼确实好一些了。只是由于脚有些肿，他不能穿靴子；他对脚肿并不在意，我当时也同样如此。他正跟古伊多的父亲待在客厅里，他把我介绍给古伊多的父亲。奥古斯塔很快便离开我们，去找她母亲和姐姐。

佛兰契斯科·斯佩尔先生，在我看来，像是一个文化程度远不如他儿子的男人。他个子很小，矮胖胖的，六十岁左右，思想简单，不大活跃，这也许是因为他生过一场病之后，耳朵变得很不中用了。他说话在意大利文中掺杂着一些西班牙语汇：

"有一次发生：我来过的里雅斯特……"

这两个老人正在谈论生意，乔瓦尼仔细地听着，因为这笔生意对阿达的命运十分重要。我则漫不经心地听着。我感到，老斯佩尔是决定把他阿根廷的生意清理掉，把他的全部 duros^① 都交给古伊多，让他把这些钱用于在的里雅斯特开办一家公司；随后，他将回到布宜诺斯艾利斯，与妻子和女儿住到一起，靠他剩下的一个小农场过活。我不明白，他为什么当着我的面，把这一切告诉给乔瓦尼，今天，我仍然不明白为什么。

我觉得，他们两个谈到一定的时候，竟不再谈下去了，同时还都望着我，仿佛等待我提出什么建议似的，为了表示礼貌起见，我只好说：

"要是您靠这个农场就足以生活，想必这个农场不小！"

乔瓦尼立即吼叫起来：

"可你在说什么呢？"这爆炸般的声音，使人想起他最健康的日子，但是，也可以肯定，倘若他不这样吼叫，佛兰契斯科先生也听不见我说的话。然而，这样一来，佛兰契斯科却变得面色苍白，说道：

"我很希望，古伊多不会忘记把我的资本的利息付给我。"

乔瓦尼，一直还在吼叫着，力图让他放心：

"何止利息呢！要是您需要，甚至可以加倍给您！他难道不是您的儿子？"

然则，佛兰契斯科先生并没有显得十分放心，他恰恰是等待我说一句能让他放心的话。我马上说了这句话，并且音量很大，

① 西班牙文，指"金钱""款项"。

因为这时，这老人的听力比刚才更差劲了。

　　接着，这两个生意人之间的谈话继续下去，但是，我十分小心，谨防更多地介入。乔瓦尼不时地从眼睛上方朝我看着，为的是监视我，他那沉重的呼吸似乎在进行威胁。后来，他谈的时间很长，说到某个地方，突然向我问道：

　　"你觉得如何？"

　　我连忙热情地点头称是。

　　我表示同意的做法要显得更热情些，这尤其是因为我这时已经感到越来越怒不可遏，因此，我的每个行动都会变得十分明显。我待在这个地方，究竟在干什么呢？竟然听任有助于实现我的良好愿望的时间白白流逝！他们是在强迫我忽略对我和对奥古斯塔都如此重要的工作啊！我正在准备找出什么借口，就此一走了之，但是，恰恰在这个时刻，古伊多伴随着那几个女人突然涌入客厅。古伊多在父亲到达不久，就送给未婚妻一枚非常美丽的戒指。谁也没有看我或跟我打招呼，连小安娜也没有这样做。阿达的手指上已经戴了那块亮晶晶的宝石，她一直把胳臂放在未婚夫的肩膀上，让父亲看这枚首饰。女人们也都如痴如醉地看着。

　　我对所有戒指都是不感兴趣的。我之所以连结婚戒指也不戴，是因为它会妨碍我的血液流通！我没有道别就溜出了客厅的门，向大门走去，准备离开这里。但是，奥古斯塔发现我溜出去了，她及时地赶上我。我见她神色惊惶很觉奇怪。她的嘴唇苍白得就像在我们结婚的那天，在我们前往教堂不久前那样。我对她说我有急事。接着，我碰巧想起，前几天，我突然心血来潮，买了一副度数极轻的远视镜，我曾试了试，然后放到我的背心口袋里，这时我则感到眼镜还在我衣袋里，于是便对她说，我跟一位眼科大夫有个约会，让他给我验一验光，因为一个时期以来，我感到视力减退了。她回答说，我本来可以马上就走的，但是，她请求我先跟古伊多的父亲说几句客气话。我不耐烦地缩了缩肩膀，但是，我仍然满足了她的要求。

我回到客厅，大家都礼貌地和我打招呼。至于我，由于我确信，现在他们都想让我走开，我甚至反倒觉得兴致很好。古伊多的父亲不大习惯待在这么多人口的家庭，便问我道：

"在我前往布宜诺斯艾利斯之前，咱们还会再见到吗？"

"哦！"我说，"有一次发生：您来到这里，很可能还会见到我的！"①

大家都笑了，我扬扬得意地告退了，同时，奥古斯塔也相当快活地跟我打招呼道别。在履行了一切合法的手续之后，我是如此按部就班地一走了之，这使我得以满怀自信地走起路来。但是，使我能摆脱直到此刻一直困扰着我的疑团的另一个原因则是：我从我岳父的家跑出来，为的就是尽可能远离这个家，也就是说，直到我跑到卡尔拉那里去。在我岳父的家里，他们总是觉得我在卑鄙地玩弄阴谋，暗算古伊多，而且这也不是第一次了（至少我是这样认为）。其实，我谈到位于阿根廷的那个农场，是不怀恶意的，是完全无心的，而乔瓦尼立即把我的话理解为我是考虑再三，有意在古伊多父亲面前坑害古伊多。如果必要，我很容易跟古伊多解释清楚，而对于乔瓦尼和其他人，既然他们都猜疑我会玩弄这种阴谋，向他们进行报复也就足够了。这并不是说，我是有意跑去背叛奥古斯塔的。相反，我是在光天化日之下，干我所要干

---

① 这里，泽诺有意学古伊多父亲的半西班牙半意大利文式的说话。

的事。拜访卡尔拉，还不能算是干什么坏事，甚至即使在附近的
地方，我又一次碰上我的岳母，她向我问道我到那里去干什么，
我也会马上回答：

"哦，美人儿！我到卡尔拉家里去！"因此，这是唯一的一
次，我到卡尔拉家里去，而没有想起奥古斯塔。我岳父的态度竟
如此严重地刺伤了我！

在楼道上，我没有听到卡尔拉的声音在回荡。我一时感到有
些担心：她是否出门了？我敲了敲门，并且未经许可就立即先进
去了。相反，卡尔拉却在，但跟她在一起的还有她的母亲。她们
正一起联合缝纫什么东西，这样干活可能是经常的，但是我从前
却从未看到过。她们两人正在缝制一条大床单，各缝一角，彼此
相距很远。我就是这样跑到卡尔拉家，找到有母亲做伴的卡尔拉。
这可完全是另一码事。无论是好的意愿还是坏的意愿，都无法实
现。一切仍继续悬而未决。

卡尔拉满脸通红，急忙站起，而那老太婆则缓缓地摘掉眼镜，
并把眼镜放进一个信封里。我这时认为，我可以为另一个原因，
即不是因为发现我无法立即澄清我的心事，而恼怒起来。这个时
候不是科普勒规定要用作学唱的吗？我礼貌地向老太太打了招呼，
而我甚至难以做出这样彬彬有礼的举动。我也向卡尔拉打了招呼，
但几乎没有看她一眼。我对她说：

"我是来看一看，我们是否能从这本书，"我指了指原封未动
地放在桌子上的加西亚的著作，这部著作竟然仍在我们原先所放
的地方，"吸取一些有用的东西。"

我坐到前一天我坐的地方，随即把书打开。卡尔拉起初设法
向我报以微笑，但是，看到我并未理睬她那礼貌的举动，便摆出

有些关切而又服从的神情，坐到我身旁，看着。她显得犹疑不决，她不明白是怎么回事。我看了看她，我看出在她的脸上显露出某种可能意味着愠怒和执拗的神色。我想象：她可能正是这样对待科普勒的责备的。只是她还不敢确信：我的责备是否正是科普勒对她所做的责备，因为正像她后来对我说的那样，我前一天还吻过她，因此，她认为自己可以永远对我的发火感到放心。正因如此，她仍然始终准备好把她的愠怒转化为友爱的微笑。我在这里应当说（因为下面我就没有机会再谈了），当时她的这种信心，即相信由于她容许我吻她一次，就足以彻底把我驯服，颇令我不快：一个女人有这种想法，是非常危险的。

但是，在此刻，我的心情正如科普勒的心情一般，是充满了责备和不悦的。我开始大声把前一天我们一起读的那一部分念出来，其实，这一部分是我自己抱着学究式的态度加以否定的。这时，我在念的时候未做其他评论，并且在我认为最意味深长的若干词语上加重了语气。

卡尔拉用颤抖的声音打断我的朗读：

"我觉得，这一段我们已经看过了！"

这样，我终于不得不讲出我自己的话。恰当的话也同样可以使人得到一些好处。我的话不仅比我的心情和态度来得温和，而且索性还使我重又回到社交生活中去：

"您瞧，小姐，"我立即在使用亲昵的称呼的同时，露出了笑容，这笑容甚至可以被看成是情人的笑容，"我是想在进一步读下去之前，再看一看这些东西。也许，昨天，我们下判断下得有些仓促了，刚才，我有一位朋友告诉我：为了领会加西亚所说的一切，必须把他的著作全部读完。"

　　我终于感到需要对那位可怜的老太太讲究一下礼貌了，这位老太太肯定在她一生中（尽管她这一生是不那么幸运），从未处在这样一种场合。我向她微微一笑，但这微笑却使我花费了比向卡尔拉微笑更大的气力：

　　"这事是不太令人愉快的，"我对她说，"但是，即使一个并非研究歌唱的人也能听出，它是有一些好处的。"

　　我执意继续念下去，可以肯定，卡尔拉这时已经感到好些了，在她那丰腴的嘴唇上，浮游着一丝类似微笑的东西。然而，那老太婆却依然像一只被捕获的可怜的动物，继续留在房间里，这只是因为她的胆怯令她无法找到什么良策径直走开。再说我呢，我则是绝对不会暴露我要把她撵出房间的意愿的。这将会是一件令人难堪的严重的事。

　　卡尔拉则显得更果断些：她非常有礼貌地请求我暂时不要念下去，随后转向她母亲，对她母亲说，她可以走了，缝制床单的工作可以在下午再干下去。

　　夫人走到我身边，犹豫着，不知是否应当把手伸给我。我甚至是亲热地握住她的手，对她说：

　　"我明白，念这样的书是不太令人感兴趣的。"

　　她似乎想表示遗憾，她不得不离开我们。在她把直到这时还一直捂在小腹部上的床单放到一把椅子上之后，果然走了。接着，卡尔拉尾随着她，去到楼道待了一会儿，为的是跟她说些什么，而我则恨不得最终看到她在我身边。她回来了，随手把房门在她身后关上，她又回到原来的位置上，嘴角重又浮现出某种倔强的东西，这令人想起一张孩子般面庞上的执拗神情。她说道：

　　"每天这个时候，我都是学习的。恰好今天我不得不干这个急活儿！"

"可您难道没有看出，您唱与不唱跟我根本没有任何关系吗？"我叫了起来，并且向她冲过去，猛地把她一手搂在怀里，然后亲吻她，先是吻她的嘴，随即又吻那个前一天吻过的地方。

真怪！她竟开始号啕大哭起来，并从我怀中挣脱开来。她一边抽泣着，一边说道：她看到我这样走进来，简直难过透了。她是因为像通常那样可怜自己而哭泣的，而这种怜悯之情本来应当属于那个见她如此悲痛而产生同情心的人。眼泪不是悲痛的表现，而是她的际遇的表现。一个人在呼喊不公正时才会啼哭。确实，迫使这美丽的姑娘学习是很不公正的，因为这美丽的姑娘原是可以亲吻的。

总之，事情进展得比我想象的要糟。我不得不做一些解释，为了收效快些，我没有利用必要的时间来捏造，我径直把真相一五一十地讲了出来。我告诉她：我是多么急切地想见她、吻她。我本打算一早就到她这里来，我甚至一宵都抱着这个愿望。当然，我不能说，我到她这里来，究竟要干什么，但是，这并不太重要。诚然，当我想要去找她，告诉她：我想永远抛弃她，同时又跑去把她抱在我的怀里的时候，我所感到的正是这种痛苦而又急切的心情。接着，我又告诉她早上发生的事情，我妻子如何逼着我跟她一起出门，如何把我带到我的岳父家，我在那里又如何被迫一动不动地倾听他们议论生意，而这生意则跟我毫无关系。最后，我费了九牛二虎之力，才得以摆脱，快步走了很长一段路，可我看到的又是什么？……整个房间都被这条床单占满了！

卡尔拉扑哧笑了起来，因为她明白，我身上没有一点科普勒的东西。她那美丽的面庞上的笑容，犹如一道彩虹。我又吻了吻她。她没有迎合我的爱抚，而是顺从地忍受我的爱抚，我很喜欢这种态度，也许这是因为我是直接根据女性弱点的大小来爱恋女性的。她第一次告诉我：她从科普勒那里得知，我非常爱我的妻子。

"因此，"她又说道，我这时从她那美丽的面庞上看到有一种严肃意愿的阴影掠过，"在我们俩之间，只能有良好的友谊，而绝不能有任何其他关系。"

我却不大相信她的这种如此明智的意愿，因为这时，说出这个意愿的那张嘴，根本无法避开我的亲吻。

卡尔拉说了很久。显然，她是想引起我的同情。我至今记得她当时对我说的这一切，不过，我只是在她从我的生活中消逝时，才相信这些话。只要她在我身边，我就总是害怕她，因为我把她看成是一个迟早会利用她对我的优势地位来破坏我和我的家庭的女人。当她向我保证，她不要求别的，只要求能确保她的生活和她母亲的生活的时候，我也并不相信她。如今我才确切地知道：她从来不曾想过要从我这里得到比她所需要的更多的东西。当我现在想起她的时候，我总会羞得面红耳赤，因为我觉得，过去把她看得这么坏，并且以恶劣的方式来爱她，这是很可耻的。她，可怜的人儿，从我这里什么也没有得到。我本该给她一切的，因为我属于那些欠债还钱的人。但是，我却一直等待她向我提出这个要求。

她告诉我，在她父亲死后，她落到怎样走投无路的绝境。多少个月来，她和那个老太婆都不得不夜以继日地做一些刺绣，这些活计是由一个商人向她们订制的。她总是天真地相信，神灵会降福帮助她，尤其是，她有时待在窗口，望着街道，希望从那里会有神灵降临，她这样一待就是几个小时。然而，来的却是科普勒。如今，她可以说对自己的处境已经感到满意了，但是，她和她的母亲却总是忐忑不安地度过深夜，因为她们所得到的援助是很不牢靠的。倘若有那么一天，她丧失了唱歌的声音和才能，该怎么办呢？科普勒一定会把她们抛开不管的。后来，科普勒曾谈到再过几个月，他会让她登台演出。要是演出真的演砸了呢？

她一直尽力想引起我的同情，她又告诉我：她家的家道中落甚至曾破坏她爱情的美梦——她的未婚夫就曾把她抛弃。

我一直远没有产生同情之心。我对她说：

"您那未婚夫想必吻您吻得很多吧？是不是像我这样？"

她笑了，因为我没有让她说话。这样，我就看见一个男人站在我的面前，他在向我指出一条道路。

我该在家用饭的时间已经过去很久了。我本来想要离去。就这一天来说，已经够了。这时，我一点也没有头天夜里让我辗转难寐的那种悔恨心情，把我从卡尔拉身边拖开的那种不安情绪也消失得无影无踪。但是，我却并不心安理得。也许，命运规定我永远不能如此。我之所以没有悔恨心情，是因为就在这时，卡尔拉容许我给她很多亲吻，而我希望这些亲吻是以友谊为名义的，这样，就不致触犯奥古斯塔。我觉得，我似乎发现了我心中不快的原因，这不快的情绪，正如通常那样，促使一些模糊的痛感在我的机体中游移。卡尔拉把我看错了！卡尔拉看到我如此渴望得到她的亲吻，可能会瞧不起我，其实，我爱的却是奥古斯塔！卡尔拉本人表现出对我如此敬重，这是因为她非常需要我！

我决定为自己争得她对我的敬重，我说了几句话，这几句话却令我十分痛苦，就像是令我回忆起我犯过什么卑鄙的罪行，在随意做出抉择方面有过什么背叛行为，而实际上，这样做，是既无必要又无任何好处的。

我几乎已经走到门口，样子像个勉强做出忏悔的平静的人，我对卡尔拉说：

"科普勒已经把我对我妻子的眷恋之情告诉您了。的确，我十分敬重我的妻子。"

接着我一五一十地把我结婚的经过讲给她听：我是怎样爱上了奥古斯塔的姐姐，奥古斯塔的姐姐是怎样不愿理睬我，因为她爱的是另一个男人；后来，我又是怎样设法娶她的另一个妹妹，但她的这个妹妹也拒绝了我；最后，我怎样不得不娶了奥古斯塔。

卡尔拉立即相信我所讲的都是真实的。接着，我得知，科普勒还晓得我家的一些事情，并且对她描述了一些细节，这些细节不完全是真实的，但却是接近于真实，我于是对此做了纠正或确认。

"您的夫人美吗？"她若有所思地问道。

"这要看各人的口味了。"我说。

在我心中，还有某些地方禁止别人触及。我说我敬重我妻子，但我却还没有说我不爱她。我没有说，我喜欢她，但同样我也没有说，她不能讨我的欢心。当时，我觉得我是非常真心实意的；现在，我才知道，我通过这几句话，把这两个女人都背叛了，同时也背叛了全部爱情，既背叛了我自己的爱情，又背叛了她们的爱情。

说实话，我还没有心安理得，因此，还缺少某些东西。我想起了装有我的一片好心的信封，我把它递给了卡尔拉。她打开了信封，又把信封还给我，说道："前几天，科普勒已经给了她每月的生活费，就眼下来说，她并不需要钱。"我的不安顿时加剧了，因为我想起过去我曾有过的一个念头，即认为：真正危险的女人是看不上少量钱财的。她发觉我局促不安，便以一种既天真又温存的神态，向我要了几个克朗（只是到现在我写下这段经历时，我才能正确评价她当时的这种神态），她打算用这些钱去买几个碟子，因为这两个女人在厨房偶一不慎，打碎了几个碟子。

但是，随后发生了一件事，这件事在我的记忆中留下了不可磨灭的痕迹。在我离去时，我吻了她，但是这一次，她却异常热烈地迎合我的亲吻。我下的毒药起作用了。她十分天真地说：

"我很喜欢您，因为您真好，甚至财富也不能破坏您的为人。"

接着，她又狡黠地说：

"我现在知道，不必让您再等待了，因为除了那个危险以外，跟您在一起就不会再有其他危险。"

来到楼道，她又问道：

"我可不可以把教唱老师跟科普勒一起赶回老家呢？"

我急步下了楼梯，一边对她说：

"再看一看吧！"

于是，在我们的关系上，仍有一些事情悬而未决，其他所有一切则都已经明确地确定下来了。

这使我感到很不自在，当我来到露天地方的时候，我便犹疑未决地朝着与我家相反的方向走去。我几乎渴望马上再回到卡尔拉身边，向她进一步解释某些事情：我对奥古斯塔的爱。这样做是可以的，因为我并没有说我不爱她。只不过作为我所讲述的那段真实经历的结论，我忘记说：这时我才是真正爱奥古斯塔的。再说，卡尔拉也从中推测到，我并不爱她，因此，她才如此热烈地附和我的亲吻，以一种爱的表白来突出表明这一点。我觉得，倘若没有这段插曲，我会更容易地忍受奥古斯塔那充满信任的目光。同时，我也会认为，刚才我是很高兴地得知：卡尔拉知道我是爱我妻子的，因此，在她的决定下，我所追求的谈情说爱也就变成了夹杂着一些亲吻的友谊。

在市政公园里，我坐到一条板凳上，心不在焉地用手杖在铺着鹅卵石的地上画出这一天的日期。接着，我苦笑了一下：我知道，这个日期不会标志着我的背叛行为的结束。恰恰相反，这种背叛行为是从这一天才开始的。我能从哪里找到力量来使自己不再回到那个如此诱人的、期待着我的女人那里去呢？再说，我已经承担了义务、荣誉的义务。我得到了一些亲吻，并且只容许我为此付出几个陶瓷碟子的代价。这正是一笔未曾算清的账，也正是这笔账如今把我和卡尔拉联系在一起。

吃饭时的气氛是很沉闷的。奥古斯塔并没有询问我迟到的原因，我也没有向她解释。我很怕说漏了嘴，尤其是在从市政公园到家里这条短短的路程中，我竟然磨蹭了很久，并且产生这样的念头：把一切都向奥古斯塔讲出来，这样，我的背叛经过也可以从我那诚实的面孔上显露无遗。这是能自我拯救的唯一办法。只要把一切都向她讲明，我就可以躲到她的庇护和监视之下。这样做将会是一个决心很大的行动，只有这时，我才会心地踏实，把这一天的日期定为开始走向诚实和健康的日期。

我们谈了许多不相干的事情。我竭力使自己显得很快活，但是，我却无法使自己做得很亲热。她则连气也透不过来，可以肯定，她是在等待解释，而这解释却又迟迟不来。

接着，她又去继续干她那把冬季衣服放进特备衣橱里的繁重工作了。下午，我时时瞥见她在聚精会神地干她的活，在那边，在长长的走廊的尽头，有个女佣在帮她一起干。她那巨大的痛苦并没有打断她那正常的活动。

我很不安，时常从我的卧室走到浴室。我原想把奥古斯塔叫来，至少告诉她：我是爱她的，因为这对她——可怜的简单脑筋！——来说，就足够了。然而，我却继续在思索，在吸烟。

当然，我经历了几个阶段。甚至有一个时刻，对道德的热烈追求竟被想使第二天早些到来以便能跑到卡尔拉家里去的那种强烈的急切心情所打断。或许，连这种渴望也是出于某种良好意愿。从根本上说，巨大的困难在于使自己承诺要把责任担当起来。不可思议的是，吐露实情会使我得到我妻子的合作，那么，剩下的只有卡尔拉了，我甚至可以通过最后一吻，在她的嘴上发誓！卡尔拉究竟是怎样一个人？甚至讹诈也并不是我在她身上所冒的最大危险！第二天，她将会成为我的情妇，谁又知道这以后会发生什么事情呢！我对她的了解只限于科普勒那傻瓜对我所说有关她的事。根据来自这个人的消息，一个比我要精明的男人，比如说奥利维，也不会同意签订一项生意合同的。

奥古斯塔在我家里所从事的如此正常和值得赞美的活动，可算是白白浪费了。我为了急切地寻求健康的体魄而采用结婚这个果断疗法，也归于失败。我病得比过去任何时候都更加严重了，我结婚既有损于我自己，又有损于他人。

晚些时候，当我已经真正成为卡尔拉的情夫的时候，我又回想到那个沉闷的下午，我无法理解，为什么在我走得更远之前我没有痛下决心，悬崖勒马。在犯下背叛行为之前，我曾哭得多么伤心啊！本来应当认为，避免这样做是不难的。但是一个人毕竟总是会笑话事后明智①的做法的，甚至也可以笑话事前明智的做法，因为这种做法也无济于事。在这些焦虑的时刻，在我的词汇里，这一天日期是以大型字体，用字母C（即卡尔拉②）标志出来的，并且附有这样的注释："最后一次背叛。"但是，真正的第一次背叛（它促使我进一步犯下多次背叛）只是在这一天之后才发生的。

在很晚的时候，我因为不知做什么才好，便洗了一个澡。我感到身上有一块污垢，我要把它洗掉。但当我浸到水里的时候，我却又想："要把我洗干净，我必须能把自己整个化进这水里。"后来，我穿上了衣服，我是那么不由自主，我甚至没有把自己仔细擦干。白天过去了，我却一直待在窗口，望着我的花园里的树木的那些新绿的树叶。我突然打了个寒噤，同时，我又抱着一些满意的心情想道，这寒噤可能是发烧的症状。我并不是想死，而是想病，这病可以成为我的借口，使我能借以做我所要做的事，或者是阻止我做我所要做的事。

奥古斯塔经过长时间犹豫之后，前来找我了。看到她是如此温柔，没有丝毫埋怨，我身上的寒噤立即加剧了，甚至使我的牙齿也打战起来。她吓坏了，非让我上床去睡不可。我一直冷得牙齿打战，但是，我已经知道，我并没有发烧，并且阻止她去请医生。我请求她熄灭灯，坐到我身边，不要说话。我不知我们这样待了多少时候，我恢复了必要的热度，甚至也恢复了一定的信心。但是，我的脑子还是非常模糊的，当她又提起请医生的时候，我对她说：我知道我身体不适的原因，我以后会告诉她的。我重又回到吐露真情的愿望上去。要使我摆脱心头这么大的重负，我面

———

① "事后明智"（senno del poi）在意文有"事后诸葛亮"之意。
② 意文卡尔拉为"Carla"。

前没有其他路径可走。

这样，我们又沉默不语地待了一些时间。后来，我发现：奥古斯塔从她的小沙发站起身来，走到我身边。她很害怕：也许，她已经猜破一切。她拿起我的手，抚摸它，随后又轻轻地把她的手放到我的头上，想看看是否发烧，最后，她对我说：

"你应该想到他会来！为什么你感到这么痛苦和意外呢？"

我听到她的这几句奇怪的话感到很惊讶，同时，令我惊讶的是：这些话又是通过压抑着的抽泣声说出来的。显然，她指的并不是我的爱情经历。我怎么能预料到会是这样呢？我有些粗暴地向她问道：

"可你说的是什么意思？我应该预料到什么？"

她十分张皇，喃喃地道：

"预料到古伊多的父亲会因为阿达的婚礼而来到这里啊……"

我终于明白了：她竟以为我是因为阿达即将举行婚礼而难过。我觉得，她实在是错怪了我：我毕竟没有犯下这种罪行。我感到自己既纯洁又清白，就像一个新生的婴儿，我立即从一切压抑中摆脱出来。我从床上跳下来：

"你以为我是因为阿达要结婚才难过吗？你真是疯了！自从我结婚以来，我就不再想念她。我甚至记不得，今天，那位'发生'先生 ① 来到这里！"

我吻了吻她，并且满怀情欲地把她拥抱了一下，我的语调带有十分诚恳的意味，以致她为自己的多疑而感到惭愧。

这时，她的脸也消除了一切疑云，显得天真烂漫起来，我们

---

① 这里是讽刺地借用古伊多父亲的西班牙或意大利文的口头语"有一次发生"。

俩都饥肠辘辘地走去吃晚饭。在这同一张饭桌前，我们在几个钟头前还受到那么大的折磨，这时，则像两个正在休假的好伴侣，坐了下来。

她提醒我：我刚才答应她把我身体不爽的原因告诉她。我于是假装称病，这病能使我可以在毫无过错可究的条件下，做一切我所喜欢做的事。我告诉她，这天早上，在我跟那两位老先生待在一起时，我就已经感到十分沮丧。后来，我又去取眼科医生给我订制的眼镜。也许，正是这衰老的迹象使我感到加倍无精打采。我有好几个钟头，在大街小巷中走来走去。我还讲述了一些属于想象方面的事，这些想象曾使我受到不少痛苦。我如今记得，这些想象中有些甚至是一种初步的忏悔。我不知道，这与想象病究竟有何关系。我甚至还谈到血液循环，血液在我们身上转啊，转啊，它使我们挺直了身子，能进行思维和采取行动，因此，也就使我们能犯罪和悔恨。她弄不清我说的正是卡尔拉，但是，在我看来，我却似乎已经把这一点说出来了。

晚饭后，我戴上眼镜，久久地装作在读我的报纸，但是，那两块镜片却反把我的视线弄模糊了。我感到，我那如同喝醉酒似的既混沌又快活的心情由此而变得更加强烈。我说，我根本无法理解我所读到的东西。于是，我继续装病。

当夜，我几乎辗转难寐。我抱着异常强烈的欲望，等待卡尔拉的拥抱。我要的正是她，是那有着蓬松而散乱的发辫的姑娘，是那音乐般的声音（但又是那未定出音调的声音）。而正由于我为她所受的一切痛苦，她也就变得如此秀色可餐。整宵，我被那钢铁般的意愿伴随着。在得到卡尔拉之前，我要向她说心里话，我要向她吐露有关我和奥古斯塔关系的全部实情。我在只身独处时，开始笑了起来：前去征服一个女人，同时嘴里却又声称热爱另一个女人，这种做法确实是别出心裁的。也许，卡尔拉会重又回复到她那被动地位！这样一来，又会怎样呢？就眼下来说，她的任何一种行动都不会减少她那驯顺的优胜之处的，我觉得，我似乎可以确信：她会驯顺的。

次日清晨，我在穿衣服时，喃喃地说着我将要对卡尔拉说的那些话。在卡尔拉成为我的人之前，她应当知道，奥古斯塔是依靠她的秉性和她的健康体魄（我将会用许多话来解释我所说的健康体魄究竟指的是什么，这一点将会有助于给卡尔拉以教育），赢得我的尊敬，但同时也赢得我的爱的。

在饮咖啡时，我由于过分专注地准备如此精心策划的话语，奥古斯塔甚至从我这里，不曾得到任何其他亲热的表示，却只是在我出门之前，得到我的轻轻一吻。要是我完全属于她，那该多好！我前往卡尔拉那里，目的则正是要重新点燃我对奥古斯塔的热恋之火。

我刚走进卡尔拉的书房，就发现她是单独一人，并且一切准备就绪，这使我感到如此松心，以致我立即把她拉入我的怀中，满怀激情地把她拥抱起来。但她却用力把我推开，这使我惊骇万分。她的态度竟然粗暴得出奇！她根本不想让我拥抱，我目瞪口呆，站在房间中央，既痛苦又沮丧。

但是，卡尔拉很快便恢复常态，喃喃地说：

"您没有看见，房门是开着的吗？有人正在下楼呢！"

我于是摆出彬彬有礼的来访者的样子，直到那个讨厌的家伙走过去。我们随即关上了门。她看到我把钥匙拧上，面色立即变得苍白起来。这样，一切都不言自明了。过了一会儿，她在我的怀抱中，用压低的声音喃喃说道：

"你愿意这样吗？你真的愿意这样吗？"

她这时称呼我为"你"了，这是有决定意义的。我随即回答说：

"我怎么会想要做别的呢！"

我已经忘记，我原先是想说明一些事情的。

过了一会儿，我想开始谈我和奥古斯塔的关系，因为我刚才出于忽略，忘记这样做了。在这个时刻跟卡尔拉谈别的问题，似乎等于是减轻她献身于我的重要性。甚至在男人中间最耳聋的人也会知道：是不能这样做的，尽管大家都知道，拿献身之前和献身后不久两者的重要性进行比较，是不可能的。对一个第一次张开手臂的女人来说，她听到对方竟然对她说："首先，我得澄清我昨天对你说的那些话……"这会是一种莫大的侮辱。可昨天又有什么关系呢？头一天发生的一切都应当显得是不值一提的，如果一位绅士竟然感觉不到这一点，那他就活该了，他应当做得像是谁也不曾发觉似的。

当然，我正是那位竟然感觉不到这一点的绅士，因为我在佯作姿态时，犯了错误，就像倘若出于真诚，本不会如此一样。我向她问道：

"你怎么竟许身于我了？我怎么配这样对待呢？"

我究竟是想表示感激呢，还是想责备她呢？可能这无非是试图开始进行解释罢了。

她有些惊讶，朝上看着，以求看到我的样子：

"我觉得，你已经把我征服了。"她亲热地微微一笑，向我证明：她并不打算责备我。

我这时想起来，凡是女人都要求别人说，她们被征服了。接着，她自己也发现她说错了话，因为东西才是被征服的，人则是主动同意的，于是她喃喃地说：

"我早就期待你了！你是前来解救我的骑士。当然，你已经结婚了，这是不好的，但是，既然你并不爱你的妻子，我就至少可以知道，我的幸福并没有破坏任何其他人的幸福。"

我突然感到臀部一阵疼痛，这疼痛是如此剧烈，以致我不得不停止拥抱她。那么，我是否并未夸大我说的一番欠考虑的话的重要性呢？难道正是因为我撒了谎，卡尔拉才成为我的人吗？瞧啊，如果我现在想到要谈一谈我对奥古斯塔的爱的话，那么，卡尔拉就会有权责备我玩弄诡计！就眼下来说，纠正和解释都不再行得通了。但是，以后会有机会进行解释和澄清问题的。索性等待这机会到来罢，于是，在我和卡尔拉之间就有了一种新关系。

当我待在那里，待在卡尔拉身边的时候，我对奥古斯塔的狂热恋情却又全部再现了。这时，我只会有一种渴望，即跑到我真正的妻子那里，而且目的也只在于看一看她专心致志地干她那有如勤奋的蚂蚁干的工作，同时，也可以看到，她在樟脑和萘丸的气味中想法保全我们的东西。

但是，我仍然要尽到我的责任，这责任由于发生了起初曾使我感到十分困惑的插曲而变得极为严重。这插曲之所以令我困惑，是因为它使我觉得，如同受到斯芬克斯①的另一种威胁一般，而我要与之打交道的正是这斯芬克斯。卡尔拉告诉我，头一天我走了之后不久，教唱的老师便来了，卡尔拉干脆把他挡在门外。

我情不自禁做了一个反对的手势。这等于把我们玩弄的诡计

① 即通常所说人面狮身魔鬼，传说它向路人提谜语，如对方猜不破，即被害。

去向科普勒汇报啊！

"科普勒会怎么说呢？"我惊呼道。

她开始笑了起来，并躲到我的怀里，这次她可是主动地这样做的。

"我们不是说过，我们要把他撵到门外去吗？"

她显得很可爱，但是，却不再能征服我了。我立即找到一种对我很合适的态度，一个道学家的态度，因为这种态度使我能把埋藏在我内心深处的那种对一个不允许我随意谈到我妻子的女人的怨恨发泄出来。"在这个世界上，必须工作，"我对她说，"因为，正如您想必已经知道的，这个世界是一个很坏的世界，在这个世界上，只有强者才能站得住脚。要是我现在死了呢？您会发生什么事情呢？"我提出了我将会抛弃她的可能性，但是，我所采用的方式却使她不能因此而生气。果然，她为此十分感动。接着，我显然有意使她不快，便对她说：在和我妻子待在一起时，只要我表现出有某种欲望，就足以使她满足我的欲望。

"那好吧！"她无可奈何地说，"让我们叫人通知老师再回来就是了！"接着，她设法告诉我，她是如何讨厌这个老师。每天，她都不得不让这个令人讨厌的老头儿跟她做伴，这老头儿没完没了地让她反复练习，而这些练习丝毫没有用处，确实是丝毫没有用处。她记得，只有在老师生病时，她才能过上几天好日子。她甚至曾希望老师死掉，但是，她的运气却不好。

最后，她由于绝望，索性变得狂暴起来。她反复抱怨她运气不好，这就使她那怨天尤人的情绪变得更加强烈了：她是那么不幸，无可挽救地不幸。每逢她想起，她是怎样很快地爱上我，因为她觉得，从我的言行和眼神中透露出我会答应她过上不那么严峻、不那么迫不得已、不那么令人苦闷的生活的时候，她就忍不住哭起来。

这样，我立即了解了她哭泣的原因，这哭泣很令我厌烦。她哭得这么厉害，甚至使哭泣浸透了她那柔弱的机体，把她的机体弄得摇来晃去。我觉得自己似乎遭到一种直接而猛烈的袭击，这袭击是针对我的口袋和生活而来的。我向她问道：

"那么，你难道以为，我妻子在这个世界上是什么也不干的吗？我们俩现在在这里谈话，而她却呼吸着有毒的樟脑和萘丸的气味呢。"

卡尔拉抽泣着：

"她在收拾东西、家具、衣服嘛……她真幸福！"

我怒火中烧地想道：她是想要我跑去为她购买所有这些东西，目的只不过是给她找些她所喜欢的活儿干罢了。感谢上天，我不曾显露怒气，而且在责任感叫喊的声音威震之下，还变得服服帖帖了，它叫喊道："快来抚摸一下已经把身子给了你的姑娘吧！"我果然就抚摸了她。我把我的手轻轻地放在她的头发上抚摸着。这样一来，她的抽泣平静了下来，她泪如泉涌，抑制不住，犹如随暴风雨而来的倾盆大雨。

"你是我的初恋情人，"她又说道，"我希望你能继续爱我！"

她这样告诉我：我是她的第一个情人，并没有使我产生多大的感动，因为这样的说法是在为第二个情人准备位置。这样的说法来得迟了，因为这个话题已经被放弃足有半个小时之久。再说，这种说法也是一种新的威胁。一个女人竟然以为她对她的第一个情人享有一切权利。我柔声细语地在她耳边喃喃说道：

"你也是我第一个情人……自从我结婚以来。"

声音的温柔掩盖了要使比赛双方打成平局的企图。

过了一会儿，我离开了她，因为我绝不愿吃饭时迟到。离去之前，我从衣袋里拿出那个我称之为良好意愿的信封——之所以这样称呼它，是因为这个信封的产生是出于一种极为良好的意愿。我感到有必要支付这笔款子，以求自我感觉更自由些。卡尔拉又一次温柔地拒绝了这笔款子，这时，我果真怒气冲天，但是，我得以抑制住自己，没有发火，只是大声喊出几句甜言蜜语。我之所以叫喊，是为了不致打她，但是，谁也不会发现这一点。我说，我占有她，就算是已经达到我的情欲的顶点，现在，我想要感到自己是在进一步占有她，即把她完全养起来。因此，她应当注意，不要让我发火，因为我火气已经太大了。由于我想跑开，我便用简单几句话概括了我的想法，这想法来得十分突然，我是这样把它喊出来的：

"你不是我的情人吗？因此，我就该把你养起来。"

她吓了一跳，便不再抗拒了。她拿起了信封，并且焦虑地望着我，一边研究真实用意究竟是什么，研究我那憎恨的叫喊或缠绵的话语究竟用意何在，而我正是用这种叫喊和话语把她所渴望的东西赐予她的。当我在离去之前，用嘴唇轻轻地沾了一下她的前额的时候，她才有些放心。我到了楼梯上，又开始怀疑起来：我怀疑她有了这些钱，又听说我负责她的未来前途，可能会把科普勒也挡在门外，倘若科普勒在当天下午前来找她的话。我原想重新上楼，去劝她不要这样做，以免损坏我的名声。但是，时间已经来不及了，我不得不跑开。

我现在担心，大夫看到我这篇手稿，难免会想到：卡尔拉也是一个在心理分析方面令人感兴趣的人。他会觉得，在把教唱的老师赶走之前，她把身子献给了我，这似乎做得过快了些。我自己也觉得，她似乎期待我赐予她过多的东西，来作为对她的爱的奖励。为使我能更好地理解这可怜的姑娘，需要过好几个月，确实需要过好几个月。可能她让我占有她，是为了摆脱科普勒那令人感到不安的监护，而等她发现她以身相许是白费力气（因为我继续苛求她去干她最不想干的事，亦即歌唱）的时候，她想必会感到既痛苦又意外。她还待在我的怀抱里，而她却已经得知，她不得不继续歌唱。这样一来，她会感到愤怒和痛苦，甚而找不出什么恰当的话语来形容。我们就这样，出于不同的原因，彼此都说了一些极为奇怪的话。当她爱我的时候，她就恢复了由于盘算利害而丧失了的从容自然的态度。而我和她待在一起，是从来没有表现过从容自然的。

我一边跑开，一边仍然在想："她要是知道我是多么爱我的妻子，就一定会是另一种样子。"确实，当她知道了这一点的时候，果然就变成另一种样子。

在露天底下，我舒畅地呼吸着，并且不曾感到毁坏了她的名声的那种痛苦。到第二天为止，时间还是来得及的，也许，我会找到躲避那些威胁着我的困难的办法。我朝家中跑去，同时我甚至感到，自己有勇气与社会秩序做抗争，就仿佛是社会秩序犯下导致我过去的行为的罪过似的。我觉得，我本来应当是这样一种人：能使自己不时地做爱（但不是总是做爱），而同时又不必担心做爱的后果，甚至可以跟自己根本不爱的女人做爱。在我身上，没有悔恨的丝毫痕迹。因此，我现在认为，悔恨不是从惋惜已经做错了的恶劣行动中产生的，而是从如何看待自己心甘情愿地去犯罪中产生的。身体的上部俯下来观看并判断身体的下部，发现它竟是畸形的，由此感到震惊，这才叫作悔恨。在古代悲剧中，受害者也不会起死回生，然而，悔恨却已成过去。这就是说，畸形现象已经医治好了，这时，别人再哭泣也已经没有什么重要的了。在我身上，又哪里有悔恨的位置呢？既然我是抱着如此愉快、如此亲切的心情跑到我合法的妻子身边！很久以来，我没有感到自己是如此纯洁了。

吃饭时，我没有费吹灰之力，竟表现得十分快活，对奥古斯塔也十分亲热。那一天，我们之间没有任何不协调的情调。没有任何过火的行为：我像对待真正可靠的属我所有的女人应有的那样行事。有几次，我的亲热表现显得有些过分，但这只是在我的内心深处发生了两个女人之间的斗争的时候，而在亲热表现上显得过火，这使我更容易向奥古斯塔掩饰我内心的感受，即在我们中间，就眼下来说，另一个女人的影子显得相当强大。我现在甚至可以说：正是因为这样，奥古斯塔才更喜欢我，因为我并非完全、真正地属她所有。

我自己也对我的镇静感到奇怪，我以为，这是由于以下一点所致：我成功地让卡尔拉接受了那个装有良好意愿的信封。这并不是说，我认为通过这个信封，我就了却了与卡尔拉的孽债。而是我觉得，我开始为一种宽大态度付出代价。不幸的是，在我与卡尔拉保持关系的整个期间，金钱始终是我的主要考虑。每逢有机会，我便把钱存放到我书架上的一个非常隐蔽的地方，以便准备应付我的情妇提出的任何需要，而我又是如此害怕我的情妇。这样，当卡尔拉遗弃我，并把这笔钱给我留下来的时候，这笔钱就用来支付其他用项了。

当晚，我们不得不在我岳父家里度过，我们是去吃晚饭的，应邀参加的只有家庭成员，这次晚餐想必是取代了作为婚礼前奏的例行宴会，婚礼将在两天后举行。古伊多想利用乔瓦尼身体见好来结婚，不过，他认为，乔瓦尼不会持续很久了。

我和奥古斯塔一起，在下午很早就去我岳父家里。在路上，我向她提起，头一天，她还猜疑我会因为这次婚礼而难过。她对她的多疑感到很不好意思，而我则大谈我是无辜的。要是我回到家里时，不记得那天晚上竟然如此隆重地为这次婚礼做准备，那该多好！

虽然当晚没有其他宾客，只有我们这些家人，马尔芬蒂老夫妇却仍要求这次晚宴准备得十分隆重。奥古斯塔被请去帮忙布置饭厅和餐桌。阿尔贝塔根本不愿意管。前不久，她曾在一次独幕剧比赛中获奖，这时正积极地从事民族戏剧改革。这样，在这张餐桌周围，就剩下我和奥古斯塔，并有一个女佣和卢契亚诺协助，卢契亚诺是乔瓦尼办事处的一个小伙计，他在整理家务和整理办公室方面，表现得同样能干。

我帮忙把一些鲜花搬到餐桌上，并且把这些鲜花摆得井井有条。

"你瞧，"我对奥古斯塔开玩笑地说，"我也在为他们的幸福添砖加瓦呢。要是他们要求我为他们准备喜床，我也会心平气和地去干的！"

晚些时候，我们去找这时刚从一次正式访问回来的未婚夫妇。他们躲在客厅里最偏僻的角落，我现在猜想：在我们到来之前，他们准是在那里亲嘴呢。那位未来的新娘甚至没有脱掉她的行装，她十分漂亮，由于天气热，她满脸是这样红彤彤的。

我现在认为，当时这对未婚夫妇为了掩饰他们互相交换亲吻的一切痕迹，曾打算让我们以为，他们是在讨论什么科学。真是愚蠢透顶，也许甚至是有失礼貌！他们是想把我们排出他们亲热接触的范围之外，还是以为他们的亲吻会使某个人感到痛苦呢？但是，这并没有破坏我的好兴致。古伊多告诉我：阿达不相信他说的话，即说什么某些雌蜂会用一根蜂刺把其他一些比她们更强壮的昆虫刺得麻木不仁，为的是把这些被刺得动弹不得的昆虫保存起来，让这些昆虫总是那么活，那么新鲜，作为她们繁衍后代的食物。我当时认为，我是想起在自然界中确实有一些如此可怕的东西，不过，眼下我不想让古伊多感到得意：

"你相信我是不是一只向你刺来的雌蜂呢？"我向他笑道。

我们离开了这对未婚夫妇，为的是让他们去干更快活的事。但是，我开始觉得这下午简直太长了，我很想回到家里去，在我的书斋等待吃饭时间。

在前厅，我们见到保罗大夫正从我岳父的卧室出来。他是一位年轻的医生，但是，他已经争取到相当一批顾客。他的头发颜色浅得很，皮肤有红有白，像个小伙子。但是，他体格健壮，眼神颇有威严，这样一来，则使他整个外貌也变得更严肃而庄重了。一副眼镜使他的眼睛显得更大些，他的目光投在东西上，像是在轻轻抚摸着这些东西。如今，我对他和 S 大夫——即那个心理分析大夫——已经十分了解了，我觉得，S 大夫的眼睛是有意做出调查的样子，而保罗大夫的眼睛则是出于他那不知疲倦的好奇心，才显得像在调查什么。保罗把他的这位男顾客看得很准，但是，把这位男顾客的妻子以及她所坐的椅子也同样看得不差分毫。上帝才会知道这两个人里哪位才是他的更好的顾客！在我岳父患病期间，我经常去找保罗，为的是让他不要使家里人都知道，威胁这一家的那个灾难即将临头，而我现在记得，有一天，他把我看了半天，闹得我很不高兴，最后笑吟吟地对我说：

"可您是崇拜您的妻子的啊！"

他是一位很好的观察家，因为确实我当时是十分崇拜我妻子的，她为父亲的患病受了这么大的苦，而我却每天都在背叛她。

保罗大夫对我们说，乔瓦尼比头一天好些了。现在，他没有其他顾虑，因为季节还是很有利的，他认为，新婚夫妇完全可以放心去旅行。"当然，"他又谨慎地补充了一句，"除非发生不可预料的并发症。"他的诊断果然得到证实，因为后来确实发生了不可预料的并发症。

在告别时，他忽然想起，我们都认识一个叫科普勒的，因为他曾在当天被请到科普勒的床前会诊。他发现，科普勒得了肾瘫痪。他讲道，这种瘫痪是通过剧烈的牙痛预示出来的。谈到这里，他做了严重的诊断，但是，依照惯例，这诊断又被一种疑点冲淡了：

"只要他能看到明天的太阳，他的生命就可以延长下去。"

奥古斯塔出于同情，弄得眼泪汪汪，她请求我赶快跑去看望我们那位可怜的朋友。我犹豫了一下，随即满足了她的要求，并且是心甘情愿地这样做的，因为我的心灵突然间充满了卡尔拉的形象。我对那可怜的姑娘是多么心狠啊！瞧，在科普勒逝世之后，她会孤苦伶仃地待在那里，待在那楼道上，她绝不会毁坏我的声誉，因为她已经与我的世界断绝了一切联系。必须跑到她那里去，抹掉当天早上我的强硬态度想必给她留下的那个印象。

但是，为求谨慎起见，我首先去了科普勒那里。我毕竟得告诉奥古斯塔：我见到他了。

　　我早已见过科普勒在斯塔迪翁大街所住的那套简朴的却很舒适像样的房间。一个退休的老人把他的五间房让给他三间。接待我的正是这个老人，他是一个块头很大的男人，气喘吁吁，眼睛发红，他正沿着一条又短又黑的过道不安地走来走去。他告诉我，主治医生在看出科普勒已经生命垂危之后，刚走不久。老人低声说着，同时一直在喘着粗气，仿佛他害怕会打扰那垂死的人的安宁似的。我也放低了我的声音。这是一种尊敬的形式，正如我们男人所感觉的那样，而难以十分肯定的却是：那垂死的人是否更不喜欢在走完这最后一段生命之途时，有能令他想起生命的清脆而洪亮的声音来伴随他。

　　老人告诉我：有一位修女在照看那垂死的人。我毕恭毕敬地在房门前站了一会儿，正是在这个房间里，可怜的科普勒在节奏均匀地喘着临终的粗气，在打着他最后时间的节拍。他那粗声粗气的呼吸是由两种声音构成的：一种是游移的，似乎是他吸入的空气造成的；一种则是急促的，这声音像是出自他排出的空气。他是否急于死亡呢？继两种声音之后的是一个停顿，而我想道，当这个停顿延长下去的时候，那么新的生命也将开始了。

　　老人希望我进到房间里去，但是我却不愿意。以责备的表情盯着我看的垂危者实在太多了。

　　我没有等待这个停顿延长下去，便跑到卡尔拉那里。我敲了敲她书房的门，门锁住了，但没有人应声。我顿时不耐烦了，用脚踢门，这时，在我身后，那套间的房门打开了。卡尔拉母亲的声音在问：

　　"谁啊？"接着，那怯生生的老太婆探出身来，当她借着来自厨房的黄色光线看出是我的时候，我发现，她的脸泛起一片深深的红晕，而由于有她那洁白如雪的头发衬托着，这红晕也便显得格外鲜明。卡尔拉不在，她于是主动地去拿书房的钥匙，好在那个房间接待我，也许她认为，只有那个房间才配接待我吧。但是，我却对她说，不必麻烦了，我走进她的厨房，毫不谦让地坐到一把木椅上。炉灶上，一个锅底下，燃烧着一小堆炭火。我对她说，不要因为我而忽略烧晚饭。她叫我放心。她在煮芸豆，芸豆却老是煮得不太熟。看到这家准备的饭菜如此简单，我的心软了下来（况且，今后我要独自一人负担起这家的开销了），我压抑住怒火（因为我没有看到我的情妇在准备好等我，我感到怒不可遏）。

尽管我一再请这位夫人坐下来，她却依然站立着。我突如其来地告诉她，我是来带给卡尔拉小姐一个很不好的消息的：科普勒快死了。

老太婆的双臂猛地垂了下来，她立即感到需要坐下来了。

"我的上帝哟！"她喃喃地说，"现在我们该怎么办呢？"

接着，她想起，科普勒的境况要比她的境况还要糟糕，于是就又表示了一下同情：

"可怜的先生！他人是这么好！"

这时，她已经是满脸泪痕。显然，她不知道，倘若这可怜的男人不及时死去，他就会被撵出这家的门外。这一点也使我放下心来。我是受到多么周到的对待啊！

我想安慰她，便对她说：直到现在科普勒为她们所做的事，将由我继续做下去。她抗议说，她并不是为自己而啼哭，因为她知道，她们周围有那么多好人，她是为她们的大恩人的命运而啼哭的。

她想知道科普勒死于什么病。我告诉她，这灾难怎样早就预示出来了，我提及以前我跟科普勒的那次有关痛苦究竟有无用处的讨论。也就是说，他的牙神经捣起乱来，要求救命，因为距牙神经有一米远的地方，肾脏已经停止运作了。我对我朋友所遭的噩运是那么漠不关心，况且我刚才还听到他那临终的喘息，以致我仍在继续跟他的那些想法做游戏。如果他还能听到我说话的话，那么，我就会对他说，这样，我们就明白何以在一个想象病患者身上，神经可以理所当然地因为某种距离达几公里之遥的病症的发作，而疼痛起来。

老太婆和我之间，实在没有多少话好谈，于是我同意到卡尔拉的书房里去等她。我拿起加西亚那本书，试图看上几页。但是，歌唱艺术却并不怎么令我感兴趣。

老太婆又来找我了。她因为我不见卡尔拉到来而感到很不安，她告诉我，卡尔拉去买她们急需的盘碟了。

我的耐性恰恰眼看就要耗尽。我愤愤地向她问道：

"你们打碎了碟子了吗？你们难道就不能更当心一些？"

这样，我就摆脱了那老太婆，她边走开，边嘟哝着：

"只打碎了两个……是我打碎的……"

这使我哈哈大笑了一阵，因为我知道，毁坏的正是这家所有的全部碟子，而且不是老太婆打碎的，恰恰是卡尔拉打碎的。后来，我得知：卡尔拉对待她母亲一点也不温和，因此，她母亲非常害怕跟女儿的保护人谈过多有关女儿的事。似乎有一次，她母亲天真地告诉科普勒：卡尔拉很讨厌上练唱课。科普勒跟卡尔拉发了一通脾气，而卡尔拉呢，又跟母亲干了一场。

正因如此，当我的这位甜美的情妇终于来到我的身边的时候，我狂暴而愤怒地爱了她。她陶醉了，结结巴巴地说：

"我曾怀疑过你的爱呢！我一整天都想自杀，因为我竟把自己给了一个随即对我这么不好的男人！"

我向她解释说，我经常头疼得厉害，而当我重又处于如不勇敢地坚持下去，就又会跑回到奥古斯塔身边的状态的时候，我就重新谈起头疼，并且得以控制住我自己。于是，我渐渐恢复我的本色。这时，我们一起——确实是一起！——为可怜的科普勒而啼哭起来。

况且，卡尔拉对于她恩人的悲惨下场并非无动于衷。谈到这位恩人，她脸上甚至没有了血色：

"我知道我是怎么一个人！"她说道，"我会在很长的时间内害怕孤苦无依的。他活着的时候，就已经叫我这么害怕了！"

她第一次不好意思地建议我留在她身边，跟她一起过夜。我对此却连想都不曾想过，我甚至不会把我在这个房间的停留延长半个钟头。但是，我仍一直留神，不向这可怜的姑娘透露我的心境，而我自己则是首先为这种心境而感到痛苦的。我表示不同意，并向她说：这件事是办不到的，因为在这家里，还有她母亲。她摆出满不在乎的轻视模样，撇了撇嘴唇：

"那我们就把床搬到这里来，妈妈不会冒失地偷看我的。"

于是，我告诉她，家里还等着我参加喜宴呢，但是，我随后又感到需要对她说：我绝不可能跟她一起过夜。由于我刚才表示过一片好心，我终于能控制住我的每个声调，因此，这声调始终是亲热的，但是，我觉得，不论我做出或者只是让她希望我做出任何其他让步，都将等于是对奥古斯塔的新的背叛，而我是不愿意这样做的。

此刻，我才感觉到什么是我同卡尔拉的最紧密的联系，那就是我要与她亲热的意图，其次则是我所说的有关我同奥古斯塔关系的谎言必须随时间的流逝，慢慢地，慢慢地把这些谎言加以削弱乃至抹杀。因此，就在当晚，我开始做这项工作，当然，我是抱着应有的谨慎态度这样做的，因为这样做毕竟会使我过分容易地想起我的谎言所获得的结果。我告诉她：我强烈地感到我对我妻子所负有的义务，我妻子是一个非常值得敬重的女人，因此，她当然是值得我更好地加以爱恋的，我也永远不愿让她知道，我背叛了她。

卡尔拉把我拥抱起来：

"正因为这样，我才爱你：你善良、温柔，正像我第一次见到你就感到的那样。我绝不会企图伤害那个可怜的女人。"

听到她说奥古斯塔是可怜的女人，我感到很不高兴，但是，我感激可怜的卡尔拉，她竟是这样温和敦厚。她能不恨我妻子，这是件好事。我想表示我对她的感激，我四下环视了一下，想要寻找什么表示亲爱的征象。我终于找到了它。我也要送给她一个洗衣房，那就是允许她不再聘请那位教唱老师。

卡尔拉做了一个冲动的亲热动作，这使我颇为厌恶，但我还是勇敢地承受下来了。接着，她告诉我，她绝不会放弃歌唱的，她整天都在唱，但是按照她自己的方式唱。她甚至想让我马上听她唱一首她的歌。但是，我不愿意听，并且非常无礼地跑掉了。因此，我现在认为，当天晚上，她可能又想自杀，但是，我却从来不曾让她有工夫对我说出这一点。

我又回到科普勒那里，因为我得把这个病人的最新消息带给奥古斯塔，以便让她相信，这几个钟头我是跟科普勒一起度过的。科普勒大约已经死了两个钟头，他是在我走后不久咽气的。那个退休老人还在继续用步履丈量着小过道呢。在他的陪伴下，我走到停尸间。尸体已经穿好衣服，躺在床铺的光秃秃的床垫上。他手里拿着十字架。退休老人低声告诉我：一切手续都已经办完，死者的一个侄儿将前来陪灵过夜。

这样，我本可以走掉，因为我知道，人们已经把我这可怜的朋友所需要的不多的一切，全都给了他，但是，我却还是待了几分钟，看了看他。要是我感到从我的眼睛里能为这可怜的人流出一滴真挚的同情之泪，那我会感到高兴的，因为这个人曾与病魔做了这么多的斗争，甚至试图与病魔达成一项协议。"真叫人痛心啊！"我说。有这么多的药品能治疗这个病，但这个病仍然突如其来地把他杀死了，看来像是个嘲弄。但是，我却流不出眼泪来。科普勒那憔悴的面孔，从未显得像在僵死时那样强硬。它像是由凿子在彩色大理石上雕刻出来的，谁也不会预见到它即将趋于腐烂。这面孔实际上表现的是一种真正的生命：也许，它在轻蔑地表示不赞成我的做法，因为我是个想象病患者，或许它也不赞成卡尔拉，因为卡尔拉不愿意唱歌。我吓得一惊，因为我觉得，那死人似乎又开始喘起粗气来。当我发现，我觉得是死人喘粗气的声音原来是发自那退休老人因激动而加剧的气喘的时候，我便立即恢复了我作为评论者的镇静。

接着，退休老人把我送到门口，他请求我说，如果我认识某个需要找一个像他那样的房主的人，那么就推荐他。

"您瞧，甚至在这种情况下，我也会尽到我的责任的，甚至会做得更多，多得多！"

他第一次抬高了嗓门，表现出一种愠怒情绪，这无疑是针对可怜的科普勒而来的，因为科普勒不曾像应有的那样事先通知，就把空套房留给了他。

在我岳父家，我发现：大家这时已经入座准备吃饭了。他们问起我科普勒的消息，我呢，为了不致破坏在座的人的兴致，便说道：科普勒还活着，因此，还有一线希望。

但在我看来，这次晚宴的气氛却似乎十分忧郁。也许，我之所以形成这种印象，是因为看到我岳父只能喝一点菜汤和一杯牛奶，而在他周围，众人则享受着美食佳肴。他的空闲时间太多了，于是便用来望着别人大吃大喝。他看到佛兰契斯科先生正在对着冷盘狼吞虎咽，便喃喃说道：

"想想看，他比我还大两岁呢！"

接着，当佛兰契斯科喝到第三杯白葡萄酒的时候，我岳父又低声嘟哝着说：

"这是第三杯了！但愿他把胆汁也吐出来！"

这祝愿并不会打扰我用餐。即使在这饭桌上，我没有怎么吃，也没有怎么喝，即使我不知道，在我喝葡萄酒时，同样也可以祝愿我发生这样的变化。因此，我也便偷偷地吃喝起来。我利用我岳父把他那肥大的鼻子埋进牛奶杯里，或是回答别人向他说的一些话的这些时刻，大口大口地吞食饭菜，或是畅饮大杯大杯的葡萄酒。阿尔贝塔只是出于想让大家哄堂大笑的愿望，告诉奥古斯塔：我喝得太多了。我妻子开玩笑地用食指指点着威胁我。这并没有什么不好，但不好的却是：这样一来，我就再犯不上偷偷地吃了。乔瓦尼直到此时，几乎一直不曾记起我在场，此刻则从眼镜上方，用恶狠狠的眼光看了看我。他说道：

"我从不饮食过量。凡饮食过量的人，都不是真正的男人，而是一个……"他还把最后一个词儿反复说了好几遍，这最后一个词儿当然不是什么恭维夸奖。

正是饮酒的缘故，这个引起众人哄堂大笑的令人难堪的词儿，使我的心灵中产生了一种确乎丧失理智的报复思想。我从我岳父的最弱方面——亦即他的病——向他发动进攻。我叫喊道："不是真正男人的人，并不是饮食过量的人，而是俯首帖耳地按医生开的药方服药的人。我要是他，我就会是另一种样子，就会闹独立。在我女儿的喜宴上，除非是出于亲人之情，我也绝不会允许别人阻止我吃饭喝酒。"

乔瓦尼愤怒地反唇相讥道：

"我倒想看看你成为我这副样子呢！

"你看到我目前这副样子难道还不够吗？也许我还会让自己吸烟吧？"

这是第一次，我竟然吹嘘起我的弱点来了，说罢，我立即点燃起一支香烟，以便说明：我说得出，做得到。大家都笑了起来，并且告诉佛兰契斯科先生：我一生充满了最后的一支香烟。但是，这支烟却不是最后的一支，我感到自己很强大，很有战斗力。但是，当我给乔瓦尼的大水杯里斟上葡萄酒的时候，我却马上失掉众人的支持。他们害怕乔瓦尼会喝下去，都叫嚷起来，不让他这样做，这时，马尔芬蒂夫人一手抢过那个杯子，并且把杯子拿开。

"你难道真想杀死我吗？"乔瓦尼惊讶地望着我，柔顺地问道，"你的酒很糟呢！"他没有做出任何手势，想要利用我献给他的那杯葡萄酒。

当时，我感到自己实在是万分颓丧，我感到自己被打败了。我几乎要扑到岳父的脚下，求他原谅。但这个想法我觉得也是受饮酒启示的，于是，我拒绝了这个想法。祈求原谅就会证明我承认自己是有过错的，而晚宴仍在继续，并且会持续很长时间，足以向我提供机会，使我能补救一下这开得很不成功的第一个玩笑。在这个世界上，干什么都是来得及的，并非所有醉鬼都是饮酒所做任何启示的直接对象。当我饮酒过量的时候，我对我的企图进行分析，这就如同我在清醒时做有关分析一样，并且可能会取得同样的结果。我继续观察我自己，目的正在于要理解我怎么会产生这种伤害我岳父的坏念头的。我发现我很累，累得要死。倘若大家都知道我是怎样度过这一天的，他们就会原谅我。我曾一连两次占有了一个女人，又粗暴地把她抛开了，同样，我也两次回到我妻子身边，并且又两次背叛她。幸而这时，在我的记忆中，凑巧出现了那具我为之欲哭无泪的尸体，于是，想到那两个女人的念头也便消失了，否则，我最后定会谈起卡尔拉来的。即使在饮酒的影响下，我不曾变得更加宽宏大量，我不是也并不总是想要不打自招吗？我最终谈到了科普勒。我希望大家能知道，这一天，我丧失了我的好朋友。他们定会原谅我的态度的。

我叫喊道，科普勒已经死了，真的死了，直到此时，我一直闭口不谈这一点，是因为我不想叫他们难过。看吧！看吧！我终于感到自己泪如泉涌，我不得不把视线移到别处，以求掩饰这些泪水。

大家都笑了，因为他们不相信我的话，于是我变得固执起来，而这正是饮酒的最明显特点。我把那死人描述了一番：

"他像是由米开朗基罗从一块最不易风化的石块上雕刻出来的，那么僵硬。"

大家顿时沉寂下来，最后由古伊多打破这沉寂，他慨叹道：

"现在，你不再感到必须不让我们难过了吧？"

这话说得有理。我竟然违背了我所提及的意图！难道就没有办法补救了？我开始哈哈大笑起来：

"我正是骗了你们呢！他活着，而且身体也好些了。"

大家都望着我，想弄清究竟是怎么回事。

"他是好些了，"我又严肃地说了一句，"他认出我来，甚至还向我微笑呢。"

大家都信以为真，但是，普遍感到十分愤慨。乔瓦尼扬言：要是他不怕用力气会使他感到疼痛的话，他会把一个盘子扔到我头上的。的确，我竟无中生有地制造这么一条消息，把欢庆的日子扰乱，这是不可饶恕的。要是消息是真实的，也就没有什么过错可言。我最好再把真相说出来，难道这样做不好吗？科普勒确实死了，只要我是独自一人，我就会发现自己的泪珠在滚滚而下，哭悼亡人，那么自然，那么泪流满面。我想找几句话说，但是，马尔芬蒂夫人以她那贵妇人的严肃姿态，打断了我的话：

"现在别再谈那个可怜的病人了。明天再说吧！"

我马上听从了，甚至还想彻底摆脱那个死人："永别了！等着我吧！我过一会儿就回到你那里去！

最后祝酒的时间到了。经医生许可，乔瓦尼可以在这个时候吸啜一杯香槟。他严肃地监视着别人给他斟酒，只要杯子不满，他就拒绝把杯子放到嘴边。在向阿达和古伊多表示了严肃而朴实的祝愿之后，他慢慢地喝掉这杯酒，直到最后一滴。他一边斜着眼睛看我，一边说：他最后一口酒正是为我的健康而喝下去的。我知道，他这个祝愿不会是好的祝愿，为了抵消这个祝愿，我用两只手在桌布下面，翘起了食指和小拇指 ①。

晚会上发生的其余事情，我就记得有些模糊了。我现在知道，在奥古斯塔的倡议下，过后不久，大家在饭桌上说了我不少好话，把我说成是模范丈夫。我所做的一切都得到原谅，甚至我岳父也变得和蔼可亲了。但是，他又说道，他希望阿达的丈夫能像我一样好，不过，同时也能成为一个更能干的商人，特别是要成为一个……他在找词儿呢。他没有找到这个词儿，我们周围的人也没有一个要求说出这个词儿。佛兰契斯科先生也没有这样做，因为他是这天早上才第一次见到我的，所以他对我了解得很少。就我本人而言，我并不生气。我感到自己有这么大的过错需要补救，正是这种感觉使我的心情变得缓和多了！只要一切无礼的言行都能带有亲人之情，我就会以愉快的心情接受这些言行。我的头脑由于疲乏和饮酒，变得一片朦胧，但却完全清醒，正是在这样的头脑中，我回味着我作为好丈夫的形象，即使我有通奸之嫌，这个形象也仍并不减色。必须成为好、非常好的丈夫，其余一切都无关紧要。我用手向奥古斯塔做了一个飞吻，她用感激的微笑接受了我的飞吻。

接着，饭桌上有人想利用我的酒醉来开玩笑，我于是被迫说了一段祝酒词。我之所以最后接受这个提议，是因为此刻我觉得，能这样在大庭广众面前陈述我的善良心愿，那会是一件有决定意义的事。我倒不是在此刻对自己产生怀疑，因为我感到我自己就像我所描述的那样，而是我只要在那么多人的面前认定某个心愿，我就会变得更为出色，因为这些人在某种程度上都会证实

---

① 按意大利习惯，这是嘲笑、咒骂对方的意思。

这个心愿的。

这样，我在祝酒词中，就只谈到我和奥古斯塔。在那些天里，我是第二次讲述了我结婚的经过。我在向卡尔拉讲述这个经过时，曾做了一些伪装，即缄口不谈我对我妻子的爱恋。在这里，我则又做了另一种伪装，因为我没有谈到在我结婚的经过中起着如此重要的作用的两个人，即阿达和阿尔贝塔。我讲到我无法使自己摆脱的那种犹豫心情，因为这种心情曾使我丧失了这么多的幸福时光。接着，我又故意说什么奥古斯塔也有过犹豫的表现。但是，她却哈哈大笑，否认了这一点。

我想依照谈话的思路讲下去，但却有些困难。我讲到我们最后如何进行结婚旅行，又如何在意大利所有的博物馆内做爱。我是那么信口开河，胡说八道，甚至我还编造了一个毫无任何目的的虚构细节。再说，人们也常说酒中存真理嘛。

奥古斯塔第二次打断了我的话，以求澄清所有那些事情，她说正是我的缘故，那些杰出作品有讨我嫌恶的危险，所以她才避免参观那些博物馆。她竟没有发现，这样一来，她透露的并不只是这个细节的胡编乱造！倘若在这个饭桌上真有什么观察家的话，他一定会很快地就发现：我硬说我们在一个根本无法进行谈情说爱的地方做爱，这种爱究竟是指什么性质的爱。

我继续把那冗长而无味的谈话讲下去，讲到我们如何回到我们的家，如何两人一起布置我们的家，做这个，做那个，甚至还盖了一所洗衣房。

奥古斯塔一直在笑着，她又打断了我的话：

"这可不是为我们举行的宴会，是为阿达和古伊多举行的啊！谈谈他们吧！"

大家七嘴八舌地表示同意。我也笑了，因为我发现：由于我的功劳，大家已经真正热热闹闹地快活起来了，这种气氛在这种场合中是理应如此的，但是，我却再也找不到任何话来说了。我觉得，自己像是讲了好几个钟头。我一杯接一杯，又喝了好几杯酒：

"这杯是为阿达！"我把身子竖直了一会儿，为的是看看她是否在桌布底下竖起食指和小拇指。

"这杯是为古伊多！"我一口把酒喝掉，又说：

"我全心全意地祝贺你！"但我却忘记：在喝第一杯时，我并未加上这句话。

"这杯是为你们的大儿子！"

要是别人最后不阻止我的话，我本来会为他们的子女再喝上好几杯的。为这些可怜的无辜者，我会把这饭桌上的全部葡萄酒都一饮而尽。

接着，一切变得更加阴暗了。我现在只清楚地记得一件事：我当时主要关心的是不让自己显出是喝醉了。我挺直了身子，很少说话。我对自己也猜疑起来，我感到需要在说话之前分析每一句话。当众人在讲话的时候，我不得不放弃插上一嘴，因为这样，我就会没有时间去澄清我那混沌的思维了。我想开口说话，于是我对我岳父说：

"你听说 Extérieur① 下跌了两个百分点吗？"

我说的这件事跟我毫不相干，我是在交易所听到别人说的。我只是想谈谈生意问题，因为这是一件严肃的事，这种事是一个

---

① 法文，这里指对外贸易指数。

醉鬼通常记不得的。但是，看来这件事对我岳父来说，却似乎不是什么可以等闲视之的事，他骂我是带来新的灾祸的扫帚星。有他在，我是交不上好运的。

于是，我只好跟我的邻座即阿尔贝塔谈话。我们谈的是恋爱问题。她感兴趣的是理论，而令我感兴趣的眼下也根本不是什么实践。因此，谈谈这个问题还是不错的。她问我的看法如何，我立即发现我有一个看法，它似乎从我当天的经验中得到了明显的证明。一个女人是这么一件东西：她的价格比交易所的任何有价证券都变化得厉害得多。阿尔贝塔曲解了我的意思，她以为我想说的是众所周知的事，也就是说，一个达到一定年龄的女人的价值是别的女人所完全不具备的。我进一步说明我的意思：一个女人在早上某个时间可能有很高的价值，到了中午，就什么价值都没有了。到了下午，其价值会比早上增加一倍，最后到了晚上，其价值则干脆变成负价值了。我解释了什么叫作负价值：当一个男人盘算着要准备给一个女人多少钱，以求把她赶到离他很远、很远的地方去的时候，这个女人的价值就是这种负价值。

然而，这位可怜的女剧作家却并不认为我的发现是正确的，而我想起当天卡尔拉和奥古斯塔发生的价值上的变动，则确信我的发现是对的。当我想进一步解释我的意思的时候，葡萄酒又在起作用了，我完全离开了话题。

"你瞧啊，"我对她说，"假设你现在的价值是 X，而且你允许我用我的脚踩一踩你的那只小脚，这时，你就会立即增值，至少再增加一个 X。"

我在说这几句话的同时，马上就做了一个动作。

她的脸羞得通红通红的，赶紧把脚缩了回去，她想做出说俏皮话的样子，便说道：

"可这是实践，不再是理论了。我要告诉奥古斯塔了。"

我现在应当承认：我当时也觉出，这小脚根本不是什么枯燥的理论，但是，我却还在抗议，以天下最清白的神情叫喊道：

"这也是纯理论，再纯粹不过的理论，你竟然觉得并非如此，那是很糟糕的。"

酒力的想象作用竟然变成确凿的事实。

在很长一段时间内，我和阿尔贝塔都不曾忘记，我触到过她的身体的一部分，并且告诉她：我这样做是为了借此享受一番。言语突出表现了行动，行动也突出表现了言语。直到她结婚之前，她一直总是对我笑脸相迎，同时脸上还泛着红晕，然而这红晕也带着一些愤怒。女人就是这样。每天的到来总会使她们对过去做一番新的解释。她们的生活想必是不那么单调的。不过，在我这方面，对我的上述举动的解释却总是老样子：这是在偷窃有着香浓味道的小东西。如果在某个时候，我竟力图使对方想起这个举动，而随后又相反要对方把这一点忘得一干二净，我为此甚至不惜付出某种代价，那么，这就该怪阿尔贝塔了。

我记得，在离开他们家之前，还发生了另一件事情，这件事情要更严重得多。我一度和阿达待在一起。乔瓦尼上床睡觉已经有些时候了，其他人都向佛兰契斯科先生道了别，佛兰契斯科先生则在古伊多陪同下去旅馆。我把阿达看了良久，她穿了一身全部扎花的服饰，肩膀和双臂裸露着。我半天沉默不语，尽管我感到需要向她说些什么，但是，在把她做了一番分析之后，我把来到嘴边的任何话语都取消掉了。我现在记得，当时我还分析我向她说如下的一番话是否得当："我多么高兴见到你终于结婚了，终于嫁给我的好朋友古伊多了啊！现在，我们之间一切都算完结了。"我本想说一句谎话，因为大家都知道，多少月以来，我们之间一切都已经完结了，但是，我却觉得，如果说出这样的谎话，那就会是一种再美好不过的恭维，而且可以肯定，一个这样穿着的女人，是要求别人这样恭维她的，并且会由此感到满意。但是，经过一番长时间的思考，我根本没有这样做，我取消这些话，是因为浮游在酒海之中，我居然找到了一块救命的木板。我想到，倘若为了讨好阿达而牺牲奥古斯塔的感情，那我就做错了，因为阿达本来就不爱我。但是，我一时还是被怀疑的情绪所困扰，这情绪使我的脑海变得模模糊糊；接着，我抱着这种怀疑的情绪，努力摆脱掉上面那番话，竟然朝阿达看了一眼，这时，她猛地站起身来，走出去了，出去之前，还转过身来，惊恐地察看了我一下，也许她是准备好一溜烟跑掉。

也正是这一眼也许比一句话更能使人记起许多事情，它比一句话更重要，因为在整部字典中，还没有一个词儿能赤裸裸地揭露一个女人。我现在才知道，我这一眼把我原来设想的那些话做了伪装，同时把那些话加以简化了。这一眼在阿达的眼中，是设法要钻进她的衣衫，甚而钻进她的皮肤。它当然有这样的含义："你现在是否愿意来和我上床睡觉？"饮酒真是个大危险，特别是因为它不能显示真理。甚至它所显示的完全不是什么真理：它所揭示的是个人的一些东西，尤其是个人的业已成为过去的、被遗忘的历史，而不是个人的当前意愿；它随意暴露了个人在多少属于最近时期曾有过的一切肮脏的思想，尽管这些思想已经被他忘掉了；它忽略了那些被抹掉的痕迹，依然看到一切仍可从我们的心目中察觉的东西。我们知道，无法彻底抹掉心目中的任何东西，这正像对待那个在票据上画错了的圆圈一样。我们的全部历史都是可以看到的，而饮酒无非是把这历史喊叫出来罢了，同时又忽略了生活后来为它加上的那些东西。

为了回家，奥古斯塔和我搭乘了一辆马车。在黑暗中，我觉得，我似乎有责任亲吻和拥抱我的妻子。因为在这种场合，我有许多次都是这样做的，我担心，要是我不这样做，她就可能会以为在我们中间发生了什么变化。在我们中间，什么都不曾改变：饮酒甚至把这一点也喊叫出来了！她嫁给了泽诺·科西尼，而泽诺·科西尼是毫无改变的，他就在她的身边。那一天，我曾占有过其他一些女人，这又有什么要紧呢？由于饮酒使我变得更加快活，这就使我占有的女人的数量也增加了，其中我也说不上是有阿达呢，还是有阿尔贝塔。

我现在记得，在我入睡时，我一时间重又看到躺在死人床上的科普勒的大理石般的脸。他似乎在要求公正对待，也就是说，要求得到我曾向他许诺流下的那些泪水。但是，即使到这时，他还是得不到这些泪水，因为睡神拥抱了我，让我失去知觉。但是，在这之前，我曾请求那鬼魂原谅："再等一等吧。我马上就到你那里去！"我再也没有同他在一起，因为我连他的葬礼也没有参加。我们在家里有这么多事情要做，我呢，在外面要做的事情也不少，以致根本没有时间管他。有时，我们也谈到他，但却是为了哈哈一笑，因为我们提到，我饮的葡萄酒曾多次把他杀掉，又多次让他复活。他甚至一直成为家里无人不知的一个人物，当报纸像经常发生的那样，宣布某个人死了，随后又为之辟谣的时候，我们就说："正像可怜的科普勒一样。"

次日早晨，我起床时感到头有点痛。我腰部的疼痛也有点折磨着我，这可能是因为：只要酒的效应一直持续下去，我就一点也感觉不到疼痛，也立即丧失疼痛的习惯了。但是在内心深处，我却并不感到忧愁。奥古斯塔也尽力使我保持开朗的心情，她对我说：要是我不去参加喜宴，那会是很糟糕的，因为在我到来之前，她觉得像是参加什么丧宴。因此，我无须后悔我的做法。接着，我感到：只有一件事是使我不能得到原谅的，即看阿达的那一眼！

当下午我们重又见面的时候，阿达带着焦虑的神色把手伸给我，这焦虑也增加了我的焦虑。但是，也许是她一溜烟跑掉使她感到良心不安，因为她这一跑是非常失礼的。不过，我这一眼也是个非常丢人的举动。我清楚地记得我眼神的变动，我明白我的眼神是不会忘记被它刺穿的那个人的，必须用一种仔细装出的兄弟般的亲切态度来加以补救。

有人说，当一个人因为饮酒过量而感到难受的时候，最好的治疗方法莫过于再饮一些。那天早上，我去卡尔拉家里清醒头脑。我去她那里，正是抱着想生活得更加紧张一些的愿望（也正是这种愿望使人狂喝滥饮），但是，在我走向她时，我却希望她能使我生活得比头一天还要紧张些。伴随着我的意图并不是很明确的，但又都是十分诚恳的。我知道我不能马上抛弃她，但是，我又只能一点一点地采取如此符合道德的行动。在这期间，我会不断地跟她谈到我的妻子。这样，总有一天，她会毫不感到意外地得知，我是多么热爱我的妻子。我的上衣里又带着另一个装了钱的信封，为的正是准备好应付一切可能发生的事。

我到了卡尔拉的家，一刻钟过后，她说了一句话，用来责备我，这句话是如此正确，竟然长久地萦绕在我的耳际："你在做爱时怎么这么粗野！"我现在也意识不到，当时我怎么会如此粗野。我开始跟她谈起我的妻子，用来赞颂奥古斯塔的那些话，送到卡尔拉的耳际，则犹如对她进行责备一般。

接着，该是卡尔拉伤害我了。为了消磨时间，我告诉她：我如何讨厌参加这个宴会，特别是由于我说了一句祝酒词，而且这句祝酒词还是很不成体统的。卡尔拉反唇相讥道：

"要是你爱你的妻子，就不会在她父亲的饭桌上说错祝酒词了。"

她甚至还给了我一个吻，为的是酬劳我对我妻子的那一丁点的爱。

这时，要使我的生活变得紧张起来的那种愿望（正是这种愿望把我从卡尔拉身边拉开），将会使我又立即回到奥古斯塔那里去，因为她是唯一能让我跟她谈起我对她的爱的人。作为治疗方法而饮下的葡萄酒，已经过多了，或者则是我如今想饮的是另一种葡萄酒。但是，那一天，我同卡尔拉的关系本应变得和谐一些，最后则以产生同情心而告终，正如我后来得知的那样，这个可怜的女子是值得别人同情的。她曾多次主动要给我唱一首小曲，因为她想得到我的评价。但是，我却根本不想听歌，那歌曲是否纯真，对我已经不再要紧了。我对她说，既然她拒绝学歌，那就犯不上再唱。

我这样说实在是严重的伤害，她为此感到很难过。她坐在我身边，为了不让我看到她的眼泪，她一动不动地看着交叉放在小腹部的双手。她又重复她的指责：

"你怎么能这样粗暴地对待我，就像对待一个你不爱的人那样！"

既然我是个好心肠的家伙，我就被那泪水软化了，我请求卡
尔拉唱上一曲，任凭她那小环境中的大嗓门把我的耳朵震破。这
时，她却又推脱起来，而我甚至不得不以一走了之相威胁，如果
她不满足我的要求的话。我现在应当承认，我当时似乎一度觉得，
我已经找到了至少能使我暂时重新获得我的自由的借口，但是，
在我的威胁下，我那卑顺的女佣竟然垂着眼帘，坐到钢琴前去了。
接着，她为了集中精神，待了短暂的片刻，又用手擦了擦脸，几
乎像是要驱走上面的一切云雾。她恢复得那么迅速，简直令我吃
惊，她的脸在手拿开后又露了出来，竟然一点也没有显出刚才的
痛苦。

我立即感到莫大的意外，卡尔拉是在陈述着她的小曲，在讲
解着她的小曲，而不是在放声叫喊。正像后来她对我说的那样，
过去那种叫喊是她的老师迫使她做的，如今，她把叫喊连同老师
一起都辞退了。这首小曲是的里雅斯特的民歌：

Fazzo l'amor xe vero
Cossa ghe xe de mal
Volè che a sedes'ani
Stio là come un cocal[①]

这首小曲是一种故事似的小曲，或者则是一种自供状。卡尔
拉的眼睛闪着狡黠的光辉，甚至比言辞更能吐露衷肠。不必担心
会把耳膜震破，于是我走近她的身边，既惊奇又着迷。我坐到她

① 小曲是用的里雅斯特方言唱的，大意是："我真心诚意地爱你，这有什么不
好，你难道希望我在16岁时，像苦蝉似的待在那里。"

身旁，这时，她正在为我讲述着那小曲，她半闭着眼睛，以最轻微最纯正的音调向我倾诉，告诉我：她那十六岁年华是如此渴望得到自由和爱情。

第一次我确切地看清卡尔拉的娇小面庞：一张再纯净不过的鹅蛋形的脸蛋，配上深陷的弯弯双目和微微隆起的颧骨，皮肤雪白（这使那脸蛋显得格外纯净）。这时，她正把她的脸转向我，转向光线，因此，她的脸没有被任何阴影所遮盖。那皮肉似乎是透明的，它是那么周密地把血液和血管掩盖起来，而血管也许是太细了，以致根本显示不出来。正是在这样的皮肉上画出的那些柔和的线条，在要求人们给以抚爱和保护。

这时，我是准备好给她以抚爱和保护了，而且是无条件地这样做，甚至在我感到如此需要回到奥古斯塔身边的时刻，也同样如此。我之所以要回到奥古斯塔身边，是因为：她在这样一个时刻，只要求我能在不背叛她的条件下，给她一些父爱之情。多么容易满足她啊！但我却仍然待在那里，跟卡尔拉在一起，我把她那娇小的面庞所要求的东西给予了她，而同时我又不曾远离奥古斯塔！我对卡尔拉的疼爱加深了。从那时起，当我感到必须做到诚实和纯正的时候，就不必再把她抛弃掉了，而是可以继续和她待在一起，改变一下话题。

这种新的温馨之情是由于她那鹅蛋形的脸蛋（我只是在这时才发现她有这样的脸蛋）造成的呢，还是由于她那音乐才能造成的？无可否认，是那才能！那首奇怪的的里雅斯特小曲是以这样一段词收尾的：在这段词中，那位年轻女子宣称她已经人老珠黄，除了死去，已经不再需要其他自由了。卡尔拉在唱这凄凉的一段时，却继续加强那狡黠和欢快的语调。然而，这是伪装衰老的青春之音，其目的正在于能更好地从这个角度来申诉她的权利。

当她唱完了，见我也沉浸在无限欣赏之中的时候，她也是第一次，除了爱我之外，真正对我有了爱慕之情。她知道，我似乎喜欢这首小曲，甚于她的老师教她唱的那首歌：

"遗憾的是，"她愁容满面地加了一句，"要是不想到 cafés chantants① 里去，就无法靠唱歌挣到必要的钱来生活。"

我很容易地说服了她，让她相信：事情并非如此。在这个世界上，曾有许多艺术家是靠说话，而不是靠歌唱生活的。

她让我告诉她一些姓名。她听说她的艺术可能会有很大发展，非常高兴。

"我知道，"她又天真地说，"这首歌要比另一首歌难唱得多，因为唱另一首歌，只消拼命地喊就够了。"

我淡然一笑，没有争辩。她的艺术当然也是很难掌握的，她知道这一点，因为这是她所了解的唯一的艺术。为了唱这首小曲，她曾花费很长的时间来学唱。她曾反复练了又练，纠正每个词、每个音节的声调。如今，她又在学唱另一首，但她只有再过几个星期之后才能学会。在这之前，她不想让人听她演唱这首曲子。

接着，我们在这个房间里又过了一些甜美舒畅的时刻，而以前，这里却只发生一些粗暴无礼的情景，这样，卡尔拉就为自己找到了一条发展前途，也正是这条发展前途将使我得以摆脱她。这条发展前途又多么像科普勒为她设想的发展前途啊！我建议给她找个老师。起初，她听了这句话吓得要命，但是随后她就很容易被我说服了，因为我对她说，可以试试看，她随时可以解雇他，

———————
① 法文，指有供人欣赏歌唱表演的咖啡馆。

只要她觉得这老师令人讨厌，或用处不大。

那一天，我跟奥古斯塔过得也很不错。我心情十分平静，就像刚散步回来，而不是从卡尔拉家里回来，或者说，就像可怜的科普勒本来也会有的那种心情，当他在卡尔拉母女让他没有理由发火的那些天里离开她们家的时候，他就想必会有这种心情。我对此优哉游哉，就如同来到一块绿洲似的，倘若我和卡尔拉的长期关系总是维持在无休止的情绪激荡之中，那么，对我、对我的身体健康来说，都会是极为有害的。从这一天起，事物就像受到美的享受的启发，进展得比较平静了，其中略有断续，而这种断续是为加强我对卡尔拉和奥古斯塔的爱所不可或缺的。尽管我对卡尔拉的每次看望都意味着对奥古斯塔的一次背叛，但是一切都在健康和良好誓愿的汪洋中很快地被遗忘掉了。善良誓愿也不像过去那样来势凶猛，令人冲动：过去，当我恨不得向卡尔拉声称我永远不再见她了的时候，我就是有那样的善良誓愿的。我变得既温柔又慈祥，于是，我又想起她的发展前途。每天把一个女人抛弃掉，次日则又再次追求她，这实在是件苦差事，对此我可怜的心脏是无法承受的。然而，这样一来，卡尔拉却一直处于我的控制之下，我时而指挥她走一个方向，时而又指挥她走另一个方向。

很久以来，善良意愿总是不曾十分强大，以致能迫使我跑遍全市，寻找能为卡尔拉效劳的老师。我总是抱着善良意愿虚度光阴，一直坐着不动。后来，有一天，奥古斯塔悄悄告诉我，她觉得自己要做母亲了，于是乎，我的善良意愿一时间膨胀起来，卡尔拉也就有了她的老师。

我曾非常犹豫，因为显然，即使没有老师，卡尔拉也能为掌

握自己的新的艺术而真正认真工作。每个星期她都能为我唱一首
新歌，这首新歌是经她从姿态和言辞上加以仔细推敲的。某些音
节似乎需要做一点加工，但是，也许最终还是由它们自己做一番
提炼。这是一个有决定意义的证明，证明卡尔拉是一位真正的艺
术家，而我是从以下情况看出这一点的：她总是不断地完善她的
歌曲，同时又决不放弃她一下子就捕捉到的最美好的东西。我往
往怂恿她为我再唱一遍最先唱的那首歌曲，而我总是发现其中每
次都加上一些新的、巧妙的情调。鉴于她很无知，当她做出很大
努力，想发现强烈的表现力的时候，她却从来不曾把一些虚假的
或夸张的腔调塞进歌曲里去，这倒是颇令人感到惊奇的。作为真
正的艺术家，她每天都为那小小的建筑物加上一砖一瓦，其余一
切则都原封不动。千篇一律的不是歌曲，而是创造歌曲的那种情
感。卡尔拉在演唱之前，总是用手擦一擦脸，擦过之后，她又总
是集中一下精神，这片刻的举动足以使她投入到她就要演唱的戏
剧中去。这戏剧并不总是很幼稚的。那句唱出 "Rosina te xe nata
in un casoto" ① 的歌词中的罗西娜的良师益友，在冷嘲热讽，在威
胁着，但又不是那么过分认真。看来，歌唱的人似乎觉察出自己
知道，这是每天都会发生的事。卡尔拉的想法是另一种想法，但
是，她最后却取得了同样的结果：

"我很同情罗西娜，因为不然的话，这首歌就不值得唱了。"
她常这样说道。

有几次，卡尔拉无意识地重又点燃起我对奥古斯塔的恋情之
火，同时也促使我重又产生悔恨之情。确实，每逢她竟敢对我妻

————————

① 以的里雅斯特方言唱出的歌词，大意为"你这个生在茅屋中的罗西娜"。

子所牢固占据的地位发动进攻时，就会发生这种情况。她总是炽烈地渴望一整夜完全拥有我，她甚至对我说，她觉得，如果不是两个人挨在一起睡觉，我们就会变得不那么亲密。我由于想使自己养成对她更温柔体贴一些的习惯，就没有坚决拒绝满足她的要求，但是，我也几乎总是在想：我是不可能做出这样的事的，除非我宁愿逆来顺受地看到，早晨奥古斯塔仍然待在窗口，因为她正是从那里等我等了一整夜。再说，这难道不是又一次背叛我妻子吗？有时，也就是说，当我满怀情欲跑到卡尔拉身边的时候，我也曾感到自己是倾向于满足她的，但是，不久之后，我就会发现，这样做是不可能的，也是不应该的。但是，这样一来，我在很长一段时间内，既无法消除这件事的发展前景，又无法实现这个发展前景。从表面上看，我们是看法一致的：迟早我们会一起过一整夜。果然，这时就有了这种可能，因为我曾撺掇杰尔科母女撵走那几个把她们的房子分成两部分的房客，而且卡尔拉也终于有了自己的卧室。

这时，却发生了这样一件事，即在古伊多结婚后不久，我岳父突然病情加重了，随即一命呜呼。我曾粗心大意地告诉卡尔拉：我妻子不得不守在她父亲的床头过夜，为的是让我岳母能得到休息。这样，我想推却也办不到了：卡尔拉非要我跟她一起过这一夜不可，而这一夜对我妻子来说，是非常痛苦的。我没有勇气对这种任性做出反抗，我怀着沉重的心情只好迁就了。

我准备好为此做出牺牲。我不是早晨去找卡尔拉，而是到了晚上，才满怀情欲，跑到她那里，一边还对自己说：以为自己是在奥古斯塔因其他原因而难过的时刻背叛她，因而就觉得对她的背叛显得更加严重，这种看法是很幼稚的。因此，当可怜的奥古斯塔留住我，想向我解释：我得亲自动手准备我的晚饭以及在夜里乃至在次日早晨喝咖啡时所需要的东西的时候，我甚至感到很不耐烦。

卡尔拉在书房里迎接我。过了一会儿，那个既是她的母亲又充当她的用人的女人，为我们准备好一顿可口的晚餐，我还为晚餐添上了我随身带来的甜食。老太婆后来又回来收拾餐具，而我确实想立即上床睡觉，但是，这时也确实过早了些，卡尔拉让我听她唱歌。她把她所会的歌全都搬出来了，当然，这也是这几个钟头里过得最好的部分，因为我等待我情妇的那种焦灼心情，也在不断地加强卡尔拉的歌曲一向使我感到的那种欢悦。

"观众准会给你献花和喝彩的。"在一定时刻，我对她这样说，我竟然忘记：要想使所有观众都具有我这时所具有的那种心境，那是不可能的。

最后，我们在一个完全没有什么摆设的小房间里，一起上了床。这个小房间像是一条被一扇墙壁截住的过道。我还不困，一想起我如果真的困了，我也不能在空气这么少的地方睡着，我就感到气馁。

卡尔拉听到她母亲用胆怯的声音唤她。为了搭腔，她走到门口，把门略开了些。我听到她用凶横的声音质问老太婆要干什么。对方胆怯地说了几句，我没有听清是什么意思，于是，卡尔拉砰的一声在母亲面前把门关上，在这之前则是大声吼道：

"让我们清静些吧。我跟你说过：今天夜里，我睡在这儿！"

这样，我就知道：卡尔拉因为夜里害怕，总是跟母亲一起睡在她原来的卧室里，那里她有另一张床，而现在我们一起睡的那张床，则一直是空着。可以肯定，她怂恿我干出这种对不起奥古斯塔的事，也是出于害怕。她既狡黠又快活地（对这一点我可不敢领教）坦白说：她感到跟我在一起比跟她母亲在一起更安全。这张靠近孤零零的书房的床，使我思索了半天。我以前从未看过这张床。我竟嫉妒起来了！过了一会儿，我又因为卡尔拉对待她可怜的母亲的态度而瞧不起她。她的为人跟奥古斯塔有些不同，奥古斯塔能为照顾她的父母而放弃和我做伴。我对一个人不尊重自己的父母特别敏感，尽管我自己曾以异常无可奈何的态度，忍受过我可怜的父亲的撒泼。

　　卡尔拉既觉察不出我的嫉妒心，又觉察不出我对她的轻蔑。我消除了我的嫉妒表现，因为我想起，我根本无权嫉妒，既然我又是每天用相当一部分时间来盼望有谁能把我这个情妇从我身边拉走。让这可怜的女子看出我的轻蔑心情也是没有任何必要的，因为我如今又早已抱着想彻底把她抛弃的愿望打消日子，尽管我这种蔑视心情这时也由于刚才引起我的嫉妒心的那些原因而变得更加强烈了。这时需要做的，就是尽快离开这小小的房间，因为它所包含的空气不超过一立方米，况且还奇热难熬。

　　我现在也记不得我当时究竟是拿什么做借口从速离去的。我气喘吁吁地穿起衣服来。我说，我忘记把一把钥匙交给我妻子了。因此，万一她需要回家，就无法进去。我让她看了那把钥匙，其实，那把钥匙只不过是我一直带在口袋里的钥匙，但是，这时却被当成证明我所言不虚的确凿证据。卡尔拉甚至不设法挽留我。她也穿上衣服，一直把我送到楼下，为我开了灯。在阶梯的暗处，我觉得，她似乎在用审查的眼光打量我，这使我感到很慌张：难道她开始理解我了吗？那可不是那么容易办到的，因为我已经伪装得太好了。为了感谢她让我走，我不时继续把我的嘴唇贴在她的面颊上，假装像到她这里来时那样满怀热情。再说，我对我装模作样的成功也不必有任何怀疑。刚才，卡尔拉就在爱情的启发下，曾对我说过：我父母给我起的名字泽诺，实在难听，肯定跟我这个人不相配。她倒希望我叫达里奥，果然，在暗处，她向我告别时，就这样称呼我。接着，她发现，天气不好，于是主动为我去取一把伞。但是，我对她却绝对不能再忍受下去了，便一溜烟跑掉，手里始终攥着那把钥匙，甚至连我自己也开始相信有关那把钥匙的说法是真实的。

夜的深沉黑暗，时而被耀眼的闪电所打断，低弱的雷声似乎响在极远的地方。空气仍然十分平静，但也很闷热，如同在卡尔拉的小房间里一样。少许降下的雨滴也是温暖的。天空，显然仍有风雨欲来之势，我开始跑了起来。我幸而来到斯塔迪翁大街，发现一家大门仍在开着，并且亮着灯光，我恰好及时地躲进门洞里去了。过了一会儿，带雨的浓云就笼罩住这条街。倾盆大雨加上狂风，从天而降，这狂风似乎随身带来了雷鸣，雷声突然间变得近在眼前。我惊得跳了起来！倘若此时在斯塔迪翁大街我竟然被雷电劈死，那才是名副其实的声名狼藉呢！还算不错：我一向在我妻子眼中，是个有怪癖的男人，这种男人就可能会在夜里一直跑到那里去，于是乎，一切总是可以找到借口的。

我不得不在那个门洞里待了一个多钟头。天气总是似乎想缓和下来，但随即又总是改变形式，重又掀起狂风暴雨。这时，竟然下起冰雹来了。

这家的看门人前来跟我做伴，我不得不送给他几个索尔多，好让他推迟上门。接着，又有一位身着白衣的、水淋淋的绅士进到门洞里来。他年纪很大，又瘦又干。我以后从未再见过他，但至今我却忘不了他那黑黑的眼睛的光芒，那从他矮小的身体中散发出来的刚毅之气。他不住地骂街，因为他被淋成落汤鸡。

我一向喜欢跟与我不相识的人攀谈。跟他们在一起，我感到健康而安全。这确是一种休息。我不得不留神不要一瘸一拐地走路，于是，我便健全了。

当天气终于变得和缓下来的时候，我立即迈步就走，但不是回我家，而是去我岳父那里。我觉得此刻应当立即跑去报到，并且应当引以为荣。

我岳父睡着了，奥古斯塔因为有一位修女在协助她，所以可以来找我。她说，我来得很好，随即投入我的怀中，哭了起来。她目睹她父亲痛苦万分。

她发现我浑身湿透。她让我倒在一个沙发上，并为我盖了几条被子。接着，她坐在我身边，待了一些时候，我非常疲乏，即使她和我待在一起的时间很短，我也拼命与困倦做斗争。我感到自己很清白，因为在这期间我并没有背叛她，尽管我整夜远离了我们夫妻的住所。清白的感觉真是好啊，我设法加强这种感觉。我开始说几句类似忏悔的话。我对她说，我感到自己既软弱又有罪，而由于谈到这里，她竟看着我，要求我做一些解释，我立即又缩回去了，我大谈哲学，并且告诉她：我是有负罪感的，而且每逢我想到什么，每逢我呼吸一下，我就觉得我有负罪感。

"那些教徒也是这样想的。"奥古斯塔说，谁知道是否正是因为我们所无从知晓的罪孽，我们才受到这样的惩罚呢！

她说的一些话真是恰当得很，这些话伴随着我不断滚滚而流的泪水。我觉得，她并没有很好地弄清楚我的思想和那些教徒的思想二者之间的差别，但是，我却不想争论。在刮得更加厉害的

风的单调的呼啸声中，由于我奋然想做出忏悔的心情使我感到平
静，我终于睡熟了，而且睡的时间很长，睡得也很香甜。

当教唱的老师到来的时候，只用了几个小时就把一切安排停
当。我物色这位老师已经有一些时候了，说实话，我不想说出这
位老师的名字，首先，这是因为他是的里雅斯特最便宜的老师。
为了避嫌，是由卡尔拉自己去跟他谈话。我从未见过他，但是，
我现在应当说，我如今对他的了解可是不少了，他是我在这个世
界上最尊重的人们中的一个。他想必是一个头脑简单、身体健康
的人，这对一个靠自己的艺术过活的艺术家来说，是很奇怪的，
这个维托里奥·拉利正是这样的人。总之，他是一个令人艳羡的
男人，因为他不仅有才华，而且身体健康。

这时，我很快就听出：卡尔拉的声音变得柔和了，变得更富
有弹性，更加自信。我们本来担心，这位老师会逼她用功学习，
正像科普勒物色的那位老师所做的那样。也许，他是迁就卡尔拉
的愿望，但是，事实却是：他一直采用的是她所喜欢的方式。只
是过了好几个月之后，卡尔拉才发现自己离她所喜欢的方式略显
远些了，因为她的技巧变得细腻起来。她不再唱的里雅斯特的小
曲了，后来也不再唱那不勒斯的民歌，而是转为歌唱古老的意大
利歌曲，歌唱莫扎特和舒伯特的作品。我现在特别记得有一首
《摇篮曲》，据说是莫扎特创作的，每当在我加倍感到生活的悲凉、
惋惜我那辛酸的童年（尽管我并不喜欢我的童年）的那些日子里，
这首《摇篮曲》就会回荡在我的耳际，像是在对我进行责备。这
时，我就会重又看到扮作母亲模样的卡尔拉，她正从自己的胸部
扬起最甜美的歌声，以求使她的孩子安然入睡。然而，她既然曾

做过令人难以忘怀的情妇，就不可能成为一个好母亲，因为她原是一个坏女儿。但是，能像母亲那样歌唱，这毕竟是一个能掩盖任何其他特点的特点了。

从卡尔拉那里，我得知了她老师的历史。他曾在维也纳音乐学院学习了几年，后来来到的里雅斯特。在的里雅斯特，他很幸运能为一位突然双目失明的我国最知名的作曲家工作。他在这位作曲家的口述下，写出这位作曲家的作品，不仅如此，他还得到这位作曲家的信任，因为盲人总是不得不完全信任别人的。这样，他就了解了这位作曲家的创作意图，了解了这位作曲家十分成熟的信念和依然属于青春时期的梦想。很快他在自己的心灵中酝酿出全部乐曲，也酝酿出卡尔拉所需要的乐曲。我曾听到对这位老师仪表的描述：他很年轻，有一头金黄色的头发，身体蛮强壮，不修边幅，一件衬衫松松垮垮的，不常浆洗，一条领带原来想必是黑色的，又宽又松，还有一顶帽檐过大的软帽。他很少说话——据卡尔拉说，是这样，我也不得不相信她，因为几个月之后，他跟她说话就变得滔滔不绝了，而且卡尔拉马上就把这件事告诉了我，一心一意地只在完成他所承担的任务。

很快我一天的活动就发生了复杂的变化。早晨，我总是不仅带着爱，而且带着苦涩的嫉妒心到卡尔拉那里去，而一天下来，这嫉妒心也便变得不那么苦涩了。我总觉得，这小伙子不利用这善良而容易得手的猎物，那是不可能的。卡尔拉则看来对我竟然有这种看法感到很惊奇，但是我看到她这样惊奇，我自己也便感到同样惊奇了，难道她不再记得我和她之间的关系是怎样发展起来的吗？

一天，我气呼呼地满怀醋意来到她家，她吓坏了，马上说她立即准备辞掉那位老师。我现在并不相信，她的恐惧只是因为害怕失掉我的支持而产生的，因为在这个时期，我从她那里得到一些亲热的表示，对这些表示我至今无法怀疑，而在当时，这些表示有时也确实使我感到很幸福。但是，当我心情不佳的时候，这些表示也曾使我感到厌烦，因为我觉得，这些表示似乎是针对奥古斯塔而来的敌对行动，不管我付出多大的代价，我也是必然要卷入这种行动中去的。她要辞退老师的建议令我感到难堪。不论我是在做爱还是在后悔，我都不想让她做出牺牲。在我所处的两种境界之间，毕竟应当有某种沟通，我不愿意减少我享有的、已经不多的从一种境界转到另一种境界的自由。因此，我不能接受这样的建议，然而，这建议却使我变得更加谨慎起来，以至于即使我醋意大发，我也能加以掩饰。我的爱恋也变得更加暴躁了，最后竟落到这种地步：不管我是想要得到卡尔拉，还是根本不想得到她，在我看来，她都似乎是一个贱货。要么是她背叛我，要么则是我根本不在乎她。当我不恨她的时候，我根本不记得她存在。我属于一个健康而诚实的环境，而在这个环境中，居于统治地位的是奥古斯塔，每逢卡尔拉让我自便，我就立即全身心地回到奥古斯塔的身边。

由于卡尔拉待我非常真诚，我确切地知道她曾在多么漫长的时间内属于我，当时我经常发作的醋意只能被看成是一种奥妙的公平感表现。我应当得到的毕竟应当属于我。最初，堕入情网的是那位老师。我现在认为，他的恋情的初步迹象似乎正包含在某些言语之中，这些言语是卡尔拉带着得意扬扬的神情告诉我的，她认为，这些言语说明她获得了初步的伟大艺术成就，而我应当为她的这一成就把她夸奖一番。他当时似乎是这样对她说的：他如今已经对他充当老师的任务有了感情，因此，倘若她不能付给他报酬，他也仍会继续无偿地授课的。我简直要给她一记耳光，但是，毕竟这时我可以硬说自己要为她取得的真正胜利而感到欢欣鼓舞。接着，她竟然忘记了她最初曾看到我整个面孔做出的那种痉挛的样子，那就像一个人把牙齿咬进柠檬里似的，她若无其事地接受了迟来的赞誉。他还把自己所有的事（这些事并不多）讲给她听：什么音乐了，贫困了，家庭了。他的姐姐曾使他很不愉快，他竟然把他对于一个卡尔拉根本不认识的女人的莫大反感告诉了她。在我看来，这种反感是很丢人的。他们俩这时经常一起唱他所作的歌曲，这些歌曲我觉得算不了什么，这正因为我既爱卡尔拉，又感到她像条锁链似的拴住我。然而，这些歌曲可能是不错的，尽管我现在不再听到有人谈到。他后来在美国指挥一些乐队，也许，那里现在也有人会唱这些歌曲。

但是，有那么一天，她告诉我：他要求她做他的妻子，她已经拒绝了。这时，我过了实在是很糟糕的半个小时：前一刻钟是我感到自己怒不可遏，我甚至想等待那老师来，好把他踢出去；后一刻钟则是我找不出什么良策，能把继续我的通奸行为的可能性与卡尔拉下嫁给这位老师这桩婚事调和起来，因为这桩婚事实际上是一件美满而又合乎道德的事情，并且能更可靠地使我的地位变得简单起来，而不是有助于发展卡尔拉的前途，因为卡尔拉总是以为，她的前途是在有我做伴的条件下开始的。

为什么这个该死的老师竟然如此头脑发热，而且又是如此迅速地头脑发热呢？在相互有了一年的关系之后，我和卡尔拉之间的一切，这时已经松散下来，甚至我在撇开她时的那种怒气也减弱了不少。我的后悔心情这时已经被我完全承受，尽管卡尔拉说我做爱时总是那么粗野，仍然是有道理的，但是，看来她对此已经是习以为常了。她做到这一点想必也很容易，因为我从不曾像我们刚发生关系的头几天那样粗暴，在经受了这最早的冲动对待之后，比较起来，其余的事想必对她来说，也似乎算是极其温和的了。

因此，即使卡尔拉对我来说已经不再怎么重要，我毕竟也可以不难预料：第二天，倘若我来找我的情妇，却再也找不到她，那我是不会高兴的。当然，能回到奥古斯塔身边，而又不必像通常那样，总是有卡尔拉介乎其中，那将是再好不过的了，而且，就当时来说，我是非常能够这样做的。但是，在这之前，我还想试一试。当时我的意愿大约是这样的："明天，我将会请求她接受老师的建议，但是，今天，我要阻止她这样做。"我费了很大气力，继续充当情夫。现在，在谈到这件事时，由于经历了我这件风流韵事的各个阶段，情况可能看来是这样的，即我当时是企图让别人娶我的情妇，而同时我又继续把她据为己有，这种做法很像是一个比我精明、比我沉着的男人所施展的手腕，尽管这男人也是非常腐败的。但是，其实并非如此：她只不过要在第二天做出决定就是了。正因如此，只有到那时，我才能取消我一直执意称之为清白无辜的处境。要想一天当中有很短的一段时间喜爱卡尔拉，然后又一连二十四个小时憎恨她，这已经是不再可能了，同样不再可能的是：每天早上起床时，总是像一个初生婴儿似的无知，千篇一律地打消日子，随即又对这一天带来的风流韵事感到惊奇（况且，我还必须把这些风流韵事牢记在心）。我已经预感到永远丧失我的情妇的可能性了，尽管我无法抑制我想摆脱她的那种渴望。我要立即抑制住这种渴望！

　　这样一来，那一天，当她对我来说已经不再重要的时候，我把卡尔拉疯狂地爱了一场，这种爱法是那么虚伪，那么狂暴，甚至和上次夜里我喝醉酒，在马车上对奥古斯塔所做的一模一样。只不过在这里我没有喝酒罢了，我最后在听到我自己讲话的声音时，竟然当真感动起来。我对她说，我爱她，我再也不能没有她，此外，我还觉得，我似乎要求她牺牲她的生活，既然我无法献给她任何东西，能比得上拉利所献给她的一切。

　　这正是我们关系中的一个新的情调，尽管我们的关系度过了许多热恋的时光。她一直在听我讲话，十分陶醉。过了很久，她开始让我相信，不该如此难过，因为是拉利倾心于她。她甚至根本没有这个心思！

　　我向她道了谢，表现得仍然十分狂热，但是，这时的狂热已经不再能使我感动了。我感到胃部有些压抑，显然，我比任何时候都更堕落了。我表面上的狂热不仅未减，反而有所增加，这无非是想让我自己能为那可怜的拉利说上几句欣赏的话。我根本不想失掉他，我倒想拯救他，但也只是为了第二天才这样做。

　　当问题是要决定是挽留还是辞退这位老师的时候，我们很快就达成一致意见。再说，我也不想使她丧失婚姻和前途。她也承认她舍不得丢开她的老师：每上一次课，她都会感到这位老师的帮助是必不可少的。她向我保证，我尽可以放宽心，相信她：她只爱我，不爱任何其他人。

　　显然，我的背叛行为得到了扩大和发展。我依恋我的情妇，对她产生了新的感情，这种感情把我们进一步联系起来，侵占了迄今一直保留给我的合法感情的那块领地。但是，一回到家里，这种感情就不再存在了，它却有增无减地倾泻到奥古斯塔身上。

对卡尔拉，我只怀有深刻的不信任。谁知道这结婚的建议中究竟有没有真实的东西？如果有那么一天，卡尔拉尽管没有嫁给那个人，却给我添了一个拥有莫大的音乐才华的儿子，那我是不会感到惊讶的。钢铁般的誓愿又开始伴随着我到卡尔拉那里去，而等我跟她待在一起的时候，这些誓愿就把我抛弃掉了，等我又一次离开她的时候，则又重新伏到我的身上。一切都毫无结果。

这些新的情况并不曾带来其他影响。夏天过去了，我岳父与世长辞。我后来在古伊多新开的贸易公司里工作很忙，我在那里工作要比在其他任何地方更多一些，其中包括不同的大学系科。关于我这些活动，我下面会再谈到。冬天也过去了，随后，我的花园里染上了一片新绿，这些绿叶从不像头年那样，看到我总是那么病病恹恹的。我的女儿安东妮亚出生了。卡尔拉的老师一直为我们服务，但是，卡尔拉根本不理睬他，我也同样如此。

然而，在我和卡尔拉的关系中，由于一些确实不能认为是重要的事情，产生了严重后果。这些事情本来是几乎未被察觉就过去了，只是由于事情本身留下的后果，才为人所注意。

正是在初春时节，我不得不同意跟卡尔拉一起去市政公园散步。我觉得，这种做法似乎是一种严重败坏名声的行为，但是，卡尔拉是如此渴望挎着我的胳臂走在阳光之下，以致我最后还是满足了她。本来是不该同意像一夫一妻那样生活的，哪怕只有短暂的时刻，甚至这个企图最后也弄得很糟糕。

为了更好地享受一番来自天空的这种新的、突然而至的温暖（天上，太阳似乎才重新占据主要地位不久），我们坐到一张条凳上。花园在非节假日的早晨总是很荒凉的，而我也觉得，只要我不走动，被人发觉的危险就会少一些。然而，有一个人腋下倚着丁字拐杖，迈着缓慢却很大的步子，向我们走过来了，原来是图利奥，也就是那个长有五十四块肌肉的家伙。他并没有看我们，恰恰坐到我们旁边。接着，他抬起脑袋，目光恰好碰上我的目光，他向我招呼道：

"这么久没有见面了！你怎么样？你终于闲下来了？"

他索性坐到我身边来，我吃了一惊，赶紧动了一下身子，以便不让他看见卡尔拉。但是，他跟我握了一下手，随后向我问道：

"这是你的夫人？"

他在等着引见。

我迫不得已，只好说：

"卡尔拉·杰尔科小姐，我内人的一位朋友。"

接着，我就继续撒起谎来。我现在从图利奥本人那里得知，我第二句谎话就足以向他透露了一切。我勉强一笑，说道：

"这位小姐也是碰巧坐到这条板凳上，坐到我旁边，没有看出是我。"

凡撒谎者似乎应当注意：为了让人相信，只应当说必要的几句谎话。当后来我和图利奥又一次相遇的时候，图利奥以他那平民式的明智态度对我说：

"你当时做的解释太多了，因此我就猜出来：你在撒谎，那位漂亮的小姐是你的情人。"

这时，我已经丧失了卡尔拉，我非常兴奋地确认：他算是击中了要害，但是，我随即伤心地告诉他，这时她已经把我抛弃了。他不相信我，对这一点我很感激他。我觉得，他不相信我说的，这似乎是个好兆头。

卡尔拉突然变得很不高兴，这是我从来不曾见过的。我现在才知道，从这时起，她就开始反抗了。当时，我并没有马上发觉，因为图利奥开始对我讲起他的病来了，还告诉我他采取哪些治疗方法，为了听他讲话，我曾背向着卡尔拉。后来，我得知，当一个女人受到不怎么礼貌的对待的时候，除了某些时候之外，总是不容许当众被人背叛的。她的怒气与其说是冲那个可怜的跛子而来，倒莫如说是冲我而来，当跛子跟她讲话的时候，她也不回答。我其实也并没有在听图利奥讲话，因为就当时来说，我无法对他的治疗方法感兴趣。我盯着他那双小眼睛看，为的是想领会他对这次相遇究竟是怎样想的。我知道，他现在已经退休，整日间无所事事，因此就可以很容易地以他那夸夸其谈来充塞当时我们的的里雅斯特的整个小小的社交场合。

后来，经过长时间的考虑之后，卡尔拉站起身来，想离开我们。她喃喃地说：

"再见。"

说罢，便要走开。

我知道，她很气我，于是，我一方面一直考虑到图利奥就在眼前，一方面则力图争取必要的时间来平息她的怒气。我要求她允许我送一送她，因为我也要走她那个方向。她那干巴巴的道别简直就意味着置我于不顾，这是第一次我当真害怕她这样做。那严峻的威胁气焰叫我气都喘不过来了。

但是，卡尔拉自己这时也不知道她迈着这坚定的步子要往哪里去，她只是要发泄一下当时的怒气罢了，过后不久，她就会怒气全消的。

她在等我，随即走在我身旁，一句话也不说。当我们回到家里的时候，她突然大哭起来，这并没有吓住我，因为这哭泣使她投到我的怀里了。我向她解释图利奥是怎样一个人，他那舌头会给我带来多大的麻烦。看到她仍在不停地哭，但又是躲在我的怀里，我便敢于使用一种更加坚定的声调：那么，她是想毁了我了？我们不是一直在说，我们要尽一切力量，使那个可怜的女人免受痛苦吗？因为那女人毕竟是我的妻子，我女儿的母亲嘛！

看来，卡尔拉是后悔如此了，但是，她想自己待着，好让自己平静下来。我扬扬得意地跑开了。

想必是从那件事发生以来，她就时时刻刻想要作为我妻子在公共场合出现。看来，她是不愿嫁给那位老师，因而总是打算迫使我占据她不让老师占有的那个位置的绝大部分。这在很长一段时间令我很厌烦，因为我像是在一家戏院里占了两个座位，而我们俩又是从不同方向前来占据这两个座位的，结果我们发现，我们俩像是事出偶然似的，相互并排坐在一起。我跟她一起只是去市政公园，但却是有好几次，市政公园就像是我所走过的路程的里程碑，不过，这时，我却是从另一个方向来到这里的。再走得更远些，绝对不干！因此，我的情妇最后变得跟我简直太相似了。她时时刻刻都会无缘无故地跟我突然大发雷霆，很快她则又后悔了，但是，她这样大发脾气足以使我后来变得既听话又柔顺。我经常发现她哭哭啼啼，我始终无法让她解释她痛苦的原因何在。也许，这得怪我，因为我不曾坚持到非让她解释不可的程度。当我对她了解得更多一些的时候，也就是，当她把我抛弃了的时候，我也便不需要她做什么其他解释了。她是出于贫困，才投身到和我厮混的风流韵事当中，而我则恰恰并不是为她才做这种风流勾当的。在我的怀抱中，她就变成了一个女人，而且是一个诚实的女人——我喜欢做这样的假设。当然，这绝不该归功于我，尤其一切损害都是因我而起的。

　　这时，她有了一种新的任性表现，最初，这曾使我感到意外，随后很快就使我感动万分：她想见一见我的妻子。她发誓说，她不会靠近我妻子的，她会做得让我妻子不会发现她。我答应她：当我知道我妻子在什么具体时间出门的时候，我就会告诉她。她应当在并非离我的别墅很近的地方见我妻子，因为我的别墅是个很偏僻的地方，单独一个人太惹眼，因而最好在市内某条热闹的街道。

　　就在这段时间内，我岳母突然患了眼疾，因此，她必须让人为她缠扎眼睛达数日之久。她烦躁得要死，为了让她严格地接受治疗，她的几个女儿轮流在她身旁看护：我妻子是在早上，阿达则是看护到下午四时整。我蓦地下了决心，竟告诉卡尔拉：我妻子每天都在四时整离开我岳母的住所。即使在今天，我也弄不太清，我为什么把阿达作为我的妻子介绍给卡尔拉。可以肯定的是：在那位老师向卡尔拉求婚之后，我就总是感到需要把我的情妇和我拴得更紧，可能是她认为，她越是发现我妻子长得很美，她也就越是瞧得起这个男人，因为他竟然能为她牺牲（姑且这么说）这样一个女人。在这个时期，奥古斯塔无非是一个身体非常健康的好奶妈罢了。谨慎从事可能对我的这个决定也发生了影响。我担心我的情妇的情绪反应，这肯定是有道理的，即使她让自己对阿达干出什么欠考虑的动作，这也无伤大雅，因为阿达已经向我证明过：她绝不会试图在我妻子面前使我丢人的。

　　要是卡尔拉向阿达出卖了我，我就会把一切告诉阿达，说实话，我还会以某种满意的心情这样做的。

　　但是，我的这个计谋却取得了确实出乎意料的结果。早上，我抱着焦虑的心情去找卡尔拉，竟然比平常到得还早。我发现，她从前一天起，完全变了样子。她那高贵的鹅蛋形小脸蛋充满了非常严肃的表情。我想吻她，但她把我推开了，随后则只让我用嘴唇轻拂了一下她的双颊，她这样做的目的是让我柔顺地听她讲话。她不慌不忙，拿起一张纸来（直到我到来时，她一直在这张纸上写着），又把它放到摆在方桌上的一些曲谱中间。我很注意这张纸，只是晚些时候，我才得知，这是她写给拉利的一封信。

然而，我现在知道，甚至到那个时节，卡尔拉的心里仍充满了疑团。她的神情严肃的眼睛射到我身上，像在审视着什么；接着，她又把眼睛投向窗户射进的光芒，为的是更好地待在一旁，捉摸自己的心境。谁知道她究竟在干什么！倘若我当时能立即更好地猜透她在冥思苦想着什么，我本来还是可以把我这个秀色可餐的情妇留下来的。

她告诉我：她和阿达相遇了。她是在我岳母家前面等待阿达的，等她看到阿达到来的时候，她立即认出来了。

"也不能看错。你过去跟我描述过她的最重要的特点。哦！你对她的了解真不错啊！"

她沉默了一会儿，为的是控制锁住她的咽喉的激动情绪。接着，她继续说道：

"我不知道你们之间发生了什么，但是，我再也不想背叛那个如此漂亮、如此伤心的女人了！我今天写信给教唱的老师，告诉他：我准备好嫁给他了！"

"伤心！"我吃惊得叫了起来，"你弄错了吧，要不就是当时她因为一只鞋子太紧而疼得难过。"

阿达竟会伤心！她不总是在大笑，在微笑吗？甚至在同一天早上，我还眼见她在我家笑了一阵子呢。

但是，卡尔拉了解得比我还多：

"什么一只鞋子紧！她的步子竟像一个女神在云间飘荡呢！"

她越来越激动地告诉我：她甚至还让阿达跟她说了一句话呢——哦！多么动听的一句话啊！阿达掉落了一条手帕，卡尔拉把它拾起来，交还给她。阿达简短的一声致谢，竟把卡尔拉感动得眼泪汪汪。接着，两个女人之间还发生了别的事：卡尔拉说，阿达看出她哭了，并且以既难过又慰藉的眼光和她分了手。在卡尔拉看来，一切都很清楚：我妻子知道我背叛了她，为此她很难受。正因如此，卡尔拉才不想再见我了，并且立志下嫁给拉利。

我不知如何自我辩解才好！要我抱着满腔反感谈论阿达，那是不难做到的，但是，要我这样谈论我妻子，那就办不到了，因为她是个身体健康的奶妈，她根本不曾发现我心里想的是什么，她是那么专心致志地干她的分内事。我问卡尔拉，她是否看出阿达的眼神严峻，她是否发现阿达的声音又低沉又粗鲁，没有一点甜美之感。为了立即重新得到卡尔拉的爱，我心甘情愿把许多其他罪名都安到我妻子头上，但是，已经办不到了，因为大约一年以来，我对待我的情妇只是一味地把她捧到七重天上。

我还用别的办法来拯救我自己。这时，我自己也异常激动，甚至热泪盈眶。我觉得，我可以理所当然地可怜我自己。尽管出自无心，我毕竟已经陷入困境而无法自拔，我感到自己实在太不幸了。这种把阿达和奥古斯塔混为一谈的做法是令人无法忍受的。实际情况是：我妻子长得没有那么好看，而阿达（使卡尔拉产生同情心的正是她）则对我曾犯过严重的过错。因此，卡尔拉这样看待我，实在是不公平的。

眼泪使卡尔拉变得温和了：

"亲爱的达里奥！你的眼泪使我多么感动啊！你们二人想必有什么误会，现在重要的是把误会弄清楚。我不想过分严厉地看待你，但是，我不能再背叛那女人了，我也不想引起她哭泣。我发誓，一定要这样干！"

尽管发了誓，她最终还是对那女人做了最后一次的背叛。她本来想给我最后一吻，永远和我分手，但是，我却把这一吻变成另一种形式，否则，我是不会满怀怨恨离去的，因此，她不得已接受了。我们俩都在喃喃地说：

"最后一次！"

这真是令人神往的片刻。两个人发下的誓愿所取得的效果竟是把任何罪愆都一笔勾销了。我们是清白的，也是幸福的！我的好心的命运之神使我享受了片刻的美好欢愉。

我感到如此欢快，以致我一直把戏演到我们彼此分手的时刻。今后我们永远不会再见面了。她拒绝接受我总是带在衣袋里的那个信封，她甚至连我的一件纪念品都不要。必须把已逝的过去的一切痕迹，全都从新生活中抹掉。这时，我心甘情愿地以父辈的模样，在她的前额上吻了吻，正像她刚才所希望的那样。

后来，在楼梯上，我犹豫了一下，因为事情做得有点过分认真了，而尽管我知道，她到了次日，毕竟还是会由我支配的，但是，我却还没有那么快就形成对未来的想法。她从楼道上目送我下楼，而我则乐呵呵地向她喊道：

"明天见！"

她吃惊地向后退了一步，几乎像是给吓住了，她一边走开，一边说道：

"永远不会再见了！"

然而，我却感到很轻松，因为我竟敢说出这句话来，这句话能使我再做一次最后的拥抱，只要我想这样做。我既无情欲，又无义务，痛痛快快地过了一整天，先是和我妻子在一起，后来则在古伊多的办公室里。我现在应当说，正是由于没有义务压身，我才走到我的妻子和女儿的身边。我对她们做了一些比平常更多的事：不仅和蔼可亲，而且还像个真正的父亲，从容地拥有一切，指挥一切，整个脑子都放在自己的家里。上床睡觉时，我像发下誓愿似的说：

"愿每天都像今天一样。"

在入睡之前，奥古斯塔感到需要向我透露一个大秘密：这是她那天从母亲那里得知的。几天前，阿达在古伊多正搂抱着他们的一个女用人时当场抓住了他。阿达本想做出满不在乎的样子，但是，那女佣倒出口伤人，于是，阿达便把她赶出门外。前一天，大家急切地想听一听古伊多是怎样对待此事的。倘若他有怨言，阿达就会要求分居。但是，古伊多却一笑置之，并且抗议说：阿达没有看清楚，但是，他也绝不反对把那个女人撵出家门，即使她是无辜的，因为他说，他对那个女人感到由衷的反感。看来，这时事情已经平息了。

对我来说，要紧的是知道：在阿达抓住丈夫正干那种事时，她是否看错了。难道不是还存在怀疑的可能吗？因为必须记住：当两个人拥抱的时候，他们的姿势是和一个给另一个擦鞋子的姿势完全两样的。我当时兴致很好。我甚至感到需要表明自己在看待古伊多时既公正又平静。阿达肯定喜欢吃醋，可能发生这样的情况，即她所看到的距离是缩小了，所看到的人也是移动了位置。

奥古斯塔用难过的声音说：她确信，阿达看得很清楚，现在，因为对古伊多感情太深，她算看错了人。她还说：

"她本来可以嫁给你的，这样对她就更好了！"

我呢，这时感到自己越来越清白了，便把以下的话奉送给奥古斯塔：

"你看着吧：要是我娶的是她，而不是你，我不会干得更好！"

接着，在入睡之前，我喃喃地说：

"真是个大流氓！这样败坏自己的家风！"

当时我相当自信：我责备古伊多的行为当中的这一点，恰恰是我无须据以责备我自己的。

第二天早上，我抱着强烈的欲望起了床，我盼望至少这天早晨能恰恰和前一天早上一模一样。前一天发下的津津乐道的誓愿，可能对卡尔拉的约束胜过我，为此，我感到自己轻松自如得很。不过，誓愿太好，也会丧失约束性。可以肯定，正是由于我急切地想知道卡尔拉对此是怎样想的，这就使我跑了起来。我本来是盼望能见她再准备好发另一个誓愿的。生活总是会这样匆匆过去，尽管能使人从中得到享乐，但是也要使人做出更多的努力来改善自身，我的每一天正是把大部分时间用于追求乐趣，小部分时间用于后悔自责的。急切的心情是有的，因为对我来说，那一年是这样充满了各色各样的誓愿，而对卡尔拉来说，她则只有一个誓愿，即：证明她爱我。她信守了这个誓愿，要破坏这个誓愿是有一定困难的，尽管她会很容易地发下新的誓愿而打破旧的誓愿。

卡尔拉不在家。我非常失望，我怏怏不乐地咬了咬手指。老太婆把我让进厨房里。她告诉我：卡尔拉会在天黑以前回来。卡尔拉对她说，她将在外面吃饭，因此，炉灶上连平常燃烧着的那一小堆火也没有。

"您不知道吗？"老太婆向我问道，她吃惊得睁大了眼睛。

我若有所思，漫不经心地喃喃说道：

"昨天我就知道了。不过，我不敢肯定，卡尔拉通知我的话对今天也有效。"

我礼貌地道了别就离去了。我在咬牙切齿，却是偷偷地这样做的。要使我有勇气公开大发雷霆，还需要一些时间。我步入市政公园，在那里散了半小时步，为的是争取时间，把事情理解得更好一些。事情再清楚不过，以致我根本不必再去弄清什么。突然间，我狠了狠心，被迫拿定这个主意。我很难受，确实很难受。我一瘸一拐地走着，甚至几乎像气喘吁吁地在做着斗争。对于这种气喘，我如今已经是厌倦了：如今我呼吸得非常好，而且计算着每一下呼吸，因为我有意要一下接一下地呼吸下去。我如今有这样的感觉：倘若我不注意，我就会窒息而亡。

在这个时候，我是应当到我的办公室去呢，还是到古伊多的办公室更好一些？但是，让我这样离开这个地方，是不可能的。那么，我该怎么办呢？这一天跟前一天是多么不同啊！我要是知道那个该死的老师的地址就好了，他竟然依靠用我的钱来唱歌，却把我的情妇给拐跑了。

我最后还是回到老太婆那里。我要找出一句话来传递给卡尔拉，好让她再见我一面。这时，要想尽快地把她弄到手，已经是再困难不过的了。其余的事则不会太困难。

我看到老太婆正靠着厨房的一个窗子坐着，专心地在补一只袜子。她摘掉眼镜，几乎像是心惊胆战地把一种询问的目光向我投送过来。我竟然踟蹰起来了！接着，我向她问道：

"您知道，卡尔拉决定嫁给拉利了吗？"

我觉得，我似乎是向我自己报出这个新闻。卡尔拉清楚地告诉我这件事已经有两次了，但是，前一天，我对此并没有怎么在意。卡尔拉的这几句话曾触到我的耳际，很明显，这是因为我正是从耳际又找到这几句话的，但是，这几句话随即又滑过去了，没有进一步钻进里面。如今，这几句话不过刚刚钻到我的心肠中去，却已经使我痛如刀割了。

老太婆看了看我，她也在踟蹰着。可以肯定，她是害怕不小心说漏了嘴，这会使她遭到责备。接着，她突然满面春风地大声说道：

"是卡尔拉告诉您的吗？那么，想必是这样了！我认为，这样做不错。您觉得怎么样？"

这时，她畅快地笑了起来，这该死的老太婆，我一直认为，她对我和卡尔拉的关系是一清二楚的。我真想揍她一顿，但是我随即只是说道：我首先要等待，这位老师能给自己谋个职位。总之，在我看来，这件事似乎在急转直下。

这位夫人因为高兴，竟然头一次变得跟我夸夸其谈起来。她不同意我的看法。当年轻人结婚的时候，应当在结婚以后再从事业上求成就。为什么要在这之前这样做呢？卡尔拉要求得又那么少。现在，她的声音也不会有多大价值了，因为她已经有这位老师做丈夫。

这几句话可以意味着对我的吝啬做出责备，同时却使我产生一种想法：我觉得这种想法是蛮不错的，就当时来说，它使我感到如释重负。在我总是随身带在我胸部衣袋中的那个信封里，想必有一笔数目可观的款项。我从衣袋里把信封拿出来，把它封上，随手交给老太婆，叫她转交给卡尔拉，也许，我是想最后体面地付给我的情妇一笔钱，但是，更强烈的愿望却是再见她一面，并且重新拥有她。卡尔拉总会再见我一次的，不论是她想把钱退回，还是她认为把钱留下是很方便的，这样一来，她也便感到需要当面致谢了。我吐了一口气：一切还没有永远完结！

我对老太婆说，信封里装着很少一点钱，是可怜的科普勒的朋友们为她们捐助的钱剩下的一部分，是交给我转给她们的。接着，我在很大程度上又恢复了平静，叫老太婆告诉卡尔拉：我仍然是她一生中的好朋友，万一她需要什么支持，她尽可以向我提出来。这样，我就可以把我的地址写给她，不过，这却是古伊多办公室的地址。

我迈着比我到这里来时要轻松得多的步伐离去了。

但是，那一天，我却同奥古斯塔大吵了一通。涉及的事情却微乎其微。我说汤做得太咸了，她则硬说不咸。我于是火冒三丈，雷霆大发。因为我觉得，她像是在嘲弄我，我猛地用力把桌布拉过来，这样，桌上的所有餐具便都滚落到地上。抱在保姆怀中的小女孩惊得尖叫起来，这令我非常气愤，因为这张小嘴似乎也在责备我。奥古斯塔吓得面如白纸（她通常总是会这样的），把孩子抱了过来，便出去了。在我看来，她的举动也似乎过火了：她现在难道让我像条狗似的独自一人吃饭吗？但是，很快她又回来了，却没有抱着孩子，她把餐具收拾了一下，坐到自己的盘子前面，用羹匙在盘里搅动了一下，仿佛想吃起来。

我呢，则在内心深处骂着自己，但这时我已经知道自己成为自然界破坏力量手中的玩物。自然界在蓄积这些破坏力量时并没有什么困难，而在迸发这些破坏力量时，困难也就更少了。这时，我的咒骂是针对卡尔拉而来，因为她那假惺惺的举动只有利于我的妻子。这就是我为什么虐待她的原因！

奥古斯塔直到今天一直忠实于一种做法，根据这种做法，只要看到我处在这种条件之下，她既不抗议，又不哭泣，同时也不争论。当我温和地开始求她原谅的时候，她只想解释一件事，即她刚才并没有笑话我，而只不过是微笑，那种笑法是我多次表示喜欢的，甚至是我多次赞许的。

我简直惭愧得无地自容。我恳求，快把孩子抱来，跟我们待在一起，当我把她抱在我的怀里的时候，我跟她玩了半天，接着，我让她坐到我的头上，在她那把我的脸遮住的小衣服底下，我擦干浸满泪水的眼睛，而奥古斯塔则并没有落泪。我在跟孩子嬉戏时，知道这样一来，我不必屈就道歉，就能使自己跟奥古斯塔接近起来，果然，她的面颊早已恢复了往常的红润。

后来，这一天最终过得也很好，下午也跟头天下午一样。正是和往常没有两样，犹如我早上在通常的地点找到卡尔拉一般。我毕竟发泄了一通。我也反复请求原谅，因为我应当使奥古斯塔恢复她那慈母般的微笑，哪怕我说了或做了一些出格的话或事。倘若她消除了她那通常的亲切笑容，那就糟了，因为那笑容在我看来是对我所能做出的最全面最善意的评断。

晚上，我们又谈起了古伊多。看来，他和阿达已经完全和解了。奥古斯塔对她姐姐如此好心感到惊讶。但是，这次则是该轮到我做出微笑了，因为显然，她记不得她自己的心地才是无限善良的。我问她：

"要是我败坏咱们的门风，你不会原谅吧？"她犹豫了一下：

"我们有我们的孩子呢，"她慨叹了一声，"阿达可没有能把她和那个男人拴在一起的子女。"

她不喜欢古伊多。有时我想：她是怨恨他，因为他曾让我很难堪。

几个月之后，阿达给古伊多添了一对双胞胎，古伊多永远也不会明白，我为什么如此热烈地祝贺他。这样一来，依照奥古斯塔的看法，他们家的女用人就可以归他使用，而不致给他带来危险了。

但是，次日早上，我在办公室发现我的桌子上有一个卡尔拉写给我的信封，我吸了一口气。那么，一切还没有结束，我们可以继续拥有一切必要的条件生活下去了。卡尔拉写了简短的几句话，约我上午十一时在市政公园见面，在面对她家的那个进口处。我们将要相见了，尽管不是在她的房间里，但毕竟是在离她房间近得不能再近的地方。

我简直无法等待，我提前一刻钟来到约会地点。要是卡尔拉不在指定地点，我就会径直去她家，那会方便得多的。

这一天也是洋溢着甜美而明亮的新春的气息的一天。我离开喧嚣的斯塔迪翁大街，进入花园，这时我置身于乡村般的寂静之中，我们不能说，这寂静被微风吹拂的植物的轻微而又延续的沙沙声所打断。

当卡尔拉向我走来的时候，我快步走出花园。她手里拿着我的信封，她走近我身旁，毫无向我致意的笑容，相反，在那略显苍白的小脸上透露出僵硬而果断的神色。她身穿一件简朴的粗布衣衫，粗布有一条条浅蓝色花纹，这件衣衫对她很合体。她像是也属于花园的一部分。晚些时候，我把她恨死了，因为这时我认为，她是有意这样穿着的，为的是恰恰在拒绝我的时候把自己打扮得更令人渴望得到她。然而，这是春季的第一天把她这样打扮起来的。应当记得，在我的这个长时间但又是突如其来的恋爱过程中，我的女人的装饰如何却处于无足轻重的地位。我总是直接前往那间书房，而那两个简朴的女人在家时，穿着又总是非常简单。

她向我伸出手来，我赶紧握住并对她说道：

"感谢你来了！"

如果说，在这次谈话的整个过程中，我始终是如此温和，对我来说，还能有什么比这更能做到礼貌周全的呢！

卡尔拉看来很感动，当她说话的时候，一种痉挛的动作使她的嘴角颤个不停。在她唱歌时，这种嘴角动作也时而会妨碍她把音调唱准。她对我说：

"我本来想满足你，收下你这笔钱，但我不能，绝对不能。我请求你，拿回去吧。"

看到她就要哭出来了，我马上满足了她，拿起那个信封。后来，在我离开这个地方之后老半天，信封仍握在我的手中。

"你当真不再想理睬我了？"

我提出了这个问题，同时却不曾想到：对这个问题她头天已经做了回答。但是，既然我看到她如此令人渴望得到，她竟然想跟我争吵一番，这难道是可能的吗？

"泽诺！"姑娘比较柔和地答道，"我们不是已经答应彼此永远不再见面了吗？在我们做出这个诺言之后，我就要承担起这个义务，这个义务和你在认识我之前早已承担的义务是一模一样的。我承担的义务和你承担的义务同样神圣。我希望，在这个时候，你的妻子能发现，你已经是完全属于她了。"

那么，在她的心目中，阿达的美丽仍然占有重要地位。倘若我肯定她抛弃我是阿达的缘故，那么我就会想办法赶紧补救的。我会告诉她：阿达并不是我的妻子，我还会让她见一见奥古斯塔，见一见奥古斯塔的斜视眼，乃至她那健康奶妈似的身影。但是，现在不是她所承担的义务是更重要的吗？那么就应当讨论一下她的义务。

我力求平静地谈话，尽管我的嘴唇也在发抖，但这是因情欲而发抖。我告诉她，她还不知道她在多大程度上属于我，她如何不再有权利支配她自己了。在我的头脑里，一种科学的试验正在活动着，它证明我要说的是什么，就是说，我要说的是达尔文对一匹阿拉伯母马所做的著名的实验，但是，感谢上天，我现在几乎可以肯定：我当时没有谈到这一点。但是，我现在不得不说，当时我是谈到一些畜生，谈到它们在肉体上的忠诚，当时我结结巴巴地说了一些无聊的话。后来，我终于抛开了那些最难懂的话题，因为当时这些话题不论是她还是我都无法理解，我于是说道：

"你究竟能有什么义务呢？究竟有什么义务，和把我们联系在一起达一年多之久的感情相比，能是重要的呢？"

我粗野地抓住了她的手，感到需要做出一种坚决有力的动作，因为我已经找不出任何话语能代替这种动作了。

她非常刚毅地挣脱我的纠缠，就好像是第一次我竟然允许自己让她做出这样的事。

"绝不干了！"她说道，样子像是在发誓，"我已经承担了更神圣的义务！我是对一个男人承担这个义务的，他也对我承担了同样的义务。"

这还用说！血液突然染红了她的面颊，这是对一个不曾对她承担任何义务的男人的怨恨促使她变成这个样子的。她又做了进一步解释：

"昨天，我们彼此勾着肩膀在街上走着，还有他的母亲陪着。"

显然，我的女人跑开了，而且离我越来越远。我疯狂地追在她的后边，还一蹦一跳的，犹如一只狗在争夺一块香喷喷的肉。

我又粗暴地把她的手拉住：

"好吧，"我建议说，"让我们也这样走，手拉着手，走遍全市。让我们保持这种不同寻常的姿态走吧，为了让人看得更清楚，我们可以走斯塔迪翁大街，然后再去基奥扎盘旋路，再往下，往下，穿过林荫大道，直到圣安德雷亚，最后回到完全在另一个方向的我们的房间里，让全市的人都看到我们。"

于是，我第一次把奥古斯塔撇开一边了！我觉得，这像是一种解放，因为正是她想把卡尔拉从我手中取掉。

卡尔拉又一次从我紧握的手中脱开，冷冷地说道：

"这差不多是我们昨天走的同一条路！"

我又跳了起来：

"他知道吗？知道一切吗？他知道甚至昨天你还是属于我的吗？"

"是的，"她傲然地说，"他知道一切，一切。"

我感到自己是完了，我怒火冲天，活像一条狗，当它吃不到想吃的那块东西的时候，就咬住那个夺去那块东西的人的衣服。我说道：

"你的这位未婚夫的胃口真不错呢。今天，他能把我消化掉，明天，他也会把你所要的一切都消化掉的。"

我听不清我说话的声音究竟是怎样的。我只知道我因为痛苦而在号叫，然而，她却露出了愤怒的神色，而我则不会相信她那棕色的、温和的羚羊似的大眼睛竟然能显示出这样的神情：

"你是对我说这话吗？为什么你不敢去对他说呢？"

她扭转身去，背向着我，快步朝出口走去。我这时已经后悔说出这样的话，但是，我却因为大吃一惊而弄糊涂了，我已经无法再用不怎么柔和的方式对待卡尔拉。她使我像被钉住似的待在原地。那蓝白色的娇小形影已经以急速的小步走到了出口，这时我才决定赶了上来。我不知道我要对她说什么，但是，让我们这样就此分手，是不可能的。

我在她家的大门口挡住了她，我只能真诚地向她诉说我此刻感到的莫大痛苦：

"难道在我们相爱这么久之后，我们就这样分手了？"

她没有回答我，继续向前走去，我跟在她后面，甚至跟到楼梯上，接着，她以她那满怀敌意的眼光看了我一眼：

"要是你想见我的未婚夫，就跟我来吧。您没有听见吗？是他在弹钢琴呢。"

这时，我才略微听到由李斯特缩写的舒伯特的《送别》一曲的切分音调。

尽管我从儿时起就没有拿过刀和棍子，但我并不是个胆小如鼠的人。一直到这时，使我激动万分的巨大渴望，突然之间消失了。在我身上遗留下来的男性的东西，那就是战斗。我已经迫切要求得到本不属于我的东西。为了减轻我的错误，现在我必须战斗，因为不然的话，一旦想起这女人竟然威胁我，要让她的未婚夫来惩治我，那未免就太残酷了。

"好啊！"我对她说，"要是你允许，我就跟你去。"

我的心在突突地跳着，这并不是因为害怕而是因为担心举措失当。

我继续随她一起上楼。但是，突然，她停了下来，背靠着墙，开始哭了起来，一句话也不说。上面，继续阵阵传来用我花钱购买的那架钢琴弹奏的《送别》的曲调。卡尔拉的哭泣使这乐声变得十分凄楚动人。

"你要我做什么；我就做什么！你要我走吗？"我问道。

"是的。"她说，她勉强地开口说出这句简短的话。

"永别了！"我对她说，"既然你愿意，那就永别了！"

我缓缓地下了楼梯，口里也吹着舒伯特的《送别》曲的口哨。我现在不知道当时是否产生幻觉，但是，我当时确实觉得，卡尔拉似乎在叫我：

"泽诺！"

此刻，她本来可以也用那奇怪的名字"达里奥"来叫我的，因为她觉得"达里奥"是一种昵称，而且我也不会因而停住。我非常想一走了之，再一次清清白白地回到奥古斯塔身边。甚至一条狗，若是用脚把它踢开，不让它接近母狗，它也会在这时清清白白地跑开的。

次日，我重又陷于我前往市政公园时的那种心境，这时，我简直觉得，自己是个懦夫。当时，她并不曾用爱称来呼唤我，我也不曾回答嘛！那是我感受痛苦的第一天，以后就接连许多天都使我感到辛酸的失望。我不明白我为什么要这样离去，我怪自己害怕那个男人，或是害怕闹得满城风雨。如今，我会再次接受任何妥协的做法，就像我建议卡尔拉做穿过全市的长途漫步那样。我丧失了一个有利时机，我十分清楚：某些女人只能有一次获得有利时机，而我恰恰只要有这一次也就够了。

我立即决定写信给卡尔拉。对我来说，不做出尝试，想法再使自己重新接近她，哪怕只多过一天，也是办不到的。我把这封信写了又写，目的正在于把我能发现的一切都写进这几句话里。我之所以把信写了多遍，也是因为写信本身对我也是个莫大慰藉，这是一种我所需要的发泄。我请求她原谅我向她发火，说什么我的炽热的爱情需要时间才能平息下来。我还说什么"每过一天，我都会感到自己平静一点"，我把这句话写了好几遍，边写边咬牙切齿。接着，我又对她说，我不会原谅自己竟向她说出这种话来，我感到需要求她原谅。遗憾的是，我无法把拉利献给她的东西照样献给她，而她是完全配得上得到这样的对待的。

我想象着这封信会收到很大效果。既然拉利已经知道一切，卡尔拉也会把信拿给他看，对拉利来说，他拥有一个像我这种品格的朋友可能会是有利的。我甚至设想，我们会开始过一种三人同居的甜蜜生活，因为我的爱情是如此博大，就眼下来说，如果我允许自己只是向卡尔拉求爱的话，那么我也会看到，我的命运会变得少些痛苦的。

第三天，我收到她的一张简短的便条。她在信中既不称呼泽诺，又不称呼达里奥。她只对我说："谢谢！愿您跟您的夫人也幸福，因为您夫人理应得到善报！"当然，她说的是阿达。

有利时机是不会继续下去的，在女人身上，更是从来不会如此，除非你抓住她们的辫子，把有利时机扼制住。我的情欲竟集中表现为一种狂暴的怒火。这怒火并不是针对奥古斯塔的！我的心灵充满了卡尔拉的形影，甚至我都为此而感到悔恨了，我迫使自己对奥古斯塔发出呆板的、千篇一律的微笑，而在她看来，这微笑却是发自肺腑的微笑。

但是，我总该做些什么。我绝不能每天就这样等待和受苦！我也不想再写信了。给女人写信也委实太不重要了。必须想出更好的办法。

我没有什么确切的意图，径直朝市政公园跑去。接着，我放慢了速度，又朝卡尔拉家跑去，来到了那层楼道，我敲了敲厨房的门。如果有可能，我就避免见拉利，但是，若是碰上他，我也不会感到遗憾。这似乎是我感到需要有的一次发作。

那位老太婆像通常那样，正在炉灶前，灶上烧着两堆旺火。她见了我很惊奇，但是随即就又以她本来的善良而天真的样子笑了起来。她对我说：

"看见您真高兴！您已经习惯每天来看我们一次了。因此，不难明白，您无法完全避开我们。"

对我来说，让她信口开河，那是轻而易举的事。她告诉我：卡尔拉爱维托里奥爱得很深。那一天，维托里奥和他的母亲要来她们家吃中饭。她又笑道："很快他就最后要叫她跟他一起去上许多练习唱歌的课程了，这些课程是他每天都要教授的。他们甚至连片刻都不能分开。"

她慈母般地、幸福地微笑着。她告诉我：再过几个星期，他们就要结婚了。

我嘴里很不是味儿，我差不多要走到门口，以便一走了之。接着，我又留了下来，希望老太婆的唠叨能启发我产生什么好念头，或是使我抱起什么希望。我对卡尔拉犯下的最后一个错误就是在研究我可能得到的一切可能性之前竟然跑掉了。

霎时，我认为我有了一个想法。我问老太婆：她是否决定给女儿当用人，一直当到自己去世。我对她说，我知道卡尔拉对待她并不是十分温柔的。

她继续在炉灶旁辛勤地工作着，却是在注意听我说话。她那种天真劲儿是我所不配的。她抱怨卡尔拉总是为鸡毛蒜皮的事丧失耐性。随即她带有歉意地说：

"当然，我一天老似一天，老爱忘事。但这怎么能怪我！"

但是，她希望现在事情会变得好一些。卡尔拉的坏脾气会改好一些，这样，她也便幸福了。再说，维托里奥从一开始起，就对她毕恭毕敬。最后，她仍然是一边专心致志地把一团面糊和水果合成某些形状，一边又说道：

"跟我的女儿在一起是我的责任。也只能这样干。"

我有些急躁地设法说服她。我对她说，她完全可以摆脱这种当奴隶的境地嘛。不是还有我吗？我可以把每月的生活费继续交给她，而直到当时为止，我一直是交给卡尔拉的。我现在真想养着什么人啊！我想让老太婆跟我待在一起，因为我觉得，她就是女儿的一部分。

老太婆向我表示她的感激，她赞赏我的好心，但一想起有人竟会建议她离开女儿，却又忍不住笑了起来。这种事想都不能想。

这是一句很严峻的话，它正好打在我的前额上，使我的前额低了下来！我重又陷入无限孤独的境地，没有卡尔拉，也看不到有什么能导向她身旁的途径。我现在记得，我当时曾做出最后的努力，想使自己产生幻觉：仿佛这条途径可以至少是已经画了出来。在我离去之前，我对老太婆说，可能会发生这样的事：过一阵子，她可能会另改主意。我请老太婆届时能想起来。

我走出她们家，我充满了愤慨和怨恨，这恰恰像是在我就要做什么善事时，竟然遭到虐待。这老太婆用她那哈哈大笑，确实刺伤了我。这时，我还听到那笑声在耳边响起，而且并不单单意味着对我最后建议的嘲弄。

我不想抱着这种心境去找奥古斯塔，我预计到我的命运将会如何。如果我去找她，我最终会虐待她，她也会以她那无限苍白的面色来进行报复，因为一看到她那苍白的面孔，我就感到十分难过。我宁可用有节奏的步伐，沿着大街小巷行走，这种步伐会使我稍微整理一下我的思想。果然，思想便整理出头绪来了！我不再抱怨我的命运，我看着我自己，就像有一道巨大的光线把我的全身抛射到石子路面上，而我所看的正是这路面。我不要求得到卡尔拉，我所要的只是她的拥抱，最好则是她最后的拥抱。真是件可笑的事！我用牙齿咬住我的嘴唇，为的是让自己呼出疼痛来，也就是说，让我对自己这个可笑的形象，表示出一点严肃的态度。我对自己的一切了如指掌，使我受到这么大的折磨，那是不可原谅的，因为这不过是向我提供了改变原来习惯的唯一一次机会罢了。卡尔拉不再能得到了，这正像过去多次我想得到她，她却使我不能到手一样。

我的心灵是如此一清二楚，以致不久之后，当我毫无目的地来到离市中心很远的一条街上的时候，有一个打扮得花枝招展的女人向我示意，我毫不犹豫地朝她跑去。

我很晚才到家吃中饭，但是，我对奥古斯塔非常温柔，于是她很快就兴高采烈起来。但是，我却不能吻我的小女孩，一连好几个钟头我都无法下咽。我感到我简直是肮脏透了！我没有假装得了任何病症，就像以前多次装病那样，以前，我正是为了掩饰和减轻罪愆和悔恨才装病的。我并不觉得，从对未来的誓愿中，我可以找到什么安慰，第一次我什么誓愿也不想发了。需要度过许多钟点之后，我才回到通常的生活节奏上去，这也才使我摆脱阴暗的现在，面向灿烂的未来。

奥古斯塔发现我身上有什么新的东西。她于是笑道：

"跟你在一起是不会感到烦闷的。你每天都变成一个新人。"

是的！那个郊区的女人跟任何其他女人都不一样，我身上一直有她的身影。

我和奥古斯塔一起度过下午和晚上。她忙得不可开交，而我则在她身旁无所事事。我觉得，我像是被一股流水，一股清澈的流水这样运送过来，一动不动：这便是我家的淳朴生活。

我把自己完全交付于这股流水，它运送着我，却没有把我洗涤干净。一点也没有！我的污秽倒显得更加鲜明了。

当然，在随后而来的漫漫长夜，我终于产生了一个想法。第一个想法是最坚决的。我要弄到一件武器，好等我被人发现朝市内这个地区走去的时候，立即把我自己干掉。这个想法对我很称心，于是我软了下来。

我在床上始终没有呻吟，相反，我还假装像睡熟了的人那样规则地呼吸。这样，我重又产生了过去的那种想法，即向我妻子坦白，从而涤清自己的罪恶，这正像过去在我就要跟卡尔拉一起背叛她时那样。但是，这时做坦白是很难了，这倒不是由于所干坏事的严重性，而是坏事造成的结果的复杂性。面对像我妻子这样一个法官，我尽可以摆出减轻内容的情节，而这些情节则只有在我能讲出我以如何不可思议的粗暴态度断绝我和卡尔拉的关系的条件下，才能成立。

那么也就需要坦白已成过去的背叛行为了。这个背叛行为要比现在所犯的更为纯洁，但是（谁知道呢？）对一个妻子来说，它的伤害性却更大。

经过对我自己做了一番研究之后，我终于有了一些越来越理智的想法。我想要避免已过去的这种事重演，这样，我就要加紧组织另一种关系，这种关系正如我已经丧失的那种关系一样，显然我如今需要的正是这种关系。但是，那新的女人令我很害怕。千万种危险都会损害我和我的小家庭。在这个世界上，另一个卡尔拉是没有了，我含着极其苦涩的泪水惋惜着她，那甜美而善良的她，正是她曾甚至试图去爱我所爱的女人，她没有做到这一点，这只是因为我放到她面前的是另一个女人，而且恰恰是我根本不爱的那个女人！

七　创办贸易公司的经过

是古伊多要我到他新开的贸易公司跟他一起工作的。我想参加进去是想得要死，但是，我确信，我从未让他猜到我的这个愿望。可以想见，因为我整日价无所事事，这种建议我跟一位朋友一起干工作的想法，自然是求之不得的。但是，也还有其他原因。我还没有放弃成为一个好商人的希望，而且我觉得，教导古伊多应当怎样干，比让奥利维教导我应当怎样干，似乎会使我进步得更容易些。在这个世界上，多少人是依靠只听自己的话才能学到东西的，或者说，至少是假若听别人的话，就学不到东西。

我之所以想参加这家公司，是因为还有其他原因。我想成为对古伊多有用的人！首先，我很喜欢他，虽然他希望自己显得强大而自信，但在我看来，他无非是个需要有人来保护的软弱无能的人罢了，而我是很乐意给他这种保护的。其次，在我的意识中（不仅是在奥古斯塔眼中是这样），我觉得，我对古伊多越是恋恋不舍，我对阿达感到的完全无所谓也就越是明显。

总之，我只等待古伊多说出一句话，便为他效劳了，这句话提前到来，这只是因为古伊多认为我不喜欢做买卖，既然我家里让我干这一行，我都不愿加以考虑。

一天，他对我说：

"我没有上完高级贸易学校，但是，这家学校还是让我有了一点想法：我应该把能够保障一家贸易公司健康运转的一切细节都健康地抓起来。一个商人不需要什么都懂，这是对的，因为要是他需要知道收支状况，只管把计算员叫来就是，要是他需要了解法律，只管问一下律师就是，至于自己的会计情况，只管请教一下会计师。但是，若是不得已，要从一开始就把自己的会计账本交给一个陌生人，那就不大好办了。"

这是他第一次明显的暗示，暗示他有意要把我弄到他身边。实际上，我以前并没有干过什么会计工作，除了那几个月来，我曾为奥利维管过账本，但是，我确信，我是唯一不会被古伊多看成陌生人的会计。

我们第一次明确谈到我们合作的可能性，这时，他便前去选购他的办事处的家具。他一口为经理办公室订了两张写字台。我羞红着脸向他问道：

"为什么订两张？"

他答道：

"另一张给你。"

我当下对他十分感激，差不多要把他搂在怀里。

当我们从商店出来的时候，古伊多有点不好意思地向我解释：他现在还不能给我在他的公司中安排一个位置。他把他办公室的这个位子供我使用，目的只是让我每逢高兴时，前来跟他做做伴。他不想强迫我干任何事，他自己也是很自由的。要是他的生意做得好，他会在他的公司领导部门给我安排一个位置的。

古伊多谈到他的生意时，那张漂亮的棕色脸蛋就变得十分严肃起来。看来，他已经考虑到他所想要干的所有工作。他的视线从我的头部上方往远处望去，而我是那么相信他考虑的严肃性，

便也把目光投向他所看的所在，也就是说，那些想必会给他带来
运气的工作。他既不想走我们的岳父所走的成功之路，也不想走
奥利维所走的平庸而有把握的道路。在他看来，所有这些人都是
旧式商人，必须走完全不同的道路，他之所以乐意跟我合作，就
是因为，他认为我还没有被这些老头毁掉。

　　所有这些在我看来，都是对的。我在生意上取得了我的第一
次成功，第二次的成功也使我欢喜得面红耳赤了。正是这样，并
且也由于感激他对我的敬重，我才跟他一起干了起来，同时也是
为他而干，时而忙些，时而不忙，整整干了两年，没有获得什么
报酬，除了占有经理室中的那个位置之外。直到当时为止，那肯
定是我干同一种工作干得时间最长的。我现在对此也不能自吹自
播，这只是因为：我的这项工作并没有给我和古伊多带来任何成
果，况且，在做生意方面——这一点是大家都知道的——只能根
据结果来进行判断。

　　我一直相信自己已经着手做起一项大买卖，而且大约有三个
月了，这时间正是开办这家公司所需要的时间。我知道，我的职
务不仅是掌管一些如通讯和会计等具体工作，而且还要监督生意
状况。然而，古伊多却一直保持着在我之上的大权在握的地位，
他甚至可以毁掉我，只是我的运气不错，才使他无法这样干。只
要他稍加示意，我就得跑到他眼前。这使我感到惊讶，即使现在
我写到这一点时，也仍然如此，尽管我一生中已经多次有时间想
到这一点了。

　　现在，我仍然要写一写这两年，因为我觉得，我对他的爱戴
之情似乎是我的病症的一个明显表现。究竟是什么道理使我对他
依依不舍，以便学习做大生意，而不久之后，又依然对他依依不

舍，以便教他做小生意呢？究竟是什么道理使我感到自己待在这个位置上很舒服，难道只因为，我觉得，我对古伊多十分友好就意味着对阿达十分冷漠吗？是谁要求我做这一切的？我们那么卖力地生下这一大帮孩子，难道就不足以使我们彼此漠不关心？我并不恨古伊多，不过，他肯定不会是我随意选择的朋友。我总是一目了然地看出他的种种缺点，甚至他的想法往往也使我感到气愤，同时，他的某些软弱行动，也不会赢得我的同情。这么久了，我为他牺牲我的自由，听任他把我安排到再令人厌恨不过的位置上，竟然只是为了协助他！这是一种地地道道的病态表现或是好心肠表现，这两种品质总是非常密切地联系在一起的。

　　如果说，随着时间过去，我们之间居然也发展了一种亲切的感情，就像我们每天都可以看到的，正派人之间总是会有这种情况一样，那就证明，这一点是千真万确的。我的感情确实是一种亲切的感情！如今他已经与世长辞了，我有很长一段时间，感到我是多么想念他，甚至觉得，我的整个生活也是空荡荡的，因为他和他的生意曾在我的生活中占有那么多的地位。

　　现在，我一想起下面这件事，就要笑：在我们做第一桩生意亦即购买家具时，我们马上就在某种程度上弄错了期限。我们买了家具，而我们却还没有决定如何安排办公室。在选择办公室方面，我和古伊多之间有意见分歧，这就把事情拖延下来了。我从我的岳父和奥利维那里总是看到，为了便于监视仓库，办公室是靠近仓库的。古伊多厌恶地撇了撇嘴，抗议道：

　　"那些的里雅斯特的办公室总是臭气熏天，不是臭鱼干味儿就是臭皮货味儿！"他保证说，他会把远距离监视工作组织起来的，但是，他又举棋不定。有那么一天，家具商勒令他把购买的家具取回去，因为不然的话，家具商就要把这些家具扔到街上去，于是，他不得不跑去安排办公室了，这是人家给他找的最后一个办公地点，附近没有一个仓库，而仓库恰恰设在市中心。正因如此，我们就没法再有仓库了。

办事处有两个光线很好的大房间，还有一个没有窗户的小房间。小房间没有人住，门上贴着一张用碑文式的字体写着的卡片——会计；另外两扇门上每扇有一张卡片，一张是出纳，另一张则是用完全英国式的做法标明——私用。古伊多也曾在英国学过贸易，并且从那里带回一些有用的知识。出纳，像应有的那样，有一个挺漂亮的铁柜和一道历来必有的铁门。我们的私用房间竟成为一个豪华的房间，贴着天鹅绒棕色壁纸，富丽堂皇，有两张写字台、一张长沙发、几张十分舒适的小沙发。

接着，我们又买了一些书和各种用具。在这里，我扮演的经理角色是毋庸置疑的。我发号施令，东西便源源而来。说实话，我倒希望不要这么迅速地按我的命令照办，但是，我的职责就是说出一个办公室应该办的一切事情。于是，我便以为，我发现我和古伊多之间的重大差别。凡我知道的事，对我来说，是用来讲话，对他来说，则是用来行动。当他把我知道的事学到手的时候（不是比我知道的更多），他就去买。的确，有时在做生意上会决定什么事也不干，也就是说，不买也不卖，而这一点在我看来，也是一个认为自己懂得很多的人所做出的决策。我在无所事事的时候则是会变得更加疑虑重重的。

在购进这些东西方面，我是非常谨慎的。我跑到奥利维那里去求教，如何复写信件，如何处理会计账目。于是，小奥利维便帮我打开账本，只用一次的工夫，便把复式簿记向我解释清楚，所有这些东西都不难，但又很容易忘得干干净净。当将来要做收支账目结算的时候，他也会向我解释这个的。

　　我们还不知道在这个办公室里该做些什么（现在我知道，古伊多当时也不知道这一点），我们只是讨论如何把组织工作做起来。我现在记得，我们曾用了好几天时间谈到，我们该把其他职员放到什么地方，如果我们需要这些职员的话。古伊多主张把这些职员尽可能安排到出纳去。但是，那个小路奇亚诺——他是眼下我们唯一的职员——则声称，放钱柜的地方，除了那些管钱柜的人之外，不能有其他人。要从这个我们雇来跑腿的人嘴里领受教训，那太令人难堪了！我忽然灵机一动：

　　"我似乎记得，在英国，付款都是用支票的。"

　　这件事是别人在的里雅斯特告诉我的。

　　"好啊！"古伊多说，"我现在也想起来了。真奇怪，我怎么竟忘了呢！"

　　我们开始向路奇亚诺一五一十地解释如何不必再掌握许多钱。支票可以从这个人手中转到另一个人手中，爱做多少钱的交易就做多少钱的交易。我们这次可算大获全胜，路奇亚诺沉默了。

　　此人在向古伊多讨教之后，得到很大的好处。我们这位跑腿的人今天已经成为的里雅斯特相当受人尊重的商人。他现在见了我，还用一些谦卑的神色跟我打招呼，不过同时微微一笑，从而减少了那谦卑的程度。古伊多总是用白天的一部分时间来教导别人，先是教路奇亚诺，接着是教我，后来则是教那个女职员。我记得，他在很长一段时间里，想要做佣金买卖，以求不让自己的钱冒风险。他向我解释这种买卖的要点，鉴于我显然很快就弄懂了，他就开始向路奇亚诺做解释，路奇亚诺也久久地带着十分注意的表情听他讲述，在那尚未长出胡髭的面庞上闪烁着两只大眼睛。不能说，古伊多是浪费了他的时间，因为路奇亚诺是我们当中唯一在这类生意中做成功的人。再说，人们都说，成功的科学才算科学嘛！

这时，从布宜诺斯艾利斯寄来了一批 pesos[①]。这可是一笔严肃的买卖！起初，我觉得，这是件容易办的事，但是，的里雅斯特的市场对这类外国货币却是没有什么准备的。我们又需要小奥利维了，小奥利维教给我们如何使用这些支票。接着，奥利维觉得，他已经把我教导完毕，便在一定关头让我们自己动手，于是，好几天来，古伊多总是在衣袋里装满了克朗，直到我们找到一家银行，帮我们卸掉这令人不自在的包袱，同时还给我一本支票簿，而我们很快便学会怎样使用它了。

古伊多感到自己有必要告诉奥利维，他使这个所谓的机器更容易运行了：

"我向您保证，我绝不会跟我朋友的公司竞争的！"

但是，这个小伙子对做生意却有另一种观点，他答道：

"我们经营的项目里，倒也许会有更多签合同的人。那岂不是更好！"

古伊多半晌张着嘴巴，他太明白自己总会遇上的事了，他只要抓住某个理论，就把那个理论硬塞给愿意接受的人。

古伊多尽管上过高级贸易学校，却对收入和支出没有很明确的观念。他很惊讶地看着我怎么成立总账目，又怎么把开支上账。再说，他对会计则又是十分精通的，当有人向他提出做一项生意

[①] 西班牙文，即货币比索。

的时候，他首先就从会计角度来分析这项生意。他甚至觉得，只要懂得会计，就能使世界产生新的面貌。他认为，债务人和债权人遍地都是，不管两个人是互相厮打还是互相亲吻。

可以说，他是抱着最大限度的谨慎态度从事贸易的。他曾拒绝过许许多多生意，甚至有六个月，他什么买卖也不曾做成，而且神态安详，像个精明出众的人似的。

"不！"他常这样说，而这单音词又像是经过精确计算得出的结果，即使涉及一宗他从未见过的货物的时候，他也总是说"不"。但是，倘若看出这项生意，亦即这项生意可能是赚还是赔，总是必须通过会计核算的话，那么，这种思考毕竟是多余的。这是他学到的最后一件东西，这件东西可是放到他的所有知识之上的。

我很难过要说出我这位可怜的朋友的这么多坏话，但是，要想更好地理解我自己，我就得实事求是。我记得，他曾花费多少智慧，使我们这个小小的办事处充满了想入非非的念头，这些念头使我们无法采取任何健康的行动。在某个时候，为了开始做佣金工作，我们居然邮寄出上千份通报。古伊多是这样想的：

"要是在把这些通报寄出之前，我们能知道，其中有多少能落在那些重视这些通报的人手中，该能省下多少邮票啊！"

光是这一句话还不会妨碍我们干什么事情，但是，他却对这句话太自鸣得意了，他竟开始把这些封好的通报扔到空中，为的是只把那些落到他画出方向的一边的通报寄出去。这种实验令人想起我过去也曾做过的类似做法，然而，我却觉得，我从未做到这种地步。当然，我没有把那些被他取消了的通报收集起来，也没有把那些通报寄出去，因为我不能肯定，这其中确实没有什么真正的灵感引导他去取消这些通报，因此，我也无须浪费那些该由他来支付的邮票了。

我的命运不错，这使我没有被古伊多毁掉，但是，这同样的好命运却也没有阻止我过分积极地为他的生意干活。我现在要大声说出这一点，因为在的里雅斯特有人认为，情况并非如此：在我和他一起度过的时光里，我从未抱过任何类似干果似的灵感介入其中。我从未唆使他去做某项生意，也从未阻止他去做任何生意。我是个忠告者啊！我总是促使他行动起来，促使他小心从事。但是，我却不敢把他的钱扔到赌桌上。

在他身边，我是使自己变得十分闲散的。我力求使他走上正轨，而也许我由于过分闲散，却没有做到这一点。况且，当两个人待在一起的时候，是不能由他们自己来决定：两个人当中，谁该是堂吉诃德，谁该是桑丘·潘沙。他做生意，我呢，只作为桑丘，在我的账目上慢慢地追随着他，尽管在这之前，我曾像应该的那样，对他做过审视和批评。

佣金买卖彻底失败了，不过，也没有给我们带来任何损害。给我们寄货的只有维也纳的一个纸商，这些文具用品的一部分由路奇亚诺售出了，而路奇亚诺也渐渐懂得我们该拿多少佣金，并且使古伊多把几乎全部佣金都给了他。古伊多最后之所以同意这样做，是因为这些佣金是小事，再说，第一桩生意能得到这样的处理，想必会带来好运。这第一桩生意给我们留下了尾巴，我们只好把一堆剩余的文具用品放到小储藏室里去，而且我还得为这些东西付钱，把它们保管起来。我们所拥有的这些东西可以供一家比我们的公司要活跃得多的贸易公司使用好几年。

两个月来，这个位于市中心的光线充足的小办事处，对我们来说，简直就是一个讨人喜欢的娱乐场所。我们在那里工作得很少（我想，当时只做了两项生意，即推销用过的空包装盒，而在一天之内我们就遇上供求这种包装盒的两项生意，我们从中也得到了小小的一笔好处），在那里闲聊得却很多，像些好孩子，尤其有那个天真的路奇亚诺，他在大家谈到生意时，却像与他同龄的其他人在听到别人谈到女人时那样，坐立不安。

当时，对我来说，把自己也扮成个天真的人，跟这些天真的人一起开心取乐，那是不难的，因为我还没有丧失卡尔拉。我现在想起那时过的一整天，还觉得兴致勃勃。晚上，在家里，我常有许多事情要讲给奥古斯塔听，我可以告诉她所有关于办事处的事，毫无例外，也无须添油加醋地伪造事实。

我根本不担心奥古斯塔会满怀心事地慨叹道：

"可你们什么时候才能赚到钱呢？"

钱吗？我们甚至还没有想到过这一点呢。我们只知道，首先必须站定下来看一看，研究研究商品，研究研究国内情况乃至我们的 Hinterland①。总不能这样随着性子弄出一家贸易公司吧？！奥古斯塔听了我的解释，也便放下心来。

再说，在我们的办事处，还容纳了一个非常喜欢乱叫乱喊的主人。一条只有几个月的猎犬，它很不安分，见人就咬。古伊多很喜欢它，为它安排好定期的牛奶肉食供应。当我无事可干或无事可想的时候，我也喜欢看它在办公室里跳来跳去，做着我们知道这条狗会做的四五个姿势，这就使我们觉得它更可爱了。但是，我并不觉得，它跟我们待在一起是合适的，因为它是这样吵人，

① 德文，意谓"后方"。

这样肮脏！在我看来，在我们的办公室里养狗，这是古伊多提供的一个首要证据：它证明古伊多是不配领导一家贸易公司的。这证明他完全缺乏严肃性。我曾试想向他解释：这条狗不能促进我们的生意，但是，我却没有勇气坚持，而他则总会以任何一种答复让我住嘴的。

因此，我觉得，我有义务花点力气，教育教育我这位同事，当古伊多不在的时候，我就痛痛快快地踢它几脚。狗叫了起来，起初，它还仍然走到我身边，以为我是不注意碰了它，但是，第二脚就向它更好地说明了第一脚，于是，他就躲到旮旯里去，只要古伊多不来到办公室，就没有片刻安宁。后来，我后悔自己竟欺凌一个无辜者，但是，已经太晚了。我尽量善待这条狗，但它却再也不相信我了，在古伊多在场时，它就明确表示对我的反感。

"奇怪！"古伊多说道，"幸亏我知道你是怎样一个人，不然的话，我真会怀疑你的。一般说，狗对人表示反感，是不会弄错的。"

为了打消古伊多的疑心，我几乎要告诉他究竟我是怎样引起这条狗的反感的。

很快，我便在一个实际上不该与我有这么大关系的问题上，与古伊多发生一次争吵。由于他如此热衷于做会计核算，他竟然想起要把他的家庭开销也放到公司的总开支账目上。经我与奥利维商量之后，我对此表示反对，而且我是在维护那位年迈的父亲的利益。确实，要把古伊多所花费的一切都纳入公司账目，那是办不到的，何况这开销还要加阿达，乃至在他们生下一对孪生兄弟之后所要做的开销。这些开销理应由古伊多个人负责，而不应由公司负责。后来，针对这一点，我建议写信给布宜诺斯艾利斯，以便征求同意，发给古伊多一份工资。父亲拒绝发给工资，他指出：古伊多已经享有百分之七十五的受益，而他本人不过才拿剩余的一点。我觉得，这答复是正确的，而古伊多却开始给父亲写起一封封的长信来，为的是，像他所说的，从上级角度来讨论这个问题。布宜诺斯艾利斯相距很远，因此，来往信件一直持续到我们的公司不复存在的时候。但是，我还是赢得了我的一分！总开支账目仍然是干干净净的，没有被古伊多的私人开销所污染，资本是被公司的倒闭全部蚀掉的，恰恰是全部蚀掉，没有任何扣除。

我们的办事处接纳的第五个人（因为把那条狗阿尔哥也算在内了），是卡门。我亲眼看到她的录用经过。我在去过卡尔拉家之后来到办事处，我感到神清气爽。这是塔列朗亲王 ① 在早晨八点钟感到的那种神清气爽。在光线很暗的过道，我看见一位小姐，路奇亚诺告诉我，她要跟古伊多本人谈话。我有一些事情要办，我请她在外面等着。过了一会儿，古伊多进到我们的房间，显然他不曾看到那位小姐，路奇亚诺进来递给他那位小姐带来的介绍信。古伊多读了一下，接着说道：

"不行！"他干巴巴地说了一句，一边脱掉上衣，因为很热。但随即又犹豫起来：

"既然有人推荐，还是该跟她谈一谈。"

他让她进来，我只是在古伊多猛地一跳，抓起自己的上衣穿上，又以他那涨红了的漂亮的棕色脸蛋和闪闪发光的眼睛，转向

---

① 塔列朗亲王（Charle Maurice de Talleyrand-Perigord，1754—1838），法国著名国务活动家，原名查理·莫里斯，又名佩里哥尔·塔列朗，拿破仑一世曾赐封他为"贝内文托亲王"。

那个姑娘时，才看了看那姑娘。

现在，我可以有把握地说，我见过一些和卡门一样漂亮的姑娘，但是，她们那种美，不是那么逼人，也就是说，不是一眼看去就那么鲜明。一般说，女人最初现身总是为了满足自己的欲望，而这个女人则不需要有这样的第一阶段。我一边看着她，一边微笑，甚至是大笑。我觉得自己像是一个工业家，正在跑遍世界，叫喊着自己的产品是如何优良。她是前来求职的，而我则想插手谈话，问一问她："求什么职？难道是为了要一间洞房？"

我看出，她的脸没有涂脂抹粉，但是，上面的种种颜色却又显得那么精确，那雪白色是那么显得发蓝，那红润的色彩是那么像熟透了的水果，造物之手在上面塑造得那么尽善尽美。她的一双棕色大眼睛散发出强烈的光芒，这使眼睛的每个动作都显得那么动人心魄。

古伊多让她坐下，她谦虚地看着自己的小伞的伞头，或者更可能的是看着自己的漆皮靴。当他跟她说话的时候，她迅速地抬起眼睛，把那双如此亮晶晶的眼睛转到他的脸上，这居然使我的这位可怜的上司感到手足无措。她的穿着很俭朴，但这对她没有什么影响，因为她身上每个俭朴的细节都悄然消逝了。只有那双靴子是贵重的，这令人想起委拉斯开兹①放到他的模特儿脚下的那张白得出奇的纸。委拉斯开兹为了使卡门从环境中突出地显示出来，也会把她放到漆黑的背景上的。

我一方面神清气爽，一方面则兀自在抱着好奇心听着。古伊多问她是否会速记。她承认自己对速记一窍不通，但是又说，她

---

① 委拉斯开兹（Diego Rodriguez de Sila y Vélazquez，1599—1660），西班牙著名肖像画家。

在听写方面很有经验。真怪！这个高身材、苗条而又那么和谐的人儿，居然发出嘶哑的声音。

我无法掩盖我的惊讶：

"您着凉了吗？"我问她。

"没有！"她回答我，"您为什么问我这个？"她非常吃惊，以致向我投过来的眼光甚至显得更加强烈了。她不知道自己竟有这样一副不协调的嗓门，而我也不得不设想：她的那只小耳朵似乎也并不像它所显示的那样完美。

古伊多又问她懂不懂英文、法文或德文。他是让她选择其中的一种，因为连我们自己还不知道我们究竟需要哪一种语言。卡门答道，她懂一点德文，但是懂得极少。

古伊多是不经说明理由从来不做任何决定的：

"我们不需要德文，因为我对德文懂得很多。"

这位小姐在等待决定性的一句话，而在我看来，这句话已经说出来了。为了赶快得到这句话，她又说：她在新的职务中，会想办法锻炼自己的，因此，她只求得到很微薄的工资。

漂亮女人对一个男人产生的最初影响之一就是取消他的吝啬。古伊多缩了缩肩膀，为的是表示：他对这类微不足道的事是不过问的。他给她定了薪水，她立即感谢不尽，接受了。古伊多还非常严肃地叮嘱她要学习速记。他之所以这样叮嘱，只是为了做给我看，因为他曾对我冒失地说过：他录用的第一个职员将是一名出色的速记员。

当天晚上，我向我的妻子讲了我这位新同事。她对此感到十分遗憾，不需我对她说明，她就立即想到，古伊多录用这姑娘为他服务，是为了把她变成情人。我跟她讨论起来，即使承认古伊多的做法有点像坠入情网似的，我也硬说，他会从这霹雳般的行动中清醒过来的，而且不需要产生什么后果。总的说来，这姑娘看来还算老实。

几天过后我不知道是否事出偶然，阿达到我们的办事处来拜访了。古伊多还没有来，她停留下来，跟我在一起，待了一会儿，问我古伊多几点钟会来。接着，她迈着犹疑的步子，走到隔壁房间里去，那里这时只有卡门和路奇亚诺。卡门正在练习打字，全神贯注地在打字机上寻找一个个字母。她抬起那双美丽的眼睛，看了看正在盯住她看的阿达。这两个女人是多么不同啊！她们彼此有点相像，但是卡门却像是一个矫揉造作的阿达。我于是想：的确，一个虽然穿着更阔气些，却是生来为的是成为妻子或母亲的，而另一个呢，尽管这时套上了一条简朴的围裙，以免打字弄脏了她的衣服，却是要扮演情人的角色。我不知道，在这个世界上，是否有一些博学多才之士能说出，为什么阿达那美丽异常的眼睛放出的光彩却不如卡门，因此，这双眼睛不过是用来看东西和看人的真正器官，而不是用来令人感到震惊的。这样，卡门自然也就能承受别人轻蔑地但也是惊奇地看她一眼。这里面也许还带着一点羡慕吧？要么则是我认为如此？

这是我最后一次看到阿达依然那么容光焕发，正如她拒绝我时的那个模样。后来，她怀了孕，毁了她的面貌，而一对孪生子还需要外科医生动手术，才来到了人世。不久之后，她又得了病，这就把她的一切美丽全都葬送了。因此，我才如此清楚地记得她的这次来访。但是，我之所以记得那么清楚，也是因为当时，我的全部同情心都归给她了，她的美丽是温柔的、朴实的，而另一个女人的美丽则是那么不同，并且把她的美丽完全压倒了。当然，我并不爱卡门，我对她的了解只限于那双美丽的眼睛、那光彩照人的肤色，再有则是那嘶哑的声音，最后则是她被录用到公司里来的那种方式，关于这一点，是不能责怪她的。当时，我却偏偏喜欢阿达，这是一件很奇怪的事，因为我喜欢的竟是一个我过去曾热烈渴望得到的、而后来却不曾到手的、如今则对我无所谓的女人。总的说来，一个人就落到这样一种境界：如果她当初迎合我们的心愿，我们本来会处在这种境界之内的，而令人吃惊的则是，我又一次看到，某些我们为之而生活的东西，却只有很小的重要性。

我想缩短她的痛苦时间，便走到她前面，把她带到另一个房间。古伊多过了一会儿就进来了，他看到妻子，脸立即变得通红。阿达向他说出一个十分站得住脚的理由，解释来意，但是过了一会儿，她做出要离开我们的样子，向古伊多问道：

"你们的办事处录用了一个新女职员？"

"是的！"古伊多说，为了掩盖他的心慌，他找不出更好的办法，只能中断了一下，询问是否有人来找过他。接着，因为我回答说没有，他就又一次不高兴地做了一个怪相，仿佛他原希望得到什么重要的访问，而我知道，我们实际上并不等待任何人，这时，他才终于能以一种泰然的神色对阿达说：

"我们本来就需要一个速记员的！"

我听到他弄错了他所需要的人的性别[1]，觉得十分有趣。

卡门的到来，给我们的办公室带来强大的生命力，我倒不是指她那双眼睛、那俏丽的身材和那白中有红的面容所带来的活跃

---

[1] 这里指古伊多说的速记员，是用阳性而不是用阴性。

气氛，我指的恰恰是生意。古伊多从这姑娘的存在中汲取了奋发工作的推动力。首先，他想向我和所有其他人表明，这位新的女职员是必不可少的，因而他每天都想出一些新工作，他自己也参与进去。其次，在很长一段时间里，他的积极参与也是用来更有效地追求这姑娘的一种手段。他所达到的那种有效性是闻所未闻的。他得教给她如何起草他所口述的信件形式，还得给她纠正许许多多单词的拼写错误。这姑娘要求的任何补偿都不会是过分的。

坠入情网的他所想出的生意很少使他能获得什么成果。有一次，他费了很大工夫，就一宗货物做生意，可这宗货物原来是禁售的。在交涉到一定程度时，我们见着了一个因为痛苦而满脸扭曲的男人，我们竟然不明缘故地促使他大动肝火。他想知道我们究竟跟这宗货物有什么关系，他以为我们是强大的外国竞争者的代理商。第一次见面时，他是惊慌失措的，生怕发生更糟糕的事。后来他猜到我们是天真幼稚的，便对我们笑脸相迎，并且向我们保证：我们是什么也办不成的。结果证明他是对的，但是，在我们受到处罚之前，倒持续了不少时间，卡门因而也受命写了不少信件。我们发现，这宗货物是无法弄到手的，因为在它周围有不少堑壕。我没有向奥古斯塔说出有关这项生意的任何事，但是她却跟我谈到了这项生意，因为古伊多把这件事向阿达说了，为的是向她表明我们的速记员是多么忙。但是，这项生意毕竟还是没有做成，而它对古伊多来说，是十分重要的。他每天都要谈到它。他确信，在世界上任何一个城市，都不会发生这类事。我们的贸易环境太可悲了，任何一个有作为的商人都要在其中被扼杀。这样，也就轮到他了。

这个时期我们经手的生意是不少的，异常杂乱无章，其中倒有一桩生意是炙手可热的。并不是我们去找它，而是它找上门来。我们是在一个达尔马齐亚人①，名叫塔齐契的驱使下上马的，此人的父亲曾跟古伊多的父亲一起在阿根廷工作过。塔齐契起初来找我们，只是为了从我们这里得到一些商业信息，而我们是能够向他提供的。

塔齐契是一个长得非常英俊的青年，甚至是太英俊了。他又高又强壮，有一张黄褐色的脸蛋，上面一双深蓝色的眼睛发射出柔和的光彩，还有一双长长的眉毛、短而茂密的闪着金光的棕色小胡子。总而言之，在他身上，有一种类似精心配置的色彩，在我看来，他仿佛是个生来就该与卡门做伴的男人。他也是这样认为，居然每天都来找我们。在我们办公室的谈话每天都要持续好几个小时，但是，却从来不惹人厌烦。这两个男人都在为争取征服那个女人而角斗着，他们像所有那些发情的动物一样，把他们最美好的品质都展示出来。古伊多还是有一些节制的，因为这个达尔马齐亚人也到他家去找他，因此，认识阿达，但是，在卡门的眼中，是不再有任何东西能损害他的。我呢，我是太了解这双眼睛了，因此，我很快就看出了这一点，而塔齐契却知道得晚得多，为了能更经常地有借口来看她，塔齐契从我们这里，而不是从厂家买了好几个车皮的肥皂，而且多付好几倍的价钱。接着，也仍然是出于恋情，他把我们拉进这桩倒霉的生意里。

他父亲早已指出过，硫酸铜经常是在某些季节要上涨，在另一些季节则跌价。因此，他决定买下六十吨硫酸铜，以便在最有

① 达尔马齐亚位于亚得里亚海东岸，历史上曾由匈牙利和威尼斯共和国乃至奥地利统治；一次大战后划归南斯拉夫；二次大战期间，即 1941 年，该地区一部分归意大利暂管，居民主要为意大利人。

利的时机，在英国做投机生意。我们用了很长的时间谈论这笔生意，我们甚至准备好做这笔生意，并且跟这个英国公司取得了联系。接着，父亲打电报给儿子，说好时机在他看来已经来临，并说出他乐意成交这笔生意的价格。塔齐契由于已经坠入情网，便又跑到我们这里来，把这笔生意交给我们办，他得到的奖励是卡门用那美丽的大眼睛温情脉脉地瞟了他一眼。这可怜的达尔马齐亚人感激涕零地接受这温存的一眼，他却不知道，这一眼其实是对古伊多的一种恋爱表示。

我记得古伊多是怎样安详而自信地从事这项生意的，这项生意也确实看来轻而易举，因为在英国，可以办理把货物直接托运到我们港口的手续，从那里就交给我们的买主，而不必再转手。他确切地计算出他所要赚得的费用，并且在我的帮助下，给我们的英国朋友规定了购货方面的限制条件。我们一起借助字典，用英文拼凑了一份电报。把电报发出之后，古伊多搓了搓手，开始计算多少克朗会像雨点般落到他的钱柜里去，作为这轻松而又短暂的劳累的奖赏。为了使天公能继续作美，他认为，答应给我一小笔佣金是正确的，同样，他也在一定程度上别有用心地答应给卡门一小笔好处，因为卡门曾以她那双眼睛给这项生意帮了忙。我们二人都想拒绝，但是，他却祈求我们至少佯作接受。否则，他怕我们不以好眼看待他，为了让他放心，我立即满足了他。我有十成的把握知道他从我这里，只能得到最良好的祝愿，但我同时也明白，他会怀疑这一点的。在人世间，我们大家总是不是彼此相恨，就是彼此相爱，但是，我们强烈的渴望却只能伴随着我们插手的那些生意。

这项生意从一切方面都做了检验，我甚至还记得，古伊多曾计算需要多少个月做完这项生意，有他从这项生意中赚得的盈利，他就能维持他的家庭和办事处，也就是说，像他有时说的，他的两个家庭，或者是他的两个办事处，当他在家中感到非常厌烦的时候，他有时就又这样说。这项生意实在是检验得过多了，也许正是因为这样，他才没有做成功。从伦敦来了一封简短的电报——"来电已悉"，接着报出当日硫酸铜的价格，这价格竟比我们的买主给我们定下的价格高出好多。永别了，这项生意。塔齐契得知了这个消息，不久后，就离开了的里雅斯特。

在那段时期，我差不多有一个月没有经常去办事处，因此，我没有经手那封寄到公司的信件，这信件表面看来是无伤大雅的，但实际上却想必给古伊多带来严重后果。这家英国公司通过这封信，向我们证实了它发来的电报，最后则告诉我们：它记下我们的订货，订货的有效期到撤回订货为止，古伊多根本就没有想到要撤回订货，而我呢，当我回到办公室的时候，我已经记不得这项生意了。这样，过了好几个月，一天晚上，古伊多到家里来找我，随身带来一封他不懂得的电报，他以为，电报是错寄给我们的，尽管电报上清清楚楚地写的是我们的电报地址，这地址是我在我们刚搬进办公室之后，照例通知有关各方的。电报只有三个词——"60 tons settled"①，我立即看懂了，这是不难的，因为硫酸铜这桩生意是我们成交的唯一一笔大生意。我把电报内容告诉了他：从电报中不难明白，我们为办理我们的订货而确定下来的价格已经达到，因此，我们成为六十吨硫酸铜的幸运拥有者。

古伊多抗议道：

---

① 英文，意谓"60吨已办妥"。

"他们怎么能设想我这么晚才得知办理我的订货呢？"

我立即想到，在我们的办公室，想必有证实第一封电报的信件，而古伊多则已经记不得收到过这封信件了。他坐立不安，建议立即跑到办事处，看看究竟有没有这封信，这倒使我感到十分高兴，因为当着奥古斯塔的面讨论这件事很使我难堪，奥古斯塔不知道，我有一个月没有在办事处露面了。

我们跑到了办事处。古伊多非常遗憾，因为他为此要不得不办理这第一笔大生意，要取消这笔生意，他是要跑到伦敦去的。我们打开办事处的门；接着，在黑暗中瞎摸了一阵，我们找到了去我们办公室的路，我们摸到了煤气灯，把它点燃。于是，这封信马上就找到了，它正是像我推测的那样写的，也就是说，它告诉我们：我们的订货已办妥，有效期到撤回订货为止。

古伊多蹙着前额看了看信，我不知道他之所以有这样的表情，是由于遗憾呢，还是由于他想竭力用自己的眼光来抹掉信上用如此简单的话语所写下的东西。

"要是想到，只需写上两句话，就足以避免遭受这么大的损失就好了！"他这样说道。

当然，这句责备的话不是冲着我来的，因为我当时没有来办公室，尽管我知道这封信会在什么地方，因而能立即找到它，但是在这之前，我却从来不曾看过这封信。但是，为了更彻底地不受他责备，我果断地对他说：

"我不在的时候，你本应仔细地阅读所有信件的啊！"

古伊多的前额平伏下来了。他耸了耸肩，喃喃地说道：

"这桩买卖还可以最后变为因祸得福的。"

过了一会儿，他离开了我，我也回到我的家中。

但是，塔齐契说得对：在某些季节，硫酸铜是要不断下跌的，并且是日甚一日地下跌。我们在办理我们的订货的过程中，由于无法以这种价格把货物让给别人，是有机会研究这全部现象的。我们的损失增加了。这是第一次古伊多竟向我讨教。他本可以用比他以后承担的损失要小的损失，把货物卖出去。我不想出什么主意，但是，我也没有忽略向他提起塔齐契的信念，即塔齐契认为，价格还会继续下跌五个多月。古伊多笑了：

"现在，咱们竟只能让一个外省人指导我如何做我的生意了！"

我记得，我当时曾试图纠正他的想法，告诉他：那个外省人可是有许多年都是在那达尔马齐亚小城市里盯着硫酸铜打消时间的。我对古伊多在这桩生意中所蒙受的损失不该有任何内疚。要是他早听我的，他本来可以避免损失的。

晚些时候，我们又跟一位代理商讨论了硫酸铜这笔生意，这位代理商是个小个子男人，肥肥胖胖的，灵活而又精明强干，他责怪我们买下这批货物，但是，他看来并不同意塔齐契的看法。依照他的意见，硫酸铜虽然自身有一个市场，毕竟还是反映着金属价格的波动。古伊多从这次谈话中得到了一定的信心。他请求这位代理商通知他有关价格每个变动的情况。他宁可等一等，指望能不仅毫无损失地脱手，而且还想得到小小的盈利。这位代理商略微一笑，接着在言谈话语之中说出了一句话，我注意到这句话，因为我觉得，它是千真万确的：

"真奇怪：在这世界上，不得已甘心承受小损失的人竟这样少，只能让大损失去迫使人们立即做出大的逆来顺受。"

古伊多却没有留心这句话。但是，我仍然很佩服他，因为他没有告诉代理商，我们是通过什么途径买下这批货物的。我向他说了这一点，他倒以此为荣。他对我说，他怕的是贬低我们的信誉，甚至贬低我们的货物，如果把这购买经过讲出的话。

后来，有好一阵子我们不再谈到硫酸铜，就是说，一直到从伦敦又来了一封信，这封信是让我们付钱和通知发货事项的。接收并储存六十吨啊！这可不是小事！古伊多开始晕头转向了。我们核算了一下，要把这批货物保存好几个月，我们该花多少钱。一大笔款子！我什么也没有说，但是，那位代理商却宁愿看到这批货物运到的里雅斯特，因为那时，迟早他要负责把货物卖掉，于是，他向古伊多指出，这笔款子在他看来，确实大了些，但如果作为货物价值的"利率"，却算不了什么大事。

古伊多开始笑了起来，因为他觉得，这看法很怪：

"我可并不是只有一百公斤硫酸铜，我是有六十吨啊！真遗憾！"

他最后总是要被那代理商的计算说服的，显然，那代理商的计算确实是对的，因为只要价格稍微向上变动一点，这笔开销就会为高利率所抵消，只要这时，价格的向上变动不致因为他的所谓灵机一动而停止下来。当古伊多产生纯属自己的生意经的时候，他就为自己的这个念头而着迷起来，在他的脑海里也便没有其他考虑的地方了。这便是他的生意经：这批货物是在的里雅斯特免费卖给他的，因为卖者要从英国支付这批货物的运费。如果他现在把这批货物转让给货物的原来卖主，卖主因而可以省下运费这笔开支，他就可以赢得比在的里雅斯特向他报出的那个价格更为优厚得多的价格。事情并非实际就是这样，但是，为了让他高兴，谁也不想讨论它。在处理了这件事之后，他的脸上泛起了略带苦涩的笑容，这时，他简直像个悲观的思想家，他说：

"咱们别再谈它了。教训已经够惨重的了：现在必须懂得如何吸取教训。"

然而大家还是谈到它。他再没有他在拒绝生意时的那种得意扬扬的自信了，当年终我让他看一看我们赔了多少钱的时候，他喃喃自语道：

"这该死的硫酸铜是我的煞星！我一直是多么想要弥补这笔损失啊！"

我没有到办公室里来是由卡尔拉抛弃我引起的。我无法再目睹卡门和古伊多之间的调情。他们俩在我面前总是眉来眼去，相视而笑。我愤然离去了，并且下决心不再回来，这决心是我在晚上办事处上门时下的，但我对任何人都没有说什么。我期待古伊多问我离去的理由，届时我准备把他的事说穿。我对他可能是十分严厉，因为他对我在市政公园游逛的事绝对一无所知。

我这种情绪是一种嫉妒，因为卡门在我看来，就像古伊多的卡尔拉，一个更加温柔、更加顺从的卡尔拉。在遇到第二个女人方面，他也像在遇到第一个女人时那样，比我幸运。但是，也许他正是依靠他的那些优点才走运，而我是羡慕他的那些优点的，并且也继续认为，他的那些优点是低下的，这也便向我提供了一个理由来进一步责备他。正如他在拉提琴方面如此自信一样，他在生活方面也是那么潇洒自如的。我目前已经确切地知道：我是因为奥古斯塔而牺牲了卡尔拉。当我回想到卡尔拉赋予我那两年的幸福的时候，我就很难理解：她既然是那样一个人（这一点我现在已经是清清楚楚了），又怎么能这么久地忍受我。我难道不是因为爱奥古斯塔而每天都在伤害她吗？然而关于古伊多，我却可以肯定：他能在享受卡门的同时，根本不会想起阿达。在他那玩世不恭的心灵里，两个女人并不嫌多。与他相比，我简直觉得，自己像是个天真的孩子。我娶了奥古斯塔，并不是出于爱，然而，我却不会在背叛她的同时，不为此而感到痛苦。也许，古伊多娶阿达也并非出于爱，但是，尽管如今阿达对我已经完全是无所谓了，我却依然记得她过去促使我产生的那种恋情，我觉得，既然我曾经那么爱过她，那么，如果我是他，我就会比现在的我更加脆弱。

　　并不是古伊多来找我。是我自己主动回到办事处去寻找解脱莫大烦恼的慰藉。他是按照我们的协议条款行事的，根据这些条款，我没有任何义务正式插手他的业务，当他在家或别处碰上我的时候，他总是像通常那样，对我十分友好，对此我一向是很感激的，他似乎不记得，我已经让那个在他给我买的桌子前面的位子空了出来。我们两个中间，只有一点难为情：是我在难为情。当我回到我的位子上的时候，他依然像我离开办事处只有一天那样来欢迎我，他热情地向我表示，他是多么高兴又有我来跟他做伴，听到我表示打算继续做我的工作之后，他甚至慨叹道：

　　"那么我不允许任何人摸你的账本，这样做是对的！"

　　确实，我发现账本甚至连报纸，仍然在我把它们留下的那个地方。

　　路奇亚诺对我说：

　　"我们希望，如今您回来了，我们能重新一起干。我想，古伊多正因为两项生意而不知如何是好呢，他曾试办了一下，却没有成功。您可什么也别告诉他，不要说我跟您这样说，但是，您可以看一看，您是否能给他鼓鼓劲儿。"

　　我确实发现，办公室里，人们很少工作，固然因为硫酸铜而蒙受的损失不曾让我们振作起来，在办公室里所过的却也确实是一种太太平平的生活。我由此立即得出结论：古伊多不再感到迫切需要进行工作，以便让卡门在他的领导下转来转去了，同样，我也很快发现，他们相互调情的时期已成过去，眼下她已经变成他的情妇了。

　　卡门对我的欢迎却使我感到有点意外，因为她马上感到需要向我提到一件我已经完全忘记的事情。似乎在我离开办事处之前，在那几天里，我也曾追求过卡门（在那几天，我整日价追求好几个女人，因为我已经不能得到我的女人了）。她是十分严肃地对我讲话的，并且也显得有些为难：她表示很高兴又见到我，因为她想，我是最喜欢古伊多的，我的主意可能被他有用，并且她愿意和我结成美好的、兄弟般的友谊，如果我同意的话。她对我说的正是一些类似的话，同时还做了一个爽快的手势，把她的右手伸过来。在她那十分美丽的面庞上（这面庞一向是显得很温柔的），这时显现出一种十分严厉的神色，为的是突出表明：她向我奉献的兄弟般关系是纯正的。

　　这时，我想起来了，脸也红了起来。也许，如果我早一些想起来，我就再也不会回到办事处了。这是一件非常短暂的事，是夹杂在许许多多具有同样价值的行为中间的一个行为，倘若现在不曾提起，可能会被认为是从来不存在的。在卡尔拉抛弃我几天之后，我开始审查账目，并且请卡门帮助我干，慢慢地，为了在同一页上看得更清楚些，我居然把我的胳臂搂住了她的腰，接着，我把她的腰搂得越来越紧。卡门猛地一跳，从我怀里脱了身，我这时便离开了办事处。

　　我本来可以一笑置之，为自己辩护，从而使卡门也跟我一起微笑，因为女人都是非常喜欢对这类罪行一笑置之的啊！我本来可以对她说：

　　"我干了一件我干不成的事，我很难过，但是，我不会记恨您，我愿意做您的朋友，只要您不反对。"

　　或者，我本来可以摆出严肃的样子回答，向她甚至向古伊多道歉：

　　"请原谅，请您在弄清我当时的处境之前，不要对我妄加判断。"

　　然而，我当时竟说不出话来了。我的喉咙——我相信是这样——竟被那种化成石头般的怨恨堵住了，我无法说话。所有这些坚决拒绝我的女人，都给我的生活抹上一层悲剧色彩。我从来没有如此倒霉的时期。我没有做出回答，相反却很快变得咬牙切齿，因为我不得不把这种不那么体面的事掩盖起来。也许，我之所以说不出话来，是因为我看到我所抱的希望竟然遭到如此坚决的排除而感到痛苦。我现在不得不承认：我不能用比卡门更合适的人来代替我所失掉的那个情人了，我的那个姑娘是那么不想毁掉我的名声，她没有向我要求过别的，只要求能生活在我身边，这样一直到她请求允许她不再见到我的时候。一个为两个人所占有的情人，是毁坏声誉最小的情人。当然，当时我没有很好地弄清我的想法，但是，这些想法我是感觉到了，现在我则是对此一清二楚。一旦成为卡门的情人，我既可为阿达做件好事，又可不必过分伤害奥古斯塔。这两位所受到的背叛程度，也会比古伊多和我每人各自完全占有一个女人要小得多。

　　我是在过了好几天之后才答复卡门的，但是，时至今日，我还会为此感到脸红。卡尔拉抛弃我，曾使我陷于极端冲动的状态，这种状态想必仍然存在，以致使我落到这般田地。我对此很悔恨，而我对我一生中任何其他行为都不曾这样悔恨过。我们往往让自己把一些野蛮的话脱口而出，这倒在更大程度上反映了我们对我们的激情使我们干出的丢人的行动感到悔恨。当然，我只是把那些不算行动的东西看成话，因为我很清楚，例如雅古①的话，也是地地道道的行动。但是，行动，包括雅古的话在内，之所以会犯下，是因为人们从中可以得到某种乐趣或某种好处，于是乎，整个组织，包括那可以挺身而出充当法官的部分在内，便都参与进去，从而成为好心十足的法官。但是，那愚蠢的舌头却兀自为自己而行动，为满足组织的一些小小的部分的需要而行动，这小小的部分如果没有舌头，就觉得自己是被战胜的，就会模拟地进行一场斗争，而斗争这时已经结束了，输了。舌头总是想伤害对方或是抚慰对方。它总是在一些耸人听闻的比喻中活动。当话变得滚烫的时候，就会烫坏说话的人。

我曾指出，她已经不再有他们那么快地把她录取到我们的办事处时那样的多姿多彩了。我想象，这种多姿多彩之所以消失，是由于某种痛苦所致，而我不愿认为。这种痛苦是肉体的，我把这种痛苦看成是来自对古伊多的爱。况且，我们这些男人，总是十分喜欢惋惜投到别人怀抱中的女人的。我们永远看不出她们从中能期待什么好处。我们固然可以爱有关的这个男人——就像我发生的情况那样，但是，这时我们也仍然不会忘记一般人世间的这类情史会有什么结局。我对卡门感到一种出自肺腑的同情，这

---

① 指莎翁名剧《奥赛罗》中雅古向奥赛罗进谗言，唆使他扼杀黛丝迪蒙娜。

种同情是我从未对奥古斯塔或卡尔拉感到过的。我对她说："既然您好意地请我做您的朋友，您能允许我向您提出一些警告吗？"

她不允许我这样做，因为正像所有处在这种关头的女人一样，她也认为，任何警告都是一种侵犯行为。她脸红了，结结巴巴地说："我可不明白！为什么您这么说？"她随即又让我住嘴，说："要是我需要请教，我当然会找您的，科西尼先生。"

因此，她是不让我向她宣扬一番道德论，这对我来说，算是个损失。在向她宣扬道德论时，我肯定会进一步动真情，甚至我会试图把她再一次搂到我的怀里。我不会再为采取良师益友的骗人模样而感到烦恼了

古伊多每周总是有好几天不在办公室露面的，因为他喜欢打猎钓鱼。我呢，恰恰相反，在回到办事处以后，有一阵子我是蛮勤奋的，我非常忙于管理账目。我经常单独和卡门及路奇亚诺在一起，他们把我看成是他们的办公室主任。我并不觉得，卡门因为古伊多不在而感到痛苦，我想象：她是太爱他了，因而知道他去开心取乐，她就感到满心欢喜。她想必也被告知哪几天他是不在的，因为她丝毫没有透露焦急等待的样子。我从奥古斯塔那里得知，阿达的为人可不是这样，因为她总是苦苦地抱怨丈夫经常不在家。况且，这也不是她唯一的抱怨。像所有不被人爱的女人一样，她是不论遭受的触犯大小，都以同样的激烈程度大发怨言的。古伊多不仅背叛她，而且即使在家，也总是拉提琴。这把小提琴曾使我感受到那么大的痛苦，却像阿喀琉斯①的那种能用来从事种种不同活动的投枪。我知道，这把小提琴也曾到过我们的

① 阿喀琉斯系希腊神话中的著名英雄，他的投枪有各种用途，特别是其本身的铁锈能治愈投枪所刺破的伤口。

办事处，并且以十分动听的《塞维利亚理发师》①的那些变奏曲促进了古伊多对卡门的调情。后来，它一去不返了，因为办事处已经不再需要它，它又回到家里去，以便能为古伊多解除不得不跟老婆谈话的烦闷。

在我和卡门之间，再没有发生任何事情。很快我便对她产生一种完全漠然的感情，就仿佛她改变了性别。这种感情类似我对阿达感到的那种东西。一种对两个人都十分同情的心绪，别无其他。确乎如此。

古伊多对待我是极尽和蔼可亲之能事。我相信，在我把他撇下只剩单独一人的那个月份，他必是懂得要重视我所起的伙伴作用。一个像卡门那样的普通女人，有时可能会是讨人喜欢的，但是，绝对无法整天整天地承受她。古伊多请我去打猎钓鱼。我讨厌打猎，坚决拒绝奉陪。然而，一天晚上，出于烦闷，我最后竟跟他一起去钓鱼了。鱼儿缺少与我们沟通的任何手段，它也无法引起我们的同情。它即使在水中安然无恙，也是在大口喘气！甚至死亡也不会改变它的模样。它的痛苦，倘若真有的话，也是秘密地藏在它的鱼鳞下面。

一天，他邀我夜间去钓鱼，我做了保留，说要看看奥古斯塔是否允许我那天晚上出门，并且在外面待到那么晚。我对他说，我会记得，他的小船会在晚上九点钟离开萨尔托里奥防波堤的，可能的话，我会到那里去的。因此，我认为，他也想必立即知道，那天晚上，他不会再见到我，正像我以前做过多次那样，我根本不会去赴约。

---

① 《塞维利亚理发师》系意大利著名歌剧作曲家罗西尼的名作。

　　然而，那天晚上，我却被我的小安东妮亚的尖叫声赶出了家门。母亲越是安抚她，那小家伙越是叫得厉害。于是，我就尝试了一下我的办法，即在那个拼命吼叫的小猴子的小耳朵里大声骂了几句。结果却只是改变了她那叫喊的节奏，因为这时她开始吓得叫喊起来了。接着，我又想试用另一种更加有力一些的办法，但是，奥古斯塔及时地提醒还有古伊多的邀请，并且她把我送到门口，答应我：如果我回来晚了，她就自己上床睡觉。甚至只要能把我赶走，她宁可迁就，在第二天早上，即使没有我在场，她自己也可以喝咖啡，如果我直到那时还没有回来的话。我和奥古斯塔之间有一点小小的分歧——唯一的分歧，那就是涉及如何对待吵闹不休的孩子：在我看来，孩子的痛苦不如我们的痛苦那么重要，因而，只要能使大人不受很大干扰，让他痛一痛是值得的；相反她却觉得，我们既然生下孩子，就应当忍受他们。

　　我有充足的时间去赴约，我缓缓地穿过城市，一边看着一个个女人，同时又在琢磨着有什么特殊机器能防止在我和奥古斯塔之间产生任何分歧。但是，人类还没有进化到能给我找出这种机器来呢！这种机器只能在遥远的未来才能有，而它若是不能向我表明，因为什么小小的理由，我就会跟奥古斯塔争执起来，那么它对我也不可能有什么用处：我缺少的就是这么一个小小的机器！这机器可能是很简单的——一辆家用的电车，一把有轮子和路轨的小椅子，我的孩子可以坐在上面过上一天；然后则是一个电钮，按一按它，那把小椅子连同吼叫着的孩子就开始跑起来，一直跑到家里最远的一个地方，从那里传来孩子的声音，那声音因为来自远处而显得很微弱，甚至使我们觉得它很悦耳动听。而我和奥古斯塔则可以安安静静、亲亲热热地待在一起。

　　这一夜是满天星斗，没有月亮，在这样的夜里，可以看得很远，因此，它使人感到温存，感到宁静。我望了望繁星，它们可能还会显示出我垂死的父亲投给我的最后诀别的一眼。我的孩子们弄脏东西，拼命吼叫的那个可怕的时期，总会过去的。随后，他们会变得跟我类似，我会根据我的责任，不费力气地去疼爱他们。在这美丽而辽阔的夜里，我感到自己完全平静下来，并且不必再许什么愿。

　　在萨尔托里奥防波堤的尽头，来自城市的灯光被一所老房子遮挡住了，从那老房子处，突出地显露出防波堤的尽头，像是一段短短的地基。黑暗十分深沉，水又高又浑又静，我觉得，它是在懒洋洋地膨胀起来。

　　我不再看天，也不再看海。离我只有几步远的地方，有一个女人，她引起我的好奇心，因为她穿了一双漆皮靴，靴子霎时在黑暗中亮了一下。在狭小的空间和黑暗中，我觉得，女人身材很高，也许穿着也漂亮，她像是跟我一起被关在一个房间里。最令人神往的艳事总是会在最没有想到的时候发生的。看到那女人突然蓄意走了过来，我一时间产生一种十分惬意的感觉，而当我听到卡门那嘶哑的声音的时候，这感觉就立即消逝了。她有意装作很高兴得知我也来散心。但是，在黑暗中，又有这样一种声音，是无法伪装的。

　　我对她粗鲁地说：

　　"古伊多请我来的。但是，要是您愿意，我还有别的事，我可以让你们单独待着！"

　　她表示抗议，声称相反她很高兴这一天第三次见到我。她告诉我：在那只小船上，整个办公室的人都聚在一起了，因为还有路奇亚诺。倘若小船沉了，那我们的生意就泡汤了！她对我说，还有路奇亚诺，这肯定是要向我证明：这次聚会是没有歹意的。接着，她又絮絮叨叨地扯了半天，先是对我说，这是第一次她跟古伊多一起来钓鱼，随后又坦白：这是第二次。她透露出，她不喜欢坐在小船的"船舱底板"上，我倒觉得奇怪：她竟知道这个词儿。这样，她不得不向我坦白说，这是第一次她跟古伊多一起钓鱼时学会这个词儿的。

"那一天，"她又加了一句，为的是着重表明那第一次游玩是完全清白的，"我们去钓的是鲭鱼，不是鲷鱼。是早上去的。"

可惜我没有工夫让她扯得更多些，因为我可以把所有我认为重要的事都了解到了，但是从萨凯塔湾的暗处游荡出古伊多的小船，它很快就靠近了我们。我一直还在怀疑：既然有卡门在，我是否该躬身引退？也许古伊多也并没有打算邀请我们两个，因为我记得我当时差不多是拒绝了他的邀请的。这时，小船已经靠岸，卡门像年轻人那样在黑暗中仍然十分自信，下到船里，却没有注意去扶路奇亚诺向她伸过去的那只手。因为我在犹豫，古伊多便喊叫起来：

"别让我们浪费时间！"

我纵身一跃，也跳进船里。我这一跳几乎是不由自主的：是古伊多喊叫的结果。我怀着十分渴望的心情望着陆地，但是，只需有片刻的犹豫就足以使我无法上岸了。我最后坐到这只不大的船的船头。当我适应了这黑暗一片的时候，我看到，船尾，面对着我，坐的是古伊多，在他的脚下，在船舱底板上，坐的是卡门。路奇亚诺在划船，他把我们恰好分开。在这小船里，我既不感到十分安心，也不感到十分舒服，但是，我很快便适应了，我望了望繁星点点，它们又一次使我松弛下来。确实，有路奇亚诺在场（他是我们妻子家中的一个忠心耿耿的用人），古伊多不会有背叛阿达的风险，因此，我跟他们在一起，也是没有任何坏处的。我非常渴望能欣赏一下这天、这海，以及那无限辽阔的寂静。倘若我非要后悔此行，因而感到痛苦的话，那么我最好还是待在家中，让小安东妮亚来折磨我。夜的清爽空气填满了我的胸膛，我明白我跟古伊多和卡门做伴，是无法开心的，因为实际上，我是喜欢卡门的。

　　我们在灯塔前面划过去，来到空旷的海上。再往前几海里的地方，闪烁着无数帆船的灯光：正是在那里，给鱼儿埋下许多其他陷阱。从军港（它是一条庞大的防波堤，杆柱林立，漆黑一片）我们开始沿着圣安德雷亚海岸来回划动。这是渔民们最喜爱的地方。在我们旁边，许多其他船舶也在静悄悄地像我们这样划动着。古伊多准备好三根钓鱼线，把鱼钩安在上面，同时又把小虾米的尾部插上去。他给我们每人一条钓鱼线，一边说：我的钓鱼线是在船头，是唯一挂下铅锤的，也是鱼最喜欢的。我在黑暗中看到我的那只被插穿尾部的小虾米，我觉得，它似乎在缓缓地移动着身体的上部，即没有变成虾壳的那个部分。由于这个动作，我觉得，它仿佛是在思考，而不是在痛得痉挛。也许，那种在大的机体中引起疼痛的东西，在极小的机体中则可能会缩减成一种新的感受，一种促成思维的动作。我把虾米投到水中，让它在水中沉下去，像古伊多告诉我的那样，沉到十英寸的深度。继我之后，卡门和古伊多把他们的钓鱼线沉下去。这时，古伊多在船尾还有一把船桨，他用这船桨把船划动着，要运用技巧，使几根钓鱼线不致搅在一起。看来，路奇亚诺还不能用这种方式指挥小船。况且，路奇亚诺这时已经负责使用一个小小的渔网，他要用这渔网把上钩的鱼拉到水面上来。他老半天无事可干。古伊多在唠唠叨叨地瞎聊。谁知道他是否是出于热衷于教导如何钓鱼而不是出于恋情，才这样纠缠住卡门不放的。我倒宁可不去听他胡扯，继续考虑那只小动物，我正在把它献给鱼儿，让鱼儿美餐一下，它被悬在水里，那小脑袋不住地摆动——如果在水里它也继续这样摆动的话，它就会更好地引诱鱼儿。不过，古伊多却叫了我好几次，我于是不得不去听他的钓鱼理论。那鱼儿可能有好几次已经碰上钓饵，我们也已经感觉到了，但是，我们却要谨防不要拉起钓线，只要钓线还没有抻直。于是，我们得准备好猛地一拉，这肯定会把钓钩插上鱼嘴。古伊多照旧解释个没完没了。他想向我们明确解释，当鱼儿嗅到钓钩的时候，我们的手会有什么样的感觉。他继续在解释，而这时，我和卡门早已凭经验懂得，每逢钓钩遇上鱼的接触，我们的手就会产生几乎带有声响的反应。我们曾多次不得不收拢钓线，插上新的钓饵。这若有所思的小动物最后总是落入一些懂得如何避免钓钩的老练的鱼儿的口中，却得不到报复。

　　船上有啤酒和夹心面包。古伊多用他那无尽无休的瞎聊为所有这些吃食添加佐料。这时，他谈到深藏海底的巨大资源。这可不是像路奇亚诺所认为的，涉及什么鱼类和人投入其中的资源。海水里有熔化的黄金。突然间，他想起我是学过化学的，于是对我说：

　　"你想必对这种黄金也知道一些。"

　　我对此已经记得不多了，但是，我还是点了点头，并且冒失地提出了看法，而我对这看法的真实性则是没有把握的。我说道：

　　"海底黄金是所有黄金中最贵重的。要想得到深藏海底的熔化了的一个拿破仑金币，必须花掉五个。"

路奇亚诺本来是抱着急切的心情转向我，听我证实我们在其上游荡的那些资源，这时则扫兴地转过去，背向我。对他来说，这类黄金已经是无所谓了。然而，古伊多却认为我说得对，他认为自己记得，这类黄金的价格正是一般黄金的五倍，这恰恰是我刚说过的。他对我赞不绝口，同时证实我的说法，其实，我知道，我的说法完全是想入非非的。可以看出，他觉得我并不是很危险的，在他身上，没有丝毫因那个躺在他脚下的女人而产生的嫉妒心理。我一时间想让他难堪一下，便说：我现在记得更清楚了，要想从海底拿出一个这类拿破仑金币，只花费三个就够了，要么则得花上十个。

但是，就在这当儿，我的钓线把我召唤过去，因为它突然被强有力地一拉，竟抻直了。古伊多猛地一跳，跳到我身边，从我手里把钓线拿过去。我心甘情愿地让他去拿。他开始把钓线往上拉，起初是一点一点地拉，后来，由于抵抗力减少了，他就用极大的力气往上拉。在浑浊的水中，可以看到一条大动物的银色躯体在闪闪发光。它这时已经在迅速地但又无力抗拒地被疼痛弄得四下窜动。因此，我明白这不会说话的动物的疼痛程度，因为它是用那迅疾奔向死亡的动作来喊叫疼痛的。很快，它落到我的脚下，大口大口地喘气，路奇亚诺用网把它从水里捞上来，并且不客气地从我手中把它夺过去，把鱼钩从它嘴中拔出来。

他拍了拍那条大鱼：

"是条三公斤的鲷鱼呢！"

他一边赞赏着，一边说出这条鱼在鱼市上要卖多少钱。接着，古伊多指出，这时间，水静止不动了，要想再钓上几条鱼，是很难的。他讲述道，渔民们认为，当水不涨也不降的时候，鱼就不会吃食，因此，就不可能被人捉住。他就一个动物如何因自己的胃口而遭遇危险的问题，大谈了一番。接着，他笑了起来，却没有发现他自毁了声誉，因为他说：

"你是今天晚上唯一会钓鱼的人。"

然而，我的猎物却仍在船内挣扎着，这时卡门尖叫了一声。古伊多没有动弹，声音里带着很大的笑意，问道：

"又是一条鲷鱼？"

卡门神色张皇，答道：

"好像是！可它已经脱掉钓钩了！"

我现在敢肯定：古伊多当时准是在情欲的驱使下，拧了她一下。

这时我在这条船上感到很不自在，我不再抱着什么渴望支配我的钓钩了，相反却把钓线任意甩来甩去，这样，那些可怜的动物就不能咬上。我声称，我困了，我请古伊多把我送到圣安德烈亚上岸。接着，我又担心会使他猜疑，我之所以要离去，是因为卡门那声尖叫把事情向我揭露无遗，我对此感到厌烦，于是，我便把当晚我的小女孩发脾气的事向他讲了一番，并说，我想早些回去看看，她是不是不舒服了。

古伊多照旧仍是兴高采烈地把船靠了岸。他把我钓的那条鲷鱼送给我，但是，我婉拒了。我建议让这条鱼重获自由，随手把它扔进海里，这一来，却使路奇亚诺发出了抗议的吼叫，而古伊多则息事宁人地说：

"要是我知道可以让它重获生命和健康，我也会这样干的。但是，这条可怜的畜生这时也只能上碟了！"

我目随着他们的动作，看出他们并没有利用我腾出的空当。他们还是紧紧地挤在一起，小船划开了，而由于船尾太重，船头有些翘了起来。

我得知我的小女孩发起烧来之后，我觉得，自己仿佛遭到上天的惩罚。难道不是我使她得病的吗？因为我对古伊多装出对她的健康十分关怀，其实，我根本没有这种感觉。奥古斯塔还没有上床睡觉，但是，刚才保利大夫还在，他让她放心，说自己敢肯定：虽然烧来得很突然，又很厉害，但不可能是什么严重的病症。我们久久地看着安东妮亚，她正瘫软地躺在小床上，小脸蛋的皮肤干而通红，衬着一头蓬乱的棕色发卷。她没有叫喊，而只是不时短促地呻吟，这呻吟常常被一种沉沉的昏迷状态所打断。我的上帝！病痛使她多么贴近我啊！为了使她呼吸畅快，我宁可牺牲我一部分生命。我一想到自己不懂得疼爱她，而且在她受苦的整个时间里，却远离了她，跟那一帮人鬼混，心中就顿感十分懊悔，可我又怎样才能消除这懊悔的心情呢？

"她真像阿达！"奥古斯塔哽咽地说。果真如此！这是我们第一次发现的，而随着安东妮亚慢慢地长大，这种相像也就变得日益明显，以致我有时一想起和她相像的那可怜的女人的命运也可能落到她头上，我就情不自禁地感到，心都在发抖了。

我们在把小孩的床放到奥古斯塔的床旁边之后，便上了床。但是，我却不能入睡：我的心像压上一块石头，正像那几晚，我在白天所遭遇的事到夜间都反映成种种痛苦而悔恨的画面一样。孩子的病在压抑着我，犹如我自己在生病一样。我要抗争！我是清白的，我可以说，我可以把一切都说出来。我果然把一切都说出来了。我告诉奥古斯塔我和卡门相遇的事，告诉她卡门在船里所待的位置，接着，我还告诉卡门的那声尖叫，我怀疑是古伊多粗暴地抚摸她引起的，但我又不能对此确有把握。但是，奥古斯塔却确信是这样的。不然的话，为什么过了一会儿，古伊多的声音又因为哈哈大笑而变了样呢？我设法减少她确信的程度，但是，后来我却又不得不继续讲下去。我交代了有关我自己的事，我描述了促使我离开家的那种烦恼情绪和我对不能更好地疼爱安东妮亚感到的懊悔。我立刻感到轻松一些，随即沉沉入睡了。

次日清晨，安东妮亚好一些了，几乎不再发烧。她静静地躺着，不再气喘吁吁，但面色却是苍白的，无精打采，仿佛花费了跟她那弱小的机体不相称的气力，显然，她已经战胜了与她短暂纠缠的病魔。见到这般光景，我的心情也平静下来，这时，我想起我把古伊多说得太糟糕了，我为此感到心疼，我想请奥古斯塔答应我，她不会把我的这些猜疑告诉给任何人。她抗议说，这不是什么猜疑，而是非常肯定的明显的事，我否认这一点，却未能说服她。后来，她答应了我的一切要求，我安心地去办事处了。

古伊多还是不在，卡门告诉我，我走之后，他们非常走运。他们又钓上两条鲷鱼，比我那条要小，但是分量也不轻。我不想相信她的话，我认为，她是想让我相信，在我走后，他们放弃了我在的时候他们一直在干的事。水不是静止不动了吗？他们在海上究竟待到什么时候？

卡门为了说服我，让路奇亚诺也来证实他们钓上两条鲷鱼，从这一次起，我就认为，路奇亚诺为了讨好古伊多，是什么事情也干得出来的。

仍然是在那项硫酸铜买卖发生之前的那段逍遥自在的平静时期中，办事处发生了一件相当奇怪的事，这件事是我无法忘记的，因为它表明古伊多是多么狂妄和夜郎自大，同时也使我处于我自己也难以想象的地位。

一天，我们四个都在办公室，我们中间唯一谈到生意的，仍像一贯那样，是路奇亚诺。他的言谈话语之中，有些东西在古伊多听来，就像是一种训斥，当着卡门的面，这是他难以承受的。但是，为此而进行自我辩护，这同样也很难，因为路奇亚诺有证据，证明几个月前，他建议的一桩生意曾遭到古伊多的拒绝，但最后却使做这桩生意的人大赚其钱。古伊多最后声称，他瞧不起做买卖，并且还扬言：如果运气在这方面帮他的忙，他可以通过从事更聪明得多的活动来找到赚钱的办法。比如说，通过拉提琴。大家都同意他的话，我也是，但我却有一点保留：

"条件是要多学习。"

我的保留很令他扫兴，他立即就说，倘若谈到学习，他届时可以做许多其他的事，比如说，文学。在这个问题上，其他人也都同意他的说法，我也是，但我却有一些犹豫。我记不大清楚我们那些大文学家的面貌如何了，我把他们的面貌追述了一下，想从中找出一个与古伊多相像的。他这时吼叫起来。

"你们想听有意思的寓言吗？我可以像伊索那样给你们立即编出来！"

大家都笑了，除了他。他让人把打字机搬给他，他流畅地，就仿佛是在听写，并且以比打字工作所要求的那种动作更加放开的手势，打出了第一个寓言。他已经把那页纸递给路奇亚诺了，但是又改变主意，于是又拿了过来，重新放到打字机上写第二个寓言，但是，这个寓言要比第一个寓言叫他更费力气，这样，他竟忘记要继续用手势模拟灵感的到来了，他不得不多次修改他的稿子。因此，我现在认为，两个寓言中的第一个原本不是他的，相反第二个才真正是从他的脑子里想出的，我觉得，第二个果然不辜负他的脑子。第一个寓言说的是一只小鸟，它忽然发现它的笼子的小门打开了。起初，它想借此机会飞出去，但是后来，它又改变主意，因为它担心：在它飞走了的时候，笼子的小门又会关上，那么，它就会失掉自己的自由。第二个寓言讲的是一头大象，这头大象可真是地地道道的大象。它感到腿部无力，于是，这个大动物就去请教一个人，一位著名的医生，医生一见那巨大的关节，就喊道："我从未见过这么强壮的大腿。"

路奇亚诺没有被这两个寓言吸引住，这也是因为他根本弄不懂。他痛痛快快地大笑了一番，但是，可以看出，他觉得这很滑稽：这样一件事竟然向他介绍成可以用来做买卖的事。我们向他解释了那只小鸟担心会丧失回到笼里去的自由，那男人欣赏那头大象的大腿，尽管大腿是软弱无力的，这时，他也满意地笑了笑。但是接着，他就问道：

"这样，从这两个寓言里能得到什么呢？"

古伊多摆出高人一等的样子：

"能得到编造寓言的喜悦，然而，要想编出更多的寓言，就可以赚到许多钱。"

相反，卡门却激动得坐立不安。她要求允许她把这两个寓言抄录下来，当古伊多把写有这两个寓言的那张纸用钢笔签了名，并且送给她的时候；她简直是感激得连声称谢。

我跟这件事有什么关系呢？我没有必要去争斗一番，以求博得卡门的赞叹，因为正如我已经说过的，她对我根本无所谓，但是，我想起我的一贯做法，我不得不认为，即使是一个并非为我们的情欲所追求的女人，也会推动我们去苦斗一番的。中世纪的那些英雄们不是也确实曾为一些他们从未见过的女人而斗争吗？那一天，我果然也发生这样的事：我可怜的机体的那种针扎似的疼痛，突然变得剧烈起来，我觉得，除非我跟古伊多争斗一番，也立即编出一些寓言，否则我就无法减轻这疼痛。

我让人搬给我打字机，我当真心血来潮，编造起来。其实，我所编的第一个寓言已经有好几天酝酿在我的心灵里了。我即兴给它加上一个标题："生活颂歌"。接着，我略加思考之后，又在下面写上："对话"。我觉得，让畜生讲话比描写它们似乎来得更容易。这样，我的那个以极为简短的对话为体裁的寓言就诞生了：

沉思着的小虾米："生活是美好的，但是，必须注意我们所处的位置。"

鲷鱼跑到牙科医生那里："生活是美好的，但是似乎必须消灭生活当中那些背信弃义的小动物，因为它们在那香喷喷的肉里隐藏着锋利的金属。"

这时，需要编第二个寓言了，但是，我却不知写什么畜生才好。我看了看那条躺在旮旯里的狗，它也瞧了瞧我。从那双怯生生的眼睛里，我忽然想起一件事：几天前，古伊多打猎回来，浑身上下全是跳蚤，他到我们那个储存间里擦洗。于是，我立刻有了一个寓言，我流畅地把它写了下来："从前，有一个王子被许多跳蚤咬坏了。他请求天神只派给他一只跳蚤，哪怕是大的、饥饿的跳蚤，但是只派一只，把其他那些跳蚤则派给其他人。但是，这些跳蚤里没有一个同意单独跟这个人畜泡在一起，于是，他只好把所有的跳蚤都包了下来。"

当时，我觉得，我的两个寓言都是精彩异常的。凡是从我们的脑子里想出的东西，总是无上可爱的，尤其是当我们在它们诞生不久就来观看一番的时候。说实话，我写的那个对话，到现在还令我感到欣悦，因为我在写作时运用了许多实际经验。垂死的人对生活的赞颂，对于那些看着他在慢慢死去的人们来说，是件值得同情的事，其实，许多垂死的人都花费最后的一口气，为的是说出在他们看来是他们致死的原因，从而向别人的生活唱出一曲颂歌，使他们能避免发生这类意外事件。至于第二个寓言，我现在不想说它，因为当时，古伊多曾尖锐地对它做了评论，他边笑边叫：

"这哪里是什么寓言，其实是在咒骂我是畜生嘛。"

我也随他一起笑了，促使我写寓言的那种疼痛立即减轻了：当我向路奇亚诺解释我的用意的时候，他也笑了，我发现，任何人都没有因为我的寓言和古伊多的寓言而损失什么。但是，卡门却不喜欢我的寓言。她向我送了一个审查的眼色，这眼色对她那双眼睛来说，确实是前所未有的，我领悟这眼色的含义，就像明白讲出的一句话一样：

"你不爱古伊多！"

我当下感到惶惶然，因为这时，她肯定没有猜错。我当时想，我不该这样做，仿佛我不爱古伊多似的，而我却是为他无私地工作的。我今后得注意自己的行为举止。

我温和地对古伊多说：

"我心甘情愿地承认，你的寓言比我的好。但是，应该提到，这是我有生以来第一次写寓言。"

他可没有服输：

"你难道以为，我曾经写过其他寓言吗？"

卡门的眼色这时已经变得柔和了，为了使它变得更加柔和，我对古伊多说：

"你肯定有写寓言的特殊才能。"

但是，这句恭维话竟使他们两个都笑了起来，随即也使我自己笑了起来，而且大家都是充满善意，因为可以看出，我这样说是毫无恶意的。

硫酸铜事件使我们的办公室变得更严肃一些。已经不再有时间去编造寓言了。这时，几乎所有向我们提出的生意，我们都一概予以接受。有些生意使我们赚了一些好处，但是数目很小；其他一些生意则使我们遭受损失，但是数目很大。古伊多的主要毛病是吝啬得出奇，然而，在做生意之外，他却是十分慷慨的。当一桩好买卖上门的时候，他总是草率地把它取消掉，因为他总是贪图从中得到一笔小小的好处。然而，当他被卷进一桩不利的买卖的时候，他又总是下不了决心从中脱身，只要这样做能延迟他不得不触动自己的口袋的时间。为此，我相信，他的损失总是很大的，他的盈利则总是很小的。一个商人的品质不可能是别的什么，只能是他的整个机体的各个成分，从头发尖到脚趾甲。希腊人有一句话似乎对古伊多很适用："既滑又蠢。"他确实很滑头，但也确实是个蠢货。他有许许多多精明才干，但这些精明才干却起不了别的什么作用，只能用来摩擦那块斜面，他正是在那块斜面上越来越往下滑。

与那硫酸铜一起降临到他头上的是他的一对孪生子。他的第一个印象是感到意外，而这意外又绝不是令人兴奋的，但是在他告诉我这件大事之后，他竟随即又说出一句俏皮话，这倒使我笑得不亦乐乎：他对自己的成就感到满意，因而无法保持怒容。他把两个孩子与六十吨硫酸铜联系起来，说道：

"我是注定要做批发买卖的啊！"

为了安慰他，我告诉他：奥古斯塔又有了七个月的身孕，我很快也会在孩子问题上达到他的那个吨位数。他仍然很尖刻地答道：

"作为一个好会计，我可不觉得这是一码事。"

几天过后，一阵子过后，他开始对两个小家伙产生十分亲热的感情了。奥古斯塔白天总是在姐姐家过一段时间的，她告诉我，古伊多每天要用几个小时照看孩子。他常抚摩着孩子，给他们唱催眠曲，因此，阿达对他十分感激，看来，这对夫妻又萌发了新的感情。在那几天，他在一家保险公司投了一笔相当可观的保险费，为的是使两个儿子在二十岁时能得到小笔款子。我现在还记得这件事，因为是我把这笔费用记在他的账上的。

我也应邀去看望这一对孪生子。奥古斯塔甚至对我说，我也可以去问候一下阿达，然而，阿达没法接见我，因为她得待在床上，尽管产后已经过了十天。

两个孩子睡在靠近父母卧室的一个婴儿室的两个摇篮里。阿达从她的床上向我叫道：

"他们漂亮吗，泽诺？"

这嗓音的声响使我颇感意外。我觉得，它似乎更甜美了：这是一声真正的叫喊，因为从中可以感觉到，它是用力发出来的，不过，它仍然显得十分甜美。无疑，那声音的甜美是来自母爱，但是，我之所以为之感动，却是因为我从中发现，它是冲着我来的。这种甜美使我觉得，仿佛阿达并不仅仅是叫我的名字，而且是把一些亲昵的形容词儿如"亲爱的"或"我的兄弟"等也加进去了！为此，我感到一种强烈的感激之情，我也变得和善和亲热起来。我兴高采烈地答道：

"他们又漂亮，又可爱，又一模一样，简直是两个奇迹。"其实，我觉得，他们简直像是两个苍白的小死人。他们两个都在哇哇叫着，彼此很不协调。

很快古伊多就回到原来那种生活。在硫酸铜买卖之后，他到办公室来得更勤了，但是，每周六还是去打猎，只是在周一早上很晚才回来，那时间正好是可以及时在午饭前看一看办事处的时候。他常是晚上才去钓鱼，并且往往在海上过夜。奥古斯塔常把阿达的烦恼告诉我，说她虽然受到强烈的嫉妒心的折磨，但是也为单独一个人在白天过上许多时间而痛苦。奥古斯塔常设法安慰她，告诉她：打猎，钓鱼，都没有女人参加。但是，阿达却知道——不知是从谁那里得知的——卡门有时陪古伊多去钓鱼。再说，古伊多也承认这一点，并且他还说，他这样和气地对待一个对他如此有用的女职员，这丝毫没有坏处。何况路奇亚诺不是总是在场吗？他最后答应，以后不再邀请卡门了，既然阿达不喜欢他这样做。他常声称，他是不愿放弃打猎（这要花费他许多钱）和钓鱼的。他说他工作得很辛苦（的确，这期间，我们的办事处是有很多活干），他觉得，消遣一下对他来说是理所当然的。阿达并不这样看，她觉得，最好的消遣莫过于在家里做。在这方面，她还得到奥古斯塔的无条件赞同，而在我看来，这样的消遣未免太吵了。

奥古斯塔于是慨叹了一声：

"你难道不是每天在必要的时间都待在家里吗？"

确乎如此，我应当承认，我和古伊多之间有很大的不同，但是，我无法对此进行自我吹嘘。我常边抚爱着奥古斯塔，边对她说：

"这是你的功劳啊，因为你使用的教育方法非常果断。"

此外，对那可怜的古伊多来说，事情是日甚一日地恶化：起初，虽然有两个孩子，但只有一个奶妈，因为他们希望阿达能奶上一个孩子。然而，她却做不到，于是他们不得不又雇来一个奶妈。当古伊多有意让我大笑一场的时候，他便总是在办公室里走来走去，一边用言语打着拍子："一个老婆……两个孩子……两个奶妈！"

有一件东西是阿达特别憎恶的——古伊多的提琴。她能忍受孩子们的哇哇叫，但一听到那提琴的声音就难受得要命。她曾对奥古斯塔说：

"我简直感到自己会像狗一样冲着这些声音吠叫！"

真怪！当奥古斯塔在我的书斋前走过，听到里面传出我拉的那些没有节奏的声音的时候，她却感到十分幸福！

"不过，阿达的婚姻却是恋爱结合啊，"我常惊讶地说道，"难道拉提琴不是古伊多最拿手的？"

当我第一次又看到阿达的时候，这种闲聊便完全被遗忘了。正是我首先发现她得病的。十一月初的一天，那是寒冷、没有太阳、潮湿的一天，我例外地在下午三点钟就离开了办事处，我跑到家里，想在我的暖烘烘的书斋里休息休息，睡上几个小时。要到我的书斋去，必须经过那长长的过道，我在奥古斯塔的工作间前面站住了，因为我听见阿达的声音。那声音是甜美的，或是犹疑的（我想，这没有什么区别），正像那天她向我说话时的声音一样。我走进这个房间，因为我被一种奇怪的好奇心所驱使，想要看一看那个平静、安详的阿达怎么会有这样一种声音：这声音使人有些想起我们某位女演员的声音，这位女演员想使人哭泣起来，而自己却不懂得如何哭泣。这确实是一种假嗓，或者是我这样感觉的，这不过是因为我还没有看到发出声音的人，我是经过好几天之后才听出这声音来的，这声音依然是同样激动和感人。我想她们是在谈古伊多，因为除此之外，还有什么别的话题能使阿达如此激动呢？

然而，两个女人手里都拿着一杯咖啡，却在谈着家务事：换洗衣服啊，男女用人啊，等等。但是，我只需目睹阿达就足以领会到，那声音不是假的。她的脸也是令人感动的，因为是我首先发现它变得那么厉害，还有那声音，即使它跟某种情感不相协调，也恰恰能反映出整个身体状况，因此，那声音是真实的、诚挚的。这一点我立即感觉到了。我不是一个医生，因此，我没有想到这是一种病症，但是，我力图向自己解释阿达外貌的这种变化，这好像是产后康复的结果。但是，又怎么能解释：古伊多竟然不曾发现自己的女人身上发生的这样大的变化呢？至于我，我是把那眼睛牢记在心的，我曾如此害怕那眼睛，因为我当时很快就发现，那眼睛是冷冷地审查人和事的，为的是决定接受还是拒绝这些人和事。我可以立即断定：那眼睛也发生了变化，它变大了，仿佛为了要看得更清楚些，它竟要冲出眼眶。在那张憔悴而苍白的小脸上，那双大眼睛显得很不协调。

她十分亲热地向我伸出手来：

"我现在可知道了，"她对我说，"你一有时间就回来看看你的妻子和孩子。"

她的手汗津津的，我现在知道，这说明身体虚弱。这样一来，我就想象，如果身体恢复原状，她就会再现昔日的光彩，面颊和凹陷的眼睛也会再现美丽的线条。

我认为，她对我说的这几句话，实际上是对古伊多的责备，我息事宁人地回答说，古伊多作为公司老板，责任比我大，这就使他离不开办公室。

她审视了我一下，想相信我是在说真格的。

"但尽管如此，"她说道，"我仍觉得，他总能找出一点时间来照顾一下他的妻子和儿子。"她的声音含满了泪水。她微微一笑，恢复了原状，这笑容是在请求原谅，她又说道：

"除了生意，还有打猎和钓鱼！这些事都占去不少时间。"

令我惊讶的是，她竟津津有味地说起，在古伊多打猎和钓鱼回来之后，他们在饭桌上吃的那些美味佳肴。

"不过，我情愿不吃这些东西！"她紧接着又说道，同时叹了一口气，掉了一滴泪。但是，她却没有说自己很不幸，恰恰相反！她说，她现在简直不能想象，要是她没有生下这两个她是那么钟爱的孩子的话，她会怎么样！她略显狡狯地又笑着加了一句：如今每个孩子都有了自己的奶妈，她是更加疼爱他们了。她平常睡得不多，但是，只要她困倦想睡，谁也不会干扰她。而当我问她，是否当真睡得那么少的时候，她又变得严肃起来，并且感慨万千，告诉我：这是她最大的麻烦。接着，她又欢喜地补充了一句：

"可现在已经好一些了！"

过了一会儿，她离开了我们，原因有二：首先，晚上她要去问候一下母亲；其次，她受不了我们装有大火炉的房间的温度。我倒觉得那温度还是蛮不错的，因此，我想感到那温度是否热得过分，是一种表明体质强弱的迹象。

"看来，你不像是那么虚弱嘛，"我笑着说，"你瞧着吧：到我这个年龄，你一定会有不同的感觉。"

她听到自己被说成过分年轻，感到十分高兴。

我和奥古斯塔把她送到楼道。她看来是很需要我们的友情，因为尽管只需走上这几步路，她却走在我们两人中间，她先是钩住奥古斯塔的胳臂，随后又钩上我的，我立刻变得僵硬起来，因为我怕又犯老毛病，即每逢有什么女人把胳臂送上来，让我钩住，我总要用胳臂挤一挤。在楼道上，她仍然说个不停，她提起她的父亲时，眼睛又湿润了，这是在一刻钟内的第三次了。她走了以后，我对奥古斯塔说，她哪里是女人，简直是喷泉。虽然我看出阿达有病，但我却丝毫没有重视这件事。她的眼睛变大了，她的脸消瘦了，她的声音变了，甚至她的性格也变得那么令人感到亲切，而这却不是她原来的性格，但是，我却认为，所有这些都是由于她做了两个孩子的母亲，由于她身体虚弱。总之，我证明了自己是个了不起的观察家，因为我看出一切，但是，我也是个非常无知的人，因为我没有说出那句实话：这是病！

次日，那位给阿达看病的妇科医生，请求保利大夫协助他一下，保利大夫立即说出我无法说出的词儿：Morbus Basedowii①。古伊多告诉我这件事，一边用十分深奥的理论向我描述这种病情，并且非常同情苦不堪言的阿达。我现在可以毫无恶意地想到，古伊多的同情和科学理论并不是怎么了不起的。当他说到妻子的时候，他可以摆出一副痛心疾首的模样，而当他用口述叫卡门起草

————————

① 拉丁文，指巴塞多氏病，即突眼性甲状腺肿。

一些信件的时候，他又表现出欢天喜地地生活和教导别人的样子。再者，他认为，那个用自己的名字来命名这种疾病的人是巴塞多①，此人曾是歌德的朋友，而当我查考一部百科全书来研究这个疾病的时候，我却立即发现：这涉及的是另一个人。

巴塞多氏病可是个了不得的要紧的病！对我来说，了解这个病是再重要不过的了。我从许多专论中研究了这个病，并且认为，我只是在此时才发现我们机体的主要秘密。我现在相信，许多人和我一样，都有一些时期，在这些时期里，某些思想占据并充塞整个头脑，使所有其他思考都无法渗入。但是，如果大家都有这种情况，那又有什么了不得呢？大家在见识过罗伯斯庇尔②和拿破仑之后，见识过李比希③甚至莱奥帕尔迪④，在这之后还见识过达尔文，而在这时，在整个宇宙中，俾斯麦还没有称王称霸呢！

但是，见识过巴塞多的只有我！我觉得，他揭示了生命的根源，而生命是这样构成的：所有机体都分布在一条线上——这条线的一端是巴塞多氏病，它意味着生命力的极大的乃至疯狂的损耗，节奏极快，心脏则急剧地跳动；这条线的另一端则是由于有机体丧失作用而造成的机体衰竭，这就会导致因一种类似神经衰弱的病症而死亡，其实这种病症却是怠惰成性。这两种病症的正确中介物位于中央，它被人不恰当地说成是健康，其实它无非是一种间歇罢了。位于中央和一个极端即巴塞多氏病中间的是所有

---

① 巴塞多（C.A. von Basedown，1799—1854），德国名医，1848年发现巴塞多氏病。
② 罗伯斯庇尔（Robespierre，1758—1794），法国大革命的主角之一。
③ 李比希（J.V. Liebig，1830—1873），德国著名化学家。
④ 莱奥帕尔迪（Giacomo Leopardi，1798—1837），意大利十九世纪最伟大的诗人。

那些抱有强烈的欲望、巨大的野心，通过享乐甚至工作来糟蹋生命和消耗生命的人；位于另一个极端的则是那些只把零七八碎的东西扔进生命天平的盘子里去的人，他们节省着精力，调配着那些卑鄙的长生不老药，而这些长生不老药实际上是社会的一种负担。看来，这种负担也是必不可少的。社会在前进，因为那些患有巴塞多氏病的人在推动它，但它也不会急转直下，因为另一些人在拉住它。我深信，要想建立一个社会，可以做得更简单些，不过，社会就是这样造成的，一头是甲状腺肿，另一头是水肿，而且是无药可医。位于中间的那些人要么是犯有早期的甲状腺肿，要么是犯有早期的水肿，横竖都是处在一条线上，在整个人类当中，绝对的健康是没有的。

根据奥古斯塔对我说的情况，阿达的甲状腺并不肿大，但是，她却有这种病的所有其他症状。可怜的阿达！过去她在我心目中是健康和均衡的化身，因此，有很长一段时间，我曾认为，她是以冷静的头脑选择丈夫的，这正如她的父亲以冷静的头脑选择他的货物一样。如今她染上疾病，这疾病使她沦入完全不同的一种状态：心理错乱！但是，我跟她一样也得了病，却是一种轻微的病，尽管是长期的。我久久地思考着巴塞多。我现在早已相信，不论我们被安置在宇宙中的哪一个地点，我们最终总要受到污染的。必须行动起来。生活是有毒素的，但是它也另有一些毒素能起反毒素的作用。只有火速行动，才能摆脱前者，利用后者。

我的病是一种居于统治地位的思想、一种梦幻，甚至是一种恐惧。它想必是从一种说法产生的：人们总是想把健康的某种脱轨说成是错乱，而这种健康脱轨现象只不过伴随我们走了我们生命的一段路程。如今，我知道阿达的健康是怎样的了。难道不正是她的错乱促使她爱上我，而在她健康时，她却拒绝我吗？

我真不知道这种恐惧（或者说，这种希望）怎么会在我的脑子里产生的！

也许是因为阿达那柔美而又显沙哑的声音向我传送过来时，我觉得是一种表示恋情的声音吧？可怜的阿达变得实在难看极了，我简直不再想要得到她。但是，我逐渐回顾我们过去的关系，我觉得，如果她果然对我突然产生爱意，那么，我就会处于难堪的境地，这种境地使人会略微想起古伊多对那位六十吨硫酸铜的英国朋友所处的境地。情况恰好一样！几年前，我向她表白过我的爱，而且我没有做出任何撤回的举动，除了娶了她的妹妹。在这桩交易合同中，她受到的保护不是来自法律，而是来自骑士精神。我觉得，我对她是承担了很大的义务的，即使许多年以后，她又来到我的面前，由于患了巴塞多氏病，多了一个漂亮的肿大甲状腺，我也一定会尊重我在合同上签的字的。

但是，我现在记得，这种前景曾使我对阿达的思虑变得更亲切了。直到那时为止，每逢我听到古伊多给阿达造成痛苦的消息，我当然不会幸灾乐祸，却总是情不自禁地抱着一定的满意心情，想到我的家，而阿达是曾经拒绝进入我的家的，而且一旦进入，她也根本不会受苦。如今，事情已经改变了：那个曾轻蔑地拒绝我的阿达，已经不复存在，除非我的医学判断是弄错了。

阿达的病是严重的。保利大夫曾在几天过后，建议让她离开家庭，送到波洛尼亚的一家疗养所去。我是从古伊多那里得知此事的，但是，奥古斯塔后来告诉我，甚至到这个时候，还不能使可怜的阿达免除一些令她十分扫兴的事。古伊多竟然恬不知耻地建议，在他的妻子不在时，由卡门来管理家务。阿达没有勇气公开说出她对这个建议是怎样想的，但是，她宣称，若是不允许她把管理家务的事委托给玛丽亚姨母，她就不会离开家里一步，古伊多当然只好迁就了。但是，他却继续抱有在阿达腾出的空位上，能有卡门供他摆弄的想法。一天，他对卡门说，如果她在办公室不是太忙的话，他很乐意委托她来管理家务。路奇亚诺和我面面相觑，当然，我们每个人都从对方的脸上，看出一种狡黠的表情。卡门羞红了脸，喃喃地说，她没法接受。

"可不是嘛！"古伊多愤愤地说，"为了考虑世上那些愚蠢的体统，竟然不能干那么有利于人的事！"

但是，他很快也一言不发了，他竟然能把如此令人感兴趣的一通说教缩短了这么多，这倒是出人意料的。

全家出动，把阿达送到车站。奥古斯塔请我买些花来送给姐姐。我晚到了一会儿，捧着一大束兰花，我把花交给了奥古斯塔。阿达盯着我们看，当奥古斯塔把花送给她的时候，她对我们说：

"我衷心地感谢你们！"

她是想说明，她也是从我这方面得到鲜花的，但是，我却感到，这是一种兄弟般的、温柔但也有点冷淡的亲切表示。巴塞多当然和这个没有关系。

可怜的阿达像个新娘，一双眼睛也因为感到幸福而无限度地变大了。她的病竟然能掩盖住一切激动情绪。

古伊多同她一起去，为的是陪陪她，待上几天就回来。我们在月台上，等到火车离去。阿达一直待在她的车厢的窗口，继续不断地挥动着手帕，只要还能看到我们。

接着，我们把眼泪汪汪的马尔芬蒂夫人送到家里。在分手时，我的岳母在吻了奥古斯塔之后也吻了我。

"对不起！"她流着眼泪笑着说，"我是无心这样做的，不过，要是你允许我这样做的话，我还会再吻你一下。"

小安娜——这时已经十二岁了——也想吻一吻我。阿尔贝塔就要为订婚而离开国家剧院了，她平常对我是有点矜持的，这一天，她却热情地向我伸出手来。她们这几位都很喜欢我，因为我的妻子容光焕发，她们这样做也是为了表示对古伊多的反感，因为他的妻子却生了病。

但是，正是在这时，我却差一点成为一个不怎么好的丈夫。我使我的妻子受到很大的痛苦，尽管这不能怪我，因为我做了一个梦，而我竟又天真地把这个梦告诉了她。

这个梦是这样的：我们是三个人，奥古斯塔、阿达和我，我们一起待在窗口，说得确切些，是待在我们三个住处的那个最小的窗口，也就是我的住处、我岳母的住处和阿达的住处的最小的窗口。就是说，我们待在我岳母家的厨房的那个窗口，这窗子原本是开向一个小小的庭院，而在梦中，它却开向大马路。在那小小的窗台上，地方很小，以致阿达——她待在我们中间，挽着我们的胳臂——竟贴紧我的身子。我看了看她，发现她的眼睛又变得冷冰冰的，目不斜视了，她的面庞的线条清晰至极，一直到后颈都是如此，我看到，她的后颈覆盖着薄薄一层发卷，那发卷是我经常在阿达向我转过身去时看到的。尽管如此冰冷（我觉得，这是她的身体所致），她却依然紧贴着我，就像我订婚的那天晚上，在说话的小桌上边，我以为她是贴紧我那样。我呢，满面笑容地对奥古斯塔说（当然，我也是在努力使我自己也关照她）："你瞧出她恢复得多好吗？巴塞多又在哪里呢？""你没有瞧见吗？"奥古斯塔问道，她是我们当中唯一朝街上看的人。我们使劲地探出身子去，发现有一大群人正在咄咄逼人地向前走着，一边还在吼叫。"可巴塞多又在哪里呢？"我又问了一次。接着，我看到他了。正是他在向前跑，后面追着这群人：他是个衣衫褴褛的老头儿，披着一件破烂不堪的大斗篷，但这件斗篷却是硬缎做的，他的大脑袋上是一头乱蓬蓬的白发，随风飘动，眼睛从眼眶里突出来，焦虑地四下望着，那眼神是我从被追赶的畜生身上看到过的，既恐惧又威胁。而人群仍在吼叫："宰了这个瘟神！"

接着，出现了一片空荡荡的黑夜。从那里，阿达和我立即单独地来到我们三家最陡的楼梯上，亦即通到我的别墅的阁楼的那道楼梯上。阿达是站在更高的几级阶梯的地方，但是，她却面向着我，我则正要走上去，这时，她似乎想下来。我抱住她的双腿，她则朝我弯下身来，我不知道是由于虚弱还是由于想更靠近我。一时间，我觉得，她似乎因为病而变了模样，但是接着，我又气喘吁吁地看着她，终于看到她恢复在窗口时的样子：美丽而健康。她用她那浑厚的声音对我说："你走在我前面，我来紧跟着你！"我呢，已经准备就绪，转过身去，想要跑到她前面，但我转得并不是快到看不见我那阁楼的门正在一点一点地打开，从里面伸出巴塞多那一头白发的脑袋，以及他那张既恐惧又威胁的脸蛋。我还看到他那站立不稳的双腿，那可怜的瘦骨嶙峋的身躯，斗篷并不能把那身躯掩盖住。我终于跑起来了，但是，我不知道是为了跑在阿达前面，还是为了逃避她。

这时，我似乎是上气不接下气地在夜里醒过来了，我在仍然昏昏欲睡中，把这梦全部或部分地向奥古斯塔说了，为的是能随即重新更安稳、更深沉地睡熟。我现在认为，我当时是在半意识中，盲目地按照旧日的愿望，坦白陈述我的过去的。

早上，从奥古斯塔的脸上，可以看出有一种因受到大的惊动而产生的蜡一般的苍白。我对这个梦记得清清楚楚，却不是确切地记得我向她究竟说了些什么。她以一种痛苦的逆来顺受的面容对我说：

"你是因为她生病并且又走了而感到很不快活，因此，你才梦到她。"

我连忙为自己辩护，一边笑着，并且嘲弄着她。对我来说，重要的不是阿达，而是巴塞多，我把我所做的研究乃至对这些研究的运用告诉她。但是，我现在不知道当时是否说服了她。当一个人在梦中被人抓住的时候，那是很难自我辩护的。这跟充分有意识地背叛自己的妻子之后又泰然自若地来到她身边相比，完全是另一码事。况且，即使奥古斯塔如此嫉妒，我也不会有任何损失，因为她是非常疼爱阿达的，以致在这方面，她的嫉妒不会投上任何阴影，至于我，她总是敬重地对待我的，这时甚至显得更加亲切，每逢我越是略微表示一下我的亲热，她就越是对我感谢不尽。

几天过后，古伊多从波洛尼亚回来了，并且带来最好的消息。"疗养所所长保证阿达会彻底治好，只要以后阿达在家中能有非常安宁的生活。"古伊多简单地、相当无意识地述说了这位医生的诊断，却没有发觉：这个说法在马尔芬蒂家中恰好证实了对他的许多猜疑。我于是对奥古斯塔说：

"瞧，你的母亲又要再亲吻我几下了。"

看来，古伊多待在由玛丽亚姨母照看的家中，并不感到很舒服。有时，他在办公室里走来走去，嘴里念叨着：

"两个孩子……三个奶妈……没有老婆。"

　　他也常常不到办公室里来，因为他要把自己的恶劣情绪发泄到作为打猎和钓鱼对象的那些畜生身上。但是，当将近年终从波洛尼亚传来消息，说阿达被认为已告痊愈，即将返回的时候，在我看来，他也并不为此而十分高兴。是他已经习惯了玛丽亚姨母呢，还是他平常见这位姨母见得很少，以致对他来说，忍受这位姨母是不难的，甚而是令人愉快的呢？对我他当然不会显示他的恶劣情绪，除了表示怀疑：也许阿达是过于匆忙离开疗养所了，因为在这之前，应当使自己确信能防止旧病复发。果然，在过了短短的一段时间之后，仍然在同一年的冬天当中，阿达又不得不回到波洛尼亚去了，这时，古伊多扬扬得意地对我说：

　　"我说着了吧？"

　　但是，我现在并不认为，当时，在这扬扬得意的情绪中，似乎有另一种快乐，而不是他如此兴高采烈地知道自己有先见之明的那种快乐。他并不希望阿达倒霉，但是，他却乐意让她在波洛尼亚长期待下去。

　　当阿达回来的时候，奥古斯塔却又因为生下小阿尔菲奥而卧床了，这时，她确实令人十分感动。她让我带一些鲜花到车站去，让我告诉阿达：当天她就想见阿达。如果阿达不能直接从车站来到她这里，她就请求我马上回家，好向她描述阿达的样子，并告诉她：阿达的美丽——这是全家的骄傲——是否完全恢复了。

　　到达车站的有我、古伊多和小阿尔贝塔，因为马尔芬蒂夫人每天大部分时间都要在奥古斯塔身边度过。在月台上，古伊多力图让我们确信：他对阿达的到来是十分高兴的，但是，阿尔贝塔却一边听他讲话，一边装出十分漫不经心的模样，目的在于——正如她后来告诉我的——不必回答他。至于我呢，要对古伊多装腔作势，这时对我来说，已经是不必花费很大气力了。我已经习惯于装作看不出他对卡门的钟情，我从来不敢暗示他对妻子所做的错事。因此，摆出一副注意倾听的姿态，仿佛我十分欣赏他对他所爱的妻子的归来感到的欢快，那对我来说，是不难的。

当火车在十二点整进站的时候，他抢在我们前面，迎接从火车上下来的妻子。他把她搂在怀里，亲热地吻了吻她。我呢，看到他弯下背来，亲吻比他矮小的妻子，却不禁想道："真是个出色的演员！"接着，他拉着阿达的手，把她领到我们跟前：

"瞧，她又回到我们亲热的怀抱了！"

这时，他恰恰暴露了他的本来面目，亦即虚假和装模作样，因为如果他能更仔细地看一下那可怜的女人的脸的话，他就会发现：她得到的并不是我们的亲热反应，而是我们的冷漠反应。阿达的脸被塑造得很糟糕，因为她的面颊又恢复了，但却放到不恰当的位置上，就仿佛肉再长出来的时候，它竟忘了自己原来所在之处，而摆到过分靠下的地方去了。因此，这面颊就显得肿胀，而不成其为面颊。眼睛已经回到眼眶中去，但是，谁也无法补救在它们突出眼眶时所造成的损坏。这双眼睛移动了，或者摧毁了原来的那些明确而重要的线条。当我们来到车站外面，相互道别的时候，趁着那耀眼的冬季阳光，我看出，这张脸的全部颜色已经不再是我过去如此喜爱的那种颜色。这颜色变得十分苍白，在肉色部分，竟然出现斑斑红点。看来，健康不再属于这张脸了，人们所能做到的只是从脸上假扮出健康的样子。

我立即告诉奥古斯塔：阿达美极了，正像她做姑娘的时候，奥古斯塔听了，高兴异常。后来，在见到阿达以后，出乎我意料的是：奥古斯塔竟多次证实了我所说的那些可怜的谎话竟然仿佛是明显的真理。她说：

"她真是像做姑娘时那样美，我女儿将来也会这样呢！"

可见，一个妹妹的眼睛并不是十分尖锐的。

有很长一段时间，我没有再见到阿达。她的孩子太多了，我们也同样如此。然而，阿达和奥古斯塔则想办法每周聚会几次，但是，时间却总是在我不在家的时候。

结账的时期快到了，我有许多事情要做。这也是我一生中工作最多的时期。有几天，我甚至待在小桌子前，一待就是十个小时。古伊多向我提出，是否请一位会计师来帮助我，但是，我却根本不予理睬。我既然担任一项职务，就该恪尽其责。我有意向古伊多补偿我那该死的一个月缺勤，而向卡门显示一下我的辛勤劲儿，也是件令我高兴的事，这种辛勤劲儿也只能来自我对古伊多的亲切感情。

但是，在我逐步整理账目的时候，我开始发现，在这第一年的经营当中，我们却损失惨重。我心事重重地私下跟古伊多谈到有关这情况的一些事，但是，他却准备要去打猎，不想听我述说：

"你会看到，情况并非像你想象的那么严重，再说，这一年还没有结束呢。"

的确，离元旦还有整整八天。

于是，我又私下跟奥古斯塔谈了。起初，她只看到这件事可能给我带来的损害。女人总是这样的，但是，奥古斯塔即使在因受到损害而感到痛苦时，也甚至与众不同。她问道：我难道不会最后被认为要对古伊多遭到的损失负有一些责任吗？她想立即请教一位律师。因此必须离开古伊多，不再去办事处。

对我来说，要使她确信，我根本不可能被认为要对此事负责，因为我无非是古伊多的一个职员罢了，那是不容易的。她硬说，一个人不拿固定的薪水，就不能被看成是职员，而是被看成某种类似老板的东西。当然，即使她后来被我很好地说服了，她也仍然坚持自己的意见，因为，这时她发现：如果我不再去办事处，那么，我就不会损失任何东西，在办事处，我最终总会在生意上声名狼藉的。天啊，我在生意上的名声！我也同意这一点，即拯救这名声是重要的，尽管她在陈述论据方面有差错，但最后的结论仍然是：我应该照她的意思去办。她同意我把账目算完，既然我已经开始这样做了，但是今后，我得想办法回到我的书斋，在那里固然赚不上钱，但是也不会赔钱。

但是，这时我从我自己身上却得出一种奇怪的经验。我无法抛弃这项工作，尽管我已经决定这样干了。我对此真是惊讶异常！为了很好地理解事物，就必须运用想象力。这时，我想起，过去英国曾一度实行判处强迫劳动，即把被判刑的人挂在一个用水力启动的轮子上，从而迫使这个受害者以一定的节奏活动双腿，不然的话，那双腿就会被搅碎。当一个人工作的时候，他总是会感到自己是受到这种强迫的。确实，当一个人不工作的时候，位置总是同样的位置，而我认为，这种说法是正确的，即我和奥利维都总是同样地被挂在轮子上，只不过我待在那里，是不必活动双腿罢了。我们的位置虽然收到不同的结果，但是如今我却确切地知道：这种结果是既不该受到什么责备，也不该得到什么赞扬的。总之，这取决于这样的情况，即人们是被挂在一个活动的轮子上，还是被挂在一个不动的轮子上。要脱离这个轮子，总是很难的。

在结算账目之后，有好几天，我继续前往办事处，尽管我已经决定决不去上班了。我总是犹犹豫豫地从家里出来，总是犹犹豫豫地采取一个方向，而这方向又几乎总是办事处的方向，在我慢慢走动的时候，这个方向便逐渐明确起来，直到我发现自己来到古伊多对面的那把惯常坐的椅子上。幸而在一定的时候，我被请求不要离开这个位子，我马上首肯了，因为在这期间，我发现我已经被钉在这个位子上了。

我的账目是结到一月十五日。真是倒霉透顶！我们最后总共损失了一半资金。古伊多本不想让小奥利维看到这一点，因为他怕小奥利维会不小心透露出来，但是，我却坚持让小奥利维看一看，希望此人能凭借他那丰富的实际经验，从中发现某些错误，从而改变全局。可能会有几笔费用是原属于支出的，竟然从支出算到收入里去，经过一番改动，那就会有重大的不同。奥利维微笑着，答应古伊多会严守秘密，接着跟我一起干了一整天。不幸的是，他没有发现任何错误。我现在应当说，从两个人一起查账的工作中，我学了很多东西，此后我能应付和结算比这样的账目更重要的账目了。

"那你们现在怎么办呢？"这个戴眼镜的青年临行之前问道。我已经料到他会提出什么建议。我父亲过去在我小时经常向我谈起做生意，他早已教导过我了。按照现行法律，既然损失了一半资金，我们就应当清理公司，或者立即在新的基础上重建公司。我听任他向我复述了这个建议。他还说道：

"这是一项手续。"接着，他又微笑着说："不这样干，可能会付出昂贵的代价！"

晚间，古伊多也开始复核账目了，而他还不懂得如何适应这些账目呢。他毫无条理地复核账目，胡乱地检查这笔或那笔费用。

我想打断这种徒劳无益的工作，我把奥利维提出的立即清理公司管理（但只是形式上的）的建议告诉给他。

直到那时为止，古伊多的脸一直在痉挛着，因为他在拼命想从账目中找出能使他得到解脱的错误：这是一种愤怒而复杂的表情，并且呈现出一个口里感到恶劣滋味的人的那种扭曲的嘴脸。他听到我告诉他的话，把脸抬了起来，那脸因为他努力想注意听我说下去而变得舒展开来了。他没有马上听懂，但是当他弄明白的时候，立即由衷地笑了起来。我是这样剖析他面部的表情的：在面对那些无法更改的数字时，表现得苦痛而辛酸，而当令人痛心的问题被一项建议推到一边去的时候（因为这项建议使他心情舒畅，重又有了当老板和仲裁人的感觉），又表现得欢快而坚决。

他并没有弄懂。他觉得，这是一个敌人提出的建议。我对他解释说，奥利维的建议，尤其对眼下的危险来说，是有其价值的，因为这危险显然已降临在公司头上，公司会进一步损失许多钱，甚至破产。如果在从我们的账目中已做了这样的结算之后，仍不采取奥利维建议的措施，可能发生的破产将会是非预谋的。我还加了一句：

"我们的法律对非预谋的破产所判处的刑罚是监禁！"

古伊多的脸泛起一大片红晕，以致我担心他要得脑溢血。他叫喊道：

"既然如此，奥利维就没有必要给我出主意！一旦发生这样的事，我自己会处理的！"

他的决心使我感到无可奈何，我觉得，站在我面前的人是一个非常清楚自己负有责任的人。我放低了我的声调。然后，我完全站到他一边。我已经忘记我曾把奥利维的建议说成是值得考虑的，因此，我对他说：

"这也正是我不同意奥利维的地方。责任是你的，当你在有关公司的命运的问题上做出什么决定的时候，这跟我们是无关的，因为公司毕竟是属于你和你的父亲的。"

其实，这些话我是说给我的妻子听的，却没有告诉奥利维，但不论如何，我把这些话讲给某个人听了，这确是实情。现在，在听到古伊多雄赳赳、气昂昂地发表这样的声明之后，我甚至也可以把这些话说给奥利维听了，因为决心和勇气总是能把我征服的。要是过去我只喜欢这样潇洒处事，该多好！这种潇洒可能是来自决心和勇气等优点，但也可能来自比这类优点要低下得多的品质。

由于我想把他刚才说的一番话全都告诉奥古斯塔，以求让她放心，我便坚持说道：

"你知道，有人说到我，总认为我没有做生意的任何才能，这可能是有道理的。我可以执行你给我下的命令，但是我却根本不能为你所做的事承担责任。"

他连连点头称是。他感到自己在扮演我赋予他的角色方面，十分称心，甚至忘记了他为糟糕的结算而感到的痛苦。他说：

"我是唯一应该负责的人。一切都应归在我的名下，我也不会同意让我身边的其他人负起责任来。"

这简直太好了，可以告诉奥古斯塔了，但是比我所要求的却多得多。必须看一看他在说这番话时摆出的样子：他不仅不像一个失败的家伙，反倒像是一个使徒！他舒舒服服地躺在亏损的账目上，从而成为我的老板和老爷。这一次，正像我们一起生活时的其他许多次一样，我对他所抱有的那股亲切热情被他的这种表情压抑住了，而他的表情则又揭示出，他对自己的评价是过分了。他正在走调。是的，恰恰必须这样说，这位伟大的音乐家走调了！

我出其不意问了他一句：

"你是否要我明天打一份结算抄件给你父亲呢？"

我一度曾差一点向他说出更加生硬的话，告诉他：结算账目之后，我立即不再到他的办事处来了。我没有这样做，因为我不知道如何使用我剩下的这么多空闲时间。但是，我的这句问话几乎再恰当不过地代替了我没有说出的那句话。因为我曾向他提醒过：在这个办事处里，他并不是唯一的老板。

他听了我的话显得很吃惊，因为他觉得，我的话似乎不符合直到那时所谈到的问题，况且所谈的问题又是得到我的明显同意的，于是，他又以刚才那种口气对我说：

"我会告诉你如何打那份抄件的。"

我当下叫喊起来，提出抗议。我整个一生中，没有叫喊得像对古伊多那样厉害，因为有时我觉得他简直就像个聋子。我对他说，在法律上，会计也是负有责任的，我可不乐意把一些想入非非的数字堆积当成准确的抄件。

他顿时面色变得苍白起来，承认我说得对，但是，他又说，他是老板，有权绝不让人从他的账目中弄什么对账清单。在这方面，我很乐意承认，他说得有理，于是，他定了定神，又说，他可以自己写信给他的父亲。看来，他是想立即动起笔来，但随即又改变主意，他建议我一齐去透一口气。我很愿意满足他。我推测，他还没有把结算好好消化掉，因而想活动活动，好把结算吞下去。

这次散步使我想起我订婚后那夜的散步。没有月亮，因为天上有很大雾气，不过，下面也同样如此，我们是在清爽的空气中迈着坚实的步伐走着。古伊多也记起那值得纪念的夜晚：

"这是第一次我们又在一起夜间散步。你记得吗？当时，你向我解释说，在月亮里，人们也像在人世间那样亲吻。现在，人们相反却在月亮里继续做永恒的亲吻。我确信是这样，尽管今晚看不到月亮。而人世间却……"

他难道又想说阿达的坏话？说那可怜的病人的坏话？我打断了他，却是温和地，几乎像是我与他同病相怜似的（难道我陪他散步，不就是为了帮助忘记不痛快的事吗？）：

"不错！人世间是不能永远亲吻的！不过，在天上也只是有亲吻的形象罢了。亲吻主要是动作。"

我设法使他的所有问题，也就是结算和阿达，都从我身边远离开来，尤其是因为我及时地咽下我差一点脱口而出的一句话，即在天上，亲吻是生不下孪生子的。但是他呢，为了从结算中解脱出来，他没有更好的办法，只能抱怨他的其他不幸。正如我刚才预感到的，他果然说起阿达的坏话来。他开始惋惜说，他婚后的第一年，对他来说，实在是灾难重重。他说的不是那一对孪生儿子，因为他们是那么可爱和漂亮，而是阿达的病。他认为，这病使她变得动不动就发火，容易嫉妒，同时又变得待人不那么亲切了。他最后万念俱灰地慨叹了一声！

"生活太不公平，太严酷了！"

在我看来，他这样说完全像是要阻止我说出一句意味着对他和阿达之间提出我的看法的话。不过，我觉得，我毕竟应当说上几句。他终于谈到了生活，并且把两个并没有过分特殊之嫌的形容词加在生活上面。我发现有更好的办法了，因为我开始批评他刚才所说的话。人们常常按照言辞的声音说一些话，仿佛这些话是偶然地联在一起的。紧接着，人们就想看一看他们所说的话是否配得上在说话时所花费的那点力气，有时，人们会发现，从这偶然的联在一起中会产生一种想法。我于是说：

"生活是既不丑又不美的，不过，它是有独特性的！"

当我就此思索一下的时候，我觉得，我竟说出一句重要的话。生活既然被说成是这样，在我看来，它就成为一个新的东西，我注视着它，就仿佛是我第一次看见它似的，看见它那雾气腾腾的、流动的乃至凝固的躯体。如果我把这种感觉对某个不习惯于这种想法的人说了，由于他缺乏我们的共识，他就会像看到一个巨大的无目的的建筑物似的，惊得透不过气来。他会向我问道："可您怎么竟忍受得了这样的生活呢？"而在得知一切细节（从那悬在天上的只能看到而不能摸到的天体直到笼罩着死亡的那种神秘感）之后，他肯定会慨叹道："生活真是太有独特性了！"

"生活有独特性！"古伊多笑着说，"你是从哪里读到的？"

我觉得，向他保证说：我没有从任何地方读到这一点，那是无关紧要的，因为不然的话，我的话对他就没有什么重要意义了。但是，我越是思索这个问题，就越是发现生活是独特的，而且不必从外面来观看它那以十分离奇的方式堆积起来的整体。只消想起我们作为人期待从生活中得到的所有东西就足以看出，生活是如此奇特，以致会由此得出结论：也许，人被放进生活里去是错误的，因为人根本不属于生活。

我们对我们的散步究竟走哪个方向并没有取得一致意见，最后，竟像上一次那样，来到观景台街的悬崖陡壁上。古伊多发现那堵他曾在那天夜里躺在上面的矮墙，便登上去，像那次一样躺下去。他哼着歌曲，也许是因为他一直被他的思虑压抑着，他肯定在苦思冥想，如何对付他那会计账目上的无情数字。相反，我却想起，在那个地方，我曾想要把他杀掉，我把当时的情感和现在的情感比较了一下，我又一次赞赏生活的那种无与伦比的独特性。但是，我又突然想起，刚才，出于一个野心勃勃的人的任性，我竟对可怜的古伊多大发脾气，而且是在他一生中最倒霉的一天。我这时竟在做一番考察：我眼看着古伊多受到折磨，自己则没有什么巨大痛苦，而这折磨却是由我十分细心地整理出的结算造成的，于是，我产生了一种奇怪的疑虑，随即又产生一种极为奇特的回忆。疑虑是：我究竟是好还是坏？回忆是（它是由上述疑虑突然引起的，而上述疑虑又不是什么新东西）：我看到我还是做孩子时的模样，然而却穿着（我现在可以肯定说是这样）短裙，这时我扬起脸来询问我那微笑着的母亲——"我是好还是坏？"当时，孩子之所以有这样的疑虑，是因为有许多人都说过他好，同时也有许多人开玩笑，形容他坏。孩子当时为这种选择所难，那是没有什么可怪的。哦，生活的无与伦比的独特性啊！值得奇怪的是：生活使孩子产生如此幼稚天真的疑虑，但这疑虑却仍然没有被一个已经度过自己一生的一半时光的成人所消除。

在朦胧的夜里，恰恰是在我一度曾想把他杀死的那个地方，这个疑虑使我深深地陷入焦忧万分的境地。可以肯定，当孩子感到这个疑虑在他那才脱离襁褓不久的脑袋里浮游出来的时候，他是不会感到如此痛苦的，因为人们对孩子常说，坏是可以治好的。为了使我摆脱这种焦忧情绪，我也曾想再次这样认为，我果然成功了。

　　我若是不能成功地做到这一点的话，那我就会为我自己，为古伊多，乃至为我们悲惨至极的生活而痛哭。心愿能使幻想复生！这个心愿就是使我和古伊多站在一起，和他同心协力，促使他的生意兴隆发达，因为他的生活和他的家人的生活都仰赖这生意了，而这对我则是没有任何好处的。我隐约看到为他奔波、说项和研究的可能性，我还承认有可能为帮助他而使我成为一个了不起的、精明强干的、天才的生意人。在这朦胧的夜晚，我正是这样设想这再独特不过的生活的！

　　古伊多这时已经不再去想结算了。他抛弃了原来的位置，显得重又开朗起来。他仿佛从一番我根本一无所知的论述中得出结论，对我说：他不会把任何事情告诉给父亲的，因为不然的话，那可怜的老人就会长途跋涉，从他那盛夏的阳光之国来到我们这寒冬的浓雾之地。接着，他又对我说，乍看起来，损失似乎是巨大的，但是，如果并不需要自己单独来承受的话，这损失就不是那么巨大了。他会请求阿达承担损失的一半的，作为补偿，他可以把下一年度的利息的一部分让给她。损失的另一半则由他自己承受。

　　我什么也没有说。我甚至想着：我可不要出主意，因为不然的话，我就会最终做自己根本不愿做的事，在这一对夫妻中间充当法官。况且，此刻我满怀良好的愿望，竟然认为阿达参加由我们领导的企业将会做成一件好事。

　　我把古伊多一直送到他的家门口，我久久地握紧他的手，为的是默默地再次表示我的意图：我是喜欢他的。接着，我琢磨了一下，想对他说几句动听的话，最后终于找到这样一句：

　　"愿你的双胞胎能有一个平安的夜晚，能让你好好睡上一觉，因为你肯定需要休息。"

我离去的时候，情不自禁咬了咬嘴唇，后悔自己找不出更好的话来。可要是我知道，这一对双胞胎如今已各自有了自己的奶妈，并且睡觉的地方离他有半公里远，本不会干扰他睡眠的，我还说这句话做什么！不管怎样，他毕竟明白我祝愿的用意，因为他十分感激地接受了我的祝愿。

回到家中，我发现，奥古斯塔已经和孩子们到卧室里去了。阿尔菲奥还缠着她的胸前不放，而安东妮亚则已经在她的小床上睡熟，她转过身去，把生满卷发的后颈朝向我们。我不得不说明我迟回的缘由，因此，我也向她说了古伊多为摆脱亏损而想出的办法。在奥古斯塔看来，古伊多的建议似乎不是办法：

"我要是阿达，定会拒绝的。"她粗声粗气地慨叹道，尽管放低了声音，以免惊吓孩子。

我出于好意，向她争辩道：

"那么，万一我遇上古伊多那样的困难，你也不会帮我了？"

她笑了：

"事情可是大不一样的啊！在我们两个人中间，可以看到那可能对他们更有好处的东西！"她指点了一下怀里的孩子和安东妮亚。接着，她思索了片刻，便又继续说道："要是我们现在向阿达建议，要她把她的钱拿出来，以求继续做你不久就不再参与的那种生意，万一生意做亏了，我们岂不是有责任赔偿她的损失吗？"

这是一种愚昧无知的想法，但是，由于我这时又为新的利他主义所动，我就慨叹道：

"为什么不呢？"

"但是，你难道没有看见，咱们还得想到咱们的两个孩子呢？"

我怎么会没有看见！这个问题简直是毫无意义的明知故问。

"难道他们就没有两个孩子？"我得意扬扬地问道。

她哈哈大笑起来，这倒把阿尔菲奥吓了一跳，他不再吃奶了，马上哭了起来。她哄了哄他，但同时依然大笑着，我承受她的大笑，就仿佛这大笑是我靠我的机智挑逗起来的，其实，在我提出这反问时，我已经感到胸中有一种伟大的爱在激荡着，那就是对所有孩子的父母的爱以及对所有父母的孩子的爱。既然对这种爱一笑置之，这种亲切的感情也就变得无所谓了。

但是，那种由于不知道我自己主要还是好的而产生的愠怒情绪，也变得缓和下来。我觉得，我自己已经解决了令我焦忧的问题。人总是不好又不坏的，同时也不是其他许多东西。善良就像是光亮，它闪闪烁烁地，一阵一阵地照亮人的黑暗灵魂。需要用燃烧着的熊熊火把来取得光亮（我的灵魂中是有过光亮的，并且迟早这光亮肯定还会重新出现），倘若能经常想到这光亮，那就可以选择方向，以便在黑暗中行动。因此，人们才能表现出善良，十分善良，永远善良，这一点是很重要的。当光亮重新出现的时候，它不会使人感到吃惊，也不会使人眼花缭乱。我会在上面吹上一口气，先把它熄掉，因为这时，我不需要它了。因为我已经能保存住心愿，也就是方向。

善良的心愿是平静的、切实可行的，而我现在就是平和的、冷静的。善良过分曾使在评价我自己和我的能力方面失之过度。我能为古伊多做什么呢？诚然，我在他的办事处里总是高人一等，就像老奥利维在我的办公室里位居我之上一样。但这并不能证明多少问题。为了作为一个很有经验的人，我在第二天能向古伊多提出什么建议来呢？难道是我心血来潮的念头吗？但是，如果我

们是用别人的钱来进行赌博，因而我们无法在赌桌上凭心血来潮
的念头行事，那么我又怎能这样做呢！要想使一个贸易公司存在
下去，那就必须使它每天有工作可做，而这个目的只能依靠每个
小时都围绕着一个组织进行工作才能达到。我可办不了这件事，
而且我认为，出自善意，非让自己终身受烦恼的折磨不可，那也
是不公平的。

　　然而，我在我善意的热情推动下，却得出这样的印象：觉得
我似乎已经向古伊多做了什么承诺，因而我无法入睡。我长叹了
好几次，甚至有一次，我竟呻吟起来，这肯定是在我觉得，我是
必须拴在古伊多的办事处上，正如奥利维被拴在我的办事处上一
样的那个时刻。

　　奥古斯塔在半睡半醒的状态下喃喃地问：

　　"你怎么了？你又想怎么对奥利维说了吗？

　　瞧，这正是我寻找的主意！我可以建议古伊多聘请小奥利维
做他的经理嘛！那个小伙子是那么严肃认真，积极肯干，尽管我
总是很不乐意地看到他插手我的买卖，因为他似乎准备好在他和
他父亲所从事的领导工作方面，取代他的父亲，以便把我彻底地
排除在外，但他毕竟该到古伊多的办事处里来，这是显而易见的，
并且对大家也都有好处。古伊多若在他的公司里给小奥利维安排
一个职位，他就会得救了，而小奥利维本人在这个办事处也会比
在我的办事处更有作为。

　　这个主意令我欢欣鼓舞，于是我叫醒奥古斯塔，把这个主意
告诉给她。她听了也十分兴奋，以致完全醒过来了。在她看来，
这样，我便可以更容易地从古伊多的倒运生意中脱身。我心地平
静地睡着了。我找到既能拯救古伊多又能使我不受损害的办法，

其实恰恰相反。

　　没有任何事情能比如下情况更加令人感到厌恶的了，即看到自己用了九牛二虎之力，甚至牺牲了好几个小时的睡眠，诚心诚意地琢磨出的建议，竟然遭到拒绝。况且，我还做了另一种努力，努力使自己摆脱那种以为我本人能有助于古伊多经营生意的幻想。这委实是一种巨大的努力。我最初是抱有真正的善良愿望，接着是做到绝对客观性，而最后人家却使我落到这般田地！

　　古伊多甚至是以轻蔑的态度拒绝我的建议的。他不认为小奥利维有才干，其次，他也不喜欢小奥利维那未老先衰的模样，他更不喜欢的是小奥利维那副在那平淡而无表情的脸上闪闪发光的眼镜。这些论据实际上却足以使我认为：其中站得住脚的只有一个，即有意惹恼我。他最后对我说：他想聘用来担任他的办事处经理的不是小奥利维，而是老奥利维。但是，我却不认为我能想办法让老奥利维与他合作，再说，我也并不认为我已经准备好自己在某个时候担任我的生意的领导。我不该跟他讨论这个问题，我对他说，老奥利维并不值钱。我告诉他，正由于老奥利维顽固不化，没有及时买下那批干果，这使我损失了许多钱。

　　"好啊！"古伊多慨叹了一声，"既然老的不那么值钱，那么小的又能值多少呢？他只不过是老奥利维的学生罢了。"

　　瞧，终于说出了一个不错的论据，然而这论据是那么令我扫兴，因为它正是我出于不谨慎的乱谈一阵而提供出来的。

　　几天过后，奥古斯塔告诉我：古伊多已经建议阿达拿出自己的钱来承担结算的一半损失。阿达拒绝了他的建议，并且向奥古斯塔说：

　　"他背叛了我，还想要我的钱！"

　　奥古斯塔没有勇气建议阿达拿出钱来给古伊多，但是，她向我保证，她曾尽力想让阿达改变对丈夫不忠的看法。阿达的回答却使人认为，在这个问题上，她了解得比我们认为的要多得多。奥古斯塔于是向我讲了这个道理："为丈夫是必须懂得做出一些牺牲的，但是，这句名言难道也适用于古伊多吗？"

　　在以后几天，古伊多的举止变得确实反常。他不时来到办事处，从未待上半个钟头以上。他总是跑开了，就像是那种把手帕忘在家中的人一样。后来，我得知，他是去向阿达提出新的论据的，因为他认为，这些论据能起决定性作用，使阿达能按照他的旨意行事。他确实有那种哭得过多或喊叫得过多，再或彻底一败涂地的人的模样，甚至当着我们的面，他也无法控制自己的激动情绪，这情绪使他的喉咙缩紧了，泪水也涌到眼眶。我问他怎么了。他以凄惨的却是友好的一笑回答我，以求向我表明：他不是跟我过不去。接着，他又定了定神，以便不致十分激动地跟我谈话。最后，他简单地说了几句：阿达出于嫉妒，在折磨着他。

　　因此，他告诉我，他们谈论了他们的私事，而我毕竟知道，其中也有涉及他们之间"盈利与损失的计算"问题。

　　但是，看来，这个问题并不重要。他对我是这样说的，阿达对奥古斯塔也是这样说的，阿达对奥古斯塔没有谈到别的，只谈到嫉妒心。古伊多和阿达谈论这些事想必十分激烈，以致这些谈论已经在古伊多的脸上留下深刻的痕迹，因此，这也使人认为，他们两个说的都是实话。

　　然而，后来这对夫妻却只谈钱的问题了。阿达出于骄横，尽管她也受到她那激情的痛苦折磨的驱使，从来不提生意问题，而古伊多呢，也许出于他的负罪感，尽管他也感到，在阿达身上有女人的愤恨在作祟，则继续不断地谈到生意问题，仿佛其余的事情都不存在似的。他越来越忙于追讨这笔钱，而她呢，鉴于她根本没有接触过生意问题，就极力抗拒古伊多的意愿，论据只有一个：钱得留给孩子们。当他找到其他论据，如他的安宁，从他的工作中孩子们也会得到的利益，能得到恪守法律条款的那种安全感等的时候，她就用一个强硬的"不"字把他打发走。这使古伊多恼怒异常，并且也像对待孩子们一样，使他的渴求变得更加强烈了。但是，当他们跟别人谈起这件事的时候，他们两个都认为自己是对的，都说自己是为爱和嫉妒所苦。

这是一种误会，它使我未能及时地出面过问，以求让有关钱的令人不快的问题停止争论下去。我本可以向古伊多证明，钱的问题实际上是不重要的。作为会计师，我是有些迟了一步，我只是在从账本里把东西用白纸黑字整理出来之后才弄懂这些东西，但是，我现在觉得，我当时很快就明白了这一点：古伊多硬要阿达拿出这笔钱来，其实，这并不能把事情改变多少。的确，让别人拿出一笔钱来究竟有什么用处呢？这样一来，损失并不会变得小一些，除非阿达能同意不断地拿出钱来，扔进这本会计账目里去，而这又并不是古伊多所要求的。法律根本不会让自己中圈套的，即使它看到，人们在遭到大笔损失之后，却仍想再多冒一些风险，把一些新的资本家吸引到企业中去。

一天早上，古伊多没有在办公室里露面，这使我们感到吃惊，因为我们知道，头天晚上，他没有去打猎。午饭时，我从情绪激动、神色张皇的奥古斯塔口中得知，古伊多头天晚上曾想自寻短见。这时他已经没有危险了。我现在应当承认，当时，这个消息在奥古斯塔看来似乎是悲惨的，但对我来说，却使我怒不可遏。

他竟然采取这种极端的手段来打破妻子的抗拒！同时，我也很快得知，他这样做时是非常谨慎的，因为在吞服吗啡之前，他曾叫人看过那个夺在手中的小瓶子。这样，在他开始昏厥的时候，阿达就把医生叫来，他也就立即脱离危险了。阿达度过了可怕的一夜，因为大夫认为自己应当对服毒结果做一些保留，何况，古伊多也使她长时间地坐卧不宁，因为古伊多苏醒过来时，也许还没有完全恢复知觉，曾把她责骂了一通，把她说成是自己的敌人、自己的迫害者，是那个使他无法健康地从事他想要做的工作的女人。

阿达立即同意把他所要求的钱借给他，但是后来，为了想做一番自我辩解，终于把话讲明，把久久不曾说出的所有责备的话全都向他抖搂出来。这样，他们倒做到相互理解了，因为古伊多——奥古斯塔是这样认为的——终于驱散了阿达对他的忠实所抱有的全部疑团。他非常强硬，当她向他谈起卡门的时候，他竟叫喊起来：

"你嫉妒她吗？好吧，要是你愿意，我今天就把她辞掉。"

阿达没有回答，她以为这样做就等于接受这个建议，他就有责任履行诺言。

我很奇怪，古伊多竟然能在半迷半醒时做出这样的事，我甚至认为，他根本连他所说的那小剂量的吗啡也不曾吞掉。在我看来，因为睡眠而把头脑弄得昏昏沉沉的结果之一，似乎应是把再坚硬不过的心灵加以融化了，促使它做出再天真不过的坦白。我最近不是就有过这样的经历吗？这加剧了我对古伊多的愤怒和轻视。

奥古斯塔哭泣着，一边述说着她看到阿达处在怎样一种状态。

不！阿达有了这一双似乎是因恐惧而睁大开来的眼睛，她已经不再是美丽的了。

我和我妻子之间展开了长时间的争论，我是应当立即去看望一下古伊多和阿达呢，还是最好装作一无所知，等待到办公室里去再见他呢。我觉得，去看望他们似乎是一件令我无法忍受的讨厌的事。一旦见到他，我怎么能不把我的心情告诉他呢？于是，我说：

"对一个男人来说，这样做是不合适的！我绝不会想自杀，不过，毫无疑问，如果我决定自杀，我也会立即办到的！"

我恰恰有这样的感觉，我想把我的感觉告诉给奥古斯塔，但是，我又觉得，拿古伊多与我相比，这未免过于瞧得起古伊多了：

"要想摧毁我们的这个机体，不一定非是化学家不可，因为我们的机体太敏感了。在我们的城市，不是有一个小女裁缝几乎每星期都自杀一次吗？她吞服了在她那可怜的小房间里秘密配置的磷粉溶液，尽管每次都经过急救，那粗糙的毒药还是要了她的命，现在还可以看到她那张小脸被肉体痛苦和她那天真无邪的小灵魂所受到的精神折磨弄得不成人样呢！"

奥古斯塔不承认，那自杀的小女裁缝的灵魂是那么天真无邪的，但是，她只是略微抗议一下，接着还是力图说服我去看望古伊多和阿达。她对我说，我不必害怕会陷于窘境。她曾同古伊多谈过话，古伊多是以十分平静的心情对待她的，就仿佛他只是做了一件最普通的错事。

我从家里出来，但我却没有显示出我是被奥古斯塔的理由说服了，从而使她感到满足。我略加犹豫之后，便坚决地前去实现我妻子的要求。这条路虽然很短，但我步伐的节奏却使我缓和了我对古伊多的看法。我记起几天前曾照亮我的心灵的那道光亮给我指出的方向。古伊多是个孩子，一个我可以答应给予宽恕的孩子。如果说，他最初没有自杀得手，那么，他迟早会成熟起来的。

女佣让我走进一个小房间里，这想必是阿达的书房。这一天很阴暗，小小的房间只有一扇窗户，窗户又被厚厚的窗帘遮住，因而很黑暗。一扇墙壁上挂有阿达和古伊多的父母的肖像。我在房间里只待了一会儿，因为女佣又来请我，并把我领到古伊多和阿达跟前，他们正在他们的卧室里。这间卧室因为有两扇大窗户，还有色彩浅淡的壁纸和家具，所以那一天，也显得宽敞而明亮。古伊多躺在床上，头上扎着绷带，阿达坐在他身旁。

古伊多毫不困窘地，甚至还带有十分感激的神情接待我。他似乎还昏睡未醒，但是，为了招呼我，随后又向我客套几句，他终于振作起来，显得完全苏醒过来了。在这之后，他瘫倒在枕上，闭上眼睛。难道他想起来，他必须装作吗啡的严重后果尚未过去吗？不管怎样，他令人可怜，而不是令人愤怒，我感到自己变得十分和善了。

我没有马上观看阿达：我害怕看到那巴塞多的面容。当我看到她的时候，我感到既愉快又惊讶，因为我原本以为情况更糟。她的眼睛确实无限度地变大了，但是，曾在她的脸上取代过面颊的那种浮肿，这时已经消失，在我看来，她甚至显得更美丽了。她穿着一件宽大的粉红色衣服，纽扣一直系在颌下，在这宽大的衣服中，她那可怜的娇小躯体竟然看不到了。在她身上有某种十分贞洁的东西，而由于那双眼睛，又有某种十分严厉的东西。我不知如何充分说明我这时的感情，但是，我确实想到我这时正待在一个与我过去曾爱过的阿达十分相像的女人身旁。

　　过了一会儿，古伊多睁开眼睛，从枕下拿出一张支票，我立即看出上面有阿达的签字，他把支票递给我，请我把它放进保险柜里，并在一个我应当以阿达的名义开的账号上记下这笔数字。

　　"是以阿达·马尔芬蒂的名义，还是以阿达·斯佩尔的名义？"我开玩笑地问阿达。

　　阿达缩了缩肩膀，说道：

　　"你们俩一定知道怎样做最好。"

　　"我以后会告诉你应当怎样记录其他账目的。"古伊多又简短地补充了一句，这使我很不快。

　　我几乎要打断他那昏昏欲睡的样子，因为他说罢随即又陷入这种状态，我还差一点向他声明：假若他想记账，他就亲自去干好了。

　　这时，送来了一大杯浓黑的咖啡，阿达把杯子递给他。他从被子下面伸出两条胳膊，用双手把杯子捧到嘴边。现在，他把鼻子放到杯子里，简直就像个孩子。

　　当我告辞的时候，他向我保证说，第二天，他一定要到办公室来。

　　我已经向阿达道了别，因此，当她赶到门口来找我的时候，我确实吃惊不小。她气喘着：

　　"劳驾，泽诺！请到这里来一会儿。我需要跟你说一件事。"

　　我跟随她来到我刚才待过的那间小客厅，从那里，这时可以听见双胞胎中的一个在哭。

　　我们站立着，面面相觑。她仍在气喘，正是因为这个，也只是因为这个，我一时间想到，她把我领到这个黑黝黝的小房间里，是为了向我要求我过去曾献给她的爱。

　　在黑暗中，她的一双大眼显得很可怖。我满怀焦虑的心情，询问自己应当怎么办。难道我不是有责任把她搂在我的怀中，从而免除她不得不向我要求什么东西吗？在片刻之间，能交流多少心愿啊！生活中巨大的困难之一就是猜中一个女人想要什么。光是听她讲的话，是无济于事的，因为所有说出的话都可以被一个眼神抹杀掉，况且，当我们根据她的意愿，来到一个既舒适又黑暗的小房间里，跟她待在一起的时候，这眼神也无法指挥我们该做些什么了。

　　既然猜不透她，我就设法理解我自己。我的渴望是什么？我是否想要吻这双眼睛和这个骨瘦如柴的身躯？我无法做出果断的回答，因为刚才我看到她穿着那件宽松的衣衫，神情严厉而又贞洁，她是那么可爱，简直就像我曾爱过的那个姑娘一样。

　　这时，她除了神色不安之外，甚至还哭了起来。这样，时间就拖长了，我不知她究竟要什么，也不知我究竟渴望什么。最后，她终于用哽咽的声音又一次告诉我，她是爱古伊多的，这样一来，我对她倒既不再负有责任，又不再享有权利了。她言语支吾地说：

　　"奥古斯塔告诉我，你想离开古伊多，不再管他的事了。我不得不请你继续帮助他。我不认为，他能自己干活。"

　　她竟然要求我继续做我已经在做的事。这要求不多，实在不多，我设法多做些奉献：

　　"既然你愿意，我就继续帮助古伊多，我甚至要尽我最大的力量来帮助他，要做得比我至今所做的更加有效。"

　　这又是一次夸张的说法！我发现自己又犯了老毛病，但是，我无法放弃它。我想对阿达说（或者也许是向她撒谎），她是在逼我。她不想得到我的爱，而只是想得到我的支持，而我跟她说话的样子，则会使她认为，我已经准备好把两件东西都奉献给她。

阿达立即抓住了我的手。我打了一个寒噤。一个女人把手递过来，已经是向你奉献得太多了！我一向有这种感觉。当有什么女人向我递过手来的时候，我就会觉得，我是在抱住整个女人。我感受到她的身体，在我的身体和她的身体的明显对比中，我觉得我是在做着类似拥抱的动作。当然，这是一种亲密的接触。

她这时又说道：

"我很快又得回到波洛尼亚那家疗养院去了，要是我知道你跟他在一起，我就会大放宽心。"

"我会跟他在一起的！"我摆出无可奈何的模样，回答说。阿达想必认为，我这种无可奈何的模样可能意味着我同意为她做出牺牲。其实，我是无可奈何地回到一种十分普遍、十分普通的生活中去，因为她根本没有想到要追随我去过那种我梦寐以求的特殊生活。

我做了一下努力，以便完全脚踏实地清醒过来，这时立即从我的脑海里，出现一个并不简单的会计问题。我应当重视给阿达的支票（这时已在我的口袋里了）上账的问题。这是很明确的，然而，极不明确的一点却是：记下这笔账如何才能与盈利和损失这另一笔账挂起钩来。我对此什么也没有说，因为我怀疑，也许阿达根本不知道，在这个世界上，账本里包含着性质如此不同的各种账目。

但是，我也不想不说点别的什么就离开这个房间。这样一来，我没有谈什么会计问题，却说出这样一句话，这句话只是为了说些什么而在这时疏忽大意地脱口而出的，但是，随后我又感到，它对我，对阿达乃至对古伊多是非常重要的，但首先是对我自己非常重要，因为它使我又一次作茧自缚。这句话是如此重要，以致我多少年来一直记住它，它是通过粗心大意的行动，被我动动嘴唇，在这黑黝黝的小房间里，当着阿达和古伊多各自父母的四幅肖像的面（这两对夫妇在墙壁上竟也结合起来了）说出来的。我当时说：

"你最后竟嫁了一个比我还要古怪的男人，阿达！"

一句话是多么容易跨越时间啊！一句话竟能把这样一个事件同所有其他事件都联系起来！这句话本身也变成事件——可悲的事件，因为它是冲着阿达说出的。在我的思绪中，我从不曾如此热切地追忆过去那个时刻，即在那铺满阳光的街道上，阿达在我和古伊多之间进行选择，经过几天的等待之后，我正是在这条街道上遇到她的，我在她身旁走着，拼命想博取她的欢声笑语，而我又愚蠢地把这欢声笑语当作什么许诺！我甚至记得，我当时由于我腿部肌肉造成的困窘，已经变得低人一等了，而古伊多则比阿达更加潇洒地走动着，他没有露出任何低人一等的样子，如果不必把那根被他勉强提着的奇怪手杖看成是低人一等的话。

她这时低声说道：

"的确如此！

接着，她亲切地微笑着说：

"但是，我为奥古斯塔感到高兴，因为你比我认为的要好得多。"随后，她又叹了一口气："这样，我的痛苦也便减轻了一些，尽管古伊多并不是像我期望的那样。"

我一直默不作声，仍然满腹疑团。我觉得，她似乎在告诉我：我已经变成她期望古伊多变成的那个样子。那么，这难道就是爱吗？而她还在说：

"你是我们家里最好的男人，是我们的信心、我们的希望。"她又抓住我的手，我也抓住她的手，也许抓得太紧了。她把手从我手中收回，但是，收得太快了，这就把一切疑团都涤荡干净。在这黑暗的小房间里，我又知道自己应当如何举止了。也许是为了缓和她的行动吧，她又给了我另一点抚慰："因为我很了解你，所以，我很难过曾给你带来这么大的痛苦。你当真十分痛苦吗？"

我立即把眼光深深地投入我过去的黑暗云雾之中，力求重新找到那痛苦，于是，我喃喃地说：

"是的！"

我一点一点地回忆起古伊多的提琴，然后是，倘若我没有紧紧抓住奥古斯塔不放的话，他们会怎样把我赶出那间客厅，再后则是，马尔芬蒂家的那间客厅，在那里，有人围着路易十四式的小桌子，怎样在谈情说爱，而别人从另一张小桌子前，又怎样望着他们。突然间，我又想起卡尔拉，因为阿达曾跟她待在一起。这时，我听到卡尔拉的声音，她对我说：我属于我的妻子，亦即阿达。我的眼泪涌上眼眶，我反复说道：

"非常痛苦！是的！非常痛苦！"

阿达甚至也啜泣起来："我很抱歉，很抱歉！"

她强忍了一下，说道：

"但是，你现在是爱奥古斯塔的！"

一阵啜泣一时间打断了她的话，我颤抖了一下，不知道她停下来是否是想听一听我是承认还是否认这爱情。幸而她没有让我来得及说话，因为她又继续说道：

"现在，在我们两个人之间，只有真正的手足情谊，也应该只有这种情谊。对那边那个男孩，我如今应该像个母亲那样待他，应该保护他。你愿意帮我完成我这艰难的任务吗？"

她十分激动，几乎靠在我的身上，像在梦里那样，但是，我却抓住她的这番话不放。她是要求我给予她一种手足情谊；我原认为把我和她联系在一起的那种爱的誓约，这样一来，也就变成她的另一种权利，然而，我马上答应她，我会帮助古伊多的，同时也帮助她，我会做她想要做的事。如果我是更平静一些，我本来应当向她谈到，我对她所赋予我的任务是心有余力不足的，但是，这样我就会把这时的全部令人难忘的激动情绪摧毁掉。况且，我又是那么激动，我甚至感觉不到我是心有余力不足的。这时，我想到的是，对任何人来说，都不存在心有余力不足的问题。甚至古伊多的缺陷也可以用几句话把它吹得干干净净，只要这些话能使他产生必要的热情。

阿达把我送到楼道，倚着栏杆，待在那里目送我下楼。卡尔拉过去也总是这样做的，但奇怪的是，阿达这时也这样做，而她是爱古伊多的，我非常感激她，以致下到楼梯的第二个梯段之前，我甚至抬了一次脑袋，为的是看看她，向她道别。人们在谈情说爱时总是这样做的，但是，显然在涉及手足之爱时，也可以这样做。

这样，我便高高兴兴地离去了。她把我一直送到那个楼道，没有走得更远。不再有什么疑团了。我们现在就是这样：我爱过她，现在我爱的则是奥古斯塔，但是，我昔日的爱使她有权要求我对她忠诚。其次，她仍然爱那个男孩，但是，对我，她则保留一种深厚的手足之情，这不仅是因为我娶了她的妹妹，而且也作为对她给我造成的痛苦的赔偿，而这痛苦始终是我们之间的一种秘密联系。所有这些都是很温馨的，是这个生活中罕见的味道。

这么多的温馨难道还不能使我有一个真正健康的体魄吗？果然，那一天，我走路既不感到别扭，又不感到疼痛，我觉得我宽宏大量，强而有力，心中充满自信的情绪，这对我来说，是前所未有的。我忘记我曾背叛过我妻子，甚至达到恬不知耻的地步，或者则是，我立志不再这样做了，这其实还是一样的，我感到自己当真是阿达所看到我的那个样子，即家里最好的男人。

当这种踌躇满志的情绪变得微弱起来的时候，我就想使这种情绪恢复到原来的强烈程度，但是这时，阿达却去了波洛尼亚，我为从她对我所说一番话中汲取新的推动力而做出的任何努力，都归于徒劳。是的！我会为古伊多尽我的微薄之力的，但是，这种心愿并不能增加我肺腑中的空气，也不能增加我血管中的血液。在我心中，我继续对阿达保留着新的浓厚的温馨感情，而每逢她在给奥古斯塔的来信中，用几句亲热的话提起我，这种温馨感情就会进一步加强。我衷心地以我的亲切之情来报答她，我也以最良好的心愿来伴随她的治疗。也许她真能彻底恢复她的健康和美丽！

第二天，古伊多来到办公室，立即开始研究他想要做的记账工作。他建议道：

"我们现在可以用阿达的账目抵消盈利和损失的一半账目。"

他所要做的正是这个，但是，这样做是无济于事的。倘若我是一个对他的意愿漠然置之的执行者的话（几天前，我正是这样的），我会非常简单地把这些账目记下来的，而且也会再不去想它。然而，如今我感到自己有责任向他说明一切。我觉得，只要我让他知道把已经发生的损失一笔勾销，并不是那么容易的，我就可以促使他好好工作。

我向他解释说，据我所知，阿达拿出这笔钱来，是要我们把它作为贷款记在他的账上，如果我们把这笔钱塞到另一部分里去，把它算作估算损失的一半，上述一点就办不到了。再说，他要把这一部分损失转到自己的账目上去，其实，这部分损失本来就属于这个账目的，甚至全部损失都本该属于这个账目，但是，这样做并不等于取消损失，相反却等于承认损失。我曾对此想过许久，因此，我很容易地把全部问题都向他做了解释，我最后说：

"即使我们认可这样做——但愿上帝不要让我们这样做，在奥利维所预料的情况下，一旦被一位有经验的内行看到我们的账本，这笔损失在我们的账本里还是会昭然若揭的。"

他惊愕地呆望着我。他毕竟对会计懂得不少，因此，他能领会我的意思，然而，他又没有做到这一点，因为他抱有的愿望不让他勉强承认这明显的道理。接着，我为了让他看清楚这一切，便又说道：

"你难道没有看出，阿达拿出这笔钱来并非是毫无目的的吗？"

当他终于弄明白的时候，他面白如纸，开始神经质地咬起手指甲来。他神情恍惚，但他想克制自己，并且用他那滑稽的指挥官姿态指出，这些账目毕竟都已经记下了，他还补充了一句：

"为了让你脱卸一切责任，我愿意自己来管账，甚至签上我的名字！"

我这才明白了！他竟然想在根本没有做梦余地的地方做梦：做两本账！

我想起我在观景台街的悬崖陡壁上向我自己所做的诺言，后来，在阿达家中的那间小房厅里，我又向阿达做了这个诺言，于是，我慷慨地说道：

"我可以马上按照你的意愿来记账：我并不感到需要用你的签名来保卫我自己。我在这里是为了帮助你的，而不是为了妨碍你！"

他亲热地握住我的手：

"生活是艰巨的，"他说，"有像你这样的朋友在我身边，这对我是一大安慰。"

我们激动地彼此看着对方的眼睛。他的眼睛在闪闪发光。为了使我自己摆脱那种令我感到不知如何是好的激动情绪，我笑着说：

"生活并不艰巨，而是太有独特性了。"

他于是也会心地笑了起来。

接着，他留在我身旁，看我如何估算盈利和损失这项账目。只用了几分钟便做完了。这笔账算是清了，但是把阿达的账目也化为乌有，不过，我们在一个小本本上记下了阿达的这笔贷款，以便应付以后会发生的情况，即经过某场灾祸之后，任何其他证明都不见了，这时，这个小本本就可以说明，我们还应当付给阿达多少利息。盈利和损失这项账目的另一半则放到古伊多的账目中的支出一项，从而使这项已经是很可观的数字进一步增加了。

就会计师的本性而言，会计师确实是一种十分容易引起别人嘲笑的动物。我一边记着这些账目，一边就想："一项账目，即名曰盈利和损失的账目，实际上是死于被杀，而另一项账目，即阿达的账目，则是死于自然死亡，因为我们无法让它活下去，相反，我们却又无法杀死古伊多的账目，而古伊多账目实际上是一个可疑的债务人的账目，因为账就是这样记下的，因此，这个账目乃是在我们的企业中打开的一座真正坟墓。"

我们在办公室继续谈论会计工作，并且谈了很久，古伊多绞尽脑汁，想找出另一个办法能更好地保护他，不致受到法律可能的刁难（他正是用了这个说法）。我现在认为，他可能请教过某位会计师，因为一天，他来到办公室，建议我在立好新账本之后把老账本毁掉，而在新账本上，我们可以记上一笔虚假的售货，这批货卖给一个随便叫什么名字的人，然后，这个人可以在账本上以向阿达借来的那笔款子来支付这批售货。要打消他这种幻想，委实是令人痛心的，因为他是如此满怀希望，兴冲冲地跑到办公室来！他建议的是一种弄虚作假的行为，这真使我感到恶心。直到这时为止，我们一直干的只是移花接木的勾当，这会使并非明确支持这种做法的人受到损失。然而，现在他却想要捏造货物周转了。他也确实看出，这样，也只有这样，才能抹掉所受损失的一切痕迹，但是，要付出多大的代价啊！必须还要捏造出买主的名字，或是征求那个有关的人的赞同，而我们希望此人是以买主身份出现的。我绝不反对看见别人毁掉这些账本，尽管这些账本是我如此细心地写出的，但是，制造新账本却是令我厌恶的。我提出异议，最后终于把古伊多说服了。营业情况是不易假造的。甚至必须懂得制造能证明货物的存在和属性的证件。

他放弃了他的计划，但是第二天，他又带着另一个计划来到办公室，这个计划同样也要求毁掉旧账本。我眼看任何其他工作都被这种议论阻挠住了，感到十分厌倦，便抗议道："看到你想这些问题想得这么多，人们会以为你是准备好破产呢！不然的话，略微减少一些你的资金，会有多大的重要意义呢？到现在为止，任何人都没有权利看你的账本。现在需要的是工作，工作，而不是干这些蠢事。"

他向我承认，这种念头确实在纠缠着他。又怎么可能是别的样子呢？只要稍微倒运一些，他就可能会立即遭到刑事处分，并且被关进监牢。

根据我过去所学的法律，我知道，奥利维曾十分确切地说过一个商人的责任是什么，如果这个商人做出这样的结算的话，但是，为了使古伊多乃至我自己摆脱这种纠缠不休的念头，我建议古伊多去请教一下某位律师朋友。

他回答我说，他已经请教过了，也就是说，他找过一位律师，但没有说明来意，因为他不想把他的这个秘密透露给一位律师，但是他曾让他的一位当律师的朋友乱说了一通，当时，他正跟这位朋友一起打猎。因此，他知道，奥利维说的话既没有错，又没有夸张……真可惜！

看到所想的办法都无法奏效，他便不再去想方设法以便伪造会计账目，但是，他也并未因此而恢复平静。每逢来到办公室，他就怒容满面，盯住他的那些厚厚的账本看。一天，他向我承认，一进到我们的房间，他就觉得自己是来到监牢的前厅，他就想一溜烟地跑掉。

一天，他向我问道：

"奥古斯塔知道我们结算的全部情况吗？"

我一下子涨红了脸，因为我从这句问话里似乎感到他是在责备我。但是，显而易见，如果阿达了解结算情况，奥古斯塔可能也会了解的。我并没有立即这样想，但是，我却觉得，我是理应受到他想向我做出的责备的。因此，我喃喃地说：

"她想必从阿达那里知道了，要么也许是从阿尔贝塔那里知道的，因为阿达想必会告诉阿尔贝塔！"

我思考了一下所有可能导向奥古斯塔的信息渠道，而我并不因此而就觉得，我可以否认：她是从首要的来源得知一切的，也就是从我这里得知一切，我倒是觉得，我可以说对我来说，保持沉默是无济于事的。真倒霉！相反如果我立即承认，我对奥古斯塔是没有什么秘密可言的，我本来会感到自己是更加光明磊落，更加老老实实得多！这样一件微不足道的事，也就是说，把一个最好加以坦白承认并且说明毫无歹意的行为加以掩盖起来的做法，是足以妨碍真诚的友谊的。

我现在想把下面这件事记录下来，尽管它对古伊多来说，或者对我的故事来说，都没有任何重大意义：几天以后，那位曾和我们为硫酸铜的事打过交道的喜欢胡说八道的代理人在路上拦住了我，并且从下往上盯着我看，仿佛是他那矮小的个头迫使他这样做的，这时他竟又半蹲下来，像是有意夸大他那矮小的个头。他冷嘲热讽地对我说：

"听说，你们又做了一些像硫酸铜那样的好买卖！"

接着，他看到我气得面色发白，便握住我的手，又说道：

"从我这方面来说，我是祝愿你们生意兴隆的。我希望您不要怀疑这一点！"

说罢，他离开了我。我现在推测，我们的事是由他的小女儿告诉他的，因为他的小女儿在高中和小安娜同班。我没有把这件透露消息的小事告诉古伊多。我的首要任务是保卫他不受无谓的烦恼干扰。

我很奇怪，古伊多竟对卡门没有采取任何措施，因为我知道，他曾郑重其事地答应妻子要把卡门辞退的。我相信，阿达会像第一次那样，过上几个月就回到家里来，但是，她回来时，并没有经过的里雅斯特，而是住到马乔雷湖①边的一幢别墅里去了，过后不久，古伊多也把孩子们送到那里。

　　古伊多这次旅行归来后（我不知道是他自己想起他向阿达所做的诺言呢，还是阿达使他回想起这件事来），突然问我：我的办事处，亦即奥利维的办事处，能否录用卡门。我早已知道，在那个办事处里，所有位子都占满了，不过，既然古伊多热烈地请求我，我就同意去跟我的管理人谈一谈这件事。幸运得很，奥利维的一名职员恰好在这几天走掉了，但是，这名职员的薪水要比给卡门的薪水低，这几个月来，古伊多竟然随随便便地给卡门定了很高的薪水，在我看来，古伊多就是这样用总开支账目来支付他的那些女人的。老奥利维向我打听卡门的能力，尽管我向他提供了再好不过的信息，他却还是表示要以跟那被辞退的职员同样的条件来录用她。我向古伊多汇报了此事，他非常难过和为难，挠了挠脑袋。

　　"怎么能给她比她现领的工资要低的工资呢？难道就不能让奥利维发给她跟现在一样多的工资？"

　　我知道，这是办不到的，何况，奥利维不习惯把自己和他的职员们打成一片，就像我们所做的那样。当他发现，卡门只配拿比给她的工资少一个克朗的工资的时候，他是会毫不容情地把那个克朗从她那里拿掉的。最后只能这样：奥利维没有得到，而且他也从来不曾要求得到最后的答复，卡门则继续在我们的办事处转动她那双美丽的眼睛。

　　在我和阿达之间有一个秘密，这秘密是十分重要的，这恰恰

──────────

① 马乔雷湖系意大利北部的大湖，位于伦巴德大区与皮埃蒙特大区之间，北端属瑞士。

因为它是一个秘密。她给奥古斯塔写信写得很勤,但是,她却从来不曾告诉奥古斯塔,她曾同我做过一番解释,也没有告诉奥古斯塔,她曾把古伊多托付给我。我也没有说过这些事。一天,奥古斯塔让我看阿达写的一封与我有关的信。阿达首先询问我的消息,最后则请求我发发善心,告诉她有关古伊多的生意进展情况。当我听到她是向我说话的时候,我感到十分困惑,而当我看到,像平常一样,她向我说话只是为了想得到有关古伊多的信息的时候,我又感到平静自在了。我又一次什么也不敢说。

经奥古斯塔的同意,我给阿达写了一封信,但我没有向古伊多谈起此事。我坐到桌前,打算一本正经地写给她一封有关生意的信,我告诉她,我对古伊多目前领导做生意的方式十分满意,也就是说,他非常辛勤而老练。

这是真的,或者说,至少那一天,我对他是满意的。因为他把存在城里好几个月的那批货已经卖掉,从而赚了一些钱。他看来变得更勤奋些,这一点也是真的,但是,他每周还是去打猎钓鱼。我有意在我的赞扬中夸大其词,因为这样做,我觉得有助于治好阿达的病。

我重读了一下这封信,觉得意犹未尽,其中缺少一些东西。阿达曾提到我,可以肯定,她是想知道我的消息。因此,不告诉她这些消息,那是失礼的。渐渐地——我现在还记得这一点,就仿佛它是现在才发生的——我在桌前感到十分难堪,就像是我又一次与阿达在那个黑暗的小房间里面对面地站在一起一样。我是否应当紧紧地握住那向我伸出的小手呢?

我写了写,但是后来,我不得不重新写了这封信,因为我竟然无意中写出几句很不得体的话:我热望再见到她,我希望她能彻底地恢复她的健康和美丽。再说，这等于是搂住那个仅向我伸出手来的女人的腰。我的责任只是握住那只小手，温柔地、长时间地握住那只小手，以求表示：我领悟了一切，领悟了绝对不该说出的所有一切。

我不会把我所查出的全部语汇一概说出来，我所以要查出这些语汇，是想从中找到能取代这种长时间、温柔而意味深长的握手的某些东西，但也仅限于词句，这样，我可以随后把这些词句写下来。我用了很多词句谈到降临在我身上的衰老。我一刻也不能做到因为不老而感到安宁。每逢我的血管循环一次，就有一些东西加进我的骨骼和血管里去，这东西就是衰老。每天早上，当我醒来的时候，世界就显得更灰暗了，而我却并没有发现这一点，因为一切都始终是那么协调一致的。在这一天，甚至连头一天的一点色彩也看不到，否则，我就会发现的，惋惜的心情也便会使我处于绝望境地。

我现在记得十分清楚，我当时是抱着非常满意的心情把这封信发出去的。我没有因为写了这些话而败坏了我的名声，但是，我觉得，我似乎可以肯定，如果阿达的想法和我一样，她就一定会明白这充满爱意的握手。不需要有多少机智就可以猜出：我用这许多话来议论衰老，只不过说明，我害怕一旦发现自己穿越时间，向前奔跑，我就无法再得到爱了。我似乎在向爱叫喊："来吧！来吧！"然而，我现在又不敢确信，我当时是希望得到这种爱；如果有什么疑点的话，那就只是由于我知道，我当时大致是这样写的。

我为奥古斯塔搞了这封信的一份抄件，同时把有关衰老的议论略去了。她不会理解其中含义，但是，谨慎毕竟是无害的。在我觉出她在盯着我握住她姐姐的手时，我会感到脸红的！是的！我还懂得脸红。甚至在我收到阿达写的表示谢意的便条时，我也脸红起来，尽管在便条中，她根本没有提及我所说的有关我的衰老的一大堆话。我觉得，她本来会因我而败坏名声，远远超过我因她而败坏名声。她没有把那双小手从我的紧握中抽回去。她让她的手一动不动地放在我的手里，对一个女人说来，这种一动不动就是一种同意的表示。

在写了这封信几天之后，我发现，古伊多又开始到交易所玩起证券买卖了。我是通过代理商尼利尼的透露得知此事的。

我认识此人已有很多年，因为我们在高中是同学，后来，他离开了高中，很快就进入他的一位叔叔的办事处工作。以后，我们曾见过几次面，我现在记得，我们的命运不同，但在我们的关系上，我的命运却显得比他强。当时，他总是先向我打招呼，有时他还设法接近我。这在我看来是很自然的，然而，令我感到有些费解的是：有一个时期，我现在说不上是什么时候了，他对我竟变得趾高气扬起来。他不再跟我打招呼了，而且对我的招呼也是略加回报。我对此感到有些不安，因为我的皮肤很嫩，是很容易被抓破的。但这究竟是怎么回事呢？也许，他是发现我在古伊多的办事处工作，而他认为，我在那里占有的是一个下属的位置，因此，他瞧不起我，或者，同样可能的是，由于他的叔叔死了，从而使他成为独立的交易所代理商，他因而变得扬眉吐气，不可一世了，这一点是可以推测到的。在各种狭小的场合中，经常会有这类关系。某一天，别人突然以憎恶和轻蔑的眼光来看待我们了，尽管还不算是什么敌对行动。

因此，在我看到他走进办事处时，我是感到惊奇的，当时，只有我一个人，他问起古伊多。他摘下帽子，向我伸过手来。接着，他立即十分随便地倒在我们的一个宽大的沙发上。我感兴趣地瞧了瞧他。多年来我没有这么近地看到他了，现在，由于他对我表示的憎恶情绪，他倒赢得了我对他的最强烈的注意。

　　他这时大概有四十岁，显得很丑，因为头发几乎全部掉光了，只是在后颈有一片又黑又密的头发，在两鬓又各有一片，面孔是黄色的，尽管有一只大鼻子，但皮委实太多了。他又小又瘦，他尽量挺直身子，这样一来，当我跟他讲话的时候，我感到脖子略微有一些对他表同情的疼痛，这是我对他感到的唯一同情。那一天，我觉得，他似乎在忍住发笑，他的脸因为摆出嘲讽或轻视的样子而变得扭曲起来，这种表情倒不能伤害我，因为他曾彬彬有礼地向我打过招呼。然而后来我发现，这嘲讽的神色是奇怪的自然母亲给他印在脸上的。他那两个小腮帮子并不恰好对称，在这两个腮帮子中间，在嘴的一边，一直有一个小洞，他那嘲讽的神色就是这样固定不变地待在里面的。也许正是为了迎合他那个面目（只有在他打哈欠时，他才会摆脱那个面目），他才喜欢嘲笑别人。他绝不是什么傻瓜，他是经常发出毒箭似的恶言恶语的，但又偏偏喜欢在别人不在时这样做。

　　他絮絮叨叨说个不停，特别对交易所买卖富有想象力。他谈到交易所时，就像谈到一个人，他把这个人描写得会因受到威胁而战栗，或者会因无所事事而沉睡，而且还有一张会笑也会哭的脸。他看到这个人会跳跳蹦蹦地跑上楼梯，或者又会从楼梯上匆匆忙忙地跑下去，尽管有滚下去的危险，况且，他又非常欣赏这个人，把这个人爱如至宝，有时则把这个人恨之入骨，像要把他一手扼死，或者有时还会像教人如何节制、如何积极似的对待这个人。因为只有一个人有见识，才能跟这个人打交道。在交易所内，确实遍地黄金，但是，弯下身去把它拾起来，却并不容易。

我给他送上一支香烟之后，请他等一等，我要处理一些信件。过了一会儿，他厌烦了，说他不能久留了。况且，他此来只是为了告诉古伊多：一些名字很古怪的里奥·廷托股票，那一天已经上涨了大约百分之十，而这些股票是头一天——不错，恰恰是二十四小时以前——他曾建议古伊多买下的。他开始真心实意地笑了起来。

"在我们在这里谈话的同时，也就是说，在我翘首以待的同时，交易所开盘以后，会把其余的事办好的。如果斯佩尔先生现在想买下这些股票，谁知道他会出什么价钱，他可以现在就付钱。正像我原来猜中的，交易所会有什么样的走势。"

他把他的眼力自吹自擂了一通，这眼力是来自他与交易所长期结下的不解之缘。他中断了一下，问我：

"你认为，谁教得更好：大学，还是交易所？"

他的下颌又降下了一点，那嘲讽的小洞变得更大了。

"显然是交易所嘛！"我确信地说。这使我在他离去的时候，赢得了他一阵亲热的握手。

因此，古伊多是在交易所炒股了！倘若我更注意一些，我本该先猜到的，因为当我把一笔确切算好的并非微不足道的货款账目（这笔款子是我们在最近成交的生意中赚来的）拿给他看的时候，他面带微笑，看了看这账目，但同时又带着一些轻蔑的神情。他发现，我们是花费了好大力气才挣得这几个钱。可应当看到，只要再有几十笔这样的生意，我们就可以补上去年遭受的损失啊！我现在该怎么办呢？而我前几天，还写过不少赞扬他的话呢!

过了一会儿,古伊多来到办公室,我原原本本地把尼利尼的话告诉了他。他十分急切地注意听着,甚至没有发觉我竟这样得知他在炒股,听罢他就跑掉了。

当晚,我对奥古斯塔说了此事,她认为,应当让阿达清静些,然而,她却把古伊多所冒的危险告诉了马尔芬蒂夫人。她要求我尽我最大的力量去阻止古伊多干出非分的事。

我用了很大工夫准备我该向古伊多说的话。最后,我终于要实现我积极的善良意愿,信守我对阿达所做的诺言了。我知道我应当如何抓住古伊多,让他听从我。我会向古伊多解释说,在交易所玩一玩证券买卖,每个人都会轻率行动的,但是,一个拖着这样一笔结算的商人,这样做就未免太轻率了。

第二天,我果然兴致勃勃地说了起来:

"那么,你现在是在交易所炒股了!你难道想进监狱吗?"我正颜厉色地问他。我是准备好发一阵脾气的,我甚至把这样的话也做了保留,即:既然你这样做,不惜把公司毁掉,我索性离开办事处就是。

古伊多却很快解除了我的武装。他本来一直严守秘密的,但是这时,他却像个好孩子似的,干脆和盘托出了,他把他所做的这些生意的每个细节都告诉了我。他正在做我也不知道是哪一个国家的矿产品证券,这笔买卖已经盈了利,这笔钱足以补上我们结算上的亏空。如今已经没有任何风险了,他可以告诉我一切。一旦他倒霉,损失掉他所赚的钱,他就简单地不再炒股就是。但是,如果运气继续帮助他,他也会赶紧把我们的账目调整好,因为他感到,这账目一直在威胁着他。

我看出，现在不是发火的时候，相反却应当向他表示祝贺。至于会计账目问题，我对他说，他现在尽可放心，因为只要有现金，要把最令人头痛的会计账目调整好，那是再容易不过的了。既然我们的账本里已经把阿达的账目作为当然的项目纳入，这至少能减少我所说的我们企业的大窟窿，也就是古伊多的账目，那么，我们的会计账目就会是天衣无缝的。

接着，我建议他马上动手调整账目，并把交易所的买卖也算进公司的账目中去。幸而他没有同意，因为不然的话，我就会变为这位赌徒的会计，就会自己背上更大的责任。然而，这样一来，事情却照旧进行下去，仿佛我根本不存在似的。他用来拒绝我的建议的理由，我觉得倒还不错。这么快地支付他的债务，这可是不吉利的，这种迷信在所有赌桌上极为普遍，认为别人的钱会带来好运。我可不相信这个，但是，在我赌钱时，我却连任何谨慎也都不顾了。

有那么一段时间，我颇为自责，责备我竟然听取古伊多的叙述而不做任何抗议。但是，当我看到马尔芬蒂夫人的态度也和古伊多一样，因为她告诉我，她的丈夫也曾在交易所赚过大钱的时候，尤其当我看到阿达也是这样，因为我听到她把赌博看成做某种生意的时候，我就明白，在这个问题上，我完全不必对自己做出任何责备。要想阻止古伊多沿着斜坡滑下去，光有我的抗议是不够的，因为我的抗议若是得不到所有家庭成员的支持，就会没有任何效力。

这样，古伊多就继续炒股，而且他的整个家庭也跟他一起炒股。甚至连我也卷进去了，这尤其是因为，我竟然同尼利尼结成十分奇怪的友好关系。可以肯定地说，我是不能忍受他的，因为我觉得他既无知又狂妄，但是，看在古伊多的分上（因为古伊多希望他给出一些好主意），我似乎还能很好地掩饰住我的感情，这样一来，他最后竟以为，我是他的忠实朋友了。我现在并不否认，也许我对他如此和蔼可亲，也是因为我想避免他那不太友好的态度引起我的不快，而他的这种不友好态度的主要起因则是那总是在他那张丑脸上嘻嘻笑着的嘲讽神气。但是，我对他也从未有过其他和蔼可亲的表示，除了在他来时和去时，向他伸出手来，和他打声招呼。相反，他对我却极尽和蔼可亲之能事，我于是也不能不以感激的心情接受他的礼貌举动，这也确实是在这个世界上人们所能做到的最大限度的礼尚往来。他给我弄来一些走私香烟，并且叫我只按他花钱买来时的价格支付，也就是说，很少。如果我觉得他更讨人喜欢的话，他甚至会让我用他的办法也去花钱炒股。我从没有这么干过，这只不过是为了不再经常见到他而已。

我反倒见到他太多了！他常常在我们的办公室一过就是好几个小时，尽管——这是不难看出的——他并没有爱上卡门。他恰恰是来陪我的。看来，他是立志要教我掌握他所精通的有关交易所的计谋。他常向我介绍那些财大气粗的巨头们如何今日握手言欢，明日又互打耳光。我现在不知道，他是否已经猜到将来会怎么样，因为我出于反感，从来没有认真听他讲话。我总是保持着呆傻而一成不变的笑容。我们之间的误会肯定是出于他误解了我的笑容，他以为我是在钦佩他呢。这可不能怪我。

我现在只知道他每天反复讲来讲去的那些事情。我发现，他是一个具有值得怀疑的色彩的意大利人，因为在他看来，的里雅斯特最好永远成为奥地利的属地。他崇拜德国，尤其是德国火车，因为德国火车到达时间总是那么准确。他是他那一种社会主义者，他似乎希望禁止一个人拥有十万克朗以上。有一天，我竟笑不出来了，因为他在和古伊多谈话时，承认他恰好拥有十万克朗，一分钱也不多。我实在笑不出来，不过，我也没有问他：如果他又赚了一些钱，他会不会修改他的理论呢。我们的关系委实是一种奇怪的关系。我既无法跟他一起笑，也无法笑话他。

当他如数家珍把他的一些定论一个个说出来的时候，他总是在他的沙发上拼命挺直腰板，这样，他的眼睛就望着天花板，而我呢，则看到他那小洞——我说过，是腮帮子上的那个小洞——冲我来了。他是用那个小洞看东西的！有时，我想利用他这个姿势去想点别的，但是，他又立即问我一句，从而把我的注意力拉回来：

"你在听我说话吗？"

在他滔滔不绝地发表了一通可爱的言论之后，古伊多有很长一段时间不对我谈他的生意了。其中有些事情起初是由尼利尼告诉我的，但是，后来他也变得更为保密了。我从阿达本人那里得知，古伊多继续在赚钱。

当她回来的时候，我又发现她变得难看了不少。她与其说是发胖，倒莫如说是发虚。她的面颊原来就已经长了肉，这一次简直变得不成模样，竟然给她弄成一张几乎是四方形的脸庞。那双眼睛也在继续破坏眼窝的形态。我委实吃惊不小，因为我曾从古伊多以及其他去看过她的人那里听说，每过一天，都给她带来新的力量和健康。但是，一个女人的健康首先是她的美丽。

我从阿达那里还得到其他令我吃惊的事。她亲热地招呼我，但是和她招呼奥古斯塔没有什么两样。我们之间已经不再有什么秘密了，可以肯定，她已经不再记得她曾因为我提起她使我受到这么大的苦而哭泣起来。那再好不过了！她终于忘记她对我享有的权利！我是她的好妹夫，她爱我，只是因为她发现我和妻子的亲热关系不曾改变，因为这种关系一直是马尔芬蒂一家的赞赏对象。

一天，我发现了一件事，这使我相当吃惊。阿达竟以为自己还很美丽！在那遥远的地方，在湖边，有人竟追求过她，显然，她对自己的成功十分得意。可能她把这些追求她的人说得太过了，因为我觉得，硬说自己不得不离开那疗养地是为了躲避某个爱上自己的人的滋扰，这种说法实在太过分了。我现在也可以承认，这里面也可能有一些真实情况，因为对一个以前不曾认识她的人来说，她可能显得并不那么丑。但是，有那样的眼睛，那样的神色，那样的脸型，虽说不丑得厉害，却已经够呛了！在我们看来，她是显得更丑的，因为想到她过去那个样子，我们就会看出，病魔把她摧残得那么明显。

一天晚上，我们邀请古伊多和阿达到我们家来。这是一次愉快的聚会，真正的家庭聚会。它似乎是我们四人订婚的继续。但是，阿达的头发没有被任何光芒照射了。

在分手时，我帮她披上披风，有片刻时间，我是单独跟她在一起的。我立即有了一种与我们的关系有些不同的感觉。我们被人单独地留在这里，也许我们可以彼此说一些当着别人的面不愿说出的话。我一边帮她，一边则在思索，最后我终于找到应当对她说的话：

"你知道他现在炒起股来了！"我用严肃的声音对她说。我现在总是怀疑，我当时说这番话，似乎是想追忆我们上一次的相聚，因为我不能认可那次相聚就这样被忘记了。

"是的，"她微笑着说道，"而且他干得不错。据别人对我说，他已经变得相当老实了。"

我跟她一起笑了起来，而且笑得很厉害。我感到我卸掉了一切责任。她临走时喃喃地说道：

"那个卡门还在你们的办事处吗？"

我来不及回答，因为她已经跑开了。我们之间，不再有我们的过去了。但是却有她的嫉妒。那嫉妒是那么强烈，依然和我们上次相会时一样。

现在，回过头来再想一想，我发现，我本该早在别人明确告诉我以前，就发觉古伊多已经开始在交易所赔钱了。那种得意扬扬的神色从他的脸上已经消失，而这种神色本来曾使他的脸光彩照人，他重又对用那种方法结算出来的账目表示莫大的焦虑。

"为什么你还担心呢？"我依然天真地向他问道，"既然你口袋里已经有了那笔必须用来把这些账目变成完全真实的账目的款子。有那么多的钱，是不会坐牢的。"其实这时，正如我后来才知道的，他口袋里已经是一文不名了。

我非常坚信他红运高照，以致我没有重视许许多多本来可以使我有别的想法的迹象。

一天晚上，他又拉我跟他一起去钓鱼。在一个几乎已经团圆的月亮的耀眼光芒照射下，是很少有可能让什么东西上钩的。但是，他却坚持非去不可，说什么在海上，我们可以在炎热的天气里找到一些凉意。确实，我们在那里也没有找到别的什么。我们只试钓了一下，甚至连钓饵都钓不上来了，我们听任钓线从小船上下垂着，而路奇亚诺把小船划到深海。月亮的道道光芒肯定能直射到海底，这就使大鱼的视线变得敏锐起来，使它们能识破陷阱，同样，小鱼的视线也变得敏锐起来，它们能咬住钓饵，但又不致使小嘴被钓钩钩住。我们的钓饵不过是送给鱼虾们的一顿美餐。

古伊多躺在船尾，我呢，躺在船头。过了一会儿，他喃喃地说：

"这月光多凄惨啊！"

可能他这样说，是因为月光妨碍他睡觉，为了让他高兴，我表示同意，但这也是为了不致用愚蠢的议论扰乱肃静的气氛，我们正是在这一片肃静中缓缓划动着。但是，路奇亚诺却抗议了，说什么他非常非常喜欢这月光。由于古伊多没有回答，我便想让他不要吭声，我对他说，月光当然是个凄惨的东西，因为有了它，世上的所有东西都可以看见了。何况，它还妨碍钓鱼。路奇亚诺笑了，果然不吭声了。

我们很久默默无语。我朝着月亮，打了好几个哈欠。我很后悔被人拉上船来。古伊多突然问我：

"你是个化学家，你能不能告诉我：是纯佛罗那①更有效呢，还是加钠的佛罗那更有效？"

我确实并不知道，还有什么加钠的佛罗那。绝不能硬要求一个化学家把全世界都记在脑子里。我对化学是知道得不少，我可以从我的书本里查找任何信息，此外，也可以与别人讨论——正如从目前的情况中可以看出的——我所不知道的事情。

加钠的吗？但是，大家都知道，加钠的化合物是一些最易相互同化的化合物，那么，又该怎么说呢？甚至我还记得在有关钠

---

① 佛罗那即安眠药巴比妥。

的问题上，有一首对这个元素的颂歌——而且我可以或多或少确切地说出歌词，我的一位教授曾把这个元素提高身价，作为我所见到的他唯一偏爱的元素。钠是一种运载工具，所有元素都可以登上这个运载工具以更快的速度向前驶进。这位教授曾提到，氯化钠如何能从一个有机体转到另一个有机体，如何能单只依靠重力，便逐渐聚集到地球的最深渊薮即海洋之中。我现在不知道，我是否确切地追述了我的这位教授的思想，但是，在这时，面对着这茫茫无际的一大片氯化钠，我是怀着无限崇敬的心情谈到钠的。

古伊多犹豫了一下，随后又问道：

"那么，谁要是想死，就该吃加钠的佛罗那了？"

"是的。"我答道。

接着，我提起，在有些情况下，人们是可以假装自杀的，我却没有立即发觉，我这样做等于向古伊多提起他一生中令人扫兴的一件事，于是，我又说道：

"谁要是不想死，就该吃纯佛罗那。"

古伊多琢磨起佛罗那，这本来可以令我想一想。然而，我却一点也不明白，一个劲儿仍在关心钠的问题。以后几天，我又给古伊多带来一些有关我赋予钠的特性的新证明：为了加速融合（这种融合无非是像两个身体的紧紧拥抱罢了，这种拥抱可以代替化合或同化），甚至可以加上汞化钠。钠是金和汞的中介物。但是，对古伊多来说，佛罗那已经不再是什么重要的事了。我现在想：这时，他在交易所的活动可能有所好转。

在一周之内，阿达到办事处整整来了三次。只是在第二次之后，我才产生一个念头：她是想跟我谈话。

第一次，她遇上了尼利尼，尼利尼正又一次开导我。她等他离去，竟整整等了一个小时，但是，她不该跟他瞎聊，因此，他以为他该留下来。在给他们做了介绍之后，我舒了一口气，因为我感到轻松：尼利尼腮帮子上的那个小洞不再冲着我来了。我没有参加他们的谈话。

尼利尼甚至变得十分诙谐，并且颇令阿达吃惊，因为他讲道：在泰尔杰斯泰奥交易所，正如在某位夫人的沙龙里一样有许多流言蜚语。依照他的看法，只不过像通常那样，在交易所，比在其他地方消息更灵通些。在阿达看来，他似乎在诬蔑妇女。她说，她甚至连什么是流言蜚语也不知道。谈到这里，我插了话，为的是证实：我认识她这许多年，我从来没有听到她嘴里说过一句令人想起是流言蜚语的话。我在说这句话时，微微一笑，因为我觉得我是向她提出了指责。她不是说三道四、散布流言蜚语的人，因为她根本不把别人的事放在心上。起初，她身体完全健康时，她想到的只是自己的事，当疾病缠身的时候，她心里只留下了一个很小空位，而这空位却又被她的嫉妒心占据了。她是一个地地道道的利己主义者，但是，她却满怀感激之情，接受了我的做证。

尼利尼装作既不相信她，也不相信我。他说他认识我多年，认为我是非常幼稚的，这使我感到有趣，也使阿达感到有趣。然而，当他宣称——这是他第一次在第三者面前这样做——我是他最好的朋友之一，因此，他对我十分了解的时候，我就感到十分厌烦了。我不敢抗议，但是，我感觉这无耻的声明有伤我的贞节，使我像一个少女一样，竟在大庭广众面前被指责与人私通。

尼利尼说，我委实太幼稚了，以致阿达可以运用妇女常有的那种狡黠做法，当着我的面，说一些我的坏话，而我却全然不知。

我当时觉得，阿达似乎在继续感兴趣地听他做这样可疑的恭维，后来我才知道，她是索性让他去说，希望他能说完之后滚蛋。但是，她却等了老半天。

当阿达第二次又来到办事处的时候，我正和古伊多在一起。当时，我看出她脸上有一种不耐烦的表情，我猜想她只是想找我。只要她不来，我就总是靠我通常的梦想来打消时间。其实，她从我这里并不要求得到爱，而是过多地只想单独和我在一起。对男人来说，很难理解女人想要的是什么，这也是因为，有时连她们自己也不知道这一点。

然而，听到她说的话，我并没有任何新的感觉。只要她能跟我谈上几句，她的声音就因激动而变得喑哑，但这也并不是因为她的话是针对我的。她想知道为什么不把卡门撵走。我把我所知道的一切都向她说了，包括我们曾设法为她在奥利维那里谋求一个职位。

她立刻变得平静了一些，因为我对她说的跟古伊多对她说的恰好相符。后来，我得知，她的嫉妒心是周期性地断续发作的。这种嫉妒情绪经常无端地袭来，又因为某一句把她说服的话而过去。

她还问我两个问题：为一个女职员找一个职位是否就这么难，卡门的家庭是否就非依赖女儿挣钱不可。

我向她解释说，眼下在的里雅斯特，为妇女找工作，特别是办公室工作，确实很难。至于她的第二个问题，我无法回答，因为卡门家里的一个人我都不认得。

"古伊多可认得她家的所有人。"阿达气愤地喃喃说道，眼泪又扑簌簌地流到面颊。

接着，她跟我握了握手，表示道别，并且还谢了谢我。她透过泪水微笑着，一边说道：她知道她可以依靠我。这微笑使我很喜欢，因为这笑意肯定不是冲着妹夫而来，而是冲着跟她有秘密关系的人而来，我设法证明我是配得上这一笑的，我喃喃地说：

"我为古伊多担心的不是卡门，而是他在交易所炒股！"

她缩了缩肩膀：

"这倒没有什么了不起。我也跟妈妈说起过。爸爸过去也在交易所炒过股，那些钱他可是赚了不少！"

听到这个回答，我感到惊慌失措，我仍坚持说道：

"那个尼利尼我不喜欢。他说我是他的朋友，根本不是实情！"

她惊讶地看了看我：

"我倒觉得他是个正人君子呢。古伊多也非常喜欢他。再说，我相信，古伊多现在对他的生意还是很留心的。"

我下定决心不对她说古伊多的坏话，于是，我没有吭声。当剩下我独自一人的时候，我想到的不是古伊多，而是我自己。也许，阿达最终在我眼中还是我的一个姐妹，而不是任何别的什么，这是件好事。她没有应允爱，也不曾以爱相威胁。多少天来，我一直在城里东跑西颠，心神不宁，情绪混乱。我无法理解自己。为什么我这时会有像卡尔拉那时离开我的感觉呢？我并没有发生什么新的情况。说实在的，我现在认为，我当时一直是需要谈情说爱，或者需要某些类似谈情说爱的复杂遭遇的。我和阿达的关系目前已经不再有任何复杂的内容了。

一天，尼利尼坐在他那把大椅子上，比平常扯得更多：从地平线上升起了一片乌云，这无非是货币升值了。交易所突然间形成饱和，不能吸收任何东西。

"让我们把钠扔进里面去吧！"我建议说。

我打断了他的话使他很不高兴，但是为了不致发火，他并不理会这一点，突然间，这个世界上的货币变少了，因此也就变贵重了。他颇感意外，这件事竟然现在发生了，而他原来预计，要在一个月以后才发生。

"他们大概把所有的钱都送到月球上去了！"我说道。

"这可是严肃的事情，不该拿来当笑话的，"尼利尼断言道，同时一直望着天花板，"现在要看一看：谁会有真正斗士的精神，相反谁却会在第一次打击之下就倒下了。"

正如我不理解为什么这个世界上的钱竟会变得更少了一样，我也猜不透，尼利尼竟会把古伊多算到斗士里面去，并且要证明这些斗士的英勇气概。我一向是习惯于用心不在焉来对付他的宣教，保卫我自己的，所以，这一次的宣教尽管我还是听见了，却依然一听就过，对我丝毫无损。

但是，几天之后，尼利尼又唱起完全不同的调子。发生了一件新事。他发现，古伊多竟跟另一个证券经纪人一起做了生意。尼利尼开始是用激愤的语气表示抗议，说他从来未在任何事情上有什么对不起古伊多的，甚至在应有的谨言慎行方面也是如此。他希望我就此做证。他不是甚至对我也把古伊多的生意掩盖起来吗？尽管他继续认为，我是他最好的朋友！但是，这时他竟不受任何保密的约束了，他竟在我的耳朵里大叫大喊，说什么古伊多炒输了，输到连头发尖也赔进去了。关于过去用他的办法做的那些生意，他保证说，只要稍有风吹草动，他们就可以抵挡一阵，就可以等待更好时机。但是，刚刚出现不利的情况，古伊多就怪罪于他，这未免太不近人情了。

他简直甚于阿达！尼利尼的嫉妒心是无法抑制的。我想从他
那里得到一些消息，但是，他却越来越气急败坏，继续谈到古伊
多错怪了他。因此，尽管他非常想说，他却依然谨言慎行。

下午，我在办公室遇上古伊多。他躺在我们的大沙发上，神
色很怪，介乎绝望与困睡之间。我问他：

“你现在已经输得精光了吧？”

他没有立刻回答我。他把那条盖着他的面色憔悴的脸的胳臂
抬了起来，说道：

“你见过一个比我更倒霉的男人吗？”

他又放下了胳臂，换了换姿势，卧起来。他重又合上眼睛，
仿佛已经忘记我还待在那里。

我委实不知如何安慰他。的确，他认为自己是世界上最倒霉
的人，这很使我不悦。他不是在夸大其词，而是名副其实地撒
谎。我如果有能力，我会搭救他的，但是，让我安慰他，我却办
不到。在我看来，即使一个人比古伊多更天真，更倒霉，也是不
值得同情的，因为不然的话，在我们的生活中，将只能有这种情
感的位置，那可要烦死人了。自然法则并不使幸福享有权利，而
是还规定有贫穷和痛苦。当摆出吃食的时候，寄生虫会从四面八
方跑来吃，倘若没有寄生虫，人们也会赶紧生下一批。很快，吃
食变得勉强够用了，过了不久，它就变得不再够用，因为自然是
不打算盘的，而是只积累经验。当吃食不再够用的时候，消费者
只好靠死亡减少人数，而在死亡之前是先要有痛苦，这样一来，
平衡会暂时得到恢复。为什么要叫苦连天呢？然而，大家却都在
叫苦连天。那些没有得到任何吃食的，一边在死去，一边在叫喊
不公平；那些已经得到一部分吃食的，则发现：他们似乎有权得

到更大的一份。为什么他们不能默默地死去和活着呢？然而，那个能为自己抢到一大块吃食的人的欢欣鼓舞却是令人感到可爱的，那么他尽可以在光天化日之下，在众人的鼓掌喝彩之中，表现他的欢欣鼓舞就是。唯一令人认可的叫喊就是胜利者的叫喊。

那么，还有古伊多！他缺乏一切能力，不论是用来夺取财富也罢，还是只是用来保持财富也罢。他从赌桌那里来，为输钱而哭泣。因此，他的所作所为连个君子作风都不像，这简直叫我作呕。因此，也仅仅是因此，在古伊多迫切需要我的亲切抚慰时，他却得不到这个。甚至连我反复发下的誓愿也无法促使我做到这一点。

这时，古伊多的呼吸变得越来越规则，声音也越来越大了。他竟然睡着了！在遇到挫折时竟然如此，多么不像个男子汉啊！别人把他的吃食拿走了，他竟然合上眼睛睡大觉，也许是想做梦，梦见又得到了吃食，而他本该大大地睁开眼睛，看一看能否夺回一小块吃食的啊。

我忽然产生一个好奇念头：想知道是否阿达已经知道古伊多倒霉的消息。我高声地问他这件事。他震颤了一下，他很需要暂歇片刻，以便适应他突然又看到的全部不幸。

"没有！"他喃喃地说。接着，他又闭上眼睛。

当然，所有受到沉重打击的人都会昏昏欲睡的。睡眠能使人恢复力量。我仍然在犹豫不决地瞧着他。但是，如果他总是睡觉，又怎么能帮助他呢？现在不是睡觉的时候。我粗暴地抓住他的一边肩膀，用力摇晃他：

"古伊多！"

他果真睡着了。他依然用惺忪的睡眼，莫名其妙地瞧了瞧我，随后向我问道：

"你要干吗？"紧接着，他发了火，再次问道："你到底要干吗？"

我要帮助他，不然的话，我根本没有权利把他弄醒。我也火冒三丈，叫喊道：现在不是睡觉的时候，因为需要赶快看一看还能不能补救。必须同我们一家的所有成员和他在布宜诺斯艾利斯一家的所有成员合计合计，讨论讨论。

古伊多坐了起来。他因为被这样弄醒，还有些心慌意乱。他苦痛地对我说：

"你最好让我睡觉。现在你想让谁来帮我呢？你不记得，上次你费了多大的力气才弄到我需要的那一点东西来搭救我吗？现在可需要的是大笔大笔的款子啊！你想叫我向谁求救呢？"

我没有任何亲切的表示，甚至还因为要不得已做出奉献使我自己和我的家人节衣缩食而怒不可遏，我慨叹了一声：

"不是还有我在这里吗？"接着，吝啬又提醒我从一开始便该少做些牺牲：

"不是有阿达吗？不是有我们的丈母娘吗？我们难道就不能联合起来搭救你？"

他站了起来，走到我身边，显然打算拥抱我。但是，我不想做的恰恰是这个。我既然向他表示可以帮助他，如今就有权利对他进行训斥，于是我便尽情地把他训斥了一顿。我责备他现在的脆弱，然后又责备他在这期间所表现的狂妄自大，正是这种狂妄自大使他自取灭亡。他过去总是刚愎自用，不和任何人商量。我曾多少次试图从他那里了解一些情况，救助他，而他却总是拒绝告诉我，只信任那个尼利尼。

说到这里，古伊多竟然微微一笑，确实是微微一笑，这个倒霉鬼！他告诉我：半个月以来，他已经不再跟尼利尼一起干了，因为他满脑子只想：这家伙的丑恶嘴脸会给他带来厄运。

他摆出那既是昏昏欲睡又是满面笑容的样子：他把他周围的所有人都毁了，却依然在笑。我则拿出铁面无私的法官架势，因为了挽救古伊多，必须叫他受受教育。我想知道他究竟赔了多少，当他对我说，他也不知道确切数字的时候，我勃然大怒。而当他对我说出了一个比较小的数字的时候，我就更是怒气冲天了，因为这个数字恰好等于必须支付这个月的月中清理账目费用的那笔款项，而我们距离这个期限只有两天。但是，古伊多却还在说什么到月底还来得及，事情是可以变化的。市场上的货币投放量如此稀少，将不会永远持续下去。

我叫了起来：

"要是这个世界上没有钱，你难道想从月亮上拿钱吗？"我还说，不该再炒股了，再多炒一天也不行。不能冒风险，让已经很大的损失再增加上去。我甚至说，可以把这笔损失分成四份，我、他（也就是他的父亲）、马尔芬蒂夫人和阿达各分担一份；必须重新做我们原来的没有风险的买卖；我再也不想在我们的办公室看到尼利尼，或者任何其他证券代理商了。

他却非常温和，非常温和，他请求我不要这样大喊大叫，因为会被邻居听到。

我费了很大力气想镇静下来，我果然做到了这一点，因为只要让我能低声把他臭骂一通就行。他所遭受的损失就像是犯了什么罪。必须是个畜生才会使自己落到这般田地。我恰恰觉得，必须让他彻底经受一次教训。

这时，古伊多温和地抗议了。谁又没有在交易所炒过股呢？

我们的老丈人，尽管是个作风稳健的商人，他一生中也没有一天不是在干一些押宝的事的。况且，我自己也曾炒过股，这一点是古伊多知道的。

我抗议说，在炒股与炒股之间是有区别的。他是把他的全部家当都拿到交易所去冒险，我却只是拿出我一个月的利息。

古伊多幼稚地设法摆脱他的责任，这使我感到可悲。他硬说什么尼利尼曾怂恿他下比他所愿意的更大的本钱去炒股，并且使他认为这样做会大发其财。

我笑了，并且把他讥笑了一番。尼利尼不该挨骂，因为他做的是自己的生意。何况，在离开了尼利尼之后，不正是他自己通过另一个证券代理商拼命增加自己的赌注吗？如果他通过这种新关系，开始背着尼利尼做起空头来，那他倒是可以把这新关系自吹自擂一通的。为了补救，当然不能只是改变代理人就够了，因为他走的路子仍然是那个没有眼力的人所走的路子。他最后希望让他平静地待一会儿，他喉咙哽咽着，终于承认自己错了。

我不再训斥他了。这时，他委实令我感到同情，如果他愿意，我甚至会把他拥抱起来。我对他说，我立即想办法去弄到我自己应当出的钱，而且我可以负责去跟我们的岳母谈。他则可以担起向阿达谈的责任。

当他向我透露他宁可代替我去跟我们的岳母谈，而表示跟阿达谈会使他感到痛苦的时候，我就更加同情他了。

"你是知道女人是怎样的啊！她们根本不懂得做生意，或者说，只有生意做得好，她们才懂！"他是绝不会去谈的，他会请求马尔芬蒂夫人把全部情况都告诉阿达。

这个决定使他感到大大地轻松了，我们一起走出来。我看到他低着头走在我身旁，感到很后悔，不该这么粗暴地对待他。但是，倘若我喜欢他，我又怎能不这样做呢？如果他不想自取灭亡，就应当尽快改悔！既然他如此害怕跟妻子谈，该怎样处理他和妻子的关系才好呢！？

但是就在这时，他竟然又发现一种办法重又叫我恼怒起来。他一边走着，一边却发现可以改进他所喜欢的那个计划。不仅他不必跟妻子谈，而且还可以想办法当晚不见到她，因为他可以马上前去打猎。说明这个打算之后，他果然变得毫无任何愁容。仿佛只消考虑到可以跑到旷野荒郊，远离一切思虑这个前景，就足以摆出已经到达那里的模样，充分享受狩猎的乐趣了。我简直是火冒三丈！当然，他本来也可以摆出同样的模样，回到交易所重新炒股，拿他的家庭和我的家庭财产冒孤注一掷的风险嘛。

他对我说：

"我想让自己再最后娱乐一番，我邀请你跟我一起去，只要你答应不再说一句话提起今天的事。"

直到这时，他一直是边笑边说的。看到我脸色严肃，他也变得更加严肃一些。他又说道：

"你可以看出，我是需要在受到这么大的打击之后休息一下。然后，我才会更容易地回到我的斗争岗位上去。"

他的声音带着十分激动的情绪，对这种情绪的真挚性我是无法怀疑的。因此，我扼制住我的愠怒，或者说是只有用拒绝他的邀请来表现出这个意思。我对他说，我得留在城里，好去筹措必要的钱数。我这样说已经等于责备他了！我这个清白之人尚且留在我的岗位，而他这个有罪之人，却径自去消愁解闷。

我们来到马尔芬蒂夫人的家门口。他不再有那因为将要去娱乐几个小时而欢天喜地的模样了，只要他跟我待在一起，他就一直在脸上一成不变地露出痛苦的表情，而这种表情是我提醒他摆出来的。但是，在离开我之前，他竟然又发泄了一通，表示自己要自力更生，同时也显出对我耿耿于怀——我是这样感觉的。他对我说，他实在感到奇怪，竟发现我这样够朋友。他对接受我想为他做出的牺牲尚感举棋不定，他希望（恰恰是希望）我懂得：他并不认为我该承担任何义务，因此，我完全可以做奉献或是不做奉献。

我现在确信，我当时听了，脸一下子就红了，为了使我自己摆脱尴尬，我对他说：

"为什么你希望我撤回我的话呢？可几分钟之前，你并没有要求我什么，是我自己主动要帮助你的！"

他有点犹疑地瞧了瞧我，说道：

"既然你愿意，我当然接受，并且要谢谢你。但是，咱们可以签订合同，从头做起，开一家新的股份公司，使每个人都可以得到自己应得的一份。甚至如果有工作，你愿意继续去干，你还可以拿到你的工资。咱们可以在完全不同的基础上建立这个新公司。这样，咱们就不必害怕再受到其他损害，而把我们这头一年经营的亏空掩盖住了。"

我答道：

"这笔亏空已经不再有任何重要性了，你不该再去想它。你现在应该想法让咱们的丈母娘站到你一边。眼下重要的是这个，而不是任何别的什么。"

我们就这样分手了。我现在认为，我当时曾对古伊多幼稚地表示他那最隐秘的情绪一笑置之。他对我啰啰嗦嗦说了这一大通，无非是想能够既接受我的奉献，又无须向我表示感激。但是，我并非硬要得到什么。对我来说，只消知道他恰恰欠我这笔情，也就够了。

况且，离开他之后，我自己也感到松了一口气，仿佛我只是在这时才来到空气流通的地方。我确实感到轻松自如，刚才正因为要教育他，让他重新走上正路，才失掉这种感觉。从根本上说，教人者要比被教者更为拘谨。我已经下定决心要给他筹措这笔钱。当然，我现在没法说，我当时这样做究竟是为了疼爱他还是为了疼爱阿达，要么则也许是为了使我推掉本来应当由我来负的那一小部分责任，因为我毕竟在他的办事处工作过。总而言之，我决定牺牲我的财产的一部分，甚至到今天，我回过头来看一看我一生中的这一天，仍感到十分满意。这笔钱救了古伊多，同时也保障我在良心上得到很大安宁。

我抱着再平静不过的心情一直走到夜晚，这样一来，我浪费了有用的时间，无法赶到交易所去找奥利维，因为我得求他为我筹措这么大的一笔款子。后来，我又想，事情并非那么紧急。我自己也有不少钱，因此，这足够用来帮助处理本月月中账目应付的费用问题。我可以在晚些时候才为月底想办法。

这天晚上，我没有再去想古伊多。晚些时候，当孩子们已经上床睡觉的时候，我几次想要把古伊多在财政上面临的灾祸告诉奥古斯塔，还想告诉她我在此事波及下所受到的损害，但是后来，我不想引起争论，令我厌烦，并想：最好在大家决定如何处理这笔生意之后，再说服奥古斯塔，何况，在古伊多开心取乐的同时，我却自寻烦恼，这岂不是咄咄怪事。

我睡得非常好，早上，我口袋里没有装上多少钱（我口袋里仍然有卡尔拉扔给我的那个原来的信封，我直到当时，一直虔诚地为卡尔拉本人或者为她的某个继承人保存着这个信封，另外还加了一些钱，这些钱是我从银行里提取的），我到办事处去。上午我是靠读报纸度过的，除我之外，还有卡门，她在缝什么东西，有路奇亚诺，他在练习乘法和加法。

当我到中饭时间回到家里的时候，我发现奥古斯塔神情困惑，垂头丧气。她的脸一片死白，这种死白的颜色只有在我使她痛苦时才会有。她温和地对我说：

"我知道，你已经决定牺牲你的一部分财产去搭救古伊多了！我知道我没有权利了解这一点……"

她是那么怀疑自己的权利，以致她踌躇起来。接着，她又开始责备我对此保持缄默。

"但是，我确实不像阿达，因为我从来没有反对过你的意愿。"

为了了解究竟发生了什么事情，可费了一些时间。奥古斯塔到了阿达的家，这时，阿达正在跟母亲讨论古伊多的问题。阿达看到奥古斯塔便号啕大哭起来，并且向奥古斯塔谈到我慷慨解囊，这是她绝对不愿接受的，她甚至请求奥古斯塔求我放弃我的主动奉献。

我立即发觉，奥古斯塔犯了她的老毛病，即嫉妒她的姐姐，但是，我对此并不在意。令我吃惊的是阿达采取的态度。

"你觉得她是在怨恨吗？"我问道，一边惊讶得睁大了眼睛。

"不！不！她不是在生气，"真诚的奥古斯塔喊道，"她亲了我，拥抱了我……也许这等于拥抱你吧。"

这种表白看来相当滑稽。她满腹狐疑地盯着我看，同时还在琢磨着我。

我抗议了：

"你以为阿达爱上我了吗？你脑袋里想的究竟是什么？"

但是，我无法让奥古斯塔镇静下来，她的嫉妒心令我厌烦得要命。还算不错，古伊多在这个时刻没有再去开心取乐，可以肯定，他是在他岳母和妻子中间过了很糟糕的一刻钟，但是，我却也是在厌烦透顶呢，我觉得，我是完全清白无辜的，却不得不受过多的窝囊气。

我试图让奥古斯塔安静下来，不住地抚摸着她。她把她的脸从我的脸旁边移开，以便更好地看着我，她温柔地责备了我一句，这使我感动万分：

"我知道你也爱我。"她对我说。

显然，阿达的心境对她来说并不重要，重要的是我的心境，我灵机一动，证明我的无辜：

"那么，阿达是爱上我了？"我边笑边说道。

接着，我让自己跟奥古斯塔隔开一些，以便让她更好地看一看我，我稍微鼓起面颊，怪里怪气地大睁双眼，以此来模拟染病的阿达模样。奥古斯塔惊奇地看了看我，但很快便猜透我的用意。她蓦地忍俊不禁，哈哈大笑起来，随即又为此而感到难为情。

"不！"她对我说，"我求你别嘲笑她。"接着她一边依然在笑着，一边承认：我学阿达脸上的那种肿胀的样子（这使阿达的脸变得如此令人吃惊）学得真像。我自己也知道这个，因为我在模仿她的同时，也像是在拥抱她。当我独自一人待着的时候，我又多次努力做出这个样子，既觉得满怀情欲，又感到十分厌恶。

下午，我到办事处去，希望能在那里见到古伊多。我在办公室等了他一些时候，随后决定到他家里去。我毕竟得知道是否必须向奥利维要钱。我得履行我的责任，尽管我很厌烦要再度看到阿达因为出于感激而又一次改变模样。谁知道这女人又会给我带来什么令人吃惊的事呢？

在古伊多家的阶梯上，我遇上了马尔芬蒂夫人，她正沉重地上着阶梯。她一五一十地把直到当时所做的有关古伊多生意的决定都告诉了我。头一天晚上，他们曾差不多一致认为必须拯救这个面临灾难性不幸的男人。只是到了早上，阿达才得知，我要出一份力来弥补古伊多的亏空，她坚决拒绝接受。马尔芬蒂夫人替她道歉说：

"你想怎么办呢？她不愿意使自己后悔把她最疼爱的妹妹弄穷了。"

在楼道上，夫人停了下来，为了喘气，同时也为了说话，她笑着对我说，事情会在不使任何人受到损害的情况下办妥的。在吃中饭前，她、阿达和古伊多曾去请教一位律师，这位律师是她家的老朋友，如今也是小安娜的监护人。律师曾说，不必花钱，因为从法律上看，没有花钱的必要。古伊多表示强烈反对，一边大谈荣誉和责任，但是，毫无疑问，一旦大家，包括阿达在内都决定不花钱，他也只好勉强同意了。

"但是，他的公司在交易所要不要宣布破产呢？"我困惑不解地问道。

"可能要吧！"马尔芬蒂夫人在上最后一层楼梯之前，叹了口气，说道。

古伊多在午饭之后总是要休息一下的，因此，只有阿达一人接待我们到那间我是如此熟悉的小客厅里。她见到我，片刻间显得心慌意乱，但也只是片刻，不过，却被我一眼看到了，而且我认为，她那表情是明确的、露骨的，就仿佛这慌乱的表情是向我讲出来的。接着，她勉强镇定了一下，用一种果断的、男人般的动作向我伸出手来，这种动作把刚才她那女性特有的犹豫神态一扫而光。

她对我说：

"奥古斯塔一定对你说了，我是多么感激你。我现在无法告诉你我的感觉，因为我心里很乱。我甚至又病了。是的，病得很厉害！我大概又需要去波洛尼亚的疗养所了！"

一阵哽咽打断了她的话：

"我现在请求你做一件事。我请求你告诉古伊多，你绝不该给他这笔钱。这样，对我们来说，促使他干他应该干的事会更容易些。"

起初，她提到自己的病时曾抽泣了一下；后来，在继续谈到丈夫时，她又抽泣起来：

"他是个孩子，必须把他当成孩子来对待。要是他知道，你同意给他这笔钱，他一定会更加执迷不悟地一个劲儿想无谓地牺牲掉其余的东西。这是无谓的牺牲，因为我们如今已经十分有把握地知道在交易所宣布破产是容许的。律师就曾这样说过。"

她把另一位权威人士的意见也告诉了我，却没有询问我的意见。作为光顾交易所的老手，我的意见即使与那位律师的意见相比，也可能会有其分量的，但是，我当时甚至连我的意见是什么也记不起来了，即使我确实有我的意见。然而，我却记得，我的处境十分困难。我不能撤回我对古伊多所做的承诺，因为作为对这种承诺的答报，我曾认为自己有权在他耳朵里喊出那么多伤人的话，从而赚得我放出的资本的某种利息，而我现在是再也不能拒绝给他这笔资本了。

"阿达！"我犹豫不决地说，"我认为我不能过了一天就收回自己所说的话。难道不是最好由你来说服古伊多去干你愿意叫他干的事吗？"

马尔芬蒂夫人以她一向对我表示的那种十分同情的态度说，她非常理解我的特殊处境，况且，古伊多只要能得到他所需要的那笔钱的四分之一，他就必定会不得不迁就她们的意愿的。

但是，阿达却还没有停止哭泣。她一边把脸藏在手帕里啼哭着，一边说道：

"你这样做很不好，很不好，拿出这么一笔委实过大的款子！现在就可以看出你做得多么不好了！"

我觉得我这时是在感激不尽和莫大怨恨两种情绪之间举棋不定。接着，她又说，她绝不想再谈到我出钱的事了，她请求我不要去筹款，因为她会阻止我拿出这笔款子的，或者会阻止古伊多接受这笔款子。

我感到十分为难，最后竟说了谎。也就是说，我告诉她这笔款子我早已筹到了，我拍了拍我胸前的口袋，那里正躺着分量极轻的那个信封。这一次，阿达则是以真正赞赏的表情看了看我，倘若我不知道我是不配让她以这种表情来看待我，我也许会感到十分得意。不论如何，我现在无法解释当时为什么说出这句谎话，除非有这样一种解释，即我当时有一种奇怪的倾向，要使自己在阿达面前显得比我实际的样子更高大；但也正是这句谎话阻止我等待古伊多，逼我一溜烟跑出这个家门。难道会发生这样的事，即在某个时候，和眼下情况相反，人们要求我交出我硬说自己身上带着的那笔钱？那时节，我的脸该往哪里搁？！我于是说，我在办公室里有急事，所以，我就拔腿跑了。

阿达把我送到门口，她向我保证：她会让古伊多亲自到我家来感谢我的好意，并且婉拒我的好意。她说这番话时，神情十分坚定，这叫我吃了一惊。我觉得，这种坚强意愿似乎在某种程度上打击了我。不！此时此刻，她是不爱我的。我的善意行动委实做得过分了。它扑到人们身上，把人们压垮，受益者起来抗议，那是不足为奇的。我一边向办事处走去，一边力图摆脱阿达的态度使我产生的不安心情，我想到：我是为古伊多做牺牲的，又不是为任何其他人。阿达管得着吗？我打定主意，只要有机会，我就要让阿达本人知道这一点。

我去办事处，正是为了不致后悔又一次撒谎。没有任何事在等着我。从早晨起，就淅淅沥沥地不断下着细雨。这使姗姗来迟的春天的空气变得大大的清新了。只需再走两步路，我就到家了，而要去办事处我得走长得多的一段路，这是相当令人讨厌的。但是，我觉得，我得履行诺言。

过了一会儿，古伊多就在办公室找到了我。他把路奇亚诺支走，好单独和我在一起。他的样子显得十分意乱心烦，这般模样在他与妻子争吵时是颇能助他一臂之力的，也是我所十分熟悉的。他想必曾哭过，喊过。

他问我，我对他妻子和我们岳母的计划怎样看，因为他知道，她们已经把计划告诉了我。他看出我在犹豫。我不愿说出我的意见，因为我的意见可能和那两个女人的意见不一致，而且我也知道，如果我采纳了她们的意见，我就会促使古伊多大闹一场。再说，倘若使我对他的帮助显得踌躇不决，我也会感到过分遗憾的，最后，我们同意阿达的意见，即决定应由古伊多来做，而不是由我来做。我对他说，必须合计合计，看一看，甚至听听别人的意见。我并不是什么了不起的生意人，能在如此重要的问题上出主意。为了争取时间，我问他是否愿意让我去请教一下奥利维。

光是这一句话就足以使他喊叫起来：

"那个笨蛋！"他吼叫道，"我求求你：把他搁一边去吧！"

我并不想激动起来，为奥利维辩护，但是，尽管我很镇静，却不足以让古伊多平静下来。我们又处在头一天那同样的情况之下了，但是，现在是他在喊叫，轮到我默然不语。这是个心态问题。我非常尴尬，四肢都动弹不得。

但是，他又非让我说出我的意见不可。我现在认为，我当时受上天启发，竟然灵机一动，很好地说了一番话，这番话说得实在好，倘若我的这番话当时能起一定作用的话，后来发生的那场灾难本来是可以避免的。我对他说，我这是把两个问题分开，一个是清理月中账目问题，另一个是清理月底账目问题。总的来说，对于月中账目，是无须支付过大的款项的，因此，必须促使那两个女人承担这笔相对轻微的亏空。再说，我们也会有必要的时间来明智地应付另一笔清理账目。

古伊多打断我的话，问我：

"阿达告诉我，你的口袋里已经准备好那笔钱了。你带着没有？"

我顿时脸红了。但是，我立即又想出另一句谎话，它果然救了我：

"既然在你家时，她们不接受这笔钱，我刚才就把钱存到银行里去了。但是我们想要时，还是可以取出来的，哪怕是明天早上立即想要这笔钱。"

于是，他责备我改变主意。要是我头一天说出不想等待清理另一笔账来调整一切的话，那该多好！这时，他暴跳如雷，大发脾气，最后竟精疲力竭地倒在大沙发上了！他要把尼利尼扔出办公室，连同其他那些把他拉去炒股的代理商。噢！尽管炒股使他看到自己有可能导致破产，但是，他绝不再听从那些屁事也不懂的女人了。

我走过去握紧他的手，如果他允许的话，我甚至会拥抱他。我别的什么都不图，只图看到他做出这个决定。绝不再炒股了，而是要每天老老实实地工作！

这才是我们的前途，他的独立。现在，要度过这短暂的严峻的时期，此后一切都会是容易的、简单的。

他灰心丧气，但是已经变得比较平静了，过了一会儿，他离开了我。他即使在软弱无力时，也从全身透出一种强大的果断力。

"我回去找阿达！"他喃喃地说，随后又苦笑了一下，但却很自信。

我把他一直送到门口，如果不是在门前有车等他，我本来会把他一直送到他家的。

涅墨西斯在迫害古伊多。他离开我半个钟头以后，我想，从我这方面来说，应当谨慎从事，以便到他家去帮助他。这并不是因为我猜疑会有什么危险降临他的头上，而是我如今已经站到他一边，我可以尽力去说服阿达和马尔芬蒂夫人帮他一把。在交易所宣布破产并不是一件令我喜欢的事，总的说来，由我们四人分担的这笔损失，固然不是微不足道，但对于我们每个人来说，也不会意味着破产。

后来，我又想起，我最大的责任如今已不是帮助古伊多了，而是让他在第二天能得到我答应给他的那笔款子。我马上去找奥利维，而且准备好进行一场新的斗争。我想好了一条妙计，即在几年之内，以我的签字偿还这笔巨款，不过，从现在起过几个月，先拿出我母亲的遗产中剩余的全部款项。我希望奥利维不要制造什么困难，因为直到当时为止，我从未向他要过超出我在盈利和利息方面应得的数额，我甚至可以答应再不用类似的要求烦扰他了。显然，我尽可以希望能从古伊多那里至少重新赚回这笔款子的一部分。

当天晚上，我设法找到奥利维。当我进到他的办公室的时候，他刚好出去。他们说他可能去交易所了。我在那里也没有找到他，于是我去他家里，在那里得知：他正在一个经济协会中开会，他在这个经济协会中占有一个名誉职位。我本来可以到那里去找他，但是，这时已经是夜里了，瓢泼大雨又不停地下着，这就把街道都变成条条小溪。

这场大雨整整下了一夜，多少年来人们一直没有丧失对这样一场大雨的记忆。雨水静静地、静静地落下，甚至是垂直地落下，一直保持倾盆之势。从城市四周的高地上，泥水加上我们城市生活的那些渣滓，倾泻而下，堵塞住我们为数不多的人工河流。我躲在一个避雨处等待雨停，在无益地等待了半天之后，我决定回家去，我看清天气已经保持在大雨淋漓的状态之下，希望天气有所改变是徒劳的，于是我索性蹚起水来，走在石板道最高的地带。我咒骂着跑回家去，淋成了落汤鸡。我之所以这样咒骂，也因为我白白浪费这么多好时光，不能去找奥利维。可能我平常的时间并不如此宝贵，但是，可以肯定，当我看到白费力气地干了一场的时候，我是非常痛苦的。我边跑边想："让我们明天再干吧，再去找奥利维，明天，我可以到古伊多家里去。哪怕我要起个大早呢，但是，明天准是晴朗、干燥的。"我是如此确信我的决定是正确的，以致我对奥古斯塔说：大家都决定把一切决定都推到明天去做。我更换了衣服，把全身擦干，一双受了半天罪的脚穿上了舒适而暖烘烘的拖鞋，我先是吃晚饭，然后就上床睡觉，一直沉睡到次日清晨，这时，绳子般粗大的雨水却仍在抽打着我的窗户玻璃。

这样一来，我只是很晚才得知夜里发生的大事。起初，我们得知，雨水最后使城里许多地方泛滥成灾，后来则得知：古伊多死了。

很晚很晚的时候，我才得知怎么会发生这样的事。大约晚上十一点钟，当马尔芬蒂夫人已经离去的时候，古伊多告诉妻子：他已经吞服了大量佛罗那。他想让妻子相信，他死定了。他拥抱她，吻她，请她原谅他叫她受了这许多苦。接着，在他讲话变成结结巴巴地说话之前，他向她保证：她是他一生中唯一心爱的人。她呢，当时却既不相信他所做的保证，又不信他吞服了这么多会致命的毒药。她甚至不相信他已经丧失知觉，而是想象他在装腔作势，想要再从她手中把钱抢过去。

后来，过了差不多一个小时，看到他睡得越来越沉，她有些恐惧了，赶快写了一张便条给一位住在离她家不远的医生。在这张便条上，她写道：她丈夫需要紧急救援，因为他吞服了大量佛罗那。

直到当时为止，在那家里一直没有任何激动的迹象能使那女佣警觉起来，知道她送信任务的严重性，况且那女佣又是个才来家里不久的老太婆。

雨依然照旧下着。女佣蹚着没到腿的一半的水，把便条又丢失了。只是等到她见到那位大夫时，她才发现丢失便条。但是，她还能告诉他事情紧急，促使大夫跟随她回来。

马利大夫是一个约五十岁的男人，他可不是什么有才能的人，而是一位有实际经验的医生，他总是尽其所能履行职责。他没有许多专有的顾客，但是却也忙碌得很，因为他要为一家公司许许多多的成员看病，这家公司给他的报酬并不优厚。他不久前刚回到家里，好不容易才在火炉旁暖和过来，弄干身子。可以想见，他是抱着怎样一种心情在这时抛开他那温暖的角落。当我开始更好地调查我可怜的朋友的死因的时候，我也很想认识一下这位马利大夫。从他那里我只了解到这个：当他来到露天底下的时候，他感觉到雨已经透过雨伞，把他淋透了，他后悔学医，而不是学农，他还说，农民在下雨天是待在家里的。

他来到古伊多床边，发现阿达已经完全平静下来。这时她身边既有了这位大夫，她就更清楚地回忆起几个月前，古伊多如何假装自杀戏耍她。不必再由她来负起责任了，而是由这位大夫负起责任，大夫应当了解一切情况，甚至了解会使人以为古伊多在假装自杀的种种理由。这位大夫把这些理由都听进去了，正如他与此同时伸长耳朵倾听外面横扫街道的水浪一样。他未被告知：人们叫他来是治疗服毒病例，因此，他手头没有任何做这种治疗所必需的器械。他对此非常遗憾，嘴里结结巴巴念了几句，阿达也没有听懂。最糟糕的是，为了能进行洗胃，他无法派人去取必要的东西，而是要亲自来回走上两次这条街道去取。他摸了摸古伊多的脉搏，发现他很不错。他问阿达古伊多是否总是睡得非常香。阿达回答称是，但是没有香到这个程度。大夫查了查古伊多的眼睛：这眼睛竟然很快地对光线做出反应！大夫走了，一边叮嘱要不时喂古伊多几羹匙极浓的黑咖啡。

我甚至还得知，大夫来到街上，还在愤愤地嘟哝着：

"不该允许他在这个天气假装自杀啊！"

我呢，当我结识他的时候，并不敢责备他疏忽大意，但是，他却猜到了，于是为自己做了辩护。他对我说，他早上听说古伊多已经死了，非常惊讶，以致他猜疑：古伊多可能一度醒过来，又服了一些佛罗那。接着，他又说，对医术外行的人想象不到：一位大夫在他行医的过程中，总是习惯于保卫自己的生命的，用以对付那些只想到自己的生命而图谋暗害他的生命的顾客。

过了一个小时多一点，阿达厌烦把羹匙塞进古伊多的牙关中间了；看到他咽下去的东西越来越少，剩下的东西都淌湿了枕头，她又害怕起来，请女佣去找保利大夫。这次，女佣把那张小小的便条拿好了。但是，她却用了一个多小时才找到这位医生的住处。当然，当雨下得这么大的时候，一个人总是感觉需要不时在某个门拱下停留停留。这场雨不仅是淋湿人，而且是抽打人。

保利大夫不在家。前不久，他刚被一位顾客请了去，他走的时候曾说：他希望很快能回来。但是，看来他似乎更喜欢在顾客那里等待雨停。他的女用人，一个上了年纪的非常好的人，让阿达的女佣坐到火旁，并且关心地让她喝点东西暖暖身子。大夫没有留下他的顾客的地址，这样，这两个女人就一起在火旁过了好几个钟头。只是在雨停下来的时候，大夫才回来。后来，当他携带着一切他早在古伊多身上用过的器械来到阿达家的时候，天已黎明。大夫在这床边只有一个任务：向阿达隐瞒，古伊多已经死了；同时派人在阿达发现古伊多已死之前，把马尔芬蒂夫人请来，以便在阿达开始悲痛时照顾她。

正因如此，这个消息到达我们这里已经太晚了，而且很不确切。

我从床上起来，对可怜的古伊多发了最后一次火：他用他那喜剧做法把一切不幸都弄复杂了！我从家里出来，没有带奥古斯塔，因为她无法这样撇开小儿子拔腿就走。到了外面，我又被一种疑虑止住了！我难道不能等待银行开门，奥利维去到他的办公室吗？这样，我不是就可以带着我答应拿出的钱来到古伊多的面前了？我当时委实不太相信有关古伊多情况严重的消息，尽管别人已经告诉我这个消息！

我是从保利大夫那里才了解到真相的，我在阶梯上正好遇上他。我听了惊慌失措，差一点从楼梯上滚下去。古伊多，鉴于我和他生活在一起，对我来说，已经成为一个十分重要的人物。他在世时，我总是从一种特定的光芒照射的角度来看待他的，这光芒正是我的白昼间的一部分光芒。这光芒如今则在逐渐泯灭，它那变化的方式正像突然透过一块三棱镜反射出来似的。令我眼花缭乱的正是这个。他过去是错了，但是，我又立即觉得，因为他已经死了，他的这些错误也就一概化为乌有。在我看来，那个小丑实在是个傻瓜：他竟然在一座立满歌功颂德的碑文的墓地上，询问在这个地方，那些有罪之人究竟埋葬在哪里。死者绝不会是有罪之人。古伊多如今已经是一个洁白无瑕的人了！死亡已经使他得到净化。

这位大夫看到阿达痛不欲生非常难过。他对我讲了一些有关她所度过的那可怕的一夜的情况。现在，人们终于能使她相信：古伊多服用的毒药剂量是非常大的，因此，任何急救都将无济于事。真倒霉，她竟没有想到这一点！

"不过，"大夫沮丧地又说道，"要是我早来几个钟头，我还是能救活他的。我发现，那些毒药瓶全都空了。"

我查看了那些药瓶。剂量确实很大，但是，也不过只比上次稍大一点。他让我看几个药瓶，我看见上面印着：佛罗那。因此，不是加钠的佛罗那。别人看不出，我现在却可以肯定：古伊多本来并不想死。但是，这一点我从来没有跟任何人讲过。

保利离开了我，他走之前，对我说：眼下，我不要设法去看阿达。他已经给她开了一些强镇静剂，他相信这些镇静剂会很快奏效。

在过道里，我听见从那个阿达曾接待我两次的小房间里传来她微弱哭泣的声音。这是一些断断续续的话语，我听不明白，但是夹杂着气喘吁吁。其中"他"这个字重复多次，我想象出她在说谁。她正在追述着她与可怜的死者的关系。这关系想必完全不像她和死者生前的那种关系。在我看来，显然，她在丈夫生前错怪了他。他是因为大家一起犯下的罪行而死的，因为他在交易所炒股曾得到她们大家的同意。当需要付钱的时候，她们这时却撇开他，使他孤立无援。他急着要付钱。而我作为亲戚当中唯一的一个感到有责任救助他，尽管实际上，这与我无干。

在放着双人床的房间里，可怜的古伊多瘫倒着，盖着一条被单。他早已变得僵硬了，这僵硬的样子在这里并没有表现出什么力量，而是表现出十分惊愕的神态，他惊愕自己并不想死，却死了。在他那棕色漂亮的脸上，还不由自主地显露出一种责备的神情。当然，这责备不是冲着我来的。

我去找奥古斯塔，催她快去照看一下姐姐。我非常激动，奥古斯塔搂着我哭了起来。

"你过去就像他的兄弟，"她喃喃地说，"只是现在，我才同意你的看法，应当牺牲咱们一部分财产来使他在天之灵得到纯净。"

我关心的是想尽办法来悼念我可怜的朋友。于是，我在办公室的门上贴上公报，宣布办事处因老板去世停止营业。我亲自撰写了讣告。但是，只是到了第二天，才征得阿达的同意，对葬礼做了安排。这时，我得知，阿达决定跟随灵柩到墓地去。她想尽可能地向他表示自己对他的爱意。可怜的女人！我知道在墓前表示悔恨会是多么痛苦。我父亲去世时，我自己也曾为此而难过得要命。

下午，我把自己关在办公室里，有尼利尼做伴。这样，我们就能对古伊多的情况做一个小小的总结。真是可怕啊！不仅公司的资金全部赔光，而且古伊多所负的债务也相当于公司的资本，如果他不得不把一切都承担起来的话。

我本该努力工作，恰恰是努力工作，以便有利于我可怜的已故朋友，但是，我却不知怎么干，除了做一些梦想。我第一个念头是把我的全部生命都牺牲在这个办事处内，为阿达和她两个儿子努力工作。可我果真有把握能把事情做好吗？

尼利尼像往常一样，又在絮絮叨叨说个不停，而我则望着很远、很远的地方。他倒也感到必须彻底改变他和古伊多的关系。现在，他什么都明白了！可怜的古伊多，当他错怪尼利尼的时候，他早已得了这个病症，正是这病症使他走向自杀。因此，一切都该忘掉了。尼利尼一边在说教，一边声言自己就是这么一个人。他无法对任何人记仇。他一向是喜欢古伊多的，现在也照旧喜欢他。

结果，尼利尼的梦想竟然与我的梦想不谋而合，而且还交错重叠。要想找到避免这类灭顶之灾的办法，不能靠缓慢地做生意，而必须还是到交易所去。尼利尼跟我讲起一个对他挺有交情的人，此人正是在最后关头，加倍下了赌注，从而得以拯救了自己。

我们一起谈了好几个钟头，但是，尼利尼提出继续干古伊多开始做的那种炒股勾当的建议只是最后才抛出的，当时都快中午十二点了，这个建议立即被我接受了。我是抱着异常兴奋的心情接受的，就仿佛这样做，我就会使我的朋友起死回生似的。最后，我以可怜的古伊多的名义，购买大批名字很怪的其他股票：什么里奥·廷托啦，法国南部啦，如此等等。

这样，对我来说，我等待了整整一生的用五十个钟头进行最大限度的工作这个行动就开始了。从最初到晚间，我一直留在办公室里，迈着大步，来回走动，等待报来消息：我的订购是否已经购到。我担心交易所内有人会打听到古伊多自杀的消息，这样，他的名字就会不再被人认为适合于进一步押宝。相反，一连好几天，并没有人认为他的死是出于自杀。

后来，当尼利尼终于告诉我，我的全部订购均已购到的时候，我又开始真正地坐立不安起来，而由于以下事实，我的这种骚动情绪就变得更加厉害了：在接受认购时，我被告知，在所有认购的股票当中，我已经赔了相当大的一部分。我现在记得，当时的这种骚动情绪简直就和地地道道的工作一样。回想起来，我有一个奇怪的感觉：我感到在这持续不断的五十个钟头当中，我竟一直稳坐在赌桌前，琢磨着如何出牌。我没有见过任何人能一连这么多的钟头经受这样的劳累。价格的每个变动都被我记录下来，都由我仔细监视，何况（为什么不说出这一点呢？）价格时而升高，时而停滞，就仿佛和我，也就是和我可怜的朋友商量好似的。甚至我一天天夜里，也难以成寐。

　　我担心家里某个人会过问，阻止我做这项我已经开始做起来的救险工作，因此，我没有对任何人谈到清理月中账目问题，尽管这时已经是月中了。我支付了一切，因为任何其他人都记不得这些交易，大家又都团团围住遗体，等待把遗体下葬呢。况且，在清理这笔账目时，需要支付的数额比原定的要少，因为天公作美，让我走运。我对古伊多的死委实感到太悲痛了，所以，我觉得，只有千方百计地让我自己吃亏，要么用我的签字，要么拿出我的钱财，才能减少这悲痛。直到这时，一直伴随着我的是我那善意的梦想，而这种梦想以前则是在我待在他身旁时长时间陪伴我的。我深为这种骚动情绪所苦，以致我再也不想为我自己在交易所炒股了。

　　但是，由于要"琢磨着出牌"（这是我当时的主要工作），我最后竟未能参加古伊多的葬礼。这件事是这样发生的。恰好在那一天，我们所购买的有价证券一下子就涨上去了。尼利尼和我用了好大工夫计算我们将会弥补多少亏空。老斯佩尔的财产此时已经只剩有一半了！这了不起的成果使我踌躇满志。果然发生了尼利尼当初以十分怀疑的口气预测的情况，虽然如此，但是现在，这怀疑的口气已经消失得无影无踪，他居然以一位可靠的预言家自居了。在我看来，他曾预料到这一点，同时也曾预料到与此相反的情况。他永远不会失误，但是，我并没有向他指出这一点来，因为我认为，应当让他带着他那勃勃野心继续做生意，甚至他的欲望也会对价格产生影响的。

　　三点钟，我们离开了办事处，我们撒腿就跑起来，因为这时我们才想起来：葬礼要在两点三刻举行。

在基奥扎环形路①附近，我远远望见送葬队伍，我甚至觉得似乎认出为阿达而派去参加葬礼的一位朋友的双轮马车。我和尼利尼一起跳上一辆街头出租马车，命令马车夫跟上送葬行列。在车上，尼利尼和我继续琢磨着出牌。我们离思念那可怜的亡人是那么遥远，以致我们竟抱怨起马车走得太慢了。谁知道这时在我们无法监视的条件下，交易所会发生什么情况呢？尼利尼，在一定的时候，恰恰用他那眼神瞧了瞧我，并且问我为什么不在交易所为我自己做些事情。

"眼下，"我说，我不知我为什么竟脸红了，"我只为我可怜的朋友工作。"

然后，我略微犹豫了一下之后，又说：

"以后我再考虑我自己。"我是想让他保持希望，能促使我去炒股，同时永远努力把他继续当成我的真正朋友。但是，在我的内心深处，我却又一些话是我不敢向他说出的："我绝不会让自己抓在你手里！"他开始说起教来了。

"谁知道会不会再有一次这样的机会啊！"他忘记曾教给我：在交易所，时时刻刻都是有机会的。

当我们来到平常停放马车的地方的时候，尼利尼把脑袋伸出窗外，吃惊地喊叫了一声。马车继续在送葬队伍后面走着，送葬队伍正在走向希腊墓地。

"古伊多先生是希腊人吗？"他吃惊地问道。

的确，送葬队伍走过了天主教墓地，正向其他墓地进发，其中有犹太墓地、希腊墓地、耶稣教墓地或塞尔维亚墓地。

---

① 该路是以的里雅斯特著名化学家路易·基奥扎（1828—1889）之名命名的。

"可能他是个耶稣教徒！"我起初这样说，但是，我立刻想起我曾在天主教教堂内参加他的婚礼。

"想必弄错了！"我惊呼道，起初，我想他们大概要把他葬在不该葬的地方。

尼利尼蓦地哈哈大笑了起来，他笑得抑制不住，最后竟无力地倒在车里，在那小脸上大张着嘴巴。

"咱们弄错了！"他惊叹道。当他止住哈哈大笑的时候，他把我着实痛骂了一通。我本该看一看这队伍是往哪里去，因为我本该知道时间和参加的人，等等。原来这是另一个人的送葬队伍！

我怒气冲冲，没有跟他一起笑，这时，我艰难地承受他的责备。为什么他也不好好地看一看呢？我扼制住我的恶劣情绪，这只是因为我更关心的是交易所，而不是送葬。我们从车上下来，好更好地辨明方向，我们朝天主教墓地的进口走去。马车跟在我们后面。我发现，另一个死者的送葬人正惊奇地瞧着我们，他们无法弄清，为什么我们把这个可怜的人一直送到最后一站之后，却又在关键时刻把他舍弃。

尼利尼很不耐烦，走在我的前面。他略微犹豫了一下之后，向守门人问道：

"古伊多·斯佩尔先生的送葬队伍到了吗？"

守门人似乎对这个问话并不惊奇，而我却觉得，这问话怪滑稽的。守门人答道，他不知道。他只能说：这半个钟头里，有两批送葬队伍进入围墙里去。

我们困惑地相互商量了一下。显然，无法知道送葬队伍是已经进去了呢，还是仍在外面。于是，我自己拿定了主意。我是不会被允许参加也许已经开始的仪式的，不然就会扰乱仪式。因此，我不想进入墓地了。但是，另一方面，我又不能冒在回去时遇上送葬队伍的风险。因此，我干脆放弃参加下葬，我想回到城里去，到塞尔沃拉山的另一边好好转上一圈。我把马车让给尼利尼，他为了尊重阿达（因为他认识她），不想放弃出席。

为了逃避遇上任何人，我快步朝乡间的道路走上去，这条道路通往村落。这时，我已经毫不遗憾弄错了送葬队伍，不能向可怜的古伊多做最后的哀悼了。我不能在那种宗教仪式方面浪费工夫。另有责任压在我身上：我得挽救我朋友的荣誉，保卫他的财产，以利于他的遗孀和两个儿子。等我告诉阿达，我已经能挽回损失的四分之三的时候（我曾回想过多次算过的全部账目：古伊多已经亏损了他父亲的财产的一倍，经过我的一番活动之后，亏空则降为这笔财产的一半），阿达一定会原谅我没有参加古伊多的葬礼的。

那一天，天气已经转晴。阳春的明媚太阳照耀着，在依然湿漉漉的田野上，空气清新宜人。多少天来，我都不曾这样走动了，这时，在走动中，我的肺腑也变得开阔起来。我十分健康，精力充沛。这健康只不过是就比较而言。我是拿自己与古伊多做比较，我是在上升，上升，力争上游，而在同一场斗争中，我取得了胜利，他则倒下了。在我的周围，一切也都显得健康而有力，连嫩草丛生的田野也是如此。广漠而浓重的潮湿、前一天的灾难，现在都只产生良好效果，灿烂的阳光散发着依然冰冻着的大地所渴望的暖气。可以肯定，我们越是远离灾难，那碧蓝的天空也就越是显得一望无际，只要它不致突然变得阴暗下来。但是，这是凭经验所做的预见，对此我当时已经记不太清了；只是现在我提笔书写时，才重又回忆起这预见。这时，在我的心灵中，只有对我的健康，对整个自然界的欣欣向荣的一首赞歌：这健康，这欣欣向荣将是永恒的。

我的步伐变得快了起来。我感到我的步履如此轻松，这使我十分愉快。我从塞尔沃拉山上下来，匆匆忙忙，差不多像是在奔跑。我来到平地上的圣安德烈亚广场，重又放慢步子，但是，我依然感到十分轻快自如。风儿在吹送着我。

我完全忘记了我是为参加我最要好的朋友的葬礼来的。我的步伐和呼吸都像个胜利者。不过，我的胜利喜悦却是对我可怜的朋友的一种悼念，我是为他的利益而参加比试的。

我去到办事处，看一看收盘行情。行情显得更疲软一些，但令我失掉信心的并不是这个。我要回去再"琢磨出牌"，我并不怀疑：我一定会达到目的。

我终于不得不到阿达家里去。前来给我开门的是奥古斯塔。她一见我就问：

"你怎么没有参加葬礼？你还是我们家唯一的男人呢！"

我把雨伞放下，摘掉帽子，我有一点困惑，便对她说，我想立即跟阿达谈一谈，免得再说一遍。这时，我本可以向她保证：我有充足的理由说明何以没有参加葬礼。不过，我又对此不再那么十分有把握了，突然之间，我的胯部疼了起来，也许是疲乏的缘故吧。想必是奥古斯塔的这个批评意见使我怀疑：我有无可能让别人原谅我当时不在场，这想必曾引起轩然大波；我眼前仿佛看到所有参加这凄惨仪式的人，他们没有表示悲痛，而是别有所想，他们在相互询问我可能在哪里呢。

阿达没有来。后来我得知，她根本没有被通知我在等她。接待我的是马尔芬蒂夫人，她开始用一种我从未见过的严厉而愤怒的神情跟我说话。我开始表示歉意，但是，我这时早已没有我从墓地飞到城里时的那种自信了。我说得支支吾吾。我对她说了一些并不真实却又接近真实的事情，而真实的情况则是：我为了古伊多，在交易所大胆地采取了行动，也就是说，我对她说的是：在葬礼举行前不久，我不得不给巴黎发一份电报；为的是订一批货，我觉得，在收到回电之前，我不该远离办公室。确实，尼利尼和我曾给巴黎发过电报，不过，这是两天前的事了，而且两天前，我们已经收到答复。总而言之，我明白，真相并不足以使人原谅我，也许这也是因为我不能把全部真相都说出来，不能谈到几天来我所进行的活动，这活动如此重要，我几天来一直在等待着，也就是说，我等待根据我的心愿来处理世界外汇兑换问题。但是，马尔芬蒂夫人在听到古伊多的损失如今达到的数字时，竟然原谅我了。她眼含着泪水，谢了谢我。我再次成为不是家里唯一的男人，而是家里最好的人了。

马尔芬蒂夫人要求我晚上跟奥古斯塔一起来问候阿达，她呢，在这期间将把一切情况都告诉阿达。就眼下来说，阿达还不能接待任何人。我心甘情愿地偕同我妻子一起去了。我妻子在离开阿达家之前，也没有感到需要向阿达告别，因为，阿达这时已经从绝望的哭泣转为万念俱灰，这甚至使她无法发现究竟是谁在和她说话。

我忽然抱起希望：

"那么，不是阿达发觉我没有参加葬礼了？"

奥古斯塔向我承认，她本来想对此守口如瓶的，因为她觉得，阿达因为我当时不在场表现出过大的不满。阿达要求奥古斯塔做出解释，而当奥古斯塔不得不对阿达说，她对此一无所知，因为还不曾见到我的时候，阿达竟又一次尽情地发泄她那绝望情绪，叫喊什么古伊多理应这样完结，因为全家都恨他。

我觉得，奥古斯塔本该替我辩护一下，向阿达提到：当时只有我时刻准备好以应有的方式救助古伊多。倘若古伊多听了我的话，他可能不会有任何理由去试图或假装自杀。

然而，奥古斯塔却一声没吭。她见到阿达如此绝望十分难过，以致担心一旦争执起来，反倒惹她生气。况且，她也相信，现在，马尔芬蒂夫人的解释一定会说服阿达，让她相信她这样对我是不公平的。我现在应当说，当时我也有这样的信心，甚至我可以承认，从那时起，我就确信自己会看到阿达的惊讶表情和她对我的感激表示。既然在她身上，由于巴塞多氏病所致，一切行为都是过火的。

我回到了办公室，在那里，我得知交易所内又有一点微小的看涨迹象，这迹象异常微小，但足以表明：可以希望在第二天开盘时重新看到当日上午的行情。

晚饭后，我不得不单独去见阿达，因为奥古斯塔不能陪我一起去：小女孩不舒服了。马尔芬蒂夫人接待了我，对我说：她要在厨房干些事，因此，她不得不让我独自和阿达待在一起。接着，她承认，阿达曾请求她让自己单独和我谈话，因为阿达想跟我说一些事情，而这些事情是不该让人听到的。马尔芬蒂夫人在离开那间我曾两次跟阿达待在一起的小客厅之前，还对我微笑着说：

"你知道，她还不乐意原谅你没有参加古伊多的葬礼呢，不过……差不多是原谅了！"

在这个小房间里，我的心总是怦怦地跳。这次，倒不是因为害怕看到我被一个我并不爱的人来爱。片刻以来，只是由于马尔芬蒂夫人说的一番话，我已经承认我对悼念可怜的古伊多的亡灵犯下了一个严重过失。阿达本人，现在尽管知道，我为了弥补这个过失，要献给她一笔财产，但她也不会立即原谅我的。我坐下来，望着古伊多父母的肖像。那位有"现在发生……"口头禅的老者，有一种心满意足的神气，我觉得，这神气似乎是由于我所做的工作所致，而古伊多的母亲，一个身穿袖子肥大的衣衫、在梳得高高的一头密密的头发上端端正正地戴着一顶小帽的女人，神态则十分严厉。可不是嘛！每个人待在照相机前都会另有一种模样，我把目光移到别处，因为我很气我自己，竟然在审视这两张面孔。这位母亲当然不能预见到：我竟不会参加她儿子的下葬！

　　但是，阿达跟我谈话的那种方式却使我感到既痛苦又吃惊。她想必已经长时间地考虑好要对我说些什么，她甚至根本不顾我的解释、我的否认，乃至我的辩解，这些可能都是她没有预料到的，因此，她对此毫无准备。她像一匹受惊的马似的，跑着自己的路，一直跑到底。

　　她进来了，衣着简单，只穿了一件黑色晨衣，头发没有梳理，乱蓬蓬的，也许甚至还曾用手乱抓过，这只手在她无法以别的方式减轻痛苦时，曾拼命乱抓乱撕，想做点什么。她径直来到我所坐的小桌子前，双手支撑在小桌子上，以求更清楚地看着我。她那张小脸又瘦了一圈，那种增长过度的奇特健康已经从小脸上消失殆尽。她已经不像古伊多把她夺取到手时那样美丽了，但是，任何人在看着她时也不会想起她有病。已经没有病了！有的只是莫大的痛苦，这痛苦使她整个形象显得格外突出。我十分理解这巨大的痛苦，以致我话都说不出来了。我一直在看着她，一边则想："我能对她说什么话呢？这些话可能会等于兄弟般地把她搂在

我的怀里，安慰她，劝她大哭一场，发泄一通。"接着，当我感到
自己是在受到攻击的时候，我又想反击了，但是，这反击显得过
于无力，而且她也根本不听我说。

她说啊，说啊，说啊，我现在无法把她当时说的话都记下来。
如果我没有记错的话，她开始是郑重其事地感谢我，却毫无热情，
她感谢我为她、为孩子做了这么多。接着，她立即责备起来：

"这样，你的所作所为是使他为了一件不值得搭上性命的事而
死去！"

然后，她放低声音，仿佛想把她对我说的话加以保密，在她
的声音里有了更大的热情，这热情是出自她对古伊多的感情，也
是出自对我的感情（要么是我觉得如此？）：

"我原谅你没有来参加他的葬礼。你无法这样做，我原谅你。
要是他还活着，他也会原谅你的。你在他的葬礼上会做些什么
呢？你根本不爱他！你既然是个好人，你本可以为我，为我的眼
泪，而不是为他——因为你……恨他——哭一哭的啊！可怜的泽
诺！我的兄弟！"

竟然这样曲解实情，能对我说出这样的话来，这简直太不近
人情了。我做了抗议，但是，她却不听我的。我现在认为，我当
时曾吼叫起来，或者至少是我感觉到要努力吼叫，却吼叫不出来：

"可这是错误，是谎言，是诬蔑。你怎么能相信这样的事呢？"

她仍然继续低声说道：

"但是，我自己也没法爱他。我没有背叛过他。甚至连想都没
有想过，但是，我感到这点，以致我没有力量来保护他。我总是
考虑你和你妻子的关系，我真羡慕这种关系。我觉得，你们的关
系要比他跟我建立的关系更好。我感激你没有参加葬礼，因为不

然的话，我今天也不会弄明白一切了。然而这样一来，我倒什么都看清了，什么都理解了。我自己也没有爱过他，否则，我又怎能甚至憎恨他的提琴呢？这是他那伟大灵魂的最完整的表现啊！"

这时，我把头伏在胳臂上，把脸藏起来。她向我提出的指责实在太不公平，以致根本无法争论，而这些指责的不可理喻又被她那亲切的语调大大地冲淡了，以致使我无法做出应有的反击，以求胜利。此外，奥古斯塔早已为我做出榜样，要尊重对方，保持沉默，以免刺伤对方，加剧已经很大的痛苦。但是，当我睁开眼睛的时候，在黑暗中，我却看见：她说的一番话竟像所有不真实的话一样，制造了一个新的世界。我觉得，我自己也似乎理解到：我一直是恨古伊多的，我勤勤恳恳地待在他的身旁，就是为了等待时机，给他当头一棒。再说，她把古伊多和他的提琴放到一起了。倘若我不知道，她如今正在痛苦和悔恨中无所适从的话，我本来会以为，她搬出这把提琴来，是作为古伊多的一部分，借以说服我的心灵，使我确信她那仇恨的指责是对的。

接着，在黑暗中，我又看到古伊多的尸体，在他那脸上依然显示出惊愕的神情，不明白自己何以会丧失性命，倒在那里。我吓了一跳，仰起头来。最好还是对付阿达的指责（我明知这指责是不公平的），而不是眼望着黑暗。

但是，她却仍在谈我和古伊多：

"你，可怜的泽诺，你自己却并不知道，你继续生活在他身边，一边又仇恨他。你对他好，是因为你爱我。这是办不到的！必须这样结束！我自己也一度以为，可以利用你对我的爱（我知道你仍然爱我）来加强对他的保护，这对他可能会是有用的。他只能得到爱他的人的保护，而在我们中间，却没有一个人爱他。"

"我能为他多干些什么呢？"我问道，这时，我流着热泪痛哭失声，为的是使她，也使我自己感到我的清白无辜。有时，泪水能替代我喊叫。我不想喊叫。我甚至怀疑我该不该讲话。但是，我应当驳倒她的谬论，于是我哭了。

"救救他吧，亲爱的兄弟！我或者你，我们都本该救他一救。然而，我待在他身边，无法做到这一点。因为我对他缺乏真正的感情，你呢，一直待在远远的地方，不在场，总是不在场，直到他下葬。再说，你过去表现得是自信的，满怀亲切感情的。但是，首先，你却不照顾他。然而，他曾和你在一起，一直待到晚上。你本可以想象得到，如果你当真关心他，一些严重的事就不会发生。"

泪水使我无法讲话，但是，我嘟嘟哝哝地说了几句，想必是要说明事实，即前一天晚上，古伊多是在沼泽地打猎取乐度过的，因此世界上任何人都无法预料后一天夜里他用来做什么。

"他需要打猎，他需要！"她高声训斥我说。接着，仿佛她这样拼命叫喊似乎过了头，她突然间垮下了，不省人事地倒在地板上。

我现在记得，当时我犹豫了片刻，没有去叫马尔芬蒂夫人。我觉得，她这样晕过去，似乎揭示了她说的一番话里的一些东西。

马尔芬蒂夫人和阿尔贝塔跑来了。马尔芬蒂夫人扶着阿达，一边问我：

"她跟你谈到那该死的交易所勾当了？"接着又说，"这是她今天第二次晕倒了。"

她请求我暂时离开，我走到过道，在那里等待通知：我是应当回到里面去，还是干脆走掉。我准备着进一步向阿达做出解释。

她忘记如果事情就像我建议的那样进行，不幸肯定会得以避免。只消向她说出这一点，就足以让她确信：她冤枉了我。

过了一会儿，马尔芬蒂夫人来找我，她告诉我：阿达已经清醒过来，她想向我道别。阿达躺在长沙发上休息，而我刚才正是坐在那里的。她看到我，就开始哭了起来，这是我见到她流下的第一次眼泪。她把她那汗津津的小手伸给我：

"再见，亲爱的泽诺！我请求你，记住！永远记住！不要忘记他！"

马尔芬蒂夫人插话，询问我该记住什么，我对她说，阿达希望立即把古伊多在交易所的全部头寸清理掉。我为我说了谎而涨红了脸，也担心阿达会否认这一点。她不但没有否认，反而开始吼叫起来：

"是的！是的！一切都该清理掉！我再也不想听到有人谈这个可怕的交易所了！"

她又变得面色煞白，马尔芬蒂夫人为了使她安静，忙向她保证，马上就按她的意思去办。

随后，马尔芬蒂夫人把我送到门口，请求我不要操之过急：我应当根据我认为是符合古伊多的想法去把事情尽量办好。但是，我回答说，我已经不再相信自己了。风险太大，我再也不敢以这种方式来对待别人的利益了。我不再相信交易所的炒股，或者说，至少我缺乏信心，不敢相信我的"琢磨出牌"能对付得了行情的发展。因此，我应当立即做出清理，因为目前行情如此，我已经是十分满意了。

我没有向奥古斯塔重复说出阿达的话。为什么我要让她伤心呢？但是，这些话，也正是因为我没有向任何人说起，却一直在我的耳朵里敲打着我，并且伴随我过了好多年。然而，这些话是在我心灵中发出声响的。直到今天我还多次分析这些话。我不能说我爱过古伊多，但是，之所以如此，仅仅是因为他是个怪人。但是，我还是兄弟般地待在他的身旁，尽我所能来协助他。阿达的责备我是当之有愧的。

此后我再也没有单独和她在一起。她没有感到需要再和我说些别的什么，我也不敢要求做出解释，也许是不想重新引起她的痛苦吧。

在交易所，事情最后果不出我所料，古伊多的父亲在看到第一封电报通知他他的全部财产已经赔光之后，又得知财产的整整一半已经完全补回，当然十分欢喜。这是我的功劳，但是，我却无法像我预期的那样为此而欣悦。

在这整个期间，阿达待我十分亲热，直到她起程前往布宜诺斯艾利斯，带着她的两个儿子到那里去找丈夫一家。她常喜欢和我及奥古斯塔待在一起。我呢，有时还想象：她过去所说的那番话也许都是出自痛苦的爆发，甚至是疯狂般的爆发，如今她甚至都记不起来了。但是，后来有一次，大家当着我们的面都说起古伊多，她竟然用两句话再次说出，并且证实那一天她对我说的话：

"谁也不爱他，可怜的人！"

她在抱着她的一个有点不舒服的孩子上船时节，吻了我。接着，在任何人都没有在我们身旁的片刻，她对我说：

"再见，泽诺，我的兄弟。我将永远记住：过去我无法给他足够的爱。你应该知道这个！我情愿离开我的国家。我觉得，我像是远离我的悔恨！"

我责备她不该如此伤心。我宣称她是一个好妻子，我知道这一点，而且我还可以证明这一点。我现在不知道我当时是否把她说服了。她没有再说话，抽泣把她战胜了。后来，很久以后，我感到，她向我告别时，是原想用那些话再次向我做出责备的。但是，我知道，她把我看错了。当然，我现在也无须责备自己不曾爱过古伊多。

　　这一天，天色浑浊而昏暗。仿佛只有一片云雾把天遮盖住，雾虽然很大，却没有一点风雨的威胁。一条大渔船试图依靠划桨驶出港口，渔船的风帆懒洋洋地垂在桅杆上。只有两个人在划船，他们划了数不清的次数，才勉强使那条大船动起来。到了外海，他们可能会遇上可喜的微风，也许吧。

　　阿达从轮船的甲板上挥动她的手帕道别。接着，她掉转身去，背向我们。可以肯定，她是在眺望圣安娜山，古伊多正安息在那里。她那俏丽的身影越是远去，就越变得完美。我的眼睛被泪水弄模糊了。她就这样抛开了我们，我也再不能向她证明我的无辜了。

八 心理分析

一九一五年五月三日

我以心理分析作为我的故事的收尾。经过整整半年精心进行的心理分析之后，我现在的情况比以前更糟了。我还没有辞退这位大夫，但是，我的决定是不可更改的。因此，昨天我派人去对他说，我有事，有那么几天，我索性让他干等着我。倘若我能十分确信，我能笑话他而自己又不动怒，我本来可以照样接待他的，但是，我担心我最后会向他动起手来。

在这个城市里，战争爆发之后，大家都感到比以前更加烦闷了，而为了取代心理分析，我重又开始写起我可亲可爱的往事。一年来，我没有写过一个字，因为在这时，正如在所有其余时间一样，我都得服从大夫的诊断。他说什么在治疗期间，我只能在他身边聚精会神地待着，因为倘若没有他的监视，我却把精神集中起来，这就会加强阻力，妨碍我表现真诚，放松思想。但是，我现在发现我比过去任何时候都更思绪紊乱，病魔缠身了，我认为：我自己可以更轻而易举地把治疗给我带来的病痛除掉。至少我确信这是真正的方法，能使过去恢复重要性（它已经不再令人痛苦了），使令人烦躁的现在过得更快一些。

我曾满怀信心地听凭大夫给我治疗，因此，当他告诉我我已经治好了的时候，我是全心全意地相信他的，然而，我却无法相信我的疼痛，因为这疼痛依然在袭扰着我。我常对疼痛说："你们本不是这样的嘛！"但是现在，是没有什么可怀疑的了！正是原来的疼痛！我的两条腿的骨头竟然变成不断颤动的刮子，这刮子不停地在损伤着皮肉和肌肉。

　　但是，对这一点我似乎根本不在乎，这不是我放弃治疗的原因。如果聚精会神地待在大夫身边的那几个钟头能继续是挺有意思的，能使我感到惊奇和激动，我本不会舍弃这几个钟头，或者说，为了舍弃这几个钟头，我会等待战争结束，因为战争使我无法进行任何其他活动。但是，现在我已经什么都知道了。又该怎么办呢？也就是说，我知道，治疗不是别的，只不过是一种愚蠢的幻想、一种上好的计谋，它能感动某些歇斯底里的老太太，我又怎能忍受这可笑的人来陪伴我呢？这可笑的人总是有一双想要侦察别人的眼睛，总是摆出他那夜郎自大的架势，这就使他总是把这个世界上的所有现象都收拢在他那伟大的理论周围！我要用我剩下的空闲时间写作。同时，我要如实地写出我的治疗经过。在我和大夫之间的任何相见以诚的情况已经消失，现在，我可以痛痛快快地呼吸了。不再有人强迫我做任何努力。我也不必迫使自己要相信别人，或是假装相信别人。过去正是为了更好地掩饰我的真实思想，我曾认为，我不得不向他表示百依百顺，他也利用这一点，每天都发明一些新办法。我的治疗应当结束了，因为我的病已经昭然若揭。我的病不过是昔日已故的索福克勒斯对可怜的俄狄浦斯所做的诊断：说我爱上我的母亲，所以我想要杀死我的父亲①。

――――――――――

① 索福克勒斯（Sophocles，前496—前405），希腊悲剧诗人，写过著名悲剧《俄狄浦斯王》和《俄狄浦斯在科洛诺》，俄狄浦斯弑父娶母，最后自己弄瞎眼睛的故事出自希腊神话。

　　我也并没有因此而大动肝火！我入神地待在那里听着。这病竟然把我的身价提高了，提升到最崇高的贵族地位①。这可是个引人注目的贵族病！患有这种病症的祖先们是出现在神话时代的。现在我在这里，手里拿着笔，我也就不更怒气冲天了。我倒对此报以会心的一笑。能证明我没有这种病的最好证据是：我的病根本没有治好。这个证明似乎也可以说服这位大夫。他应当老老实实地待着：他的话不会破坏我对我青年时代的回忆。我闭上眼睛，立即看到我对我母亲的爱，我对我父亲的尊敬和亲热感情，是纯洁的、天真的、无邪的。

　　这位大夫是过分相信我所做的该死的坦白了，以致他不愿把我写的这些坦白书还给我，他还要再看一遍。我的上帝！他是只研究医学的，因此，他根本不懂对我们来说用意大利文写作究竟意味着什么，而我们又是说方言而又不会写方言的。我们甚至会用我们每句托斯卡纳话来扯谎！如果他知道我们如何喜欢用我们信手拈来的言语来讲述一切事情，又如何避免讲述那些非求助于字典才能讲述的事情，那该多好！我们正是这样来选择我们的生活中值得注意的情节。倘若我们的生活是用方言来讲出的话，那么，人们就会明白何以我们的生活会有完全不同的面貌了。

　　大夫向我承认，在他整个长期行医的过程中，从未看到过像我这样强烈的激动情绪，每逢我遇上他认为可以向我提供的那些形象，我就会强烈地激动起来。因此，他才如此迅速地宣称，我已经痊愈了。

　　这激动情绪并不是我装出来的，甚至这是我整个一生中曾有

---

① 因为俄狄浦斯是特拜国王拉约斯的儿子，弑父后成为特拜国王。

过的许多最深沉的激动情绪之一。有时我想到某种形象，就会大汗淋漓，而另一些时候，我见到某种形象，又会痛哭流涕。我早就希望能有朝一日重新变得天真无邪。多少个月来，这希望就一直支撑着我，鼓舞着我。难道这是想在数九寒天，依靠生动的记忆来取得五月的玫瑰吗？大夫自身也保证说：记忆是光辉灿烂的、完整无缺的，因此，它会像是给我的生命又增加了一天。玫瑰会有醉人的芳香，甚至也会有刺。

这样，由于我总是追逐着这些形象，我终于把这些形象追上了。现在，我才知道，这些形象是我自己捏造的，不过，捏造也是一种创造，并不是什么谎言。我捏造的那些形象，就像是人在发烧时所幻想的形象，这些形象在房间里到处走着，让你能从各个方面看到它们，然后，甚至还会触摸你。这些形象有实体、颜色，乃至活的东西的那种蛮横无理。在欲望的驱使下，我把这些形象（其实它们只存在于我的脑海里）抛射到空间中去，这空间是我总在望着的，我能感到这空间的空气、光线，甚至那些会碰伤人的犄角，凡是我经过的空间，都不会没有这样的犄角。

当我陷于麻木状态从而能更容易想入非非的时候（我觉得，这种麻木状态无非是一种把巨大的努力和莫大的懒散结合起来的状态），我就认为，这些形象似乎是遥远的昔日的真正再现。我本来可以立即猜疑这些形象本不是原来的模样，因为一旦这些形象泯灭了，我就又会想起它们来，但是，又不会感到任何激动或伤感。我回忆这些形象，就仿佛回忆一个并非亲临其境的人所讲述的某件事。如果形象果真是昔日的真正再现，那么，我就会继续为其而笑，为其而哭，就像我曾亲身经历过的那样。大夫把我说的这些都记了下来。他常说："我们有这个，我们有那个。"其实，我们已经不再有任何东西了，有的只是一些书写符号，一些干巴巴的形象而已。

我不得不认为，这是对我童年的追忆，因为这些形象中的头一个形象就是把我放到较近的时代，对这个时代我以前还曾有过淡淡的记忆，而形象本身似乎也证实了我的记忆。我一生中曾有那么一年：我去上学了，而我弟弟则还没有去上。我所追述的那个时候似乎就属于这一年。我看到我在一个阳光明媚的春天的早晨从我的别墅里出来，经过我们的花园，往下走，去到城里，我往下走啊，走啊，我们的一个老女佣拉着我的手。我的弟弟在我梦想的画面中没有出现，但他却是这画面的主人公。我感觉到他在家中的自由自在，欢欢喜喜，而我却要去上学。我是强忍着啜泣去上学的，不情愿地迈着步子，心灵深处也蕴藏着强烈的怨恨。我只看见这一次上学，但是我心灵深处的怨恨却对我说，每天，我去上学，每天，我弟弟却待在家里。这情景无休止地进行下去，而实际上，我相信，不久之后，比我小一岁的我的弟弟，他也得去上学。但是，当时，这种梦想的真实性在我看来却是毋庸置疑的：我是注定要去上学的，而我弟弟却可以留在家里。我一边在卡蒂娜的身边走着，一边计算着要受罪多久：要受到中午呢！而他却待在家里！我甚至想起前几天，我在学校里还受到威胁，挨了骂，于是我曾想：这些情况就不可能轮到他。这是一种极其显而易见的幻觉。我本知道卡蒂娜是个小个子，这时在我眼中，她却变大了，可以肯定，这是因为我当时太小了。当时，我也曾觉得，她老得厉害，但是，大家知道，非常年轻的人总是把年长的人看成老态龙钟的。我去上学，总要经过一条街，在这条街上，我发现一些奇怪的小柱子，那里，这些小柱子是把我们城市的人行道拦起来的。的确，我毕竟生得比较早，因而可以还像成人那样看到市中心条条街道上的这些小柱子，但是，一旦我脱离了童年时期，在那天我和卡蒂娜一起走过的那条街上，却不再有小柱子了。

对这些形象的真实性所抱的信念，在我心目中持续了很久，甚至当我的冷静的回忆在梦想的推动下，很快发现了当时的其他细节的时候，也依然如此。主要的一点是：我的弟弟也羡慕我，因为我能去上学。我确信曾发觉了这一点，但是，光是这一点并不足以立即削弱梦想的真实性。晚些时候，它才把梦想的每个真实方面一概取消了，嫉妒其实是有的，但是在梦境中，却转移了位置。

第二个幻觉也把我带到最近一个时代，虽然这个时代比前一个时代要靠前得多：我的别墅中的一个房间，不过，我不知道是哪个房间。因为它比实际上别墅内所有的其他任何房间都大。奇怪的是，我看到我被关在这个房间里，很快我就知道了其中的一个细节，而单纯从幻觉中看，是不可能看出来的：这房间离当时我母亲和卡蒂娜住的地方很远。而第二个细节则是，我还没有上学呢。

房间全是白色的，甚至我从未见过这么白的房间，也从未见过阳光这么普照的房间。难道当时的阳光能透过墙壁吗？可以肯定，太阳这时已经很高了，但是我却依然待在我的床上，手里捧着一只茶杯，杯里的牛奶咖啡都已经被我喝光了，我继续在用一只小羹匙搅来搅去，从里面弄出白糖来。搅到一定程度，羹匙再弄不出白糖了，于是，我试图用舌头去舔杯底，但是，我没有成功，因此，我最后只好一只手捧着茶杯，另一只手拿着羹匙。我待在那里，望着躺在靠近我床的另一张床上的我的弟弟，这时，动作迟缓的他却仍在吮吸着他的咖啡，鼻子伸进茶杯里。当他终于扬起脸来的时候，我看到他整个脸像是在完全照射在他脸上的阳光辐射下扭曲起来，而我的脸（上帝知道是为什么）则是浸在阴影里。他的脸是苍白的，而且下颌略微突出，显得有点丑。他对我说：

"你的羹匙借给我，好吗？"

这时，我才发现卡蒂娜忘记带给他羹匙了，我立刻毫不犹豫地回答：

"行啊！不过你得交换，把你的白糖给我一点。"

我把羹匙举得高高的，为了突出它的价值。但是，卡蒂娜的声音立即在房间里响了起来：

"不要脸，敲竹杠！"

恐惧和羞耻使我又重新回归现实。我本来想跟卡蒂娜争论一番，但是，她、我弟弟和我（我还是当时那个样子，又小，又天真，又能敲竹杠），我们都突然消失了，重又回归到无底深渊中去。

我很后悔，竟然这么强烈地感到羞耻，以致破坏了我好不容易拼凑起来的那个形象。我本来应当老老实实地以其相反的温和态度，免费献出那只羹匙，而不要争论那可恶的行动，这行动可能是我所犯的第一个可恶的行动。也许，卡蒂娜还曾把我母亲叫来帮忙，给我一个处罚，我呢，最终也会重新看到这情况的。

但是，我看到我受处罚的情况是几天以后的事，或者说，我认为我是重新看到这情况了。我本来可以很快领悟到这是幻觉，因为我母亲的形象，正如我所追述的那样，太像我挂在我的床头的那幅她的肖像了。但是，我不得不承认，我母亲显灵的时候，她那动作简直就像一个活人。

阳光太足，太足了，简直叫人睁不开眼睛！从我认为算是我的青年时代起，这样的阳光就总是照射着我，以致很难怀疑：我的青年时代不是这个样子。这是下午时刻的我们的小客厅。我父亲回到家来，坐在靠近妈妈的一个大沙发上。妈妈正在用什么洗不掉的墨水，把名字的头一个字母印在摊开在桌子上的许多内衣上，而她则坐在桌前。我待在桌子底下，在那里玩弹子。我越来越靠近妈妈。可能我是希望她也和我一起玩。玩到一定时候，我想在他们当中站立起来，我抓住从桌上垂下来的桌布，于是，一场灾祸发生了。墨水瓶掉在我头上，弄湿了我的脸、我的衣服、妈妈的裙子，甚至在爸爸的裤子上也溅上轻微的一个斑点。我父亲抬起腿来，向我踢了一脚……

但是，我这时却幸而从我的长途旅行中回来了，我待在安全地带，已经成年，变老了。我不得不说到这一点！一时间，我因为要受到惩罚而非常痛苦，过后不久，我又十分痛心没有能够看到有什么保护行动，无疑，这行动本来应当来自妈妈方面的。但是，谁又能停止这些形象呢？既然这些形象开始透过时间飞窜，而这时间又从未与空间如此相像过！只要我相信这些形象是真实的，这便是我的观点！现在，遗憾的是（哦！我为此是多么悲痛啊！）：我已经不再相信这些形象的真实性了，我知道，并非形象在奔驰，而是我那双变得明察秋毫的眼睛在奔驰，这双眼睛重又注视着那真正的空间，而在这空间中，是没有幽灵的立足之地的。

我还要讲到另一天的形象，大夫对这些形象是十分重视的，因此，他又说：我的病已经治好了。

在我酣睡到一半时，我做了一个梦，这是一个静止不动的噩

梦。我梦见我自己又变成小孩子了，但目的却只是为了要看一看
那孩子是怎样做梦的。他那娇小的机体充满了欢乐气息，他哑口
无言地躺着。他似乎已经最终实现了他的凤愿。但是，他却还是
独自、无人照料地躺在那里！但是，他却在看，在感觉，而且十
分明显，就像一个人能在梦中看到和感觉到遥远的事情那样。这
孩子躺在我的别墅里的一个房间里，看到（上帝晓得他是怎样看
到的）在这个房间的床上，有一个基础十分牢固的、四周砌满墙
壁的笼子。没有门，也没有窗，却被许多光线照亮，这使人感到
很高兴，笼子里还有清新而芳香的空气。这孩子知道，只有他才
能进到这笼子，而且不必自己走进去，因为也许是笼子跑到他身
边来。在那个笼子里，只有一件家具，即一个小沙发，沙发上坐
着一个丰满的女人，体态诱人，身穿黑衣，头发金黄，一双碧蓝
的大眼睛，一双雪白的手，两只小脚穿着灵巧的漆皮鞋，这双鞋
从裙子下面仅发出一点微光。我现在要说，在我看来，那女人和
她的黑衣服及漆皮鞋似乎形成一个东西。她是一切！这孩子梦见
他占有了那女人，但是方式很怪，也就是说，他确信自己可以把
那女人的顶部和底部一块一块地吃掉。

　　现在，想到这里，我很惊讶：这位大夫，据他说，曾十分仔
细地看过我的手稿，但是，他却不曾记得我在前去找卡尔拉之前
所做的那个梦。过了一些时候，当我想起这件事的时候，我觉得，
这个梦不过是另一个稍微有些不同的梦罢了，而且另一个梦是显
得更为幼稚的。

　　然而，大夫却细心地把一切都记录下来，然后，带着有点呆
傻的模样向我问道：

　　"您的母亲是有金黄头发，身体丰满的吗？"

　　我听了这问话很惊奇，我回答说，我奶奶也是这样的。但是，对他来说，我是痊愈了，而且是痊愈得很。我张大了嘴巴，跟他一起为此欢笑，我只好迁就他所要做的，也就是说，不再是检查、研究、思考了，而是真正加紧的再教育。

　　从那时起，每次看病就犹如名副其实的受刑，我继续看下去，这只是因为：只要我动起来，我就总是很难停下来，或者说，只要我停止不动，我同样总是很难开始动起来。有几次，当他对我说大话说得委实过分了的时候，我冒失地提出一些异议。我的每句话、每个想法，并不像他所认为的那样，是流氓式的。这时，他竟睁大两只眼睛。我已经痊愈了，我不想发现什么了！这实在是一种盲目行为：我不是已经得知，我曾要从我父亲手中把我的妻子——竟是我的母亲！——夺走，而且我没有感觉自己已经治好了吗？我的执迷不悟简直是闻所未闻，但是，大夫却承认：只要完成我的再教育，我就会痊愈得更为彻底；经过我的再教育，我将会习惯于认为那些事情（即想要杀死父亲，亲吻自己的母亲）是一些十分天真的事情，为此，无须受后悔之苦，因为在最上等的家庭中这类事情是屡见不鲜的。说到底，我究竟在这方面丧失了什么呢？一天，大夫对我说，我如今是一个康复者了，但还是一个不习惯不发烧过活的康复者。好吧，那我就等待习惯不发烧过活吧。

　　他感到，我还不能对他服服帖帖，除了对我进行再教育之外，他不时也重新对我做些治疗。他重又试图让我做一些梦，但是，真实的梦这时我们已经一个也做不出来了。我对这样等待下去已经感到厌烦，最后又捏造了一个梦。如果我能预见到这样假装做梦是很难的，我就不会这样干了。要结结巴巴地说话，就仿佛一个人陷于半睡半醒状态，浑身是汗，或是面色发白，又不能泄露真情，可能的话，还要变得用力过度，面红耳赤，但又不是羞红面孔，要做到这一点可真不易。我说话的样子，就好像我又回到那笼子里的女人身边，我让她透过突然在小房间的墙壁上出现的一个洞，把她的一只脚伸给我，让我吮吸，让我吃。"要左脚，要左脚！"我喃喃地自语，同时把一个奇怪的细节放到幻觉中去，这细节能使她与前几次的梦想更加相像。我也就是这样来表明我已经完全明白我的病症了，而这是大夫要求我这样做的。年幼的俄狄浦斯过去正是这样一个人：他吮吸他母亲的左脚，而把右脚让给父亲。在我努力做出真实的想象的过程中（这样做绝不是什么自相矛盾），我甚至欺骗了自己，因为我竟觉出那只脚的味道了。我几乎要呕吐起来。

不仅是大夫，而且还有我自己，都想又一次见到我青年时代的那些可亲可爱的形象，不论是真实的还是不那么真实的，不过，这些形象却是我过去不必编造出来的。既然在大夫身旁，这些形象出现不了，我就设法在远离他的地方来追忆这些形象。单独去这样做时，我是有把这些形象一概忘光的危险的，但是，我这时已根本不想再治疗了！我仍然想在十二月要五月的玫瑰。我已经得到了这些玫瑰，那么，为什么我就不能再得到一些呢？

在单独待着的时候，我也是相当烦闷的，但是后来，形象不来了，来的却是另一些东西，这些东西一度竟取代了形象，简单地说，我居然认为，我有了一个重要的科学发现。我认为，我有责任完成有关生理色彩的全部理论。我的先驱者，歌德和叔本华，从未想象过：一个人在灵巧地运用互补色时，会达到什么地步。

应当知道，我是扑倒在面对我书斋的窗户的那个大沙发上度过我的时光的，从那里，我可以看到大海和地平线的一角。这时，在一个布满云朵的天空有着五彩纷呈的落日的晚上，我长时间地恋恋不舍，欣赏那清澈的一角上的缤纷色彩，色彩是那么碧绿，那么纯净，那么柔和。在天空中，还有许多红色，投射到西方云朵的边际，但是，这红色却还显得很浅淡，它是被太阳的直射的白色光芒冲淡了的。过了一段时间之后，我感到眼花缭乱了，于是闭上了眼睛。显而易见，我刚才的注意力，我的感情是投向那绿色的，因为在我的视网膜上产生了它的互补色，即鲜红，这种红色与那天空中灿烂的但又是浅淡的红色毫不相干。我看着，抚摸着由我自己制造的那个色彩。当我一度睁开眼睛，看到那火一般的红色浸满整个天空，甚至把那碧玉般的绿色也掩盖住了的时候，我大吃一惊，而很长一段时间，我也再找不到那绿色了。不过，我毕竟发现了渲染自然的办法！当然，这试验曾由我反复做过多次。好在在涂施色彩时，还是有一些变动的。当我重新睁开眼睛的时候，天空并没有立即接受我的视网膜造成的色彩。我甚至还曾犹豫了片刻，因为这时我又重新看到那碧绿的颜色，正是这碧绿产生了那红色，后来则又被红色毁掉了。这红色从深处出人意料地涌现出来，逐渐扩大，犹如一圈可怕的熊熊烈火。

当我确信我的观察的准确性的时候，我就把我的观察告诉了大夫，希望通过这观察能重新进行我们那些令人厌烦的治疗。大夫把我打发走了，同时对我说，我的视网膜比较敏感，这是尼古丁造成的。我差一点脱口说出这样的话：那么，我们过去曾认为是我青年时代某些事件再现的那些形象，也可能是来自这同一种毒剂的影响了。但是，这样一来，我就会向他泄露我并没有痊愈，他就会力图促使我从头开始，再进行治疗。

　　然而，这畜生却并不总是相信我中毒很深。他所做的再教育也证明了这一点，他试图利用再教育来治好他所说的我的吸烟病。这便是他所说的一番话：吸烟对我并无害处，只要我确信，吸烟是无害的，吸烟就会真正成为无害的。然后，他又继续说道：如今，我和我父亲的关系已经暴露在光天化日之下了，而且成为我作为成人所设想的那个样子，因此，我可以理解，我养成这种嗜好是为了和我父亲竞赛，我还认为烟草具有有毒作用，这也是出于我内心深处的道德感，这种道德感想要对我进行惩罚，惩罚我竟然和我父亲竞赛吸烟。

　　那一天，我离开大夫的诊所，一边像个土耳其人那样拼命吸烟。这是为了做一次实验，而我是心甘情愿这样干的。一整天，我不住地吸烟。后来，夜来了，可我却整宵未睡。我的慢性气管炎又犯了，对这一点是不容怀疑的，因为从痰盂里很容易发现这样做的后果。

　　第二天，我告诉大夫我吸了很多烟，现在，吸烟对我已经是无所谓了。大夫微笑着看了看我，我猜出，他的胸部已经因骄傲而鼓胀起来。可他又镇静自若对我进行再教育！他那种做法就像是确有把握，能看到他的脚下的每块土地都会开放鲜花。

　　对于那种再教育，我现在记得太少了。我是不得已接受再教育的，每当我走出那间诊室的时候，我总是浑身抖动一下，就像一条从水里出来的狗，我身上也总是湿的，但不是水淋淋的。

　　但是，我现在想起下面这件事就怒不可遏：我的这位教育者硬说，科普罗西希大夫曾对我说过一些使我大为反感的话，他这样做是有道理的。但是，果然如此，难道我也就该挨上我父亲临死时想打我的那记耳光了吗？我现在不知道，他当时是否说过这句话。然而，我却肯定地知道，他曾硬说什么我也憎恨那老马尔芬蒂，因为我把老马尔芬蒂放到我父亲的位置上。在这个世界上，许许多多人都相信，一个人若是没有一定的感情，是无法生活的；然而，依照他的说法，我则是如果不憎恨某个人，就会丧失平衡。我可以娶老马尔芬蒂的几个女儿中的这个或那个，要哪一个都是无所谓的，因为问题是要把她们的父亲放到我的仇恨之火能烧到他的那个地方。后来，我使他们家丢了脸，而我曾尽我所能把他们家当成自己的家。我背叛了我的妻子，显然，如果我能办到的话，我也会勾引阿达乃至阿尔贝塔的。当然，我现在并不想否认这个，甚至当大夫向我谈及此事，一边摆出克里斯托弗罗·哥伦布抵达美洲时的那种模样的时候，我反倒使自己笑了起来。但是，我相信，他是在这个世界上唯一一听到我想跟两个十分美丽的女人一起上床的人，这时，他会向自己提问："让我们来看一看，为什么这个人想跟两个女人上床。"

使我更加难以忍受的是：他认为，他可以谈到我和古伊多的关系问题。从我的口述中，他得知在我和古伊多的关系初期，我对他是抱有反感的。按照他的说法，这种反感始终没有停止过，阿达从我没有参加古伊多的葬礼中看到这种反感的最后一次表现，她是有道理的。他没有提起我当时曾出于我的爱意打算挽救阿达的财产，而我自己也不屑于向他提醒这一点。

看来，大夫在古伊多问题上也做过一些调查。他硬说什么古伊多既然是阿达自己选择的，就不可能像我所描绘的那样。他发现，距离我们进行心理分析的那所房子极近的地方，有一座庞大的木料仓库，这仓库曾属于古伊多·斯佩尔贸易公司。为什么我不曾谈到这件事呢？

　　如果我谈到这件事，那么，在我已经是十分困难的叙述中就会产生新的困难。把这件事略去不谈，无非是证明：我用意大利文所做的这种坦白，既不可能是完整的，也不可能是真诚的。在一座木料仓库里，有各式各样的木料，而我们在的里雅斯特，是用从方言、克罗地亚语、德语，有时甚至从法语中借用过来的不文明的词汇称呼这些形形色色木料的（例如 zapin，但它绝不等于 sapin①）。谁能向我提供真正的词汇呢？既然我现在已经上了年纪，我难道还应当到一个托斯卡纳的木材商人那里谋职吗！况且，古伊多·斯佩尔贸易公司的木料仓库一个劲儿只是赔钱。其次，我没有必要谈到这件事，是因为这仓库始终是没有什么活动的，除非有盗贼光顾，让这些用不文明的名字称呼的木料不翼而飞，仿佛这仓库本身只是注定用来制造召魂唤鬼的小桌子似的。

　　我建议大夫去向我妻子，向卡门或是向路奇亚诺（他现在已是众人皆知的大商人了）打听一下古伊多的情况。据我所知，他没有去找上述这些人中的任何一个，而且我不得不认为，他没有这样做是出于害怕，即害怕看到在打听到这些情况之后，他的整个指控和猜疑的大厦会立即坍塌下来。谁知道他为什么这么憎恨我呢？他想必也是一个歇斯底里狂，这种患者由于徒劳地渴望得到自己的母亲，竟拿与此毫不相干的人当作报复对象。

　　最后，我对这场不得不与这位大夫进行的斗争（而我却是付给他钱的）感到十分厌倦了。我现在认为，甚至那些梦想当时对我也没有什么好处，况且，那任我随心所欲地吸烟的自由最终也使我完全垮下来了。我突然有了一个好主意，去找保利大夫。

_____

① 法文，意谓"松木"。

我有许多年没有见到他了。他的头发已经有一点发白，但是，他那彪形大汉式的身材却还没有因为年龄而变得肥胖，也没有弯腰屈背。他总是用一种类似爱抚的眼神看待事物。那一次，我发现何以我觉得他是这样的。显然，他喜欢用那种别人是用来爱抚东西的满意心情来看待事物（而且他也确实是这样看待事物），不论这些东西是美还是丑。

我上楼去找他，打算问他：他是否认为，我应当继续做心理分析。但是，当我来到他那双冷静调查者式的眼睛面前的时候，我竟没有勇气这样做了。也许，我讲出在这个年龄竟然让自己听从这类骗人的鬼话时，我使自己变得很可笑。令我遗憾的是我不得不保持缄默，因为倘若保利禁止我做心理分析的话，我所处的地位就会变得简单许多，但是，我却会感到过分的遗憾，因为我看到自己竟过久地被他那双大眼睛抚来摸去。

我把什么都告诉他了：我的失眠，慢性气管炎，面颊脱陷（这时使我很痛苦），双腿刀割似的疼痛，最后则是我那奇怪的健忘。

保利当着我的面，化验了我的尿。那混合剂变成了黑色，保利变得忧心忡忡。终于算是做了一次真正的分析，不再是什么心理分析了。我怀着既同情又感动的心情回忆起我的过去，那充当化学家做真正分析化验的遥远过去：我本人、一个试管和一副试剂！另一个人，即那个接受分析的，则在睡着，直到那试剂迫使他苏醒过来。试管内的抵抗力是没有的，或者说，每遇到温度稍微升高时，抵抗力也就消失了，假装是完全不可能的。在这试管中，没有发生任何能说明我的行为的东西，而这时，为了取悦于S大夫，我却总是捏造出有关我童年时期的新的细节，用以证实索福克勒斯的诊断。然而，在这里，一切都是真实情况。需要加以化验分析的东西是幽禁在试管中的，一直保持其原来本色，等待试剂的到来。等到试剂来到之后，被分析的东西就会总是说同样的话，而在心理分析时，从来不会反复再现同样的形象，也不会反复说出同样的话。似乎应当给它另取一个名称。让我们就叫它心理冒险吧。恰恰如此：当开始做这类分析的时候，就仿佛我们走进一个树林，不知我们是否会遇上一个强盗，或是遇上一位朋友。即使冒险过后，也依然对此一无所知。在这方面，心理分析会使人想起招魂术。

但是，保利并不认为这是什么糖分。他希望在用偏振化法化验了那溶液之后，于次日再见到我。

于是，我得意扬扬地走了，身上却带着糖尿病。我差一点去找 S 大夫，想询问他：他现在怎么会从我的胸部分析出这个病症，以便把这病症消除。但是，对这个人我委实感到厌烦了，我简直不想再见到他，哪怕是为了要讥笑他。

我现在应当承认，糖尿病对我来说倒是一大安慰。我把此事对奥古斯塔说了，她立即热泪盈眶：

"你在你整个一生中谈病谈得这么多，你最后毕竟得了一种病！"她说。接着，她又力图安慰我。

我爱我的病。我怀着同情的心情想起可怜的科普勒，他是更喜欢真病，而不是想象病的。我现在变得跟他意见一致了。真病是如此简单：只消随它去就够了。的确，当我从一本医书里读到对我的可爱的病的描述的时候，我从中竟仿佛发现了一项生命的计划（可不是死亡的计划！），这计划分成好几个阶段。再见，种种誓愿：我终于不必再发什么誓愿了。一切都可以自行其是，而不需要我做任何干预。

我甚至发现，我的病一直，或者说，几乎一直是十分可爱的。病人可以吃得很多，喝得很多，没有什么大的痛苦，只要注意避免染上腹股沟腺炎。然后，一个人会在异常甜美的昏迷中死去。

不久后，保利给我打电话。他通知我：没有任何糖分痕迹。第二天，我去找他，他叮嘱我要节食，我却只遵守了几天；他还给我开了一种药水，他在一张药方上写下这种药名，简直难以辨认，他让我把这药水整整喝上一个月。

"您怕糖尿病吗？"他微笑着问我。

我矢口否认，但是，我没有告诉他：如今糖尿病已经把我抛弃了，我感到十分孤独。他不会相信我的。

大概在那个时期，我偶然拿到了贝阿尔大夫写的一部有关神经衰弱的作品。我遵从他的建议，每八天改服一种药，这药是按他的药方配的，我曾用清晰的字体把他的药方一一抄录下来。几个月来我觉得治疗得不错。科普勒生前也不曾像我当时那样，受到药物的如此大量安慰。后来，这种信念也过去了，但是，我却一天天地推迟去重新做心理分析。

后来，我遇上了 S 大夫。他问我是否已经决定不再治疗。但是，他非常客气，比过去把我捏在他的手中时要客气得多。显然，他想重新掌握我。我对他说，我有一些急事、一些家庭问题，使我已无暇顾及治病，也使我十分担忧；我还说，一旦我得闲了，我一定会再到他那里去。我本来想请他把我的手稿还给我，但是，我又不敢。这样做，会等于向他承认：我再也不想治疗。我打算在另一个时期再做这样的尝试，那时节，他会发现我已经不想再治疗了，他也就会无可奈何。

在离开我之前，他对我说了几句意在重新把我掌握在他手中的话：

"如果您检查一下您的心灵的话，您就会发现它已经发生了变化。您一定会看到：你将会很快回到我这里来，这只不过是因为您发觉，我竟能在相对短暂的时间内使您接近健康。"

但是，我现在认为，其实，依靠他的帮助，通过对我心灵进行的研究，他已经把一些新病塞到我心灵中去了。

我是打算不要让他给我治疗的。我要避免做梦和回忆。正由于做梦和回忆，我的脑袋已经起了变化，变成不能确信它是安在我的脖颈上的。我有一些可怕的漫不经心的感觉。我和别人说话，在我谈到一件事时，却总是不由自主地试图回忆另一件事，而这另一件事又是我刚才说过的或做过的，现在则记不起来了；或者，在这同时，我也会试图回忆一种思想，我觉得这思想是极为重要的，其重要程度就像我父亲在临死前不久对于他当时的思想的重视，而即使他也无法记起这些思想来了。

我如果不想最后进入疯人院，干脆带着这些玩具一溜烟跑掉就是。

一九一五年五月十五日

我们在路奇尼科①我们的别墅里度过了两天欢庆的日子。我的儿子阿尔菲奥需要在感冒后恢复体力，他将和姐姐一起留在别墅里，待上几个星期。我们则将回到这里过圣灵降临节。

我终于能够恢复我原来的可爱的习惯了，也终于能够停止吸

①　路奇尼科系意大利东北部戈里齐亚省的一部分，第一次世界大战时曾是激烈战斗的战场。

烟了。我现在已经好多了，因为我已经取消了那愚蠢的医生曾给我的吸烟自由。今天是月中，我又感到我们的日历给我带来的困难，即我感到难以做出正常的、按部就班的决定。没有一个月是和另一个月一模一样的。为了更好地突出自己所做的决定，一个人最后又想吸起烟来，连同发生的另一些事情，比如说月份，一起干。但是，除了七月和八月、十二月和一月之外，其他月份都不是相继到来，而在天数上又是能成为一对的。时间也真够混乱的啊！

为了更好地聚精会神，我独自一人到伊松佐河[①]的河边度过第二天的下午。再没有比待在河边，注视流水更好的凝神静思的办法了。人在静静地待着，流水则提供人所需要的心旷神怡的消遣，因为无论在色彩上，还是在图像上，流水总不是自己原来的样子，甚至连片刻都不是。

这是奇怪的一天。可以肯定，高处在刮着很大的风，因为云朵随风不断地在改变形态，但是下面，气氛却没有什么动静。常有这样的情况：已经是热烘烘的太阳不时穿过变动中的云朵，找到一条缝隙，把它的光线洒到这一片或那一片山丘上，或是洒到大山的顶峰，使五月那娇嫩的绿色格外突出，四周则是覆盖着全部景物的阴影。气温是温和的，甚至那在天空中飞窜奔驰的云朵也有了一些春意。毫无疑问，天气正在变得宜人！

我这时真正做到了聚精会神，在吝啬的生活所给予的稀有时刻中的聚精会神，这是一种真正完全客观的态度，在这态度中，一个人终于不再认为自己是什么牺牲品，也不再感到自己是什么

---

① 在的里雅斯特入口的一条河流。

牺牲品了。在那被水花四溅般的阳光如此令人神往地辐射着的绿色当中，我情不自禁地对我的生活，乃至对我的病症发出了微笑。女人在其中是具有极大的重要性的。哪怕是把那女人撕成碎片，她那小脚、那腰肢、那嘴巴，也依然填满我一天天的时日。我重又看到我的生活，乃至我的病症，我爱它们，我理解它们！我的生活要比那些所谓健康人的生活要美好多少啊！这些健康人，每天除了某些时候之外，总是在打他们的女人，或是总是在想要打他们的女人。然而我呢，却总是有爱情在做伴。当我不想我自己的女人的时候，我也会想到她，为的是求她原谅我：我想的竟是其他女人。其他人则是沮丧万分，抛弃自己的女人，并且对生活感到绝望。在我身上，生活是从来不会没有情欲的，每逢陷入四肢、声音、最完美的姿态构成的梦幻之后，幻觉总会完完整整地再现出来。

这时，我想起，在我对那位目光深邃的观察家即那位S大夫所制造的许许多多谎言中间，也有一个谎言，即：在阿达走后，我再也不曾背叛过我妻子。甚至对这个谎言，他也发挥出一套他的理论，但是，在那里，在那条河的河边上，突然之间，我却怀着恐惧的心情，想起几天来，也许是自从我抛弃治疗以来，我确实不曾寻找其他女人来跟我做伴，难道我真像S大夫硬说的那样，我的病已经痊愈了？既然我现在已经老了，就有那么一段时间，女人们已经不再瞧我了。如果说我也不再瞧她们的话，那就说明，我们之间的关系已经一刀两断。

倘若这样的疑团在的里雅斯特落在我身上，我本来能立即加以消除的。在这里，则就难得多了。

几天前，我拿到了一本达·蓬泰的回忆录，他是卡萨诺瓦^①同时代的一个情种，他肯定也曾经过路奇尼科，我梦见我曾遇上他的那些面扑香粉、腿部被四下撑开的衣裙遮住的贵妇人。我的上帝！那些女人怎么会这么快、又这样经常地向他投降呢？既然还有那些破布烂条在保卫她们！

我觉得，尽管经过治疗，一想起那四下撑开的衣裙，我却仍是感到相当刺激的，但是，我的情欲却在很大程度上是掺假的，它并不足以使我定下心来。

我所追求的经历是过后不久发生的，这个经历却足以使我定下心来，但是，使我付出的代价也不少。为了得到这个经历，我扰乱了、破坏了我一生中所具有的最纯洁的关系。

我遇上了泰雷西娜，她是位于我的别墅附近的一块地产上那个佃农的长女。父亲鳏居已有两年，他的众多子女都把泰雷西娜看成是自己的母亲，泰雷西娜这姑娘身体很壮实，清早起来就工作，而把工作放下来也只是为了上床睡觉，养精蓄锐，好在第二天再工作。那一天，她牵着那头小驴，而通常，小驴总是交给小弟弟照看的，她在一辆满载新鲜的青草的小车旁边走着，因为这头牲口不大，它无法把这姑娘的分量也载上去，爬上略陡的坡路。

头一年，在我看来，泰雷西娜似乎还是个小女孩，我对她只是有一种父辈的爱抚的同情心。但是，甚至在头一天，当我第一次看到她的时候，尽管我发现她已经长大成人了，那棕色的小脸变得更加严肃，瘦弱的肩膀在乳房上方也变宽了，乳房随着小小的劳累的身体的不明显的发育，也逐渐勾出弧形，我却继续把她

---

① 卡萨诺瓦 (Giacomo Casanova，1725—1798)，威尼斯文学家，以喜爱冒险、生活荒淫而著称。

看成一个未成熟的小女孩，我爱她的只能是那不寻常的辛勤劳动，以及几个弟妹从中得益的那种做母亲的本能。如果不是要进行那该死的治疗，必须立即检查我的病究竟处于何种状态，那一次，我本来是可以离开路奇尼科，而不致如此严重地玷污我的清白的。

她可没有穿那四下撑开的衣裙。那圆润而喜气洋洋的小脸也不知香粉为何物。她光着一双脚，一条腿的一半也被人看出是光着的。那小脸蛋，那双小脚，那条腿，都不曾燃起我的欲火。泰雷西娜露在外面的那个脸蛋和四肢，都属于同一种颜色；它们都归属到空气里，而暴露在空气中，是一点坏处也没有的。也许，正因如此，这些东西才没有燃起我的欲火。但是，在我感到自己竟然如此冷漠时，我却害怕了。难道是害怕在治疗之后，我需要的是那四下撑开的衣裙吗？

我开始抚摸那头小驴，我让它好好地休息一下，接着，我试图回到泰雷西娜身边，我把整整十个克朗放到她的手里。这是第一个不怀好意的行动啊！头一年，为了表示我对泰雷西娜和她的弟妹们的父辈情谊，我曾只把几分钱放在他们的小手里。但是，大家知道，父辈情谊是另一码事。泰雷西娜对如此厚礼感到惊讶。她仔细地撩起了小裙子，把这张贵重的纸币放进我也不知是什么掩盖起来的袋子里。这样，我就又看到一部分腿，但是，这一部分也依然是棕色的、纯洁的。

我又回到小驴旁边，在它的头上吻了一下。我的亲热引起了它的亲热。它把嘴伸过来，充满爱恋地大叫了一声，我则始终抱着尊敬的心情倾听它的这声叫。它仿佛跨越了距离，有意用这第一声叫说明什么，可是，它反复叫了起来，后来声音变弱了，最后则成为一种绝望的哭泣。但是，我听得这么近，我的耳膜都被震痛了。

泰雷西娜笑了，她的笑鼓励了我。我重又回到她身边，我立即抓住她的前臂，从那前臂我用手慢慢地往上去，朝着那小小的肩膀往上去，同时我还在琢磨着我的感觉。感谢上帝，我的病还没有治好！我停止治疗是很及时的。

但是，泰雷西娜却用一根木棍打了一下小驴，让它往前走，自己则跟在它的后面，把我抛下了。

我会心地笑了，因为即使那小村女不想理睬我，我也仍然感到愉快，我对她说：

"有丈夫了吗？该有了。你没有丈夫，简直太可惜了！"

她一边离我越来越远，一边对我说：

"要是我找一个丈夫，他一定会比您年轻！"

我的愉快心情并未因此而受损。我很想把泰雷西娜好好教训一顿，我力图回忆薄伽丘①是怎么说的："阿尔贝托·达·波洛尼亚大师诚心诚意地想羞辱一个女人，这女人是他所钟情的，但她却想要羞辱他。"但是，阿尔贝托大师所讲述的道理却没有产生效果，因为马尔盖里塔·德·基索利耶里夫人对他说："您的爱对我来说是珍贵的，因为它是一个像神仙一般的明智而英勇的男人的爱；因此，拯救我的贞操吧，就像您对待您喜欢的每件东西那样，您一定会这样做的。"

我试图做得更好一些：

"什么时候你会献身给老头儿呢，泰雷西娜？"我喊叫道，为的是让她听见，因为她已经走远了。

----

① 薄伽丘 (Giovanni Boccaccio，1313—1375)，享誉世界的《十日谈》作者。

"在我也变成老太婆的时候。"她也吼叫起来，一边兴致勃勃地笑着，却没有停下来。

"可那时，老头儿就不想再要你了。听我的没错！我了解他们！"

我一个劲儿地吼叫着，一边对我的风趣感到十分得意，而我这种风趣则是直接来自我的性的。

这时，在天空中的某块地方，云气散开了，阳光透射下来，恰好照在泰雷西娜身上，她此刻已经离我有四十来米远，地面比我这时高出十多米。她是棕色的、小小的，却是光辉灿烂的！

太阳没有照到我！人一老，就只能待在阴影处，尽管他是相当风趣的。

一九一五年六月二十六日

战争打到我身边来了！我一向喜欢听战争故事，就像是听一场过去时代的战争，谈到这类战争，那是很有趣的，但是，为此而担惊受怕，那才叫傻呢，而现在，我竟然惊慌失措地落入战争之中，同时，我又很惊讶自己在这之前竟然不曾发觉：迟早我要卷入战争里的。我曾十分宁静地生活在一所楼房里，这所楼房的底层烧了起来，而我又不曾预料：迟早整个楼房连同我一起，都将陷入火海。

战争抓住了我，把我当作破衣烂衫似的东西用力抖动，使我霎时失掉整个家庭，甚至失掉我的管理人。总有一天，我会成为一个完全新的人，甚至说得更确切些，我每天的二十四小时都会成为完全新的东西。从昨天起，我稍微平静下来，因为经过一个月的等待之后，我终于有了有关我的家庭的初步消息。我的家庭安然无恙地待在都灵，而我则已经丧失任何能与全家重逢的希望。

　　我不得不在我的办公室度过整整一天。我在那里没有任何事情可做，但是奥利维父子，作为意大利公民，不得不离去了，我的所有人数不多的最好职员也都前往这里或那里打仗，因此，我不得不作为看守人留在我的岗位。晚间，我带着一大堆仓库的大钥匙回到家里。今天，我感到心里平静多了，便随身把这个手稿带到办公室，这可以使我更好地度过漫长的时间。的确，手稿使我度过美妙的一刻钟，在这期间，我得知，在这个世界上，还有如此安宁、如此静谧的时候，能使人照顾起这类玩物来。

　　倘若有人能认真地请我陷于半意识状态，得以哪怕只用一个小时来重温我以前的生活，那也会是够好的了。我会对着他的脸笑逐颜开的。怎么能抛弃这样的现实而去寻找没有任何重要性的东西呢？在我看来，只是在现在，我才算彻底地脱离了我的健康和我的病症。我沿着我们那贫困的城市的大街小巷走着，感到自己是一个没有去打仗的特权者，而这个特权者每天都能找到他所需要的吃的东西。与所有的人比较，我是太幸福了——特别是自从我有了关于我的家人的消息以来，因此，如果我的身体也是好得不能再好的话，我觉得，这似乎会引起众神的愤怒呢。

　　战争和我的相遇是突如其来的，但是，现在，我又觉得有些滑稽。

　　奥古斯塔和我回到路奇尼科，和孩子们一起过圣灵降临节。五月二十三日，我起个大早，我不得不吃了卡尔斯巴德①盐，甚至在饮咖啡之前还散了散步。正是在路奇尼科治疗期间，我发觉，当不吃东西的时候，心脏会更积极地去做一些其他修补缺陷的工

────────────

① 卡尔斯巴德即捷克斯洛伐克的卡罗维伐利，卡尔斯巴德盐可能是一种消化剂。

作，并且会使整个机体普遍感到十分舒适。就在那同一天，我的理论竟得到进一步完善，因为我迫使自己忍受饥饿煎熬，这反倒使我大有好处。

奥古斯塔为了向我打招呼，把那全部发白的头从枕上抬起，她提醒我：我曾答应我的女儿，为她买些玫瑰。我们唯一的玫瑰园已经凋谢，因此，必须去买。我的女儿已经长成一个漂亮的姑娘，很像阿达。总有一个时候，我对待她，竟然忘记要像脾气暴躁的教育者那样去做，而转变为喜欢逢迎女人的风流骑士，而这种人甚至从自己的女儿身上也能体现出尊重女性的作风的，女儿立即发觉自己的威力，并且滥用这种威力，这倒使我和奥古斯塔感到十分有趣。她想要玫瑰，就必须想办法给她弄到。

我打算走上一两个小时。太阳很好，既然我的打算是不断地走动，不停下来，除非已经回到家里，我甚至连上衣都没有穿，帽子也没有戴。幸而我还记住，我得花钱买玫瑰，因此，我没有把钱包和上衣一起留在家里。

首先，我去到附近的乡间，去找泰雷西娜的父亲，请他剪下几枝玫瑰，等我回来时再取。我走进那个大院子，一堵墙把院子围了起来，墙破败得很厉害，我一个人也没有发现。我喊起泰雷西娜的名字。孩子们当中那个最小的男孩从家里出来了，当时他大概有六岁。我把几分钱放到他的小手里，他告诉我：他全家一大清早就去到伊松佐河对岸了，为了要在他家的一块马铃薯地上干一天活，而那块地的泥土则需要加固了。

这并未使我扫兴。我认识那块地，我知道，要到那里去，需要大约一个小时的时间。既然我已经决定要走上一两个小时，能使我的漫步有一个特定的目的，这自然就令我很高兴。这样，也就不必担心会突然因为懒得动弹而中断散步了。我穿过平原走着，这平原比街道还高，因此，我只能看到街道的边缘地带和几个开花的树冠。我真的兴高采烈得很，这样卷起衬衫袖子，没戴帽子，我感到轻松异常。我吸着如此清新的空气，并且像我一个时期以来往往习惯做的那样，边走边做尼梅尔的肺部体操，这体操是一位德国朋友教给我的，是一件极其有益的事，尤其对一个过着深居简出的生活的人来说更是如此。

　　来到这块地之后，我看到了泰雷西娜，她恰好在道路一边工作着。我走近她，这时，我发现，更远一些，泰雷西娜的两个小弟弟也在跟父亲一起劳动着，他们的岁数我说不准，横竖在十岁和十四岁之间，在劳累工作时，老人们总是感到自己力不从心，但是，由于有刺激的情绪在伴随着他们，他们就会变得比在无所事事时越来越年轻。我一边笑着，一边走到泰雷西娜身旁：

　　"你还来得及，泰雷西娜。不要拖延了。"

　　她不明白我的意思，我也没有向她做任何解释。没有必要。既然她已经记不得了，就可以和她恢复我们旧日的关系。我过去曾反复试验过，这一次的试验竟然有了一个好结果。我一边对她说出这寥寥几句话，一边还抚摸着她，不过只是用眼睛抚摸。

　　我轻而易举地就玫瑰的事跟泰雷西娜的父亲说妥了。他允许我想剪多少就剪多少，况且，也不会为价格而争吵起来。他立即想回去工作，而我也要开始往回走了，但是后来，他又后悔了，在我后面追上来。他追上了我，用非常低的声音问我道：

　　"您没有听到什么吗？他们说，战争爆发了。"

　　"不错！我们大家都知道了！大概有一年了吧。"我答道。

"我说的不是这个，"他不耐烦地说，"我说的是跟……①打的战争。"他朝意大利邻近边境那边做了一个手势。"您难道什么都不知道吗？"他瞧了瞧我，急切地想得到答复。

"你会明白的，"我充满自信地对他说，"要是我什么都不知道，那就恰恰是说，什么也没有发生。我是从的里雅斯特来的，我在那里听到的最后消息是，战争恰恰是最终避免了。在罗马，已经推翻了想要打仗的那个内阁，我们现在有了乔利蒂②。"

他立即放下心来：

"因此，这些马铃薯——我们正在把它们盖上，收成看来非常好——一定会是我们的了！这世界上那些胡说八道的家伙太多了！"他用衬衫袖子擦干了从他的前额上流下的汗水。

见他如此高兴，我就设法使他变得更加高兴些。我这个人太喜欢那些欢欢喜喜的人了。因此，我说了一些我实际上并不喜欢提起的事情。我说什么即使爆发战争，战争也不会在这里打。首先，有海，现在可以在海上去打嘛，再说，在欧洲，对那些想要打仗的人来说，战场是不缺的。还有法朗德勒③以及法国的各个省份。我也听说——我也不知是听谁说的——在这个世界上，如今非常需要马铃薯，甚至有人在战场上也在仔细收割马铃薯。我说了很多，眼睛却一直盯住泰雷西娜，她个子那么小，那么纤细，正蹲在地上，在使用铁锹铲地之前，先摸一摸土地。

这位完全放下心来的农民又去干活了。我呢，却把我的一部

---

① 这里的虚点指的是奥地利，1915 年 5 月 24 日，意大利向奥地利宣战。
② 乔利蒂 (Giovanni Giolitti，1842—1928)，意大利著名国务活动家，曾数度组阁，第一次世界大战期间，主张意大利信守中立。
③ 法朗德勒，亦译作"佛兰德斯"，属介于比利时和法国的地区，今部分属比利时 (布鲁日、根特)，部分属法国 (里尔)。

分安心给了他，我自己剩下的就少得多了。可以肯定，在路奇尼科，我们离边境确实太近了。我会向奥古斯塔谈到这一点的。也许，我们最好回到的里雅斯特，也许该走得比这里或那里更远。当然，乔利蒂是重新执政了，但是，我们无法知道，他来到台上，是否会继续以当台上有别的一些人在时他看事物的眼光来看事物。

和一个排的士兵偶然相遇也使我更加紧张了，他们正走在路上，朝路奇尼科方向行进。这些士兵都不年轻，衣服装备都很糟糕。他们身侧都挂着我们在的里雅斯特称作 Durlindana 的东西，即长刺刀，他们想必是在一九一五年夏天，在奥地利，从那些老军火库里拿出的。

我在他们后面走了一阵子，心中忐忑不安，因为我快到家了。再说，从他们身上散发出来的一种野腥味也使我感到讨厌，我放慢了步子。我的不安、我的急切，都是怪愚蠢的。而看到一个农民不安，自己也便不安起来，这同样也是愚蠢的。现在，我远远望见我的别墅，那个排也不再走在路上了。我加快了脚步，好最后到家，喝上我的牛奶咖啡。

正在此时，我开始了我的冒险经历。在道路转弯的地方，我被一个哨兵拦住了，他吼道：

"Zurück[①]！"同时索性摆出开枪的架势。我想用德语跟他谈话，因为他是用德语吼叫的，但是，他懂得的德文也不过只此一句，他反复说出，神色越来越带有威胁性。

必须掉过头 zurück，我仍然望了望身后，生怕那家伙为了让别人更好地听明白自己的话而开枪射击，我带着比较殷勤的态

---

① 德文，意谓"回来"。

度撤回来，甚至在我不再看到那士兵的时候，我也没有改变这个态度。

但是，我还没有放弃立即赶回到别墅。我想，只要跨过我右面的小山，我就会离那咄咄逼人的哨兵背后很远。

上山并不困难，特别是因为长得很高的荒草已经被许多人踩弯了，这些人想必是在我之前走过那里的。当然，这些人不得不途经那里是因为禁止他们走大路。我一边走，一边恢复了自信，我想，一旦到了路奇尼科，我就立即去找市长，就我受到的待遇提出抗议。如果他允许到这里来度假的人都受到这般待遇，那么，很快谁也不会到路奇尼科来了。

但是，到达山顶之后，我既厌恶又大吃一惊：我发现那个散发着野腥味的士兵排竟然已经占领了山顶。许多士兵都在一所农民小屋的阴影下休息，这屋子我很久前就熟悉了，如今已经空无一人，三个士兵似乎是在警戒，但不是朝着我所走的那个山坡，其他一些士兵则在一个军官面前围成半圈，那军官正在向他们做指示，用他手里拿着的一张地形图说明情况。

我连帽子也没有，否则可以用来打招呼。我鞠了好几次躬，尽量满面堆笑，我走到军官身边，他见到我，停止和士兵讲话了，开始注视我。围着他的那五个雇佣兵也向我送来注意的目光。在这种眼神下，又在并不平坦的地面上，想动一动委实难上加难。

军官吼道："Was will der dumme Kerl hier？"①

我很奇怪，尽管我毫未招惹他们，他们竟这样侮辱我，我想逗一逗英雄，表示我受到伤害，但是，为识相起见，我改道而行，

①德语，意谓："这傻瓜要干什么？"

试图走另一个山坡，那里也可以使我走到路奇尼科。军官开始吼叫起来，如果我再多走一步，他就叫人向我开枪射击。我马上又变得十分彬彬有礼，而从那天起，直到我撰写的今天，我一直总是那么彬彬有礼的。被迫跟这么一个怪人打交道，实在是不成体统的，但是，幸好他能讲流利的德语。这可真够幸运的，想到这一点，就可以更容易地跟他温和地讲话，既然他是个畜生，又根本不懂德语，那就倒霉了。我也就会完蛋了。

可惜的是，我讲德语讲得并不相当流利，因为不然的话，我就会不难使这位愠怒的先生笑起来了。我告诉他，在路奇尼科，我的牛奶咖啡还在等着我呢，我只是由于他的这一排士兵，才喝不到牛奶咖啡。

他笑了，他是因为相信我而笑出来的。他一面笑，一面仍在骂骂咧咧，他不耐烦让我把话说完。他声称，那路奇尼科的牛奶咖啡可以叫别人去喝嘛，当他听到除咖啡外，还有我妻子在等我的时候，他吼了起来：

"Auch Ihre Frau wird von anderen gegessen werden." ①

他这时的情绪倒比我的情绪好了。后来，看来，他似乎感到抱歉，竟向我说了一些话，这些话经过那五个雇佣兵哈哈大笑的陪衬，可能显得很伤人。于是，他变得严肃起来，向我解释说，我不该希望能在几天之内再见到路奇尼科，甚至他还友好地向我建议，不要再提出这个要求了，因为光是提出这个要求，就足以毁了我自己！

"Haben Sie verstanden？" ②

---

① 德语，意谓："您的老婆也可以让别人去吃嘛。"
② 德语，意谓："您明白了吗？"

我是明白了，但是，要我迁就放弃那牛奶咖啡（我离它不会超过半公里），那可不那么容易。只是因为这个，我犹豫起来，没有马上走掉，因为显而易见，只要我下了这座小山，那一天，我就再也到不了我的别墅。为了争取时间，我温和地向军官问道：

"可我该向谁去请示，以便能回到路奇尼科去至少取我的上衣和帽子呢？"

我本该看出，那军官在磨磨蹭蹭，留下自己和那张地形图，以及他的那帮手下，但是，我却不曾想到，我竟引他勃然大怒。

他吼了一声，差一点把我的耳朵都震聋了，说什么他早已对我说过：我不该再提这个要求。接着，他命令我到魔鬼要我去的地方（wo der Teufel Sie tragen will）。要叫人把我带走的想法，并不使我感到十分遗憾，因为我已经十分疲倦了，但是，我却还在犹豫。但是这时，军官因为吼叫得太厉害了，竟然火气越来越大，语调也是气势汹汹，十分吓人，他把围着他的五个人当中的一个叫到身旁（而且把那人称作二等兵先生），下令叫他把我从山上带下去，并且把我监视住，只要我不致在通往戈里齐亚省①的道路上跑掉，如果我不爽快地服从，就朝我开枪。

因此，我倒心甘情愿地从那山顶上下来：

"Danke schön."② 我说，甚至毫无讽刺的意思。

这位二等兵是个斯拉夫人，勉强能讲意大利文。他觉得，当着军官的面，他似乎应当粗暴一些，为了让我在下坡时走在他前面，他向我喝道：

---

① 戈里齐亚省位于意大利东北部。
② 德文，意谓："多谢。"

"Marsch！"① 但是，当我们已经走得更远一些的时候，他却变得温和而亲热了。他问我是否有战争的消息，意大利即将参战是否属实。他急切地望着我，等待回答。

因此，甚至连他们这些打仗的人也不知道到底有没有战争！我想尽可能让他高兴，便把我曾向泰雷西娜的父亲生造出来的消息告诉了他。接着，这些消息又使我良心上很过不去。一旦可怕的暴风骤雨爆发，可能我所劝慰的所有的人都会丧命。谁知道在他们那被死亡弄成僵硬的脸上会有怎样的吃惊表情呢？我的乐观主义是一种无法抑制的乐观主义。我不是没有从军官的言谈话语中，更好的是没有从这些的声音里听到战争吗？

二等兵果然高兴异常，为了报答我，他也建议我不要再试图到路奇尼科去。根据我提供的消息，他认为，不准我回家的那些指令第二天就会撤销的。但是同时，他又建议我到的里雅斯特的司令部去，从那里，我也许可以得到特殊许可。

"一直到的里雅斯特吗？"我吓了一跳，问道，"不穿上衣，不戴帽子，不喝牛奶咖啡，就这样跑到的里雅斯特？"

据二等兵所知，在我们谈话的同时，一条密密麻麻的步兵警戒线已经封锁了到意大利的通道，从而造成一条新的不可逾越的边境线。他以一种高人一等的笑意向我宣称，照他的看法，通往路奇尼科最短的路径，就是通往的里雅斯特以外的那条路径。

听到他对我说的这番话，我简直无可奈何，我朝戈里齐亚方向走去，并且想到可以搭乘中午的火车前往的里雅斯特。我心神不定，但是，我现在应当说，我当时自我感觉还是不错的。我吸

---

① 德文，意谓："走！"

烟很少，而且根本没有吃东西。我感到浑身轻松，这是我很长时间以来没有过的。我还得步行，这并不使我感到遗憾。我的双腿有点疼，但是，我觉得，我可以一直支持到戈里齐亚，因为我的呼吸是如此自由，如此畅快。由于走多了，双腿也发起热来，走路确实对我并不是什么负担。我心情舒畅，边走边打着拍子，快快活活，因为我以不同往常的快速节奏，恢复了我的乐天情绪。这里有人在威吓，那里有人在威吓，但是，毕竟不会亲自经历战争。正是这样，我来到了戈里齐亚，这时，我又踟蹰了，我是否该在旅馆里订个房间呢，我可以在那房间里过夜，次日回到路奇尼科，去向市长提出我的抗议。

我这时跑到邮局去给奥古斯塔打电话。但是，我的别墅里没有人回话。

那个职员是个胡子稀稀拉拉的小个子男人，由于他个子矮小，态度又很僵硬，他似乎有一些可笑之处，也显得十分顽固（这是我记得他的唯一东西），他听到我怒气冲冲地对哑不作声的电话骂个不停，便向我走过来，对我说：

"这已经是第四次路奇尼科不回话了。"

当我转向他的时候，在他的眼睛里竟闪烁出既快乐又狡狯的亮光（我弄错了！这一点我现在也还记得！），他那亮晶晶的眼睛在寻找我的眼睛，以求看一看我是否真的如此吃惊和动怒。费了十分钟的时间，我才弄明白。这时，对我来说，是没有什么可怀疑的了。路奇尼科这时已经处在，或者再过片刻之后，将会处在火线上。当我已经完全领悟这有雄辩力的眼神的时候，我便前往咖啡厅，为的是喝上一杯咖啡（我早该在早上喝的）等待吃中饭。我却很快又掉转方向，前往车站。我希望更加贴近我的亲人，于是，按照我的二等兵朋友的指点，我到的里雅斯特去了。

正是在我这短途旅行期间，爆发了战争。

想到很快就会到达的里雅斯特，我在戈里齐亚车站，尽管还有时间，却还是没有喝一杯我渴望已久的咖啡。我上到我的车厢，只有我一个人，于是，我就想念起我的亲人来，我竟是以如此奇怪的方式被迫离开他们的。火车行驶得很顺利，一直驶过蒙法尔科内[①]。

看来，战争还没有打到那里。我放下心来，想道：可能在路奇尼科事情的发展也跟边境这边的情况一样。这个时候，奥古斯塔和我的子女可能正在朝意大利内地旅行。由于大放宽心，加上令人惊奇的难熬饥饿，我竟然睡了一大觉。

可能正是那饥饿把我弄醒了。我的火车停在的里雅斯特的所谓的萨克森州的中央地区。看不到海，尽管海想必离得极近，因为一层薄雾使人无法远眺。卡尔索高原地带在五月份是景色十分宜人的，但是，只有那些没有看惯其他农村五彩缤纷、生气勃勃的春天的人，才能理会这一点。这里，到处都是突出地面的石头，周围是一片嫩绿，这绿色并不显得卑微，因为很快它就成为景物的主调。

如果处在另一种条件之下，我会因为饿得如此厉害却吃不上东西而大发雷霆的。然而，那一天，我亲身经历的伟大历史事件却使我无计可施，只好听天由命。我送给火车司机一些香烟，但是他也无法给我弄上哪怕是一片面包。我没有把我早上的经历告诉任何人。到了的里雅斯特，我会把这些经历告诉几位知心朋友

---

① 戈里齐亚省的一个小城市。

的。我伸长耳朵朝边境方向听，但是，从那里没有传来任何战斗的声音。我们停在那个地方，是为了让八九列火车开过去，这些火车像旋风般地向下朝意大利开去。坏疽病的创口（正像在奥地利，人们很快就这样称呼意大利的前线了）已经开裂，需要用什么材料让它化脓。那些可怜的男人都往那里去，一边冷笑着，歌唱着。从所有这些列车里，也传送出同样的欢乐或醉酒的声音。

当我到达的里雅斯特的时候，夜幕已经降落在城市上。

夜空被许多焚烧的火光照亮，一位朋友看见我没有穿上衣朝我家走去，便向我喊道：

"你参加抢劫了吗？"

我终于吃上一些东西，随即就上床睡觉了。

一种真正的、异乎寻常的疲惫促使我上床倒下。我现在认为，这疲惫是由在我脑海中七上八下的希望和疑团造成的。我一直身体很好，在做梦前那个很短的时间里（过去，我是通过心理分析，拼命要记住梦中的种种形象的），我现在记得：我当时是以最后的一种孩子般的乐观思想结束我一天的奔波的。在边境上，还没有死任何人，因此，和平是可以重新实现的。

现在我知道，我一家安然无恙，我所过的生活并不令我扫兴。我没有多少事可干，但也不能说我是游手好闲的。既不必买，又不必卖。等实现和平时，买卖就一定会重新兴隆起来。奥利维从瑞士给我写来一些建议。如果他知道，他的这些建议同现在的环境很不合拍（因为环境完全变了），该多好！我呢，就眼下来说，什么事也没有干。

一九一六年三月二十四日

从去年五月以来，我就没有再碰一碰这本破书。于是，S 大夫从瑞士给我写信，请我把仍然记下的东西寄给他。这个要求挺奇怪，但是，我绝不反对把这本破书给他寄去，从中他可以明确地看到我对他、对他的治疗是怎样想的。既然他已经掌握了我的全部坦白材料，他就该拿到这为数不多的几页纸，而且还有几页，我是很情愿为凑成一本书而再加上去的。我的时间不多，因为我的生意占去我一整天。但是，对这位 S 大夫，我毕竟是想谈一谈他的事。我对此想了很多。因此，我现在已经有十分明确的想法了。

这时，他以为会收到我另一些有关病症和体弱的坦白材料，相反，他将收到的却是一个结实、完美的健康身体的描绘，这种健康身体是我这个相当年迈的年龄所容许具备的。我已经治好了！我不仅不想做心理分析，而且我也无此需要。我的健康身体并不仅仅是来自这样一个事实，即我感到我在众多的牺牲者当中是个特权者。

并不是由于做了比较，我才感到自己健康。我是健康的，绝对健康。很长时间以来，我知道，我的健康只能是我的信念，要想医治这个信念，而不是想进行说服，这是愚蠢的，犹如一个受催眠术睡熟的人在做梦一样。我虽然受过某些痛苦，但是，在我十分健康的体魄中，这些痛苦是算不了什么的。我可以把一帖药膏贴在这里或那里，但是，其余部分仍需要活动，仍需要战斗，而绝不该像癌症患者那样待着，纹丝不动。再说，痛苦和爱，总而言之，人生是不能因为它令人痛苦，而就被看成是病症的。

我承认，为了确信自己是健康的，我的命运就应当改变，就应当通过斗争，尤其是通过胜利，来使我的机体发出热力。正是我的生意治好了我，我希望 S 大夫能知道这一点。

我既惊愕又懒散，我待在那里，注视着天翻地覆的世界，这样一直待到去年八月初。这时，我开始购进了。我之所以强调这个动词，是因为它的含义比战前要高。那时节，在一个商人的嘴里，这意味着他准备购进某种货物。但是，当我这样说的时候，我想指的则是：我是个要购进别人向我提供的任何货物的人。正如一切强者一样，我的头脑中只有一个思想，即我亲身经历的思想，亦即我的运气。奥利维不在的里雅斯特，但可以肯定他是不会允许冒这样的风险的，他要把这风险留给别人。相反，对我来说，这却不是什么风险。我是抱有十分把握知道这风险会有什么结果的。起初，我按照战时的老习惯，开始把全部财产变为黄金，但是，买卖黄金是有一定困难的。所谓流动黄金（因为它活动性更强），则是货物，于是我便囤积货物，我不时也做些销售，但其程度总是低于购买。因为我开始购买恰是时候，我的销售也十分顺利，因此，我的销售便为我提供大量资金，而这些资金正是我需要用来进行购买的。

我现在非常自豪地想起，我第一次购进的货物，表面上看是愚蠢透顶的，而且我当时购进的唯一打算就是要立即实现我的新想法：这是一批并不大的香。售主向我夸口说，可以把香用作树脂的代用品，因为当时树脂已经开始缺货了，但是，我作为化学家，完全肯定地知道，香绝不可能代替树脂，因为它跟树脂 toto genere[①] 不同。依照我的想法，世界可能已经落到十分贫困的地

---

① 拉丁文，意谓"完全"。

步，以致不得不把香当成树脂的代用品。买下吧！几天之后，我卖了一小部分，收入了一笔款子，这笔款子正是我需要用来把全部货物占为己有的。在赚入这些钱的时候，我感到自己的力量和健康，情不自禁地挺起了胸脯。

大夫收到我这最后一部分手稿时，想必会把手稿全部退还给我。届时，我会用实实在在的明确方式把它重新写过，因为倘若我不了解我这最后一个时期的生活的话，我又怎样理解我的一生呢？也许，我活了这许多年，就是为此做准备。

当然，我不是一个幼稚的人，我原谅这位大夫从我一生中看到了病症的表现。生命有点像病症，它总是时重时轻地进展着，一天好转了，一天又恶化了。与其他病症不同的是：生命总是会死去的。它无法忍受治疗。它就好像要堵住我们身上的大大小小的洞，因为它认为这些洞就是伤口。我们一旦经过治疗，就会被勒死的。

如今的生命是从根部起便被污染了。人开始取代了树木和畜生，它污染了空气，也堵满了自由的空间。可能还会发生更糟的情况。这个可悲而又富有积极性的动物可能会发现其他力量，并且用这些其他力量为自己服务。空气中存在着这类威胁。随之而来的会是恍然大悟……对人的数量的恍然大悟。每平方米都会被一个人占据。谁能治好我们缺少空气、缺少空间的病症呢？只要想到这一点，我就透不过气来！

但这并不是问题所在，至少不仅仅是问题所在。

使我们获得健康的任何努力，都会是白费气力的。健康只能属于畜生，因为畜生只知道有一种进步的方法，那就是发展自己的机体。当一只燕子明白，对它来说，除了定期移栖之外，就不可能有其他生活的时候，它就会增强肌肉，因为肌肉能鼓起它的翅膀，从而成为它机体中的最重要部分。鼹鼠把自己埋在地下，它整个身体都是适应它的需要的。马长大了，改变了它的蹄子。有些动物的发展情况我们不知道，但是，这种发展情况必然是有的，而且绝不会损坏它们的健康。

但是，戴眼镜的人却发明了他体外的器械，如果在那些发明这类器械的人身上有健康和高尚品质的话，那么，在那些使用这类器械的人身上却总是缺乏这些东西。器械可以买，可以卖，可以偷，于是，人也变得越来越狡猾，越来越脆弱了。甚至我们会明白，他的狡猾是依照他的脆弱的比例而增长的。他的第一批器械仿佛是要拉长他的胳臂，而且这些器械也只能靠胳臂的力量产生效力，但是，这时，这器械又与关节不再有任何关系了。正是这器械用抛弃曾是整个地球上的造物主的法则的办法，制造了疾病。弱肉强食的法则消失了，我们也就丧失了对健康的选择。我们需要的似乎绝不是心理分析：在拥有数量最多的器械的人的法则之下，疾病和病人会是繁荣发展的。

也许经过器械所制造的一场闻所未闻的灾难之后，我们会重新获得健康。当毒气不再够用的时候，一个像所有其他人一样的人在世上一间密室中，就会发明出一种无与伦比的炸药，与这种炸药相比，现有的炸药将会被看成是无害的玩具。还有另一个人，他也与所有其他人一样，但是，他比其他人多了一点病，他会盗取这个炸药，爬到地球中心地区，把它放到可以产生最大效果的地点。这时，将会发生惊天动地的大爆炸，但任何人也不会听到了，地球将会恢复原来的星云形态，在天空中游荡，既没有寄生虫，也没有疾病了。

描绘时代的精神失常症的诗章

吕同六

　　斯韦沃的名字，对于中国读者来说，是相当陌生的。迄今为止，中国读书界对斯韦沃的了解，仅仅止于一两则翻译过来的短篇，两三篇介绍他的文字，如此而已。

　　不过，倘若我们把斯韦沃的名字做两个方面的横向比较和对照，便不难清晰地见出他在二十世纪意大利和欧洲文学上的重要性和独特性，我们对他的陌生感便会消除。

　　在二十世纪意大利文学史上，皮兰德娄以他独具一格的、石破天惊的怪诞剧，对当代戏剧观念和戏剧艺术进行了突破性的开拓。他的戏剧革新道路的最重要的里程碑，是 1921 年和 1922 年分别出版的《六个寻找作者的剧中人》和《亨利四世》。

　　斯韦沃对传统的小说观念和艺术手法进行了无比大胆的变革，他在小说领域的所作所为，同皮兰德娄在戏剧领域的所作所为，几乎毫无二致，他们是为着同一个目标，在小说和戏剧两个不同的领域并肩战斗的革新者。斯韦沃的代表作《泽诺的意识》发表于 1923 年，也几乎是同皮兰德娄的两部杰作同时问世的。无怪乎有的评论家说，斯韦沃和皮兰德娄堪称二十世纪意大利文坛上的一对"孪生兄弟"。

我们再放眼欧洲。法国的普鲁斯特，爱尔兰的乔伊斯，作为意识流小说的先驱，都以对小说的革新成为二十世纪西方文学的经典作家。他们的扛鼎之作《追忆逝水年华》和《尤利西斯》，都是在二十年代完整面世。斯韦沃的小说《泽诺的意识》，无论就其艺术特征及其蕴涵的思想价值而言，还是就其出版的时间来看，都是同普鲁斯特、乔伊斯不谋而合，可谓英雄所见略同。有论家说，斯韦沃是"意大利的普鲁斯特"，也有论家称，斯韦沃是"意大利的乔伊斯"。

伊塔洛·斯韦沃（Italo Svevo，1861—1928），原名埃托雷·施密茨，出生在意大利北方边陲城市的里雅斯特。父亲是德国商人，母亲是犹太血统的意大利人。他在德国巴伐利亚读完中学，十八岁时返回的里雅斯特，考入高等商学院。一年后，因父亲在生意场上遭受重大挫折，他不得不中断学业，进入一家银行工作。这种小职员默默无闻的工作持续了约二十年的光景。

由于历史、地理的原因，的里雅斯特深受欧洲尤其是日耳曼文化和思潮的影响。在银行供职期间，埃托雷·施密茨以大量的阅读来充实自己的生活。他广泛涉猎德国、法国和意大利经典作家的作品，特别对巴尔扎克、福楼拜、莫泊桑的小说和叔本华、弗洛伊德的思想发生了浓厚的兴趣。这样，他吸纳了多元的、多形态的文化和思潮的成果，这些在他日后的思想和文学创作上，都烙下了鲜明的印象。

1892年，埃托雷·施密茨用笔名伊塔洛·斯韦沃，发表第一部小说《一生》。他笔名中的名"伊塔洛"，意为"意大利"；笔名中的姓"斯韦沃"，意为"日耳曼"；这笔名的组合意味着，他意欲把意大利和日耳曼两个民族的文化、精神融为一体。

小说《一生》的主人公阿尔丰索·尼蒂是个年轻人，他的内心生活丰富，但他所进入的社会环境，无论是贵族沙龙，还是他寄居的公寓，都使他产生一种被排斥的感觉。他的内心生活经受着无情的自我批判，他无法让自己的内心世界适应外在世界。他成了被征服者。

《一生》遭到了评论界的冷遇。斯韦沃并不因此灰心丧气，仍然孜孜不倦地从事写作。六年以后，他出版了第二部长篇小说《暮年》。

同《一生》一样，《暮年》也是写小职员抑郁不得志的生活。《暮年》的主人公埃米利奥·布列塔尼，同《一生》中的阿尔丰索·尼蒂一样，也是个小职员。令人厌烦的工作、尝试文学创作的失败，使他愈发陷于单调、平庸的生活而难以自拔。妹妹阿玛利亚和他生活在一起，虽然年轻，但也无法逃脱灰色生活的命运。正当埃米利奥似乎已注定这么生存下去的时候，身体健壮、充满青春活力的年轻女子安乔利娜的出现，在他心中点燃了爱情和希望的火焰，改变了他的生活。起初，他同安乔利娜的关系，是无所羁绊和富于浪漫情调的。他获得了一种摆脱束缚的精神上和情感上的愉悦。然而，好景不长。安乔利娜逐渐显露了牟取私利、玩弄情感和不可捉摸的本相。埃米利奥的爱情遭到了失败。与此同时，阿玛利亚悄悄地爱上埃米利奥的一位朋友、雕刻家，但这迟到的、炽烈的爱情也遭到了失败。阿玛利亚抑郁而死。

于是，埃米利奥的生活又重新沦为孤独、空虚和愁闷。

这两部小说具有明显的现实主义色彩。斯韦沃对不同的社会阶层，如小职员的世界、资产者家庭、平民的生活圈，都给予真切的描绘。作家对决定人物性格的细节给予很大的关注，并着力于完整地塑造人物形象。小说中情节展开的环境的里雅斯特，它在不同季节、不同时间的多姿多彩，以及在这环境里流动着的形形色色的人物，在小说中都有着活跃的表现。法国评论家克莱米厄曾说，斯韦沃笔下的的里雅斯特，犹如巴尔扎克笔下的巴黎一样鲜明、深刻。

在《一生》和《暮年》中，斯韦沃尤其关注人物与现实的关系。无论是阿尔丰索，还是埃米利奥，都无力对付现实，他们只得诉诸自我欺骗。阿尔丰索逃遁于幻想，来掩饰自己的无能为力；埃米利奥则幻想能战胜生活，享有生活，但这些都是徒劳的。生活模棱两可，不可捉摸，人物同现实的关系缺乏真实性，充斥虚伪性，因此，用自我欺骗做武器是无法同生活做斗争的，人物同生活的较量总是以失败告终。他们在生活面前全然无能为力。

阿尔丰索和埃米利奥是新型的主人公。他们颇像十九世纪末意大利现实主义大师维尔加笔下的"被征服者"。但不同的是，斯韦沃的主人公们的失败，不是社会因素的使然，而是因为他们那与生俱来的、无法疗救的软弱无能的品格特征。

在《一生》和《暮年》中，斯韦沃在诉诸传统的创作手法的同时，表现出了对人物的心理因素的浓厚兴趣。他以极其精细的分析，来解剖人物的内心世界、他们的心理流程，进而把人物意识的各个层面予以曝光。这种描写人物与现实关系上的用心，对人物内心生活的着意揭示，为斯韦沃日后创作的转折做了铺垫。

《暮年》于1898年出版后，再一次遭到冷遇。斯韦沃不得不暂时停止写作。翌年，他进入岳父开设的生产海底油漆的企业工作。1905年，斯韦沃和侨居意大利并在的里雅斯特教英语的乔伊斯结识，从此成为莫逆之交。

对弗洛伊德学说的浓厚兴趣，驱使斯韦沃于1918年把弗洛伊德的重要著作《梦的解析》译成意大利语。这是他沉默二十年之后再一次拿起笔，也可以说是他再一次向文学殿堂进军的前奏。

1919年2月，也就是第一次世界大战结束不久，斯韦沃终于发起向文学奥林匹斯的艰难的第三次冲击，着手撰写长篇小说《泽诺的意识》。小说的写作历时近四年，1922年底完成。1923年4月，小说由斯韦沃自掏腰包出版，但依然没有产生什么反响。

舆论界冷冰冰的漠然态度大约持续了两年之久。还是著名诗人蒙塔莱慧眼识英雄，他首先站出来打破评论界沉默的坚冰，在双月刊《审视》1925年最后一期上撰文《向伊塔洛·斯韦沃致敬》，高度评价《泽诺的意识》。

斯韦沃把小说寄赠给乔伊斯，乔伊斯读后不禁击节称叹，当即推荐给法国的意大利文学研究专家格雷米约和拉尔博。由于乔伊斯的推动，1927年，《泽诺的意识》法文版问世。格雷米约和拉尔博发表系列专文，盛赞这部作品，称斯韦沃是当代文学最杰出的代表之一。小说在法国产生的轰动效应，激起了英国、美国和德国等国家的连锁反应，斯韦沃终于成为风靡欧美的大作家。

从处女作《一生》的发表，到《泽诺的意识》大获成功，斯韦沃足足等待了三十五个年头！

谁知天有不测风云，人有旦夕祸福。1928年，刚刚享誉欧美，尝到成功的喜悦，正欲更上一层楼的斯韦沃，却在一次意外的车祸中遇难，不幸身亡！

《泽诺的意识》共六章。开头的一章是"前言"，系由署名S的心理医生所写，介绍主人公泽诺是精神病症患者，说明他公布病人隐私的原因，为主人公登场敲响开场锣鼓。泽诺随即在第二章亮相，在"开场白"中表述自己执笔的初衷是根据医生的建议写日记，以此对自我进行精神分析，认识自我。接下来的五章，是这部小说的主体部分，全部采用第一人称和意识流手法展开叙述，是泽诺进行自我解剖和精神分析的忠实笔录，可说是病人的一份模糊而又完整的病历。最后一章是四则日记，泽诺宣布治疗失败，停止自我精神分析。

泽诺的日记写于 1915 年 5 月至 1916 年 3 月，表明主人公患精神病症和进行治疗的年代为第一次世界大战期间，清楚地点出了小说的时代背景。

在这部长篇自述中，主人公泽诺异常认真而细致地，同时又饱含痛苦和自嘲意味地进行内省。他详尽地记载自己戒烟的决心、经历和最终的失败；细致地叙述自己和妻子、情妇的尴尬关系，同原先的情敌、后来的合作伙伴古伊多的微妙关系，以及古伊多因公司倒闭而自杀的悲剧。

不过，小说的核心，是泽诺对精神患疾的自我分析。这精神患疾，犹如潜伏的猛兽，时不时地以各种方式跳将出来，向他发动侵袭。其实，这疾病不过是他假想的，而且，显然是并不可怕的，然而它又是现实存在的和具体的，因为它主宰着泽诺的一生。归根结底，泽诺的毛病盖源出他的意识，他的生存受制于他的意识的患病，受制于他沉湎其中的精神内省，而他正是利用这种精神内省来自欺欺人。

泽诺不再是《一生》中的主人公阿尔丰索那样的叔本华式的青年，也不是《暮年》中一度追求浪漫的、自由不羁的情感生活的埃米利奥。泽诺的日记中已经没有任何浪漫主义的东西，它不是回忆录，也不是自传，而只是进行自我分析的笔记。

面对生活中形形色色的问题，泽诺采取一种更多的是静观的、沉思默想的，而非付诸行动的态度，采取一种消极的而非积极的态度。泽诺没有能力同其他人一样生活，他从可悲的失望，转向揶揄自容的、让人怜悯的微笑。他陷于因事实上的脱离生活而产生的窘困，因无法去做他想做的事而萌发的窘困，他陷于实际上的孤独。他在这种窘困和孤独中呼吸、行事，无论是爱情的诱惑，或是商务活动，还是社会关系，都完全无法消除和战胜这种窘困和孤独。他的疾病，不是肉体上的、年龄上的，而是精神上的、意识上的，是一种未老先衰、一种反常的病态。泽诺这个人物集中地、全面地体现了斯韦沃笔下的"英雄"或者说"反英雄"的本质特征。

斯韦沃通过刻画泽诺面对生活的软弱无能、意志薄弱和精神上的未老先衰的性格特征，对现代人的危机进行了追根究底的勘探。这是在二十世纪初西方社会物质文明急剧发展，第一次世界大战的炮火摧毁人的价值和信念的特定时代里，现代人经受的前所未有的、异常深刻而严重的危机。这种严重的心理病态和精神危机，便是现代人的异化。人无法去同他周围的现实建立有效的、真切的关系。泽诺清楚地意识到这一点。他可以对自己的疾病进行追踪记录和自我分析，但他的软弱无能和反常的精神病态，排除了他进行斗争的可能性。英雄气概和悲壮精神在他身上已经荡然无存。他再也无法恢复热情，建立新的信念。他是一个更彻底、更纯粹的被征服者。

泽诺这个人物典型的意义还在于，斯韦沃借助这个人物进而对现实社会进行了深入的探究。现今的生产不断发展的社会，把人贬抑到了这样卑琐、萎靡的地步，把人异化成了精神的侏儒，因此，这个社会随时随地可能爆发灾难性的危机。这是一个彻底污染了的社会。斯韦沃在《泽诺的意识》中朦胧而又确切地、曲折而又透彻地揭发了这个社会的虚假性、欺骗性和不可靠性，打碎了这个社会伪善的神话。

如果说，对于泽诺的异化，作家主要是通过他的自我精神分析来揭示的，这种自我精神分析甚至可以看成是主人公的一种自我道德辩护，不免包含了作家对他的恨铁不成钢的某种宽容，包含了对他的一丝怜悯和温情；那么，对于泽诺置身于其中的社会，作家则是给予了毫不留情的、冷峻的谴责。斯韦沃展示出，对于这个社会而言，没有挽救的余地，这个社会已经无可救药。唯一的选择和替代，仅仅是在个人的层面，而不是在社会–历史的层面，或者说，拯救的唯一可能的道路，在于认识人的境遇，在于获得意识，在于自我意识和自嘲自讽。这或许便是斯韦沃为小说取名《泽诺的意识》的缘故吧。

有趣的是，这个小说中第一个出现的人物，是第一章"前言"中署名S的心理医生，泽诺为治疗精神疾病便是求助于这位S医生。据有关专家论证，这位S医生不是别人，正是斯韦沃始终推崇的维也纳心理医生、大名鼎鼎的精神分析学说的鼻祖西格蒙德·弗洛伊德（Sigmund Freud）名字的缩写！

斯韦沃是最早把精神分析学说作为文学创作的支撑点的作家之一。诚然，他并不相信弗洛伊德精神分析学说的科学价值和医疗价值，但是，他却成功地把精神分析学引入文学创作，把两者融为一体，他真诚地遵循弗洛伊德学说的原则去对人物进行复杂的心理探索，这从而又导致他在艺术上诉诸曲折的内心独白，导致他不得不去破坏和革新长篇小说传统的结构、叙事方法和时间范畴，从而拓展了小说艺术的表现手段和小说艺术的空间。

斯韦沃的小说以一个精神病患者的自叙即自我精神分析来展开，这便自然地扯断了传统小说在时间范畴上前后紧密衔接的叙事链条，泽诺今天叙述昨天的事情，过去和现在、现实和回忆、感觉和幻觉，统统交织在一起，人物已经发生的行为或心理态势，不再以单一的、纯粹的状态，而是作为多维的、纷杂的状态展示出来。这必然导致对人物如乱麻般纷乱的内心世界给予某种梳理，寻找和理出各个线索，从而陷于迷宫式的心理分析之中。这不可避免的后果便是人物的消解。在传统的小说中，叙事者向我们客观地展示人物，把人物作为一种独立的、需要加以清理和描写的对象；在《泽诺的意识》中则相反，人物作为一个"现实"，我们只是在他的意识流动中才见到这个人物，才见到这个"现实"；然而，这个仅仅在意识的流动中才如冰山一样显露出来的"现实"，又无法具有最终的形态，因为纷乱如麻的回忆投射在这"现实"上的光线，无法把这"现实"固定下来。

叙事的层面也相应改变了。以往的叙事者，是全能的上帝，他创造和组织事件；而今，叙事从叙事者的客观层面，转移到了人物的主观层面。作家，作为客观事物的叙述者，几乎完全退居到二线，小说中所叙述的一切，几乎都是人物的意识的反射。或者换句话说，在泽诺的意识中，作家和人物融为一体了，作家和人物共同创造了一种现实——心理现实。

《泽诺的意识》是一部意识流小说。这种小说样式使作家得以放开手脚地去探索人物心灵的最隐蔽、最朦胧、最错综复杂的方面和角落，得以淋漓尽致地去展现人的幻想、想象、感觉、错觉、印象、思想、意识和行为，展示外表可靠性掩藏下的危机、骚扰人的生存的焦虑不安。小说中大量的内心独白，像扯开隐蔽的内心帷幕一样，把人物复杂、矛盾的心态，赤裸裸地呈现出来；像一面明亮的镜子，映照出人物的喜怒哀乐。这些内心独白，把人物意识中汹涌翻腾的、无法节制的一切，直接地、毫无顾忌地宣泄出来。这种宣泄，看似缺乏任何理性，杂乱无章，随心所欲，语句混乱，但骨子里，它又严格地遵循和贴切人物的心理活动规律，暗合社会环境的特质。斯韦沃正是通过这样一个严密的、内在的、主观的心理逻辑系统，对人物的意识和事件进行调节，予以披露，从而把人物的生理病态概括为社会现象，把对人物的精神分析，升华为社会分析。著名诗人蒙塔莱高度评价斯韦沃《泽诺的意识》，称它是"描绘我们时代的复杂的精神失常症的诗章"。这一评论可谓一语中的。

　　斯韦沃长期默默耕耘，结出颇为丰硕的成果。除了上述三部长篇小说，他还出版了两部短篇小说集《高贵的酒》（1927）、《一次成功的嘲弄》（1928）。他逝世以后，又陆续有十余个剧本、三十多篇短篇小说、十部中篇小说和一部书信集问世。

作者生平和创作年表①

1861年　伊塔洛·斯韦沃（阿隆·埃托雷·施密茨）12月19日生于奥地利帝国统治下的的里雅斯特，父亲佛兰兹，为一犹太商人，母亲为阿莱格拉·莫拉维亚。他在八个子女中行五。

1873年　与阿道夫和埃利奥两兄弟一起赴乌尔兹堡，就读塞格尼茨－阿姆－梅因学院，学习贸易和德文，但他尤喜读德国经典作家作品、莎士比亚和屠格涅夫的作品。

1878年　返回的里雅斯特，就读高等贸易学院。“这两年的紧张工作，却是有助于使伊塔洛明确了他自己的心灵，使他领悟到：他生来就不是搞贸易的”，斯韦沃本人后来曾这样写道。

1880年　由于父亲在生意上的失败，这迫使仍然年轻的斯韦沃在维也纳联合银行的里雅斯特分行就职（“伊塔洛·斯韦沃在银行的生活状况，在他的长篇小说《一生》的部分章节中被细致地描绘出来。这一部分章节实际上等于是他的自传”）。然而，他仍然每天用两个小时在市立图书馆阅读意大利经典作家作品和法国十九世纪的小说。在兄弟埃利奥的鼓励下，他试写了一些喜剧剧本，并开始为

① 译自伊塔洛·斯韦沃《暮年》（意大利蓬波亚尼出版社根据1985年版为意大利《快报》提供的袖珍丛书特刊）一书中的附条：《伊塔洛·斯韦沃：生平与著作》。

有领土收复主义倾向的日报《独立人报》撰稿。

1886 年　　　兄弟埃利奥逝世。同年结识画家翁贝尔托·维鲁达，后他在《暮年》中把他写成小说中的一个人物即巴利，由此结成亲密的友谊。

1888 年　　　结识朱塞皮娜·译耳哥尔，并与她有了某种关系，后她在《暮年》中成为小说中的人物安乔丽娜；继续编写剧本，同时尝试短篇小说的创作。

1890 年　　　在《独立人报》上发表短篇小说《贝尔波乔谋杀案》。

1892 年　　　父亲亡故。由的里雅斯特芙兰出版社出版《一生》。该书书名原为《无能之辈》，"后来因为埃米利奥·特雷维斯拒绝用这样一个书名出版小说，才做了改动"，但是，主题（在斯韦沃的作品中始终是具有最重要的意义的）则实际上依然是写"没有生活的能力"问题。可以从中看出，叔本华的影响是很大的，而且，作者也指出："也许，第一次出现在《一生》的封面上的笔名伊塔洛·斯韦沃，就是根据这位伟大的哲学家而起的。阿尔丰索，这部小说的主人公，想必恰恰就是叔本华有关生活是如此接近于对它自身的否定的论点的人格化。"除了地方报道对这部小说的认同外，好评甚少。在批评这部作品的缘由当中，很快就出现一种说法，即批评该书"文字不佳"，由此，斯韦沃感到自己是"如此忽略自身的文学修养"。

1895 年　　　他的母亲去世。同年，与表妹利维娅·威尼齐亚尼订婚，她比他小十三岁。

1896 年　　　与利维娅结婚，这时，他除了在银行继续工作外，还担任高等贸易学院的教学工作，并任的里雅斯特报纸《小人物报》的编辑。

1897 年　　　他的女儿莱蒂齐娅诞生。

1898 年	发表长篇小说《暮年》，先是在《独立人报》上连载，然后由芙兰出版社出版成书。评论界对此书保持的沉默和作者由此而感到的苦痛，连同此时已由他承受的家庭负担，使他不得不抛弃文学工作，或者至少是抛弃与文学有关的种种幻想。
1899 年	辞掉银行工作，开始在其岳父的海底油漆公司任职。随后几年，斯韦沃虽然曾写过一些短篇小说和喜剧，但都没有发表，这几年他都用来从事公司的实际活动，这也就使他得以到国外旅行，特别是法国和伦敦。这时，他也以学习拉小提琴为消遣，而拉小提琴是他在青年时期开始学的，后来则又放弃了。
1904 年	友人维鲁达逝世。
1906—1907 年	在的里雅斯特，结识詹姆斯·乔伊斯；乔伊斯从 1904 年起就在的里雅斯特居住，并在那里教授英文，他让乔伊斯阅读自己所写的长篇小说，并从乔伊斯那里得到鼓舞，特别是在《暮年》一书方面。
1907—1909 年	斯韦沃的侄子赴维也纳接受心理分析治疗。1907 年，斯韦沃撰写文论，如《人与达尔文理论》和《灵魂的腐败》。
1909—1912 年	开始阅读弗洛伊德的著作："第二件文学方面（而当时，在斯韦沃看来，则是科学方面的）的大事，是他与弗洛伊德的著作的接触。"
1914 年	第一次世界大战爆发时，他恰在德国，他是为了建立海底油漆的新厂去到那里的。
1915—1918 年	他是他家庭中唯一一个获得奥地利国籍的；由于要继续从事工厂的经营工作，战争期间，他住在的里雅斯特。然而，工厂几乎很快就"在当局的命令下关闭了，而这种情况在那些可怕的岁月里，都发生在所有的人身上，斯韦沃本人，特别是从 1917 年年初时起，则享有非常

平静的生活，这种生活只是被每天雨点般降落在的里雅斯特工业区的炮弹所打断"。这种平静对早已忽略了的文学工作十分有利："当时，他的一个做医生的侄子，因病住在他的家里，为了满足这个侄子的要求，他在侄子的陪伴下，着手翻译弗洛伊德有关做梦的著作"；此外，他还"在舒京和弗洛伊德的著作启发下"，撰写了一部"实现全球和平的计划"，然而，著作都未留存下来。

1919—1922年　为《民族报》撰稿，该报系其友人朱利奥·切萨雷主办的一份"真正属于意大利"的新报。他撰写了长篇小说《泽诺的意识》，他通过对某人一生中一些重要阶段的描述，用一种向其心理分析医生做坦白的日记体体裁，审视了此人的心灵上的感受和"恶习"。

1923年　　　自行出资，由波洛尼亚卡佩利出版社出版《泽诺的意识》。该书又一次几乎没有立即引起任何反响。

1924年　　　赢得乔伊斯的赞许。乔伊斯鼓励他赴法国与评论家蓬亚民·格雷米约和瓦莱里·拉尔博接触。他撰写了《短暂的情感之旅》。

1925年　　　欧杰尼奥·蒙塔莱通过在的里雅斯特的友人博比·巴兹连的介绍，阅读了斯韦沃的一些著作，并在《审视》杂志上发表了一篇题为《向伊塔洛·斯韦沃致敬》的文章，该文标志着评论界"发现"斯韦沃的开端。

1926年　　　在格雷米约的介绍下，在法国，《银舟》杂志出版了介绍斯韦沃的一期特刊。与此同时，斯韦沃撰写了《一次成功的嘲弄》和《好老头与美姑娘的故事》，并阅读了普鲁斯特的作品。

1927年　　　斯韦沃在米兰"聚会"俱乐部举行介绍乔伊斯的演讲会。在罗马，上演了他的喜剧《破碎的三人组合》，这是斯韦沃所写的十三部喜剧中唯一一部在他去世前搬上舞台的喜剧。他在文学上又有了新的兴趣：卡夫卡。

| 1928 年 | 他开始撰写第四部长篇小说《大老头》，他未能把该作品写完，同时，他撰写《我的小传》，本文援引的材料即出自该书。9 月 11 日，他在莫塔·迪·利文扎附近，遭遇严重车祸，两天后，与世长辞。 |

图书在版编目（CIP）数据

泽诺的意识 / (意) 伊塔洛·斯韦沃著；黄文捷译
. -- 成都：四川人民出版社，2019.5
ISBN 978-7-220-11343-7

Ⅰ . ①泽… Ⅱ . ①伊… ②黄… Ⅲ . ①长篇小说—意
大利—现代 Ⅳ . ① I546.45

中国版本图书馆 CIP 数据核字 (2019) 第 061378 号

ZENUO DE YISHI

泽诺的意识

[意] 伊塔洛·斯韦沃　著
黄文捷　译

选题策划	后浪出版公司
出版统筹	吴兴元
编辑统筹	朱 岳　梅天明
责任编辑	李真真　李京京
特约编辑	宁天虹
装帧制造	墨白空间·黄 海
营销推广	ONEBOOK

出版发行	四川人民出版社（成都槐树街 2 号）
网　　址	http://www.scpph.com
E-mail	scrmcbs@sina.com
印　　刷	北京盛通印刷股份有限公司
成品尺寸	143mm × 210mm
印　　张	16.5
字　　数	340 千
版　　次	2019 年 5 月第 1 版
印　　次	2019 年 5 月第 1 次
书　　号	978-7-220-11343-7
定　　价	68.00 元